GRAZIA DI SALVO

BREATHE

*A Madolie,
Grazie di cuore!
Grazia
Di Salvo*

*... E questo è un pezzo della
mia anima!
Sono contenta che ce l'abbia Tu.
G.*

Triskell Edizioni

Pubblicato da
Triskell Edizioni di Barbara Cinelli
Via 2 Giugno, 9 - 25010 Montirone (BS)
http://www.triskelledizioni.it/
Questa è un'opera di fantasia. Nomi, personaggi, luoghi e avvenimenti sono il frutto dell'immaginazione dell'autore. Ogni somiglianza a persone reali, vive o morte, imprese commerciali, eventi o località è puramente casuale.

Breathe di Grazia Di Salvo - Copyright © 2017
Cover Art and Design di Barbara Cinelli

Tutti i diritti riservati. Nessuna parte di questo libro può essere riprodotta o trasmessa in alcuna forma né con alcun mezzo, elettronico o meccanico, incluse fotocopie, registrazioni, né può essere archiviata e depositata per il recupero di informazioni senza il permesso scritto dell'Editore, eccetto laddove permesso dalla legge. Per richiedere il permesso e per qualunque altra domanda, contattare l'associazione al seguente indirizzo:
Via 2 Giugno, 9 – 25010 Montirone (BS)
http://www.triskelledizioni.it/

Prodotto in Italia
Prima edizione – Gennaio 2017
Edizione Ebook 978-88-9312-176-7
Edizione cartacea 978-88-9312-198-9

Inside everybody's hiding something.
Slide – Dido

CAPITOLO 1

A Nate non piaceva il suo attuale lavoro.
Aveva sempre sognato di aprire una libreria tutta sua, ma da quando era riuscito faticosamente a guadagnarsi una vita tranquilla e un minuscolo appartamento dall'affitto discreto a Jackson, riusciva a stento a racimolare i soldi per poter mangiare.
Era un uomo fiducioso, però: contava di cambiar lavoro, prima o poi, e realizzare il suo sogno.
Ventisette anni e mezzo per un metro e settantasette, Nate Abraham rappresentava il classico bravo lavoratore instancabile, dalla testa a posto anche se persa nei sogni. Fin da piccolo non aveva fatto altro che leggere e, quando si era ritrovato l'appartamento pieno di libri, a ventidue anni appena compiuti e reduce da un passato orribile, aveva deciso che trovare uno spazio più grande dove raccoglierli fosse la sua massima priorità.
Non ci era voluto molto per rendere quella necessità parte del suo sogno da lavoratore instancabile. Se a lui piacevano i libri, migliaia di persone pensavano lo stesso e, in una cittadina come la loro, una grossa libreria era proprio quel che ci voleva per rallegrare l'ambiente. Ovviamente servivano molti soldi, ma Nate era un uomo positivo e ottimista: con un po' di fatica e tanta fortuna ce l'avrebbe fatta.
Per questo, quando si ritrovò davanti *l'annuncio*, i suoi occhi brillarono.

Come ogni giorno Nate si stava recando al lavoro. Aveva salutato la fioraia e le aveva detto che il suo nuovo copricapo le stava d'incanto, si era fermato a lasciar da mangiare ai cani randagi del quartiere, aveva buttato la spazzatura per il signor Jacob e, infine, si era diretto al piccolo bar in periferia, dove lavorava.

Il suo datore di lavoro si occupava delle prime ore del mattino, quindi gli era addirittura permesso di arrivare alle nove.

Quel giorno si sentiva diverso. Non perché non aveva la sua macchina, a causa del cambio di gomme che si era deciso a fare fin troppo in ritardo. No, quel giorno era apparso *l'annuncio*. Un normalissimo biglietto di ricerca di lavoro nella bacheca delle agenzie per l'impiego, ma dalla grafica ricca e font appositamente scelti per attirare l'attenzione.

"Cercasi badante part-time per turni di notte, seria, diligente, corretta anche senza esperienza. Si richiede buona presenza e senso di responsabilità. Ottima paga, fine settimana libero. Per info contattare Rebecca Catherine Doyle al numero…"

Chiunque l'avesse scritto doveva aver urgenza di personale e, soprattutto, molti soldi da spendere. Era un punto a suo favore.

Cercavano una badante, anche se non era specificato per che tipo di persona. Nate non era preoccupato: sapeva trattare gli anziani con la giusta gentilezza e, per quanto riguardava i bambini, li adorava. Non cercavano esperienza poi: sarebbe stato facile.

Segnò il numero di telefono quasi automaticamente, ripromettendosi di chiamare nel pomeriggio, quando il locale sarebbe stato più tranquillo e avrebbe avuto un attimo libero. Se la paga era davvero ottima come l'annuncio prospettava, allora valeva davvero la pena provarci.

Timothy Northway era un brav'uomo. Sulla quarantina, i capelli brizzolati e tendenti al grigio, gli occhi castani pieni di gentilezza e amato da tutto il vicinato.

Era il punto forte del suo bar, il *Ristoro dei Vagabondi*: Tim sapeva farsi amare da chiunque entrasse in quel posto, che fosse un estraneo o un amico di vecchia data. Nonostante Nate fosse una persona molto affabile, sapeva che non sarebbe mai riuscito a eguagliare le doti di Timothy di rendersi amabile per chiunque.

Quando entrò nel bar, alle otto e quarantacinque, si diresse direttamente nello stanzino in cui poteva sistemare la sua roba e mettersi la maglia e il grembiule del bar. Incontrò Timothy a metà strada e gli rivolse un caloroso sorriso che lui ricambiò.

«Buongiorno, Nate!» lo salutò il suo datore di lavoro.

«Buongiorno, Tim, arrivo,» rispose lui, sparendo dietro alla porta di servizio.

Il suo vestiario da lavoro si trovava, come al solito, sullo scaffale a lui dedicato. Si mise addosso la maglia scura con la scritta del locale in color legno, allacciò il grembiule al bacino e diede una ravviata ai capelli aggrovigliati per rendersi presentabile.

Impiegò una decina di minuti a sistemarsi prima di uscire dallo stanzino e precipitarsi dietro al bancone. Prese le ordinazioni di un paio di studenti che avevano saltato la scuola e si mise a preparare lo scaffale pieno di brioche sfornate da poco.

Nell'aria c'era un odore delizioso e un clima davvero piacevole: la musica leggera della radio si disperdeva nella piccola sala e un paio di ragazze stava commentando la canzone, a un lato del bancone. Dei dieci piccoli tavoli presenti nel locale solamente quattro erano occupati, uno dagli studenti, gli altri da clienti affezionati che, quando lo videro, lo salutarono con un sorriso. Dalle vetrate riusciva a scorgere un paio di ragazzi che parlavano fuori dal locale, fumandosi una sigaretta.

«Ciao, bellezza. Un ginseng e un macchiato,» ordinò qualcuno dall'altro lato del bancone. Quando gli rivolse lo sguardo, gli sorrise e annuì.

Era un altro dei clienti abituali del locale accompagnato dalla sua nuova fiamma: ne aveva una diversa ogni mattina. Non faceva troppa attenzione ai vari pettegolezzi, quindi non fece molta attenzione mentre sentiva la ragazza ridacchiare a una delle battute dell'uomo, che doveva ammettere era dotato di indubbio fascino quanto di inevitabile *viscidume*.

Odiava gli uomini di quel genere, schifosamente pieni di soldi e pronti a tutto pur di passare serate particolari in compagnia di persone sempre diverse. Non conosceva i suoi orientamenti sessuali, ma Nate non avrebbe mai ceduto, se glielo avesse chiesto. Preferiva il suo eterno nubilato a notti di fuoco di quel tipo.

Posò le tazzine davanti ai due clienti con estrema cortesia, poi li abbandonò per mettersi a sciacquare quelle già utilizzate che giacevano nel lavandino e riporle nella lavastoviglie. Timothy lo raggiunse quasi subito per mettersi alla cassa e rifornire la vetrinetta di altri dolci per la colazione.

Passarono alcuni minuti prima che l'uomo, il cliente che ancora flirtava con la ragazza al bancone, tornasse a rivolgergli la parola.

«Ehi, Nate, ti trovo proprio bene oggi.»

Quando alzò lo sguardo, vide che gli stava rivolgendo un largo sorriso, un braccio al collo della ragazza, la quale gli si aggrappava stancamente.

«Grazie,» rispose con tono gentile.

L'uomo si appoggiò al bancone e si sporse nella sua direzione. «A che ora stacchi? Mi avevi promesso di venire a fare un giro in macchina con me.»

L'aveva fatto? C'erano tante cose che uscivano dalla sua bocca quando cercava di essere gentile con un cliente, ma sicuramente quella era una delle promesse che non avrebbe mantenuto. Non se richiedeva più di un semplice giro in macchina.

Diede uno sguardo veloce alla ragazza che era con lui: intendevano proporgli una cosa a tre? *Lui* nello stesso spazio in cui saltellavano due tette nude?

Contaci.

«Mi dispiace, credo di avere un altro impegno oggi.»

«Che tipo di impegno?» L'uomo stava sogghignando, conscio della bugia. Nate si strinse nelle spalle con indifferenza, prendendo un'altra ordinazione e mettendosi a preparare un cappuccino d'orzo.

«Ho molte cose da fare a casa,» disse distrattamente.

«Dai, non ci metteremo molto. Jessica non ha fatto altro che parlarmi di quant'era carino il barista del Ristoro, sai?»

E che me ne frega? Tu parli.

Non aveva alcuna intenzione di prestarsi ai terribili giochetti perversi di un uomo come lui. Non ricordava neanche il suo nome, malgrado fosse sicuro che gliel'avesse detto. Alzò comunque lo sguardo sulla ragazza e le fece un sorriso.

«Grazie, ma sono già impegnato,» declinò con tono cortese. Ovviamente era una bugia.

«Anche io!» disse lei, a voce bassa e divertita, come se gli stesse rivelando chissà quale terribile segreto. Nate represse sul nascere una smorfia di disgusto. Magari, in un futuro non troppo lontano, avrebbe incontrato l'uomo che le avrebbe fatto scoprire la fedeltà. Forse.

«Vi prego di scusarmi,» disse garbatamente mentre si allontanava dal bancone per portare l'ordinazione che aveva ricevuto a uno dei tavoli. Sperò che il suo messaggio fosse stato chiaro.

Sentì Timothy rivolgersi a loro per il conto e si occupò di pulire mentre i due uscivano dal locale. Prima di andarsene, l'uomo si fermò di nuovo davanti a lui.

«Spero che cambi idea in fretta, Nate,» gli disse, facendo scivolare gli occhi sul suo corpo fino al bacino. Gli sorrise, strizzandogli l'occhio.

Nate non riuscì a fingere e si limitò a salutare entrambi con un flebile: «Buona giornata.»

La mattinata passò velocemente, al contrario di quello che si era aspettato. Quel giorno ebbero una grande affluenza di clienti e si trovò occupato per la maggior parte del tempo così da meritarsi un po' di riposo verso l'ora di pranzo.

Forse non era il caso, ma preferì sbrigarsi a contattare la donna che cercava una badante, così compose il numero mentre c'era un attimo di pausa. Ascoltò con ansia il telefono che squillava un paio di volte, prima che una voce calma e autorevole sibilasse: «Pronto?»

«Salve. Parlo con la signora Doyle?» chiese Nate. La voce tremava appena.

«Sì, sono io.»

«Sono Nate Abraham, signora. Sarei interessato alla proposta di lavoro, ho letto l'annuncio stamattina.»

«Oh.» Sorpresa, poi silenzio. Nate si chiese se non avesse sbagliato qualcosa. Magari aveva capito male? «Sì. È possibile incontrarla, signor Abraham?»

«Certo. Ho un'occupazione ogni mattina fino alle quattro del pomeriggio, poi sono libero. Mi dica lei quando le conviene.»

«Va bene se viene a casa oggi pomeriggio verso le cinque?»

Oggi pomeriggio? Di già?

Nate sorrise. «Certamente, mi dia un attimo per scrivermi l'indirizzo.»

Nate non si sarebbe mai aspettato di trovarsi davanti una casa del genere. Va bene, aveva capito che la signora Doyle aveva soldi da spendere e che avrebbe avuto fortuna, ma mai un posto simile.

Quando il taxi si fermò pensò di essersi sbagliato. Forse aveva capito male, forse aveva frainteso il numero civico. Davanti a lui c'era una bellissima villa in mattoni con un ampio giardino ben curato in cui si muoveva un giardiniere con un tagliaerba. Dal cancello chiuso riusciva a vedere un sentiero in pietre che si apriva su una grossa fontana proprio al centro della strada e, da un lato, quello che probabilmente era un campetto da tennis. Non riusciva a capire neanche dove finisse il giardino.

Si avvicinò al citofono con titubanza, leggendo il nome che vi era scritto.

N. A. Doyle. Il cognome era giusto, ma le iniziali non corrispondevano. Chi era? Il marito della donna con cui aveva parlato? Provò a suonare: un singolo, breve squillo. Attese per qualche secondo finché non sentì il cancello scattare e iniziare ad aprirsi. Deglutendo il nervosismo e sperando di essere vagamente presentabile, si costrinse a entrare.

* * *

«Nathan! È arrivato il ragazzo dell'annuncio!»
Che palle.
Nathan sbuffò, tirandosi giù stancamente dal letto. Si diresse sbadigliando verso i vestiti abbandonati sulla poltrona all'angolo della stanza, per infilarsi i boxer e i pantaloni. Si passò una mano tra i capelli spettinati e si diresse alla finestra per aprirla e dare un'occhiata fuori.

C'era un ragazzo che si stava dirigendo verso l'entrata della casa. Si guardava attorno spaesato, facendo scorrere gli occhi prima sulla fontana, poi su di una siepe, fino ad alzarli sulla casa. Per un attimo ebbe quasi l'impressione che si fosse soffermato sulla sua finestra, poi però lo vide distogliere lo sguardo.

Aveva un corpo niente male anche se, forse, eccessivamente magro. Si stava passando com fare nervoso una mano tra i capelli, un groviglio indistinto di corte ciocche castane, mosse e ribelli, che gli ricadevano sul volto e glielo incorniciavano, finendo sulla nuca.

Quando scomparve dalla sua visuale, Nathan si diresse allo specchio in camera sua per darsi una controllata. Le occhiaie onnipresenti gli adornavano gli occhi azzurri, i capelli scuri se ne stavano disordinatamente ai lati del volto e giù, fino alle spalle, ricadendo in fastidiosi nodi che avrebbe dovuto sciogliere, prima o poi. Prese un elastico e provvide a legarli, per dare una parvenza d'ordine a quella messa in scena.

«Nathan!»

La voce di sua madre era squillante e, a giudicare dal tono di voce, abbastanza contenuta. Il ragazzo doveva essere entrato e probabilmente lo stava aspettando. Si infilò velocemente gli occhiali, un paio di calzini e le pantofole, poi prese una camicia e uscì dalla stanza.

Mentre scendeva la scalinata che portava all'ingresso, se la mise e la allacciò lentamente, ricercando con lo sguardo sua madre e il nuovo arrivato. Erano davanti al portone e stavano parlando di qualcosa che aveva a che fare con la casa. Quando apparve lui, però, si bloccarono.

«Nathan, finalmente!» lo salutò sua madre, sorridendogli.

Piegò appena le labbra, sospirando. Poi distolse lo sguardo per portarlo su di *lui*.

Niente male davvero.

Doveva avere all'incirca trent'anni come lui, il che andava a suo vantaggio. Gli occhi che aveva visto spaesati e confusi dalla lontananza della sua finestra erano appena spalancati su di lui e, si accorse, grandi e luminosi, sebbene di un castano quasi monotono. Un volto delicato e curato, vestiario non troppo elegante ma nemmeno trasandato e soprattutto un paio di pantaloni stretti che gli fasciavano *perfettamente* le gambe toniche, evidenziando le forme dei glutei che, purtroppo, non poteva vedere. I capelli erano sì una massa disordinata e ribelle, ma gli conferivano un tocco in più di fascino. Aveva le gote vagamente arrossate e il volto tradiva una stanchezza che lo rendeva *affascinante*.

Una di quelle persone che si sarebbe fatto volentieri più volte su qualsiasi superficie disponibile della casa. Il suo sorriso si allargò, facendosi più sincero e vagamente malizioso. A giudicare dallo sguardo che gli stava rivolgendo, l'interesse era reciproco.

«Signor Abraham, questo è mio figlio: Nathan.»

Nathan si leccò istintivamente le labbra, allungando una mano verso di lui. «Nathan Doyle.»

Per qualche secondo il ragazzo rimase immobile. Poi, come riscosso dai suoi pensieri, si affrettò a stringere la mano nella sua e a presentarsi.

«Nate Abraham.»

Le dita del ragazzo erano timide, mentre le sue fin troppo intraprendenti. Mantenne il fresco contatto della sua pelle contro la propria, godendo l'imbarazzo che l'altro sembrava provare. Il proprio sorriso si allargò ulteriormente.

«Venga, immagino voglia sapere del lavoro,» disse sua madre, facendo sì che lui lo lasciasse andare. Nate distolse lo sguardo dal suo, mentre lui non smise neanche per un attimo di fissarlo. Seguì sua madre verso la sala da pranzo e tutti e tre si accomodarono.

Lucy, la cameriera, portò qualcosa da bere.

«È un lavoro semplice e non richiede poi chissà quali doti.»

Nate rimase in silenzio: Nathan lo osservò per capire se era spaventato o soltanto troppo timido. Quando annuì, sua madre continuò.

«Si tratterebbe soltanto di passare la notte qui. Le metteremmo a disposizione una stanza e sarebbe libero di fare quel che vuole. L'importante è che, se mio figlio la chiama, lei sia disponibile a fargli compagnia.»

«In che senso?»

Nathan trattenne a stento una risata. Era una domanda lecita, anche se sua madre non ne poteva capire il motivo. Aveva una mentalità totalmente ristretta e spesso non capiva come utilizzare le parole perché nessuno fraintendesse. Prima che la donna potesse parlare, intervenne.

«Niente di *illecito*, tranquillo. Si tratta soltanto di assicurarsi che non crepi nel sonno o non mi butti dalla finestra.»

«Nathan!» lo sgridò sua madre. «Quello che mio figlio intende è che fa fatica a dormire serenamente e che soffre di un disturbo d'ansia generalizzata. Si tratta soltanto di tranquillizzarlo.»

Represse una smorfia sul nascere, osservando la reazione di Nate. Era curiosamente tranquillo: si aspettava che avrebbe riso o che l'avrebbe guardato con pietà. Il ragazzo, invece, fissava sua madre con occhi attenti e comprensivi, mantenendo un rispettoso silenzio.

«Devo trasferirmi qui, praticamente?» chiese.

«Dal lunedì sera al sabato mattina. Io vivo e lavoro a Huntingdon e non posso raggiungere mio figlio che nei weekend.» Quando sua madre smise di parlare, Nate gli rivolse, finalmente, lo sguardo. Non come il precedente: stavolta era uno sguardo piuttosto pieno di comprensione, attesa. Stava aspettando che dicesse qualcosa?

«La paga ovviamente è buona ed è tutto compreso. Crede di farcela?»

Nate lo stava ancora fissando. Voleva sapere qualcosa da lui? Perché allora non dava sfogo a quella maledetta lingua e non chiedeva, invece di guardarlo?

«Se non te la senti, non importa, abbiamo altre proposte,» disse Nathan. Funzionò: Nate si riscosse e guardò prima sua madre, poi nuovamente lui.

«Posso farlo, è un compito semplice. Mia sorella soffriva di attacchi di panico.»

«Sei già abituato, quindi? Bene,» commentò sua madre, sorseggiando il proprio tè.

«Se non è troppo indiscreto, posso chiedere quant'è la paga?»

* * *

Era abbastanza per pagare l'affitto, le bollette e tre mesi di spese. In pratica, se avesse ottenuto il lavoro, sarebbe stato tranquillo per un po' e avrebbe messo da parte abbastanza denaro da poter comprare un locale per la libreria. Gli si illuminarono gli occhi.

«Come vede è abbastanza generosa per sdebitarci del disturbo...»

«Sì, lo è davvero,» mormorò, sorridendo. Tornò a guardare Nathan: lo stava ancora fissando interessato, valutando ogni suo minimo movimento. Lo metteva a disagio in verità, ma ci avrebbe volentieri fatto l'abitudine.

Inoltre era l'uomo più affascinante che avesse mai visto. Fin da quando l'aveva osservato scendere le scale, con la camicia mezza abbottonata e l'aria assonnata, era rimasto totalmente folgorato dalla sua bellezza. Aveva un viso mascolino e attraente, un paio di occhi azzurri da mozzare il fiato, la pelle abbronzata e, ricordava, liscia. Quando gli aveva stretto la mano l'aveva sentita forte e calda e per un attimo nella sua testa si erano sovrapposte una serie di immagini non propriamente corrette sulle parti del proprio corpo che quel calore avrebbe potuto esplorare.

I suoi pantaloni, già enormemente stretti, erano diventati un problema. Maledizione, gli era diventato duro soltanto a guardare l'uomo con cui avrebbe dovuto, in caso positivo, trascorrere la maggior parte delle sue serate!

«Allora possiamo contarla come candidato al posto?» chiese la signora Doyle. Nate annuì, sorridendole.

«Certo, mi piacerebbe molto.»

Sentì Nathan ridacchiare, ma si costrinse a ignorarlo. Non sapeva se sarebbe riuscito a sopportare la visione del suo sorriso, probabilmente malizioso. Quell'uomo era sicuramente disponibile a flirtare con lui, ma avrebbe preferito tenere quel pensiero fuori da un rapporto puramente lavorativo.

«Tu che ne dici, Nathan?»

Nate si voltò a guardarlo. L'uomo lo fissava con intensità e fece scorrere nuovamente gli occhi su di lui, come aveva fatto quando l'aveva visto per la prima volta. Deglutì, sentendosi sotto valutazione, impossibile capire di che genere. Quando terminò, Nathan rivolse un sorriso a sua madre.

«Gli faremo sapere.»

«Le faremo sapere entro lunedì, ma si tenga pronto a trasferirsi nel caso di risposta positiva.»

Era venerdì: avrebbe passato i successivi giorni ad aspettare, con l'ansia di non ricevere risposta? Tentò di sorridere, nervoso.

«Va bene, grazie mille.»

«Ha bisogno di una macchina per tornare a casa?» chiese la signora Doyle. Nate scosse il capo, alzandosi dal tavolo vagamente a disagio.

«Non si preoccupi, posso chiamare un taxi.»

«Io sto andando in città,» disse Nathan. «Mi piacerebbe darti uno strappo.»

Nate si voltò a guardarlo, valutando quella proposta. Avrebbe preferito tornare a casa da solo, ma passare del tempo con Nathan lo

avrebbe aiutato a ottenere il lavoro e a capire se, effettivamente, lo *voleva* davvero. Non conosceva l'uomo a cui avrebbe dovuto fare da *dama di compagnia* – si trattava di quello, dopotutto – e gli sarebbe piaciuto saperne di più. Gli sorrise quindi, grato.
«Se non è un problema, accetto volentieri.»

Se la casa era un gioiello, la macchina era qualcosa di indescrivibile. Era una Aston Martin Vanquish blu scuro, lucidata e dai vetri oscurati. La cameriera gli disse che Nathan le dedicava almeno due ore ogni mattina e che la trattava come una moglie. Non gli era difficile crederlo: era un'auto bellissima e, probabilmente, molto costosa.
«Bella, vero?»
La voce di Nathan lo fece trasalire, ma quando lo vide rabbrividì. Si era tolto gli occhiali e aveva pettinato i capelli scuri all'indietro; indossava un cappotto nero che gli arrivava alle ginocchia, un paio di pantaloni eleganti e scarpe lucide. Il suo volto era affascinante e pulito come lo ricordava, ma le occhiaie sembravano sparite.
Quei maledetti specchi azzurri, poi, lo fissavano divertiti e ammalianti mentre si avvicinavano.
«Ehi?»
Nate si riscosse, distogliendo imbarazzato lo sguardo e tornando a guardare l'auto.
«Da-Davvero una bella macchina, sì,» biascicò, passandosi nervosamente una mano tra i capelli sulla nuca. «Credevo che auto del genere fossero guidate soltanto da autisti pagati appositamente.»
«Col cavolo che la faccio guidare a qualcun altro,» fu la risposta di Nathan dopo che si fu messo a ridere. Aveva una risata cristallina e provocante, probabilmente anche quando quello non era l'intento principale. «Dai, salta su.»
Nate non se lo fece ripetere due volte: aprì lo sportello del passeggero e si accomodò sui sedili in pelle, facendo attenzione a non sporcare nulla con le suole delle scarpe. Si sentiva a disagio persino in un contesto del genere, terrorizzato dall'idea di poter fare brutta impressione sul suo possibile datore di lavoro. Nathan sembrò non farci caso, prendendo posto e mettendo la retromarcia. Mentre guidava non lo

guardò, limitandosi a tenere gli occhi sul vialetto che conduceva fuori dall'enorme villa e poi sulla strada asfaltata che portava in città.

Nate rimase in silenzio, a fissare il paesaggio che scorreva velocemente fuori dal finestrino. L'uomo al suo fianco aveva una maniera di guidare consona a lui: andava estremamente veloce ma non gli dava fastidio. Sembrava padrone dell'asfalto, una di quelle persone con le quali non crederesti mai di poter andare a sbattere o finire fuori strada. Si rilassò in fretta e senza accorgersene.

«Hai un bel culo, te l'hanno mai detto?»

Nathan ruppe il silenzio mandandogli una scossa direttamente all'inguine, al volto in fiamme e al cervello ovattato. Si voltò di scatto verso di lui per controllarne l'espressione, sconvolto.

Era serio, ancora focalizzato sulla strada e ancora con quel maledetto sorriso accennato impresso sulle labbra perfette.

Nate deglutì ma decise di non dargli la soddisfazione d'esitare. Dopotutto era come rifiutare le avance di un cliente, no?

«Sì, me l'hanno detto.»

Sentì la sua risata *erotica* risuonare nello spazio stretto della macchina. Un'altra scossa al basso ventre: si sistemò meglio perché la sua erezione non venisse notata, cercando in ogni modo di nascondere l'imbarazzo e il desiderio.

«Scommetto che è anche bello stretto,» mormorò ancora Nathan. Stava cercando di sedurlo? Maledizione, ci stava riuscendo. Deglutì, trattenendo un gemito al dolore che iniziava a provare al cavallo dei pantaloni.

«Non credo sia una questione di *sua* competenza.»

Eccolo lì, che si giocava il lavoro perfetto soltanto perché era un maledetto puritano. Beh, poteva andare avanti anche così. Avrebbe trovato magari un lavoro notturno sano, onesto, sotto pagato e...

«Prova a darmi ancora del lei nelle tue ore di lavoro e ti sbatto fuori di casa a calci.»

...o forse no. Gli rivolse uno sguardo veloce soltanto per incontrare, per un secondo, i suoi occhi infastiditi. Non era stato abbastanza chiaro? Forse gli aveva fatto intendere di poter avere una possibilità con lui?

Certo, Nate, te lo mangiavi con gli occhi!

«Nelle mie...?» provò a chiedere, ottenendo un'altra risata.

«Onestamente, Nate?» chiese Nathan. Mise la freccia e svoltò per imboccare la strada che portava in città. «Abbiamo ricevuto richieste su richieste in questi giorni, mia madre ha accolto circa una ventina di stronzi e puttane in casa. C'era una nonnina che ha perso la dentiera nel dolce e che si aspettava che gli facessi io da balia, un ragazzino che avrà avuto diciassette anni che continuava a trafficare con il suo telefono mentre gli parlavamo.»

Le parole dell'uomo suonavano serie, adesso, irritate e stanche. Gli parve di ottenere una sorta di *apertura* e non fu in grado di interromperlo.

«Tu sei l'unico stronzo che mi è sembrato serio. Non faccio entrare in macchina chiunque. Certo, avrei una gran voglia di sfondarti quel bel culetto fino a farti urlare di piacere, ma non è solo questo.»

Rabbrividì all'ultima frase, diviso tra il fastidio che gli provocavano quelle parole e l'eccitazione che, invece, provocavano al suo cazzo. Non discusse, lasciò ancora che Nathan continuasse, immobile. Non avrebbe saputo cosa rispondere in ogni caso.

«Ti impegneresti davvero? Potrebbe rovinarti la psiche, non si tratta di un paio di notti al mese.»

«Lo so,» rispose, finalmente. «Posso farlo. Sono serio per quanto riguarda il lavoro, non ho problemi o non avrei accettato.»

Vide gli occhi di Nathan schizzare per un altro istante verso di lui, perplessi. Sembrava come indeciso sul fidarsi o meno: il movimento del suo pomo d'Adamo gli rese chiaro che stava deglutendo.

«Hai detto che tua sorella soffriva di attacchi di panico.»

«Sì, sono preparato,» lo rassicurò Nate. «Anche lei si svegliava spesso di notte e veniva da me per avere un po' di conforto.»

«Ne è uscita?»

Nate si bloccò prima di rispondere: era una domanda volta a valutare la sua preparazione? No, Nathan sembrava... spaventato. Gli occhi, si accorse, si erano assottigliati e sembravano più distanti, pensierosi, forse... tristi. Schiuse le labbra per parlare ma, prima di poterlo fare, su di esse si dipinse un sorriso dolce, intenerito. Doveva essere difficile: ricordava quel che aveva passato sua sorella, ma non credeva che avrebbe mai capito. Per fortuna, probabilmente.

«Sì,» rispose. «Ci abbiamo messo un po', ma ne è uscita.»

Nathan non rispose. Si limitò a sospirare e a controllare gli specchietti retrovisori, guidando la macchina per la via principale della città. Rimasero in silenzio entrambi finché non dovette fermarsi a un semaforo rosso. In quel lasso di tempo, Nate ne approfittò per osservarlo: la postura era rigida, anche se fingeva tranquillità. Aveva un braccio allungato verso il volante, l'altro appoggiato al finestrino. La schiena era rilassata contro lo schienale, il capo appoggiato a esso, gli occhi ancora pensierosi.

«Dove ti porto?» chiese, infine, Nathan. Si riscosse soltanto in quel momento, rendendosi conto che non gli aveva ancora dato l'indirizzo di casa. Lo fece subito e per tutto il restante tragitto rimasero in silenzio.

Quando finalmente la macchina si fermò, Nathan si rivolse a lui. «Ci sentiamo, allora. Tieniti pronto.»

«Aspetta!» lo interruppe Nate. Ricercò nella borsa carta e penna e, velocemente, ci appuntò il proprio numero privato. Sapeva che erano già provvisti del suo numero di lavoro, ma spegneva quel cellulare di notte perché era il numero che veniva scritto sulle locandine del bar. Non voleva scocciatori.

Una volta fatto, ripose la penna nella borsa e gli porse il foglio.

«È il mio numero, l'altro è spento nelle ore in cui non lavoro,» spiegò, rivolgendogli un sorriso mentre l'altro accettava il biglietto. «So che è presto per dirtelo, ma se avessi bisogno puoi chiamarmi.»

Osservò il volto di Nathan passare lentamente dallo stupore all'indecisione e, infine, alla gratitudine. Il sorriso che gli rivolse fu il più bello che avesse mai visto, dolce, affettuoso. Un sorriso che si regala a un compagno o familiare. Tentò di calmarsi mentre quell'espressione mandava in subbuglio mente, cuore e cazzo tutti insieme.

«Grazie,» mormorò Nathan: non riuscì a sostenerne lo sguardo e dovette schiarirsi la gola probabilmente per evitare l'imbarazzo.

Nate si sistemò e fece per uscire dalla macchina, sussurrando un: «Ci sentiamo.»

Prima che potesse farlo, però, Nathan gli afferrò un braccio – ancora una scossa al basso ventre, più forte delle altre – e lo attirò verso di sé, posandogli le labbra sulla mandibola, appena sotto l'orecchio. Il lobo venne solleticato dal naso perfetto dell'uomo; Nate ricevette un lieve bacio a fior di pelle, la bocca morbida e calda. *Tremendamente* calda.

«A lunedì, bel culetto.»

Un sussurro contro il proprio orecchio e Nate non riuscì a trattenere un gemito. Ci provò, con tutte le sue forze, ma non ci riuscì. Quell'uomo sembrava fatto di sesso, tanto che gli risultava impossibile pensare alla fragilità che vi aveva letto pochi minuti prima.

Quando fu libero dalla stretta sul suo braccio, scappò via dall'auto, rosso in volto. Non sbatté la portiera: la chiuse gentilmente, rispettoso della *regalità* della vettura. Nonostante sentisse lo sguardo di fuoco dell'uomo puntato su di lui, non si girò neanche una volta: quasi corse verso l'entrata dell'appartamento, litigando con le chiavi per sbrigarsi ad aprire il portone ed entrare, finalmente. Soltanto quando fu dentro sentì il rombo del motore e si permise di voltarsi per osservare l'auto blu scuro sparire dietro l'angolo.

Il cuore non la smise di torturarlo.

CAPITOLO 2

Nathan scivolò sotto il getto d'acqua calda, sospirando.

Aveva passato l'ennesima notte d'inferno, continuando a svegliarsi a ogni ora: era riuscito a domare l'istinto *patetico* di alzarsi e cercare qualcuno sveglio e si era riaddormentato ogni volta, perseverando.

"*Se dormo andrà meglio*," aveva pensato, così aveva chiuso gli occhi, alzato un po' il volume del telefono che mandava in riproduzione casuale l'intera discografia degli Evans Blue e, dopo un'infinità di tempo, era riuscito a riaddormentarsi per risvegliarsi dopo un'ora.

Era andato avanti così fino alle sei, quando la luce aveva iniziato a penetrare dalle tapparelle abbassate e i primi rumori avevano cominciato a riecheggiare nel corridoio i passi del personale che avviava le faccende di casa.

Sua madre doveva essere sveglia da un po': l'aveva sentita dirigersi in bagno un paio di volte, nel pesante silenzio che ancora avvolgeva gli appartamenti. Aveva controllato il telefono: neanche l'ombra di una chiamata o un messaggio.

Non che se lo aspettasse, ovviamente. Cody sapeva a stento utilizzare il suo cellulare ed era l'unico che avrebbe potuto chiamarlo, se ce ne fosse stato il bisogno. Per il resto erano tutte amicizie di circostanza, contatti di lavoro o gente di cui ricordava a malapena il volto.

I suoi amanti ricevevano di rado il suo numero.

In quanto al *bel culetto* che si era presentato un paio di giorni prima a casa sua... Non era lui a doverlo chiamare, no?

Nathan, però, non l'avrebbe fatto. Non si sarebbe mostrato debole di fronte a lui ancor prima di averlo come dipendente. Ne aveva parlato con sua madre: per lei era totalmente irrilevante chi entrava in casa per fargli da *balia*, l'importante era che piacesse a lui.

A Nathan, Nate Abraham piaceva. Non soltanto esteticamente. Sì, aveva un gran bel fisico ed era *adorabile* quando arrossiva, ma non era soltanto quello.

Era realmente l'unico che gli era sembrato davvero preparato. C'erano un paio di ragazze che avevano dimostrato la stessa determinazione, ma Nate... Nate era un uomo con la testa sulle spalle, serio, e i suoi occhi gli avevano fatto intendere fin da subito che non l'avrebbe abbandonato a se stesso. Non se non avessero combinato cazzate, ovviamente.

Nathan lo sapeva: se ci avesse provato *seriamente* con lui, con ogni probabilità se lo sarebbe portato a letto per dirgli addio il giorno dopo. Aveva tutta l'aria di essere una di quelle persone dannatamente brave a discernere il lavoro dalla vita personale, uno di quegli stronzi che non te lo davano se non c'era una sorta di "cessazione del contratto". Splendido: si sarebbe fatto tremila altri ragazzi, non aveva problemi sotto quel punto di vista, ma lo voleva. Lo voleva a casa sua.

Si appoggiò alle pareti della doccia, lasciandosi scivolare l'acqua semi bollente addosso e godendo di quella sensazione. Aveva mezz'ora per prepararsi e presentarsi al lavoro, circa dieci minuti di macchina dalla propria abitazione fino alla città e altri dieci per sgranocchiare qualche boccone. Poteva passare il tempo che rimaneva chiuso tra quelle quattro mura.

Strofinò le mani sul petto e sul ventre, insaponandosi. Fece scivolare le dita sul braccio muscoloso e sul collo, cercando di arrivare dove poteva per lavarsi la schiena. Provvide alle gambe e, quando fu sicuro di aver passato il bagnoschiuma ovunque, si accovacciò a terra, sospirando ancora e chiudendo gli occhi.

Che pace.

Non sentiva altro che il rumore dell'acqua che scorreva. Il bagno era in penombra, grazie alle tende tirate davanti alla piccola finestra presente nella stanza. Non aveva acceso la luce proprio per godersi l'oscurità: quando non era notte, quando non c'era nulla da temere, era bello.

Niente incubi, niente battiti irregolari, niente di niente.

Deglutì: ci riuscì a fatica perché non aveva saliva. Provò di nuovo, raccogliendone un po' sulla lingua e dandole una spinta con i muscoli della bocca: stavolta passò in gola perfettamente.

Vedi? Ci riesci.

Sorrise alla persona che, nella sua testa, aveva parlato. Era se stesso? Era una proiezione di altre persone? Scosse il capo, sospirando di nuovo e rimettendosi in piedi. Aveva ancora della schiuma che gli scivolava sulla pelle: se la scrollò di dosso sotto il getto d'acqua.

Si sarebbe volentieri intrattenuto a darsi un po' di piacere per scaricare la tensione ma, data la sua attuale condizione psicologica, forse non era il caso. Sarebbe finito a pensare alle persone sbagliate, gente che non vedeva dai tempi del liceo, e si sarebbe pianto addosso come conseguenza del dispendio d'energie che lasciava l'orgasmo, soprattutto se raggiunto da soli.

No, non ne aveva proprio voglia.

Chiuse l'acqua e uscì in fretta dalla doccia, prendendo l'asciugamano e passandoselo sulla pelle bagnata. Tramite la porta che si apriva sulla sua stanza uscì dal tepore che la condensa aveva lasciato nel bagno e recuperò la biancheria, gettando il panno umido sul letto.

Mentre si stava infilando anche i pantaloni, sentì bussare alla porta.

«Nathan, sto uscendo,» urlò la voce di sua madre. «Ti serve qualcosa prima che vada?»

«No,» rispose lui, alzando appena il tono mentre cercava una maglia adatta. Avrebbero utilizzato abiti che avevano in studio per quella giornata, quindi non doveva preoccuparsi di ciò che indossava. «Hai chiamato Nate?»

«Chi?»

«Abraham.» Infilò la maglia e si portò davanti allo specchio per mettere le lenti e sistemare i capelli con il gel. «La dama di compagnia.»

«Ah, sì,» asserì lei. «Sarà qui per le nove stasera, prima che Lucy se ne vada.»

«Okay. Buon viaggio.»

«Se hai bisogno di qualcosa, chiamami!» Prima di poter rispondere, Nathan aprì la porta e le rivolse un sorriso. Sua madre era vicina allo stipite, aveva già il cappotto addosso e il trucco pesante sul viso. Era una bella donna, capelli neri e lunghi raccolti in uno chignon professionale, occhi marrone e corpo minuto. Poche rughe suggerivano l'età già avanzata: si accentuarono quando lei ricambiò il suo sorriso.

«Andrà tutto bene, mamma,» la rassicurò, chinandosi a darle un bacio sulla guancia. Lei gli fece una carezza sul volto.

«Fammi sapere se è il caso di cambiarlo o no.»

«Non credo, ha fatto una buona impressione.»

Ottima direi.

La osservò dalla finestra della cucina mentre percorreva la strada dall'entrata al garage. Con sguardo pacato e una fetta di torta appena sfornata in bocca, seguì la macchina che spariva lungo il vialetto e, in pochi minuti, non rimase null'altro che il ricordo del suo profumo di calicanto.

* * *

Era nervoso.

Mancava un'ora alle quattro, l'orario in cui avrebbe finito il turno al bar, ed era già un fascio di nervi. Era soltanto un lavoro, dopotutto, no? Un lavoro semplice che non richiedeva chissà quali doti. Gli avevano detto così, giusto? Perché non crederci allora? Perché tutta quell'esitazione, perché era così preoccupato?

Timothy se n'era accorto dal primo momento in cui aveva messo piede nel locale e anche Kate, l'altra collega, quando era arrivata gli aveva chiesto se avesse qualcosa che non andava, riuscendo a estorcergli poche, sbrigative informazioni.

Aveva ricevuto la chiamata della signora Doyle quella mattina stessa e si era trascinato lo shock per tutta la giornata, guadagnandosi una bella caduta, a causa della neve per strada, ma riuscendo miracolosamente a non fare danni al lavoro.

Se l'era cavata bene, tutto sommato, ma adesso... Il momento in cui sarebbe stato libero da qualsiasi altro pensiero che lo tenesse lontano da Nathan si avvicinava e lui non riusciva a contenere il nervosismo.

Era un nuovo lavoro e sapeva bene che era difficile avere a che fare con un essere umano psicologicamente provato. Ricordava quanto ci avevano messo lui e i suoi fratelli con sua sorella, ricordava quanto era triste e distrutta; Nathan aveva mascherato tutto alla perfezione ma non sapeva se, nel momento in cui sarebbe crollato, lui sarebbe stato abbastanza.

Devo esserlo.

Un pensiero prettamente lavorativo, certo. Lo stesso che aveva avuto quando aveva deciso di dargli il numero di telefono. Soltanto per ottenere l'incarico, per i soldi, per dare una buona impressione.

Non c'entravano nulla il bel faccino del suo datore di lavoro e lo sguardo che gli aveva visto addosso mentre gli chiedeva di sua sorella. Assolutamente nulla.

«Dio, che figo!»

Mentre stavano pulendo i tavoli, Kate si era soffermata a sfogliare il giornale fresco di giornata. Sembrava essersi bloccata davanti alla foto di un uomo che avevano utilizzato per una pubblicità. Sorrise, continuando a pulire il suo tavolo e riportando le consumazioni al bancone. Al contrario, Timothy si avvicinò a lei.

«Dai, ti piace questo genere di uomini?» lo sentì chiedere. Ridacchiò tra sé e sé mentre aggirava il bancone e si metteva a sciacquare tazzine e piatti prima di metterli nella lavastoviglie.

Non si era mai interessato ai giornali o ai notiziari, meno che mai alle pubblicità presenti su di essi. Preferiva star lontano dai fatti di cronaca, che non facevano altro che allenare il pessimismo della gente, o dalle pubblicità che abbassavano, invece, la sua già precaria autostima.

«Dai, Tim, guarda che bestia di bicipiti!»

«C'è di meglio!» rispose Timothy, avvicinandosi al bancone e rivolgendogli un sorriso esasperato che Nate ricambiò. Kate seguì entrambi, sventolando il giornale come se fosse stato chissà quale ingente bottino di guerra.

«Ma sono così *naturali!* Non è pompato o cosa! E questi occhi… Per la miseria!» Sembrava sognante mentre parlava, lo sguardo balenava dal giornale a Timothy e viceversa, fermandosi anche su di lui. «Nate, lo so che tu puoi capirmi, abbiamo gli stessi gusti!»

Lui mugolò un assenso lascivo, mettendo a posto le ultime stoviglie e levandosi il grembiule. Ormai erano quasi le quattro, era autorizzato a staccare.

È nervoso, sempre più.

Rivolse uno sguardo al giornale per puro caso, dato che Kate non la finiva di chiedergli un parere.

Inizialmente credette di aver visto male: era tutto il giorno che ci pensava e, magari, aveva le allucinazioni. Sbatté un paio di volte gli occhi, focalizzò l'attenzione sulla foto e...

«... *Nathan!*» esclamò. Non era un'allucinazione: era il suo fottutissimo datore di lavoro quello che posava a petto nudo per la pubblicità di un paio di jeans. Si sentì arrossire, una scarica di piacere che correva al basso ventre.

«Chi?» chiese Kate, guardandolo scettica.

Timothy, invece, si piegò sulla foto e lesse ad alta voce: «"Nathan Doyle". È scritto qui.»

Oh cazzo, fa il modello.

«È vero!» rispose Kate. «Come fai a... *Lo conosci?*»

Nate scosse violentemente il capo, scappando verso lo stanzino dove era solito cambiarsi.

«No, certo che no. L'ho letto.»

«*Non fare il finto tonto con me, Nate Abraham!*» Kate lo inseguì fino a che non le chiuse la porta dello stanzino di servizio in faccia, premendosi contro di essa e tenendo la maniglia ferma. La ragazza prese a bussare facendo un gran chiasso e, mentalmente, la maledisse.

«Nate, dimmi chi è!» urlava. «Non puoi tenerti un tale figo per te e aspettarti che non ti chieda niente! *Dimmelo!*»

Non avevo idea che fosse così *figo!*

Insomma, aveva una gran bella casa: implicava che facesse un lavoro che gli dava parecchi soldi. Però... Il modello? Sì, maledizione, era un ragazzo mozzafiato, ma fino a quel punto? Quando lo aveva visto per la prima volta aveva un aspetto quasi trasandato, gli occhiali e l'aria sfatta; poi si era dato una sistemata per andare in città, ma in quella foto... Maledizione, credeva che Nathan Doyle fosse sesso puro soltanto dal vivo, quando poteva sentirlo parlare e vederlo muoversi... Non credeva che una singola, cazzo di foto avrebbe potuto avere quel potere distruttivo!

A petto nudo... Maledizione!

Bloccò la porta con una scopa, poi ripose il grembiule e iniziò a cambiarsi. Sentì che Timothy era venuto in suo soccorso e stava tentando di calmare Kate, seppur invano, e attese che si allontanassero entrambi per tirare un sospiro di sollievo, recuperare le sue cose e, finalmente, uscire.

Quando fu fuori, Kate stava servendo un cliente mentre Timothy era al bancone. Si avvicinò per salutarlo.

«Allora vado,» disse. Lui annuì e gli sorrise.

«A domani,» salutò. «Metticela tutta!»

Nate fece un veloce cenno della mano a Kate, che non venne ricambiato, e si avviò fuori dal locale per tornare a casa e lavarsi. Aveva già preparato le cose da trasferire nella sua nuova abitazione, quindi gli rimanevano soltanto cinque ore per prepararsi e... aspettare. Sarebbe stato maledettamente difficile.

* * *

Alle otto e cinquantatré suonò il citofono.

Nathan si aspettava che Nate sarebbe arrivato in orario, ma... addirittura in anticipo? Sembrava sempre trovare il modo di stupirlo. Aprì il cancello per far entrare l'auto del ragazzo – una vecchia Ford Fiesta rosso scuro impolverata – e uscì per accoglierlo e farlo parcheggiare accanto al garage.

Lo osservò mentre scendeva e scaricava la valigia, trascinandosela dietro fino a fermarsi davanti a lui. Sembrava nervoso: evitava di guardarlo negli occhi e gli aveva rivolto soltanto un timido sorriso.

«Tutto bene?» gli chiese Nathan, guidandolo verso l'ingresso. Lui annuì, sorridendo in quel modo ansioso e terribilmente finto. Represse una risata sul nascere.

«Sì, certo,» rispose Nate, senza neanche guardarlo. Nathan sogghignò guidandolo prima nell'ingresso, dove venne accolto dalla domestica con qualche frase di cortese riverenza, e poi verso le scale, diretto alla stanza che avrebbe usato.

«Questa è la tua camera,» spiegò, entrando e lasciando che lui lo seguisse. «Se non va bene posso farti vedere altre due stanze di servizio, ma non credo che Lucy possa metterle a posto stasera.»

Nate non sembrava interdetto: era stupito, piuttosto, mentre si guardava intorno con aria assente. Aggrottò le sopracciglia, seguendo il suo sguardo.

Non era una stanza troppo pomposa: era grande più o meno come la sua, con un letto a una piazza e mezzo nel centro che aveva l'aria d'esser pulito e comodo. Un grosso armadio adornava una parete mentre contro l'altra era adagiata una scrivania sgombra, proprio ai piedi della grossa finestra che dava sul giardino all'entrata della villa. In un angolo c'era una poltrona con delle coperte ripiegate e dei cuscini in più e a terra, da un lato del letto, c'era un tappeto appena pulito. Appeso a una parete, infine, un grosso quadro di una veduta sul mare con dei girasoli in primo piano: era il suo preferito, ma evitò di parlarne.

Nate si fermò ai piedi del letto e lasciò lì la valigia, voltandosi a guardarlo.

«È bellissima, grazie.» Sembrava grato chissà per che cosa; gli venne da sorridere, divertito. Era tenero: non faceva che peggiorare la situazione del proprio desiderio verso il suo corpo.

Pazienza, vorrà dire che domani sera andremo per locali.

«Hai già cenato?» gli chiese. Nate annuì, senza smettere di guardarsi intorno. «Bene. Se da domani vuoi mangiare qui non c'è problema, basta farlo presente alla cuoca.»

«La cuoca...?» mormorò quasi tra sé e sé, portando distrattamente lo sguardo su di lui. Nathan sogghignò, stringendosi nelle spalle.

«Mi dispiace deludere le tue aspettative, bellezza, ma non so cucinare granché bene.»

Nate distolse lo sguardo, pensieroso, avvicinandosi alla finestra per osservare con strano interesse il panorama fuori di essa. Rimasero entrambi in silenzio per diversi secondi, finché Nathan non decise di indietreggiare e lasciargli spazio.

«Okay, amico, ti lascio ambientarti e scendo di sotto. Fa' come se fossi a casa tua e, se hai bisogno di qualcosa, chiama.»

Lo vide ridacchiare prima di rivolgergli lo sguardo e rispondere: «L'hai visto dove abito: *non è* come se fossi a casa mia.»

Nathan si abbandonò a un sorriso. «È solo questione d'abitudine.»

Lo sperava, almeno: era già abbastanza imbarazzante dover ricorrere a mezzucci del genere per curare il suo *disturbo*. Preferiva vedere la sua *dama di compagnia* ambientarsi al meglio, se proprio non riusciva a considerare la sua casa come propria.

Scese le scale fino alla porta d'ingresso, per poi dirigersi nella piccola cucina, dove Lucy aveva già sparecchiato. La donna stava sistemando le ultime cose prima di andarsene, mentre dalla porta del cucinotto sentiva il rumore dei piatti che venivano riposti e della lavastoviglie in funzione. Tempo venti minuti al massimo e lui sarebbe rimasto *solo* con il suo nuovo amico.

Non era nervoso, non era agitato. Andava tutto bene.

Col cazzo. Non riesco nemmeno a fidarmi...

Cercò di scacciare quel pensiero rivolgendo a Lucy un sorriso mentre lei si toglieva il grembiule e lo riponeva sull'appendiabiti al lato della porta.

«Nathan, io andrei,» gli disse, ricambiando quel sorriso.

«Va' pure, non c'è problema.»

Diede uno sguardo all'orologio appeso al muro accanto alla finestra. Erano le nove e dieci: il turno della servitù finiva alle nove e mezza, ma non aveva mai fatto troppe storie se qualcuno se ne andava prima. Il più delle volte non ci aveva neanche fatto caso.

«Il signor Abraham ha bisogno di qualcosa prima che me ne vada?» chiese la donna. Lui scosse il capo.

«Non credo, non preoccuparti. Ci penso io, torna da tuo marito.» Le rivolse un sorriso mentre lei ringraziava e faceva un breve inchino, allontanandosi poi verso l'ingresso.

Tornato solo in cucina, prese una bottiglia d'acqua dal frigo e si riempì un bicchiere. Aveva voglia d'alcool, in realtà, ma non credeva che fosse una buona idea. C'era Nate a casa e non era il caso di far brutta figura a causa dello stato d'ebrezza. Inoltre, per quanto l'avesse voluto, non se la sentiva ancora di ricominciare a bere.

Si sedette su una sedia, aspettando che la sua balia o la cuoca arrivassero a disturbarlo. Era indeciso su come passare il resto della serata, se mettersi a guardare un film, suonare un po', *distrarsi*... O rimanere ad aspettare. Sicuramente era troppo presto per andare a letto: così facendo sarebbe stato sveglio per l'una e non avrebbe risolto nulla. Preferiva non dar grane al suo badante già dal primo giorno.

Dio, sì, era *nervoso*.

«*Nathan...*»

Trasalì quando sentì la voce gentile di Madeleine, la cuoca, proveniente da poco più di un metro alla sua sinistra. Non si era accorto che era entrata in cucina e che il rumore di piatti era cessato, troppo immerso nei suoi pensieri. Lei ridacchiò, aggiustandosi il cappotto sulle spalle.

«Dov'eri, ragazzaccio?» chiese, avvicinandosi per dargli un buffetto sul capo. Se non fosse stato per l'età, più avanzata di quella di sua madre, avrebbe trovato quella frase quasi intrigante. Sorrise, invece, stringendosi nelle spalle.

«Mi chiedevo soltanto se il nuovo acquisto non avesse bisogno di qualcosa,» rispose, semplicemente. «Ma non mi va di disturbarlo.»

«Lascialo ambientarsi, è difficile all'inizio,» suggerì la donna, avviandosi verso la porta. «Buonanotte, stella, a domani.»

La salutò con un cenno della mano, ascoltando il rumore della porta che sbatteva e della macchina che si allontanava sul vialetto, finché non rimase altro che il silenzio.

Lo odiava, lui, il silenzio. Uno stato con cui non riusciva a convivere: portava pensieri, portava ricordi, portava paura. Si allontanò dalla cucina prima di potersi permettere di non respirare.

* * *

Disfatta la valigia – non che avesse portato molta roba con sé: l'armadio era fin troppo *enorme* per le sue misere magliette – e sistematosi come meglio riusciva, Nate uscì dalla stanza per fare un giro del corridoio. Memorizzò la camera di Nathan e il bagno, i posti più importanti, poi si perse per circa quindici minuti nel cercare di identificare le altre stanze. Quella casa sembrava una reggia più che la semplice villa di un uomo benestante. Quando gli sembrò di aver assimilato abbastanza, si diresse verso il piano di sotto in cerca di Nathan.

Forse era meglio farsi una doccia prima di mettersi a letto: aveva in mente di passare la serata a leggere in attesa di venir chiamato da Nathan.

Non sapeva a che livelli fosse il problema del ragazzo, ma credeva che fosse meglio tenersi pronto così da non farlo andare nel panico. Era l'approccio migliore, no? Avrebbe fatto un lavoro impeccabile e si sarebbe meritato i suoi soldi.

Prima di poter scendere tutta la rampa di scale, però, si imbatté proprio nel suo datore di lavoro che, quando lo vide, sembrò quasi sollevato.

«Ehi!» lo salutò, infatti, agitando anche una mano in maniera vagamente buffa. Non riuscì a trattenere un sorriso.

«Stavo venendo da te,» spiegò, fermandosi mentre lui lo raggiungeva e gli faceva cenno di risalire.

«Tutto bene lassù?»

Nate annuì energicamente. «Sì, ho già disfatto la valigia. Il corridoio è immenso...»

Nathan ridacchiò: sembrava nervoso, come se stesse cercando di nascondere qualcosa. «Ci sono un po' di stanze, ma quando le memorizzi è più piccolo di quanto sembri.»

«Spero di sbrigarmi,» ammise Nate, ridacchiando. «Senti, posso farmi una doccia?»

«Perché lo chiedi a me?» Nathan gli rivolse uno sguardo scettico e vagamente infastidito.

«Non vorrei... Sai...» biascicò, grattandosi il capo.

Okay, stava tornando nervoso: stava sbagliando?

«A casa tua mi chiederesti il permesso?»

«Beh, non è casa mia.»

Sembrò ancora più contrariato. «Ma ti ho detto di fare come se lo fosse, quindi fai la tua dannata doccia, no?»

Sì, era decisamente nervoso, anche se non ne capiva il motivo. Era lui quello che doveva esserlo, non Nathan. Era Nate quello fuori posto. Non riuscì a rispondere e lo seguì verso le loro stanze, fermandosi poi davanti alla sua mentre l'altro continuava.

«Nathan...?» provò. Forse non ne aveva il diritto, ma volle comunque tastare il terreno.

Gli occhi blu dell'altro lo inchiodarono al suolo, penetrandolo con lo sguardo.

«Sì?»

Per un attimo non riuscì a rispondere, completamente attratto da quegli occhi. Sentiva la bocca secca, le labbra bloccate. Maledizione, non poteva ridursi così soltanto per uno sguardo!

«Sei...» *bellissimo*. «Hai bisogno di qualcosa?»

«... Scusa?» Sembrò non capire, le sopracciglia aggrottate e le palpebre appena abbassate. Nate deglutì, sforzandosi di trovare le parole giuste per non irritarlo ulteriormente. Non capiva ancora come trattare con l'enigma che portava il nome di Nathan Doyle.

«No, è che sembri... Nervoso?»

Nathan parve stupito da quelle parole. Spalancò gli occhi e lo fissò incredulo, come se fosse stata l'ultima cosa che si fosse aspettato di sentire. Probabilmente era così.

«Nervoso?»

«Sì,» mormorò Nate, imbarazzato. «Forse mi sbaglio, però... Fa nulla.» Non voleva metterlo a disagio.

Prima che potesse scappare nella sua stanza, Nathan si mise a ridere.

«Sei sempre così perspicace, bel culetto?»

Quando si decise a guardarlo, Nathan si era appoggiato al muro e lo fissava con uno sguardo divertito che tradiva il solito nervosismo, quasi *ansia*. C'era anche l'ombra di una sorta di gratitudine in quegli occhi impenetrabili.

«Più o meno,» rispose Nate, abbozzando un sorriso.

«Dovrò fare più attenzione allora, o finirò per appoggiarmi a te prima di quanto non voglia.»

Sparì nella sua stanza prima che Nate potesse anche soltanto cercare di capire quelle parole.

Più tardi, a doccia fatta, Nate si ritrovò a pensare che, forse, avrebbe dovuto insistere. Magari Nathan aveva bisogno di sfogarsi, magari non era l'approccio che avrebbe dovuto utilizzare. Mentre si faceva tutte le paranoie di questo mondo, com'era solito fare ogni volta che temeva di aver sbagliato qualcosa, sentì una musica dolce al pianoforte, lenta e suggestiva.

Si era appena messo in abiti comodi e aveva ancora i capelli umidi che si arricciavano sulla fronte. Ricordava di aver visto un pianoforte nella sala da pranzo dove era stato ricevuto per il colloquio, così scese le scale e si mise a cercarla, trovandola dopo un paio di tentativi.

Nathan era seduto al grosso pianoforte a coda, che rendeva la sua figura ancora più elegante. Era di spalle alla porta e non sembrava averlo notato: continuava a suonare tranquillo, come se nulla avesse potuto scalfirlo o abbatterlo. Nate rimase sulla soglia ad ascoltarlo finché non smise, assorto in quella musica dolcemente triste.

«Doccia andata a buon fine?» chiese la voce di Nathan, facendolo sobbalzare. Non si era ancora voltato: stava sfogliando un libro di spartiti che aveva poggiato sul leggio del pianoforte. Visto che era stato notato, Nate decise di avvicinarsi.

«Sì, tutto a posto,» rispose, affiancandosi a lui per sbirciare sul libro che aveva davanti.

Quando era più piccolo e viveva ancora con i suoi, aveva provato anche lui ad andare a lezioni di pianoforte, ma aveva abbandonato al liceo per mancanza di tempo. Gli piaceva, ma non così tanto da cercare di diventare un professionista o qualcosa del genere. Aveva sempre preferito rinchiudersi in una biblioteca piuttosto che nella sala prove della sua città natale.

Neanche Nathan sembrava troppo preso da quell'attività: aveva delle mani eleganti ma non gli sembravano quelle di un pianista. Forse si stava sbagliando, divertendosi per l'ennesima volta ad analizzare la persona che aveva davanti. Era come un difetto di fabbricazione per lui, un'abitudine dura a morire.

«Mi rilassa,» spiegò Nathan, come se gli avesse chiesto di farlo. Evidentemente si era sentito davvero nervoso – forse perché non c'era la servitù ed era rimasto solo con lui? – e aveva cercato un passatempo per calmarsi. Sorrise, ancora una volta intenerito da quell'uomo dalla corazza trasparente come acqua.

«Fammi sentire qualcosa, ti va?» chiese. Se lo tranquillizzava, voleva che continuasse. Non voleva metterlo a disagio, voleva cercare un legame: gli era difficile ma poteva farcela, era lo stesso tipo d'approccio che utilizzava al bar. Dava modo agli altri di parlare di loro così che fossero felici.

«Cosa vuoi sentire?» chiese Nathan. Non sembrava scontroso ma aperto, quasi sereno. Nate esultò internamente.

«Qualcosa che ti piaccia suonare,» rispose con dolcezza. «È sempre quello che viene meglio.»

Nathan abbozzò un sorriso prima di riporre il libro a un lato del pianoforte e riprendere a suonare una melodia lenta e malinconica che aveva già sentito da qualche parte. Aveva un suono vagamente celtico e ripetitivo, ma era molto bella. Dando uno sguardo all'espressione di Nathan, notò che aveva gli occhi socchiusi e le labbra appena aperte, assorto. Non seguiva uno spartito, suonava a memoria come se conoscesse quella melodia da tempo.

Senza accorgersene Nate arrossì, sorpreso da quell'improvvisa apertura verso di lui. Si ritrovò a pensare che, forse, ci sarebbe caduto prima ancora di rendersene conto, e al diavolo la professionalità.

Sospirò lieve, distogliendo a fatica lo sguardo dal suo volto per portarlo alle mani, così da non dover continuare a guardarlo. Nathan non sembrò farci caso, continuando a suonare quella melodia che Nate credeva fosse di qualche autore famoso, Mozart forse. Ripeté le stesse note finché non lo sentì ridacchiare.

«Nate, se non mi fermi non si dorme stasera, sai?»

Sobbalzò appena, vedendolo rallentare e voltarsi verso di lui per rivolgergli quel sorriso di sbieco, furbo e seducente. Provò a ricambiare, ma credette di aver simulato una smorfia.

«È molto bella!» gli disse, gentilmente. Nathan si strinse nelle spalle, alzandosi e richiudendo il coperchio del pianoforte.

«È stata una delle prime che ho imparato. *Greensleeves*, l'avevi mai sentita?»

Nate annuì. «Sì, ma non ne conoscevo il nome.»

«Hai sonno?» gli chiese Nathan. Sembrava indeciso, lì fermo a qualche passo dal pianoforte. Nate scosse il capo, sorridendogli.

«Non proprio. Tu?»

La risata dell'altro suonò vuota. «Ho sempre sonno, ciò non significa che voglia dormire.»

Si avviò fuori dalla stanza, facendogli cenno di seguirlo. Quando furono di nuovo all'ingresso, si avvicinò alla porta d'entrata e si fermò davanti a un tastierino numerico che, probabilmente, apparteneva all'allarme.

«Ti va di fare una camminata per il giardino o preferisci ritirarci?» chiese prima di metter mano all'aggeggio. Forse sarebbe stato meglio mandarlo a letto per farlo riposare, ma sapeva che non era realmente la scelta migliore. Se voleva fare un giro, significava che voleva sfogarsi un po', rilassarsi, parlare: Nate era lì per quello.

«Non ho ancora avuto modo di esplorarlo, sembra immenso!» disse, facendo un cenno verso la porta d'ingresso. Nathan gli sorrise prima di prendere i cappotti e aprirla. Lo sguardo che gli rivolse sembrò addirittura grato mentre lo guidava sul pianerottolo e poi per le vie del giardino.

Nate si ritrovò a pensare che non era poi così male.

CAPITOLO 3

«Quanti anni hai?»

Nathan avrebbe dovuto farci caso leggendo il curriculum che Nate gli aveva fatto avere, ma non l'aveva neanche guardato, ovviamente. Non gli era mai interessato particolarmente quello che le aspiranti dame di compagnia avessero fatto prima di arrivare davanti a lui: che importanza aveva? Non stava offrendo loro un lavoro che richiedeva chissà cosa. Chiunque era bravo a dormire e a svegliarsi, no?

Nate camminava al suo fianco per le vie del giardino, si guardava attorno con aria smarrita e meravigliata. I lampioni e i faretti che illuminavano il posto erano stati accesi, e rendevano le siepi, le piante e i fiori suggestivamente belli, nonostante Nathan sapesse che era alla luce del giorno che il lavoro dei giardinieri veniva davvero apprezzato.

Faceva freddo a causa delle temperature d'inizio anno e l'altro si stringeva nel suo cappotto imbottito, le guance appena arrossate e una flebile nuvoletta di condensa proveniente dalle labbra schiuse ogni volta che espirava. I capelli gli stavano attaccati alla pelle, nonostante fosse sicuro che erano asciutti. Doveva averli asciugati appena con il phon o con una salvietta perché non avevano l'ordine di uno shampoo fatto come si deve, ma lo rendevano quasi più affascinante.

«Ne faccio ventotto a luglio,» rispose Nate, facendogli un timido sorriso che increspò quelle labbra sottili.

«Pensa... Sei più piccolo di me,» commentò, ridacchiando appena. «Io ne ho ventinove.»

«Soltanto di un anno,» ribatté l'altro, stringendosi nelle spalle come imbarazzato. Gli rivolse uno sguardo veloce e insicuro prima di chiedere: «O sono due?»

«Sono due, sono nato a novembre,» specificò, portando le mani al caldo delle tasche del giaccone.

Nate si voltò finalmente a guardarlo; finora aveva evitato di mantenere gli occhi su di lui per troppo tempo, come a disagio.

«Scorpione?» chiese.

Nathan annuì, trattenendo una risata. «Ti piace l'astrologia?»

«Non particolarmente,» ammise l'altro, sorridendogli. «Mia madre passava buona parte della giornata a seguire programmi sull'oroscopo quando ero piccolo, così mi è rimasta la curiosità.»

Annuì, osservando la piega malinconica sul suo volto.

«Vive lontano?» chiese, disinteressato.

Nate si strinse nelle spalle e distolse ancora lo sguardo, stavolta non per imbarazzo o disagio. Sembrava quasi volersi nascondere, come se mostrargli la sua vera reazione e le sue emozioni avesse potuto dargli fastidio.

«Abbastanza. Non la vedo da anni.»

«È così tanto lontana?» chiese, quasi ingenuamente. Nate si mise a ridere per chissà quale ilarità della domanda, scuotendo il capo.

«Clifton,» spiegò. «Se volessimo, potremmo vederci ogni fine settimana, ma non sono il benvenuto.»

Nathan aggrottò le sopracciglia. «Come mai?»

«Mi hanno cacciato di casa quando ho fatto coming out.»

Ah, cazzo. E la medaglia per le migliori domande del cazzo va a: Nathan Doyle!

«Bella merda...» commentò. Avrebbe dovuto cercare di tirarlo su? Non era il suo lavoro...

Nate gli sorrise, però, facendogli sentire un tremito lungo tutta la spina dorsale che gli rizzò i capelli sul capo, gelandolo.

«Ci ho fatto il callo, ormai. È successo tempo fa. Adesso sto meglio, casa mia era un delirio.»

Ma ti piaceva lo stesso, vero?

Aveva quella strana espressione malinconica ogni volta che parlava, come se in realtà soffrisse. Non sapeva se stava intuendo bene, ma non gli sembrava felice o sincero... Non del tutto. Evitò di incalzare, provando a spostare il discorso da un'altra parte.

«Tu e tua sorella, giusto? Solo voi?»

«Magari,» ridacchiò. «No, prima di finire diseredato eravamo cinque figli.»

«Per la puttana!» esclamò, facendolo sciogliere in una flebile risata. Oddio, ne voleva di più.

«Alla faccia, complimenti!»

«I miei sono stati temerari,» mormorò Nate, ridacchiando ancora.

Stava giocherellando con le dita, come in un tentativo di scaldarsi. Non capiva perché non le infilasse nelle tasche come aveva fatto lui, ma non gli dispiaceva: era attratto da quel movimento, chissà per quale assurdo motivo. Aveva delle belle mani, sembravano lisce e piuttosto sicure. Aveva detto che faceva il barista o una cosa del genere, giusto? Probabilmente aveva una buona manualità e una bella dose di sicurezza per portare tutte le ordinazioni al loro posto. Insomma, credeva che servisse una roba del genere, almeno...

Dio, quanto mi piacerebbe scoprire se davvero le sai usare così bene, bel culetto.

«E tu?» continuò Nate, prima che lui potesse dire o fare stronzate. «Sei figlio unico?»

Si pietrificò.

«Più o meno.»

«Più o meno?»

Sta' zitto Nate.

«Sì.»

Risposta secca, occhi sfuggenti. Erano abbastanza per fargli intendere che *non voleva parlarne*, no? Quell'ometto fin troppo dolce era una persona perspicace soltanto quando gli andava?

«Okay.»

No, certo che no. Bravo ragazzo.

«Io sono del Cancro, invece.»

Quando Nathan gli rivolse lo sguardo, Nate gli stava sorridendo dolcemente, come a fargli intendere che aveva capito, che stava cambiando discorso di proposito e che era pronto a sorreggerlo. Un'altra scarica gli percorse la schiena, facendogli perdere un battito: si chiese come diavolo faceva a farglielo fare.

«Sono due segni compatibili?» chiese, ironico. Provò a sorridergli anche lui, un ghigno divertito volto a mostrargli che stava bene e non si stava facendo prendere dal panico, dalla paura o dai ricordi.

Anche se erano tutte cose che l'altro non poteva sapere.

Non ancora almeno, sebbene Nathan fosse sicuro che avrebbe ottenuto qualsiasi risposta con quel sorriso, dopo un po' di tempo.

«Non ne ho idea, non me ne intendo così tanto,» gli disse. «E scusa, ma non lo chiederò a mia madre.»

Si misero a ridere entrambi, facendo riecheggiare quel rumore tra le foglie degli alberi. Era un suono che gli piaceva, diverso dai soliti, quelli a cui era abituato al lavoro o tra gli amici. Sembrava giusto, sembrava armonioso e perfetto.

Che ore erano? Aveva perso la cognizione del tempo e gli andava maledettamente bene. Finché l'altro non ne avesse fatto parola, di certo non avrebbe suggerito di ritirarsi.

«Quindi…» provò, cercando di evitare che la proposta partisse da Nate. «Aspetta, hai detto che lavori in un bar?»

«Non l'ho detto,» rispose il giovane, guardandolo quasi perplesso. «L'avrai letto sul curriculum.»

No, me l'ha detto mia madre.

«Capito… A che ora inizi?» chiese.

«Alle nove. È un lavoro soltanto notturno il mio, giusto?»

«Sì, tranquillo,» ridacchiò Nathan. «Anche io di mattina lavoro.»

Sembrò irrigidirsi, mentre quel suo sguardo quasi amabile sfuggiva ancora e tornava sul vialetto. Ormai avevano fatto praticamente tutto il giro del giardino o di quel che potevano vedere. Non l'aveva portato ai campi o alla piscina, ma non aveva senso se era tutto buio, e non aveva voglia di andare ad accendere le luci soltanto per fare il figo.

«Cosa?» chiese, non potendo ignorare quella reazione. Nate si strinse nelle spalle, a disagio.

«Nulla,» provò, posando distrattamente lo sguardo sulla fontana al centro del viale. «Stamattina la mia collega mi ha fatto notare una tua foto su di un giornale.»

Nathan scoppiò a ridere. Era quello? Aveva visto qualche pubblicità in giro ed era rimasto folgorato dalla rivelazione? Il rossore sulle gote di Nate aumentò, così come il suo imbarazzo.

«Cosa c'è? Adesso sai il mio orribile segreto?»

«Non… Insomma, avevo già fatto due più due davanti alla villa, ma…» biascicò, portando quelle mani ovunque: prima alla nuca, poi davanti a sé per gesticolare, fino a ricongiungerle. «Non me l'aspettavo, ecco.»

«Era una foto così terribile?» lo stuzzicò, rivolgendogli quel suo ghigno da predatore. Funzionò perché quel rossore toccò livelli *epici*.

«*No!*» Una risposta roca, quasi stridula, disperata. Gli occhi scuri di Nate balenarono su di lui supplichevoli, lucidi, uno sguardo pieno di tensione sessuale, desiderio e, allo stesso tempo, una richiesta di lasciar perdere il discorso, di non incasinarlo. Deglutì, valutando l'idea di fare esattamente l'opposto.

Quello era lo sguardo di chi chiedeva di essere scopato soltanto per una maledettissima foto su di un giornale, non era quello che ci si sarebbe aspettato da una persona che non aveva alcuna intenzione di finire a letto con lui.

Aveva fatto male i calcoli?

No, lo so come sono fatti quelli come lui. Se ne andrebbe.

Sospirò, sopprimendo l'eccitazione dietro a una risata roca e amara. «Grazie.»

Nate gli restituì uno sguardo interdetto. «Cosa?» chiese, riscuotendosi. «Per cosa?»

«Nate, non credo che tu voglia davvero che ti descriva il modo in cui mi hai guardato.»

No, non lo voleva perché tornò ad arrossire, gli occhi bassi e l'espressione quasi mortificata. Non sapeva se il tremore che vedeva scuotergli il corpo fosse dovuto al freddo o all'evidente eccitazione sessuale che stava iniziando a impregnare l'aria. Si morse un labbro, avviandosi verso l'entrata della casa.

Maledizione, era stato Nathan alla fine a decidere di tornare.

«Sei abbastanza eloquente con gli occhi, tu,» commentò senza guardarlo, mentre risalivano gli scalini che portavano sul pianerottolo davanti alla porta d'ingresso. Nate si grattò la nuca, aspettando che lui aprisse e fiondandosi nel grande ingresso.

«Mi è stato detto anche questo.»

Mentre si toglievano i soprabiti, Nathan lo osservò fare un timido sorriso consapevole che si ritrovò ad accompagnare con serenità.

«Chissà, magari prima o poi ti dirò qualcosa che non ti è ancora stata detta.»

«C'è tempo,» rispose Nate, facendo scorrere gli occhi dal suo volto in giù, accarezzandolo con lo sguardo in un modo che gli piacque. Non malizioso o volgare: una carezza amorevole, discreta, quasi affettuosa.
«C'è tempo, sì.»

* * *

Si diedero la buonanotte nel corridoio che conduceva alle loro due stanze, poi entrambi si chiusero la porta alle spalle e Nate non sentì altro che il silenzio.

Si era trovato bene con lui nel giardino: avevano parlato e avevano avuto una chiacchierata tranquilla, fatta eccezione per l'ultimo scambio di battute da cui ancora non riusciva a riprendersi. Nathan era capace di farlo rilassare e agitare nel giro di pochi secondi, toccava i punti che voleva senza neanche estrarre le mani dalle tasche e lo costringeva a essere succube delle sue parole, dei suoi occhi, del suo sorriso.

Era spaventoso e al contempo intrigante e bellissimo. Nate sapeva benissimo che farsi coinvolgere avrebbe segnato la sua fine, ma non riusciva a far altro che pendere dalle sue labbra. Labbra che avrebbe volentieri presentato alle proprie se soltanto non avesse giudicato quella scelta come la più sbagliata al mondo.

Passò buona parte della notte a fissare il soffitto scuro della stanza, il telefono al suo fianco, le orecchie tese per ascoltare qualsiasi rumore avesse potuto fargli intendere che Nathan aveva bisogno di lui.

Non riuscì a rendersi conto del momento in cui scivolò nel sonno, grazie alla comodità di quel materasso e al calore delle coperte, profumate di pulito. Quando aprì gli occhi era mattina e il sole filtrava dalle tende chiuse. Sentiva dei passi lievi nel corridoio, ma credeva che appartenessero alla servitù.

La sveglia non era ancora suonata, quindi non erano neanche le sette. Aveva il tempo di rigirarsi nel letto per qualche altro minuto prima di andare a lavarsi. Non aveva chiesto nulla sulla colazione, ma immaginava che Nathan gli avrebbe messo a disposizione anche quella comodità. In caso contrario... beh, lavorava in un bar.

Quando la lieve musichetta del buongiorno si fece sentire nella stanza, si alzò.

Sperava che Nathan non fosse venuto a chiamarlo per poi lasciar perdere quando lui non si era svegliato. Aveva il sonno abbastanza leggero, ma il dubbio rimaneva.

Si fiondò in bagno e si diede una sciacquata, per poi vestirsi. Quando fu pronto, scese al piano di sotto.

Il volto della cameriera – ricordava che il suo nome fosse Lucy o qualcosa del genere – fu il primo che vide una volta al pianterreno. La donna gli fece un lieve inchino e gli disse che la colazione era pronta nella sala da pranzo. Nate la ringraziò, poi si avviò verso la stanza.

Era quella in cui c'era il pianoforte. Una stanza molto grande, dalla forma rettangolare. Da un lato c'era un divano ad angolo posizionato davanti all'enorme televisione, al centro della sala un lungo tavolo con otto sedie attorno a esso, imbandito di torte, biscotti e bevande calde e fredde. In fondo alla stanza, infine, c'erano il pianoforte a coda e una grossa libreria.

Nathan era comodamente sprofondato sul divano e stava mangiando una fetta di torta davanti alla televisione accesa. Quando lui entrò nella stanza, si volse a guardarlo e lo folgorò con uno splendido sorriso, salutandolo con la mano libera.

«Buongiorno, bellezza.»

«Buongiorno,» mormorò Nate, la voce roca. Forse avrebbe dovuto chiedergli di evitare nomignoli e chiamarlo semplicemente per nome, ma iniziava a farci l'abitudine in un modo erroneamente piacevole. Abbozzò un sorriso prima di avvicinarsi al tavolo e osservare le prelibatezze che erano state preparate.

C'erano, ovviamente, salsicce e uova strapazzate appena cotte, con la salsa in una piccola scodellina. Assieme a esse dei piccoli sandwich e tanta altra roba che credeva adatta a un intero esercito piuttosto che soltanto a due persone.

C'era una torta fatta in casa, la stessa che stava mangiando Nathan, e su due lunghi vassoi erano adagiati diversi tipi di biscotti assieme a fette biscottate, pane tostato e creme spalmabili a base di nocciole, arachidi, burro e miele.

In alcune caraffe c'erano succo di frutta, tè freddo, latte e acqua calda per tè e tisane. In un contenitore a parte, infine, c'era della frutta di stagione dall'aspetto delizioso. Rimase immobile per alcuni minuti ad analizzare il tutto, scettico.

«Prendi quel che vuoi, eh,» suggerì Nathan. Evidentemente era rimasto a guardarlo per tutto il tempo: si voltò verso di lui per restituirgli uno sguardo perplesso.

«Sicuro di essere l'unico che vive qui?» chiese. Nathan si mise a ridere, ancora quella sua risata cristallina e bellissima. Arrossì appena, pregando che la sonnolenza gli desse una buona scusa per quella reazione.

«No, ovviamente quando ce ne andremo, i folletti che vivono nel giardino entreranno a spazzolarsi tutto,» scherzò, facendogli l'occhiolino. Il suo cuore fece una capriola. «Dai, mangia.»

«*Tutto?*»

«Quello che ti va, Nate.»

Ma è uno spreco...

Interdetto, prese un paio di salsicce con uova strapazzate e si mise a mangiare seduto al tavolo, educatamente. Sentiva ancora lo sguardo di Nathan sulla nuca.

«Come hai dormito?» gli chiese il padrone di casa.

«Bene!» biascicò lui, prima di addentare un pezzo di salsiccia. «E tu? Non sei venuto a chiamarmi, vero?» Pronunciò la domanda con titubanza ma, per fortuna, Nathan scosse il capo.

«No, ti avrei svegliato,» spiegò. «Sono riuscito a dormire discretamente.»

Non sapeva se fosse la verità o meno, ma che non fosse venuto a chiamarlo era già una buona cosa, no? Significava che ce l'aveva fatta. Almeno, ricordava che nei momenti in cui sua sorella stava peggio, una notte da sola significava una grandissima vittoria. Non sapeva a che livelli fosse il disturbo di Nathan, ma era l'unico metro di paragone che aveva.

«Bene!» disse quindi, facendogli un sorriso gentile. Nathan stette a guardarlo mentre finiva le uova e prendeva dei biscotti. C'era un silenzio di pace nella stanza, nonostante il flebile rumore della televisione accesa che dava un programma sulla natura.

Nate controllò l'orologio: erano appena le otto meno dieci, aveva ancora un sacco di tempo prima di dirigersi in città. Da lì ci volevano circa dieci minuti abbondanti, ma non sapeva se si sarebbe dovuto avviare prima per cercare parcheggio: solitamente andava a piedi al bar proprio per non doverlo fare ogni mattina. Avrebbe dovuto cambiare un bel po' di abitudini mentre era lì.

Quando prese un bicchiere d'acqua e si pulì le labbra con un fazzoletto, Nathan parlò di nuovo.

«Non mangi nient'altro?» chiese, quasi incredulo. Nate si domandò se magari non avesse fatto un passo falso, probabilmente offendendolo. Avrebbe dovuto provare la torta? Diamine, non era abituato a mangiare troppo di mattina, soprattutto cibi molto dolci.

In realtà, non era abituato a mangiare troppo in generale.

«Mh... Scusa,» ammise, dispiaciuto. «Magari domani mattina provo qualcos'altro...»

Nathan ridacchiò, scuotendo il capo. «Non ce n'è bisogno. Adesso capisco perché sei così magro.»

«Ho un metabolismo che fa schifo,» disse, stringendosi nelle spalle. Nathan fece schioccare la lingua, scuotendo il capo. Manteneva ancora quel ghigno illegale sul viso, gli occhi da predatore fissi su di lui, soltanto su di lui...

«Va bene così,» lo rassicurò, alzandosi e avvicinandosi a Nate. «Io a colazione mangio come un bufalo, mi hai sorpreso.»

Lo osservò: aveva un fisico perfetto, ovviamente, un sacco di muscoli più o meno evidenti e una costituzione generosa. Se mangiava davvero tanto quanto diceva, allora c'era qualcosa che non andava anche con il suo di metabolismo.

«Sei magro,» osservò, soffermandosi sul torso e sulle gambe.

«Non sono *magro*, sono allenato,» specificò Nathan. Quando alzò gli occhi su di lui gli stava sorridendo, come soddisfatto. «È diverso. *Tu* sei magro.»

«Anche io mi tengo allenato!» si difese Nate. Insomma, al bar continuava ad andare a destra e sinistra tra un tavolo e l'altro, non si poteva dire che stesse sempre fermo, no? Nathan si mise ancora a ridere, appoggiandosi contro la sedia accanto alla sua.

«Tesoro, se ti portassi ad allenarti con me, credo che sverresti.»

Non lo prese come un vero e proprio insulto, ma finse d'offendersi. Fece una smorfia e distolse lo sguardo, scostando la sedia e alzandosi per poi prendere i piatti e le posate che aveva usato. Quando fece per chiedere a Nathan dove avrebbe dovuto riporli, lui alzò un sopracciglio in uno sguardo perplesso.

«Che stai facendo?» chiese.

Nate si ritrasse appena. «Dove… Dove posso posarli?»

«Sul tavolo. Ci pensa Lucy.»

«Non posso lasciar fare tutto a lei…» mormorò, guardandosi intorno. C'era un gran casino sul tavolo, obiettivamente se avesse aiutato la cameriera non sarebbe stato tanto male. Insomma, lui era grato ai clienti che sparecchiavano il tavolo prima di andarsene. Erano rari, ma c'erano.

«È il suo lavoro: non puoi, *devi*,» disse Nathan, tranquillamente. Probabilmente ci era così abituato che una diversità in quella piccola routine gli dava fastidio. Si chiese quante altre cose erano diverse dalla sua *vecchia* vita. Avrebbe dovuto abituarsi in fretta.

Lasciò le stoviglie dove gli era stato detto, poi seguì Nathan verso le loro stanze e si preparò per scendere. Il suo datore di lavoro uscì dalla sua camera con addosso un paio di jeans stretti che gli fasciavano perfettamente i muscoli delle gambe, una maglia nera che gli dava un'aria elegante e un paio di occhiali da sole. I capelli erano ordinatamente pettinati all'indietro e gli accarezzavano la nuca ricadendo sul collo e sul trapezio in bella mostra. La pelle era lucida, come se avesse usato qualche prodotto per renderla così… Appetibile.

Stava già iniziando a pensare a come l'avrebbe volentieri trascinato in una stanza per spogliarlo e mordere ogni centimetro di quella perfezione quando lui lo sfiorò, facendogli un cenno per farsi seguire verso l'esterno. Dio, l'avrebbe seguito dappertutto se gli avesse permesso di succhiargli il…

No, Nate, è il tuo datore di lavoro. Ti prego, ti prego Nate Abraham, ti prego…

Aveva un'erezione. Maledizione, aveva un'erezione. Lavorava per l'uomo più bello che avesse visto, lo stava seguendo verso la sua macchina perfetta pieno d'aspettative e aveva una fantastica erezione. Pregò che i jeans nascondessero al meglio quanto si agitava nei suoi pantaloni e si sbrigò ad allacciarsi la giacca per far sì che Nathan non si accorgesse del subbuglio che soltanto la sua vista gli aveva creato.

Avrebbe dovuto farci l'abitudine o sarebbe finito a farsi una sega in ogni angolo della casa pur di darsi una calmata. Ogni angolo della casa... Quasi un animale che marca il territorio. Represse un'amara risata a quel pensiero.

«Senti, vuoi che ti dia un passaggio?» chiese la voce di Nathan. Si voltò per scuotere il capo e sorridergli. Okay, poteva farcela.

Nathan alzò gli occhiali e puntò quelle due luci blu su di lui, facendolo rabbrividire. No, maledizione, non poteva farcela.

«Nah, ho la macchina qui,» spiegò, indicandola. Nathan si fermò davanti a essa per scrutarla, quasi incredulo.

«Sì, appunto,» disse con una punta di divertito disprezzo. «Posso passarti a prendere quando stacchi. Non è un problema, credo che ti troveresti più comodo.»

Valutò l'idea di accettare: si sarebbe davvero trovato meglio, ovviamente. Avere Nathan che lo scarrozzava tra il bar e la casa? Kate sarebbe morta d'invidia.

«Non voglio darti fastidio...»

«Fastidio?» chiese l'altro, ridacchiando mentre apriva la porta del garage e faceva scattare la serratura della macchina. «Quale fastidio? Stacchi alle quattro, giusto?»

Annuì, seguendolo. Aveva parcheggiato appena prima del garage, ma c'era abbastanza spazio perché l'auto di Nathan ci passasse accanto senza il bisogno di spostarla. Davanti alla sua macchina erano parcheggiate in fila altre due vetture, probabilmente appartenevano alla cuoca e alla cameriera.

«Bene, dovrei aver finito anche io per quell'ora. In caso contrario ti mando un messaggio e mi aspetti, va bene?»

L'aveva fatto ancora! Aveva acconsentito a tutto ciò che Nathan aveva detto senza fiatare!

Coraggio, Nate, sii più uomo!

«Va bene allora.»

...Smidollato leccacoglioni.

Sarebbe stata una convivenza *seriamente* difficile.

CAPITOLO 4

«Ho un problema.»
«Hai un problema?» Kate alzò un sopracciglio, osservandolo mentre si abbandonava sulla sedia del tavolino che stava pulendo e posava lo sguardo, vuoto e frustrato, in un punto imprecisato di esso. «Che tipo di problema?»
«Ho un problema con il mio datore di lavoro.»
Kate diede uno sguardo a Timothy, dietro il bancone, che serviva un cliente con un gran sorriso sul volto, il solito. Nate scosse il capo.
«Non *quel* datore di lavoro. L'altro.»
«Allora è un *tuo* problema.»
Nate sospirò: era ovvio che ce l'aveva ancora con lui per come era scappato davanti alla grande rivelazione del giorno prima. Non gli aveva rivolto la parola quando era arrivato, quella mattina, né durante la giornata, che era proceduta con la solita monotonia del martedì. Continuava a evitarlo: era quasi irritante.
«Non mi hai ancora perdonato?»
«No.»
Sospirò ancora mentre la osservava svolazzare attorno a un altro tavolo e ignorare i suoi richiami. Si alzò dalla sedia e la raggiunse, aiutandola a sparecchiare.
«Kate, ti prego, ho bisogno di qualcuno o impazzirò.»
«Andiamo, cosa potrebbe mai esserci di tanto terribile? È uno stronzo?»
«È il modello.»
Per fortuna lo disse consapevole che Kate non aveva nulla di fragile in mano, ma i menù caddero tutti a terra mentre lei sgranava gli occhi e glieli puntava addosso.
«Tu *cosa?*»

Abbassò lo sguardo, colpevole. Beh, meglio scoprirlo così piuttosto che vederlo comparire a tradimento dalla porta d'entrata per prelevarlo come una principessa. Si strinse nelle spalle, raccattando i menù e posandoli distrattamente sul tavolo.

«Tu lavori... con lo strafigo?» Nate si schiarì la gola, continuando a tenere lo sguardo ben lontano dalla collega. «E lo trovi un *problema?* Dio, anche se ti scopasse a sangue non sarebbe *mai* un problema!»

Gemette senza accorgersene, troppo sensibile a quell'argomento. In risposta, Kate gli rivolse un'occhiata scettica: adesso che lo sapeva, sicuramente non vedeva l'ora di spettegolare un po' sulla sua interessantissima vita a casa Doyle.

«Aspetta... Lo fa *davvero?*» chiese Kate. Lui scosse il capo, infastidito.

«No!» esclamò a bassa voce, come se avesse avuto paura di essere sentito da qualcuno. «Certo che no! È quello il punto. Nathan è...»

Sexy. Arrapante. Bellissimo. Sensuale. Mi farei mettere a pecorina da lui per ore.

«Oh cielo. Non ci hai ancora provato perché è il tuo datore di lavoro?»

Perché mi conosce così bene?

Si ritrovò ancora una volta ad abbassare lo sguardo. Kate si mise a ridere, una risata vuota e priva di reale divertimento.

«Okay, sono ancora più incazzata di prima,» disse, scuotendo il capo. Poi recuperò le cose che avevano preso dal tavolo e le portò al bancone come se niente fosse. Lui la inseguì, per farsi spiegare almeno cosa avesse in mente.

«Sto impazzendo...»

«Lo credo bene, è un figo della miseria.»

Nate represse un altro gemito. «Lo so.»

«Sei un idiota allora,» replicò lei, stringendosi nelle spalle. «Sempre detto io.»

«Non hai un consiglio? Un modo per non marcare ogni angolo con i liquidi di una sega, magari?»

«Tu *cosa?*» Lo sguardo di Kate era incredulo e, stavolta, realmente schifato.

«Io *niente*, ma se continuiamo così o *gli salto* addosso o *mi* addosso a qualsiasi cosa che…»

«Niente dettagli, grazie,» lo interruppe Kate, prendendo poi posto al bancone. Ormai era quasi finito il suo turno e Nathan sarebbe arrivato a prenderlo. Non aveva ricevuto messaggi, quindi immaginava che i piani rimanessero tali: staccava quando lui arrivava davanti al bar per prelevarlo e riportarlo a casa. Fremeva soltanto al pensiero.

«Okay, fammi capire. Tu vivi a casa di questo *modello mozzafiato* adesso, giusto?»

Deglutì. «Giusto,» asserì.

«E ci sbavi dietro come se non ci fossero altri uomini sulla faccia della Terra.»

«Sì…»

«Ma non vuoi farci sesso.»

«Beh… Volere e potere è un po'…»

«No, tesoro, volere *è* potere.»

«È un po' diverso, non posso legarmi troppo a lui o…»

… *O andrà male e sarò costretto ad andarmene: non gli piacerà se davvero faccio un buon lavoro.*

«Okay, okay,» tentò lei, evidentemente preoccupata. Doveva aver fatto un'impressione pessima se anche Kate si arrendeva. «Allora il consiglio è: tenta di mantenere un approccio puramente professionale. So che sei un tipo abbastanza amichevole, ma cerca di non farlo con lui.»

Sì, ecco, peccato che l'approccio professionale in quest'ambito lavorativo è proprio di fare amicizia.

Stava per rispondere ma l'attenzione di Kate venne attirata dalla porta che si apriva e i suoi occhi si spalancarono. Fu quasi sicuro che, per un attimo, la sua collega smise di respirare e dimenticò del tutto come si serviva un cliente; poi si voltò e capì di chi si trattava.

Stupido tempismo!

«Buonasera,» salutò Nathan, facendo scorrere lo sguardo sul locale fino a incontrare il suo. Quel maledetto sorriso sghembo lo colpì come una freccia, ma molto più eloquente. Alzò lo sguardo verso l'orologio appeso al muro per controllare l'orario. Mancavano una decina di minuti alle quattro, era sicuro di aver fatto presente a Nathan che non avrebbe lasciato il luogo di lavoro prima del tempo.

«Salve, signore!» Timothy fu l'unico a muoversi, rispondendo al saluto da dietro il bancone per poi abbandonarlo e servire un ordine a un tavolo più avanti. Nathan si diresse verso di lui, mentre Kate ancora non riusciva a staccargli gli occhi di dosso.

Quando si fu seduto, si appoggiò al bancone e rivolse completamente il capo verso di lui con quel sorriso perenne sul volto.

«Me lo fai un caffè d'orzo?»

Incapace di dire qualcosa, Nate annuì energicamente, alzandosi e volando dietro al bancone per avviare la macchina del caffè. Kate si allontanò allo stesso modo, rimettendosi a pulire i tavoli e lasciandolo solo e libero di sviluppare un approccio *lavorativo professionale* che avesse un minimo di validità.

Si girò per posare il piattino sul bancone davanti a Nathan, poi gli porse lo zucchero e riempì un bicchiere d'acqua. Quando il caffè fu pronto, adagiò la tazzina sul piatto e gli fece un sorriso.

«Grazie,» mormorò Nathan, prendendo la tazzina tra le mani e avvicinandola alle labbra perfette.

«Prego,» sussurrò Nate in risposta, schiarendosi la gola e mettendosi ad asciugare alcune tazze per riporle al loro posto. Non osò alzare lo sguardo, ma sentiva quello di Nathan inchiodato su di lui che seguiva ogni suo minimo movimento. Era irritante.

«Com'è andata al lavoro?» gli chiese Nate, cercando di liberarsi del disagio.

«Bene, ci siamo sbrigati in fretta.»

Ho notato.

«Faceva un freddo cane,» ridacchiò Nathan, continuando. «A te com'è andata?»

«Regolare.» Si strinse nelle spalle. «Solito martedì. Cinque minuti e sono libero.»

«Lo so, non ho fretta,» replicò Nathan. Quando Nate si azzardò ad alzare gli occhi, vide che gli stava ancora sorridendo. Dannato bastardo. «Tutto bene?»

«*Certo!*» La voce suonò appena stridula, tanto che probabilmente a Nathan non sembrò troppo convinto. Non lo era, ovviamente, ma non poteva lasciare le cose come stavano. «Sì, solo un po' di stanchezza! Vedrai che mi riprendo.»

E magari evito di sembrare una scimmia che prepara caffè.
«Se lo dici tu,» commentò Nathan, evidentemente poco convinto.

L'uomo rimase a guardarlo mentre prendeva un'ordinazione dell'ultimo minuto, poi Nate gli fece cenno di aspettare mentre andava a cambiarsi e, finalmente, fu libero di seguirlo verso la macchina, salutando a stento Timothy e Kate, che gli rivolse uno sguardo divertito mentre usciva dal locale.

* * *

«Vuoi fare un giro?» chiese Nathan, una volta che furono in macchina.

Era ancora presto per cenare e starsene a casa non era il suo modo ideale di passare il pomeriggio. Inoltre era bel tempo: gennaio era un mese freddo ed era difficile che non tirasse troppo vento o che non piovesse. Spesso nevicava, addirittura, quindi una giornata di sole equivaleva alla migliore delle aspirazioni.

Nate annuì, facendogli un sorriso timido, come in imbarazzo. Non si era ancora sciolto al suo fianco e Nathan non vedeva l'ora di far sì che si sentisse a suo agio. Non gli piaceva doversi affidare a qualcuno che non si fidava di lui: era difficile e snervante.

In realtà non aveva dormito poi così bene. Si era svegliato verso le quattro di notte e non era più riuscito a riaddormentarsi. Aveva coperto le solite occhiaie con prodotti di bellezza, ma la stanchezza era rimasta. Probabilmente ne avrebbe risentito presto e, nel giro di qualche giorno, sarebbe stato costretto a chiedere aiuto al suo nuovo coinquilino per calmarsi.

Solitamente succedeva così: iniziava a svegliarsi un paio di notti troppo presto finché lo stress non lo portava ai classici attacchi d'ansia notturni. Quelli erano orribili. La paura, il vuoto, il terrore tutti insieme, nonostante Nathan sapesse bene che era al sicuro, nella sua stanza, nella sua casa, nel suo rifugio.

Inizialmente aveva risolto chiamando Cody, appunto, o sua madre. Pian piano, però, gli attacchi si erano fatti sempre più insopportabili e Nathan aveva capito che non poteva più credere a: "Con il tempo passerà".

Era contrario agli psicologi e agli psichiatri, non prendeva medicinali né aveva voglia di dire quel che gli passava per la testa a un estraneo. Credeva che avere qualcuno che girasse per casa a notte fonda fosse la scelta migliore di approcciarsi al problema, ma sua madre lavorava lontano e non aveva altri familiari che lo avrebbero potuto aiutare.

L'idea della balia era stata sua, anche se l'aveva messa in pratica sua madre. Lui non aveva mai trovato la convinzione necessaria per creare gli annunci e fare i colloqui. Le era grato, anche se lo faceva sentire ancora più patetico. Gli era stato detto che non era uno sbaglio chiedere aiuto, così l'aveva fatto con l'unica persona di cui si fidava: non sapeva, però, se fosse stato un bene o un male.

Finora una cosa era certa: Nate gli piaceva, quindi andava bene. Se era una persona con cui si trovava a passar del tempo insieme, allora valeva la pena passare per patetico.

«Hai preferenze per il posto?» chiese Nathan mentre usciva con la macchina dal parcheggio e si adagiava comodamente contro lo schienale del sedile. Nate scosse il capo, accompagnando il gesto con un basso: "No!"

Lui, allora, guidò l'auto fuori città. Aveva un paio di parchi e radure che gli piacevano particolarmente: una di esse era vicina a uno dei tanti affluenti del *South Fork Forked Deer*, il piccolo fiume che passava per la città, fino a buttarsi in aperta campagna. Non sapeva se Nate ci fosse mai stato, ma era il luogo ideale per rilassarsi un po'; si avvicinava il tramonto, poi, e rendeva il tutto più suggestivo.

«Dai raccontami un po' del lavoro,» gli chiese distrattamente, giusto per non far calare il silenzio.

«Non c'è niente da dire, è un lavoro monotono!» rispose Nate. Aveva una gran voglia di voltarsi a osservare la sua espressione, ma non voleva finire fuoristrada. Quello sì che sarebbe stato davvero patetico. «E il tuo?»

«Lo stesso,» rispose, ridacchiando. «Anche il mio è un lavoro monotono.»

«Scherzi?» Sentiva il suo sguardo incredulo sulla nuca. «Dev'essere una figata, dai!»

«No, fidati,» mormorò Nathan. Le strade di campagna erano piene di curve: sperava che Nate non si sentisse male. Cass soffriva di mal d'auto e per lui aveva imparato a guidare in modo da non far star male il passeggero, soprattutto in casi come quello.
Non che mi serva più, ormai.
Eccolo ancora, il male al petto, l'ansia. Eccolo, il respiro mozzato. Nate disse qualcosa in merito al suo commento, ma non lo sentì neanche: la vista stava iniziando a tremare.
Merda, no, no, no!
Tremavano anche le sue braccia: non se l'aspettava. Credeva di aver fatto passi avanti, non gli veniva un attacco di panico da un sacco di tempo, ormai. Era soltanto insonnia, non immaginava che...
Respira, respira, respira. Dentro, fuori, dentro, dent-
Sterzò bruscamente fuori strada, facendo slittare le ruote sul terreno privo d'asfalto e finendo nei cespugli d'erba alta. Sapeva benissimo che sarebbe riuscito a uscire facilmente da un posto del genere: doveva soltanto far spazio alle macchine per passare – grazie al cielo era una strada poco trafficata – e correre fuori, dove l'aria arrivava, dove non c'era l'opprimente sensazione di essere sul punto di morire, dove non doveva pensare a...
Respira, respira, respira, respira, respira...
«Nathan?»
La voce di Nate era ovattata mentre Nathan usciva in fretta dalla macchina e sbatteva lo sportello – *Ehi, vacci piano stronzo, è la mia macchina!* – per chiudersi alle spalle quel *qualsiasi cosa fosse.*
Sei al sicuro, sei al sicuro, sei al sicuro...
Inspirò: era un'azione così difficile. Il respiro pareva strozzarsi prima di riuscire a riempire i polmoni: sembravano rotti, sembravano inceppati. Ci riprovò ancora e ancora, poi smise. Chiuse gli occhi e non respirò. Si appoggiò alla propria macchina e si incurvò su se stesso, aggrottando le sopracciglia, immobile.
Dopo qualche secondo liberò il condotto dell'aria e, con calma, inspirò. A fondo, lentamente, finché non sentì lo scattare della valvola che gli permetteva di riempire completamente i polmoni. Ce l'aveva fatta! Trattenne per qualche secondo, poi schiuse le labbra e tirò fuori tutto.
E uno era andato, via con il secondo.

Dentro per qualche secondo, trattieni, fuori tutto e di nuovo. Ce la faceva, ce la stava facendo.

Non si accorse di quando la sua spalla venne a contatto con il calore di un'altra persona. Stava pensando soltanto a respirare, quindi notò a stento Nate, che era uscito dalla macchina e gli si era affiancato, mettendosi nella stessa posizione e aspettando, immobile, mentre ascoltava il suo *patetico* tentativo di ricordarsi una cosa che si dovrebbe imparare quando si nasce ma che, evidentemente, lui aveva dimenticato. Forse era stato poco attento alle lezioni di respirazione e non conosceva nessuno capace di insegnarglielo di nuovo.

«Arrivo,» mormorò quando si sentì in grado di farlo.

In risposta, Nate premette la spalla contro la sua e volse appena il capo nella sua direzione. Lo stava guardando: che genere d'espressione era? Scocciata? Divertita? Derisoria?

Cedette all'impulso di scoprirlo, nonostante la paura nel poter leggere qualcosa che l'avrebbe fatto sentire ancor più patetico.

Gli stava sorridendo, ma non era un sorriso di scherno. Era un sorriso dolce, delicato, comprensivo. Era un regalo che lo fece tranquillizzare, che sciolse una scia di muscoli annodati che sentiva percorrergli la spina dorsale e il petto, fino al ventre.

Era bellissimo.

«Scusami,» sussurrò Nathan, facendo scorrere gli occhi da quelli di lui fino alle sue labbra, poi ancor più giù. Non aveva il diritto di osservarlo per troppo tempo, né di desiderarlo. «Non credevo che sarebbe successo, pensavo che...»

«Non devi giustificarti,» lo interruppe Nate, distogliendo allo stesso modo lo sguardo. Entrambi erano rivolti verso la campagna, entrambi stretti nei loro cappotti e tra di loro. Non c'era contatto fisico rilevante, soltanto quel calore che passava da un braccio all'altro, un contatto segreto e meravigliosamente perfetto. «In realtà iniziavo a chiedermi se davvero avessi il diritto di godermi tutte le comodità senza il bisogno di far nulla.»

Nonostante credesse che avrebbe dovuto arrabbiarsi, che si sarebbe dovuto offendere, Nathan si mise a ridere. «Speravo in quella possibilità.»

«Sei bravo.»

Tornò a guardarlo per rivolgergli uno sguardo perplesso. «A far cosa?»

Nate sembrò rifletterci su, prima di stringersi nelle spalle. «In realtà non lo so ancora. Non capisco se lo nascondi o resisti e basta.»

Abbozzò un sorriso, ma non disse niente per qualche secondo. Non si sentiva propriamente a disagio, ma era una sensazione che ci andava vicina. Ora che *respirava* poteva riflettere in maniera più tranquilla, poteva rilassarsi. Adesso che non era *solo* poteva aprirsi, almeno un po'.

«Entrambe, credo.»

Nate ridacchiò, anche se la sua risata non fu derisoria o divertita. Ancora una volta era una reazione perfetta: anche lui era *bravo*.

«Vedi? Sei bravo,» mormorò. «Però con me non serve.»

Prima che potesse rispondere, Nate si volse verso di lui e agitò una mano, allarmato, come se volesse impedirgli di interromperlo.

«Non fraintendere!» esclamò, abbassando lo sguardo e arrossendo appena. «Se ti fa star meglio, fa' pure... Ma io non ti giudicherò: non perché è il mio lavoro, ma perché...» Si strinse ancora una volta nelle spalle e parve farsi piccolo nel suo tenero imbarazzo. «Non ne ho il diritto. Nessuno lo ha, quindi... Tranquillo.»

Qualcosa nel suo petto si sciolse: era così doloroso che combatté con gli occhi lucidi. Doveva essere un nodo bello grosso, perché si sentiva dannatamente male: come una mosca che combatte contro una ragnatela e, improvvisamente, ha un'ala libera. Un'ala che non muoveva da tempo, indolenzita, che a ogni battito sembrava creparsi.

«Grazie.» Fu un mormorio roco e fragile, ma non gliene importò. Rimase immobile a godersi quel calore e ad aspettare, non perché doveva riprendersi ma perché non aveva alcuna intenzione di privarsene. Era piacevole, era bello e non aveva alcuna intenzione di perderlo.

* * *

Aveva detto le cose giuste? Era riuscito a farlo star meglio?

Quando alzò lo sguardo verso il volto di Nathan, lui stava sorridendo. Non lo guardava, ma si spingeva verso di lui, forse addirittura senza accorgersene. Avevano entrambi le mani in tasca ed erano entrambi appoggiati alla macchina, vicini, in silenzio.

Nate ascoltava il suo respiro e si sincerava che fosse regolare, calmo, rilassato. Non voleva vederlo avere un'altra crisi e non conosceva ancora le parole da evitare di dire per scongiurarne un'altra.

Erano tranquilli: come aveva fatto a farlo agitare?

Forse stava semplicemente pensando a qualcosa di doloroso.

Ma cosa? Cosa c'era nel passato di Nathan che l'aveva fatto arrivare a quel punto? Se gliel'avesse chiesto, Nate era sicuro che sarebbe crollato. Avrebbe avuto quel che voleva ma a che prezzo? Non voleva pagarlo.

Non aveva importanza per cosa stesse soffrendo: l'importante era farlo stare bene. Non esisteva altro e, si accorse, non era per i soldi, per il lavoro. Si stava affezionando a lui, come succedeva sempre quando passava del tempo con qualcuno con cui si trovava bene.

Nate era sempre stato così: fin troppo affabile, fin troppo amichevole, fin troppo... Incline a soffrire per le sue relazioni affettive.

Pazienza, non potevo evitarlo.

Rimasero immobili per diversi minuti, forse quasi mezz'ora, prima che Nathan desse segno di volersi muovere. Si staccò dalla macchina e gli rivolse un sorriso tirato, stanco, sporco di gratitudine. Lui fece lo stesso e aggirò l'auto quando lo vide aprire la portiera.

Quando furono entrambi nuovamente seduti, Nathan si prese qualche secondo prima di accendere la vettura.

«Vuoi che guidi io?» gli chiese Nate, ma per tutta risposta lui si mise a ridere.

«La mia Aston? Ti piacerebbe, eh?»

Nate si fece scappare un sorriso mentre Nathan metteva in moto e usciva dal fosso in cui si era infilato. Tutto con estrema leggerezza, con grande abilità: era un bravo guidatore, probabilmente esperto. Doveva aver passato un sacco di tempo in quella macchina perché sembrava amarla con tutto se stesso.

«Quanti anni ha?» chiese curioso.

«L'auto?» Nathan mugolò un assenso, annuendo. «Ne fa cinque il quattro aprile.»

«È un sacco di tempo!» commentò, facendolo ridacchiare ancora. Sembrava davvero più tranquillo: era contento.

«Sì, ma la adoro. È una brava bimba.»

Anche Nate si abbandonò a una flebile risata, osservandolo mentre seguiva la strada con interesse e una sorta di perplessità che non capiva. Non la conosceva? Non era possibile, no?

«Vuoi che torniamo a casa, Nate?» gli chiese Nathan, azzardando uno sguardo veloce nella sua direzione. Lui scosse il capo, decisamente troppo in fretta, per poi abbassare lo sguardo e stringersi nelle spalle, imbarazzato.

«Come preferisci tu, io sto bene.»

Per diverso tempo Nathan mantenne il silenzio, forse riflettendo sulle sue parole o semplicemente per decidere cosa fare. Forse stava valutando se poteva farcela a continuare a girare a vuoto con la sua macchina, forse voleva semplicemente guadagnare qualche istante di silenzio.

«Volevo portarti a vedere un posto,» ammise, poi. Nate sorrise senza accorgersene, il calore che iniziava a imporporargli le guance in maniera addirittura invadente.

«Andiamo, allora,» commentò, la voce dolce e trattenuta, per non mostrare troppo entusiasmo. Non aveva voglia di suonare come una checca eccitata e speranzosa di finire a letto… anche se, effettivamente, era come si sentiva.

Nathan guidò per tutta la strada, svoltando poi in una traversa secondaria che portava verso il fiume. Attorno a loro si stagliava l'aperta campagna, piena di campi dorati dal tramonto ormai prossimo e colmi di verdure di stagione non ancora mature. Le strade erano deserte e poche, singole casette di campagna adornavano il panorama. Ogni tanto Nate scorgeva gruppi di pecore e altri animali d'allevamento, ma per lo più c'erano soltanto natura e silenzio.

Nathan parcheggiò al limitare del piccolo boschetto fuori città, in riva al fiume. Prese un paio di pezzi di stoffa dai sedili posteriori e ne porse uno blu scuro a Nate. Si rivelò essere una sciarpa.

«Fa freddino a quest'ora,» si giustificò, avvolgendosi la sua al collo e scoccandogli un tenero sorriso che gli fece perdere un battito del cuore. Lui deglutì, biascicando un ringraziamento e stringendosi nella sciarpa. Aveva il suo odore: una colonia delicata e inebriante.

Uscì dalla macchina con addosso una strana sensazione di assuefazione.

«Ogni tanto vengo qui a fare un giro a piedi,» spiegò Nathan, affiancandolo e guidandolo verso il fiume e poi lungo il sentiero che portava all'interno del bosco. Non sapeva se ci fossero animali pericolosi, ma non gli interessava: aveva soltanto bisogno di stargli accanto.

«È un bel posto,» commentò. Nathan annuì, senza guardarlo. Rubò qualche secondo di quella visione, trattenendo un sospiro: era bellissimo. Aveva il volto stanco e spossato, ma era bellissimo.

«Tornando al discorso di prima...» lo sentì mormorare. Nate attese: non si sentiva di spezzare il silenzio, l'incantesimo, quella meravigliosa sensazione di pace che lo stava mandando in estasi. Erano la sciarpa e il suo odore, senza dubbio. «Se ti va, qualche volta puoi venire a vedere come lavoro.»

Stai scherzando, stronzo? E farmi venire un'erezione mentre tu posi a petto nudo?

Dovette sembrare fin troppo ovvio, perché Nathan si volse a guardarlo e scoppiò a ridere, fermando la camminata per sostenersi sulle ginocchia. Nate arrossì visibilmente, incrociando le braccia come in segno d'offesa. Non lo era: era soltanto imbarazzato. Da morire.

«Cosa c'è?» chiese, arrabbiato. «Ero solo... Non me l'aspettavo! Non è una situazione in cui io direi a qualcuno di venirmi a trovare!»

«Credimi, non aspetto altro,» replicò Nathan, asciugandosi una lacrima che gli era scivolata via dagli occhi. Beh, almeno aveva fatto in modo di tranquillizzarlo tanto da farlo ridere fino alle lacrime! «Se è quello lo sguardo, non aspetto altro!»

«Ah, piantala!» lo interruppe, tornando a camminare in avanti, come in fuga. Forse lo era davvero. Nathan lo rincorse.

«Non volevo offenderti, ehi!» disse, anche se Nate sapeva che non credeva davvero di averlo offeso. Non poteva, insomma: era imbarazzato, non offeso. Imbarazzato e a disagio; il suo volto era davvero così tanto facile da leggere? «Pensavo soltanto che sarebbe stato interessante!»

«Che cosa?» *Avere me con un'erezione perenne davanti?*

«Osservare come lavoro,» spiegò Nathan, con naturalezza. «Non hai mai avuto l'occasione di vedere un set fotografico, no? È un po' come fare l'attore. Così vedrai che è *davvero* noioso.»

Sì, contaci.

«Quello che percepisci tu lavorando è diverso da quel che percepisco io *guardando*,» provò a spiegare, grattandosi la nuca con imbarazzo. Nathan ridacchiò, avvicinandosi impercettibilmente a lui mentre camminavano. Le loro spalle si toccavano di nuovo, sebbene l'uomo fosse più alto di lui, forse di una decina di centimetri.

«E cosa percepisci *tu* guardando?» lo stuzzicò Nathan. La voce suonava divertita e maliziosa, un ghigno era impresso sulle labbra perfette. La mandibola era adornata da una spruzzata di barba, e Nate pensava che gli stesse davvero bene.

«Non lo so,» rispose, a disagio. «Non l'ho mai fatto.»

«Un motivo in più per venire, no?»

"Venire"?

Nathan dovette intuire quella domanda non detta, perché il suo sorriso si accentuò, diventando più famelico e perverso, e concluse la frase mormorando: «*Venire a vedermi lavorare*, intendo.»

«Lo so!» esclamò Nate, mentre sentiva le guance che si coloravano ancora e ancora, calde di un patetico cremisi d'imbarazzo. Avrebbe volentieri fatto a meno di lottare contro la malizia di quell'uomo, che sembrava esternarsi proprio nei momenti in cui lui non si sentiva in grado di combattere.

Nathan, invece, era fatto per la battaglia e, probabilmente, gli piaceva particolarmente vincere.

«È un sì?»

Sospirò, sconfitto. «Tanto non la smetteresti di chiedermelo.»

«Vedi? Iniziamo a conoscerci davvero bene.»

Era spaventato dal sorriso di consapevolezza che gli venne spontaneo rivolgergli.

CAPITOLO 5

Tornarono a casa per le sei e Nathan si ritirò sotto la doccia.

Nel frattempo, Nate fu libero di girare per la casa in cerca di qualcosa da fare. Fece conversazione con la cameriera e assaggiò un piatto per conto della cuoca, giudicandolo buonissimo. Più tardi fece un giro nel giardino, visto che ancora non faceva troppo freddo da soffrirne.

Era una villa gigantesca e tenuta benissimo: probabilmente durante la mattinata anche le piante venivano curate, perché apparivano meravigliose e appena annaffiate. Oltre agli irrigatori automatici sapeva che c'era un giardiniere che si prendeva cura di loro di tanto in tanto, e chissà quanti altri dipendenti lavoravano sotto contratto per Nathan.

Si chiedeva quanto guadagnasse: di sicuro era tanto. Non sapeva che lavoro facesse sua madre, né se lo aiutasse a mantenere la casa. Non sapeva nulla neanche di suo padre, se fosse vivo o se i suoi genitori fossero semplicemente separati: non era un argomento che credeva di poter affrontare, almeno per il momento. Se l'avesse fatto, probabilmente sarebbero entrati in un tema delicato che avrebbe potuto far soffrire Nathan.

C'erano ancora un'infinità di cose che non sapeva su di lui e la maggior parte erano argomenti off-limits. Avrebbe dovuto chiedere ad altri o fare qualche ricerca: se era un modello, probabilmente c'era una sua biografia in giro per internet. Avrebbe cercato più avanti, una volta libero. Magari nel weekend.

Percorse per intero il giardino, incappando nei campetti da tennis: li osservò con ammirazione, chiedendosi se Nathan fosse capace di giocare. Gli sarebbe piaciuto vederlo all'opera. Lui era negato, quindi domandargli di disputare una partita sarebbe stato un vero e proprio suicidio, ma poteva chiedergli informazioni rispetto alle sue partite o ai suoi allenamenti. Sempre se era lui quello che giocava.

Per tutto il giardino non trovò traccia di animali: si sarebbe aspettato almeno un cane o due, ma non ce n'era neanche l'ombra. Forse non gli piacevano? Era un'altra informazione che gli mancava.

Prima di terminare il giro, il rombo di una macchina lo riportò alla realtà, facendolo tornare sui suoi passi per incappare nel volto sorridente della signora Doyle. La salutò con gentilezza, stupito: non si aspettava una visita nel bel mezzo della settimana.

«Salve… Nate, giusto?» lo salutò la donna, avvicinandosi. Un filo di rossetto cremisi le adornava le labbra sottili, gli occhi erano ricoperti di matita, i capelli sciolti le ricadevano sulle spalle terminando in eleganti riccioli scuri.

«Sì,» rispose Nate, chinando appena il capo in segno di rispetto. Entrarono insieme nella villa, poi la donna si mise a chiamare a gran voce il figlio. Aveva un tono energico e sereno.

«Credo che sia ancora nella doccia,» le disse lui, rivolgendole un sorriso imbarazzato. La donna sbatté un paio di volte gli occhi, perplessa, prima di annuire.

«Ci mette sempre un sacco di tempo,» ribatté, stringendosi nelle spalle. Si era tolta il cappotto e adesso indossava un completo elegante, da donna in carriera. Si chiese ancora una volta che lavoro facesse. «Allora, come va?»

«Bene!» disse Nate, dopo un attimo di incertezza. Avrebbe dovuto dirle dell'incidente in macchina o Nathan avrebbe preferito mantenere il silenzio? Forse non era suo compito valutare quella possibilità.

«Ti stai ambientando?»

«Sì, certo.» Beh, a dirla tutta era un po' infastidito dalle dimensioni: era un'abitazione troppo grande se confrontata con la sua e si sentiva un po' a disagio. Però non poteva negare che le comodità fossero davvero apprezzabili. «È diversa da casa mia, ma va tutto bene.»

«Bene,» rispose la donna, facendogli cenno di seguirla verso la cucina. «Per quanto riguarda Nathan? Avete avuto problemi?»

«No,» rispose quasi subito. In fondo era la verità. «Andiamo d'accordo. Lui è molto gentile.» Cercò di non sembrare troppo sognante mentre parlava: forse dar l'impressione che Nathan gli piacesse ben più di quanto non rivelava non era la scelta migliore da fare, nonostante fosse la verità.

«Mi fa piacere,» sorrise la donna. «La notte com'è andata?»

«Bene,» rispose lui, sorridendole. «Abbiamo dormito entrambi, credo.»

«Mamma?»

Nathan entrò dalla porta della cucina quasi senza farsi sentire. Aveva ancora i capelli umidi, indossava un maglione leggero e un paio di jeans. I piedi erano senza calzini e infilati in un paio di pantofole nere e anonime. Gli fece un sorriso prima di rivolgere l'attenzione a sua madre.

«Finalmente!» esclamò la donna, avvicinandosi per baciargli una guancia. «Stavo chiedendo a Nate come fosse andata la notte.»

«Regolare,» si sbrigò Nathan, sedendosi a tavola. Era già stata apparecchiata prima che Nate entrasse: significava che, probabilmente, erano prossimi a cenare. Nonostante la signora Doyle avesse preso posto, Nate attese che fosse Nathan a fargli cenno di sedersi, improvvisamente in imbarazzo.

Credeva che avrebbero cenato da soli e la presenza della madre era una cosa nuova che non sapeva come affrontare: dopotutto lui sua madre non la vedeva da… Quanto? Nove? Dieci anni? Era perplesso quando prese posto accanto a Nathan; forse lui se ne accorse, ma non disse nulla.

«Regolare?» chiese sua madre, aggrottando le sopracciglia. «Sembri stanco come tutti gli altri giorni.»

«Mamma…» disse Nathan, in segno di avvertimento, mentre Lucy portava i piatti in tavola. C'era della carne grigliata, fagiolini e insalata mista in abbondanza; Nate, però, non guardò altro che Nathan.

Era stanco? Non se n'era accorto. Si era accontentato della risposta "ho dormito bene" e l'aveva presa per vera. Forse, invece, aveva passato una notte schifosa e lui non lo sapeva. O, magari, era semplicemente per l'incidente in macchina.

Quando Nathan gli rivolse uno sguardo, lui lo distolse, biascicando un "buon appetito" e iniziando a tagliare la carne, in silenzio. La signora Doyle invece continuò a torturare il figlio.

«Quanto hai dormito stanotte?» chiese, incalzando.

«Abbastanza,» rispose Nathan, seccato.

«E quant'è "abbastanza" per te?»

«*Che palle,*» disse a voce bassa, continuando poi con: «Tre ore e mezza.»
Cosa? Ma saremo andati a letto massimo per mezzanotte...
Anche se gli rivolse uno sguardo interrogatorio, Nathan parve non accorgersi neanche che si era girato verso di lui. Sua madre, al contrario, scosse il capo contrariata, come se si fosse aspettata una risposta simile.
«E ovviamente, da bravo cocciuto orgoglioso quale sei, te ne sei rimasto in camera ad aspettare che passasse.»
Senza chiamarmi.
Si rese conto che quella consapevolezza faceva male, in una parte nascosta del suo cuore. Nathan non si fidava ancora di lui – ovviamente, lo capiva – a tal punto da affidarglisi per una notte insonne. Aveva sbagliato qualcosa? Credeva di esser stato abbastanza affabile e disponibile, ma magari non era abbastanza. Si sentì in colpa, ma evitò di renderlo troppo palese: non voleva dare impressioni sbagliate. Non voleva essere pesante. Non voleva *allontanarlo* da lui.
«Ovviamente,» rispose Nathan, lo sguardo ancora sul piatto. Per fortuna, in quel modo, non avrebbe notato il subbuglio interiore che lo stava attaccando. «Ma non sono fatti tuoi, mamma. Non sono un bambino.»
«Va bene,» rispose sua madre. Credeva che si sarebbe offesa – o almeno, per quel che ricordava, sua madre l'avrebbe fatto – ma lei sembrò non farci neanche caso, continuando: «E che altro?»
«In che senso?» chiese Nathan, azzardandosi ad alzare lo sguardo dal piatto.
«C'è dell'altro, lo so. Avanti, spiegami cos'è successo,» gli disse, senza abbassare gli occhi. Nathan si strinse nelle spalle.
«Niente.»
«Non fare il finto tonto con me, Nathanael Alexander Doyle!»
Nathanael Alexander?
Ecco perché il nome di Nathan si pronunciava in quel modo. Ci aveva fatto caso la prima volta che l'aveva sentito: non veniva pronunciato come il suo, *"Nate"*, ma la prima sillaba manteneva la pronuncia di *"path"* o *"wrath"*. Era dovuto all'abbreviazione.
Trattenne a stento un sorriso mentre Nathan gli dimostrava quanto lo odiasse, replicando irritato.

«Mamma, e dai!» sbottò, esasperato. «Ho avuto un leggero attacco di panico in macchina, contenta?»
«Oh cielo!»
«Visto?» disse, rivolto a Nate. «È per questo che non voglio mai dirglielo.»
«Lui lo sapeva?» chiese sua madre, alternando lo sguardo tra Nathan e Nate. Iniziò a chiedersi se non si fosse cacciato in un mare di guai non facendone parola precedentemente. Insomma, era stato chiamato da lei, forse avrebbe dovuto dirglielo e…
«È un mio dipendente, non è tenuto a informarti di nulla.»
La signora Doyle, dopo un attimo di perplessità, si mise a ridere: non una risata di scherno ma sincera, puramente divertita. «Se non altro avete sviluppato un bel gioco di squadra! Ma bravi!»
Si lasciò scappare un sorriso. Era piacevole, nonostante non credesse di potersi aspettare chissà quale riconoscimento da parte di Nathan. Insomma, non erano amici, erano soltanto datore di lavoro e dipendente quindi non aveva senso aspettarsi altro. Un rapporto professionale, no?

Ma chi voglio prendere in giro?

Mentre cercava di evitare di farsi troppi problemi o paranoie sul suo rapporto con Nathan, lui gli rivolse lo sguardo e i loro occhi si incontrarono: era un'espressione complice? Oppure era gratitudine? Non avrebbe saputo dirlo, ma il suo sorriso si allargò.

«E com'è andata, Nathan?» continuò sua madre, interrompendo quel contatto. Maledizione, un solo sguardo e già stava fremendo: il suo cuore aveva addirittura perso un battito.

«Bene, non è durato molto,» rispose l'uomo, disinteressato. «Nate è stato molto bravo.»

«Davvero?»

Gli occhi indagatori della signora Doyle lo fecero arrossire, l'imbarazzo divenne insopportabile. Deglutì saliva, fuggendo dallo sguardo dei due presenti e sentendo il bisogno di scappare anche fisicamente.

«Hm… Non ho fatto nulla…» mormorò, biascicando quelle parole a stento.

Nathan scoppiò a ridere e anche sua madre sorrise, prima di riprendere a mangiare.

«Beh, sono contenta che sia bravo,» disse, probabilmente rivolta a suo figlio. Lui mantenne lo sguardo basso e parlò a stento per tutta la durata della cena.

* * *

Sua madre lasciò la villa subito dopo aver terminato la cena, raccomandandogli di dormire bene e di non esitare a chiamare se aveva bisogno di qualcosa. Sembrava più tranquilla dopo aver saputo che Nate se la cavava bene: probabilmente non si sarebbe più presentata durante la settimana. Andava a suo vantaggio, soprattutto se avesse voluto farsi un giro per locali qualche sera.

Nate fece una doccia veloce dopo cena e lui si intrattenne a guardare la televisione per far passare il tempo. La routine di evitare di andare a letto troppo presto era diventata quasi irritante, ma serviva a farlo stare più tranquillo.

In realtà si sentiva ancora in ansia: l'attacco di panico era servito a far riaffiorare tutte quelle dannatissime piccole sensazioni di allerta che gli mandavano il cervello in corto circuito. Si sentiva estremamente sull'attenti, come se qualsiasi cosa rappresentasse un problema. Sperava che quella sensazione maledetta se ne sarebbe andata presto, oppure non sarebbe riuscito a superare la settimana.

Quando Nate comparve sulla soglia del salone, lui era steso sul divano e stava leggendo. Non fece molto caso al ragazzo che si avvicinava e si informava sul titolo del libro che aveva tra le mani, finché non lo sentì dire: «Jane Austen? Sei un classicista?»

Allora alzò lo sguardo e gli sorrise, puntando il dito sulla riga in cui si era fermato.

«Più o meno, sì.»

Nate ridacchiò, sedendosi sulla poltrona libera. «L'ho letto, ma la Austen non mi è mai piaciuta più di tanto.»

«Ah no?» chiese, incredulo. «Pensavo che a tutti i gay piacesse Jane Austen!»

Nate si mise a ridere, annuendo. «Sì, anche io. Forse sono l'eccezione che conferma la regola!»
«Sicuramente!» ribatté Nathan, chiudendo il libro e riponendolo sul piccolo tavolino in vetro davanti a loro. Nate sembrò turbato da quella scelta e lo guardò quasi dispiaciuto.
«Non volevo disturbarti, ero soltanto passato a darti la buonanotte!»
«Nah,» mormorò Nathan, stringendosi nelle spalle. «Tanto avevo finito il capitolo. Forse è il caso che salga anche io.»
Si alzò dal divano, stiracchiandosi. Nate fece lo stesso, mandando sguardi dispiaciuti verso il libro, quasi si stesse scusando per averlo allontanato. Gli sembrò quasi tenero in quell'unico atto di dolcezza.
«Non si sentirà solo, vedrai,» scherzò mentre lo guidava fuori dalla sala e poi per le scale.
L'altro ridacchiò, affiancandosi a lui.
«Mi piacciono i libri,» spiegò Nate. «Quando ero più giovane non facevo altro che leggere per tutto il giorno. Era rilassante.»
Nathan gli sorrise, dolcemente. «Anche a me, ma non ho molto tempo, purtroppo.»
«Che genere di libri ti piacciono?» chiese Nate, illuminandosi. «Soltanto i classici? Romantici? D'azione?»
Si ritrovò a ridere davanti a tutte quelle domande: era davvero entusiasta, come se avesse appena attivato un interruttore. Era felice di vederlo così spontaneo, una volta tanto.
«Mi piacciono i romanzi d'amore soltanto se hanno una storia decente. Non sono una persona troppo romantica,» ammise. «Per il resto... Ho letto diversi gialli, peccato che abbiano tutti la stessa trama.»
«Già... A me non piacciono troppo,» rispose l'altro. «Ne ho letti alcuni, ma mi annoiano. Sono per le storie d'avventura e fantascienza.»
«Autore preferito?» lo stuzzicò. Ancora una volta, come previsto, Nate si illuminò. Era divertente vederlo tutto eccitato per qualcosa, soprattutto se gli permetteva di scoprire di più sul suo conto. Segretamente aveva iniziato a bramare più informazioni, trovandosene a corto.
«Martin!»

Spalancò appena gli occhi. «Quello del *Trono di Spade*? Sei un *sadico*!»

«È *Cronache del Ghiaccio e del Fuoco*,» puntualizzò Nate. «E non è soltanto pieno di morti e colpi di scena come pensate tutti!»

«Certo, c'è anche tanto sesso e tette.»

«Non nei libri! Non basarti sulla serie televisiva: sono due cose diverse!»

«Mi annoiava, avrò visto un paio di puntate e poi ho lasciato perdere,» gli disse, soltanto per vedersi rivolgere un'altra espressione sconvolta.

«Sei un *eretico*!»

«Esagerato!»

«Andrai all'inferno per quello che hai fatto!»

«Sembri mia madre,» scherzò Nathan, alzando gli occhi al cielo e fermandosi davanti alla porta della sua stanza. Adesso veniva il difficile, eh?

«Sembro *mia* madre, altroché!» Anche se fu una frase detta con un accenno di risata, Nathan lesse negli occhi di Nate una sorta di malinconia, dolore nascosto molto bene, doveva convenire, ma non tanto da ingannarlo.

Si concesse diversi secondi in silenzio, abbastanza per attirare la sua attenzione sulla propria espressione, intenerita, dispiaciuta. Nate abbassò lo sguardo e arrossì appena, visibilmente a disagio.

«Dev'esser stato brutto,» commentò. Forse non avrebbe dovuto premere il dito nella piaga, ma la curiosità e la bramosia di sapere erano troppo forti, tanto da farlo cedere al suo lato più egoista.

Nate si strinse nelle spalle prima di mormorare: «È passato.»

Nathan non ne era sicuro, ma evitò di continuare a chiedere.

* * *

Era la sua quarta notte di lavoro quando sentì bussare alla porta.

Lui e Nathan avevano mantenuto la routine di andare via di casa insieme e tornare insieme. Avevano parlato della giornata lavorativa, di libri e di film – contavano di vederne uno assieme entro il fine settimana, ma non riuscivano a decidere quale – e quella sera erano andati a letto piuttosto presto, dopo una cena deliziosa a base di riso.

Era in uno stato di dormiveglia: si era intrattenuto a leggere un libro che si portava dietro da tanto tempo – un vecchio fantasy pieno di paroloni e racconti che, onestamente, non lo faceva impazzire – e si era addormentato nel bel mezzo del capitolo. Non sapeva dire se avesse sentito il primo battito o i successivi: si ritrovò a sobbalzare e a esclamare un roco: «Avanti!»

Nathan comparve dalla soglia: non riusciva a vedere perfettamente il suo viso per via della fioca luce della piccola lampada sul comodino, ma la sua espressione sembrava stanca e vagamente imbarazzata dietro il vetro degli occhiali che gli aveva visto addosso la prima volta.

«Ti disturbo?» Anche quella domanda suonò titubante.

Era la cosa più tenera che avesse mai visto.

«No! Certo che no!» disse, spostando le coperte e scendendo dal letto. Indossava un pigiama neutro, un paio di pantaloni da tuta in cotone e una maglia a maniche lunghe che gli stava decisamente larga, scoprendogli parte della spalla e scendendo fino a metà coscia.

Nathan entrò nella stanza e chiuse la porta, chissà per quale strano motivo. Lo vide avvicinarsi a disagio, con una mano si massaggiava la nuca tra i capelli umidi di sudore. Aveva avuto un brutto sogno?

«Vuoi che andiamo a farci un tè?» chiese, anche se non era sicuro che ne fossero provvisti. «... O una camomilla, magari.»

Nathan sorrise appena, annuendo. «Una camomilla, magari.»

Mentre scendevano le scale, senza accorgersene Nate si tenne vicino a lui, quasi avesse avuto paura di vederlo crollare. Più o meno era quella la verità, ma voleva anche fargli percepire il suo calore, fargli sentire che era lì. Credeva che fosse la cosa più importante se non si sentiva tranquillo.

Nathan lo guidò in cucina, poi si mise a cercare fino a trovare la scatola della camomilla. Nel frattempo lui mise dell'acqua a bollire e attese che l'altro si mettesse a sedere.

«Un incubo?» chiese, alla fine. Nathan scosse il capo.

«No... Non credo. Non lo so,» ammise l'uomo. Sembrava scosso e non lo guardava. «Mi sono svegliato con... Sai. Ansia, tachicardia. Non ricordo di aver sognato.»

Annuì, facendogli un sorriso e mettendosi a sedere al suo fianco. «Adesso cosa senti?»

Nathan si prese una pausa prima di rispondere. «Non lo so. Credo di avere un po' di tachicardia.»

Nate annuì, comprensivo, e l'altro sembrò rilassarsi, anche se pareva abbastanza scosso. Si rivolse completamente verso di lui, azzardandosi a posare con delicatezza le mani sulle sue ginocchia. Nathan gli rivolse uno sguardo perplesso, confuso.

«Ascoltami, ti va?» chiese, mantenendo la voce dolce e serena. Nathan annuì quasi rapito, immobile. «Prova a fare un esercizio che faceva sempre mia sorella.» Lui annuì ancora, spronandolo a continuare a parlare. «Inspira con il naso e conta, più o meno fino a cinque.»

Lo vide abbassare gli occhi e concentrarsi, l'inspirazione rumorosa, il petto gonfio. «Espira dalla bocca, immagina di cacciar via l'ansia. Cerca di visualizzarla in qualche modo... Fumo, acqua, quel che vuoi. Butta via tutto. Sempre fino a cinque, eh.»

Nathan non lo guardava, ma Nate sapeva che stava prestando attenzione alle sue parole. Il suo petto si sgonfiò e si rigonfiò, lentamente. Pian piano anche le palpebre si chiusero, sopracciglia inarcate ed espressione concentrata, tesa. Senza pensarci portò pollice e indice tra di esse, appena sopra la montatura degli occhiali, e massaggiò delicatamente verso l'esterno, per stendere la pelle delle sopracciglia. Quando l'altro aprì gli occhi, gli rivolse un'espressione perplessa.

«Non devi essere teso,» spiegò in risposta. «Rilassati. Cerca di riempire la pancia anziché il petto. Respira con il diaframma.»

«Cosa sei, una specie di tutor zen?» chiese Nathan. Nate era sicuro che volesse suonare ironico, ma sembrò più un commento sarcastico e irritato. Scosse il capo, mantenendo un'espressione seria e decisa.

«Respira, non deconcentrarti.»

Sospirò, ma fece come gli era stato chiesto.

Per diversi respiri Nate rimase lì, con le mani sulle sue ginocchia a osservarlo mentre lavorava. Nonostante fosse visibilmente stanco e spossato, ai suoi occhi sembrava comunque bellissimo, tenero nel suo tentativo di calmarsi.

Ben presto sentì che il respiro non appariva più forzato ma tranquillo, sincero. Nathan teneva le braccia lungo il corpo e le mani sulle cosce, a pochi centimetri dalle sue. Erano immobili, le dita a contatto con il tessuto dei pantaloni. Bastava un movimento per prenderle nelle sue e scoprire se erano calde o fredde.

Lo fece.

Non per le mani, quanto più per prendergli i polsi e ascoltare il battito cardiaco. Mentre Nathan gli rivolgeva ancora una volta un'espressione interrogativa, lui sorrise nel sapere che la tachicardia era passata.

«Bravo,» mormorò

Quando i loro sguardi si incontrarono, negli occhi blu e profondi di Nathan c'era un miscuglio di emozioni contrastanti. Stupore, perplessità, confusione ma anche gratitudine, tranquillità e qualcosa che Nate non voleva tradurre come affetto. Se l'avesse fatto avrebbe dovuto ammettere che anche nei suoi occhi, probabilmente, c'era la stessa cosa.

Schiarendosi la gola si alzò, mormorando un: «Vado a riempire le tazze.»

Non aveva sentito l'acqua bollire, ma aveva bisogno di una scusa per allontanarsi da Nathan o il passo successivo avrebbe richiesto più contatto di quanto poteva permettersi.

* * *

Sei bellissimo.

Avrebbe voluto dirlo, davvero, ma Nate si allontanò da lui con la patetica scusa della camomilla da preparare. Sospirò, mentre alzava lo sguardo per controllare l'orario. Erano appena le tre: come avrebbe fatto a passare il resto della nottata?

Non importava: si sentiva più tranquillo adesso, incredibilmente. L'esercizio di respirazione di Nate era valso a qualcosa e adesso non sentiva neanche più quella paura che aveva avuto quando si era svegliato, probabilmente un'ora prima.

Inizialmente aveva cercato di sopportarla. Si svegliava sempre di notte, non c'era bisogno di farne un problema di stato. Poi, però, l'ansia era diventata sempre più forte e la tachicardia l'unico rumore nel maledetto silenzio della stanza buia. Allora si era alzato ed era praticamente corso davanti alla porta di Nate, per ritrovarsi a bussare lievemente, indeciso se entrare o meno.

Lui aveva risposto quasi subito.

Prendimi in giro, forza. Me lo merito.

Invece no: Nate si era alzato e l'aveva accompagnato in cucina, amorevolmente, come ci si aspetterebbe da qualcuno che vuole soltanto aiutarti. Era un'esperienza nuova. Sì, avevano cercato di aiutarlo e stargli vicino ma, alla fine, era sempre pesato a tutti.

Con Nate era diverso: lo pagava per essere disponibile e lui lo era. Lo era e lo faceva davvero bene, tanto da fargli credere che fosse perché teneva a lui più che ai soldi... Anche se, ovviamente, non era così.

«Nathan?»

Quando alzò lo sguardo, Nate lo stava fissando perplesso, come se si fosse aspettato qualcosa, parole, risposte. Sbatté un paio di volte le palpebre prima di accorgersi che, probabilmente, gli aveva rivolto una domanda.

«Scusa, che hai detto?» chiese. Lui sogghignò, agitando il barattolo dello zucchero che teneva stretto in una mano.

«Ci metti lo zucchero?»

«Due cucchiaini di quello di canna,» rispose, facendo spaziare lo sguardo sulla tavola, dove erano state posate due tazze colme d'acqua e con i filtri della camomilla già in infusione.

«Cos'è, hai paura di ingrassare?» gli chiese Nate, ridacchiando. Lo vide aggirarsi per la cucina fino a recuperare lo zucchero grezzo e portarlo in tavola.

«Ho un fisico da orgasmo da mantenere,» scherzò, ringraziandolo con un mormorio quando ebbe tra le mani il barattolo. Nate si mise a ridere, di quella risata divertita e sincera che gli piaceva tanto, e qualcosa si sciolse dentro di lui, riempiendo il vuoto che sentiva. Meccanicamente anche il suo sorriso si tramutò in qualcosa di più bello, più *reale*.

«Ovviamente, non vorremmo mai che il tuo lavoro ne risentisse,» considerò il giovane, sedendosi e prendendo la propria tazza tra le mani. Fece lo stesso, portandola vicina alle labbra e godendosi il calore del vapore che ne usciva.

«O che le mie prestazioni davanti a te calassero.»

Nate arrossì, come Nathan si era aspettato, e il suo sorriso divenne il solito ghigno da predatore. Credeva che avrebbe evitato di rispondere o che avrebbe sviato il discorso, ma lui gli rivolse lo sguardo e, dopo un attimo di pausa, rispose: «Allora fa' in modo di stupirmi.»

Eccola: di nuovo la scossa al basso ventre che, però, prese anche lo stomaco fino a salire nel petto. Il cuore perse un battito, stavolta senza la necessità che l'ansia facesse il lavoro. Era una sensazione piacevole, per la prima volta dopo mesi, e si perse in essa, accoccolandosi nel placido calore che quella *sicurezza* gli dava.

CAPITOLO 6

"Non stancarti troppo al lavoro!"
Era un messaggio delle 10.28 di mattina, mandato da Nathan. Nate gli aveva permesso di contattarlo telefonicamente durante il giorno in caso di problemi o avvertimenti e lui, ovviamente, si era già fatto sentire. Non gli stava chiedendo qualcosa né lo avvertiva che non sarebbe andato a prenderlo al lavoro o che avrebbe fatto tardi. Era un semplice messaggio, di quelli che si sarebbe aspettato di ricevere da un amico piuttosto che dal suo datore di lavoro.

Insomma, con Timothy non scambiava nessun tipo di messaggio; invece Nathan sembrava deciso ad approfondire il rapporto con lui. Non che a Nate dispiacesse, anzi: segretamente non chiedeva altro, ed era contento di poter scambiare qualche parola con lui al di fuori delle sue ore lavorative.

"Neanche tu," rispose, con uno strano sorriso felice sul volto. Stava gestendo un paio d'ordinazioni e aveva avuto un attimo libero per controllare il telefono mentre era in pausa. Era contento di averlo fatto, anche se non credeva di aver nessun diritto di provare tale felicità.

Dall'ultima volta, Nathan non l'aveva più svegliato di notte, se non perché era tornato da un'uscita serale e aveva fatto accidentalmente rumore nel corridoio. Le giornate procedevano in tranquillità e la sua prima settimana di lavoro era andata più che bene. Passava la mattina al bar, sempre più pomeriggi con Nathan e la sera tranquillamente in camera a leggere un libro oppure a chiacchierare con il suo nuovo coinquilino, passando del tempo con lui.

Senza accorgersene si era affezionato in maniera frettolosa e incauta.

"*Io non mi stanco, poso,*" aveva risposto Nathan al suo messaggio. Nate si era messo alla cassa e aveva ricevuto i soldi per le ordinazioni di prima, poi era rimasto lì mentre Tim e Kate si aggiravano per il bar.

Dopo qualche minuto era riuscito a mandare una risposta al suo interlocutore: "*Dev'essere terribile dover star fermi per ore mentre gli altri ti sbavano dietro...*"

Una provocazione, stava soltanto scherzando e, quasi istintivamente, lo stava stuzzicando come avrebbe fatto con un ragazzo con cui si frequentava. Sapeva che non era quel che avrebbe dovuto fare ma non riusciva a fermarsi, improvvisamente attratto dall'idea di vedere se Nathan avrebbe gestito quel genere di risposta con lo stesso spirito o se l'avrebbe bloccato sul nascere.

Come sospettava, però, l'uomo non era il tipo da farsi sfuggire un'occasione del genere.

"*Terribile è sapere che ti illudi che sia così semplice. Star fermi? Dovresti davvero venire a vedermi prima o poi: sarebbe interessante sia per te che per me!*"

Sorrise, soddisfatto di quella risposta. Sentiva il cuore battergli più velocemente del normale e le gote arrossarsi. Volò a pulire un tavolo mentre si prendeva un attimo di pausa prima di rispondere ancora.

"*Non vedo come possa esserlo...*"

"*Oh, io lo vedo, invece. Non stacchi mai dal lavoro?*"

Avrebbe voluto rispondergli che sì, si prendeva delle pause e se ne sarebbe volentieri presa una per telefonargli, ma fu interrotto proprio da Timothy che gli chiedeva di servire un paio di clienti e fare altri lavori per il locale. Riuscì a digitare un veloce: "*Scusa, devo andare. A dopo,*" prima di riporre il telefono e pensare ai suoi doveri.

La giornata trascorse velocemente, tra ordini e commissioni nei dintorni, tra scaricare il camion dei rifornimenti e recuperare varie cose per il bar. Erano le tre e mezza del pomeriggio quando, finalmente, diede un altro sguardo al telefono.

Un messaggio di un vecchio compagno di liceo che gli chiedeva il numero di una comune conoscenza e un altro di Nathan.

"*Voglio tornare a casa.*"

Aggrottò le sopracciglia mentre si chiedeva cosa fosse successo. Il bar era vuoto, come di consueto a quell'ora del pomeriggio, e poté prendersi la libertà di rispondere un: "*Tutto ok?*"

Mentre aspettava la risposta, Kate gli si avvicinò con uno sguardo sospettoso.

«Con chi è che messaggi tutto il giorno?» chiese, ridacchiando.

Nate cercò di mantenere la calma, ma non riuscì a nascondere il rossore per l'imbarazzo. Non c'era nessun problema, no? Non gli era vietato il telefono al lavoro, né era tenuto a informare la sua collega sul suo interlocutore. Inoltre non stava facendo nulla di male: non stavano flirtando o cosa, non stava rivelando troppe cose di sé, non stava facendo battute a sfondo sessuale.

E se anche fosse? È libero, per quanto ne so.

Si bloccò. Inizialmente perché, effettivamente, *non* sapeva se Nathan fosse realmente libero o se nascondesse un compagno da qualche parte. O peggio, *una* compagna. Poi, quando si permise di pensare più lucidamente, si accorse che, in realtà, a lui non doveva neanche importare. Non doveva legarsi affettivamente in quel modo al suo datore di lavoro, non aveva alcun diritto neanche di *sperare* che quegli occhi fossero soltanto per lui, che quel bellissimo sorriso fosse soltanto rivolto a lui...

Merda. No, Nate, no.

«Con nessuno,» biascicò, schiarendosi la voce. «Un compagno di liceo.»

Non era propriamente una bugia: dopotutto aveva risposto anche al suo vecchio amico, no?

«Sì, certo. Avanti, dimmelo!»

Kate lo torturò per diversi minuti prima che potesse levarsela di torno, salvato da Timothy che la richiamò per farsi dare una mano con un cliente. Per fortuna, almeno in quelle circostanze, poteva sempre contare sull'aiuto del *santo* Timothy.

"Il fotografo sta litigando con la stilista perché secondo lui i suoi abiti non si addicono al set. Per me sono tutti uguali, la stilista è in gamba. Lui però è una spina nel fianco. Quarant'anni di palle girate."

Nate trattenne una risata quando si ritrovò a leggere quella risposta. Immaginava benissimo l'espressione scocciata di Nathan, magari seduto stancamente su di una sedia mentre aspettava che i due lavoratori la smettessero di urlarsi addosso e gli chiedessero di posare.

Non l'aveva mai visto all'opera ma lo conosceva tanto da riuscire a indovinare le sue reazioni.
"*Quando stacchi?*"
"*Se tutto va bene tra un'ora. Tu?*"
"*Tra venti minuti.*"
E non soltanto lui, ma anche Kate e Timothy. I parenti del suo datore di lavoro avevano allestito una festa al Muse Park e lui aveva deciso di chiudere prima per andare ad aiutarli. Kate era tutta eccitata all'idea di girare per le bancarelle colorate assieme alle sue migliori amiche.

Quando aveva chiesto a Nathan se avesse intenzione di andarci, lui gli aveva assicurato che non si sarebbe mosso da casa la sera perché odiava le feste e la folla. Nate si era trovato in accordo con lui e gliene era addirittura grato.

"*Ti va di passare? Non è troppo lontano, siamo al parco su Westwood Garden.*"

Per un attimo valutò l'idea di accettare. Fu soltanto un attimo, in cui si immaginò a seguire i movimenti di Nathan mentre il fotografo gli chiedeva di assumere posizioni diverse e simulare espressioni particolari.

Probabilmente era truccato e sistemato al meglio perché la sua bellezza risaltasse dietro l'obiettivo... Rabbrividì al solo pensiero di poterlo osservare, di poter esserci.

Poi, però, ripensò a quanto si stava facendo trasportare da quell'assurdo rapporto lavorativo che, pian piano, diventava sempre più stretto, ed ebbe paura. Paura di quello che provava, paura di alimentare quelle sensazioni e quei sentimenti.

"*Ho delle cose da fare, magari ti precedo.*"

Era una bugia, ma non gli importò. Era una bugia e Nathan l'avrebbe saputo, ma non gli importava neanche di quello. Finse di non curarsene anche quando gli arrivò la sua risposta, "*Come vuoi*", scocciata e sfuggente. Deglutì i sensi di colpa e finì di mettere a posto per la chiusura.

Mentre uscivano dal locale e salutavano Timothy, Kate gli chiese di fare un giro con lei in attesa di incontrarsi con le sue amiche. Non aveva niente da fare, in realtà, quindi la seguì.

Il Muse Park era stato addobbato a festa e una lunga fila di bancarelle adornava i piccoli sentieri erbosi. C'era già un sacco di gente che camminava e si fermava a cercare qualcosa da portare a casa. Una grande folla era radunata nei piazzali adibiti al cibo, mentre i bambini giocavano e correvano dappertutto.

In quel subbuglio di felicità e allegria, Kate gli si avvicinò e gli chiese: «Che c'è, dolcezza?»

Lui si strinse nelle spalle.

«Niente,» mentì. In realtà stava ancora pensando a Nathan, alla sua proposta e al fatto che, forse, ci era rimasto male per il suo rifiuto.

Una volta una compagna di scuola gli aveva detto che lui era una "pippa mentale continua". Forse era vero: dopotutto non riusciva a smettere di chiedersi se non avesse fatto male, se magari fosse stato meglio rispondergli che passava e farlo contento. Dopotutto aveva fatto fatica, inizialmente, ad avvicinarlo abbastanza da permettergli di fidarsi di lui: forse era un passo indietro non assecondarlo. Magari voleva soltanto un po' di sostegno da un amico...

«Nate?»

«Eh?» Era di nuovo partito con i pensieri, dimenticandosi che era in compagnia. Kate lo stava guardando con perplessità, un sopracciglio inarcato e le braccia incrociate davanti a sé. Stavano ancora camminando ma Nate non si era accorto neanche della direzione che avevano preso.

«Dai, dimmi cosa c'è! Non tenerti sempre tutto dentro!»

Sospirò: aveva ragione. Forse gli avrebbe fatto bene parlarne con qualcuno. «Nulla, credo di aver risposto male a Nathan.»

Il volto della ragazza si illuminò. «Ah-ah! Allora era davvero lui a telefono!»

Annuì, imbarazzato. Tanto valeva scoprire tutte le carte, ormai. «Mi ha chiesto di passare sul set. Hanno degli scatti all'aperto,» spiegò, grattandosi con nervosismo la nuca. «Ma ho rifiutato.»

«*Cosa*? E perché?» chiese lei, scettica. «Dai, sarebbe stata una figata!»

«È che sarei stato in imbarazzo...» mormorò, stringendosi nelle spalle.

Per tutta risposta, Kate sospirò. «Andiamo, svelto, ti accompagno. Dove lavora?»

«Non voglio andarci.»

«Invece ci andrai. Anzi, ci andremo insieme, così non ti sentirai troppo a disagio.»

Provò a ribattere, ma Kate era sempre stata bravissima a trascinarlo nelle sue idee malefiche e, se non c'era Timothy a salvarlo... Era in completa balia della sua esuberanza.

* * *

Edward e Genette avevano appena smesso di urlarsi addosso. Genette era ancora convinta che i suoi abiti non fossero adatti "a un maleducato come Edward Martin" e lui era ancora sicuro di non voler lavorare più per la sua linea, ma Nathan sapeva benissimo che, invece, entrambi si sarebbero andati a prendere la loro birra in serata e avrebbero sparlato ubriachi degli altri membri dello staff.

Andavano molto d'accordo, ma avevano metodi di lavoro snervanti.

Lui non ce la faceva più: era tutto il giorno che gli chiedevano di utilizzare determinati atteggiamenti davanti la macchina fotografica, che valorizzassero anche i vestiti che aveva addosso, ma a lungo andare le sue prestazioni erano calate per la stanchezza e l'irritazione.

Mabelle, la modella che posava assieme a lui, aveva cercato di tirarlo su di morale nell'ultima pausa, ma a nulla erano valsi i suoi chiari tentativi di provarci con Nathan. Non era proprio il suo tipo, anche se sua madre avrebbe tanto voluto che cedesse. Ah, se avesse potuto vederlo.

Sospirò, osservando con insistenza l'orologio che portava al polso. Un altro quarto d'ora, qualche foto e, se tutto andava per il meglio, sarebbe stato libero di tornarsene a casa e buttarsi sotto la doccia. Quanto bramava l'acqua calda e la sensazione di rilassamento che avrebbero provato i suoi muscoli...

Diede uno sguardo verso il pubblico: avevano allestito il set in un parco al centro della città, per sfruttare la bella giornata, e si erano guadagnati una bella schiera di gente curiosa che si fermava a osservare il loro lavoro. Un paio di ragazzine, in particolare, nella pausa gli avevano chiesto una foto insieme ed erano ancora lì a osservarlo con occhi languidi. Lo divertivano, anche se non poteva dire di esserne lusingato. Non era quel genere di sguardi che voleva.

«Nathan, facciamone un'altra qui!» lo richiamò Edward mentre lui spostava lo sguardo dalla folla e lo riportava al set. Un'altra foto vicino all'acqua assieme a Mabelle.

Genette gli si avvicinò per sistemargli la giacca e aggiungere qualche dettaglio alle tasche e ai gemelli, poi chiamò la parrucchiera perché sistemasse una ciocca di capelli intinta di gel che gli era ricaduta ribelle sugli occhi. Decisero di sfruttarla per far sì che il suo sguardo fosse più "sexy". Non capiva come potevano riuscirci, ma non obiettò.

Proprio mentre si stava dirigendo verso la macchina, lo vide.

Nate?

Oh, sì che era lui. Quel maledetto rossore che gli sporcava le gote, il labbro torturato tra i denti e i suoi occhi che, inizialmente sfuggenti, si fermavano nei suoi e gli rivolgevano uno sguardo di fuoco prima di farsi imbarazzati.

Lo vide alzare appena una mano, per poi nasconderla nelle tasche e infossare il capo tra le spalle, a disagio. Probabilmente era uscito da poco dal lavoro e – lo notò soltanto quando si permise di distogliere lo sguardo dal suo volto – si era fatto un giro con la sua collega.

Infine era venuto per *lui*. Le sue labbra si piegarono in un sorriso soddisfatto e felice, gli occhi ancora ne ricercavano lo sguardo, ignorando i richiami del fotografo. *Nate* era venuto per *lui*.

L'altro, ancora una volta, lo guardò e, quando si accorse che si era fermato e non ascoltava altri che lui, gli fece un cenno del capo verso il fotografo, chiedendogli silenziosamente di raggiungerlo e non fargli perdere altro tempo. Solo allora si permise di seguire quelle indicazioni e fermarsi davanti all'obiettivo.

«Non dormire, Nathan, o qui si fa notte e non possiamo fare più nessuno scatto!» lo rimproverò Edward, facendogli un cenno verso Mabelle, che si era seduta.

«Scusa,» mormorò, avvicinandosi a lei e posandole le mani sui fianchi. Mabelle sorrise, vagamente maliziosa, e allungò le braccia a cingergli le spalle, dando uno sguardo al fotografo.

«Avvicinatevi un po' di più,» disse lui, accompagnando la richiesta con un cenno delle mani. «Nathan, abbracciala con meno enfasi. Mabelle, volta un po' il bacino, voglio catturare anche il ricamo sul fianco.»

Fecero come era stato detto loro e attesero che Edward scattasse la foto, poi seguirono le sue indicazioni per un altro paio di scatti e, finalmente, furono liberi di andarsi a cambiare.

Prima di poterlo fare, Nathan *corse* verso Nate, che ancora si manteneva da un lato del set, tra la folla. Qualcuno cercò di raggiungerlo, ma sviò ogni domanda finché nella sua visuale non ci fu altro che il sorriso imbarazzato del *suo* dipendente.

«Ehi!» lo salutò, quasi in un sussurro.

«Ciao,» rispose lui, distogliendo lo sguardo dal suo. Avrebbe giudicato quel gesto tenero, ma lo infastidì. Cercò di non farci troppo caso.

«Sei venuto, alla fine,» disse, salutando con un cenno anche la sua collega, che si manteneva al suo fianco. «Credevo avessi da fare.»

«Sì, ma... Mh...» balbettò l'altro, chiaramente a disagio. Probabilmente stava cercando una scusa: sapeva che non aveva avuto nulla da fare se non sfuggire da lui, anche se non ne capiva il motivo. «Kate voleva vedere il set, così mi ha chiesto di passare.»

Nathan trattenne una smorfia a quella risposta: no, decisamente non gli piaceva. Rivolse l'attenzione alla ragazza, facendole un sorriso caldo e affabile che Nate *sicuramente* avrebbe notato. «Mi fa piacere. Sei soddisfatta?»

Kate arrossì appena, spalancando gli occhi e rivolgendo uno sguardo veloce a Nate. Oh, avrebbe tanto voluto vedere che tipo d'espressione stava facendo, ma se l'avesse fatto il suo tentativo di farlo arrabbiare sarebbe andato a vuoto.

«Oh... S-sì! È stato fantastico...»

Nathan non sapeva se si stesse riferendo a lui o al set, ma non gli importò. Chinò il capo, gentilmente, e ancora una volta le rivolse un'espressione affabile e quasi maliziosa, facendo scorrere gli occhi sul suo corpo. Era una bella ragazza: se fosse stato etero, probabilmente, ci avrebbe provato. «Grazie, mi lusinga che ti sia piaciuto.»

«Hai finito?»

Oh, ho appena cominciato tesoro.

E aveva dannatamente vinto. La domanda di Nate era infastidita, priva di gentilezza e frettolosa, come se avesse voluto troncare il discorso. Sicuramente era quello il suo intento.

«Di fare cosa?» chiese, fingendo ingenuità. Quando si ritrovò a osservare i suoi occhi, poté giurare di leggerci della *gelosia*. Bastò a mandargli una scossa lungo la spina dorsale, rendendolo quasi *eccitato*.

«Di lavorare,» specificò Nate, anche se Nathan non era sicuro che fosse la risposta più giusta. «Così possiamo tornarcene a casa.»

«Credevo che volessi precedermi. Io potrei intrattenermi con la tua amica, magari, così mi dà qualche consiglio *sul lavoro*.»

Erano parole subdole e ingiuste, ma non ci fece caso. Al contrario, osservò con interesse lo sguardo smarrito di Nate, i suoi occhi perplessi che si facevano pieni di fastidio e la rigidità dei suoi muscoli. Lo vide distogliere lo sguardo e stringersi nelle spalle per poi indietreggiare.

«Come vi pare,» mormorò, senza guardarlo.

Kate, al contrario, scosse il capo e si affrettò a dire: «Mi dispiace, ma ho già un impegno! Tornate pure a casa, vi prego!» Era palesemente a disagio per aver messo il suo amico in imbarazzo e averlo indotto a ritirarsi.

Forse, in un angolo del suo cuore, si sentì un po' in colpa. Per qualche secondo.

«Peccato,» rispose, sorridendole. «Sarà per la prossima volta, allora!»

Lei annuì e mormorò parole di congedo, salutando poi Nate con due baci sulle guance che lui ricambiò a stento. Quando finalmente furono soli, Nathan gli si avvicinò, per poter mantenere un tono di voce basso e più intimo. Erano ancora circondati da spettatori curiosi.

«Se mi aspetti dieci minuti, mi cambio e ce ne andiamo.»

«Se hai da fare, non importa,» ribatté Nate, ancora arrabbiato. «Posso chiamare un taxi e tornare da solo.»

«Smettila di fare il difficile, volevo soltanto prenderti un po' in giro.»

«Evita di illudere le mie amiche, allora.» La risposta dell'altro fu di nuovo secca e arrabbiata, e lui era certo che non fosse perché aveva offeso la sua *amica* ma, piuttosto, perché l'aveva ferito.

«Sappiamo entrambi che non si tratta di quello, quindi smettila,» ribatté Nathan, serio. «Volevo soltanto vedere se saresti stato geloso. Hai già risposto abbondantemente alla mia domanda.»

Nate arrossì, rivolgendogli uno sguardo scettico e sempre più irato. «Non ero *geloso*!»

«Vedremo,» rispose, ridacchiando. «Dieci minuti, bel culetto.»

* * *

Ira, irritazione e vergogna. Gelosia – sì, maledizione, *gelosia*! – e, infine, eccitazione e desiderio.

Nathan era capace di fargli provare tutte quelle sensazioni con un paio di sguardi e qualche parola accostata distrattamente ad altre in frasi volte soltanto a farlo reagire.

Lo sapeva, sapeva che ce l'aveva con lui mentre parlava con Kate, sapeva che lo stava punendo per le sue risposte e sapeva che era soltanto un modo di provocarlo e vedere cosa avrebbe fatto. E sapeva, più di ogni altra cosa, che gli aveva dato esattamente quel che voleva.

Tremava, mentre aspettava che si cambiasse nel tendone allestito per i modelli, e non capiva se per la rabbia o per l'eccitazione e lo smarrimento provocati dalla bellezza di Nathan.

Un Nathan sistemato, con bei vestiti e sguardo accattivante pronto per esser catturato dalla macchina fotografica.

In un attimo di incoscienza aveva pensato che nessuno, né la modella che posava con lui né il fotografo né Kate, avesse il diritto di rivolgergli anche soltanto uno sguardo. Poi si era accorto che neanche lui aveva quel diritto e il suo subbuglio interiore era diventato tanto grande da sconvolgerlo.

Ed erano iniziate le solite paranoie ingiustificate.

Era soltanto il suo datore di lavoro, un uomo appartenente a quella categoria che lui odiava, che ci provava con tutti, se li portava a letto e poi li abbandonava per trovarsi altri trofei da collezionare.

Un uomo arrogante e presuntuoso, pieno di sé e assolutamente da evitare.

Ma chi voglio prendere in giro?

Lui lo sapeva chi era Nathan, in realtà. L'aveva visto nello sguardo smarrito che gli aveva rivolto dopo l'attacco di panico in macchina, l'aveva visto nella risata sincera della prima notte che aveva passato a casa sua, l'aveva visto nel sorriso di gratitudine davanti alla prima tazza di camomilla che gli aveva preparato.

Lo sapeva che era soltanto la gelosia che lo stava facendo reagire, la paura di affezionarsi troppo a lui e rimanerne ferito, ma non conosceva il modo per rilassarsi. Se l'avesse fatto, se si fosse adagiato e avesse permesso a quel rapporto di crescere, con tutta probabilità avrebbe portato soltanto guai a Nathan come a lui.

Il suo umore peggiorò mentre passava il tempo e aspettava Nathan e, quando comparve davanti a lui, con i soliti abiti che era abituato a vedergli addosso e i capelli un po' più ribelli di quel che aveva visto, Nate non riuscì a mostrargli altro che fastidio.

Non era infastidito da lui. Era infastidito da se stesso.

«Andiamo?» Fu Nathan a rompere il ghiaccio, l'espressione neutra e stanca. Lui si limitò ad annuire e a seguirlo verso la macchina, ma per tutto il tragitto rimase in silenzio.

«Mi terrai il broncio ancora per molto?» chiese, infine, Nathan, quando arrivarono al cancello di casa sua. Nate si limitò a gettargli uno sguardo seccato mentre lui lo fissava con il solito ghigno di divertimento. Era irritante quanto bello.

«Non ti sto tenendo il broncio,» mentì. «Non ne avrei il motivo.»

«Andiamo, Nate...» Nathan alzò gli occhi al cielo, guidando la macchina verso il garage e sorpassando la sua, ancora parcheggiata lì. «Era soltanto una provocazione, non dovresti prendertela così.»

«Non me ne frega nulla di quel che fai, Nathan!» Forse alzò un po' troppo la voce. *Splendido, sto diventando una perfetta checca isterica!* «Puoi scoparti chi ti pare, il mio lavoro si limita ad assisterti se hai l'insonnia!»

Nathan si irrigidì. Forse era stato decisamente troppo duro. Il modello rimase in silenzio, senza rispondergli, e quando spense la macchina e scese sbatté la portiera in malo modo, avviandosi da solo verso casa, Nate si maledì mentalmente.

«Nathan...» lo richiamò, mentre lo inseguiva.

«Gli ordini sono di lasciarmi in pace almeno fino a orario di cena, *dipendente*.»

Sì, se l'era presa e Nate sapeva benissimo che ne aveva tutti i motivi. In fondo era lui quello che si era fatto prendere dai sentimenti, anche se era l'unico che cercava di starci attento.

Dannazione.

«Scusami,» disse, ignorando la richiesta di lasciarlo in pace. «Non volevo offenderti, non...» *Cosa?* «Non pensavo davvero quello che ho detto.»

«E cosa pensavi, allora?» Nathan si voltò a guardarlo, gli occhi fissi su di lui, arrabbiati, seri. Nate rabbrividì sotto quello sguardo, improvvisamente spaventato. Aveva fatto un passo falso: non nel lavoro, ma nei rapporti personali. Anche se si sforzava di non pensarla in quella maniera, non poteva ignorarlo.

«Ero solo...» *Geloso.* «È stata una giornata stressante, mi sono fatto prendere da...» *Dalla gelosia, volevo che guardassi soltanto me.* «Dalla stanchezza. Scusami.» *Dimmi che avresti guardato soltanto me. Dimmelo anche se non ho il diritto di sentirlo.*

«Allora va' a riposarti.» Freddezza, stanchezza, delusione. Nathan rappresentava tutto e non faceva altro che farlo sentire sempre più in colpa. «Io ho bisogno di una doccia. Non sei l'unico stanco qui.»

Nathan gli volse le spalle e si incamminò verso la scalinata. Nate non poté far altro che guardare la sua schiena che si allontanava.

Più tardi, quando il suo *datore di lavoro* ancora non si faceva vedere lui si aggirava con tristezza per il salotto, completamente in balia di se stesso; fu allora che la notò.

In un angolo della libreria, nascosta per metà dai libri, c'era una piccola foto.

Mostrava due bambini che si abbracciavano. Anche se uno sembrava più grande di qualche anno, entrambi somigliavano a Nathan e a sua madre. Anzi, mentre si permetteva di prenderla tra le mani e osservarla più da vicino, si accorse che il bambino più piccolo era praticamente la fotocopia di Nathan. Sorrise a vedere quelle piccole labbra piegate verso l'alto e gli occhi assottigliati in un'espressione di pura gioia, la stessa che aveva anche l'altro bambino.

«Nate, ti dispiace se do un'ultima spolverata qui?»

Quando si voltò, Lucy era sulla soglia della porta e aspettava, pazientemente. Le sorrise gentilmente e scosse il capo. «No, figurati.»

Lei ringraziò e si mise a pulire i tavoli e il pianoforte, silenziosa. Lui si perse per qualche altro minuto a osservare la foto prima di chiederle: «Chi è il bambino assieme a Nathan?»

Lei non rispose subito, così alzò lo sguardo nella sua direzione per controllare che l'avesse sentito. Lucy lo guardava con un'espressione grave, imbarazzata. Si chiese se non avesse detto qualcosa che non doveva: era soltanto una domanda innocente.

«È Cassian,» spiegò lei. «Suo fratello.»

«Ha un fratello?» chiese, stupito. «Non lo sapevo.»

Nathan non ne aveva mai parlato, né lui l'aveva mai visto. Ricordava la sua risposta quando gli aveva chiesto se fosse figlio unico, ma non si era fatto troppe domande. Avevano litigato e si erano separati? Magari vivevano lontani e non si sentivano mai? Forse Nathan era stato ferito da un suo comportamento.

«*Aveva.*» Lucy si bloccò. «È venuto a mancare qualche mese fa per un incidente.»

Cazzo.

Non ebbe modo di reagire. Non ebbe modo di far nulla: lo stupore fu troppo grande e i pezzi, con poche parole, si collegarono l'uno all'altro.

Disturbo da stress post-traumatico.

«Non lo sapevo,» mormorò. Lei si strinse nelle spalle, imbarazzata, e riprese a pulire.

«Credevo te ne avessero parlato.»

Perché dovevano parlarne proprio con lui? Non era nessuno, era soltanto…

Quello che c'è quando il mondo gli cade addosso.

«È per questo che ha iniziato a soffrire di attacchi di panico?»

Non serviva risposta.

CAPITOLO 7

"*Il mio lavoro si limita ad assisterti se hai l'insonnia.*"
Ovviamente. Per gli altri era sempre tutto così elementare, così semplice da ridurre in poche parole, così facile da sminuire e rendere insignificante.

Era così semplice eliminare il vuoto che aveva dentro, la paura, il terrore di svegliarsi e capire che stava per morire anche lui, che sarebbe andato all'inferno prima ancora di aver ricevuto uno sprazzo di paradiso.

Era così facile pensare che dietro ai suoi sorrisi non ci fosse nient'altro che il capriccio di non rimanere da solo. Perché era quello, no? Un capriccio: aveva i soldi per realizzarlo e non si era chiesto neanche per un attimo se fosse lecito, se poteva permetterselo.

Ripiegato contro le pareti della doccia, dove nessuno poteva fargli nulla, dove non avrebbe ricevuto sguardi di sufficienza o parole di circostanza, poteva essere tutto. Poteva permettersi di crollare, poteva permettersi di non pensare al mondo che gli scivolava addosso, al subbuglio interiore, agli occhi *freddi* di Nate mentre gli diceva chiaramente che per lui non era altro che lavoro.

Faceva male. Non perché non lo sapesse, no. Lo sapeva bene che era tutta finzione, che non c'era nessuno che sarebbe rimasto al suo fianco soltanto perché gli faceva piacere, perché voleva *salvarlo*. Lo sapeva che, in fondo, i sorrisi di Nate erano tutti rivolti ai soldi e non a lui.

Lo sapeva che non avrebbe dovuto affezionarsi al suo bel visino soltanto perché era *gentile*.

Tirò un pugno al muro, trattenendo un gemito. Se avesse potuto, avrebbe urlato. Dalla rabbia, dalla delusione, dal dolore. Avrebbe urlato e si sarebbe fatto scivolare tutto via, così da riuscire a calmarsi.

Così da tornare a respirare.

Nella doccia era al sicuro: il vapore faceva sì che le sue vie respiratorie fossero libere, che non avesse problemi. Se fosse uscito da lì, però, sarebbe crollato in cerca d'ossigeno. Non poteva permetterselo... Né poteva continuare ad aspettare.

Prima o poi avrebbe dovuto affrontare tutto. Lui era forte, Cass gliel'aveva sempre detto. Che era più forte di lui, che avrebbe potuto sorreggere un grattacielo se soltanto avesse voluto.

Cass che c'era sempre stato, Cass che gli aveva sempre prestato la spalla per non farlo sentire *vuoto*.

Cass che, alla fine, se n'era andato.

Gemette, ripiegandosi verso il terreno. Faceva così *male*.

Tirò pugni alla parete della doccia fino a soffrirne, fino a che non vide il sangue scivolare via assieme all'acqua, sul pavimento bagnato. Era un dolore sopportabile se confrontato a quello che aveva dentro: forse con qualche cosmetico e tenendo la mano fuori dalla portata dell'obiettivo non gli avrebbe neanche dato problemi al lavoro.

Anche se non gli importava.

Fu verso le due che i suoi demoni tornarono.

Occhi aperti, sguardo disperato, terrore crescente e una buona dose d'orgoglio a coronare il suo bellissimo incubo notturno.

Nate.

Era paralizzato. Dalla paura, dalla superbia, da tutti i sentimenti più oscuri e scomodi che aveva sempre provato e che non era mai riuscito a scacciare. Si rannicchiò sotto le coperte e aspettò, nel silenzio.

Avrebbe voluto avere qualcuno dall'altra parte del letto, a cui stringersi e a cui rubare il calore. Qualcuno, qualsiasi persona, non importava se fosse un ragazzo che aveva appena conosciuto o un amico. Voleva soltanto avere un po' di calore, sapere che non sarebbe morto da solo.

Nate.

Meccanicamente si portò una mano a sentire il polso: era accelerato. Aveva freddo là sotto, il corpo era una massa indistinta di brividi e sensazioni tutte amplificate, tanto da fargli pulsare il cervello. Inspirò a fondo ma ancora una volta non ci riuscì. Decise di provare con la tecnica che gli aveva insegnato Nate, allora: dentro per cinque secondi

– che secondi non erano mai, visto che contava tanto velocemente da non ottenere un buon risultato – fuori per altri cinque secondi. Dentro dal naso, fuori dalla bocca, gonfia la pancia, sgonfia la pancia.

Funzionò per qualche minuto.

Funzionò quanto bastava per rilassarsi e non provare più i brividi.

Funzionò finché non tornò a sentire quelle fastidiose vampate di calore che lo indussero ad alzarsi velocemente e correre fuori dalla stanza, a bussare alla porta accanto.

Nate.

Forse lo fece con troppa violenza.

«Entra!» gridò la voce di Nate: obbedì prima ancora di sentire tutta la parola e se lo trovò davanti, appena alzato e bianco, come se stesse per svenire. Si sorreggeva alla struttura ai piedi del letto, gli occhi semichiusi. «Che c'è?»

Quasi pensò di toccarlo. Quasi pensò di prenderlo e sbatterlo sul letto. Quasi pensò di affondare nel suo corpo finché quel dolore non avrebbe smesso di torturarlo.

Tutto ciò che fece, invece, fu afferrare il lembo della maglia del suo pigiama e schiudere le labbra.

Non ne uscì nulla.

«Va tutto bene,» lo precedette Nate, dopo un attimo di stupore in cui vide i suoi occhi spalancarsi e soffermarsi sulla mano che lo stava stringendo. «Sei al sicuro, sei a casa tua e ci sono io.»

Patetico.

Annuì, cercando di pensare più lucidamente. Si accorse che aveva il respiro affannato, probabilmente per la corsa fuori dalla camera. Nate se ne stava tranquillo davanti a lui, le mani a mezz'aria come se fosse indeciso sul da farsi. Ancora lo stringeva, ancora aveva la bocca schiusa per dire qualcosa ma, *cazzo*, non ne usciva nulla.

Così patetico.

«Vuoi scendere a rilassarti un po'?»

Scosse il capo, distogliendo lo sguardo da lui. Lo fece spaziare sulla sua stanza, sul letto sfatto, sull'ordine che c'era. La stanza di Nathan era totale caos, invece. Era ilare notare come fossero diversi e, probabilmente, incompatibili. Totalmente incompatibili, eppure Nate era lì, e invece Cass…

Sono così patetico.
La mano sulla maglia del ragazzo strinse maggiormente e, inconsciamente, lo attirò a sé. Nate lo lasciò fare, assecondandolo con un passo in avanti. Dentro dal naso, fuori dalla bocca. Fuori tutto.

«Okay,» asserì Nate quando si accorse che non avrebbe parlato né fatto altro. «Vuoi stare qui? Vuoi che andiamo in camera tua?»

Scosse il capo, anche se non sapeva a quale domanda. Dentro dal naso, fuori dalla bocca: ce la stava facendo, era più calmo. Non tremava più così tanto... O, almeno, credeva che i brividi che provava fossero dovuti soltanto al freddo del cambiamento tra letto e corridoio.

«Devi dirmi cosa vuoi, Nathan, o non posso aiutarti.»

«Te,» mormorò.

Nate si irrigidì e, di rimando, lo fece anche Nathan. I loro occhi si incontrarono, pieni d'indecisione, fraintendimenti e confusione. Avrebbe voluto dire altro ma non sapeva, effettivamente, cosa voleva. Scoparlo? Abbracciarlo? O semplicemente parlare? Non lo sapeva. Non sapeva cos'era più giusto chiedergli, rispetto a Nate e rispetto a se stesso.

«... Vuoi che dorma con te?»

La domanda lo sorprese. Gli rivolse un'occhiata perplessa che conteneva tutte le domande del mondo. Sapeva che Nate non voleva finire a letto con lui, che non voleva un rapporto troppo intimo, che non voleva affezionarsi. Aveva imparato in fretta a capire la gente, a percepire quel che volevano o non volevano dirgli almeno tanto quanto era bravo a provocare.

Nate arrossì – poteva capirlo anche dalla penombra della stanza – e si schiarì la gola, come ne avesse avuto bisogno. Era solo imbarazzo. «Magari nella tua stanza c'è una sedia? Una poltrona? Posso farti compagnia finché non ti torna il sonno.»

Annuì. «Potrebbe non tornare.»

«Vorrà dire che staremo alzati tutta la notte.» Nate abbozzò quel suo sorriso dolcissimo e, improvvisamente, Nathan ricordò che l'aveva trattato di merda e che, nonostante tutto, era ancora lì.

Per i soldi, non c'è altro.

Annuì ancora, forse a se stesso, mentre la mano che stringeva la maglia di Nate allentava la presa e si allontanava. Scacciò la sensazione d'abbandono che provò. «Vieni?» sussurrò.

«Mi dai giusto tre minuti per andare in bagno?»
«Sì.»

* * *

Quando Nate si ritrovò a varcare la soglia della stanza di Nathan, la piccola abat-jour sul comodino era accesa e il giovane era seduto sul letto che osservava distrattamente la copertina di un libro. Non appena lo vide, perse del tutto l'interesse per il volume e lo guardò, pieno d'aspettative.

Nate si distrasse a osservare quella stanza che non aveva mai visto. Era grande, più della sua, e vagamente in disordine. C'era un grosso specchio appeso accanto alla porta, appena sopra una cassettiera. La balconata era chiusa, le serrande abbassate quanto bastava perché un po' di luce filtrasse da esse. Da un lato c'era un lungo armadio che occupava un'intera parete mentre a quella dov'era adagiato il letto era appeso un lungo quadro di una veduta giapponese. Negli spazi vuoti c'erano delle foto che non si soffermò a guardare.

In un angolo, vicino al letto, un'ampia poltrona di quelle per i massaggi che era stata appena liberata dagli abiti: lo capiva dal fatto che questi erano stati accatastati velocemente su di una sedia vuota. Sorrise leggermente, avvicinandosi a essa.

«Stai ancora leggendo *Persuasione*?» gli chiese, prendendo posto sul sedile già reclinato e stendendo le gambe sul poggiapiedi. Lui annuì, abbozzando un sorriso nervoso.

«Non ci riesco granché, però,» mormorò. «Ho difficoltà a concentrarmi... I classici sono particolari.»

«Sì, anche io faccio fatica,» ammise Nate. La poltrona era piacevolmente comoda, o forse era lui che non si aspettava un trattamento del genere. Appese a un bracciolo c'erano due coperte pesanti che lui si avvolse addosso. Si mise su di un lato e si rannicchiò contro lo schienale, il viso rivolto a Nathan.

«Vuoi altre coperte?» gli chiese il giovane, preoccupato.

«No, per ora sto bene.» Nate scosse il capo e Nathan annuì, anche se lui credeva che non fosse poi tanto convinto. «Io ho letto soltanto *Orgoglio e Pregiudizio*.»

Fare conversazione era diventato il suo obiettivo primario.

«Aggiungi *Emma* e siamo uguali,» ridacchiò Nathan, portando il cuscino contro lo schienale del letto e stendendocisi sopra, su di un fianco, rivolto verso di lui. Aveva un sorriso tirato e stanco sulle labbra, ma sembrava più tranquillo.

«Ti è piaciuta tanto se sei al terzo libro!»

«Non è male, sai?» rispose. «È ironica ed elegante. È… umana. E i suoi personaggi sono grandiosi.»

«E tutti etero,» commentò. Nathan si mise a ridere, regalandogli quel ghigno meravigliosamente malizioso e divertito. Più si tranquillizzava e più anche lui era sereno, soddisfatto e felice. Non gli piaceva vederlo in panico, nonostante non sapesse se fosse una sensazione comune a tutti o fosse soltanto perché si stava affezionando.

«Sai, non era un'epoca molto liberista sotto quel punto di vista.»

«Perché, la nostra lo è?» chiese, sarcastico.

Nathan si strinse nelle spalle. «Qualche passo avanti c'è!»

«Inaspettatamente ottimista,» commentò Nate, ridacchiando.

Per alcuni secondi mantennero entrambi il silenzio, gli sguardi incatenati tra di loro, intensi, delicati. Poi, per chissà quale pensiero, Nathan distolse il suo e fece una smorfia, girandosi sulla schiena.

«Hai sonno?» gli chiese Nate, speranzoso. Magari era riuscito a farlo rilassare: era presto per passare la notte in bianco e il mattino dopo avrebbero lavorato entrambi. Non era il caso di invogliarlo a stare alzato fino a tardi.

«Forse un po',» ammise Nathan. «Grazie, Nate.»

Cercò di trattenere il proprio sorriso, ma quello sfuggì comunque al suo controllo. Era dannatamente felice. «Prego.»

Nathan allungò la mano verso la lampada e la spense; la stanza cadde nel buio più profondo. Soltanto dopo qualche minuto Nate riuscì ad abituarsi e a far caso alla luce che filtrava dalla finestra. Per fortuna: non aveva un bel rapporto con il buio.

«Nate?» lo richiamò Nathan. La voce era bassa e roca, quasi titubante.

«Dimmi,» rispose lui, scivolando meglio sotto le coperte e adagiandosi su di un bracciolo. Avrebbe faticato a trovare una posizione realmente comoda, ma era così stanco che non gli importava.

«Scusa per oggi,» mormorò Nathan. La voce era appena un sussurro. «Sono stato un idiota.»

Non se l'aspettava. Credeva che avrebbero lasciato il discorso nel dimenticatoio, invece Nathan si era dimostrato più sensibile e rispettoso di quanto credesse. Deglutì, cercando di calmare il battito del suo cuore che era schizzato, rendendogli difficoltoso pensare lucidamente.

«Non... non fa nulla,» sussurrò. «Anche io ho reagito male. Scusami.»

«Hai detto soltanto la verità.»

Fece una smorfia che Nathan non poteva vedere. Non aveva detto la verità: non era soltanto lavoro, non era vero che non gli importava chi si scopava e, soprattutto, non avrebbe mai voluto ferirlo per una frase dettata dalla gelosia. Non era giusto: aveva appena iniziato a capire quanto dolore nascondesse e non era giusto prendersene gioco. «Non l'ho detta.»

«In che senso?»

Esitò nel rispondere.

Non doveva aprirsi. Non doveva fargli capire quanto fosse attratto da lui, non doveva spiegargli quanto lontana fosse l'attrazione fisica rispetto a quella emotiva.

Non. Doveva. Aprirsi.

«Puoi... Fidarti di me, va bene?» biascicò, incapace di spiegarsi. «Non penso soltanto ai soldi. Non lo faccio soltanto per quello.»

«E per cosa, allora?»

Sapeva che Nathan aveva *bisogno* della sua risposta, ma non poteva dargliela.

Non. Doveva. Aprirsi.

«Non lo faccio soltanto per i soldi,» ripeté, sperando nella clemenza dell'altro. «Buonanotte, Nathan.»

Nathan rimase in silenzio per diversi istanti, finché non lo sentì mormorare: «Buonanotte, Nate.»

Tutto ciò che rimase fu il buio del sonno.

Nei giorni successivi finì spesso a ritrovarsi a dormire sulla poltrona in camera di Nathan. Inizialmente il suo datore di lavoro lo chiamava o gli faceva uno squillo al telefono. Succedeva un paio di volte la settimana, non troppo spesso. Poi iniziò a chiedergli direttamente di dormire con lui. Iniziarono quella specie di routine per caso, continuando così quando si accorsero che funzionava. Capì che il disturbo di Nathan era qualcosa di radicato, problematico e doloroso, e che inizialmente l'aveva davvero nascosto o aveva opposto resistenza, più per orgoglio che per reale necessità. Capì che la compagnia gli faceva bene.

Non gli aveva chiesto perché non avesse optato per una terapia ma non gli importava ancora. Cercava di fare bene il suo lavoro, cercava di farlo star meglio e tranquillizzarlo e, man mano che andavano avanti, si avvicinava sempre più a lui.

Il rapporto fisico era diventato una necessità. Se prima evitavano di avvicinarsi, come due perfetti sconosciuti, adesso erano sempre più i momenti in cui, inconsciamente, l'uno o l'altro cercavano il contatto fisico. Spesso era occasionale: si sfioravano mentre camminavano fianco a fianco, si davano pacche sulla spalla o buffetti sul capo. Nate aveva lasciato più volte che Nathan gli avvolgesse le spalle con un braccio quando era allegro, Nathan aveva permesso a Nate di accarezzargli distrattamente i capelli quando erano soli, con la scusa della loro morbidezza.

Credeva fosse lecito, che fosse un normale rapporto tra amici, ma sia lui che Nathan sapevano che, in realtà, dietro quelle richieste fisiche c'era l'approfondirsi di un'attrazione che spesso lo lasciava senz'aria, confuso, insicuro. Non sapeva più come comportarsi.

Nate capì presto che non era l'unico.

Era passato più di un mese dall'inizio del suo nuovo lavoro e tutto procedeva bene. La mattina era al bar, la sera a casa. Tornava così poco alla sua abitazione che ormai non riusciva più neanche a considerarla "casa". Lavorava e lavorava, non importava quanto fosse stanco.

Kate e Timothy gliel'avevano fatto notare, come gli era stato fatto notare che sembrava più felice, negli ultimi tempi. Aveva sviato il discorso, anche se Kate aveva ovviamente capito che non era soltanto perché aveva una buona paga.

Un pomeriggio, prima dello scadere del suo turno, si presentò al bancone il solito cliente abituale, viscido e arrogante, che gli aveva proposto il giro in macchina.

Era solo, stranamente, e aveva l'aria stanca quasi quanto la sua. Si appoggiò al banco e gli disse: «Dammi una birra qualsiasi, ti prego.»

Lui prese la più costosa e gliela porse, recuperando un grosso bicchiere per accompagnarla. L'altro lo ignorò completamente, attaccandosi al collo della bottiglia e prendendo un lungo sorso. Nate fece una smorfia, mettendosi a servire un altro cliente.

«*Dio...* Non hai idea di quanto sono stanco, tesoro.» Quando gli rivolse uno sguardo, scoprì con vago disgusto che ce l'aveva con lui. «Avrei proprio bisogno di rilassarmi, sai?»

«Faresti bene a correre a letto, allora,» commentò lui, distrattamente.

L'uomo si mise a ridere. «Sì, farei bene,» ribatté facendo scivolare ancora una volta gli occhi sul suo corpo, in maniera tanto squallida da farlo sentire nudo e imbarazzato. Avrebbe voluto soltanto finire il suo turno in pace e andarsene. «Che dici, ti va di unirti a me? Ho un letto troppo grande per starci da solo...»

Per la miseria, smettila.

«Perdonami, ho altri impegni,» lo liquidò, dando uno sguardo all'orologio. Mancavano soltanto dieci minuti alle quattro, doveva sopportare ancora.

«Dai, bello...» continuò l'altro. Per fortuna non c'erano altri presenti al bancone. «Ti assicuro che non te ne pentiresti. Ho in mente un sacco di cose che *ecciterebbero* entrambi.»

«Molto interessante,» commentò Nate, sarcastico. «Magari troverai qualcuno a cui piacciano queste cose, eh? Intanto che ne dici di pagarmi?»

«Vuoi che ti paghi le prestazioni?» Ridacchiò, avvicinando ancora la bottiglia alle labbra. «Con quel fisichetto potrei anche starci...»

Che schifo. Represse quel commento e fece per ignorarlo, quando l'aprirsi della porta catturò la sua attenzione. Trattenne il respiro mentre gli occhi azzurri di Nathan gli sorridevano e si avvicinavano.

Merda.

Cosa c'era di preoccupante? Non aveva nulla da temere. Sapeva gestire entrambi, sapeva...

«Jake?»

Nathan posò una mano sulla spalla dell'uomo davanti a lui e questi, una volta che si fu girato, gli rivolse un sorriso. Qualcosa nel ventre di Nate si rivoltò, premendo in su, verso il petto, e mandandogli il cervello in cortocircuito. Non faticava a chiamarla con il suo nome, *gelosia*, ma tendeva sempre a evitarlo.

«Nathan! Bello, che ci fai qui?»

E così si conoscevano. No, erano proprio amiconi. Si morse un labbro per cercare di reprimere una smorfia mentre Nathan prendeva posto accanto a *Jake*. «Prendo qualcosa. Tu che ci fai qui? Non vivi dall'altra parte della città?»

Splendido, sapeva anche dove abitava. Pregò di non venire a conoscenza del motivo. Jake ridacchiò, volgendo lo sguardo verso di lui, che ancora rimaneva immobile come un idiota a guardare prima l'uno e poi l'altro.

«Cosa vuoi che ti dica: è un bel bar, il personale è delizioso e c'è una vista splendida.»

Quegli occhi verde opaco, ancora una volta, lo penetrarono da parte a parte, eloquenti. Il disgusto gli impedì di notare lo sguardo che, invece, gli rivolse Nathan.

«Capisco.» Non era una risposta come le altre. Era fredda, distaccata, per nulla adatta a un amico. Quando si girò a controllare che Nathan stesse bene, quel suo sguardo d'avvertimento, intenso e *arrabbiato*, lo fece rabbrividire. «Nate, fammi una tisana.»

La voce di Nathan era roca e profonda, aveva una tonalità fredda e sporcata di un ordine che avrebbe dovuto spaventarlo ma che, invece, ebbe l'effetto di eccitarlo. Un genere di reazione che non credeva possibile: arrossì appena.

«Come la vuoi?» chiese.

«*Bollente*.» Ancora basso, ancora autoritario, gli occhi inchiodati ai suoi, forse una richiesta ad ascoltarlo e allontanarsi. Sentì un gemito nella gola ma lo trattenne, la pelle iniziava a farsi calda. Probabilmente sarebbe riuscito a venire soltanto sentendo quella voce che gli dava degli ordini.

«Dai, Nathan,» lo interruppe Jake, prima ancora che potesse chiedergli che tipo di tisana preferisse. «Che cazzo ci fai con una tisana? Fagli una birra, tesoro, offro io.»

Non se ne accorse subito, ma tra i due era appena iniziata una battaglia per il dominio del territorio. Sembravano due predatori in lotta, due bestie affamate. Notò che i loro occhi si incontravano, sulle labbra di Jake un sorriso che Nathan non ricambiò.

Deglutendo, Nate si abbassò verso il frigorifero ma, prima di poter fare qualsiasi cosa, Nathan lo interruppe.

«Non ti azzardare, Nate.» Fu quasi un ringhio. «Cos'è, Jake, cerchi di ammazzarmi?»

«Andiamo, sei astemio soltanto di nome, lo so che te la faresti volentieri una birra con me!»

Nathan sembrava sul punto di saltargli al collo. Nate si sentì in dovere di fermare quella misera battaglia, schiarendosi la gola e afferrando per un polso il braccio di Nathan, posato sul bancone.

Era sicuro che la scossa d'adrenalina che sentiva lui l'avesse sentita anche l'altro.

«Ascolta,» lo richiamò, «ho una tisana niente male con gelsomino e melissa che a me piace molto. Ti faccio quella?»

Lo sguardo di Nathan rimase per qualche secondo nel suo prima che le sue labbra si increspassero in un sorriso soddisfatto. Annuì, senza staccare neanche per un attimo gli occhi dai suoi, rapendolo.

«Sì,» sussurrò. Fece scivolare distrattamente la mano via dal suo braccio, sfiorando con le dita quelle di Nathan prima di voltarsi a ricercare la tisana di cui parlava. Sentiva gli sguardi di entrambi i ragazzi posati su di lui – probabilmente su parti precise del suo fondoschiena – e il silenzio cadere, lasciar spazio soltanto all'osservazione e al desiderio.

Si sentiva in imbarazzo quanto soddisfatto: era una strana sensazione. *Voleva* lo sguardo di desiderio di Nathan, *odiava* quello di Jake. Mentre faceva bollire l'acqua, preparò la tisana, premurandosi di zuccherarla. Non lo fece apposta, era soltanto la forza dell'abitudine. Quando posò la tazza vuota davanti a Nathan e gli porse un vassoietto con dei biscotti, si accorse che entrambi lo guardavano con sguardi consapevoli. Nathan era soddisfatto, Jake sospettoso.

Si ritrovò imbarazzato, così dovette cercare di smorzare il disagio. «Mh... Due di canna, giusto?»

Il sorriso di Nathan si accentuò, diventando accecante e mostruosamente bello. «Sì.»

Nate deglutì, trattenendo il respiro mentre si sforzava di girarsi di nuovo e recuperare la teiera con l'acqua bollita. La lasciò davanti a Nathan, cercando di non incontrare lo sguardo né dell'uno né dell'altro. Sentì dei passi dietro di lui e un saluto accennato proveniente da Kate e risposto da Nathan.

Era indifferente, non c'era alcun desiderio di flirtare. Qualcosa esultò dentro di lui.

Jake si alzò, invece, e diede un paio di pacche sulla schiena dell'amico. «Bello, allora vado.»

Avevano vinto? Erano riusciti a farlo sentire talmente a disagio da farlo andar via? Si sentì in colpa per non provare nessun tipo di dispiacere mentre, sottecchi, gli rivolgeva uno sguardo per accertarsi che davvero se ne stesse andando. Stava pagando, avevano davvero vinto.

Nathan si versò la tisana nella tazza, salutando Jake mentre se ne andava. Questi ricambiò, non rivolgendo a Nate neanche uno sguardo.

Quando lo vide uscire e sparire dalla sua visuale, finalmente, sospirò tranquillo.

«Spero che ti stesse infastidendo,» commentò Nathan.

«Speri?» chiese lui, interdetto. «Non è una bella sensazione, credimi.»

«Bene.» Stette a fissarlo, confuso e per metà infastidito, finché Nathan non alzò lo sguardo su di lui e non ne studiò l'espressione. Dopo qualche secondo lo vide sorridere. «Se ti fosse piaciuto, non l'avrei gradito.»

Ancora una volta quella scossa di brividi lungo la colonna vertebrale.

«Se fosse?» si ritrovò a chiedere. Cosa stava cercando di dimostrare? Che tipo di affermazioni voleva? Non passò troppo tempo perché la risposta venisse da sola.

«Sarei geloso, probabilmente.»

Sincero, schietto, spontaneo. L'aveva detto guardandolo negli occhi, per poi distogliere lo sguardo e focalizzarsi sul cucchiaino che girava la propria tisana. Gli aveva detto quello che lui, probabilmente, non sarebbe mai riuscito ad ammettere, con una sincerità tale da disarmarlo.

Il suo volto divenne una massa indistinta d'imbarazzo e rossore. Il cuore non la smetteva di battere all'impazzata, forte, veloce.

Per la prima volta capì cosa significasse avere le farfalle nello stomaco.

«Di *me?*»

Nate non credeva che fosse una domanda retorica, né che l'avrebbe fatto scoppiare a ridere.

«Nate, sei così testardo,» gli disse Nathan. «*Ovviamente* di te. Riusciresti mai a immaginarmi a flirtare con Jake?»

No, non ci sarebbe mai riuscito, né sarebbe riuscito a rispondere a quella domanda.

Tutto ciò che fece fu sorridere, incapace di trattenersi, e abbassare lo sguardo mentre una scossa energica gli mandava il corpo in escandescenza.

CAPITOLO 8

In realtà stava impazzendo.

A un mese dall'inizio del suo contratto lavorativo a casa Doyle, lui e Nathan erano diventati inseparabili. Nathan era dipendente da lui: sapeva sempre dov'era, cosa faceva, con chi era e, soprattutto, non era mai appiccicoso, mai inopportuno.

Era così perfetto da essere disorientante.

Nate vantava tre o quattro relazioni più o meno finite bene, fatta eccezione per quella con Nicolas, il suo primo ragazzo, ma nessuno dei suoi precedenti amanti gli era parso attento e rispettoso quanto Nathan. Non che lui fosse da considerare come amante, ovviamente.

Era un amico con un buon potenziale per costruire un rapporto duraturo, ma nulla più. Non avrebbe potuto esserlo in ogni caso.

Trascorrevano le giornate insieme, due compagni di passatempi.

La mattina lavoravano, nel pomeriggio Nate accompagnava quasi sempre Nathan nelle attività che preferiva.

Erano tornati più volte al limitare del bosco, vicino al torrente. Si sedevano sulla riva e parlavano della loro giornata, di quel che piaceva loro, di quello che non sopportavano... A volte rimanevano semplicemente zitti, a godersi il silenzio e la pace.

Nate si accorse presto che si trattava di quello: in venticinque anni non aveva mai provato una sensazione simile. Certo, c'era il desiderio, l'eccitazione, la frustrazione di volerlo e non poterlo avere, ma passava tutto in secondo piano quando quella molla scattava, quando erano insieme e a nessuno, né a lui né a Nathan, importava altro.

Era una brezza leggera, un attimo di respiro.

Diceva di non sapere come fare ma Nate credeva che Nathan fosse l'unico in grado di mostrargli come respirare realmente. Se c'era lui tutto era migliore, tutto acquistava senso, tutto era perfetto.

Si ritrovò più volte ad aspettare che finisse di lavorare e guardarlo posare. Inizialmente era stato restio ma, alla fine, aveva acconsentito a recarsi sul set per fargli compagnia.

Era una tortura piacevole: Nathan era in gamba. Davanti all'obiettivo sapeva diventare una persona totalmente diversa, il predatore, colui che non chiede ma ottiene.

Era disarmante e bellissimo.

Come Nathan conosceva Kate e Timothy anche lui, ben presto, aveva conosciuto i suoi colleghi. A loro dicevano soltanto di essere amici: Nathan non aveva espresso chiaramente il suo disagio ma Nate pensava che fosse meglio così.

C'era Edward, il fotografo principale, quello che incontrava più spesso. Era una persona originale ed eccentrica, ma Nate pensava che fosse molto bravo a cogliere la bellezza di Nathan. Chrissie, la truccatrice, una persona deliziosa e dolce, gentile, sempre attenta. Non adorava il modo in cui truccava Nathan a volte – considerava il trucco pesante su di lui superfluo: la vera bellezza del modello risiedeva nel suo viso puro, lavato, privo di aggiunte – ma la stimava molto come lavoratrice instancabile.

Lo staff era composto da Philip e Nancy, due persone con cui parlava a stento perché erano sempre piene di ordini e direttive.

Poi c'erano gli altri modelli: Mabelle, la donna principale, Katreen e Daniel. Avevano l'aria arrogante e snob, ma proprio per questo era difficile che gli capitasse di interagire con loro.

Fu dopo diversi giorni che fece la conoscenza di Cody.

Nathan gliene aveva parlato di sfuggita: erano amici da anni, coetanei, e si conoscevano bene. Da come ne parlava, Nate credeva che fosse il suo miglior amico o qualcosa del genere.

Sembrava una persona fantastica e interessante.

Erano sul set anche quel giorno. Nathan aveva un servizio fotografico per uno stilista che non conosceva, e stava posando su di un lungo divano di pelle.

I capelli erano stati riempiti di lacca e prodotti, e ricadevano naturalmente sulle spalle in morbide onde.

La barba era curata e corta, i vestiti adagiati in maniera perfetta sul corpo snello.

Lui se ne stava in disparte a osservare il suo lavoro, in quel paradiso di pace e silenzio. Erano rari i momenti in cui c'era davvero tranquillità sul set, ma quando accadeva tutti erano rispettosi e grati di quel miracolo.

Sembrava magia.

«E... Stop. Rilassati,» disse il fotografo. Nathan tirò un sospiro di sollievo e si abbandonò sul divano, mentre lo staff si preparava per la prossima foto.

Quando Nathan si alzò per andare a cambiarsi giacca, gli rivolse un sorriso dolce, facendogli l'occhiolino.

Il cuore si ribaltò mentre ricambiava quel sorriso e arrossiva. Si era reso conto dell'effetto che l'altro faceva su di lui: sapeva che non si trattava soltanto di desiderio e aveva paura.

Se davvero si fosse lasciato andare, avrebbe rovinato tutto.

Il loro rapporto era perfetto così.

«Ehi, bellezze, è arrivata la celebrità!»

La voce che aveva parlato era calda e squillante, melodica. Prima ancora di voltarsi, i membri dello staff già sorridevano, come risvegliati. Anche il suo sguardo corse all'uomo che aveva parlato, pieno di curiosità.

Non l'aveva mai visto: era un ragazzo dalla corporatura muscolosa e non troppo massiccia. Aveva un volto benevolo, un sorriso largo e luminoso che gli faceva brillare gli occhi verdi. I capelli erano biondi e corti, sulla mascella un filo di barba quasi inesistente.

«Cody!» lo richiamò Chrissie, correndogli incontro e saltandogli in braccio. Lui la strinse e la sollevò da terra, facendo schioccare un bacio sulla sua guancia.

«Sei sempre così bella, accidenti!» le disse Cody. Poi alzò lo sguardo e fece un sorriso meraviglioso, felice, pieno di qualsiasi sentimento d'affetto esistente.

Un sorriso rivolto a Nathan.

«Eccolo, il figone di turno!» gli disse, fiondandosi ad avvolgergli le braccia al collo. Nathan si mise a ridere, affondando in quell'abbraccio che ricambiò con ancora più calore.

«Finalmente, cazzo!» disse, la bocca contro quelle spalle più massicce delle sue, più alte. Gli occhi chiusi restituivano un'espressione che disorientò Nate: era come sollevata, come se fosse appena uscito da un incubo e stesse abbracciando il suo salvatore.

Dovrei essere io.
Distolse lo sguardo, terrorizzato da quel pensiero.

Non era una persona gelosa. Non lo era o, almeno, credeva di non esserlo. Non aveva mai avuto l'occasione di scoprirlo, ma non credeva che fosse un sentimento che gli avrebbe dato tanti problemi.

Con Kate era stato impulso, non capiva ancora i suoi sentimenti, non capiva nulla. Con Cody era altro: inferiorità, dolore, terrore. Contro quel sorriso lui non poteva competere.

«Sì, ragazzi, molto toccante e gay. Ora, per favore Nathan, puoi riportare il tuo culo qui? Vorrei tornare a casa da mia figlia, avrete il tempo di fare porcate dopo.»

Si sentì sollevato alle parole del fotografo. Non voleva alzare lo sguardo, ma si costrinse a farlo. Se avesse finto indifferenza, Cody se ne sarebbe andato e per lui sarebbe andato tutto bene, no?

«Va bene, Eddie, va bene! Te lo lascio!» esclamò Cody, allontanandosi dal *suo* datore di lavoro. «Mi siedo buono buono e osservo, okay?»

L'unica sedia libera era al suo fianco. Con fastidio rivolse lo sguardo ai due amici: Cody si stava avvicinando, Nathan lo seguiva con gli occhi e, finalmente, incrociò quelli di Nate. Gli sorrise ma dovette accorgersi del suo nervosismo, perché vide le sue sopracciglia aggrottarsi in un'espressione confusa e interrogativa.

Nate distolse lo sguardo.

«Ciao! Cody,» si presentò il ragazzo, quando lo raggiunse. La sua mano era tesa e rivolta verso di lui, il sorriso perenne sul volto perfetto. «Sei nuovo? Trasferta per la stilista?»

Gli rivolse uno sguardo smarrito mentre stringeva quella mano calda.

«Sono solo... Un amico.» Non era esatto, non era completo. «Di Nathan,» aggiunse.

Cody aggrottò le sopracciglia. «*Ha degli amici?*» scherzò, mettendosi a sedere. Lui si grattò la nuca, imbarazzato. «Grande, sei un mago, bello! E hai anche un nome?»

«Nate!» esclamò, sforzando un sorriso. Cody sgranò gli occhi e lo squadrò, osservandolo da capo a piedi.

«Oh!» disse, sorridendo. «Ora mi è tutto più chiaro, sei il famoso Nate!»

«Famoso?» chiese, perplesso.

Cody sogghignò. «Oh, puoi giurarci. Nathan mi parla sempre di te.»

Forse arrossì e il nodo che sentiva nel petto si sciolse appena. Represse a fatica un sorriso soddisfatto e felice, distogliendo lo sguardo. «Spero siano state parole positive.»

«Se vuoi, ti parlo di tutti gli apprezzamenti che ha fatto, ma potrei metterti ancor più in imbarazzo,» disse Cody, ridendo. «E spero che ti abbia davvero parlato anche lui di me o più tardi potrei rivoltarlo.»

Anche Nate ridacchiò, annuendo. «Sì, mi ha parlato di te.»

«Bene!» Cody sorrise tutto soddisfatto e si adagiò sulla sedia. «Cazzo, queste cose sono scomodissime. Da quanto sei qui seduto?»

«Mezz'ora, più o meno.»

«Tanta stima, amico,» sospirò. «Hai voglia di fare due passi? Ti accompagno volentieri se serve a liberarti da questo supplizio.»

Non era bravo a leggere tra le righe, ma credeva che Cody volesse parlare da solo con lui per qualche motivo. Annuì, sorridendogli e alzandosi per seguirlo fuori dalla stanza.

«Lavoro spesso all'estero, è difficile che torni qui,» gli spiegò Cody quando furono soli. «Stupido lavoro del cazzo... Non ho un attimo di pace!»

Nate sorrise, annuendo. «Sembra stressante. Prima di conoscere Nathan, non lo immaginavo neanche.»

«Oh, Nathan è resistente, non si lamenta mai,» commentò l'uomo. «Io sono uno scassacazzi invece!» Rise: aveva una risata cristallina e contagiosa.

«Senti, Nate,» continuò poi. Il volto più serio, adesso, Cody lo stava guardando negli occhi. «Come sta? Non mi parla molto degli attacchi, ma dice che lo stai aiutando.»

Quindi Cody sapeva del suo lavoro? Si strinse nelle spalle, indeciso su cosa rispondere.

«Sta... bene, credo. Non ne ha uno da un po' e mi pare che dorma bene.»

«Soltanto perché non ti chiama di notte o hai le prove?»

Nate scosse il capo.

«No, lo so perché dormiamo insieme.» Quando Cody spalancò gli occhi, rivolgendogli un sorriso vagamente malizioso, lui arrossì e si affrettò ad aggiungere: «N-nella stessa stanza, ma in letti separati! Non... non è quel tipo di rapporto.»

«Oh, lo so,» disse Cody, senza smettere di sorridere. «Altrimenti saprei i dettagli, invece so solo che hai un bel faccino e un gran bel culo. A detta di Nathan, eh.»

L'imbarazzo era quasi pari alla soddisfazione. Si accorse che gli faceva piacere sapere per certo che Nathan apprezzava il suo corpo quanto lui faceva con il suo. Era piacevole e *meraviglioso*.

«Bello, sembri totalmente perso,» osservò Cody. Nate spalancò gli occhi, scuotendo il capo.

«N-no! Io... È solo che... Nathan è una brava persona.» Non c'entrava nulla, ma doveva dirlo e spostare l'attenzione da lui.

«Oh sì, lo sappiamo tutti,» commentò Cody, ridendo. «Sembri divertente, sai? Per Nathan dev'essere uno spasso averti in casa!»

Nate si infastidì, ma non disse nulla. Camminando si fermarono alla macchinetta del caffè e ne presero due. Mentre beveva, Nate vide Cody che ne prendeva un terzo.

«Per Nathan,» spiegò quando gli rivolse uno sguardo interrogatorio. «Aveva il viso stanco, così non crolla.»

«Nathan non beve caffè,» puntualizzò Nate.

«È orzo,» ribatté Cody. «Conosco il mio miglior amico, tranquillo.»

Evitò di mostrare quanto quella frase, detta con un sorriso, gli riportò il subbuglio nello stomaco.

***

Mentre tornavano a casa, Nate si mantenne in silenzio. Doveva esser successo qualcosa sul set, perché Nathan ricordava che la mattinata era iniziata bene.

Lui e Cody avevano conversato per diverso tempo prima che si fosse deciso a partire. Mancava da mesi, ormai, e Nathan aveva sentito terribilmente la sua mancanza. Lui e Nate avevano già fatto conoscenza; Cody gli aveva detto di trovarlo interessante e Nathan sperava che non l'avesse infastidito. Il suo miglior amico era un ragazzo d'oro, ma la sua esuberanza nei momenti sbagliati poteva essere pericolosa.

«Nate?» si decise a richiamarlo, mentre guidava.

«Sì?» rispose la voce flebile e indifferente del compagno.

«Tutto bene? Sei silenzioso.»

«Sì, sono solo stanco.» Risposta secca, atona. Si chiese se davvero non fosse successo qualcosa di grave, ma avrebbe dovuto insistere una volta fermata la macchina.

«Senti, ti va se ci fermiamo al fiume?»

«Sono un po' stanco,» ripeté Nate. Questo era strano: mai, neanche quando passavano la notte insonne, Nate rifiutava di seguirlo da qualche parte. Fece una smorfia, trattenendo il respiro e rilasciandolo in un sospiro.

Se mi dicesse almeno che ha...

«Peccato, perché ho voglia di andarci,» concluse, avviandosi sulla strada che portava al boschetto. Nate sospirò ma non disse nulla, limitandosi ad assecondarlo.

Non parlarono più e, quando finalmente arrivarono e Nathan gli rivolse lo sguardo, lo vide addormentato contro il finestrino. Forse era davvero soltanto stanco? Erano appena le sei di pomeriggio...

Lo osservò: aveva il viso corrugato ma era innocente e manteneva la sua bellezza. Nathan si chiese se non sarebbe stato il caso di lasciarlo dormire.

Aveva le ciglia lunghe, la bocca socchiusa, le guance arrossate. Respirava pesantemente ma era silenzioso: allungò la mano a sfiorargli la mandibola. La barba corta gli fece il solletico sui polpastrelli: salì fino a incontrare la pelle nuda e morbida, liscia. Era così bello...

Le dita sfiorarono le ciglia, scesero sugli zigomi fino alle labbra: per quanto esplorasse, Nate rimaneva immobile, dormiente. Nathan passò il pollice sul labbro inferiore, premette appena su di esso e lo accarezzò, schiudendolo un pochino di più. Dio, quanto avrebbe voluto baciarlo.

Un mugolio lo fece sobbalzare. Si ritrasse, deglutendo, gli occhi spalancati su quelli di Nate, che si aprirono e lo fissarono.

«E-ehi,» mormorò. «Stavi dormendo... Non volevo svegliarti.»

«Non importa,» sussurrò Nate. Sembrava assonnato, ma manteneva quella strana espressione di fastidio misto a tristezza.

«Senti, mi accompagni a fare un giro?» gli chiese. «Ti lascerei qui a riposare, ma non me la sento di starmene da solo...»

Era un colpo basso, una bugia subdola, un modo per costringerlo a non rifiutare. Nathan sapeva che non avrebbe dovuto giocare con la sua gentilezza, ma *doveva* sapere cosa lo disturbava. Nate abbassò lo sguardo, ma annuì.

Entrambi scesero dalla macchina e Nathan fece strada verso il fiume, in silenzio. Nate aveva le mani in tasca e si manteneva a distanza da lui, come se avesse avuto paura. Non ne capiva il motivo.

«Nate, è successo qualcosa sul set?» chiese, schietto.

Nate arrossì, ma scosse la testa. «No, tranquillo, davvero.»

«No, senti... Non mi piace insistere, ma non sei solo stanco. Ho fatto qualcosa di sbagliato?»

«No!» esclamò Nate, vagamente infastidito. «Perché ti interessa? Va tutto bene!»

«È ovvio che mi interessi!» ribatté. Stava iniziando a irritarsi anche lui. «Non sono così egoista da pensare soltanto a me! Se hai qualche grana, mi preoccupo per te.»

Nate arrossì ancora e Nathan lo vide stringersi nelle spalle, a disagio. Era maledettamente tenero: gli venne da sorridere, incapace di mantenersi serio e arrabbiato.

«Dai, che c'è?» mormorò, più dolcemente.

Nate non lo guardava: teneva gli occhi bassi sul terreno e sembrava indeciso su cosa dire o fare. Attese per un tempo interminabile finché, finalmente, l'altro non si decise a stringersi nelle spalle e trattenere il respiro.

«Nulla,» disse, alla fine. Tutto quello per ottenere un altro rifiuto? Stava per ribattere, ma Nate fu più veloce. «Hai... Mh... *Sai*, Cody è davvero un bravo ragazzo.»

Cody? Cosa c'entrava Cody, adesso? Fece una smorfia davanti a quel tentativo di cambiare discorso: non voleva parlare di Cody, voleva parlare di Nate. Voleva sapere cosa aveva, voleva porvi rimedio, proteggerlo come il ragazzo faceva con lui.

«Sì, è uno stronzo maledettamente buono,» ammise, infastidito. «Puoi evitare di cambiare discorso?»

Nate simulò un sorriso per niente sincero. «Dai, parlamene un po'. Scommetto che ne avete passate tante.»

«Oh, dai, Nate!» supplicò. «Non voglio parlare di me e Cody, voglio sapere cosa succede a te!»

«Non succede niente!» esclamò Nate, esasperato. «Sto solo cercando di fare una conversazione tra *amici*! Sto bene!»

«Beh, anche io, brutto testardo,» ribatté, fissandolo mentre ancora non rialzava lo sguardo. «Quindi farai meglio a dirmi cos'hai prima che perda la pazienza!»

«*Niente!*» urlò Nate, rivolgendogli finalmente gli occhi. Era arrabbiato, infastidito e… triste? Leggeva tristezza dietro quel velo d'irritazione? Forse era successo qualcosa mentre lavorava, aveva ricevuto una brutta notizia? Cercando di far mente locale, rimase in silenzio.

L'aveva osservato spesso, ma non ricordava di averlo visto triste o arrabbiato. Lo ricordava sempre dolcemente sorridente, sempre disponibile, sempre…

… Eccetto che per lo sguardo che gli aveva rivolto prima che terminasse l'ultima serie di foto. Quello poco dopo l'arrivo di Cody, pieno di tristezza e disagio. Quello che l'aveva mantenuto deconcentrato fino alla fine della giornata lavorativa.

Vuoi vedere che…

«Non sei geloso di Cody, vero?»

L'espressione di Nate parlò da sola. Occhi spalancati, bocca socchiusa ma priva di parole, guance piene di un rossore crescente, capo incavato tra le spalle. «Ma va, perché dovrei?»

Oddio, è così!

Non sapeva se sentirsi onorato o sconcertato. Non aveva mai pensato che qualcuno avrebbe potuto credere che tra lui e Cody ci potesse essere qualcosa. Era così impensabile, innaturale e *disgustoso* che credeva fosse chiaro agli occhi di chiunque. Nate, però, era a disagio soltanto perché gli aveva fatto un'insinuazione del genere e i suoi pensieri, fino a poco tempo prima oscuri, adesso erano improvvisamente cristallini.

«Nate, non c'è nulla tra di noi,» specificò, senza ascoltare le sue parole. «È come un fratello per me, non potrebbe mai... Dio, che schifo, dai.»

«Lo so, non sono geloso!» continuò Nate, senza guardarlo. «Perché dovrei? Non è che stiamo insieme o cosa, non ne ho motivo. Non sono geloso.»

Nathan rimase in silenzio a osservare il suo volto completamente in imbarazzo. Stava negando con così tanta insistenza e così poca convinzione che, maledizione, era ancora più tenero di prima. Come poteva rendersi così deliziosamente dolce nonostante fosse a disagio?

Trattenne un sorriso, stringendo le dita sul tessuto delle tasche.

Voleva baciarlo. Voleva baciarlo davvero tanto.

Perché non posso farlo?

Per un attimo si immaginò mentre prendeva tra le mani il suo volto e posava le labbra sulle sue. Come sarebbero state? Calde? Morbide? Umide? Quanto voleva saperlo, quanto ne aveva bisogno.

Tuttavia Nate non era il tipo da cedere ad avances di quel tipo. Nate non cedeva, Nate non cercava altro che un lavoro pulito che mantenesse i suoi spazi. Nate non voleva relazioni affettive. Nate voleva soltanto tranquillità.

Non mi accetterebbe mai.

Non era stupido: sapeva che a Nate lui piaceva, ma sapeva anche che quello attratto da lui era un maledetto bravo ragazzo legato ai valori affettivi e ai rapporti chiari e sinceri. Era tipo da relazioni fisse e lui non lo era mai stato. Almeno, fino a quel momento.

A se stesso non lo negava. A Cody e a chiunque altro avesse provato a chiederglielo avrebbe risposto con una battuta sarcastica e una frase falsata, ma a se stesso non poteva mentire. Nate gli piaceva più di quanto avrebbe mai immaginato. Non era soltanto desiderio sessuale, c'era altro in quelle maledettissime sensazioni che gli mandavano lo stomaco in subbuglio ogni volta che lo guardava.

Nate era diverso da qualsiasi persona avesse mai incontrato ed era disorientato, spaventato da quel tipo di sentimento nuovo, dolce, complicato e doloroso.

Provandoci con lui non avrebbe ottenuto nulla, né sesso né indifferenza, eppure lo voleva.

«Nate, devo parlarti.»

Fu una frase roca e seria, forse addirittura spaventata. E spavento gli mostrarono gli occhi di Nate quando incontrò il suo sguardo titubante, sconvolto. Di cosa aveva paura? Cosa pensava che gli avrebbe detto?

«Di cosa?» chiese Nate.

Passarono diversi secondi prima che si fermasse e si decidesse a mormorare: «Mi piaci.»

Nate sgranò gli occhi e gli rivolse uno sguardo smarrito, puro stupore nell'imbarazzo.

Mantenne l'espressione seria mentre lo guardava. «Mi piaci tanto, non credo di riuscire più a trattenerlo.»

Nate tremava. Tremava visibilmente, ma le sue labbra sembravano sul punto di incresparsi verso l'alto. Era imbarazzato, però negli occhi aveva una scintilla di felicità, sollievo, indecisione.

«E... quindi?» mormorò, confuso. Si permise un sorriso, a disagio.

«Io mi dichiaro e tu dici "e quindi"?» chiese Nathan, ridacchiando. Era imbarazzato, maledizione: non si era mai sentito così impacciato. Di solito catturava e portava a letto, non era abituato a doversi dichiarare né tantomeno a desiderare soltanto un bacio piuttosto che un rapporto sessuale completo.

«No! Io...» provò Nate, in panico. «Sono contento, davvero! Ma... non credo sia il caso.»

«Perché sono il tuo datore di lavoro?» chiese lui, sogghignando. In realtà stava faticando a trattenere il fastidio. «E allora? Non saremmo i primi.»

«No, Nathan,» provò Nate, ancora più in panico. Si torturava una mano nell'altra e continuava a spostare il peso da una gamba all'altra, a disagio. «È che non credo funzionerebbe. Siamo diversi, c'è il lavoro, tu sei famoso... Non credo che possa andar bene.»

«Come potrebbe essere un problema la diversità?» La domanda non era più divertita, non cercava di nascondere l'irritazione. Adesso era tutto palese, tanto che Nate fece un passo indietro.

«Credo che cerchiamo cose diverse,» rispose. «Sei tipo da sesso occasionale, vero? A me non piace. *Tu* mi piaci, ma cerchiamo cose diverse.»

«Cazzo, un mese e già mi conosci così bene? Ma che bravo.»

La frase era impregnata di sarcasmo e irritazione. Sentì Nate sospirare mentre lui si voltava e camminava verso la macchina. «Nathan, aspetta...»

«Lascia stare,» lo interruppe, mentre raggiungeva la vettura. Aveva voglia di buttarsi a letto e non pensare più a nulla, Nate poteva anche fottersi. Aveva già fatto troppi sforzi per lui.

«Non volevo offenderti,» continuò Nate. «Nathan...»

Cercò le chiavi della macchina nella tasca, ignorando i richiami di Nate finché non lo sentì urlare, rasente l'isteria: «*Ho paura, maledizione!*»

Quando si voltò a guardarlo il suo volto era sofferente e supplichevole. «Di che cosa?»

«Di... Non lo so!» disse Nate, mentre distoglieva lo sguardo e faceva qualche passo, guardando il terreno con frustrazione. «Di te, di me, di quello che provo! Non è facile, non mi piace mischiare il lavoro con la vita privata, non mi piace essere in questa situazione, non mi piacciono le persone che cercano soltanto sesso!»

«Ma io non cerco soltanto sesso da te, Nate!» ribatté. Aveva iniziato a gridare anche lui: per fortuna erano da soli, in mezzo alla natura, senza l'ombra di alcuno spettatore. «Non mi sarei dichiarato *così*! Voglio soltanto una possibilità.»

Per diversi, lunghi secondi si fissarono. Nate lo stava osservando indeciso, come se avesse voluto capire che cosa pensava realmente. Lui mantenne il suo sguardo con decisione, speranzoso. Voleva soltanto un'occasione per mostrargli che ci teneva a lui.

Ormai si era inevitabilmente affezionato, così tanto da poterne soffrire. La gelosia di qualche giorno prima ne era la conferma: non era mai stato così possessivo con qualcuno, neanche con Cody. Aveva soltanto pensato che nessuno, nessuno avesse il diritto di toccarlo, guardarlo, pensare a lui in modo diverso.

«Una possibilità...?» mormorò Nate. Si era avvicinato e adesso, se avesse allungato un braccio, avrebbe potuto toccarlo.

«Senti, è vero: sei un bel ragazzo e, quando ti ho visto per la prima volta, volevo soltanto scopare. Adesso però... È diverso. Permettimi di mostrarti che tengo a te, permettimi di corteggiarti.» La sua voce era bassa e dolce, come se stesse parlando a un bambino per rassicurarlo. Nate non era un bambino, ma Nathan *voleva* rassicurarlo. «Ti chiedo soltanto di frequentarci per un po'. Non lo so... Appuntamenti, parole gentili, flirt più insistenti... Quella roba lì. Giochiamo a carte scoperte, insomma.»

L'espressione di Nate, inizialmente, fu a metà tra il divertito e lo sconvolto. Aveva cercato di essere più ragionevole e chiaro possibile, ma probabilmente aveva sbagliato l'uso delle parole. Non era bravo in quelle cose, non aveva mai avuto l'occasione di sperimentare. Pochi secondi, però, e Nate lo guardò come si guarda un angelo: gratitudine, serenità, quasi commozione. I suoi occhi, grandi ed espressivi, brillavano. Era così bello che il cuore cominciò a battergli con frenesia.

«Va bene,» rispose, infine. «"Quella roba lì".» Represse l'istinto di mettersi a saltare, ma non poté trattenere il sorriso felice e incredulo che dovette rivolgergli.

«Perfetto!» esclamò, contento. Nate abbassò lo sguardo, ma anche le sue labbra si incresparono in un sorriso dolce. Se avesse potuto, se soltanto avesse potuto l'avrebbe stretto tra le braccia. «Allora... Mh... Rientriamo?»

Nate annuì, mentre aggirava la macchina e si fermava davanti allo sportello. Nathan premette il pulsante ed entrambi entrarono in macchina. Prima di partire, però, si soffermò a guardarlo.

«Nate,» lo richiamò. Il ragazzo aveva ancora le gote arrossate e il sorriso sulle labbra. Gli occhi erano luminosi. «Non essere geloso di Cody. Non ha senso, è come mio fratello. Ci conosciamo da una vita, farebbe schifo a entrambi.»

Nate spalancò gli occhi, scuotendo il capo. «Non ero geloso, davvero!» esclamò, abbassando gli occhi. «Era solo... Pensieri stupidi, niente.»

«Per favore, se hai qualche strana convinzione, parlamene,» continuò, voltandosi verso di lui e appoggiando il braccio allo schienale, così da potergli rivolgere maggiore attenzione. «Posso aiutarti a farle sparire.»

«Non è qualche strana *convinzione*, era solo...» Nate si fermò, indeciso. Ancora evitava di guardarlo. «Ho... Ho visto i vostri sorrisi e mi sono sentito un po'... inutile.»

Nathan aggrottò le sopracciglia, ma Nate continuò a parlare. «È che cerco di fare il mio lavoro al meglio, soprattutto per farti star bene. Lui riesce a farti sorridere così con un solo abbraccio. Mi sono sentito un incapace.»

Doveva essersi liberato, perché lo vide adagiare il corpo più comodamente e il suo volto, seppur triste, si fece meno a disagio, quasi sollevato.

Da parte sua sentì il cuore pesante, il petto annodato, il ventre in subbuglio. Avrebbe voluto dire tutto, sprecare ogni parola che conosceva soltanto per ringraziarlo e dirgli quanto fosse diventato importante per lui, ma non ci riuscì.

Tutto ciò che fece fu avvicinarsi, cingergli le spalle con un braccio e tirarlo a sé in un abbraccio scomodo, impacciato ma pieno di calore. Respirò l'odore dei suoi capelli mentre lo sentiva irrigidirsi, stupito. Probabilmente aveva gli occhi sgranati, ma era sicuro che il suo cuore stesse battendo veloce quanto il proprio.

«Io e Cody ci conosciamo da tanto,» mormorò, accarezzandogli i capelli con una mano. «Lui era l'unico che cercava di farmi star meglio quando... Quando sono iniziati. È ovvio che sappia come si fa.»

Nate deglutì rumorosamente, lui lo strinse a sé con forza maggiore. «Ma tu, Nate, sei riuscito in un solo mese ad avvicinarti come nessuno aveva mai fatto. Sei una luce nel buio, non ha senso che tu ti senta inferiore a Cody. Lui è il mio miglior amico, tu sei quello che mi convince che va tutto bene quando non è così. È importante per me.»

Nate tremava tra le sue braccia. Sentì una mano stringersi sulla sua giacca, aggrapparsi come a un'ancora e tirare. Lui volse il capo e posò le labbra tra i suoi capelli, facendole schioccare con tenerezza. Si avvicinò all'orecchio e sussurrò, dolcemente: «Grazie, Nate. Sei perfetto così come sei.»

Rimasero immobili per alcuni minuti prima che uno dei due – forse Nate, forse lui stesso – si decise a staccarsi e spezzare quel piccolo miracolo.

CAPITOLO 9

Non aveva idea di come fosse finito in quella situazione, ma stava iniziando a pensare di maledire qualsiasi persona presente nel raggio di almeno dieci miglia soltanto perché ci era.

Era magro, terribilmente magro, ma non era perché faceva palestra o cosa. Certo, al lavoro si muoveva un sacco e non poteva dire di mangiare troppo, ma tutto sommato non era sottopeso. Credeva di avere un fisico *giusto*, non immaginava di aver bisogno di altro. Insomma non si era mai neanche posto il problema: viveva, era in salute... Perché avrebbe dovuto farci caso?

Eppure era lì, e adesso capiva perché la gente ne era così attratta, con la scusa del fisico perfetto e tutto.

Immerso nella valle dei muscoli.

Era successo tutto qualche giorno prima. Nate e il suo *adorabile* datore di lavoro avevano deciso di frequentarsi ma, dopo la sua dichiarazione, Nathan non gli aveva più chiesto altro né aveva più fatto discorsi di quel genere.

Anzi, si era comportato perfettamente come prima: se non come prima, addirittura in maniera più distaccata. Nate non capiva, ma non aveva voluto indagare. Il pomeriggio passato con lui dopo aver fatto la conoscenza di Cody l'aveva spiazzato, disorientato, stremato.

Non provava sentimenti del genere da un sacco di tempo, non ci era abituato. Il cuore che scoppiava, il desiderio di contatto, la volontà a trattenere gli istinti... Non ci era più abituato.

Il suo abbraccio, poi, il gesto più terrificante e rassicurante al mondo, l'aveva mandato in escandescenza. Se prima era stato imbarazzato e indeciso, quando Nathan l'aveva tirato a sé per stringerlo era sparito tutto. Le sue braccia erano forti e sicure, decise, perfette. La sua voce, dolce contro il suo orecchio, gli era entrata dentro scombussolandogli tutto mentre il cuore, quel dannato traditore, batteva e batteva, forte, forte, forte...

Nate aveva desiderato di rimanere in quella posizione per tutta la vita, se necessario, ma era stato un pensiero sciocco e dettato dal momento. Si erano staccati insieme e, senza dire una parola, erano tornati a casa.

I giorni successivi erano stati piatti fino, appunto, alla *proposta*. La dannatissima proposta.

«Che ne diresti di fare un giro in palestra con me, Nate?»

Era suonata così innocente che, inizialmente, non si era neanche chiesto il perché di quella domanda. Aveva semplicemente chiesto informazioni e poi, come aveva sempre fatto, l'aveva assecondato. Forse aveva bisogno di lui per qualcosa, forse non si sentiva a suo agio e voleva un amico accanto.

Si era focalizzato sul fatto che avesse chiamato lui e non Cody e non ci aveva fatto caso.

Entrando in quel luogo infernale, però, aveva capito.

Una maledettissima palestra piena di attrezzi che per metà non conosceva nemmeno e, soprattutto, piena di uomini bellissimi, palestrati e sudati. Nate non era un santo, non era troppo pudico e, soprattutto, era fin troppo sensibile a uno stimolo del genere.

«Lui è con me, fa un giorno di prova.»

«Va bene! Ci pensi tu, Nath?»

«Certo!»

Certo il cavolo!

Stava rasentando l'isteria e sarebbe scoppiato a breve, se lo sentiva.

Avanzò titubante seguendo Nathan agli spogliatoi, dove lasciarono le giacche e le loro cose. Per fortuna sia lui che Nathan si erano premurati di mettersi la tuta a casa, quindi non dovette affrontare anche il problema di vederlo nudo mentre si cambiava.

Al contrario, ignorò la maggior parte dei corpi che si stavano cambiando e scivolò via dallo spogliatoio il prima possibile, seguito dall'altro.

«Cosa devo fare?» gli chiese, cercando di ignorare l'imbarazzo.

Insomma, al bar vedeva molta più gente di quanta non ce ne fosse in quella piccola palestra, che cosa aveva da temere? Un po' di muscoli messi insieme? Beh, ce li aveva anche lui!

"*Più o meno,*" si ritrovò a pensare mentre osservava un grosso omone che gli passava davanti, massiccio e scolpito. Okay, forse non era a quei livelli, ma non era neanche flaccido. Sapeva benissimo che, nonostante la magrezza, aveva un corpo nella norma. Non era un palestrato, ma non era neanche troppo secco.

«Probabilmente è dopato,» mormorò la voce di Nathan a un passo dal suo orecchio. Rabbrividì, sobbalzando: non si era accorto che il suo sguardo era rimasto sull'omone mentre aspettava la risposta di Nathan. Piuttosto, gliel'aveva data una risposta? Non ci aveva fatto nemmeno caso.

«Dici?» gli chiese.

Nathan annuì con fare solenne. «Sicuramente. Guarda quei bicipiti: si è iscritto da neanche due settimane, c'ero. Non è possibile che si sia allenato così tanto.»

Fece una smorfia, perplesso, ma annuì. Nathan gli fece cenno di seguirlo e gli fece fare un giro della palestra, mostrandogli i vari attrezzi. Molti di essi non sapeva neanche a cosa servissero, ma non fiatò ascoltando con interesse la sua spiegazione.

«Facciamo dieci minuti di corsa per riscaldarci?» gli chiese Nathan quando ebbe finito. Lui annuì, seguendolo al piano di sopra dove erano messi in fila cinque tapis-roulant e cinque cyclette. Si affiancarono, Nathan gli spiegò come si avviava e iniziarono a correre.

Da lì aveva tutta la visuale che voleva sul piano di sotto: sì, aveva notato vari ragazzi niente male ma per lo più erano giovani normali, palestrati troppo muscolosi o ragazzini che giocavano a fare i grandi body-builder. Per fortuna, dopo la prima impressione, aveva capito che non c'era questo granché di scatena-erezione.

Nathan, al contrario... Nathan era bellissimo, come sempre. Indossava un paio di pantaloni della tuta e una canotta non troppo stretta, che metteva in risalto la muscolatura delle spalle e anche, in parte, i pettorali. Aveva i capelli legati in una piccola coda e si era fatto la barba quella mattina, accorciandola.

Nella corsa i muscoli delle gambe si muovevano frenetici, pompandosi sulle cosce sode e, soprattutto e *maledizione*, i pantaloni – che non erano troppo stretti ma nemmeno così larghi – gli mettevano in risalto il culo in una maniera indecente.

Si sforzò di non osservarlo troppo e di focalizzarsi soltanto sulla corsa e sul respiro.

Mancavano cinque minuti e già era stanco: al bar si muoveva tanto, ma non era la stessa cosa. Non si allenava, obiettivamente, neanche per una corsetta domenicale e, quando aveva un attimo libero, preferiva starsene a casa a riposare piuttosto che uscire all'aria aperta a consumare energie.

Insomma, era fuori allenamento e il giorno dopo sarebbe stato distrutto.

«Tutto bene, Nate?»

Nathan lo osservava con un sorriso divertito sul volto. Fece una smorfia, annuendo e fingendosi offeso.

«Certo, pensa a correre!» rispose. Va bene, aveva il fiatone e mancavano... Quattro minuti e mezzo? No, tre. Tre, grazie al cielo!

Alla faccia del riscaldamento.

Premette il pulsante per abbassare la velocità: forse era stato quello a stancarlo. Effettivamente lui e Nathan avevano impostato la macchina allo stesso modo, ma Nathan aveva sicuramente passato più tempo ad allenarsi di quanto non avesse fatto lui.

Si sentì un po' meno patetico, respirando per recuperare almeno un po' di energia. Nathan non disse più nulla, limitandosi a correre per i tre minuti restanti. Quando, finalmente, arrivò il momento di fermarsi, gli intimò di abbassare la velocità e fare una camminata veloce, così da decelerare. Seguì le sue direttive finché non si fermarono: era stremato.

«Dai, Nate, abbiamo appena iniziato!» gli disse Nathan, beccandosi uno sguardo di rimprovero.

«Tu ci sei abituato, va bene?» si difese, asciugandosi il sudore con un asciugamano.

Nathan, in risposta, gli diede un buffetto sulla spalla e scese le scale. Lo seguì, sorpreso del fatto che non sembrasse neanche un po' stanco. Dai, non poteva essere davvero così debole, no?

Nathan si fermò davanti a un attrezzo che non conosceva, regolando i pesi e sedendosi sulla panca per poi fargli cenno di prendere posto a fianco a lui. Titubante, osservò l'oggetto finché Nathan non venne a dargli una mano, mettendo i pesi al loro posto.

«Io lo carico, ma per iniziare ti conviene partire dalla base,» gli spiegò, indicando le tacche ai lati dell'attrezzo. «Serve a rafforzare i muscoli delle braccia. Fanne una serie da venti, poi ci fermiamo e ne facciamo un'altra, okay?»

Nate annuì, posizionandosi come faceva lui e iniziando a contare mentalmente.

Inutile dire che, dopo una decina di quegli esercizi, le braccia gli facevano male come se avesse portato tre vassoi pieni per tutta la giornata senza fermarsi né scaricare roba. Quando arrivarono a venti, tirò un sospiro di sollievo, rilassando le braccia lungo il corpo.

Nathan gli rivolse un sorriso d'incoraggiamento: adesso aveva anche lui il fiatone, per fortuna. Iniziava a sentirsi l'unico vulnerabile ai pesi.

Un ragazzo gli passò davanti e gli sorrise, facendogli un occhiolino per poi dirigersi agli attrezzi per gli addominali. Lo seguì con lo sguardo, chiedendosi se davvero ce l'avesse con lui. Era carino, non troppo pompato, non troppo giovane. Biondo, occhi azzurri e un bel sorriso, muscolatura non eccessiva, alto, giovane. Sì, davvero carino.

«Pronto?» gli chiese Nathan, riportandolo alla realtà. Con terrore si accorse che nei suoi occhi c'era una scintilla di fastidio: l'aveva notato. Non disse nulla, annuendo e provando a sorridergli mentre riprendevano ad allenarsi.

Non stavano insieme ma, tecnicamente, si stavano frequentando. E Nate non aveva nessuna intenzione di tradirlo con qualcun altro. Nathan gli piaceva e, se davvero era disposto a provarci seriamente con lui, non aveva alcuna intenzione di fargli cambiare idea.

Continuarono ad allenarsi a quel modo più o meno per mezz'ora, passando d'attrezzo in attrezzo per allenare diverse parti del corpo, finché Nathan non gli disse che avrebbero fatto un po' d'addominali e stretching prima di ritirarsi. Attese mentre era in bagno a darsi una sciacquata e, intanto, si perse a osservare meglio le sbarre per il defaticamento.

«Scusami, è libero?» gli chiese una voce alle sue spalle. Quando si voltò, il ragazzo di prima gli stava rivolgendo un sorriso luminoso e stava indicando un attrezzo al suo fianco di cui non sapeva neanche il nome. Annuì, sorridendo di rimando.

«Certo, vai pure!»

«Grazie, mi manca solo questo!» rispose l'altro, prendendo posto. Era una panca attaccata a tutta un'altra struttura: lo osservò mentre si stendeva e faceva scivolare il braccio verso il basso, con un peso da cinque tra le mani. Doveva allenarsi da molto anche lui perché sapeva quanto fosse pesante quel coso. Mentre lo osservava, si accorse che anche l'altro lo stava guardando, il viso completamente rivolto nella sua direzione e il sorriso perenne sul volto.

«Sei nuovo? Non ti ho mai visto in giro.»

«Sì, accompagno un amico,» gli rispose, gentilmente. L'altro rimase in silenzio per alcuni secondi finché non finì la serie e non si rialzò, riprendendo fiato.

«Il primo giorno è sempre traumatico, vedrai che andrà già meglio la prossima volta,» disse, affabile.

«Lo spero, visto che il mio amico non la smette di torturarmi!» scherzò, appoggiandosi alla sbarra. Si guardò intorno per ricercare la figura di Nathan, ma probabilmente non era ancora uscito dal bagno.

«Vacci piano, non è che tu abbia bisogno di troppo allenamento. Hai un bel fisico.»

Okay, questa è un'avance bella e buona.

Soprattutto perché il sorriso sul volto dell'altro non gli suggeriva ingenuità ma soltanto tanta complicità mista a malizia. Ricambiò con un'espressione imbarazzata, grattandosi la nuca a disagio.

«Grazie,» rispose. «Ma non credo che sia questa gran cosa. Immagino che serva un po' d'attività fisica ogni tanto.»

«Sì, certo,» annuì quello, riprendendo ad allenarsi anche con l'altro braccio. «Però non esagerare. Hai davvero un gran bel corpo, farai colpo anche così, fidati.»

Provò a fare una smorfia, ma gli uscì un sorriso. Lusingato, abbassò gli occhi mentre sentiva le guance colorarsi di rossore. Cercò un modo per liberarsi del ragazzo senza sembrare sgarbato e senza dare l'idea di volerci provare: non poteva, non doveva, non *voleva*.

«Grazie, davvero,» rispose, facendo qualche passo verso il bagno. Se Nathan non tornava, sarebbe andato a cercarlo lui. «Se vuoi scusarmi, vado a ripescare il mio amico!»

«Aspetta!» lo richiamò, posando il peso a terra e rialzandosi per raggiungerlo e porgergli la mano. «Sono Devon. Se avessi bisogno di una mano, chiamami pure, sono qui da un sacco di tempo!»

Oh-oh. Codice rosso. Gli strinse la mano, sorridendogli imbarazzato. «Nate. Grazie, Devon.»

«Anche se avessi voglia di allenarti con qualcuno, io sono sempre...»

«Scusa, Devon,» lo interruppe, rivolgendogli uno sguardo deciso. Non gli piaceva fare quel tipo di cose, ma non voleva neanche sembrare poco serio. «Non voglio metterti a disagio, davvero, ma sono già impegnato.»

Fanculo, l'aveva detto. Vide il sorriso di Devon scemare e far posto a un'espressione dispiaciuta e imbarazzata. «Oh... Scusami, hai detto che era un tuo amico e ho pensato che potessi... Fa' nulla, scusa.» Abbassò lo sguardo e indietreggiò di un passo, sforzandosi di sorridere.

«Tranquillo, davvero,» ribatté Nate, a disagio. «Sei stato molto gentile e sei anche un bel ragazzo, è che...»

«Ho capito! Non giustificarti, sul serio,» lo interruppe, annuendo. Fece scorrere gli occhi via dai suoi e gli fece cenno di voltarsi. Quando lo fece, Nathan era dietro di lui e aveva un'espressione sorpresa e vagamente compiaciuta.

«Vado a finire l'allenamento, allora. Scusatemi se vi ho interrotto!»

Nate quasi non lo sentì.

***

Se gli avessero detto che era l'uomo migliore al mondo, il più affascinante, un modello bravissimo e la persona più bella sulla faccia della terra, sarebbe stato meno contento.

No, invece: quel che aveva sentito dalla bocca di Nate era semplicemente che era già impegnato. Aveva rifiutato una persona perché si vedeva con lui; non ci era abituato, né credeva che lui avrebbe fatto lo stesso. Non con Nate, ovviamente, ma con qualsiasi altra persona che avesse deciso di frequentare per più di una notte, probabilmente, se ne sarebbe fregato.

Non stavano insieme, non si erano mai neanche baciati, eppure Nate aveva scelto lui.

Sentiva lo stomaco in tumulto, il cuore impazzito e la testa tra le nuvole. Era una sensazione meravigliosa.

Nate arrossì nel vederlo e abbassò lo sguardo, deglutendo rumorosamente. Era così teneramente bello, maledizione. Nathan aveva le labbra socchiuse ma non aveva idea di cosa dire. Doveva ignorare la faccenda? Doveva ringraziarlo? Poteva trascinarselo in doccia e farlo suo?

No, ovviamente no.

Una piccola vittoria e già esultava: doveva calmarsi. Non credeva che un rapporto serio iniziasse in maniera così semplice. Non poteva essere, non con un premio tanto ambito come Nate.

«Tu-tutto bene?» chiese Nate, balbettando. «Continuiamo?»

Nathan annuì, come assorto. «Certo,» sussurrò, la voce roca e suadente. Non lo fece apposta, non stava ragionando, era preda delle sensazioni. Voleva crogiolarsi ancora per un po' in quella confusione.

Lo guidò verso i tappetini per gli addominali, ne prese uno e gli fece cenno di stendersi.

«Inizia tu, ne fai trenta e poi ci diamo il cambio.»

Nate ubbidì, mettendosi schiena a terra e tenendo piegate le gambe. Lui si posizionò tra di esse, prendendogli le caviglie e tenendole ben ferme a terra. Nate gli rivolse uno sguardo imbarazzato ma non disse nulla, permettendoglielo.

«Forza, Nate. Stacca la schiena dal pavimento.»

Nate iniziò a muoversi, assorto nei suoi pensieri. Lui lo osservò: bello e sudato, l'espressione concentrata mentre contava mentalmente, il respiro regolare, il ventre che si alzava e abbassava. Ogni volta che saliva con il corpo, il suo volto gli si avvicinava anche se, assorto com'era, Nate non ci faceva neanche caso. Lo sfiorava e sentiva la propria pelle in fiamme per quella vicinanza, nonostante non fosse un contatto troppo insistente. Quel piccolo miracolo era solo per lui.

La maglia che Nate portava era leggera e gli stava appiccicata al torso, mettendo in risalto dei muscoli che Nathan non aveva mai notato.

Aveva dei pettorali fantastici e non aveva idea di come avesse fatto a crearseli se davvero non faceva allenamento. Anche gli addominali sembravano messi bene, nonostante riuscisse a vederli di meno. Si ritrovò ipnotizzato dai suoi movimenti e, quando Nate si fermò, all'inizio non se ne accorse.

Riusciva soltanto a pensare che tutta quella roba era *sua*.

«Nathan?» lo richiamò Nate. «Mh... Ho finito.»

«Eh? Ah, sì.» Si riscosse, alzandosi e dandogli il cambio. Nate si chinò e gli prese le caviglie tra le mani, delicatamente, adagiandosi come aveva fatto lui. Non poté fare a meno di pensare a quante cose avrebbero potuto fare in quella posizione se soltanto lui gliene avesse dato la possibilità.

Cercò di scacciare quel pensiero, iniziando ad allenarsi. Nate aveva fatto in modo di fare gli addominali in maniera curata e intensa, ma lui ci era così abituato che ogni volta che risaliva si metteva quasi a sedere. Così facendo, arrivava tanto vicino al volto di Nate che, se avesse voluto, avrebbe potuto baciarlo ogni volta. Un brivido gli percorse la schiena all'idea che, forse, un giorno avrebbe potuto farlo.

Devo soltanto aspettare.

Mentre si crogiolava al calore di quel pensiero e pronunciava mentalmente il numero ventuno, Nate mollò la presa e si alzò, rosso in volto. «Scusa, Nathan.»

Lui si interruppe, perplesso. «Che c'è?»

«No, è che...» Nate abbassò lo sguardo su di lui, a disagio, e lo distolse di nuovo. «Non ci riesco.»

«Devi soltanto startene seduto e tenermi le caviglie!» ribatté.

«E osservarti mentre sudi e pompi tutto,» aggiunse, arrossendo ancor di più.

Nathan stava per ribattere ma poi si bloccò, collegando e capendo, finalmente, dove volesse arrivare. Meccanicamente fece scendere gli occhi dal suo volto al bacino, cercando di individuare il motivo del disagio.

E lo individuò, dannazione, prima che lui cercasse di nascondersi sistemandosi l'elastico dei pantaloni della tuta. Bastò perché anche lui diventasse fin troppo eccitato per riuscire a continuare.

«Stai cercando di mettermi alla prova oggi, Nate?» sussurrò anche lui, rivolgendogli uno sguardo pieno di desiderio. Nate scosse il capo, imbarazzato, e recuperò l'asciugamano tenendolo strategicamente davanti alla propria erezione.

«Senti chi parla. Era il tuo obiettivo fin dall'inizio.» Provò a svignarsela, poi, prima che Nathan si alzasse e gli afferrasse un braccio.

«Frena, playboy. Lo stretching.» Nate gli rivolse uno sguardo supplichevole, ma lui scosse il capo. «Non se ne parla. Vorrà dire che mostreremo il nostro bel cazzo duro a tutta la palestra mentre allunghiamo i muscoli, forza.»

«Scordatelo che continui a venire in questo posto con te.»

«Chissà, Nate, magari più tardi,» rispose lui allusivo. Nate gli tirò una gomitata, ma si mise a ridere. Adorò quella risata sciolta, divertita e complice: decisamente aveva fatto bene a dichiararsi e l'avrebbe rifatto mille volte se il risultato era quello.

Poi si ritrovò lì.

In quell'inferno di vetri rotti e sirene. A stringere tra le braccia il corpo di Cassian pieno di sangue.

«Cass! Cazzo, rispondi, Cass!»

Non un suono, non un movimento. Soltanto il freddo della sua pelle, gli occhi chiusi, il rivolo di sangue che gli scendeva dalla tempia e quella paura, cieca, sorda, quel momento in cui tutto dentro di sé si spezzava e lui cadeva, cadeva, cadeva…

Era tardi, al set lo stavano aspettando tutti. Non potevano iniziare senza Cassian e lui aveva detto che doveva finire di sbrigare delle faccende e di precederlo. Si era lamentato del suo ritardo e del fatto che passasse ore in bagno nonostante non dovesse posare, ma tutti si erano limitati a ridere.

In realtà era incazzato con lui: motivi futili, una foto uscita male, il disordine in casa, il fatto che gli aveva ancora una volta rubato una maglietta.

Adesso quella stessa maglietta – che a Cassian piaceva così tanto che alla fine aveva ceduto al fatto che, quando non la trovava, era nei suoi cassetti – era impregnata di sangue. Il petto di Cass era fermo, non respirava, il cuore non batteva… Fermo, freddo.

«Cassian ti prego…» *La sua voce si era rotta in un singhiozzo mentre qualcuno, polizia, medici, qualcuno, lo stava tirando via.*

In un flash, la macchina di Cass si era palesata all'angolo della strada. Gliel'aveva sempre detto che andava troppo veloce, ma Cass era così. Se ne fregava di tutto, viveva la sua vita travolgendo quella degli altri e se ne fregava. Cass era un vulcano in continua eruzione.

Aveva fatto un volo assurdo: qualcun altro, un altro pazzo come lui che guidava troppo velocemente, gli era andato contro in un maledetto frontale. Cass non aveva mai svoltato l'angolo perché la curva che aveva fatto era troppo larga, quella dell'altra macchina troppo veloce.

Entrambe le vetture erano volate da parti disparate della strada: quella di Cass si era schiantata contro una parete ed era andata distrutta. Lui era volato via dalla macchina, Nathan non capiva neanche come fosse stato possibile, ed era finito sull'asfalto assieme a una quantità innumerevole di pezzi di vetro.

Nathan era scattato nella sua direzione con l'orrenda sensazione di avere il cuore in pezzi, di non farcela, di star per morire.

Il respiro si era bloccato e neanche se n'era accorto.

«*Cass!*» gracchiò in un grido roco, mentre alzava il torso dal materasso e si rigirava, ripiegato sulle braccia, la testa tra le mani, i polmoni che non funzionavano, il cuore che scoppiava.

Il terrore era tutto ciò che sentiva: terrore, terrore, terrore e ancora le sirene, l'odore nauseante di... metallico di...

«Nate... *Nate!*» Un grido disperato e Nate era già al suo fianco, ma lui neanche se n'era accorto. Teneva gli occhi chiusi e le immagini continuavano a vorticargli in testa. Nausea, nausea, nausea e *terrore*, maledetto terrore.

«... *than*. Nathan!»

Qualcosa lo fece girare, qualcuno lo fece stendere. Non voleva stendersi: stava morendo, non voleva stendersi. Tremava, il corpo era scosso da continui brividi e non riusciva a fermarlo. Perché non funzionava, maledizione? Era il suo dannatissimo corpo, ci lavorava da anni! Ci lavorava da quando...

«*Nate!*» supplicò, le lacrime agli occhi, il respiro strozzato. Non riusciva a respirare, non ci riusciva. Maledizione, non ci riusciva, stava morendo. Sentiva gli occhi appannarsi, stava svenendo, stava morendo. Pregò che non fosse troppo doloroso: il cuore batteva così velocemente che probabilmente si sarebbe fermato a breve.

«*Cazzo, guardami!*»

Nathan lo fece. Attraverso la patina appannata davanti ai suoi occhi vide quelli di Nate, fermi, seri, decisi. Gli occhi di un lottatore, quello che non era lui.

Era sempre stato Cassian a lottare, se non c'era lui non poteva farlo.

Cass... Aiuto...

«Respira, Nathan!» lo sgridò Nate. Perché stava urlando? Non vedeva che stava morendo? Non sarebbe stato meglio stringerlo tra le braccia e non lasciarlo *crepare* da solo? «Dentro, Nath, dentro!»

«Non... 'ate...» mormorò, cercando di fargli capire che non ci riusciva. Nate, però, non si arrese. Gli prese il volto tra le mani e solo allora si accorse che gli era sopra, i corpi a contatto, così vicino da sentirne il respiro sulle labbra. Lui ci riusciva; perché ci riusciva? Perché per lui era tanto difficile?

«Respira, dentro. Forza, Nathan, sai farlo.» Nathan scosse il capo. «Sì, che sai farlo, dai.»

Ci provò: non ci riuscì. *Cass, Cass, aiuto...*

Ma Cassian era *morto* quattro mesi prima, Cassian era morto e non l'avrebbe più salvato, non l'avrebbe aiutato come succedeva quando erano piccoli, non avrebbe fatto nulla per lui... Cassian era iarde e iarde sotto terra e lui era lì a cercare di morire in fretta.

«Cazzo, respira! Ce la fai, forza! *Dentro!*» Una supplica, un urlo; Nate era spaventato.

Anche Nathan lo era, non poteva rassicurarlo. Non ci sarebbe riuscito. Se solo Cass fosse stato lì...

Poi lo fece. Inspirò e l'aria andò dove doveva andare. «Bravo!» esultò Nate, mettendosi a contare per lui. Nathan aveva gli occhi di nuovo chiusi, sentiva la sua voce contare: uno, due...

Rilasciò subito. Non ce l'aveva fatta! Aprì gli occhi su di lui, ricercandolo: Nate gli sorrise e accarezzò la sua pelle, annuendo. «Ancora, dentro.»

Ubbidì, inspirando. Stavolta trattenne per il tempo necessario, così che Nate gli fece un sorriso ancor più largo. Adorava il suo sorriso, avrebbe respirato per tutta la vita pur di vederlo. Tremava ancora, aveva freddo, ma Nate non lo lasciava. Nate non lo lasciava mai.

«Fuori la paura.»

Immaginò la nebbiolina viola scuro uscir fuori dalla sua bocca assieme all'anidride carbonica e subito sentì il petto più leggero, la testa meno incasinata. Il cuore batteva ancora troppo forte, ma sembrava in via di guarigione. Stava respirando e lo doveva soltanto a Nate.

«Dentro. Sei al sicuro, Nathan. Ci sono io, non ti lascio. Siamo a casa tua, sei al sicuro.» Nathan gli credette mentre espirava nuovamente e si abbandonava contro il cuscino. Era maledettamente sudato, aveva freddo, aveva freddo…

«Dentro,» ordinò Nate. Lui ubbidì ancora. «Bravissimo Nath. Fuori.»

«Abbracciami,» riuscì a mormorare. Nate sembrò stupito da quella richiesta, ma fece come gli aveva detto e lo strinse tra le braccia, adagiandosi su di lui. Nathan si aggrappò al suo pigiama come a un'ancora. Nate era la sua ancora, tutto ciò di cui aveva bisogno.

E se se ne va anche lui? Che farò?

Cercò di non pensarci, perché se l'avesse fatto era sicuro che non sarebbe più riuscito a recuperare il respiro.

***

Era la crisi più forte a cui avesse assistito.

Per un attimo, quando Nathan non riusciva a respirare e si faceva sempre più bianco, Nate aveva provato terrore. Si era chiesto se non avesse scelto troppo in fretta, se forse fosse stato incapace di portare a termine il suo compito.

Non credeva che Nathan potesse arrivare a un grado di panico del genere: neanche Katia, sua sorella, ci era mai arrivata. Pensava che avrebbe gestito tutto nel migliore dei modi, ma magari si sbagliava.

Nathan, però, era riuscito a respirare. Nathan aveva respirato per lui e aveva sciolto paura e dolore tutti insieme. Nathan si era dimostrato più forte di quanto non volesse credere e aveva salvato entrambi.

Lo sentiva stringere forte le braccia attorno alla sua vita, come se avesse avuto paura di rimanere da solo, di perdere la presa, di cadere. Probabilmente si trattava proprio di quello: cadere.

Lentamente cercò di muoversi, piano, in modo da non farlo spaventare. Quando le sue braccia furono lontane dalle spalle di Nathan, il giovane gli rivolse uno sguardo smarrito, spaventato.

«Va tutto bene, sono qui,» gli disse, adagiandosi al suo fianco e infilandosi sotto le coperte. Di certo non sarebbe tornato sulla sua poltrona.

Nathan gli permise di affiancarsi a lui, poi si avvicinò e gli si strinse contro, tornando ad abbracciarlo. Nate lo assecondò, affondando una mano tra i suoi capelli e prendendo ad accarezzargli il capo.

«Va tutto bene, Nathan...» mormorò, tirando su le coperte. Lo sentiva ancora tremare.

«Ero di nuovo lì,» sussurrò Nathan. La sua voce somigliava a una supplica straziata, un singhiozzo trattenuto. Nate fece schioccare un bacio sulla fronte dell'uomo che stringeva tra le braccia, accarezzandolo. «Non ce la faccio più... Vorrei soltanto dimenticare.»

Nathan si fece scappare un singhiozzo, sospirando poi per calmarsi. Credeva che avesse voglia di piangere ma, proprio come ogni uomo, probabilmente non si sentiva in dovere di poterlo fare.

«Non fa nulla, Nathan, adesso sei qui,» gli disse, tirandolo ancor più a sé. I loro corpi aderivano completamente l'uno all'altro, le gambe erano intrecciate, il volto di Nathan perfettamente adagiato contro il suo collo, il respiro che gli solleticava la pelle. «Sei qui con me, non devi aver paura di nulla. Siamo entrambi al sicuro.»

Era vero. Fintanto che Nathan fosse rimasto con lui, Nate non avrebbe permesso a nessuno di fargli del male. Non aveva idea di cosa fosse successo nel passato, di come fosse morto suo fratello e di come lui ne fosse venuto a conoscenza.

Non gliel'avrebbe chiesto: prima o poi l'avrebbe saputo e, se non fosse successo, probabilmente, sarebbe andata bene comunque. L'importante era che Nathan stesse bene. Non desiderava altro e per tutta la notte continuò a pregare silenziosamente per quel piccolo miracolo, anche quando lo sentì addormentarsi, sfinito, tra le sue braccia.

Anche quando una lacrima gli sfuggì da un occhio, perdendosi sul cuscino.

CAPITOLO 10

La prima cosa che sentì, una volta sveglio, furono i muscoli dolere come se fossero stati tutti presi a pugni. Poi notò che la poltrona appariva maledettamente comoda quella mattina e le coperte erano calde e confortevoli.

Quasi pensò di ignorare la sveglia mentre recuperava il cellulare e sospirava, tastando a caso sullo schermo per spegnere il suono. Infine aprì gli occhi sulla stanza di Nathan, soltanto per rendersi conto che non era la prospettiva da cui la guardava ogni mattina.

Era sdraiato su un vero *materasso*, le coperte erano *tante* e si trovava al centro della stanza, non all'angolo. Mugolò mentre si sforzava per tirarsi su e ricordare quello che era successo la notte precedente. Nathan si era già alzato?

«Buongiorno,» lo salutò la voce del suo datore di lavoro da un lato della stanza. Nathan era davanti allo specchio e si stava mettendo le lenti. Gli sorrise, sebbene il suo volto tradisse soltanto tanta stanchezza.

«Buongiorno,» rispose Nate, roco. «Dio, quant'è comodo il tuo letto.»

Nathan ridacchiò, annuendo mentre si metteva la seconda lente e sistemava tutto, asciugandosi le mani con una salvietta posta sulla cassettiera. «Lo so. È anche abbastanza largo perché tu ti decida a dormirci, sai?»

Nate ricambiò quella risata, stiracchiandosi e gemendo piano quando sentì i muscoli rispondere. «Oddio, mi fa male tutto.»

«È normale,» spiegò Nathan, avvicinandosi a lui per scompigliargli i capelli. Lo lasciò fare, godendosi quella carezza di prima mattina. Era ancora assonnato: se non fosse stato per la sveglia, avrebbe dormito altre tre ore.

«Col cavolo che vengo di nuovo con te in palestra,» gli disse, abbandonando la schiena contro la testiera del letto. Era strano essere lì, strano interagire con lui dopo che si erano addormentati insieme, abbracciati, per colpa di una crisi di Nathan. Non sapeva se fosse giusto ignorare il discorso, ma non credeva neanche che l'altro volesse riprenderlo.

«Di sotto la colazione è pronta,» disse, infatti, Nathan. «Usa pure il bagno di là, non è un problema per me.» L'uomo indicò la porta semi aperta che conduceva al bagnetto comunicante. Lui annuì e sbadigliò, stiracchiandosi. I muscoli erano tutti un dolore indistinto.

Lo osservò ancora per un attimo mentre applicava del correttore sulle palpebre inferiori, probabilmente per coprire le occhiaie. Nate si era addormentato qualche minuto dopo di lui e non si era più svegliato fino a quel momento: l'altro aveva dormito quanto lui? Oppure si era alzato molto prima?

«È tanto che sei sveglio?» gli chiese, scostando le coperte per scendere dal letto. Nathan scosse il capo, ma non lo guardò.

«Il tempo di una doccia,» disse. Nate non era sicuro della veridicità di quella risposta, ma non indagò. Al contrario si avviò in bagno e si richiuse la porta alle spalle. La stanza era piacevolmente calda e nell'aria c'era l'odore della colonia che Nathan usava spesso. Era delicato e invitante.

Quando si soffermò sulla propria immagine nello specchio, notò che anche lui sembrava stanco.

Fantastico, ce ne andremo in giro come due cadaveri sopravvissuti all'Apocalisse.

Sospirò, scuotendo il capo e preparandosi per scendere.

Era sabato: ciò significava che nel pomeriggio sarebbe arrivata la signora Doyle e lui e Nathan non si sarebbero visti fino a lunedì. Contrariamente ai precedenti weekend che erano passati, Nate non era così felice di tornare al suo appartamento. Si trovava davvero bene a casa di Nathan – non soltanto per le evidenti comodità – e gli sarebbe piaciuto passare il giorno di riposo con lui.

Si rendeva conto, però, che non era quella la sua vita. Non era quello a cui doveva aspirare, non era quella la realtà. Lui e Nathan non erano parenti e, sebbene si stessero *frequentando*, di certo non erano così intimi da poter stare insieme anche fuori dalle ore lavorative. Passare del tempo insieme, cenare insieme, dormire insieme… Era troppo presto, *troppo* e basta.

Mangiò poco – rispetto al solito, ovviamente – e lui e Nathan furono pronti prima del previsto. Recuperò le chiavi della macchina, che aveva lasciato in camera, e diverse cose che gli sarebbero servite a casa. Quando fu pronto, incontrò Nathan nel giardino.

Era una bella giornata e non faceva neanche troppo freddo, nonostante fosse fine febbraio; per fortuna la primavera non stava tardando. Nathan indossava abiti eleganti e curati e, malgrado fosse stanco, dal volto pulito non traspariva alcuna debolezza. Gli sorrise come ogni giorno, guidandolo in direzione del garage; quando Nate si fermò davanti alla propria macchina, Nathan gli rivolse un'occhiata smarrita prima di rendersi conto che ormai era arrivato il weekend.

«Giusto, oggi torni a casa,» commentò atono. Evidentemente anche lui non era troppo felice di restare separati. Nate abbozzò un sorriso, contento di quella piccola scoperta.

«Già,» rispose, stringendosi nelle spalle e raggiungendo la portiera della macchina. «Se hai bisogno, però, sai che puoi sempre chiamare, vero?»

«Sì,» ridacchiò Nathan. «E tu ti teletrasporterai davanti a me in abiti sexy.» Anche se erano parole pronunciate con malizia, c'era un velo di tristezza nei suoi occhi che gli strinse il cuore.

«Non proprio, ma posso tenerti compagnia per quanto vuoi.»

«Il sesso telefonico è compreso nell'offerta?»

Gli rivolse uno sguardo esasperato, trattenendo a stento una risata. «Nathan!»

«Immagino di no,» concluse l'altro, stringendosi nelle spalle, mentre saliva in macchina ridendo. Nate fece lo stesso, adattandosi al sedile e regolando gli specchietti prima di mettere in moto.

Seguì Nathan per le vie che portavano in città finché non dovettero separarsi. Nathan gli fece un colpo di clacson prima di avviarsi per la strada che portava al suo luogo di lavoro. Lui trovò in fretta parcheggio e fece un lungo tratto a piedi, raggiungendo il bar.

Rimase malinconico per tutta la mattinata.

"E se invece ti chiedessi un appuntamento, stasera?"
Erano le cinque quando ricevette quel messaggio e il sorriso riemerse sul suo volto. Si sentiva stupido, ma era maledettamente felice. Nathan stava facendo esattamente quello che non avrebbe mai sperato: lo stava corteggiando, nel modo più dolce e perfetto al mondo. Non capiva come fosse possibile, ma dalla prima parola che gli aveva detto una parte di lui aveva sempre saputo che sarebbe finita così: a pendere irrimediabilmente dalle labbra dell'uomo che l'aveva preso con sé. Nonostante avesse cercato di mantenersi distante, Nathan era diventato una presenza indispensabile nella sua quotidianità e non riusciva più a immaginarsi senza di lui.

"Ti risponderei che sono libero e che mi piacerebbe molto."
Sul suo volto permaneva quel sorriso felice e stupido, come se finalmente la vita gli avesse offerto qualcuno per cui valesse la pena mostrarlo. Aveva passato così tanti anni a cercare una persona che gli facesse battere il cuore a quel modo, rifugiandosi in uomini che all'apparenza sembravano perfetti ma che, in realtà, erano tutt'altro.

Nathan non era perfetto, ma era quello che, confrontato con gli altri, lo faceva sentire meglio. Era quello per cui non sentiva sbagliato provare qualcosa nonostante fosse quello che, invece, era più sbagliato amare.

Perché sono il tuo datore di lavoro? Che importa? Non saremmo i primi.
Già, qual era il problema? Non potevano semplicemente viverla con tranquillità e godersela finché durava? Avrebbe dato di tutto pur di poterlo fare ma si rendeva conto di correre troppo, di non pensare con la testa quanto con il cazzo, piuttosto.

Certo, come se fosse soltanto una questione di sesso.
In quel caso non sarebbe certo stato così preso. No, c'era di più tra lui e Nathan, un rapporto stretto che legava i cuori più che i corpi e si rafforzava ogni giorno di più. Anche se avrebbe dovuto, non riusciva a pensare di poter interrompere tutto così. Non riusciva a pensare di stargli lontano.

Si misero d'accordo per incontrarsi alle sette e andare a mangiare qualcosa insieme. Nathan aveva insistito perché fosse lui il cavaliere della situazione, per passarlo a prendere a casa e offrirgli la cena in un ristorante che aveva scelto lui. Sperava che non fosse un'occasione troppo formale o chic, altrimenti avrebbe faticato a sentirsi a suo agio. Era praticamente certo che si sarebbe sentito in imbarazzo comunque, ma era meglio non accrescere i motivi di disagio.

Finì in fretta di lavorare e si ritirò a casa, dove lo aspettava un appartamento vuoto e scuro. L'arredamento era lo stesso di sempre, anche se la polvere era aumentata, e passò una buona oretta a far arieggiare le stanze e a sistemarsi per riprendere, come ogni fine settimana, possesso della sua vita. Tornare lì, tra i suoi spazi e le sue librerie, sembrava sempre come aprire uno scrigno tenuto chiuso per tanto tempo e riscoprire la propria infanzia. Non si trattava d'infanzia quanto di vita reale, attuale, adulta, ma non importava.

Nonostante fosse tutto al suo posto, gli armadi erano praticamente vuoti. Aveva portato quasi tutto a casa di Nathan ed erano pochi, ormai, i capi d'abbigliamento che gli rimanevano. Aveva un paio di vestiti dall'aria elegante – rispetto ai soliti jeans e maglietta, ovviamente – ma la maggior parte di essi non gli sembrava adatta all'occasione. Si lavò velocemente e passò un sacco di tempo a decidere quale fosse il vestito migliore da scegliere.

Optò per un maglioncino di cotone nero con girocollo e un paio di pantaloni bianchi, abbigliamento semplice e non troppo disinteressato. Si sistemò i capelli come meglio riusciva, cercando di farli stare in una posa decente, e si fece la barba, curandola. Indossò una delle giacche che teneva nell'armadio – e che, miracolosamente, non puzzava di polvere e chiuso – e attese che il suo *cavaliere* lo passasse a prendere.

Nathan fu di una puntualità impeccabile.

***

Aveva ragionato a lungo su cosa indossare. Era un modello, non avrebbe dovuto neanche lontanamente pensare a questioni del genere, ma invece si era ritrovato davanti all'armadio a giudicare qualsiasi camicia o maglia imperfetta.

Voleva essere meraviglioso. Si sentiva una ragazzina, in realtà, ma voleva che Nate lo guardasse con occhi interessati quella sera, più di ogni altra. Non stava lavorando, era un *appuntamento* quello che gli aveva chiesto e non intendeva fargli pensare nemmeno per un secondo alla sua occupazione.

Alla fine quel che aveva scelto era una camicia bianca che gli fasciava perfettamente torso e braccia, mettendo in risalto i muscoli, un gilet grigio e un paio di jeans abbastanza stretti. Sistemò i capelli come gli era stato insegnato al lavoro dallo staff e uscì di casa con un largo sorriso stampato sulle labbra perfette.

Non voleva far tardi, quindi si ritrovò sul viale di casa di Nate per le sei e quarantatré, ad aspettare che l'orario si facesse più accessibile per non sembrare un idiota troppo preso dalla sua quasi relazione.

Quando Nate fu sull'uscio, però, e percorse il vialetto verso la sua macchina, il respiro gli si mozzò in gola. Maledizione, aveva fatto di tutto per sembrare quantomeno decente ai suoi occhi ma lui... Lui era dannatamente bello.

Gli rivolse un largo sorriso quando lo vide aprire la portiera e prender posto al suo fianco, un timido sorriso che arrivava fino alle gote vagamente imporporate. A quanto pareva anche lui aveva avuto i suoi stessi problemi, probabilmente, perché aveva barba e capelli curati in maniera impeccabile e continuava a darsi una sistemata tramite lo specchietto del parasole.

«Posso permettermi di dirti che sei uno schianto, Nate?» mormorò, prima di mettere in moto. Nate arrossì ancora di più e gli rivolse uno sguardo soddisfatto e felice.

«Anche tu,» rispose Nate, abbassando lo sguardo.

«Non quanto te, credimi.» Ed era vero: lui era un modello e acconciarsi poteva essere naturale come respirare – se per lui respirare fosse stato facile, ovvio – ma Nate... Nate aveva superato di gran lunga tutte le sue aspettative. «Faticherò a tenere a bada gli eventuali ammiratori.»

Nate ridacchiò, scuotendo il capo. «Non credo che ce ne sia bisogno,» affermò. «Chi vuoi che ci provi?»

«Fidati, ci proverebbe anche un etero.» Ne era sicuro. Mise in moto la macchina e la condusse lungo il viale, poi sulle strade principali fino a dirigersi fuori città.

«Dove stiamo andando?» gli chiese Nate, dopo un lungo silenzio imbarazzato.

«Sorpresa,» rispose. «Immagino che tu non gradisca un locale troppo sontuoso, eh?»

«È... indifferente,» disse Nate, a disagio. Probabilmente era una risposta dettata soltanto dalla gentilezza, perché subito dopo aggiunse: «Non è un locale di quel tipo, vero?»

Nathan si mise a ridere, scuotendo il capo. «No, sta' tranquillo. È un posto semplice dove si mangia bene.»

Non andava al *Lys' Flowers* da tempo, probabilmente cinque o sei mesi. Anni prima si concedeva quel piccolo lusso almeno una volta la settimana, ma aveva smesso di andarci quando erano iniziati gli attacchi di panico.

Fu contento di vedere che non era cambiato granché, né esternamente né internamente. Il locale era situato in aperta campagna; dall'architettura rustica era circondato da un cancello. Aveva un giardinetto curato con siepi piene di fiori di vario genere e sul retro c'era una stalla con diversi cavalli che i titolari mettevano a disposizione dei clienti nei giorni festivi e nelle mattinate più calde.

Nate rimase estasiato dall'atmosfera che si respirava e continuò a guardarsi intorno finché non furono all'interno del locale.

«Oddio. Nathan!» lo salutò Krystal, una donna poco più grande di lui. «Non ti facevi vedere da un sacco!»

Corse ad abbracciarlo, lasciando il libretto delle ordinazioni e attirando l'attenzione dei titolari e di alcuni clienti. Lui rivolse uno sguardo di scuse a Nate, al suo fianco, prima di ricambiare l'abbraccio e stringere quel corpo esile che ricordava un po' più in carne.

«Sei ancor più bella di prima, Krystal. Sei dimagrita?» le chiese. In realtà appariva stanca e sciupata, nonostante il sorriso luminoso con cui lo guardava. Lei si strinse nelle spalle, portando le mani ai fianchi.

«Si nota, eh? Sto sgobbando come una schiava, Nathan, aiutami!» disse, aggrappandosi a lui e ridacchiando. Ancora uno sguardo a Nate gli fece intuire che il ragazzo era fin troppo a disagio per esser lasciato stare. Si schiarì la gola, quindi, staccandosi gentilmente la ragazza di dosso e facendole un sorriso.

«Ce l'hai un tavolo per due?» le chiese. Lei annuì, porgendo delle scuse a Nate prima di guidarli verso un piccolo tavolino in un angolo della stanza. Entrambi presero posto e ringraziarono.

«Vi porto qualcosa da bere? Probabilmente passerà a salutarti Ruben appena gli dirò che sei qui.»

Lui annuì, rivolgendo uno sguardo veloce a Nate per capire cosa intendesse fare.

«A me va bene anche dell'acqua!» gli disse, probabilmente alludendo al fatto che lui non beveva alcolici. Gli sorrise dolcemente, annuendo.

«Acqua liscia e porgi i miei saluti a Ruben e Bess.»

«Sarà fatto!» rispose lei, volando per la sala. Il posto non era troppo affollato, nonostante fosse sabato: c'erano un paio di tavoli vuoti che, forse, aspettavano una prenotazione, e il tutto era addobbato con fiori e fantasie rustiche. Ricordava che in primavera iniziavano a riempire le stanze di farfalle disegnate e motivi floreali, per simboleggiare l'arrivo della stagione calda.

Quando tornò con lo sguardo a Nate, lui gli sorrise. «Sei di casa, eh?»

Nathan ridacchiò. «Sì, più o meno. Non ci venivo da...» Fece una pausa, prima di grattarsi la nuca e mormorare: «Un po'.»

Nate sembrò capire, perché annuì e gli sorrise gentilmente. «È un bel posto.»

«Ti piace?» chiese, contento. «Di mattina è ancora più bello. Offrono diverse attività con il ranch qui dietro, cavalcate e cose del genere... Uno spettacolo.»

«Dev'essere bello!» commentò Nate, rigirandosi il tovagliolo tra le mani. Sembrava ancora vagamente imbarazzato. «Non sono mai andato a cavallo.»

«Ah, no?» domandò, sorpreso. «Dobbiamo rimediare, allora!»

Nate gli rivolse un sorriso ma abbassò lo sguardo. Nathan aggrottò le sopracciglia in uno sguardo perplesso.

«Se ti va, ovviamente,» aggiunse, appoggiandosi al tavolo con le braccia e sporgendosi verso di lui. «Tutto bene, Nate?»

L'altro alzò lo sguardo e annuì energicamente. «Certo, sì!»

Prima di poter continuare a parlare, però, vennero interrotti dalla voce di Ruben a pochi metri da loro.

«Nathan!»

Fu costretto ad alzarsi ancora e ad abbracciare l'ennesima persona che non vedeva da tanto tempo: era difficile dover combattere contro il suo quasi-isolamento, ma era un posto piacevole e il cibo era davvero ottimo. Voleva dare a Nate il meglio.

«Credevo che non ti avrei visto più, bastardo egoista!» gli disse l'uomo, sorridendogli calorosamente. Ricambiò quel sorriso quasi con imbarazzo, mentre mandava a Nate l'ennesimo sguardo di scuse.

«Sì, immagino...» rispose, grattandosi la nuca con una mano.

«Bentornato!» lo salutò l'uomo, dandogli una pacca sulla spalla e porgendo poi la mano a Nate. «Sono Ruben Axis, il padrone del locale.»

Nate si alzò e gli strinse la mano, rivolgendogli quel suo sorriso gentile e solare che a Nathan piaceva tanto.

«Nate Abraham! È un piacere, signore, Nathan mi ha parlato molto bene di questo posto!»

Nathan gli fece l'occhiolino prima di rivolgersi a Ruben.

«Lui è un mio amico.»

Quanto avrebbe voluto presentarlo con altri termini; peccato che, probabilmente, il pettegolezzo sarebbe viaggiato troppo e avrebbe raggiunto orecchie che preferiva non scomodare. Non ancora, almeno: non sapeva quanto sarebbe andato avanti quel rapporto, fin dove si sarebbe spinto, se l'avrebbe fatto impazzire come credeva che sarebbe successo.

«Gli amici di Nathan sono sempre ben accetti, Nate!» gli disse Ruben. «Avete già ordinato da bere?»

«Sì, grazie,» rispose Nate, rimettendosi a sedere quando Nathan fece lo stesso. Ruben, invece, chinò appena il capo in assenso e fece un sorriso a entrambi, prima di congedarsi e lasciarli soli.

«Scusa,» disse Nathan, abbassando lo sguardo. «Avrei dovuto immaginare che avrebbero reagito così...»

Nate ridacchiò, scuotendo il capo.

«Tranquillo, va tutto bene,» disse, sporgendosi appena verso di lui. «Sono persone calorose... Credo ti vogliano bene.»

«Sicuramente, sì,» rispose. «Ci conosciamo da quando ero piccolo, mia madre portava sempre me e Cassian qui a mangiare. A lungo andare è diventata un'abitudine e fino a qualche mese fa ci venivo ogni settimana.»

Non si accorse subito di quello che aveva detto. Nate era diventato una presenza così naturale che il suo cervello doveva averlo autorizzato a sentir parlare di lui e suo fratello, ma quando si accorse di averlo nominato alzò lo sguardo come smarrito, ricercando negli occhi di Nate qualcosa, come una reazione, perplessità, difficoltà a rispondere.

Lui, invece, fu perfetto come sempre. Gli sorrise, dolcemente, e annuì.

«Capisco. Grazie di avermi portato qui.»

Finì lì: tutto lo smarrimento precedente fu annullato da quegli occhi amorevoli, comprensivi, dalle parole che diedero il giusto peso alle proprie, che non incalzarono né sviarono il discorso. Una reazione semplice, delicata, roba che si sarebbe aspettato da Cody piuttosto che da un ragazzo che conosceva da poco più di un mese.

Invece Nate aveva fatto anche quel miracolo e si sentì in dovere di sorridere di rimando e abbassare gli occhi, per la prima volta, quasi imbarazzato.

«Mh...» mugolò l'altro, per schiarirsi la gola e attirare la sua attenzione. «Cavalli, quindi? Immagino che tu ci sappia andare bene.»

Rialzò lo sguardo su quel meraviglioso sorriso e si strinse nelle spalle, deglutendo nel tentativo di cacciare quella fastidiosa sensazione di calore ovattato al cervello, il cuore che pompava velocemente, quasi impazzito.

Doveva darsi una calmata, non era possibile che provasse già sentimenti così forti per Nate. Era soltanto attrazione, solo quello. Si era sentito apprezzato e aveva reagito, tutto qui.

«Sì, più o meno,» rispose, osservando come gli occhi del ragazzo si assottigliavano in un sorriso dolce e struggente, l'ennesimo. «Quando ero piccolo praticavo equitazione.»

«Wow!» esclamò Nate, ringraziando un cameriere – che doveva essere nuovo – che portò loro l'acqua. Nathan ne versò un po' sia nel suo bicchiere che in quello dell'altro. «Mi sono sempre piaciuti i cavalli, ma non ho mai avuto l'occasione.»

«L'avrai,» rispose, facendogli l'occhiolino prima di bere un sorso d'acqua. Nate ridacchiò, imitandolo. Quando ebbe posato il bicchiere sul tavolo, tornò a far domande. «Come mai non ci hai mai provato?»

Nate gli rivolse uno sguardo malinconico.

«I miei non me l'hanno mai permesso,» spiegò, distogliendo gli occhi dai suoi, come a disagio. «Mia madre ha sempre avuto paura degli incidenti a cavallo, mio padre diceva che era uno spreco di soldi. Ho lasciato perdere verso i tredici anni e, quando me ne sono andato, ormai era troppo tardi perché pensassi ancora a una fissazione così sciocca.»

Nathan osservò che nelle sue parole c'era una strana nota amara. Si trattenne dall'incalzarlo sull'argomento, ma provò uno strano accenno di rabbia nel petto, come se tutta quella situazione riguardasse lui invece che Nate.

«Ti manca?»

L'uomo lo guardò smarrito per un attimo. «Cosa?»

«La tua famiglia.» Avrebbe dovuto star zitto, ma la tentazione di scoprire di più riguardo ai sentimenti che Nate gli nascondeva era troppo forte.

Lui abbassò lo sguardo, in difficoltà come si sarebbe aspettato, e passarono un paio di secondi prima che mormorasse: «Ogni tanto. Soltanto la mia infanzia, in realtà.»

Nathan ridacchiò, per allentare la tensione. «Il piccolo Nate in balia della sua famiglia che non vuole portarlo dai cavallini.»

«Ehi!» lo sgridò Nate, ridendo. «Non ero così viziato, non facevo nessun tipo di capriccio.»

«Sicuro?» lo stuzzicò, schivando il tovagliolo che gli venne tirato contro.

«Non facevo altro che leggere, finché potevo avere i miei libri non mi importava dei "cavallini",» specificò Nate, incuriosendolo.

«Sì?» chiese Nathan, esortandolo a continuare. «Leggevi molto?»

«Da quando ne ho memoria,» gli rispose lui, facendo un sorriso soddisfatto. «Quando mi chiedevano cosa volessi fare da grande, rispondevo sempre "il cavaliere" o "il pirata". Di solito dipendeva dal libro che avevo in lettura, cambiavo sempre idea. Ero un fan dei protagonisti... Una volta sono rimasti sconcertati quando ho risposto che volevo fare la regina.»

Entrambi scoppiarono a ridere. Nate arrossì, con quel suo modo di fare deliziosamente tenero e abbassò lo sguardo imbarazzato. Quando calò di nuovo il silenzio, mormorò: «Alla fine ho capito che in realtà volevo soltanto un posto pieno di libri dove starmene in santa pace.»

«Avrai la casa piena, immagino,» commentò Nathan, adagiando la schiena contro la sedia. Lui scosse appena il capo.

«In realtà no, la maggior parte è rimasta ai miei genitori. Io...» Quando si fermò, arrossendo maggiormente e facendosi più piccolo contro il tavolo, Nathan temette che il proprio cuore potesse scoppiare. «In realtà, più o meno dal liceo ho sempre avuto il sogno di aprire una libreria.»

Spalancò appena gli occhi, sorpreso da quella rivelazione. «Ah, sì? Qui?»

«Sì, io...» iniziò Nate, agitandosi. «Lo so che non è quello che ci si aspetterebbe! Insomma... Non si tratta di diventare il Presidente o viaggiare per il mondo, è solo una libreria. È abbastanza patetico, in realtà.»

«No che non lo è,» lo interruppe, riuscendo a fargli alzare gli occhi dal tavolo. «Che importa se è di facile realizzazione? Lo trovo molto interessante.»

Nate gli rivolse uno sguardo quasi grato. «Dici?»

Annuì, sorridendogli. «Sì, direi di sì.»

Prima che l'altro potesse dire qualcosa, però, Ruben arrivò a prendere le ordinazioni. Ordinarono e continuarono a parlare per tutta la sera del più e del meno: Nathan non sapeva se Nate fosse davvero a suo agio come dimostrava, ma si rese conto che passare del tempo con lui fuori dal contesto casalingo lo rendeva più naturale e meno trattenuto. Si ritrovò a scoprire un lato del suo carattere che non credeva di conoscere e nel suo cuore sperò di poterlo vedere ancora e ancora, sbloccarlo, farlo avvicinare più di quanto non fosse.

Sperava di poterlo attirare a sé, in quel modo, almeno quanto lo era lui.

* * *

Nathan lo riaccompagnò a casa che ormai era mezzanotte passata. Sapeva che in quel modo sarebbe andato a letto tardi e forse, dato che l'aveva visto piuttosto tranquillo in sua presenza, sarebbe riuscito a prender sonno e non ne avrebbe risentito.

Lui, al contrario, non avrebbe dormito neanche un po'.

Nathan era dannatamente perfetto. Se n'era già accorto nell'ultimo mese, in cui si era avvicinato a lui in modi che non credeva possibili, ma in un contesto come quello, in cui erano a un vero e proprio appuntamento, Nate non aveva potuto fare a meno di notare quanto fosse bello, non soltanto esteticamente.

Quell'uomo sapeva come trattarlo per non farlo sentire inferiore o a disagio, sapeva ammaliarlo, farlo intenerire, sapeva rassicurarlo anche quando non conosceva ciò di cui stava parlando. Nathan, come aveva sempre intuito, aveva una forza di cui Nate non era sicuro fosse a conoscenza.

E, inevitabilmente, si stava affezionando a lui più del dovuto.

«Eccoci qui, principessa, siete sana e salva,» gli disse Nathan una volta parcheggiato davanti al suo appartamento. Scesero entrambi dalla macchina e l'uomo lo accompagnò al portone. Nate non poté fare a meno di osservare come cercasse di non guardarlo, posando gli occhi invece nei dintorni che, a quell'ora, erano silenziosi.

«Regina,» lo corresse, facendolo ridacchiare ancora. Quella sua risata era così bella che avrebbe potuto ascoltarla per ore senza stancarsi. «Grazie del passaggio, mio prode cavaliere.»

«Adesso voglio un castello tutto mio e una carica più alta, sua maestà.»

«Ce l'hai già il castello!» protestò Nate, azzardandosi a tirargli un pugno contro una spalla.

«Ne voglio uno più grande, mia regina! Non fare la tirchia!» lo sgridò l'altro, attaccandolo ai fianchi nel tentativo di fargli il solletico. Si ritrovò a ridere come un ragazzino mentre scappava verso un angolo e veniva imprigionato contro le mura accanto alla porta di casa, in preda a risate spaventate da quelle mani che continuavano a punzecchiarlo.

Quelle mani su di lui.

Non se ne accorsero subito, ma lo fecero insieme. In pochi secondi si ritrovarono bloccati, l'uno contro l'altro, i corpi e i visi vicini mentre il fiato di uno sbatteva contro quello dell'altro, ansimante. Si guardarono negli occhi, entrambi indecisi, entrambi rigidi, le labbra a un soffio.

Nate fece scendere gli occhi su quelle di Nathan, riscoprendole sottili e curate. Le sue, più carnose, probabilmente erano screpolate per il freddo e a causa sua, che se le torturava spesso in quel periodo dell'anno. Deglutì, il cuore impazzito, unico rumore in quel pesante silenzio.

Fu Nathan a muoversi per primo, sorprendendolo.

«Ci vediamo lunedì,» mormorò, allontanandosi lentamente da lui fino a riportare aria tra i loro corpi, a fargli sentire il freddo della serata. L'uomo fece un sorriso tirato e distolse lo sguardo dal suo, sospirando e portando le mani nelle tasche della giacca.

Ci mise qualche secondo per rispondere un deluso: «Sì, a lunedì.»

Entrambi, però, rimasero immobili.

Che aspetti, Nate? Entra.

Nathan fece un altro sospiro prima di decidersi a voltarsi e dargli le spalle: riuscì a fare pochi passi che Nate vide al rallentatore.

No, no, no...

«Nathan!» lo richiamò: prima di poter finire il suo nome si era già girato, gli occhi sorpresi e speranzosi, un lieve e sciocco sorriso su quelle labbra che, si accorse, stava fissando di nuovo. Entrambi fecero qualche passo in direzione dell'altro, ritrovandosi nuovamente a distanza di un sospiro.

Poi si bloccarono ancora.

Maledizione.

«Io...» mormorò Nate, abbassando lo sguardo. «Grazie della serata.»

Quando non sentì risposta, alzò lo sguardo: fu allora che, finalmente, quelle maledette labbra si posarono sulle sue, delicate e decise. Un bacio casto, una pressione dolce, per nulla prepotente, premurosa. Socchiuse gli occhi godendosi quei pochi secondi che bastarono a fargli assaporare la morbidezza della bocca di Nathan e che scatenarono l'inferno nel suo petto.

Quando si staccarono, si accorse che aveva trattenuto il respiro.

«Grazie a te,» sussurrò Nathan, in risposta. Rimasero per qualche secondo vicini, le labbra che ancora si sfioravano, prima di permettersi di allontanarsi, stavolta per davvero.

Nate rivolse all'altro un timido sorriso prima di fuggire per l'ennesima volta dal suo sguardo, imbarazzato. Probabilmente era arrossito.

«Buonanotte, Nate,» lo sentì mormorare.

«Buonanotte, Nathan,» rispose, prima di vederlo allontanarsi con la coda dell'occhio.

No, decisamente non avrebbe dormito.

CAPITOLO 11

La verità era questa: aveva una paura fottuta.
Nella testa di Nathan, quella sera, erano passati almeno trenta scenari diversi. Avrebbe dovuto scendere dalla macchina e accompagnarlo? Avrebbe dovuto chiedergli di tornare a casa con lui? Avrebbe dovuto portarlo da qualche altra parte?
E, infine, avrebbe dovuto *baciarlo*?
Voleva baciarlo. Lo voleva davvero tanto. Quando se l'era trovato davanti, però, a stretto contatto contro il suo corpo che fremeva, reagiva al calore dell'altro, lo pregava di sbatterlo al muro e rinchiuderlo tra le sue braccia, il suo cervello era andato in corto circuito. Non aveva più capito nulla e la paura si era impossessata di lui.
Nathan aveva *paura*. Di ferirlo, di deluderlo, di spaventarlo a sua volta. Più di ogni altra cosa, aveva paura dei propri sentimenti e di quelli che leggeva negli occhi di Nate. Erano veri: tanto da disorientarlo, lasciarlo privo di forze, privo di parole.
Aveva paura perché, dopo quel che era successo a Cassian, Nate era il primo spiraglio di luce, caldo, confortevole... E aveva il terrore che, a breve, l'avrebbe perso.
Non aveva dormito quasi per niente.
Sabato sera era tornato tardi e sua madre era già a letto. L'aveva salutata brevemente, poi si era fatto una doccia veloce e si era infilato sotto le coperte. Era rimasto lì, sveglio, il telefono accanto e i pensieri occupati. La notte era passata lentamente e lui aveva preso sonno soltanto quando aveva letto 05:38 sullo schermo del cellulare.
Non aveva chiamato Nate o Cody o chiunque altro: era rimasto da solo con il piacevole ricordo di quelle labbra morbide contro le sue.
Il rimorso era presto diventato rimpianto. Rimpianto di non aver osato di più, di non aver spinto la lingua dentro la bocca dolce di Nate e

di non essersi preso quel che desiderava da troppo tempo. Il rimpianto di non avergli chiesto di più, di non averlo seguito nel suo appartamento, di non averlo conquistato.

Non credeva di aver fatto qualcosa di sbagliato: l'altro non gli aveva dato l'impressione di essersi annoiato. Sembrava estasiato mentre lo riaccompagnava a casa in macchina, contento, sereno. Era una conquista, immaginava. Significava che potevano davvero costruire qualcosa, che avevano davvero una possibilità.

Era strano da parte sua che, in tanti anni, non avesse cercato altro che sesso. Rapporti occasionali e nulla che durasse più di tre giorni. Con Nate, invece, era diverso. Probabilmente non si sarebbe mai stancato di quel sorriso e tanto gli bastava.

La domenica fu una vera tortura.

Per quanto volesse bene a sua madre, passare del tempo con lei dopo quel che era successo tra lui e Nate rappresentava mettere una pausa scomoda a quella storia, come di una pubblicità che rovina il film sul più bello. Aveva cercato di distrarsi e svagarsi, ma non era servito a nulla.

Per disperazione, nel pomeriggio aveva chiamato Nate.

«Pronto?»

«Nate, ciao.»

«Ciao, Nathan.» La sua voce suonava melodiosa come una canzone al pianoforte.

«Ehi... Disturbo?»

«No, dimmi tutto.» Per un attimo Nate parve allarmato, così si sentì in dovere di rassicurarlo.

«Tranquillo, sto bene. Volevo soltanto sentirti.»

Una pausa: un respiro mozzato che non sapeva se appartenesse a lui o a Nate. Si chiese che tipo d'espressione avesse l'altro. Quando lo sentì parlare, fu sicuro che stesse sorridendo.

«Che facevi?»

«Mi annoiavo,» ammise Nathan, lasciandosi ricadere sul divano. Sua madre era in giardino e il pomeriggio scorreva lento. «Ho cercato di tenermi un po' occupato stamattina, ma non mi è andata bene.»

«Sì, ti capisco,» rispose Nate. Lo sentì sospirare, come se anche lui si fosse appena steso. Si chiese in che condizioni fosse: magari era ancora in pigiama, o forse era appena tornato a casa. «Ho fatto un po' di pulizie, ma ho finito in fretta. Si accumula un sacco di polvere durante la settimana.»

Vieni a vivere qui, allora.

Quello non poteva dirlo. Quella era una cosa che avrebbe dovuto evitare, che avrebbe fatto scappare Nate. Quella era una delle cose che gli avrebbe fatto paura, tanta quanta ne aveva lui.

«Immagino. Casa tua è molto grande?» chiese, ingoiando l'altro commento. Nate rise ancora.

«Rispetto alla tua o a una casa normale?»

«Che ha la mia di anormale?»

«Ehi, mica ti sto guardando male!»

Stavolta fu lui a ridere. «Dai, è solo più grande di un appartamento, ci sono case molto più grandi.»

«Certo: la Casa Bianca.»

Lo ignorò, alzando gli occhi al cielo. «Dai, com'è fatta? Sono curioso.»

Nate si prese un paio di secondi per pensare. «Beh... Non è troppo grande, ha una sola stanza e un salotto abbastanza ampio.»

«A misura di nano, insomma,» ridacchiò, divertendosi a sentirlo ribattere.

«Non sono poi così basso, stronzo!» disse l'altro, irritandosi.

«Giusto un po'.»

«Andiamo, saranno tre o quattro centimetri di differenza!»

«Lo dici come se fosse un problema, ehi!»

«Non lo è. Sono contento di come sono!» Sembrava offeso: eppure, obiettivamente, non era poi così tanto basso. A dirla tutta quella sottile differenza gli faceva piacere.

«Guarda che a me va benissimo che tu sia più basso, sai?» ribatté, sperando di non irritarlo maggiormente. «Sei a misura d'abbraccio.»

Il silenzio che ne seguì fu eloquente: aveva colto il segno. Sogghignò, divertendosi a sentirlo imbarazzato.

«Idiota,» mormorò Nate, teneramente.

«Neanche troppo basso per baciarti.»

«Smettila!» Oh, sicuramente era arrossito. Quanto avrebbe voluto vederlo... Rise, osservando sua madre che entrava nella stanza. Quando vide che era al telefono fece qualche gesto, come a capire con chi stesse parlando, ma Nathan la liquidò con un cenno del capo.

«Bello, mi sa che devo lasciarti,» disse a malincuore. «Ne riparliamo, va bene?»

«Non c'è nulla da dire,» ribatté Nate, ancora imbarazzato.

«Avrei da dire di tutto riguardo a questo argomento, ma preferisco farlo quando potrò vederti arrossire!»

«Vaffanculo, Nathan!»

«Sì, Nate, quando vuoi!» rise lui. «Dai... Buon pomeriggio.»

«Ciao, Nath,» rispose l'altro, accennando una risata. «Se hai bisogno, sono qui.»

«Lo so, non ricordarmi che posso sfruttarti quando mi pare!»

Lui stava scherzando, ma Nate rispose: «Puoi farlo davvero, sai?» con una dolcezza tale da disarmarlo. Era inutile addirittura l'ironia se lui faceva così.

«Merda... Sai sempre cosa dire,» sussurrò, scuotendo il capo.

«Fa parte del mio lavoro, no?» sogghignò Nate.

«E sai sempre come smontare il romanticismo.»

«Lo sai che non è quello,» ribatté Nate. L'idea che avesse paura di ferirlo era tenera. «Stavo solo cercando di...»

«Farmi desistere dall'idea di correre da te, sì. Lo so.»

Lo sentì fare un piccolo sbuffo, come di un sorriso rumoroso, una risata sussurrata dalla dolcezza. «Dai, ci vediamo domani.»

«Sì. A domani, Nate,» mormorò.

«A domani, Nathan.»

La chiamata si chiuse e tornò il silenzio.

***

Fu difficile aspettare che la domenica passasse.

Dormì poco e si svegliò spesso, ogni volta per controllare il telefono. Nathan non chiamò: era positivo, si disse, perché significava che non aveva avuto altri attacchi.

Preferiva pensarla così piuttosto che ipotizzare che non avesse voluto disturbarlo.

Lunedì mattina gli mandò un messaggio sterile per chiedergli come fosse andata la nottata: Nathan rispose che aveva dormito quasi per tutta la notte e che sarebbe passato a prenderlo la sera al bar.

Non stava nella pelle.

Fu una giornata lavorativa stranamente intensa. Lavorò senza tregua per tutta la mattinata finché non ebbe un attimo di pace verso l'ora di pranzo.

Kate gli raccontò del suo weekend e di un nuovo locale che era stato aperto da poco in città: gli disse che diverse sue amiche c'erano state e le avevano detto di andarci. Lui lavorava ogni sera ma, anche se avesse avuto del tempo libero, dubitava che avrebbe seguito il suo consiglio.

Neanche prima di trasferirsi era mai stato un animale da feste, meno che mai da locali di quel tipo. Immaginava che fossero pieni di gente pronta a tutto pur di una nottata in compagnia di sesso, droga e svaghi superficiali: quel genere di gente che non aveva mai sopportato.

«Scusa, possiamo ordinare?»

Era un gruppo di ragazzi che aveva fatto un gran chiasso da quando era entrato ma a cui non aveva dato poi molta importanza. Rivolse loro un sorriso gentile, annuendo e identificando il ragazzo che l'aveva richiamato.

«Certo,» rispose, facendo passare lo sguardo su ognuno di loro finché, infine, non si soffermò su di lui.

Il respiro gli si mozzò in gola.

Nicolas.

Anche l'altro lo stava fissando, occhi che dicevano tutto e niente. L'aveva riconosciuto, era chiaro, e ciò non faceva altro che metterlo ancora più in allarme mentre combatteva con il disperato desiderio di scappare.

«Non posso crederci... Nate!» lo chiamò Nicolas, congedandosi dai suoi *amici* e raggiungendo il bancone. Un brivido freddo gli percorse la schiena fino alle gambe, che presero a tremare. Un'assurda situazione di rabbia e impotenza. «Non credevo che ti avrei rivisto! Vivi qui adesso?»

Perché sei qui?

«Sì, io...» Deglutì, spazzando via la paura. La gola era secca, la bocca ancora di più e non riusciva ad articolare parole troppo sensate. Avrebbe voluto evitare: si costrinse a pensare che andava tutto bene, che poteva farcela. Non era più nessuno, non *erano* più niente. «Abito in città.»

«Caspita! Non sei neanche poi così lontano da me!» Un altro brivido e poi Nicolas fece una cosa disgustosa, che mai avrebbe voluto rivedere: fece scorrere quegli occhi grigi e perversi su di lui leccandosi le labbra, soffermandosi sul suo corpo e *spogliandolo* di tutto, vestiti, corazza, sentimenti... Non c'era più nulla che non fosse quel fragile esserino che cercava di nascondere.

«Ti trovo proprio bene.» Malizia, allusione, desiderio. Un tempo gli sarebbe caduto ai piedi. «A che ora stacchi?»

Perché continuano tutti a chiedermelo, maledizione?

Avrebbe voluto essere invisibile.

«Le vostre ordinazioni?» chiese, ignorando la sua domanda. Forse sarebbe riuscito a cavarsela se avesse fatto leva sulla professionalità. Forse avrebbe capito, forse l'avrebbe lasciato in pace.

«Due caffè macchiati, un ginger e un prosecco per me, come sempre.»

Oh, sì: Nicolas reggeva bene l'alcol, se lo ricordava.

Iniziò a preparare l'ordinazione senza dir nulla, dandogli le spalle mentre sentiva quegli occhi disgustosi ancora su di lui. Nicolas sembrava ancora intenzionato ad andare avanti con quel ricongiungimento forzato.

«Allora, a che ora stacchi? Mi piacerebbe passare un po' di tempo con te, avrai un mucchio di cose da raccontare!»

Non a te!

«Guarda, lavoro anche dopo fino a tardi, credo sia impossibile.» Fredda cortesia, velata richiesta di essere lasciato in pace. Preparò il vassoio e Kate passò a prenderlo, ma Nicolas non la seguì. Anzi, prese il bicchiere di prosecco e lo posò sul bancone, accomodandosi. Lo stava fissando con aria di sfida, un sorriso accennato sulle labbra sottili.

Nate imprecò mentalmente.

«Quindi sei un lavoratore a tempo pieno,» disse Nicolas sorridendo, mentre lui fingeva di ignorarlo lavando i piatti prima di metterli nella lavastoviglie. «Speravo che saresti riuscito a ritagliarti un po' di tempo stanotte... Sai.»

Mentre parlava, Nate notò la porta del locale aprirsi. Sebbene avesse pregato di non riconoscere la persona appena entrata, nessuno ascoltò le sue preghiere e si ritrovò a sorridere a Nathan, imbarazzato.

Merda.

«Credo sia impossibile, scusa,» liquidò Nicolas, rivolgendo un cenno del capo a Nathan quando si sedette anche lui al bancone, accanto all'altro. «Che ti offro?» gli chiese, quindi, sforzandosi di risultare naturale e non troppo palese. Nathan scosse il capo.

«Non prendo nulla,» disse. Dando uno sguardo all'orologio, Nate si accorse che erano quasi le quattro. Lanciò uno sguardo veloce a Nicolas, che lo stava ancora fissando, stavolta con un sorriso pericoloso sulle labbra. Sperò di non avergli fatto intendere qualcosa, pregò per vederlo andarsene.

«Sicuro di non avere tempo?» chiese, suadente. «Potremmo divertirci un po' come ai vecchi tempi, io e te...»

Nathan, com'era ovvio che fosse, gli rivolse uno sguardo interrogativo e vagamente irritato. Qualcun altro non se ne sarebbe accorto, ma lui riusciva a delineare perfettamente le sottili rughette di nervosismo che gli percorrevano la fronte.

No, no, no.

Non doveva saperlo. Non doveva venire a conoscenza del suo passato, dell'esistenza di Nicolas, di quello che avevano avuto insieme. Non. Doveva. Saperlo.

Si voltò, proferendo un freddo: «Ne dubito, ma grazie lo stesso.»

Stava andando in panico. Avrebbe dovuto chiedergli di andarsene? Era pur sempre un cliente, anche se Timothy aveva detto loro già dal primo giorno lavorativo che, se qualcuno li infastidiva, erano autorizzati a cacciarlo dal locale.

«Cos'è, adesso fai il puritano?»

Si gelò. Il bicchiere che stava stringendo nella mano scivolò tra le sue dita bagnate, e per quanto cercò di recuperarlo non fu abbastanza veloce. Lo vide cadere al rallentatore, sbattere contro la lavastoviglie e andare in mille pezzi sul pavimento.

«Cazzo,» mormorò, fiondandosi a raccoglierlo. Andava tutto bene, poteva farcela, non era niente. Tremava: quando si ritrovò a raccogliere i pezzi più grandi, uno di questi gli tagliò la pelle della mano, facendo sì che iniziasse a sanguinare copiosamente. «Merda!»
Respira. Non è niente. Respira.
Andava tutto bene, Nicolas non poteva più fargli nulla. Poteva parlar male, ma chi gli avrebbe creduto? Chi avrebbe ascoltato le parole di un sadico pervertito che si divertiva a torturarlo psicologicamente? Non Nathan, di certo non lui. Non l'avrebbe fatto. Ne era sicuro. Ne era sicuro...
«Nate...» lo richiamò proprio la voce del modello che, si accorse, era al suo fianco.
«No, vai di là, sto bene,» mormorò debolmente lui mentre lo osservava prendere un rotolo di carta assorbente e tamponargli delicatamente la mano. Faceva male: bruciava e la carta si stava riempiendo di rosso. «Nathan, vai davanti al bancone, me la cavo!»
Anche se si sentiva già più debole. Era lo spavento, era l'emorragia, era la debolezza di una notte quasi insonne? Non avrebbe saputo dirlo.
Nonostante avesse proferito quelle parole come in un ringhio sommesso, un ordine che Nate non si era mai permesso di impartirgli, Nathan non reagì. Non lo guardava, non lo ascoltava e rimase dov'era, a stringergli la mano ricoperta dalla carta per fermare la fuoriuscita del sangue. Lui, di rimando, si sentiva sempre più umiliato.
«Nate? Stai bene?» Adesso era Kate, al suo fianco anche lei, a raccogliere i cocci che lui aveva fatto cadere mentre il locale era in un silenzio disumano, pesante, orribile. Si sentiva sempre più avvilito, e...
«Oh, capisco!» Ancora una volta la voce di Nicolas. «Adesso hai tutti gli amichetti dalla tua. Chissà se ti conoscono come ti conosco io, eh?»
«Nicolas, smettila.» Un altro ringhio che lui ignorò.
«Lo sanno che sei una bella puttanella in calore se solo...»
Non fece in tempo a terminare la frase. Non vide la scena, non si era accorto neanche del movimento al suo fianco, ma quando alzò gli occhi Nathan era in piedi e, dall'altro lato del bancone, sentì risuonare il tonfo di qualcuno che cadeva e una sedia che rotolava a terra.

Nathan aggirò il bancone e lui fece appena in tempo ad alzarsi per vederlo gettarsi addosso a Nicolas e schiacciarlo contro il pavimento, un altro pugno caricato che mirava al labbro sanguinante del suo ex.

«Un'altra parola, stronzo, e ti assicuro che non avrai più la dentatura così perfetta.» La minaccia riecheggiò nel locale silenzioso.

Nate aveva la nausea. Per la ferita, per le parole di Nicolas, per quello che stava succedendo nel suo luogo di lavoro sotto gli occhi del suo datore e a causa *sua*.

Aveva. La. Nausea.

Basta, vi prego.

Il passato era venuto a bussare alla sua porta ed era tutto finito in pezzi: il bicchiere, lui, la sua felicità. Con orrendo dolore pensò che il prossimo sarebbe stato il suo rapporto con Nathan.

«Ora basta, voi due.» La voce autoritaria di Timothy. Desiderò sprofondare. «Non voglio grane nel mio locale, chiaro?»

Guardò Nicolas e poi Nathan, soffermandosi su di lui più a lungo. Una velata richiesta di andarsene: Nate era bravo a leggere tra le righe quando si trattava di questo.

Dopo pochi secondi che parvero, però, interminabili, Nathan si alzò, trascinandosi dietro Nicolas. Quest'ultimo si liberò, infastidito dalla sua stretta, e gli rivolse uno sguardo intenso, come di avvertimento, una promessa che stava a ricordargli, ancora una volta, il rapporto che avevano avuto anni prima.

Senza accorgersene si ritrovò a tremare.

«Nate, sei bianco... Siediti!» Ancora la voce di Kate: si manteneva al suo fianco, sorreggendolo, e si accorse soltanto in quel momento che la testa gli girava e che stava iniziando a sudare. Stava svenendo? Quello sì che avrebbe coronato il ritratto di pateticità che era diventato!

Si appoggiò al bancone, aprendo l'acqua del rubinetto e sciacquando la ferita. Kate gli fece ingurgitare a forza una caramella piena di zucchero. Si sentì leggermente meglio, anche se il cuore sembrava ancora in pezzi.

«Se gentilmente voleste uscire dal locale, adesso...» Timothy stava cacciando Nicolas *e* Nathan. Spaventato, rivolse uno sguardo di supplica al modello, che ancora lo fissava preoccupato. Quanto stava lavorando il suo cervello? Quante cose *false* gli stavano passando per la testa? E quante di quelle erano, invece, vere?

Ti prego, non far scoppiare una rissa... Non dargli modo di parlare, non ascoltare, non...

Andartene.

Non. Andartene.

Tutto ciò che lo spaventava, adesso, era che Nathan *ascoltasse*, che Nathan rimanesse *disgustato*, che Nathan se ne andasse. Prima o poi, forse, gliel'avrebbe raccontato, ma venire a sapere del suo passato adesso, da una bocca che non era sua, con parole viscide, distorte, *reali*, l'avrebbe portato via da lui. Proprio quando le cose si stavano incanalando nella direzione giusta. Proprio adesso.

Non ancora.

«Tutto ok, Nate?» gli chiese Timothy. Sebbene si sforzasse di annuire, dovette ricredersi quando fu di nuovo costretto ad aggrapparsi al bancone. No, non stava bene per nulla. «Senti, riprenditi e poi stacca. Sono le quattro.»

No!

«No, io posso... Devo pulire ancora qui, ce la faccio!» cercò di dire, stupidamente, combattendo contro la debolezza. Timothy gli rivolse uno sguardo freddo e severo.

«Torna a casa, Nate.»

Stava cacciando anche lui. Qualcosa dentro gli si spezzò e un pezzo di essa dovette conficcarsi lì, tra il costato e il cuore, perché fece un male cane.

Abbassò lo sguardo, mortificato, e annuì staccandosi il grembiule e faticando a tenersi in equilibrio mentre quasi correva nello stanzino, al riparo dagli occhi di tutti, a nascondersi.

Non guardò Nathan neanche una volta.

* * *

Non aveva idea di cosa fosse successo.

Non conosceva il tipo che aveva preso a pugni, ma le reazioni sottomesse di Nate erano state abbastanza dolorose da farlo reagire.

Parlava troppo a sproposito di una persona che lui aveva a cuore: non gli avrebbe permesso di dire altro.

Osservò Nate scappare verso il retro del locale, poi fu costretto da Timothy a uscire. La visione del ragazzo ferito e pallido era così struggente che avrebbe voluto seguirlo, ma gli avrebbe causato solo altri problemi. Preferì uscire dal locale e, una volta fuori, si rivolse di nuovo all'uomo che si trovava con lui.

«Avvicinati un'altra volta a Nate e ti distruggo.» Una minaccia a cui l'altro rispose una risata di scherno.

«Ti ha proprio abbindolato, eh? Sì, immagino che gli piacciano i tipi come te.»

Nathan lo osservò: aveva un fisico più asciutto del suo ed era poco più basso. Un paio di occhi colore dell'ambra, capelli biondi e intinti di gel, corti e sparati sulla testa. Abbigliamento trasandato, da ragazzo, nonostante la lieve barba incolta lo rendesse più adulto. Era diverso da lui.

«Non mi interessa quello che mi stai dicendo,» ribatté.

Davvero?

«Sei sicuro? Perché potrei dirti tante di quelle cose sul suo conto, per aprirti gli occhi, e alla fine mi ringrazieresti.»

Nathan simulò una smorfia, assottigliando gli occhi in uno sguardo feroce. «Non mi interessano le parole di uno come te.»

Sicuro, Nathan? Non hai sentito qualcosa morire dentro di te quando ha parlato in un determinato modo di Nate, nel locale? Non hai pensato, anche soltanto per un attimo, a cosa stessi facendo corteggiandolo?

«Ma non mi dire... Beh, resta nella tua ignoranza e fatti pure abbindolare,» rise lui, accendendo una sigaretta tra quelle labbra sporche di sangue. «Io so chi è Nate e, presto o tardi, tornerà da *quelli come me* a fare quello per cui è nato: succhiare cazzi.»

Strinse un pugno, combattendo contro l'istinto di sbatterlo contro il muro. Non poteva dare spettacolo o il locale ne avrebbe risentito. Poteva pagare Nate anche il doppio di quanto guadagnava adesso, ma credeva che lui non sarebbe stato contento di un possibile licenziamento.

Gli amici del ragazzo uscirono dal locale e lo raggiunsero, chiedendogli se stesse bene. Lui rispose con strafottente sicurezza, dicendo loro di incamminarsi. Quando furono di nuovo soli, poi, si rivolse a Nathan.

«Stammi bene, bello. Un saluto alla tua puttanella.»

Lui non rispose.

CAPITOLO 12

Nate attese per un tempo che gli parve infinito. Chiuso in quello stanzino buio, al riparo, incapace di alzarsi e andarsene. Doveva sbrigarsi perché, probabilmente, Nathan lo stava aspettando e Kate si stava preoccupando. Magari era anche un peso per Timothy, che lo voleva fuori dal locale: doveva andarsene prima di esser liquidato con un "ti farò sapere se dovrai tornare". Forse avrebbe trovato un altro lavoro o, magari, Nathan gli avrebbe fatto fare qualcosa in più in casa.

Sempre se voleva ancora vederlo.

Nate rimaneva a terra, rannicchiato contro la porta, le braccia attorno alle gambe che teneva strette contro il petto, a nascondere tra di esse la testa.

Devo muovermi...

Non ci riusciva. Era terrorizzato: quello di Nicolas era un volto che non vedeva da troppo tempo, portatore di ricordi per lo più negativi. Stanze buie, luci soffuse, odore di sesso e terrore.

Piacere, eccitazione, desiderio, lingue su di lui di cui non sapeva la provenienza. Rabbrividì, lasciandosi scappare un gemito sommesso di dolore. Doveva calmarsi, poteva farcela, poteva evitare di pensare. Era passata, era scappato da quella realtà, non esisteva più alcuna catena che lo legasse a Nicolas.

Il telefono squillò mentre lui era ancora lì, spaventato, tremante. Quando ebbe il coraggio di controllare, scoprì che era un messaggio di Nathan. "*Sono sempre qui.*"

Sorrise, ma decise di ignorarlo: era doloroso. Lui era lì che lo aspettava, pazientemente, nonostante tutto quello che aveva detto Nicolas, nonostante le sue allusioni, nonostante tutti i pensieri che, probabilmente, gli erano già passati per la testa. Nate, invece, non riusciva a far altro che tremare e nascondersi in un maledettissimo stanzino delle scope.

Era patetico e avvilente.

Se mi piango addosso, non risolverò nulla.

Eppure non riusciva a muoversi.

«Nate, tutto ok?» Kate bussò, preoccupata. Quanto tempo era passato? Non avrebbe saputo dirlo. Quando si alzò, la stanza iniziò a girare e dovette aggrapparsi alla porta per non cadere.

«Nate?» Ancora, di nuovo ansiosa. Forse aveva fatto troppo rumore.

«Sì,» rispose, tenendosi la testa con una mano e recuperando la tracolla con le sue cose. Quando aprì, la porta la luce lo investì e lui socchiuse gli occhi, infastidito. Kate gli prese un braccio con una mano, delicatamente, accarezzandolo.

«Oddio, hai un aspetto orribile,» gli disse, portandogli l'altra mano sulla tempia. Lui le sorrise, dando uno sguardo veloce anche a Timothy che lo stava fissando poco lontano. Prima o poi avrebbe dovuto affrontare anche lui: tanto valeva levarsi il dente fin da subito.

Lo raggiunse, quindi, capo chino e imbarazzo negli occhi.

«Tim, scusa... Io...»

«Come va la mano?» lo interruppe lui. Quando alzò lo sguardo, il suo sorriso trasmetteva dolcezza, gentilezza e premura, le tipiche caratteristiche di Timothy. Ingoiò il groppo che aveva in gola.

«Bene, non mi fa male,» mentì. Era una bugia a metà: tra il dolore interno e quello fisico faceva fatica a distinguere ciò che provava. Una nebbia spessa e opaca gli circondava la testa, lasciandolo confuso.

«L'hai disinfettata?» Nello stanzino c'era una cassetta del pronto soccorso, ma non ci aveva proprio pensato. Nonostante tutto mentì ancora, annuendo. Forse risultò poco convinto perché Timothy sorrise appena, divertito.

«Beh, appena arrivi a casa fallo,» disse, come se avesse intuito che si trattava di una bugia. «E di' a Nathan che mi dispiace per quel che è successo.»

«Timothy...»

«Non è colpa tua, ok?» lo interruppe di nuovo. «Devi star tranquillo e lasciar perdere. Riposati: a domani.»

Non l'avrebbe licenziato. Con il cuore in gola e gli occhi velati di una patina lucida gli sorrise, annuendo e salutando anche Kate.

«Grazie,» mormorò, prima di uscire. Sentiva gli sguardi dei presenti su di lui, ma evitò di farci troppo caso.

* * *

E infine uscì.

Nate aprì la porta del locale e lo ricercò, per poi abbassare lo sguardo una volta che lo riconobbe. Nathan gli si avvicinò, sospirando sollevato.

Aveva un aspetto orribile, ma vederlo era meglio che esser costretto ad aspettare mentre la sua testa faceva quel che voleva di lui, obbligandolo a pensare a cose a cui non voleva far caso.

«Nathan, scusami. Non volevo che...» mormorò, cercando di giustificarsi.

Annullò ogni parola tirandolo a sé in un abbraccio. Nate era rigido contro di lui: premette il suo capo contro il collo, stringendo tra le dita le ciocche castane dei suoi capelli, e avvolse il braccio libero attorno alle sue spalle, rinchiudendolo nel suo calore per fargli capire, per lo meno, quanto tenesse a lui.

L'aveva deciso mentre aspettava: non gli importava di quel che aveva fatto in passato. Adesso era con lui e non gli avrebbe fatto pesare nessuna situazione del cazzo dovuta a qualche coglione arrogante.

Sospirò, posando le labbra tra i suoi capelli e baciandoli con dolcezza mentre muoveva le dita per accarezzarlo. Piano sentì le braccia di Nate cingergli la vita, prima timidamente e poi sempre più forti, più bramose di contatto, come di qualcuno che si aggrappa a un'ancora.

Come era solito fare lui quando ne aveva bisogno.

Qualcosa gli si sciolse nel petto, distruggendolo.

«Scusa,» mormorò Nate.

«Shh,» sibilò, intimandogli di fare silenzio. Le spalle, che non si era accorto di aver irrigidito, tornarono rilassate. Il cuore batteva così forte che gli sembrava di non sentire altro: il suo, quello di Nate... Non c'era altro.

E respiravano.

Stettero in silenzio per tutto il tragitto.

Nathan non chiese, Nate non disse. Quando arrivarono a casa erano le cinque e, sia Lucy che Madeleine stavano già lavorando. Il vialetto era sgombro, segno che sua madre doveva essersene andata. Per fortuna erano soli.

«Vieni, ti medico la ferita,» gli disse mentre entravano a casa.

«Non è necessario,» cercò di dire l'altro, ma se lo trascinò comunque nel bagno comunicante con la sua stanza.

Lo fece sedere e cercò il necessario nei mobiletti, prendendo disinfettante, cerotti e fasce.

Nate lo fissava imbronciato, ma non disse nulla.

Lo lasciò fare mentre gli prendeva la mano e levava la fascia che si doveva esser messo grossolanamente al bar.

Era una ferita ampia che gli percorreva tutto il dito indice e parte del palmo: doveva aver stretto un pezzo grosso. Sospirò mentre apriva l'acqua e lo puliva. Nate fece una smorfia di dolore ma, ancora una volta, rimase in silenzio. Iniziava a essere snervante e non aiutavano le milioni di domande che si era fatto prima di vederlo uscire dal locale.

«Era una storia importante?» si lasciò scappare. Subito dopo si morse la lingua.

Non importa!

«Sì e no,» rispose Nate. Non aveva il coraggio di guardarlo mentre, delicatamente, passava il batuffolo di cotone disinfettato sulla ferita. Deglutì, ascoltandolo continuare con: «È stato il mio primo ragazzo.»

«Immagino sia finita male,» osservò, mettendo la garza sulla ferita e fasciandola. Dalla sua voce non traspariva alcuna emozione, anche se dentro aveva il caos.

«Non è mai cominciata,» sussurrò Nate. «Non era una storia, era...» Si fermò, titubante, per poi concludere con: «Non lo so. Nulla.»

Nathan rimase in silenzio per un tempo interminabile, pensieroso, percorrendo la ferita con le fasce quasi meccanicamente. Nate non parlò, rinchiudendosi ancora più in se stesso. Si sentiva arrabbiato e impotente. Che cosa avrebbe potuto fare per rincuorarlo?

«Quando ero al liceo... Avevo diciassette, forse diciott'anni,» iniziò poi, senza guardarlo. Sentiva gli occhi di Nate su di lui e si sentiva stranamente a disagio. Si alzò per mettere a posto la roba per la medicazione. «Ero completamente perso per un ragazzino di qualche anno più piccolo di me.»

Sorrise quasi teneramente, ricordando quel tempo. Nate, ancora una volta, mantenne il silenzio. «Lui aveva fatto coming out da un po', ma non gli era andata bene: veniva deriso e, spesso, evitato. A me dava fastidio, ma non feci nulla per porre fine a quel bullismo.»

Se ne vergognava, in realtà. Avrebbe potuto fare qualsiasi cosa ma a quel tempo non era ancora sicuro di sé, aveva le sue grane a cui pensare ed era troppo infantile per poter riflettere lucidamente su quelle azioni.

«Fatto sta che un giorno lo avvicinai e gli dissi che mi piaceva. Lui rimase di stucco: era tenerissimo.» Ridacchiò, facendogli cenno di seguirlo in camera. Entrambi si sedettero sul letto, e lui analizzò la sua espressione prima di continuare, per controllare che non fosse infastidito.

«Sai, quelle persone timide, mingherlino, biondo con gli occhi verdissimi... Adoravo quel tipo di ragazzi.»

Nate ascoltava, guardandolo con interesse. Sul suo volto leggeva comprensione e, pian piano, vide svanire la maschera di dolore. Forse ci stava riuscendo.

«Iniziammo a frequentarci per un po', ma non durò molto. Una mattina, andando a scuola, mi ritrovai davanti la sua cerchia di amici che mi prese in disparte e mi disse che ero un puttaniere che voleva soltanto divertirsi con Ryan.»

Si strinse nelle spalle, sorridendo a Nate che aggrottò le sopracciglia, forse infastidito. Non ci stava male, non più ormai. Era soltanto un ricordo che aveva scelto di condividere con lui.

«Io ero serio, ma lui credette ai suoi amici e rompemmo. Nel giro di un mese mi ero guadagnato una reputazione da stronzo e un cuore spezzato.»

Rise, quasi amaramente.

Nate, abbassò gli occhi e mormorò un: «Mi dispiace.»

«No, non te lo sto raccontando perché ti dispiaccia,» si premurò di specificare. «Il punto è che aveva preferito dare ascolto alle voci degli altri piuttosto che a me: mi aveva ferito perché non credevo di essere quello che tutti descrivevano. Almeno, non a diciassette anni.»

Un altro sorriso che, questa volta, riuscì a contagiare anche l'altro. Allungò una mano verso quella di Nate, chiusa a pugno, e la strinse, facendolo arrossire.

«Non mi interessa cosa dice lui di te, né cosa sia successo tra di voi,» gli disse gentilmente, accarezzandogli la pelle con un pollice. «È te che voglio, è te che conosco. Degli altri non mi interessa quindi, ti prego, non dargli ascolto neanche tu.»

Un luccichio negli occhi di Nate gli suggerì che, forse, stava combattendo con le lacrime. Un'altra scossa al ventre, ancora quell'assurda sensazione di ira, quel desiderio di ritrovare l'uomo che l'aveva fatto star male e prenderlo a pugni finché non avesse smesso di respirare.

«Forse non mi conosci poi così tanto bene,» sussurrò Nate, abbassando gli occhi.

Nathan scosse il capo, sorridendogli e stringendo quella mano delicata nella sua.

«No, Nate. Perdonami, ma non crederò mai a un coglione che decanta le tue prestazioni sessuali.»

«E se fosse vero?» lo interruppe lui. «Se fossi proprio quello che dice? Se magari andassi in giro a partecipare a…» Una pausa, Nate si morse il labbro, gli occhi erano ancora lucidi. «*Orge* o incontri sadomaso oppure…»

«Smettila,» lo bloccò, ringhiando. «So che non sei quel tipo di persona, quindi smettila di crederlo. Non mi interessa quel che dice quella feccia che si è permessa di provocarti stamattina.»

Nate tremò e gli parve sul punto di scoppiare. Era chiaro che stava trattenendo dentro di sé qualcosa di profondamente sbagliato, qualcosa che lo feriva, qualcosa che quel maledetto aveva riportato a galla. Ma cosa? Cos'era?

«"Non mi piacciono le persone che cercano soltanto sesso."»

Nate alzò gli occhi su di lui, interrogativo. «Eh?»

«L'hai detto tu. "Non mi piacciono le persone che cercano soltanto sesso." Qualcosa vorrà pur dire, no? Perché non me la bevo che non eri serio.»

Nate sembrò in difficoltà e lui sentì di aver scelto le parole giuste. «Ero serio, ma…»

«Forse questa persona per te era importante e posso capirlo. Ma mi pare di intuire che sia finita, giusto? Non vi vedete più, il suo giudizio non ha più potere su di te, no?» Nate annuì piano, poco convinto. «Okay, allora potresti farmi il piacere di credere a me, piuttosto che a lui? Oppure non importa?»

Pronunciò l'ultima domanda titubante, quasi spaventato dalla possibile risposta. Stava cercando di essere forte e obiettivo, ma non ci stava riuscendo.

Lui, però, gli sorrise timidamente e mosse le dita fino a prendergli la mano nella sua, restituendogli la stessa stretta.

«Importa,» mormorò, arrossendo. Qualcosa nel suo cuore si sciolse e si accorse di aver trattenuto il respiro. «*Tu* importi.»

Qualcuno mi fermi dal fare cazzate. Non è il momento, non è il posto adatto, non è...

«Allora converrai che forse ho ragione?» Maledizione, la voce gli tremava e il cuore batteva così forte che temeva sarebbe svenuto. Che figura patetica sarebbe stata!

«Non lo so...»

«Nate!» lo richiamò, in un avvertimento arrabbiato. Lui ridacchiò e annuì, arrendendosi.

«Okay, sì. Hai ragione.»

Bastò a farlo sorridere. «Bravo,» gli disse, avvicinandosi fino a posargli le labbra sulla fronte, in un bacio casto. Poi chinò il capo e portò le fronti a contatto, i nasi che si sfioravano, i respiri l'uno sull'altro. Se avesse potuto, se soltanto avesse potuto...

«Ti va di svagarci un po'? Posso insegnarti a fare qualche tiro con le racchette,» gli disse, ignorando lo stomaco che via via si faceva sempre più aggrovigliato. Voleva baciarlo ma sarebbe stato un errore. Non era il momento, non era il momento.

«Nathan, io...» disse lui, sfuggendo dal suo sguardo. «Riguardo a prima, in realtà, vorrei che sapessi.»

«Non è necessario,» provò a dire, ma l'altro scosse il capo.

«In realtà sì. Vedi...» Sembrava in difficoltà: lo vide sospirare profondamente e, piano, si staccò da lui, pur rimanendo a distanza ravvicinata. «Quando avevo diciott'anni...»

«Signor Nathan?» Una voce fuori dalla sua porta.

* * *

Giudicò quell'interruzione come un segnale divino. Non parlare, lascia stare, non dirglielo.

Allora rimase in silenzio mentre Nathan sbuffava e rispondeva: «Sì?»

«La signora chiede di voi, è venuta a prendere delle cose che aveva dimenticato.»

«Arrivo!»

Stettero ad ascoltare i passi di Lucy che si allontanavano prima di tornare a guardarsi.

«Dimmi, scusa,» mormorò Nathan, ma lui scosse il capo.

«No, tranquillo,» ribatté, sforzandosi di sorridergli. Si sentiva avvilito, ma era meglio lasciar perdere. In fondo non aveva importanza il suo passato, non aveva importanza quel che lui sapeva e, se ce ne fosse stata l'occasione, gliel'avrebbe detto più avanti. «Hai ragione, non è importante. Andiamo.»

Nathan sembrò poco convinto, ma alla fine annuì. Entrambi si alzarono e si diressero verso la porta, fuori dalla stanza in penombra. Prima di potersi avventurare nel corridoio, Nate lo richiamò.

«Nathan,» disse, guardandosi intorno. Lui si voltò a guardarlo e, veloce e timido, Nate si allungò a dargli un bacio sulla guancia, dolcemente. «Grazie,» gli disse, sorridendogli prima di abbassare ancora lo sguardo.

Era tremendamente imbarazzato, ma si sentiva meglio. Nathan rimase sorpreso: lo guardava interdetto, come indeciso, come sul punto di far qualcosa. Poi, sorridendogli, si strinse nelle spalle e mormorò: «Di niente.»

Non dissero più nulla mentre scendevano le scale e raggiungevano la signora Doyle, davanti alla porta, indaffarata nel riporre una pila di fogli nella sua cartella. Quando li vide, sorrise loro, avvicinandosi.

«Ehi, Nate, sono tornata a prendere dei documenti,» disse. Ci mise un po' a capire che non stava parlando con lui ma con suo figlio: con nomi talmente simili, era facile che qualcuno potesse chiamarli allo stesso modo.

La donna salutò anche Nate, che le rivolse un sorriso gentile.
«Tutto bene al lavoro?» chiese poi, rivolta al figlio.

«Sì, non preoccuparti. Non dovevi essere a casa il prima possibile?» le chiese Nathan. Lui rimase al suo fianco, in silenzio, a sentirli parlare.

«Oh, no, ho rinviato, non ho fretta,» spiegò sua madre, aggiustandogli i capelli premurosamente. «Eri a letto? Sei sempre buttato su di un materasso!»

«Dai, dammi tregua!» sbuffò Nathan, ritraendosi dal suo tocco come un adolescente.

«A proposito, spero che questa domenica mi seguirai invece di oziare per tutta la mattinata.»

«Mamma, per favore...»

Nate sorrise, trovando tenero il fatto che ogni volta che li vedeva insieme, i due iniziavano a discutere. Era divertente per lui che, ormai, non aveva un contatto materno con nessuno da anni. Seppellì la malinconia che Nicolas aveva portato a galla nel profondo del cuore, sospirando.

Era passato, non faceva più parte di lui.

«Dai, Nathan!» stava dicendo sua madre. «L'ultima volta il sacerdote ha detto delle cose davvero interessanti riguardo al matrimonio. Ti ricorda qualcosa?»

Nate rabbrividì e, per fortuna, Nathan non lo notò. Se si fosse voltato a guardarlo adesso, avrebbe scoperto tutto: era sicuro che il terrore sul suo volto fosse palese.

«Mamma, basta. Torna a casa, o farai tardi,» la interruppe Nathan, ma lei continuò.

«Oh, andiamo, è ora che ti trovi una ragazza! Non puoi andartene in giro per locali ogni notte! Io...»

"Io voglio che anche tu ti sistemi, abbia dei figli, una famiglia, un bel lavoro! Prima o poi dovrai pensarci, Nate, non puoi sempre rimanere il ragazzino che pensa soltanto ai libri! Quella ragazzina, come si chiamava? Simone? Era molto carina, perché non ci hai provato?"

«Non credi anche tu, Nate?»

La signora Doyle si stava rivolgendo a lui. Doveva rispondere. Doveva rispondere prima che...

«Sì, signora.»

Nathan lo stava fissando e nel suo sguardo, che non osava incontrare, sentiva tanta preoccupazione. Se soltanto avesse saputo, se solo...

"Un abominio! Che cosa diranno i nostri vicini? Oh, cielo, che Dio ti salvi! Sei un abominio proprio come tutti quegli altri schifosi!"

Era la stessa storia. Era la stessa, identica e maledettissima storia e le due cose, sia Nicolas che il discorso della donna, si stavano amalgamando in maniera mostruosamente perfetta. Orribile tempismo, orribile casualità, orribile consapevolezza.

Se andassimo avanti con questa roba, lui...

La signora Doyle stava dicendo altro, chiedendo, *ferendo*. Lei non poteva saperlo, non ne era consapevole ma, nonostante questo, Nate doveva *scappare*, andarsene, congedarsi.

Ricercò la forza di far uscire la voce ma fu un tentativo vano. Aveva la bocca socchiusa e non ne usciva niente. Voleva parlare, voleva parlare ma non ci riusciva. Aveva qualcosa in gola che glielo stava impedendo e gli occhi...

No, calmati, o lo saprà. Se scoppi adesso, lo saprà.

«Signora, chiedo scusa ma, se permette, vorrei andare a farmi una doccia,» si congedò, simulando un sorriso del tutto falso. «Le auguro un buon viaggio.»

«Nate, aspettami un secondo,» disse Nathan, ma non osò assecondarlo.

«Ne riparliamo dopo, fai con calma.» Quando alzò lo sguardo su di lui, negli occhi di Nathan c'erano paura e tanto dolore. Aveva capito, come sempre. Non sapeva nulla di lui, non conosceva il suo passato se non per qualche frase mormorata velocemente, per spiegarsi, per tagliare, per evitare il discorso. Eppure aveva capito.

Era doloroso.

Si voltò e quasi corse per le scale, per il corridoio, fino al bagno, dove si chiuse a chiave. Respirava affannosamente, nonostante sapesse che era per la corsa e non per un possibile attacco di panico. Lui non ne soffriva: li conosceva come spettatore, non come vittima.

Aprì la doccia, si tolse le scarpe e, senza aspettare, ci si fiondò sotto incurante di avere ancora i vestiti addosso.

Poi, finalmente, si piegò su se stesso e si abbandonò ai singhiozzi.

CAPITOLO 13

Sua madre lo trattenne non più di altri venti minuti a blaterare cose insensate riguardanti la chiesa e il matrimonio, ma a lui sembrò un'eternità.

Aveva visto qualcosa negli occhi di Nate che lo aveva spaventato, come un dolore che non aveva ancora avuto modo di conoscere. Non sapeva da cosa fosse dipeso, né come avrebbe fatto a farlo sparire, ma sapeva che era lui a doverlo combattere perché Nate, adesso, non ne aveva le forze.

Era questo che lo spaventava: un nemico invisibile e silenzioso che non si sarebbe mostrato, a meno che Nate non gliel'avesse permesso. Nate non l'avrebbe fatto: un mese di convivenza era più che sufficiente per saperlo. Nate si sarebbe tenuto tutto dentro, facendo finta di star bene e credendo di poterlo sopportare.

Salì le scale con titubanza, facendosi forza mentre si ripeteva mentalmente di stare calmo e farlo rilassare. Incalzare non sarebbe servito a nulla, soprattutto dopo quanto successo al bar, e l'avrebbe fatto allontanare proprio adesso che iniziavano, invece, ad aprirsi l'un l'altro.

Da parte sua, Nathan non aveva mai raccontato a nessuno di Ryan, né a Cody né a Cassian. Aveva preferito far cadere quell'episodio nell'oblio e, ormai, non ci dava più neanche peso. L'aveva sputato fuori per farlo star meglio, non perché valesse effettivamente qualcosa per lui. Ormai era un modello affermato, aveva soldi e poteva prendersi tutti gli uomini che voleva.

Inoltre, l'unico che desiderava gli stava dando una possibilità ed era la cosa migliore che gli fosse mai capitata.

«Nate?» lo richiamò entrando in camera sua. Non aveva pensato a bussare, abituato a sapere sempre dov'era e cosa faceva, quindi fu sorpreso di trovarlo ai piedi del letto, a petto nudo, con un asciugamano a tamponare i capelli umidi e i pantaloni del pigiama che scendevano a scoprire parte del bacino e del ventre.

Pur se imbarazzato, non riuscì a distogliere lo sguardo.

«Ehi, tutto bene?» gli chiese, rivolgendogli un sorriso tirato.

Nate rispose, seppur con poco entusiasmo. Sembrava falsato. «Sì, dev'esser stata un po' di nausea per la giornata,» spiegò. Notò che non lo stava guardando e che i suoi occhi erano cerchiati di rosso, come se…

«Nate… Hai pianto?» Fu una domanda spontanea e istintiva, posta quasi senza pensare. Nate spalancò appena gli occhi, ma evitò di mostrare più di quanto non volesse. Quando gli sorrise fu certo che, qualsiasi fosse stata la sua risposta, sarebbe stata una bugia.

«Certo che no. Dev'esser stato il bagnoschiuma… Credo di essere allergico a qualcosa.»

Bugiardo.

Represse una smorfia di fastidio, ripetendosi per l'ennesima volta di restare calmo. Non doveva farlo star male, non doveva attaccare, non doveva indagare. Era normale che non volesse parlargliene, andava tutto bene.

«Capisco,» disse senza troppo entusiasmo. «Bisognerà cambiarlo, allora.»

«Sì, domani faccio un giro e ne prendo un altro.»

«Puoi usare il mio, è anallergico.»

Pensava che avrebbe rifiutato, invece Nate annuì. «Grazie,» disse soltanto, gettando l'asciugamano sul letto e recuperando la maglia del pigiama. A malincuore lo vide coprire anche il torace e rimettere poi tutto a posto.

«Immagino sia presto per mangiare,» disse Nate, nel chiaro tentativo di distogliere l'attenzione da se stesso e, forse, di chiedergli cosa fosse successo. Arrivare al punto, evitarlo: forse erano sue paranoie, forse era la realtà dei fatti.

«Sì, ci vuole ancora un'oretta,» rispose lui, con la stessa voce atona. Nate annuì e tra loro calò il silenzio, dopo tanto tempo che non succedeva. Era pesante e sbagliato, ma qualsiasi cosa avesse detto sarebbe andata male. Non era in condizioni di fare conversazione, non avrebbe collaborato.

Sarebbe rimasto in silenzio.

Maledizione.

«Visto che è presto ti va di vedere un film?» chiese, ignorando la sgradevole sensazione di disagio che sentiva aggrapparsi alle viscere.

Nate esitò prima di rispondere: «Ho un lieve mal di testa, magari mi metto un po' a letto.» Abbassò lo sguardo mentre lui, invece, non riusciva a far altro che fissarlo, sorpreso, quasi sconvolto.

Non era vero, era ovvio che stesse mentendo, che fosse una scusa. Non capiva come facesse a non essere ovvio anche per Nate.

«Ti faccio compagnia?» provò allora, sforzandosi di rimanere positivo. Quando Nate scosse il capo e aprì la bocca per parlare, lui lo precedette. «Non ti lascerò solo a sfogare quel *qualsiasi cosa* tu non voglia dirmi. Se devi sfogarti, almeno fallo con me.»

Erano parole dure, forse autoritarie. Non voleva spaventarlo, ma immaginava che con la gentilezza non avrebbe ottenuto nulla. Nate sgranò gli occhi, sorpreso, e ci mise qualche secondo per formulare una risposta. «Non ho nulla, Nathan, voglio solo riposare in pace *da solo*.»

«È qualcosa che ha detto mia madre?» incalzò, tentando. Era l'unica spiegazione che si dava. «Dice un sacco di cose stupide, non farci caso!»

«*Non ho nulla!*» Stavolta fu quasi un urlo: gli occhi arrabbiati, la muscolatura tesa, le rughe del volto espressive. Non aveva voglia di litigare, ma sentirlo tanto sulla difensiva lo irritò. Forse si era illuso che, dato che lui si era aperto così tanto, per Nate sarebbe stato lo stesso.

Si sbagliava, come sempre.

«Va bene, allora,» rispose, acidamente. «Ti chiamo quando è pronto in tavola.»

La delusione nella sua voce era chiara, ma Nate non lo fermò quando uscì dalla stanza lasciandolo solo e lui non si voltò. Non poteva permetters21 né ne aveva voglia.

Aveva soltanto bisogno di respirare.

* * *

Era stato troppo duro, era pur sempre il suo datore di lavoro.

Erano amici e Nathan voleva soltanto aiutarlo. Stavano quasi insieme e lui l'aveva cacciato come avrebbe fatto con Jake o *Nicolas*.

Bastava a farlo sentire una *merda*.
Voleva solo starmi vicino...
Si buttò a letto, sospirando. Gli occhi bruciavano ancora, ma almeno aveva smesso di piangere. Si era sfogato talmente tanto che a lungo andare aveva perso anche la voglia di cacciar lacrime. Gliene erano rimaste? Non avrebbe saputo dirlo.

Non si sentiva così da quando se n'era andato dalla sua città natale, da quando era stato rinnegato ed era rimasto solo. Quel giorno aveva incontrato l'unica persona in grado di ricordargli quel periodo, e le parole della madre di Nathan erano state troppo intense.

Tutto insieme, come una nota dal passato che gli intimava di stare attento e non fare cose di cui si sarebbe pentito.

Nathan non era stupido, si sarebbe accorto presto che i suoi sforzi venivano da qualcosa di diverso dal solo tentativo di allontanarlo perché non voleva una relazione: era un piano fallito in partenza. Era una bugia, erano attratti l'uno dall'altro nello stesso, identico modo. Nathan non avrebbe mai creduto che voleva farla finita... E solo il pensiero lo faceva sentir male, come se cento aghi conficcati nella gola stessero per farlo vomitare.

Si gettò sul letto sospirando, affondò il viso nel cuscino e chiuse gli occhi nel tentativo di contrastare il mal di testa.

Faceva freddo: si rannicchiò su se stesso, tirandosi le coperte addosso.

Forse era il suo letto a essere freddo, forse era la mancanza di Nathan a renderlo tale... Non ne aveva idea e, mentre ci pensava, si addormentò.

Si svegliò di soprassalto dopo un incubo.

L'inconscio era stato crudele e gli aveva stretto le viscere in un'orribile visione di lui e Nathan che precipitavano da un burrone con la Aston.

Ci mise un po' per riprendersi e per capire che in realtà il suo datore di lavoro era davanti a lui e lo stava fissando, una mano su di una sua spalla. Probabilmente era venuto a chiamarlo per cena.

«Tra dieci minuti è pronto,» disse infatti Nathan, rimettendosi dritto.

Nate fece appena in tempo a rilassarsi e sospirare, cercando di scacciare la sgradevole sensazione di terrore che il sogno gli aveva lasciato.

L'altro lo osservò per qualche istante prima di mormorare un triste: «Ti aspetto giù,» e voltarsi.

Non voleva che se ne andasse, non voleva restare solo. Prima che potesse lasciare la stanza, quindi, allungò una mano a stringergli un lembo della maglia.

«Aspetta,» disse, roco. «Vengo anche io.»

Nathan non si voltò, ma attese come gli era stato chiesto. Lui si mise a fatica a sedere, tenendosi la testa tra le mani. Sentiva un fastidiosissimo buco allo stomaco che bruciava.

Alzò gli occhi in direzione di Nathan: non lo guardava. Era disorientante ed *egoisticamente* sbagliato. *Voleva* che lo guardasse e non ne aveva il diritto.

«Nathan,» lo richiamò, imbarazzato. «Mi dispiace per averti urlato contro. Scusami.» Riuscì a farlo voltare almeno un po' verso di lui ma ottenne soltanto un profondo silenzio.

«È stata una giornata difficile. Mi dispiace se ti ho fatto preoccupare.» Cos'altro avrebbe dovuto dire per ricevere almeno uno sguardo? Quanto aveva bisogno dei suoi occhi…

«Non preoccuparti,» sospirò lui, girandosi a sorridergli con impacciata dolcezza. Bastò a sciogliere almeno un po' la tristezza che aveva dentro.

Ti prego, continua a farlo, ti prego…

Era così bello.

«Ho sognato di precipitare in un burrone assieme a te,» ammise, quasi terrorizzato.

Nathan gli rivolse uno sguardo a metà tra il divertimento e la confusione. «Adesso?» chiese.

Lui annuì, chiudendo gli occhi e stringendo le dita sulla base del naso, lì dove continuava a pulsare tutto. Prima di poter tornare a parlare, Nathan gli accarezzò i capelli delicatamente.

Un gesto affettuoso, dolce, che lo fece tremare.

«Va tutto bene, siamo al sicuro,» disse. Nate si sentì subito rincuorato da quella rivelazione.

Va tutto bene, è ancora qui. È ancora...
Mio, avrebbe voluto dire, ma sapeva bene che non era la verità. Non ancora.

«Ho mal di testa. Credo che crollerò presto stanotte,» continuò, ridacchiando. Si grattò la nuca, a disagio, e a intermittenza guardò Nathan come a sincerarsi che fosse ancora lì, che non sarebbe scappato. Avrebbe dovuto allontanarlo, ma soltanto uno sguardo bastava a far andare ogni convinzione in fumo.

«Allora faremo meglio a mangiare in fretta, così potremo metterci a letto,» rispose Nathan, facendogli cenno di alzarsi. Lui abbassò gli occhi, combattuto.

Era disorientante: in ogni sguardo, in ogni gesto, Nathan gli ricordava che era lì per lui e che avrebbe fatto qualsiasi cosa per stargli vicino. Era strano ed era difficile da accettare, proprio adesso che si sentiva così confuso.

«Cosa ti piace di me?»

Un sussurro che Nathan sentì. «Eh?»

Lui si schiarì la voce, guardandolo a disagio. «Cos'è che ti piace di me? Ho un carattere orribile.»

Nathan sorrise prima di mettersi a sedere accanto a lui e fissarlo. Era uno sguardo intenso, volto ad analizzarlo e, forse, ammaliarlo, anche se era un'ipotesi azzardata proveniente dal fatto che ogni suo gesto aveva quel potere.

Stettero a fissarsi per almeno un minuto prima che Nate distogliesse lo sguardo. «Smettila.»

«Questo,» rispose, allora, Nathan. «Il modo in cui distogli lo sguardo. Nel mio lavoro incontro un sacco di persone che al tuo posto l'avrebbero sostenuto, fiere e orgogliose. Tu no.»

Bastò a farlo sentire ancora più in imbarazzo e a farlo richiudere in se stesso.

Nathan sorrise, un ghigno attraente, divertito, furbesco. Continuò dicendo: «Mi piace quando arrossisci così.»

«Okay, ho capito, basta!» gli disse, cercando di farlo smettere.

«E il modo in cui ti agiti quando sei imbarazzato!»

Si avventò su di lui con l'unico scopo di tirargli un pugnetto sulla spalla, ma Nathan fu più veloce e lo bloccò, spingendolo contro la testata del letto e avvicinandosi a lui. Un brivido gli percorse tutto il corpo mentre Nathan si fermava a pochi centimetri dal suo volto e gli sorrideva, malizioso.

«Mi piace il calore del tuo corpo,» sussurrò, fiato caldo contro le labbra. «E il modo in cui mi guardi la bocca quando vuoi un bacio.»

Lo stava facendo? Merda, sì che lo stava facendo. Lo faceva ogni volta che lo aveva sott'occhio e, adesso che sapeva cosa si provava, forse lo faceva anche di più. Deglutì, improvvisamente povero di saliva.

«Nathan…» mormorò in un avvertimento, una richiesta, una supplica. L'uomo gli circondava il corpo e le sue braccia gli stavano appena sopra le spalle, sfiorandole.

«Ci hai pensato, Nate?» continuò a provocarlo, il fiato contro la sua bocca. Sapeva di menta ed era inebriante. «In ogni maledetto minuto passato lontano da te io ho desiderato rivivere quel che ho provato sabato sera. Perché non vieni a prendertelo, Nate?» lo istigò, avvicinandosi ancora. Poteva sentire già le labbra morbide accarezzare le sue.

Sì che ci aveva pensato, come un dannato, come se non fosse esistito altro. Bastava un cenno soltanto, l'ultima concessione e avrebbe di nuovo incontrato quella dolcezza rassicurante. Un solo movimento.

"Un abominio, ecco cosa sei!"

Sospirando, Nate volse il capo, rifiutando le sue labbra.

«Scusa,» mormorò, chiudendo gli occhi e aspettando. Si sentiva stupido e codardo, ma non riusciva a muoversi. Se avesse continuato, se gli avesse permesso di andare avanti, Nathan avrebbe passato lo stesso inferno che gli era toccato in sorte.

Faceva *male*.

«No, scusa tu,» sussurrò il modello, allontanandosi tra l'imbarazzo e la delusione mal celata. «Non è stata una grande idea… Pessimo tempismo.»

«Voglio farlo, davvero, ma…»

«Lo so, va tutto bene. Tranquillo!» Nathan sembrava cercare in tutti i modi di non farlo sentire in colpa, ma senza accorgersene riusciva soltanto a fare il contrario. Nonostante tutto si costrinse a sorridergli mentre lui tornava in piedi e gli porgeva una mano.

«Andiamo?»

«Sì,» disse, accettandola e seguendolo fuori dalla stanza.
La sensazione di terrore non scomparve.

***

Un coglione: ovvio che l'avesse rifiutato.

Aveva appena passato una mattinata stressante con un idiota che, probabilmente, gli aveva fatto subire di tutto e lui, invece di essere comprensivo, ci era finito addosso come un tossico in astinenza.

Più o meno quel che era, data la sua evidente dipendenza dal sesso, ma immaginava che esternarla con Nate proprio in quel momento non fosse stata la cosa migliore da fare.

Cenarono in tranquillità parlando di questioni irrilevanti. Non accennarono né al loro bacio, né alla giornata passata o a quanto avesse detto sua madre. Non era sicuro che fosse stato quello il punto, ma Nathan aveva il sospetto che le sue parole c'entrassero qualcosa.

Avrebbe aspettato: era ottimista sul loro rapporto e credeva che, prima o poi, Nate gliene avrebbe parlato di sua spontanea volontà. Dovevano soltanto conoscersi meglio e, soprattutto, doveva far sì che si fidasse di lui a sua volta.

Quando salirono in camera per mettersi a dormire stavano ancora parlando e Nate gli stava raccontando un aneddoto del liceo. Si era rilassato visibilmente e il suo sorriso era meno falso, più sincero. Adorava osservarlo: non si accorgeva nemmeno di quanto fosse bello.

«Poi si sono scusati tutti con lui, ma abbiamo continuato a prenderlo in giro per giorni!»

Nathan rise, entrando in camera e lasciando che anche l'altro sorpassasse l'uscio. Chiuse la porta e si avviò verso la cassettiera per recuperare il pigiama.

«Siete stati dei bastardi,» commentò, rivolgendogli un'occhiata sbrigativa.

«Ehi, non l'abbiamo fatto apposta! Era uno scherzo innocuo!»

«Ho sempre odiato quel tipo di scherzi, anche se a me non ne facevano mai.»

Nate gli rivolse un'espressione falsamente imbronciata prima di ridacchiare e prendere il pigiama. Ormai era quasi sempre in camera sua, ordinatamente riposto sulla sua poltrona. Quando lo vide mettersi a sistemare le coperte lo fermò, titubante.

«Ah, già, Nate,» chiamò. L'altro si voltò a guardarlo, mugolando perplesso. «Se non ti dà fastidio puoi dormire con me, sai? Il letto è abbastanza grande e sicuramente più comodo della poltrona.»

Non era gentilezza, era egoismo: lo voleva vicino a sé e si rendeva conto che, se non fosse stato il caso, avrebbe dovuto lasciar perdere e non insistere. Si sentiva in ansia già soltanto al pensiero di quella possibilità.

Nate parve a disagio nel formulare la risposta: lo vide portarsi una mano alla nuca e abbassare gli occhi, chiaramente imbarazzato.

«Nathan...» iniziò, fermandosi per riflettere. Si sentì in dovere di interromperlo per non dargli ulteriori problemi. Forse era un carico troppo grosso da portare in quella giornata.

«Tranquillo! Non volevo metterti a disagio, va bene così,» si affrettò a dire, distogliendo anche lui lo sguardo dal suo. «Era soltanto per non lasciarti là sopra... Insomma, l'altra sera è andata bene e a me non dispiace averti accanto. Era un'altra circostanza, sì, però...»

«Va bene,» lo bloccò lui. Quando alzò gli occhi, vide che Nate gli stava sorridendo timidamente, l'espressione intenerita. «Se a te va.»

«Cazzo, sì,» si lasciò sfuggire, sorpreso. «Uhm... Sì, insomma, certo che mi va.»

Nate trattenne a stento un sorriso, sfuggendo al suo sguardo. Aveva un'espressione tenerissima sul viso, addolcita, felice. Bastava a fargli partire il cuore.

Annuì velocemente prima di voltarsi e iniziare a spogliarsi; dal rumore di vestiti intuì che Nate stesse facendo lo stesso. Fu una tortura non potersi voltare a seguire lo spettacolo, ma doveva mantenersi buono se voleva davvero che si avvicinasse. Insomma: aveva acconsentito a dormire con lui, era già tanto.

Quando si fu messo addosso il pigiama e si girò, però, Nate lo stava fissando rapito, lo sguardo assorto e le gote appena arrossate. Aveva la maglia tra le braccia ed era a petto nudo. Passò qualche secondo prima che si accorgesse che lo stava guardando e che, imbarazzato, si riscuotesse dai suoi "pensieri" e si decidesse a indossare anche lui il pigiama.

Sorrise, sornione.

«Disonesto,» disse, incrociando le braccia. «E io che stavo cercando di fare il bravo e non metterti a disagio...»

«Scusa,» mormorò lui, senza guardarlo. Rise, prima di avviarsi verso il bagno e sparirci. Lasciò la porta socchiusa apposta, ma lui non si fece vedere finché non uscì.

Quando entrambi furono pronti, Nate prese posto su un lato del letto, quello dove si era steso venerdì notte, e dopo avergli fatto un sorriso, Nathan spense la luce, facendo calare la stanza nel buio totale.

Nonostante fossero nello stesso letto, Nate si manteneva a distanza da lui, giacendo sull'estremità del materasso. Nathan se ne stava piuttosto centrale, ma non osava avvicinarsi per paura di farlo scappare.

Passarono alcuni minuti prima che il silenzio, privo di respiri pesanti e addormentati, lo mettesse a disagio.

«Non dormi?» chiese al buio.

«No,» rispose Nate, sospirando. «Non ci riesco.»

«Ti è passato il sonno?»

«Credo di sì...» Un sospiro infastidito: il movimento al suo fianco gli suggerì che Nate si era girato, probabilmente verso di lui. Sorrise.

«Neanche io ho sonno.»

«È presto, giusto?» chiese Nate. La sua voce suonava gentile, amorevole. Si mise su di un fianco, chiedendosi quanto fosse lontano l'altro da lui: si sarebbe irritato se avesse provato a sfiorarlo?

«Credo di sì, ma non penso che ci sarebbero problemi se mi addormentassi adesso.»

Dopotutto ci sei tu al mio fianco.

Non riuscì a completare la frase e ascoltò sconfitto la mezza risata di Nate, cristallina, ingenua. «Bravo, sei positivo.»

«Sono sempre positivo!»

«Non ne dubito,» scherzò Nate. Un altro movimento: odiava non poterlo vedere. Si azzardò ad allungare una mano verso di lui finché non incontrò il suo braccio. Nate si irrigidì ma non disse nulla e fu libero di accarezzare con le dita la pelle liscia, i peli, fino al dorso della mano.

Non era troppo lontano da lui: riusciva a sfiorarlo senza dover stendere completamente l'arto.

«Anche tu sei piuttosto positivo,» disse, più per non far calare il silenzio, per far passare il suo gesto come irrilevante. «Quasi sempre.»

Ridacchiò quando lo sentì protestare con un: "Ehi!"

«Sono *sempre* positivo, invece!» replicò Nate, imbronciato. Riusciva a immaginare la sua faccia teneramente offesa. Sentì un vuoto nello stomaco a quel pensiero.

«Oh, certo... *Signor Gelosia*,» lo provocò, meritandosi il successivo schiaffo sulla mano che lo stava accarezzando. Sicuramente era arrossito: si sentiva il corpo in subbuglio per quella piccola consapevolezza.

«Non. Era. *Gelosia*.» Nate suonava irritato ma, quando lui fece per afferrargli la mano, lo lasciò fare, incrociando le dita con le sue. Il suo cuore perse un battito, facendogli sentire una deliziosa sensazione di leggerezza nella testa. Forse adesso capiva cosa significasse avere le farfalle nello stomaco.

Dio, soltanto perché gli sto tenendo la mano!

«Non lo era, certo,» continuò, ridacchiando. «Neanche con Mabelle?»

«*Mabelle?* Il fatto che non mi stia propriamente simpatica non significa che io sia geloso di lei!» ribatté. «Perché dovrei esserlo?» Aveva iniziato a stringere le sue dita nelle proprie, giocandoci innocentemente. Adorava quella sensazione.

«Perché è una bella ragazza e facciamo tanti scatti insieme.»

«Già, peccato che tu sia gay,» osservò, facendolo mettere a ridere.

«E chi te lo dice? Non ho mai specificato il mio orientamento sessuale.» La mano che lo stava accarezzando si fermò, come se l'altro fosse stato sorpreso.

«Non lo sei?» chiese. Nella voce di Nate era chiara la paura che la sua risposta comportava. Si sentiva egoisticamente soddisfatto di quell'emozione e si prese qualche minuto prima di rispondergli.

«Sì, lo sono.» Nate diede un sospiro di sollievo che lo fece ridere. «Addirittura? Caspita, ragazzi, ti fa proprio paura!»

«Ma va!» si affrettò a replicare lui. Era imbarazzato: provò a ritirare la mano ma Nathan la tenne stretta, accarezzandone il dorso con il pollice. «Lo sapevo già!»

«Ah, sì?»

«Sì. E comunque ho la precedenza perché corteggi *me*, quindi chi se ne frega.»

Trattenne il respiro mentre il suo cuore, ancora una volta, impazziva. Fu davvero difficile non tirarlo a sé per baciarlo: difficile non reagire, difficile ignorare il subbuglio che quella confessione comportava. Era stata una frase detta con fierezza, una consapevolezza che Nathan non credeva neanche di avergli dato. *Perfetta*, come ogni cosa che gli diceva lui. Perfetta e dolce.

Dannazione, Nate.

«Ho voglia di baciarti,» confessò in un sussurro, dopo i secondi passati in attesa. Nate rimase in silenzio e lui continuò, sospirando: «Maledizione, Nate. Non ho idea di come tu faccia.»

Seguì un'altra pausa prima che l'altro mormorasse: «Neanche io.»

Avrebbe voluto dire qualcos'altro, ma prima di poterlo fare Nate scivolò sul letto, avvicinandosi. Una mano gli sfiorò una guancia, cercandolo a tentoni. Dopo che vi si posò, calda, il pollice gli percorse lo zigomo fino alle labbra, che accarezzò. Con il respiro trattenuto attese finché a toccarle non fu la bocca dell'uomo in un bacio casto, lieve, delicato.

Un contatto che durò un paio di secondi prima che, con uno schiocco quasi impercettibile, Nate si allontanasse da lui. Le loro mani erano ancora unite.

«Buonanotte, Nathan,» mormorò: la sua voce sembrava quasi triste, impaurita, e tremava.

Non riuscì a rispondere subito e dovette fare uno sforzo enorme per poter sussurrare, qualche secondo più tardi: «'Notte.»

Non avrebbe saputo dire quando Nate si addormentò, ma lui prese sonno all'incirca un'ora dopo, con la mano ancora intrecciata alla sua, perso in quel rassicurante calore.

CAPITOLO 14

Nate era sicuro che tra loro due andasse bene. Meglio di quanto avrebbe pensato, se non altro. Nonostante l'episodio di lunedì, la settimana passò velocemente e in maniera molto tranquilla.

Iniziarono a dormire insieme: a volte si addormentavano quasi subito, senza parlare o avvicinarsi, mentre sempre più spesso finivano per ricercare un contatto. Lo sfiorarsi delle mani, delle braccia fino a cercarsi nel dormiveglia, svegliarsi quasi abbracciati. Dopo i primi giorni di imbarazzo impararono a conviverci e, pian piano, si abituarono a quella che era, ormai, la normalità.

Nate aveva paura di utilizzare la parola *compagni*, ma era quello che sembravano a tutti gli effetti, fatta eccezione per il sesso.

Sapeva che non era giusto nei confronti di Nathan e che entrambi lo desideravano ardentemente, ma lui non si sentiva pronto né per quello né per un bacio vero. Credeva che, concedendoglielo, non sarebbe riuscito a tornare indietro. Era un'inutile illusione la sua: ormai era completamente perso nell'altro, ma ancora sperava di non innamorarsi di lui.

I fantasmi del suo passato lo perseguitavano, lasciandolo spesso senza fiato.

Nicolas non si fece più vedere al bar e, ben presto, Nate si dimenticò della sua esistenza. Passava la mattina al locale, il pomeriggio sul set assieme a Nathan e la notte tra le sue braccia: tutto sommato credeva che, se la sua vita fosse continuata a quel modo, a lui sarebbe andata bene.

La paga era buona e stava riuscendo anche a risparmiare per la libreria. Non mangiava mai a casa sua, quindi doveva pagare soltanto l'affitto e quelle misere bollette dovute ai weekend passati lì.

Per il resto era a tutti gli effetti un residente di casa Doyle.

Durante il successivo weekend non si videro: entrambi avevano degli impegni e, per fortuna, grazie a essi Nathan non ebbe problemi a non averlo vicino di notte. O, se li ebbe, almeno non glielo fece notare.

Lui, invece, non riuscì a dormire.

Abituatosi alla *vita di coppia* che stava conducendo, era sempre più disorientante rimanere da solo di notte.

Si svegliò di domenica mattina dopo aver riposato poco meno di tre ore e si mise a sistemare la casa. Era una bella giornata, dopo tanto tempo, ma non aveva voglia di uscire. Nathan non si era fatto sentire e lui non voleva disturbarlo, nonostante gli mancasse terribilmente.

Si sentiva davvero come una ragazzina alla prima cotta.

Se soltanto si trattasse solo di una cotta...

Ormai era sempre più convinto che i suoi sentimenti per Nathan fossero più profondi di quanto non avesse sperato. Rendeva le cose più difficili, ma anche più dolci e intense. Un lato di Nate aveva un disperato bisogno di fidarsi di lui e lasciare che coltivassero insieme quel sentimento; l'altro era terrorizzato dalle conseguenze.

Non riusciva a calmarsi.

Il suo telefono squillò verso le dieci.

Sorrise come un idiota quando lesse il nome di Nathan sullo schermo e rispose con una voce acuta e felice, preda del subbuglio interiore nuovamente scoppiato.

«Pronto?»

«Buongiorno, bel culetto.»

Rabbrividì al suono della sua voce.

«Ehi, buongiorno. Come stai?»

«Bene,» ridacchiò Nathan. Aveva notato il tremore eccitato nel suo tono? «Senti, bello, sei vestito?»

Aggrottò le sopracciglia. «Eh? Sì, perché?»

«Abiti comodi? Sono fuori casa tua.»

Oh, Cristo.

Corse alla finestra: Nathan gli fece un cenno con la mano. Era appoggiato alla sua macchina, sul vialetto, ed era bellissimo come sempre. Sorrise. «Dove vuoi portarmi?»

«Tu esci.»

Rise, mormorando un "okay" strascicato e chiudendo la conversazione. Si cambiò velocemente, si diede una sistemata allo specchio e si precipitò per le scale fino alla macchina. Quando entrò, senza neanche pensarci, si allungò a dargli un bacio sulla guancia.

«Ciao,» mormorò Nathan, rivolgendogli un sorriso dolce, rapito. Arrossì appena, distogliendo in fretta lo sguardo. Quegli occhi lo stavano nuovamente spogliando e, nonostante si sentisse lusingato, credeva che, se gli avesse dato troppo peso, si sarebbero ritrovati a far sesso nella sua macchina. Probabilmente non era la cosa migliore da fare, soprattutto perché i suoi piani con Nathan non lo prevedevano. Non ancora, almeno.

«Allora, dove andiamo?» chiese, sforzandosi di rimanere rilassato.

Dopo un attimo di silenzio, Nathan accese la macchina e rispose: «Vedrai.»

Durante il viaggio gli raccontò che aveva avuto un sabato stressante sul set e che avevano fatto un sacco di scatti. Il fotografo aveva di nuovo litigato con la stilista di turno, ma sembrava che si fosse tutto risolto nel pomeriggio. Lui e Cody – a sentirlo nominare il mostriciattolo della gelosia tornò a farsi sentire ma cercò di reprimerlo nel suo stomaco, dove era rimasto assopito per tutto quel tempo – avevano passato la serata a sparlare dello staff e, alla fine, si era ritirato a letto, esausto.

«Ah, già,» disse Nathan, mentre uscivano dalla città e prendevano le solite stradine nei campi. «Ho due cose da chiederti.»

«Dimmi!» Era tranquillo e si azzardò a guardarlo. Durante il tragitto aveva evitato, ma non credeva di riuscire più a sopportare l'astinenza. Era dipendente dal suo volto.

«Cody organizza una festa a casa sua il prossimo weekend,» disse, rilassando la schiena contro lo schienale e sospirando. «Ha chiesto se saresti venuto anche tu.»

«Io?»

«Beh, ha detto "porta il tuo ragazzo" quindi immagino si riferisse a te.»

Fremette al suono di quelle parole. Sapeva che Cody, probabilmente, l'aveva detto in tono scherzoso, ma definirsi "il ragazzo di Nathan" era... assurdo, strano e maledettamente *bello*.

Non dovresti pensarlo, maledizione, non dovresti!
Non riusciva a farne a meno.
«Okay, immagino che vada bene,» mormorò a fatica.
«Sicuro? Se ti scoccia, rimaniamo a casa.»
Un'altra scossa: avrebbe fatto quel che voleva lui. Non riuscì a mettergli un freno e quel sorriso si allargò, scoprendo i denti che corsero a torturarsi un labbro per l'imbarazzo. «No, va bene.»
Nathan gli rivolse uno sguardo veloce, sornione, accattivante. «Siamo particolarmente di buon umore stamattina, eh?»
È colpa tua.
«Che altro dovevi chiedermi?» domandò, invece, ignorando il suo commento. Nathan mise la marcia e svoltò in una stradina che aveva già visto, anche se non ricordava dove. Non erano diretti al boschetto, eppure il tragitto gli sembrava familiare.
«Ah, sì,» disse Nathan. Sembrò quasi incuparsi e farsi più teso. «Ho un contratto con un'agenzia che cura diversi tipi di pubblicità. In particolare dovrei fare qualche scatto per un parco acquatico a Charleston. Niente di particolarmente difficile, ma mi occuperà tutta una settimana tra un mese.»
Nate annuì ma, visto che Nathan sembrava ancora titubante, chiese: «E dov'è il problema?»
«Beh, dovrò pernottare lì per quella settimana.»
«Ah, vabbè, tranquillo!» si affrettò di rassicurarlo, sorridendo. Certo, era una settimana in cui non si sarebbero visti e già stava male al pensiero, ma se la sarebbe cavata.
Nathan, però, si morse un labbro e continuò: «Speravo che saresti potuto venire con me.»
Si concesse un paio di secondi di stupore. «Io? Ma... è possibile?»
«Certo che è possibile,» ridacchiò lui. «Posso portarmi chi mi pare, gli servo. Mi chiedevo, piuttosto, se ti avrebbero concesso le ferie.»
Una settimana in una località balneare con Nathan. Un altro mostriciattolo gli si mosse nel petto: questo lo conosceva bene. Era quello del lato perverso, meschino, egoista. Quello che *desiderava* Nathan con tutto se stesso, quello che bramava il suo corpo, quello che non vedeva l'ora di concedergli di più. Fu costretto a mettere a tacere anche lui o non ne sarebbe uscito integro.

«Credo di sì, posso chiedere.»

«Sempre se ti va, ovviamente,» aggiunse Nathan, teso. «Non sei obbligato, non è da contratto. È soltanto per... Sai...»

«Va tutto bene, Nathan,» lo interruppe lui, intenerito. «Lo so, non è un peso.»

Anzi, probabilmente sarò molto più tranquillo con te.

Ormai era assodato che quello che aveva più problemi a dormire da solo era lui.

«Okay, allora. Comunico a Edward che verrai con me.» Quando tornò a guardarlo, Nathan stava sorridendo e sembrava molto più sollevato. Resistette all'istinto di allungare una mano a fargli una carezza.

Quando si affezionava a qualcuno diventava sempre troppo fisico e con Nathan, forse, non era il caso.

Non ancora.

La macchina si fermò e lui, finalmente, si rese conto di dov'erano.

Era il *Lys' Flowers*, il locale dove erano andati a cenare il sabato prima. Nathan parcheggiò nel cortile del locale e spense la macchina, poi lo guardò e gli sorrise mentre lui, pian piano, capiva.

«Vuoi farmi *cavalcare*?» chiese, incredulo. Nathan si mise a ridere e allungò una mano a scompigliargli i capelli, provocandogli un moto di disagio nel petto.

«Suppongo di sì. Che ne dici?» gli chiese, sorridendogli.

Imbarazzato, Nate annuì.

«Adesso sono un po' teso,» ammise, prima di aprire lo sportello e scendere dalla macchina. Nathan fece lo stesso.

«Sta' tranquillo, ci sono io.»

Forse non avrebbe dovuto, ma si rilassò per davvero mentre gli si affiancava e lo seguiva verso il retro del locale.

* * *

Sapeva che non avrebbe dovuto ridere, ma non riusciva a farne a meno.

Inizialmente Nate era stato tenerissimo, emozionato mentre accarezzava il suo primo cavallo. Bess, l'istruttrice, gli aveva spiegato come prendersi cura di lui e non essere teso: Nate gli era sembrato bravissimo, tant'è che aveva creduto che sarebbe andata alla grande.

Quando si era ritrovato sul dorso dell'animale, però, l'uomo si era dimostrato subito teso. Avevano entrambi cercato di tranquillizzarlo ma lui più ci provava e più falliva. Era tenero nella sua maledettissima paura di cavalcare che, probabilmente, gli aveva trasmesso la madre troppo apprensiva.

Quando il cavallo era partito, guidato per le redini da Bess, Nate aveva trattenuto a fatica un urletto e lui, purtroppo, non era riuscito a far lo stesso con la sua risata, ricevendo uno: «Stronzo!» in risposta.

Lo stava osservando da dieci minuti, circa, seguendolo sul suo destriero, ma ancora non riusciva a rimanere serio.

«Devi rilassarti, Nate,» gli disse, indicando con un cenno del capo le mani che stringevano le redini. Bess non disse nulla, limitandosi a guidare il cavallo lungo il percorso.

«È facile parlare quando l'hai fatto per tutta la vita!» ribatté Nate, imbronciandosi. Quando il cavallo nitrì, lui sobbalzò, stringendosi ancora di più alle redini. Nathan si morse un labbro per non ridere e guidò il cavallo più vicino, affiancandolo.

«Ehi, calmati,» disse, dolcemente. «È una bestia intelligente. Non cadrai, andrà tutto bene.» Allungò una mano ad accarezzare il collo del cavallo fino a scivolare a quella di Nate. Quando la sfiorò, lui la strinse come un naufrago che si attacca a un pezzo di legno in alto mare. Gli rivolse uno sguardo in difficoltà, spaventato, e per poco non perse la concentrazione nel sostenere quello sguardo con un sorriso.

«Fidati di me,» gli disse. Nate, dopo qualche secondo, sospirò e annuì, portando gli occhi sulla strada.

«Cosa devo fare?» chiese, deglutendo.

«Inizia col rilassarti. Devi accompagnare i suoi movimenti, non essere rigido.»

Nate sospirò – si accorse che faceva respiri lunghi e lenti, come quelli che erano soliti fare quando lui era in panico – e lentamente rilassò le mani tese. Di rimando anche il cavallo si tranquillizzò: quando incontrò lo sguardo di Bess, lei sorrise, annuendo.

«Bravo, così,» si complimentò, sorridendogli. Nate gli rivolse uno sguardo veloce prima di tornare a tener d'occhio il cavallo. Notò che stava cercando di rilassare anche il corpo e che assecondava meglio i movimenti del cavallo. «Va bene se Bess ti lascia andare da solo? Ci sono io.»

Quando Nate annuì, lentamente, Bess lasciò la presa sulle redini. «Okay, adesso: più avanti c'è una curva. Per farlo girare, devi tirare le redini.»

«Verso destra, giusto?» commentò Nate, facendo cenno verso la strada che curvava a destra. Nathan annuì.

«Esatto. Allenti la presa con la sinistra e tiri lentamente la destra per fargli girare la testa.»

Nate annuì e rimase in silenzio finché non arrivarono alla curva. Quando Nathan svoltò, anche l'altro lo fece, seguendolo con tranquillità. Gli sorrise, felice.

«Bravissimo!»

«Ce l'ho fatta?» chiese Nate, quasi incredulo. Lui annuì e allungò di nuovo la mano ad accarezzare il cavallo: quando lo vide, l'altro fece lo stesso. Sembravano entrambi più tranquilli, per fortuna.

«Okay, ora facciamo così: in quello spiazzo ci fermiamo e poi torniamo indietro, va bene?» chiese. Nate annuì e lo seguì con attenzione per diversi metri finché lui non tirò le redini per fermare il proprio animale.

Fece per dirgli di fare lo stesso, ma Nate, inaspettatamente, riuscì a farlo fermare senza bisogno di indicazioni. Gli rivolse uno sguardo orgoglioso prima di annuire e fargli cenno di tornare indietro.

Percorsero il tragitto al contrario, senza agitarsi. Nate acquistava sempre più padronanza a ogni passo, tanto che Bess li lasciò liberi quando arrivarono al recinto dei cavalli. Nathan guidò entrambi verso le stalle, poi smontò e fece rientrare il suo animale nel box.

«Riesci a smontare?» chiese a Nate, vedendolo immobile. Lui annuì, imbarazzato, e lasciò le redini per posizionare le mani sul dorso dell'animale e liberarsi delle staffe. Nathan, per fortuna, si accorse che stava mettendo male i piedi e che, così facendo, si sarebbe guadagnato una brutta caduta.

Avrebbe potuto salvarlo in tempo avvertendolo, ma preferì avvicinarsi e farserlo ricadere addosso. Un piano meschino volto soltanto a poter stringere quel calore tra le braccia ancora una volta.

«Ehi,» lo richiamò quando, effettivamente, Nate precipitò a terra con un lieve gemito. Lo sostenne avvolgendogli il torace contro di lui e ridacchiando mentre questi si lasciava tirar su. Nonostante si fosse messo in piedi, poi, sia lui che l'altro rimasero immobili in quell'abbraccio.

Posò il capo sulla spalla di Nate, avvicinando la guancia alla sua, e sospirò, mormorando: «Non dovresti essere così orgoglioso se non sai fare qualcosa.»

«Non l'ho fatto per orgoglio!» si difese l'altro, arrossendo. Portò le mani sulle sue e le strinse, crogiolandosi in quell'abbraccio e facendogli battere il cuore a mille. «Era un piano architettato alla perfezione in realtà. Sono arrivato proprio dove dovevo essere.»

Un'altra palpitazione: lo strinse maggiormente, ringraziando che la stalla fosse deserta.

«Iniziamo ad avere le stesse idee brillanti io e te, eh?» sussurrò, allungandosi a posare un bacio, lieve, sulla sua mandibola. Lo sentì rabbrividire e, invogliato, continuò lungo il collo, fino all'attaccatura. Nate si lasciò scappare un sospiro.

«E-ehi...» balbettò, scostando delicatamente le sue mani dal ventre. Sapeva che prima o poi si sarebbe spinto troppo oltre, ma voleva comunque capire fin dove poteva arrivare. Probabilmente era troppo.

«Scusami,» gli disse Nathan, sorridendo. Nonostante le scuse, non mostrava segno di dispiacere sul volto. Nate scosse il capo, imbarazzato.

«No, tranquillo,» sussurrò, voltandosi verso il cavallo e tirando le redini fino a farlo rientrare nel box. Lui recuperò un paio di zollette e ne diede una a Nate, l'altra al proprio animale. Seguendo il suo esempio, l'uomo fece lo stesso.

«Gli piacciono un sacco,» spiegò, cambiando discorso e togliendolo dall'imbarazzo. Nate annuì mentre osservava l'animale mangiare. Lo sentì ridacchiare, probabilmente per il solletico alla mano: era tenerissimo.

«Ti va di mangiare qualcosa?» gli chiese. Dopotutto era ora di pranzo. Nate, infatti, annuì ed entrambi, dopo essersi sciacquati le mani, si diressero all'interno del locale.

* * *

Una domenica piacevole e priva di preoccupazioni. Dopo la settimana passata in tensione, Nate pensava che fosse quasi un miracolo. *Nathan* era il suo miracolo, la persona migliore che avesse mai incontrato.

Più passava il tempo e più se ne accorgeva, incredibilmente.

Credeva che i modelli fossero tutti pompati, arroganti e superficiali. Nathan, invece, era reale, vero, autentico. Bastava uno di quegli sguardi e lui poteva dargli quel che voleva non perché era incredibilmente bello, ma perché aveva il potere di conquistarlo con poche parole.

Si salutarono con un bacio a stampo: ormai era diventato di routine. Non era un contatto erotico o passionale, era un semplice gesto d'affetto che, però, né lui né Nathan disprezzavano. Anzi, sembrava che l'uomo fosse dipendente da quel genere di cose e non facesse altro che farlo cadere nel baratro dei sentimenti, sempre più.

Il lunedì successivo, come sempre, passò caotico. L'unica differenza era che la tranquillità che gli era stata regalata il giorno prima lo aveva reso più felice, più affabile verso la clientela.

Passò a salutarlo Jake con la solita ragazza di turno: lo trattò meglio di quanto avrebbe pensato. Per fortuna Nicolas non si fece vedere, almeno per la prima metà della mattina.

Al contrario ebbe un'altra sorpresa.

«Ehi, playboy, una birra!»

La voce che l'aveva richiamato era squillante, felice, familiare. Una voce che aveva sentito per anni e anni: quando alzò lo sguardo, sua sorella gli stava sorridendo, radiosa.

«Katia!» la richiamò, aggirando il bancone e abbracciandola. Lei gli schioccò un rumoroso bacio sulla guancia e poi tornò a sedere mentre lui le recuperava la birra che aveva chiesto.

«Che sorpresa!» disse, felice.

Non vedeva sua sorella da anni, ormai. Lei e suo marito vivevano a pochi chilometri dalla città con la loro bambina – che ormai doveva avere quattro anni – e si vedevano poco a causa degli impegni di entrambi.

«Non vedevo l'ora di venire a salutare il mio fratellino!» disse lei.

Versò la birra in un bicchiere, poi si sedette davanti a lei, sorridente. «Ti trovo un po' dimagrito, eh?»

«Sono lo stesso di sempre,» rispose, stringendosi nelle spalle. «Tu, piuttosto? Michael sta bene? Mary Jane?»

«Stiamo tutti bene! Mary Jane è da Ty, voleva passare un po' di tempo con lo zio.»

Nate rise, annuendo. Ricordava che Ty, suo fratello maggiore, e Mary Jane, sua nipote, andavano molto d'accordo. Ty era incredibile con i bambini: ci sapeva fare e non gli risultava difficile immaginarlo sposato con una grande famiglia.

«Chissà com'è felice lui!» ridacchiò, versandosi un po' d'acqua e prendendone un sorso.

«Quando l'ho lasciata, lui e Susan erano tutti contenti. E dire che deve stare a riposo: saltellava come una bambina!»

«Non sta bene?»

Katia gli rivolse uno sguardo strano, come dispiaciuto. Capì che la risposta non gli sarebbe piaciuta da come abbassava gli occhi e faceva una smorfia leggera. «Oh, uhm... È incinta.»

Ah.

Ty aspettava un bambino. Non avrebbe dovuto sentire quel nodo alla gola. «Oh, fantastico!» Suonava falso e, infatti, Katia tornò a guardarlo con enorme preoccupazione. Si sforzò di sorridere. «Di quanto?»

«Trentadue settimane.» Non era neanche mai stato bravo in matematica, eppure sapeva che era tanto. E Ty non si era nemmeno preso il disturbo di alzare il cazzo di telefono e farglielo sapere. Probabilmente avevano pensato che non gli sarebbe interessato. «È un periodo un po' impegnato per loro, sai.»

Certo, come poteva trovare il tempo per avvisare il suo fratellino frocio?

«Già.» Il sorriso falso si era distorto, ma non aveva la forza per fare qualcosa. In realtà, tutto il corpo stava funzionando male; c'era quel fastidiosissimo nodo alla gola che non voleva saperne di andarsene, e si sentiva come se non avesse digerito qualcosa, un dolore che scendeva fino allo stomaco, al ventre, alle gambe che forse tremavano.

A quanto pareva, il mondo non aveva ancora finito di crollargli addosso.

CAPITOLO 15

«Okay, prova a mettere il braccio sinistro in avanti.»
Nathan fece come gli era stato ordinato, trattenendo un sospiro e cercando di elaborare le informazioni ricevute e trasformarle in quello che effettivamente Edward voleva.

Ricordava che, quando aveva iniziato, era stato sempre tutto molto più semplice: il suo fotografo era Cassian, a quel tempo, e non aveva mai avuto problemi a capire cosa volesse lui. Erano cresciuti insieme, erano divisi da pochi anni di differenza e suo fratello era sempre stato come un libro aperto per lui.

Edward, invece, era un fotografo più esigente e di difficile comprensione. Gliel'aveva presentato Cass, era un suo compagno d'università, e subito si era dimostrato un gran lavoratore, anche se dal carattere particolare.

Inizialmente Nathan l'aveva odiato: non sopportava il suo modo di fare, i suoi ordini, il suo atteggiamento. Poi, pian piano, aveva imparato a capirlo e ad apprezzarlo. Era uno stacanovista, ma proprio per questo gli piaceva.

Quel pomeriggio, però, si era messo in testa di farlo innervosire. Erano già passate almeno due ore, eppure non si decideva a scegliere uno scatto. "Questo non mi piace", "qui fai una faccia diversa", "i vestiti fanno schifo", "no, no, cambia".

Stava iniziando a odiarlo.

«Okay, perfetto... E stop. Pausa.»

Qualcosa dentro di lui esultò: finalmente una pausa. Non ne poteva più.

Cody gli si avvicinò quasi subito, ridacchiando. «Fammi indovinare...» provò, ma lui scosse il capo.

«Neanche per sogno,» gli disse. L'ultima cosa di cui aveva bisogno era un'altra prova che Cody lo conosceva come un fratello. E, soprattutto, non aveva alcuna voglia di sentirsi ricordare che non ce la faceva più.

«Dai, credo che abbia quasi finito,» cercò di tirarlo su Cody. Si guardò intorno: lo staff era impegnato, Edward stava parlando con la costumista e gli altri modelli si stavano rilassando. Quando incontrò lo sguardo di Mabelle, lei gli sorrise: ricambiò falsamente, poi si nascose dietro Cody.

«Che palle,» sussurrò. Cody, ancora una volta, capì subito.

«Ti sta ancora dietro come una lumaca sull'insalata quando piove?»

«Fai strani accostamenti, tu,» osservò, sospirando ancora. «Ma sì, non ne posso più.»

«Fai coming out: ne sarà entusiasta.» Mentre Cody scoppiava a ridere, lui roteò gli occhi.

«Credici.»

Non che non volesse liberarsi da quel peso: sarebbe stato tutto più maledettamente facile. Però non era ancora il caso, non voleva essere sulla bocca di tutti, non voleva... Semplicemente non credeva fosse necessario.

Erano fatti suoi, in ogni caso.

«Dovevo andare a prendere Nate,» ammise, lamentoso.

«Povera dolce principessa! Come farà adesso?» ribatté, sarcastico, Cody.

«Smettila.»

Benché ridesse, sapeva che in realtà c'era un velo di scherno nelle sue frasi. Non sapeva perché, ma era come se, in fondo, Cody non accettasse interamente quello che lui stava cercando di costruire con Nate.

Non ne capiva il motivo, ma non indagava per non finire in inutili litigi.

Ancora una volta era un problema di sua competenza e Cody non c'entrava. Nessuno aveva la facoltà di metter bocca in quella questione, nessuno che non fosse lui o Nate.

«Oh, parli del diavolo,» mormorò l'amico. Quando si voltò, seguendo il suo sguardo, un moto di eccitazione mista a perplessità gli montò nel petto. Controllò l'orologio: erano appena le quattro, che ci faceva già lì?

«Scusa un attimo,» mormorò a Cody mentre, senza attendere risposta, percorreva a grosse falcate la saletta e raggiungeva il ragazzo. Aveva un'aria stanca e, probabilmente, nascondeva chissà quale sentimento dietro quel sorriso falsato. Quando gli fu davanti, gli parve sul punto di avvicinarsi, ma dovette trattenersi.

«Ciao,» gli disse Nate, abbassando lo sguardo.

«Ehi,» rispose lui, confuso. «È presto, che ci fai qui?»

Nate rimase in silenzio per alcuni secondi prima di sussurrare: «Volevo solo...» Si fermò. Sembrava come sul punto di dire qualcosa che, però, non riusciva a esternare.

Attese per diversi secondi prima di chiedere: «È successo qualcosa?»

Quando non rispose, miliardi di scenari gli passarono per la testa, mandandolo in panico. Qualcuno gli aveva detto qualcosa che l'aveva infastidito? Era andata male al lavoro? Aveva problemi con lui? Oppure era colpa di Nicolas che, magari, era tornato e l'aveva distrutto più di quanto non avesse già fatto?

«È tornato?» gli chiese. Si stava trattenendo dal portar le mani a toccarlo, proteggerlo, aiutarlo... Erano ancora in pubblico. Maledizione, erano ancora in pubblico.

«Nick? No, non preoccuparti,» rispose l'altro. Qualcosa gli si dimenò nel petto a sentire quell'abbreviazione, ma si sforzò di non farci caso. Non era importante adesso, l'importante era far stare meglio Nate che, di nuovo, non lo guardava negli occhi. Odiava quando faceva così.

«Volevo soltanto vederti.» Un sussurro, ma lui lo sentì lo stesso.

E io adesso voglio sbatterti al muro e baciarti, dannazione.

Non. Poteva.

Fece un enorme sospiro che catturò l'attenzione dell'altro. Lo vide alzare gli occhi quasi preoccupato, spaventato dall'idea, forse, di vederlo sbuffare. No, Nathan sentiva crescere il sorriso tra le labbra.

«Vieni con me,» gli disse, facendo strada verso il corridoio. Era deserto, ma lui voleva più privacy. Lo condusse per le scale di servizio che portavano al terrazzino in disuso, dove spesso gli altri modelli andavano a fumare. Non c'era nessuno, per fortuna, per cui trascinò

Nate in un angolo all'ombra, nascosto dalla porta d'uscita, e si appoggiò al muro, sorridendogli.

«Avanti, che succede?» chiese, quindi, mettendosi le mani in tasca.

Nate fece un sorriso tirato, abbassando lo sguardo. Attese diversi secondi, forse minuti, prima di ricevere un lieve: «Stai benissimo così.»

Non c'entrava nulla, lo sapeva, e Nate stava soltanto cercando di temporeggiare ma, nonostante tutto, gli fece piacere. Incurvò appena le labbra verso l'alto, rispondendo: «Grazie, merito delle truccatrici.»

«Sei bello.» La voce dell'uomo era bassa e vagamente tremante. Aggrottò le sopracciglia, preoccupato. Non poteva costringerlo a parlare e non era rispettoso insistere troppo, ma voleva davvero aiutarlo. Se non l'avesse fatto, non se lo sarebbe mai potuto perdonare.

«Grazie,» disse di nuovo, sospirando. «Senti, Nate, non voglio insistere, ma...»

Non riuscì a finire la frase. Nate gli si avvicinò e, senza dire nulla, appoggiò il capo contro di lui, facendo aderire il corpo al suo. Tutto lì; non lo abbracciò, non parlò. Cercò soltanto calore e affetto: poteva dargliene in quantità enormi.

Le sue braccia furono subito attorno alle spalle del ragazzo, il capo sul suo, il corpo a protezione. Stampò un bacio delicato tra i suoi capelli, facendolo rabbrividire, e con una mano gli accarezzò un braccio, stringendolo.

«Ci sono, cucciolo,» mormorò, baciandolo ancora. Sentì un sospiro strozzato provenire da quell'esserino fragile che aveva tra le braccia, un movimento e l'altro alzò lo sguardo, lucido e ferito, supplichevole. Chiedeva aiuto, protezione, comprensione. Gli avrebbe dato qualsiasi cosa.

Poi Nate si allungò verso di lui e lo baciò.

Non uno sfiorarsi di labbra, nulla di troppo distaccato: quella era una pressione prepotente, che si faceva sentire, che pretendeva di essere ascoltata. La bocca di Nate si mosse contro la sua e qualcosa dentro di lui si sciolse. Socchiuse gli occhi, assecondando il suo bacio, azzardandosi a percorrere quelle labbra calde e screpolate con la lingua ed esultando quando le sentì schiudersi, come ad accoglierlo.

Oh, Dio, sì.

Lo trascinò ancor di più a sé, spingendosi contro di lui e assaporando il gusto umido e dolce di quella concessione, cercando di ignorare il battito del proprio cuore che stava impazzendo, euforico, felice.

Le mani di Nate si strinsero sulla sua camicia e non gli importò più che potesse stropicciarsi o rovinarsi: gliene avrebbe ricomprate altre venti se quello era il risultato. Mosse una mano, per prenderlo per la nuca e si accorse che stava tremando. Non Nate, ma *lui*.

Lui, Nathan Doyle, stava tremando per un maledettissimo bacio.

Quando incontrò la lingua del compagno, sentì che, se non si fosse appoggiato al muro, probabilmente le gambe non l'avrebbero retto. Nate gemette mentre lui lo invitava ad accoglierlo, accarezzandolo in un movimento rotatorio simile a una danza. Se le orecchie non avessero iniziato a fischiare, probabilmente avrebbe addirittura sentito la musica.

Faceva caldo.

Lo sentiva sulla pelle nuda, lo sentiva attraverso i vestiti, lo sentiva contro il corpo che gli si stava *strusciando* contro, lento, sensuale, possessivo. Nate si stava abbandonando a lui e non riusciva a capire che tipo di miracolo fosse accaduto per avere un tale regalo.

Mugolò, pretendendo sempre di più. La mano libera corse sul petto dell'uomo, scese fino al lembo della felpa e cercò la pelle nuda e calda. Era freddo, per cui Nate rabbrividì quando lo sentì approcciarsi: lo ignorò. Invece esplorò quel calore mentre l'altro gli concedeva sempre più terreno in quella cavità orale che sembrava come casa sua, un rifugio, un posto dove sentirsi al sicuro.

Ne accarezzò il ventre, gli addominali accennati, il petto. Sfiorò i capezzoli che si indurirono subito, lasciandogli spazio a uno splendido scenario di punti erogeni che fecero reagire il ragazzo in modi che non sperava nemmeno.

Si accorse che Nate era *maledettamente* sensibile.

«Nathan,» sentì in un gemito. Nate si staccò da lui. Faticò a leggere in quello sguardo una richiesta di smetterla. Sapeva che era così, purtroppo, ma era ben conscio di quello che, invece, voleva fare.

Soprattutto, sapeva che doveva rispettare il suo volere, anche se era doloroso.

Così si staccò da lui, facendo scivolare sensualmente quella mano fino ad allontanarla.

«Scusa,» sussurrò a fatica, ansimando per riprendere fiato. Nate scosse il capo.

«No, non dirlo,» mormorò, abbandonandosi di nuovo contro di lui, ricercando l'abbraccio che, a fatica, avevano abbandonato. Glielo concesse di nuovo, sospirando e chiedendosi cosa avrebbe dovuto dire. Forse il silenzio era l'unica risposta possibile.

* * *

Si sentiva frastornato.

Era corso da Nathan appena aveva potuto: per vederlo, per sfogarsi, per sentirsi protetto. Si rendeva conto che, così facendo, ammetteva a se stesso quel che temeva già da un po' di tempo, ma non poteva farne a meno.

Nathan, ormai, era diventato quel che si avvicinava di più al concetto di famiglia per lui.

Nate non ce l'aveva più una famiglia, era abbastanza chiaro da quando Katia gli aveva parlato di Ty. Sperava che almeno avrebbe potuto rifugiarsi nella sciocca idea di aver trovato in Nathan quello che aveva perso.

Era stupido, era sbagliato, era troppo avventato. Eppure non poteva farci nulla.

«Stai meglio?» gli chiese Nathan dopo esser rimasto in silenzio per diversi minuti. Lui annuì a stento, respirando il suo odore. Sapeva di colonia e di vestiti nuovi.

Nathan gli stava accarezzando i capelli, delicatamente, coccolandolo in un abbraccio che non credeva neanche di meritare. Era passata un'infinità di tempo e forse era ora di tornare sul set. Nonostante sapesse che era la cosa più giusta da fare, però, non riusciva a proporlo.

Quell'abbraccio lo faceva sentire importante: sapeva che non era così, che non era importante per nessuno, che avrebbe soltanto dovuto sparire nel nulla, ma non riusciva a staccarsi da lui. Voleva essere egoista, almeno per una volta, voleva stringerlo e dimenticare tutto.

Aveva bisogno di Nathan, aveva bisogno del suo abbraccio, aveva bisogno del suo sorriso, aveva un disperato bisogno di baciarlo di nuovo finché non fosse esistito nient'altro.

«Mia sorella,» disse, invece, tremando. Nathan continuò a stringerlo in silenzio. «È passata al bar. Non la vedevo da un sacco di tempo.»

Quando Nathan non rispose, lui continuò: «Mio fratello aspetta un bambino.»

Non era collegato, per cui non si stupì della confusione nella sua voce mentre chiedeva: «Ed è un male?»

«Non lo sapevo,» sussurrò, terminando in una risata abbozzata. Nathan si scostò appena da lui, probabilmente per guardarlo, ma non riuscì a ricambiare quell'attenzione. «Credo che si sia dimenticato di chiamarmi. In fondo, trentadue settimane non sono nulla. Sarà stato impegnato.»

Passarono alcuni secondi in cui non ci fu altro che silenzio. Poi, stringendolo di più a sé, Nathan mormorò: «Figlio di troia.»

E allora si accorse che voleva piangere e che una lacrima gli stava già bagnando una guancia.

«Merda,» sussurrò, portando una manica ad asciugarla, con rabbia. Non doveva piangere, non aveva senso soffrire ancora per quel tipo di questioni, non aveva senso mostrarsi tanto debole agli occhi di Nathan che, invece, lo stringeva così possessivamente da rendersi sempre più grande e imponente.

Altro che attacchi di panico: era Nathan quello forte, lui era quello che cadeva in pezzi.

Era soltanto doloroso aver creduto di poter atteggiarsi a uomo affidabile.

«Cazzo,» mormorò ancora, non riuscendo a frenare le lacrime.

Sono un fallito, ecco cosa. Aveva ragione lei.

«Ehi, ehi, ehi,» lo richiamò Nathan, prendendogli il volto tra le mani e costringendolo a guardarlo. Con gli occhi appannati era difficile. «Calmo, okay? Va tutto bene, non devi niente a nessuno. Non hai più nulla da spartire con loro.»

«Lo so!» rispose, scuotendo il capo. «Sto bene! È solo... Mi riprendo subito!»

«Non voglio che tu ti riprenda,» ribatté Nathan. «Voglio che tu pianga e ti sfoghi quanto ti pare e voglio che tu lo faccia *con me*.»

Quando scosse il capo, Nathan lo prese per le spalle, scuotendolo. «Non sei fatto d'acciaio, Nate. Soltanto perché il tuo lavoro richiede che tu sia "quello forte", non significa che non possa crollare.»

Si chiese come diavolo facesse a cogliere sempre il problema, anche quando non era lui a spiegarglielo. Gli scappò un singhiozzo: un orrendo e vergognoso singhiozzo che tentò di reprimere, mordendosi le labbra.

Nathan si avvicinò e lo baciò di nuovo. «Smettila, va bene?» disse, facendogli un sorriso e appoggiando la fronte contro la sua.

Si sentiva così bene, nonostante dentro stesse crollando: se c'era Nathan sembrava quasi che, prima o poi, tutto quel dolore sarebbe sparito. Poteva quasi crederci.

«Ascolta: so che non vuoi, ma almeno in questi casi vorrei che tu pensassi al nostro rapporto più come affettivo che come lavorativo, okay?» Nathan continuava a parlare e con ogni parola lo distruggeva, sciogliendo poco a poco i nodi che aveva dentro. «*Stiamo insieme*, non è solo un lavoro. Come io mi affido a te, *pretendo* che tu ti affidi a me. Lo capisci, no?»

Era doloroso e inspiegabilmente *bello* sentirlo parlare in quei termini del loro rapporto. *Lui* che non aveva alcun diritto di crederci. *Lui* che gli avrebbe rovinato la vita se le cose fossero diventate serie. *Lui* che stava crollando sotto il peso del suo passato e che si aggrappava disperatamente a Nathan pur di respirare ancora.

Annuì, sopprimendo un altro singhiozzo.

«È patetico,» mormorò, asciugandosi un'altra lacrima.

«Che ti importa?» ridacchiò Nathan, accarezzandogli la guancia bagnata e baciandogli la punta del naso, delicatamente. «È solo un inutile pregiudizio che gli uomini non piangano, ma se preferisci non lo dirò a nessuno.»

Riuscì a strappargli un sorriso. «Grazie,» mormorò, in risposta.

Anche Nathan sorrise. «Figurati, non vorremmo mai che si sapesse il tuo terribile segreto.»

Ridacchiò appena, scuotendo il capo. «Non mi riferivo a quello.»

Anche Nathan rise, schioccandogli un bacio a fior di labbra. «Lo so.»

Nathan decise di staccare dal lavoro, discutendo con il fotografo che, invece, era desideroso di finire la serie di foto al più presto. Si sentì un po' in colpa a sapere che era a causa sua, ma non si oppose. Aveva bisogno di lui e aveva già deciso di essere egoista, ormai.

Insieme si diressero alla macchina e lasciarono il posto senza dire quasi nulla.

Nathan appariva stanco dietro agli occhiali da sole. Probabilmente era stato strapazzato per tutto il tempo dallo staff e non vedeva l'ora di tornare a casa. Si stupì, quindi, a sentirlo dire: «Ti va se ti porto in un posto? È un po' lontano da qui.»

Annuì, sorridendo appena. «Quanto lontano?»

«Dyersburg. Ci mettiamo un'oretta, più o meno.»

«Sicuro?» chiese, preoccupato. «Possiamo andarci quando sei più riposato.»

Nathan sorrise, allungando una mano ad accarezzargli una coscia mentre guidava. Era un gesto affettuoso e privo di erotismo, ma lo fece comunque rabbrividire.

«Sta' tranquillo, sto bene,» disse Nathan, girando la mano in modo da porgergli il palmo. Quando lo vide in attesa, capì che stava aspettando di ricevere la sua: arrossendo gliela diede, godendosi la stretta calda che gli regalò.

Era disorientante rendersi conto di quanto Nathan fosse tenero. Inizialmente l'aveva creduto più superficiale, un uomo alla ricerca di sesso e nient'altro, ma più passava il tempo e più si accorgeva di quanto fosse dolce e attento, in realtà.

Non sapeva se fosse perché si conoscevano meglio o se fosse grazie a lui, ma si sentiva ugualmente fiero e contento.

Non parlarono molto durante il viaggio: anche lui era piuttosto stanco e si accorse che preferiva di gran lunga godersi il silenzio che conversare. Amava il fatto che, probabilmente, Nathan era dello stesso avviso.

Era stato a Dyersburg solo di passaggio un paio di volte, ma non aveva avuto modo di visitarla né tantomeno sapeva dove dovessero fermarsi.

Credeva che Nathan lo avrebbe portato in qualche parco o, comunque, in un luogo all'aria aperta: invece lui parcheggiò nel centro della città e lo condusse per le stradine fino a fermarsi davanti a un locale che portava il nome di "Fantasy Bookstore".

Una libreria.

«Prego, mio signore,» scherzò Nathan, facendogli spazio per entrare. Lui lo guardò interrogativo.

«Una libreria?» chiese.

«Non è una libreria qualunque.» Gli fece un altro cenno e, perplesso, Nate entrò dalla porta principale.

La prima cosa di cui si accorse era che quella libreria era immensa.

Sembrava svilupparsi su più piani e aveva diversi settori.

L'ingresso era piuttosto scarno, anche se ben arredato. Alle pareti che non portavano ripiani o scaffalature erano appesi quadri, foto e frasi caratteristiche.

Da un lato c'era la cassa, dall'altro un'infinità di novità, nuove uscite e libri consigliati.

Un lampadario grande e colorato sovrastava su tutto. In un angolo più appartato c'era una piccola sala letteraria.

Prese nota mentalmente di ogni dettaglio mentre Nathan lo guidava verso il primo corridoio, che portava l'insegna con su scritto: "Narrativa".

«Mi è parso di capire che sei più per la narrativa che per i saggi, vero?» chiese Nathan. Lui annuì, dando uno sguardo alle altre insegne. "Manualistica", "Saggi", "Libri in lingua"… Sembrava diviso tutto con un ordine impeccabile.

Mentre camminavano, osservò come la luce si facesse più scura mano a mano che entravano nella stanza. Era completamente buia, non fosse stato per le luci fioche sulle librerie.

Non vedeva bene, ma sembrava che sul soffitto e a terra ci fosse qualcosa.

Di riflesso si avvicinò a Nathan che, ridacchiando, gli fece sentire il suo calore appoggiandosi a lui. «Hai paura?» chiese.

«No!» rispose, orgoglioso. «È solo che… È strano.»

«È la sezione horror, gialli, thriller,» spiegò l'altro. Si fece guidare verso le librerie e notò, dopo che lui glielo ebbe indicato, che queste erano decorate con macchie di simil-sangue. Nathan gli parlò anche delle ragnatele finte attaccate al soffitto e dei punti in cui la moquette era diversa, come più viscida o umida.

C'era una flebile musica che, probabilmente, era tratta dalla colonna sonora di qualche film dell'orrore.

Prendendolo per mano, Nathan lo guidò lungo la stanza fino a un nuovo corridoio.

Questo si apriva in un piccolo disimpegno che dava su altre due stanze: al centro di esso c'erano altri divanetti in cui delle persone erano comodamente sedute a leggere, assorte nel loro mondo.

«Guarda che bello!» gli disse Nathan, portandolo all'entrata di uno dei reparti. Probabilmente era lo storico: c'erano pavimentazioni in pietra e librerie antiche. Alle pareti erano appesi quadri e armi medievali, mentre al centro della stanza scorreva un sottile rivolo d'acqua su cui erano stati costruiti piccoli ponti levatoi. C'erano feritoie e vecchi carretti di mercanti che costituivano altre librerie.

«Wow!» si lasciò scappare, rapito.

Mentre si muoveva per la stanza, si accorgeva sempre più di particolari come la distribuzione delle varie epoche e altri piccoli oggetti posti sulle scaffalature. Lampadari nobiliari e candelabri appesi alle pareti coronavano il tutto.

«E non hai ancora visto il meglio!» disse Nathan, sorridendogli felice.

«C'è di meglio?» chiese lui, scettico.

Il sorriso di Nathan si fece più furbo mentre, delicatamente, lo prendeva di nuovo per mano e lo trascinava nella prossima stanza.

Fece un gemito di sorpresa.

C'era un grosso albero al centro della sala, qualcosa come una quercia con un ampio tronco chiaro. Doveva essere finto perché spariva nel soffitto, ma era così accurato da sembrare reale.

Sulla corteccia erano intagliati diversi simboli celtici, mentre sul pavimento vi erano cerchi alchemici. Il soffitto era stato dipinto in modo da sembrare un cielo di vari colori e da esso erano calate con filo trasparente delle candele e delle piccole fatine.

A terra c'erano sedie a forma di fungo e lungo una parete c'era una grande riproduzione di un drago rosso che abbracciava librerie interamente fatte d'alberi, foglie e rocce.

Si mosse a tentoni per la stanza, meravigliato. Gli scaffali avevano un sacco di libri che non aveva mai letto né sentito e molti altri che lo ispiravano un sacco. Si bloccò a leggere le trame di alcuni di loro e per diversi minuti si dimenticò addirittura che Nathan era con lui e lo stava osservando.

Si riscosse soltanto quando lui gli si affiancò e disse: «Suppongo che ti piaccia!»

Sobbalzò nel vederlo, ma gli sorrise. «Non immagini nemmeno quanto!»

Quando Nathan ricambiò il suo sorriso, gli venne ancora quell'assurda voglia di baciarlo: si accorse che era tutto ciò di cui aveva bisogno.

Lui e nessun altro. Lui che era diventato la sua famiglia ancor prima di essere una coppia. Lui, l'uomo di cui si stava innamorando. Perdutamente, follemente, in una maniera che non avrebbe mai pensato possibile, tanto da non riuscire a evitarlo.

«Grazie, Nathan.»

L'aveva fatto per lui: la voce grata e strozzata non era abbastanza per fargli intendere quanto gli fosse riconoscente, quanto avesse apprezzato il gesto. Nathan, però, avrebbe capito.

Lui capiva sempre.

«Figurati,» mormorò, grattandosi la nuca in imbarazzo. Si allungò a baciargli le labbra, dolcemente, approfittando dell'assenza di persone nella stanza.

Quando si staccò, negli occhi di Nathan brillava una luce di dolcezza e affetto.

«Stai meglio?» chiese, posando una mano sulla guancia di Nate per accarezzarlo.

Lui si godette quel gesto, avvicinandosi per abbracciarlo e respirare ancora una volta il suo odore. Inspirò profondamente,

affondando nel suo petto ampio e accogliente, e si godette il calore delle sue braccia prima di annuire.
«Grazie,» ripeté.
Poi, entrambi rimasero in silenzio.

CAPITOLO 16

«È troppo sobrio,» esordì Kate, agitando un vestito con una mano.

«È troppo appariscente!» ribatté lui, guardandola mentre sbuffava e gettava il completo lucido sul suo letto.

Tornò a frugare tra gli armadi in cerca di qualcosa di decente. Nathan sarebbe arrivato in un'ora e lui non aveva ancora deciso cosa mettere. Si era maledetto almeno tre volte per aver accettato di accompagnarlo alla festa di Cody e stava quasi pensando di chiamarlo per dirgli che non sarebbe andato.

Sapeva che, in quel caso, Kate gli avrebbe detto che era un idiota e avrebbe aggiunto un infamissimo: "Non vorrai mica che il tuo ragazzo ci rimanga male?"

Insomma, alla fine non poteva proprio evitarlo. Sarebbe andato a quella festa piena di snob e gente superficiale e avrebbe aspettato pazientemente che *il suo ragazzo* finisse di flirtare con la ragazza di turno – sapeva che non era possibile, ma la sua testa viaggiava da sola – per poter tornare a casa.

A dirla tutta odiava quel genere di occasioni. Non sapeva mai cosa fare perché non era tipo da feste, quindi finiva sempre per starsene seduto da qualche parte a sorseggiare il suo cocktail. Un'altra cosa che non preferiva: era tipo da vino, ma in quelle occasioni c'era sempre solo birra o roba più articolata ed era sempre bene adeguarsi alla massa.

«Questo?» chiese Kate, mostrandogli un paio di pantaloni e una camicia color violetto.

«Credo sia troppo informale,» le disse lui, sospirando. Se solo Nathan gli avesse dato qualche indicazione in più che un semplice "mettiti quello che vuoi"…

«Nate, non decideremo mai se continui così,» esclamò Kate, esasperata. «Sei peggio di una donna!»

«Grazie,» rispose soltanto, controllando ancora una volta il telefono. Era così tardi...

«Senti, chiamalo e chiediglielo, no?»

«L'ho già fatto: Nathan non è molto utile,» disse, esasperato. Aveva tanta voglia di picchiarlo, in realtà, ma si rendeva conto che era meglio non forzare troppo le cose. Insomma, se l'avesse fatto avrebbe dichiarato al mondo che era una checca isterica che non sapeva scegliere un vestito, no?

«Questo?» Stavolta era una camicia a quadri: bocciata.

«Andiamo a fare una scampagnata?» ribatté. Lei sbuffò e tornò a immergersi nell'armadio.

Lui fece lo stesso, scavando tra le mille cose che non ricordava di aver mai comprato. «Quanta roba...» mormorò. Kate rise, annuendo.

«Sì, è al pari del mio armadio.»

«Non ricordavo di averne così tanta.» Prese una maglia a strisce, osservandola. «Questa, ad esempio, da dove esce?»

«Dal mio regalo di Natale di due anni fa,» replicò Kate.

«... È meravigliosa! Ecco dov'era!»

«Stronzo.»

Fu il telefono a salvarlo: quando lesse il nome di Nathan sullo schermo imprecò.

«Digli di dirti che cavolo devi indossare!» disse Kate mentre lui rispondeva.

«Pronto?»

«Ehi,» rispose Nathan. «Come procede?»

«Ho bisogno di altri dieci minuti. È presto!»

«Stai ancora decidendo che mettere?» ridacchiò lui. Sì, aveva proprio voglia di picchiarlo.

«Se tu mi dicessi qualcosa di utile avrei già fatto!» Suonava vagamente isterico: stava andando in panico. Nathan, invece, rideva.

«Senti, se proprio ti manda in agitazione tra dieci minuti sono lì e scelgo io, okay?»

Forse era più agitato di prima.

* * *

Quando gli aprì la porta, Nate era rosso d'imbarazzo.

«Ehi,» lo salutò, facendogli spazio per entrare. Nathan fece i suoi primi passi in quella che era casa sua guardandosi intorno. Si era chiesto tante volte come fosse il posto in cui Nate rimaneva quando non erano insieme: lo immaginava accogliente e piccolo, e così era.

Sapeva di pulito, segno che Nate doveva aver spolverato in mattinata, ed era tutto di un ordine casalingo, rustico. Al contrario della sua, quella era una casa abitata, calda, aveva un'identità.

«Scusa il disordine, non ero preparato,» gli disse Nate, sorridendo appena.

«Disordine?» chiese. Non c'era nulla che fosse in disordine: non era una casa in cui lavorava una domestica, certo, ma neppure disordinata.

C'era una grossa libreria nel salotto d'ingresso e i libri negli scaffali erano riposti come in biblioteca, puliti, intatti, quasi nuovi.

Un divano di fronte a essa si affacciava sulla parete opposta, verso il televisore. A sinistra si apriva la porta della cucina mentre in fondo c'era un altro corridoio da cui spuntò la figura di Kate.

«Allora ce l'avevi un aiuto,» commentò, sorridendole. Lei roteò gli occhi al cielo, scuotendo il capo.

«Buona fortuna, davvero,» gli disse, recuperando il cappotto e avviandosi alla porta. «A lunedì, Nate!»

«A lunedì!» salutò Nate, osservandola mentre si chiudeva la porta di casa alle spalle e li lasciava soli.

Nate gli rivolse un altro dei suoi sorrisi imbarazzati che gli fece risalire qualcosa nel petto, come eccitazione. Erano *soli* a casa *sua* e quel sorriso era per *lui*.

«L'hai fatta esasperare, eh?» disse, cercando di ignorare le voci nella sua testa. Nate lo guardò male, incrociando le braccia davanti a sé e chinando il capo da un lato.

«Non è colpa mia.»

Rise, avvicinandosi a scompigliargli i capelli. Lui arrossì ancora, abbassando lo sguardo. «Vuoi qualcosa?» chiese.

Te.

«No, tranquillo,» rispose, seguendolo verso le altre stanze.

Nate lo portò in quella che doveva essere la sua: piccola, con una libreria in un angolo e un letto matrimoniale pieno di vestiti. Gli armadi e la cassettiera erano aperti.

«Prego!» lo esortò Nate, sfidandolo.

Senza fare complimenti lui si levò la giacca e si mise a frugare tra i vestiti.

Ce n'erano diversi che gli piacevano, altri che vedeva perfettamente addosso al compagno e altri che avrebbero fatto in modo di fargli mantenere l'erezione per tutto il tempo che l'avesse guardato. Questi ultimi furono esclusi a priori: non aveva nessuna intenzione di presentare il *suo* ragazzo a tutti i pervertiti presenti alla festa su un vassoio d'argento.

No, avrebbe optato per qualcosa di più classico che l'avrebbe reso ancora più bello e l'avrebbe tenuto a suo agio.

Prese un paio di pantaloni scuri da fargli provare e si voltò per porgerglieli: si accorse che Nate lo stava studiando con sguardo attento e interessato.

«Cosa?» chiese allora, mentre lui si riscuoteva.

«No, nulla,» rispose Nate, imbarazzato, prendendo i pantaloni e posandoli sul letto. «Stai bene.»

Sorrise: non si era impegnato più di tanto, non aveva voglia di mettersi qualcosa di costoso e *splendente* solo per una delle solite feste di Cody.

«Non è nulla di che,» rispose, indicandogli poi i pantaloni. «Provateli!»

Quando Nate gli rivolse uno sguardo interrogativo, come se non avesse capito la sua richiesta, si affrettò ad aggiungere, scandendo le parole: «Fammi vedere come ti stanno, Nate.»

Il ragazzo arrossì, abbassando lo sguardo, e voltandosi prese a sbottonarsi i pantaloni.

Davanti a lui.

Oh, merda.

Credeva che sarebbe andato in bagno, ma lui non lo fece e la mandibola, inevitabilmente, cedette. Doveva voltarsi e cercare una maglia adatta, sbrigarsi a distogliere lo sguardo da quelle gambe magre e allenate che gli stavano mostrando pelle bianca e peli quasi inesistenti. Aveva dei polpacci sodi, i muscoli ben delineati e anche i tricipiti erano messi bene.

Poi alzò gli occhi e trattenne il respiro.

Quel maledetto sedere sodo e contratto. Due natiche mozzafiato, fossette ai lati mal nascoste da un paio di slip che gli scendevano appena, risaltando la linea centrale.

Il suo uccello, o per meglio dire la sua *erezione*, fremette dal desiderio di affondarvi, sbattervi contro il bacino fino a farlo urlare. Dio, la sua voce che urlava... Avrebbe dato qualsiasi cosa per sentirlo gridare mentre lui glielo spingeva dentro fino alle palle. Chissà se era così stretto come sembrava. Stretto, caldo, accogliente...

«Nathan?»

Stava divagando, mordendosi un labbro nel tentativo di non gemere, e non si era accorto che Nate lo stava fissando.

«E-Eh?» Un gemito. Il suo tentativo di trattenerlo era miseramente fallito.

«I... pantaloni.» Oh, cazzo, si era accorto della sua erezione? Non che fosse stata invisibile. «Come stanno?»

«Stretti,» sibilò. Nate gli rivolse un'espressione interrogativa.

«Stretti? Dici?» Quando si passò le mani sulle cosce, Nathan si accorse, finalmente, che erano coperte, che si era rivestito e che parlava dei *suoi* pantaloni.

Si sentì un idiota e forse, per la prima volta, arrossì. «Ah, i tuoi. No, stanno bene.»

Stavano bene davvero. Nate stava dannatamente bene con tutto. E lui aveva ancora un'erezione spettacolare.

«Okay, e sopra?»

Dio, il sopra. L'aveva già visto a petto nudo, ma la situazione era tale da fargli sembrare quel solo pensiero come la roba più sexy al mondo. Deglutì, a secco di saliva.

«Sopra.» *Ci sto io, sopra.* «Sì.»

Frugò ancora nei suoi cassetti, cercando di calmarsi.

«Tutto bene, Nathan?» gli chiese Nate. Sembrava preoccupato. Provò a sorridere, ma uscì una smorfia.

«Sì, ma la prossima volta che ti spogli davanti a me, avvertimi.» Non lo guardò per evitare di ritrovarsi davanti la sua faccia rossa e teneramente imbarazzata.

«S-scusa,» mormorò Nate. *Oddio.*

«Non scusarti,» ribatté, prendendo un maglioncino bianco da un cassetto e porgendoglielo. «Provati questo.»

«Uhm... Dovrò spogliarmi,» sussurrò lui. Come pensava: Nate era completamente rosso e non lo guardava. Adorabile.

«Sì, fin qui ci arrivo,» gli disse. «Fa' pure.»

Nate sembrava più a disagio di prima. Tremante, lo vide sfilarsi la maglia – i muscoli dei pettorali si contrassero deliziosamente quando alzò le braccia – e litigare con la sua mentre se la infilava.

Lui ne approfittò per aggiustarsi il cavallo dei pantaloni. Non li sopportava più, maledizione.

Quando Nate lo guardò, si sforzò di focalizzarsi sui suoi vestiti e non su quanto volesse scoparlo.

«Stai bene, sì,» gli disse, annuendo. Elegante e non troppo appariscente. Sì, andava bene. Si avvicinò a lui, aggiustandogli la maglia e dando una sistemata anche ai capelli.

Nate lo lasciò fare finché, dopo qualche istante, non allungò le mani a stringere i lembi della sua maglia.

Alzò gli occhi verso i suoi e si guardarono a lungo, sorridendosi a vicenda.

«Ho ancora una maledetta erezione,» ammise, facendolo arrossire.

«Scusami,» sussurrò. Sembrava davvero a disagio.

«Non devi scusarti per essere dannatamente sexy e avere il culo più bello del mondo.»

«Non mi stavo scusando per quello,» ridacchiò, avvicinandosi ancora. Nathan lo accolse tra le braccia, respirando il suo odore. «Vorrei essere pronto a darti di più.»

Era quello, allora. Sorrise, felice di quelle parole. Nate si stava davvero sforzando. Doveva aver avuto una grossa delusione in passato per essere ancora così impaurito. Lui gli avrebbe dato tutto il tempo che necessitava.

«Aspetterò,» sussurrò, baciandogli il capo.

«Potrebbe volerci del tempo.»

«Io non vado da nessuna parte.» Ed era vero. Aveva valutato l'idea di sfogarsi in un locale, ma l'aveva bocciata. Non voleva un culo a caso per una notte, voleva Nate.

Nate si strinse di più a lui e, alzando appena il capo, gli baciò la mandibola, dolcemente. Un brivido gli salì su per il collo, mandandogli una scossa al ventre. Sospirò.

«Dovremmo andare,» disse a fatica.

«Sì, credo di sì,» rispose Nate. Nonostante tutto si staccarono dopo un po' di tempo.

* * *

Era passata mezz'ora e lui già voleva scappare.

Non era un animale da festa. Non lo era mai stato e, soprattutto, non era adatto a una festa di quel tipo.

Dovevano essere tutti modelli là in mezzo perché erano tutti maledettamente *belli*.

Lui sfigurava terribilmente.

Non solo: erano almeno dieci minuti che stava osservando Mabelle mentre si strusciava sul *suo* ragazzo. Nathan non beveva, quindi non poteva incolpare il suo maledetto succo di frutta per quel sorriso. Stava cercando di dimostrare di essere etero? Beh, non ci riusciva.

Assolutamente.

Bastardo.

Mabelle gli avvolse le braccia al collo, sussurrandogli qualcosa all'orecchio.

Troia.

Nate sospirò, distogliendo lo sguardo e sorseggiando la sua birra. Non la preferiva, ma avrebbe fatto uno strappo. Ne aveva bisogno. Disperatamente.

«Ehi, splendore!»

Quella voce la conosceva ma, purtroppo, non era quella di Nathan. Al contrario apparteneva a una persona completamente diversa.

Le sfighe non vengono mai da sole.

Si voltò per rivolgere a Jake uno sguardo irritato, facendo roteare il bicchiere di birra ancora mezzo pieno tra le mani.

«Ciao,» disse, senza enfasi. Non era al lavoro e poteva mostrargli tutto il disgusto che provava *apertamente*. Era l'unica connotazione positiva della sua presenza lì.

«Il tuo amico ti ha lasciato solo?» gli chiese Jake, prendendo posto accanto a lui senza nemmeno chiederne il permesso. Si spostò appena, evitando il contatto fisico.

Tecnicamente il mio ragazzo.

«Già,» rispose, invece, acidamente. Rivolse ancora una volta lo sguardo a Nathan: Mabelle gli era ancora più vicina ed entrambi stavano ridendo per chissà quale squallida battuta che, probabilmente, lei aveva fatto.

Non aveva mai odiato così tanto una persona in vita sua.

«Ahia, sento puzza di gelosia.»

«Non sono geloso,» rispose, fulminandolo. «Non hai qualche troia a cui leccare la figa stasera?»

Jake emise un fischio. «Wow, hai sempre questo tipo di linguaggio quando non sei al lavoro?»

«Solo quando la gente mi irrita.»

«Sei proprio geloso!»

«Parlavo di *te*.»

Jake ridacchiò. «No che non lo facevi.»

E aveva ragione. Non era Jake a irritarlo, era Nathan. Nathan che non era al suo fianco, Nathan che non guardava *lui*. Sapeva che era una festa, che l'obiettivo era soltanto divertirsi, ma non riusciva a liberarsi di quell'orrenda sensazione di malessere che gli era montata nel ventre.

Gli veniva da vomitare.

«Beh, ripagalo con la stessa moneta, no?» suggerì Jake. Gli prese la birra dalle mani e la posò su di un tavolino, poi gli porse la mano. «Balliamo!»

«Stai scherzando?» Jake doveva essere impazzito se pensava che gli avrebbe concesso di mettere le sue schifose mani su di lui. Impazzito o, forse, troppo ottimista.

«No. Vedrai come corre da te!» Gli fece l'occhiolino, rimanendo con quella mano aperta e piena di aspettative. Era folle: folle che ancora ci provasse, folle che credesse che avrebbe fatto una cosa tanto subdola… E folle il fatto che, in effetti, stava davvero valutando quella possibilità.

«Andiamo, Nate: lui si sta divertendo, perché devi startene seduto qui quando puoi fare lo stesso?»

Aveva ragione, maledizione. Probabilmente era soltanto un pretesto per portarselo a letto, ma aveva ragione. Non gli piaceva usare la gente però, in quel caso, sarebbe stato uno scambio reciproco, no? Poteva far ingelosire Nathan e dare a Jake l'opportunità di mettergli le mani addosso per la prima e l'ultima volta nella sua vita.

Passarono pochi secondi prima che si decidesse a prendere la sua mano e lasciarsi trascinare sulla pista da ballo, tra tutte quelle coppie che si muovevano sinuosamente a tempo di musica e ridevano. Si accorse che la sua mano era calda e che il suo sorriso, seppur subdolo, era affascinante.

Forse non era poi tanto male.

Jake lo tirò a sé, mettendogli le mani sui fianchi, e iniziò a muoversi da un lato e dall'altro, a tempo. Lui rimase immobile, imbarazzato.

«Muovi il culo, Nate. Lasciati andare,» suggerì l'uomo, ridacchiando. Lo stava spogliando con gli occhi, ma si costrinse a non pensarci. «Ignora Nathan, a lui ci penso io.»

Aveva una gran voglia di vedere se stava funzionando, ma si costrinse a non voltarsi. Seguì le indicazioni, invece: iniziò a muovere il bacino da un lato e dall'altro, accompagnato dalle mani di Jake che, inaspettatamente, rimasero al loro posto, senza cercare pelle o punti che non avrebbe apprezzato.

Jake gli sorrise e annuì, ridacchiando: «Bravo. Sapevo che saresti stato davvero sexy.»

Nonostante il commento gli venne da ridere e, lentamente, si abituò al movimento, alla musica e alle movenze dell'altro. Jake lo accompagnò, parlandogli con voce appena più alta per far sì che lo sentisse, e gli permise addirittura di avvicinarsi abbastanza da poter comprendere le sue parole.

Si stava *divertendo*.

Da quant'era che non usciva, che non si sentiva tanto libero?

Sì, c'era l'ansia e l'eccitazione che, a breve, Nathan si sarebbe accorto di loro, ma per il resto era *divertente* e sentiva un peso sciogliersi nel petto. L'unica cosa che gli dava fastidio era che davanti a lui non c'era il suo ragazzo.

«Dovremmo uscire più spesso io e te! Balli bene!»

Rise ancora, ringraziando Jake con gli occhi. «Grazie, anche tu.»

«Ovviamente,» rise lui, avvicinandosi ancora. I loro corpi erano quasi addossati. «Arriva la bomba, sei pronto?»

Non capì subito a cosa si riferisse finché non sentì la voce di Nathan, alle loro spalle.

«Scusa, permetti?»

Quando si voltò, ebbe paura. Era furente e guardava Jake come se avesse voluto ammazzarlo. Mabelle era sparita ma in quel momento non gli importava dove fosse. Si sentiva maledettamente in colpa, anche se non aveva fatto nulla di male. Se lo ripeté: non aveva fatto *nulla di male*.

«Ehi, ci chiedevamo quando ti saresti unito a noi.»

«Nate, puoi seguirmi un attimo?»

Valutò l'idea di farlo senza dire nulla, mollare Jake e buttarsi ai suoi piedi implorando perdono. La valutò ma, stranamente, non sembrava la scelta migliore.

«Sono impegnato adesso.»

Nathan, che aveva fissato in cagnesco Jake per tutto il tempo, finalmente gli rivolse lo sguardo. Era sorpreso, irritato e, forse, deluso. «Ma io ho bisogno di te *adesso*.»

«Sono sicuro che invece puoi aspettare che finisca la canzone.»

«Levati dal cazzo, Jake.»

Oh, no che non lo fa.

Nate gli si parò davanti, costringendo Nathan a tornare a guardarlo. «È con me che devi parlare, non con lui.»

«Se tu non ascolti, magari lo farà lui.»

«No, sei tu che non ascolti.» Era arrabbiato anche lui. Era furioso, maledizione. «Adesso siamo entrambi impegnati quindi puoi tornartene dalla tua puttana e aspettare che finiamo di ballare, se preferisci.»

Merda, l'aveva detto. Aveva chiamato Mabelle "puttana" e aveva fatto intendere a chiunque avesse ascoltato che era maledettamente geloso di Nathan. Lui lo guardò scettico e la rabbia scemò leggermente

su quel volto irritato. «Stai scherzando, vero? Stavamo soltanto ballando!»
«Anche noi stiamo soltanto ballando.»
«Ti si sta strusciando addosso, Nate!»
«Beh, anche lei!»
Stavano urlando entrambi e qualcuno si era girato. Nathan si guardò intorno prima di dire a denti stretti: «Senti, usciamo.»
«Col cazzo.»
Si voltò e, senza dir nulla, si avviò a grandi falcate fuori dall'abitazione.

***

Gli fu subito alle calcagna. Non gli interessava di quel figlio di puttana di Jake né di chiunque altro. Non gli interessava nemmeno che i presenti avessero visto quel patetico spettacolo, né i richiami di Cody provenienti da chissà dove.

Gli interessava soltanto di Nate, che si era lasciato mettere le mani addosso soltanto per un po' di gelosia. Si sentiva arrabbiato, demoralizzato e triste e, in realtà, aveva bisogno di chiarire al più presto con lui prima di cadere in un baratro d'irritazione e gastrite.

Non aveva voglia di litigare: gli corse dietro, fuori dalla casa, poi verso la strada.

«Nate, maledizione, aspetta!»
«Lasciami in pace, Nathan!» La sua voce tremava appena.
Dio, era un idiota. Erano due idioti. Affrettò il passo per raggiungerlo.
«Dove stai andando?»
«A casa mia.»
«Siamo con la mia macchina!»
«Vorrà dire che andrò a piedi!»
«Non fare l'idiota, Nate...»
Nate si manteneva a circa un paio di metri da lui, le spalle contratte, le mani infossate nelle tasche dei pantaloni. Non si era neanche preso la giacca: dove credeva di andare con quel freddo?

Fece per richiamarlo, ma le sue parole si bloccarono in gola.

Una luce, un rombo: non l'aveva notato prima, troppo preso dal litigio, ma la notò in tempo.

Una macchina: andava troppo veloce, probabilmente guidata da un ubriaco, e stava sfrecciando sulla strada davanti a loro. Rivolse lo sguardo a Nate soltanto per sincerarsi che, così, si sarebbe fermato.

Non si stava fermando.

Non stava neanche guardando la strada, il che significava che non si sarebbe bloccato per farla passare. Non si sarebbe bloccato e...

Cassian era sull'asfalto, un rivolo di sangue gli scendeva sulla nuca. Lui lo stringeva, tutto puzzava di ferro e gli stava dando la nausea. Sentiva un'orribile sensazione appiccicaticcia sulla pelle, tra i capelli incrostati di suo fratello, sui vestiti che...

«Nate!»

Uno scatto che servì ad afferrargli un braccio e tirarlo a sé con una pressione forse troppo forte. Gli stava artigliando un polso e aveva le unghie conficcate nel tessuto della sua maglia. Nate gli ricadde addosso e lui lo strinse mentre quell'idiota al volante suonava e sfrecciava davanti a loro, vicinissimo, per poi scomparire.

Strinse l'uomo tra le sue braccia, forte, come se avesse avuto paura di vederlo scomparire.

Lo strinse, anche se sapeva che non avrebbe più respirato, non gli avrebbe più sorriso, non avrebbe più sentito la sua voce chiamarlo per nome. Lo strinse pregando, anche se Cassian non respirava più, anche se l'ambulanza era in ritardo, anche se ormai era troppo tardi.

Lo strinse perché era l'ultima cosa che gli rimaneva da fare, l'unica. Lo strinse riempiendosi di quel liquido disgustoso che era dappertutto...

«Na-Nathan?»

La voce di Nate gli arrivava ovattata. Lui aveva gli occhi sbarrati, eppure sembrava non vedere nulla. Stringeva tra le dita la sua testa, schiacciandola contro il petto, avvolgendolo come una protezione, come se avesse dovuto pararsi a scudo di quel corpicino magro che adesso gli stava tirando la maglia.

Nate lo stava *stringendo*, quindi era vivo. Lo *chiamava*, quindi respirava ancora, il suo cuore *batteva*, non l'avrebbe perso, non avrebbe assistito al suo maledetto funerale.

Affondò le unghie di una mano sulla sua schiena, artigliando il maglioncino bianco e stropicciato. Forse Nate lo richiamò, ma lui non sentì nient'altro.

Si accorse che qualcuno l'aveva allontanato da lui e che, adesso, era lui a essere tra le braccia di una persona, braccia forti, familiari, che conosceva.

Cassian?

«Nathan? Ehi, ehi, ehi.»

Non era Cassian, era Cody che lo stava chiamando. Erano i suoi occhi quelli che stava guardando, erano le sue mani che gli stringevano il volto, era la sua voce quella che ripeteva il suo nome in maniera assordante.

Provò a rispondere ma si accorse che non respirava più.

CAPITOLO 17

«Nathan?»

Nathan non rispose. A Nate sembrava che non avesse neanche sentito, in realtà. Se ne stava lì, immobile, a stringerlo senza dire nulla. Si accorse che non muoveva neanche il torace, fatta eccezione per il continuo tremore che gli scuoteva tutto il corpo.

«Nathan, dentro,» disse, dolcemente. Ancora nulla, Nathan non lo ascoltava. Si fece prendere dal panico: sentiva di nuovo quell'orribile sensazione di inutilità, come se non avesse potuto far nulla per lui nonostante fosse l'unico a cui lui si stesse affidando.

Sia il suo cuore che quello del compagno stavano battendo così velocemente che si spaventò. Terrorizzato, lo strinse finché non sentì che qualcuno lo strattonava, prendendo il suo posto e richiamandolo.

Scoprì che si trattava di Cody.

«Nathan? Ehi, ehi, ehi!»

Cody gli prese il volto tra le mani e appoggiò la fronte alla sua, accarezzandolo. La sua schiena era larga abbastanza da sovrastarlo e sembrava quasi rinchiuderlo in quel suo rifugio fatto del proprio corpo. Vide che gli posava una mano sul ventre, con fermezza, e gli ordinava di respirare.

Se con lui non l'aveva fatto, con Cody Nathan ci riuscì e qualcosa morì dentro di lui lì, proprio nel petto, all'altezza del cuore.

Un sentimento orribile che gli stava mozzando il fiato, che lo stava pressando dall'esterno. Una paura cieca, sorda, che non faceva altro che farlo sentire povero e inerme, che gli annebbiava i sensi e rendeva il mondo là fuori tutto ovattato.

«Vattene, Nate,» sentì pronunciare da Cody.

Nonostante tutto non si mosse.

Non poteva, quello era il suo ragazzo, il suo compagno, il suo…

Tutto.
«Nathan?» provò a chiamare. Nathan aprì gli occhi, ma Cody lo strinse contro una spalla, costringendolo a voltare lo sguardo. Non gli diede fastidio: lo mandò ancor più in panico.
«Va' via, Nate. Non servi qui.»
Non se ne andò perché gliel'aveva ordinato Cody.
Se ne andò perché credeva di aver smesso anche lui di respirare.

* * *

Il mondo tornò dolorosamente.
Aveva iniziato a non vedere più nulla e non si era reso conto che davanti a lui c'era Cody, che lo stringeva, sussurrandogli parole calme, dolci, affettuose.
Aveva ancora in testa le disgustose immagini di Nate che si sovrapponeva a Cassian e sangue, sangue, sangue ovunque...
Nonostante tutto, però, respirava. Era passata e, grazie alla mano di Cody che gli premeva sul ventre ogni volta che espirava, stava riuscendo a calmarsi.
Il cuore batteva ancora velocemente, ma meno di prima.
«Nate...»
«Ehi, culo piatto.»
Cody.
«Non ho il culo piatto,» replicò, facendolo ridacchiare.
«Respira, sta' zitto.»
Fece come gli era stato detto. Dentro. Uno, due, tre, quattro... Fuori.
Come gli aveva detto di fare Nate. Dov'era? Dov'era andato?
«Nate?»
«È vivo. L'ho mandato via.»
«Perché?»
Sentiva la propria voce disgustosamente debole. Da quando era così? Non voleva.
Provò a muoversi, ma Cody lo tenne ancora stretto. Anzi, gli prese nuovamente il volto tra le mani, costringendolo ad alzarlo e a guardarlo. Un paio di occhi verdi lo travolsero in un vortice di sentimenti

che non riusciva a distinguere. Cody era… preoccupato? Eppure sembrava così calmo rispetto a lui.

«Non hai bisogno di lui, adesso,» mormorò l'amico, calmo. Quello sguardo si abbassò per un attimo prima di tornare, deciso, su di lui. «Pensa solo a respirare.»

«Nate,» sussurrò. Dannazione, doveva essersi spaventato a morte… Nate era una di quelle persone che pensava sempre troppo. Doveva raggiungerlo.

«Maledizione, Nathan, non pensarci!» ringhiò Cody, stringendo le dita sulle sue guance.

Rimase interdetto, silenzioso per qualche secondo prima di chiedere: «Perché?»

«Perché non hai bisogno di un coglione che alla prima occasione ti fa venire un attacco.» La voce di Cody era roca e dolente. «Ero d'accordo su questa storia a patto che lui ti aiutasse, ma se non fa un cazzo allora che se ne vada al diavolo.»

«No, Cody…» Voleva dirgli che non aveva capito, ma l'amico gli diede uno scossone.

«Cazzo, Nathan, non posso bastarti io?»

Non riuscì a rispondere. Si bloccò, ora lucido, troppo sorpreso per poter reagire. Cody sembrava irritato, arrabbiato, *furioso*. Perché era così preso da quella storia?

«Ti serve qualcuno che stia con te? Merda, lo faccio io. Mi trasferisco in quella fottuta villa di merda se hai bisogno di me, non ha importanza. Sarò qui per almeno un anno, quindi posso esserci. Basta che tu lo dica… Non ti farò prendere un colpo soltanto perché sono un coglione che gioca troppo.»

«Non chiamarlo così,» ringhiò. Era ancora intontito, ma riusciva comunque ad arrabbiarsi.

«Nathan…»

Lui scosse il capo, allontanandosi. Cody, di rimando, fece un passo in avanti.

Poi posò le labbra sulle sue.

Non c'era nessuno nei dintorni – Cody doveva esser stato l'unico a seguirli – ma anche senza quella consapevolezza non si sarebbe fatto alcun problema. Non gli interessava: lo stupore era più grande, tanto da permettere al suo *miglior amico* di schiudergli le labbra con la lingua e saggiare la sua bocca. Cody lo baciò con rabbia e passione, tirandolo a sé con un verso roco e disperato.

Non durò molto: nel giro di qualche secondo si rese conto di cosa stavano facendo e, con uno spintone, Nathan si liberò dalla sua morsa.

Si fissarono a lungo.

Cody aveva gli occhi tristi e disperati, supplichevoli, come in una richiesta che Nathan non capiva.

Che Nathan *non voleva* capire.

«Vado a cercare Nate,» mormorò, dandogli le spalle.

Cody non lo richiamò, ma lui non si sarebbe comunque voltato.

* * *

Dopo qualche secondo che se ne stava rannicchiato lì, sul gradino della porta sul retro, iniziò a sentirsi meglio. Inizialmente non era riuscito a respirare ma, alla fine, si era ricordato quello che ripeteva sempre Katia e, in qualche modo, era riuscito a tirar dentro ossigeno e a cacciare fuori anidride carbonica.

Il processo respiratorio era favoloso quando funzionava a dovere, i pensieri un po' meno.

Non riusciva a levarsi dalla testa la vicinanza tra Nathan e Cody, il modo in cui l'uno si aggrappava all'altro, il modo in cui tornava a respirare, quello in cui *non aveva bisogno di Nate.*

Era la cosa più dolorosa, quella che gli distruggeva il petto, quella che mandava in frantumi qualsiasi altra emozione.

Nathan *non aveva bisogno di lui.*

Prese un respiro profondo, cercando di fare ordine nel casino che aveva in testa.

Non si accorse nemmeno di una persona che gli si sedeva accanto, in silenzio, e gli posava una mano sulla spalla. Era calda e grande.

«Ehi, bello.»

Quando alzò lo sguardo, Jake gli stava sorridendo: non aveva alcuna voglia di rispondergli.

«Vattene.»

Proprio quello che aveva detto Cody a lui.

Aveva voglia di piangere.

«Posso farlo, ma tu sembri aver bisogno di qualcuno che ti stia vicino piuttosto che di qualcuno che se ne vada.»

Dannazione, perché devi fare il bravo ragazzo proprio adesso?

Non rispose, stringendosi più su se stesso. Quella maledetta mano non accennava a scendere dalla sua spalla. Jake sospirò, facendola scivolare verso la nuca, poi sui capelli, a scompigliarli.

«Cos'è successo? Se l'è presa con te?»

"Per che cosa?" si chiese Nate. Aveva completamente dimenticato il motivo della sua gelosia e di quella di Nathan e ci mise un po' a collegare tutto. Quando lo fece, scosse il capo, sorridendo amaramente. Non credeva che avrebbe mai avuto la possibilità di spiegargli quanto era stato stupido e perché l'aveva fatto.

«No.»

«Cos'è successo, allora?»

Non gli andava di parlare, ma lo fece comunque. Lo fece perché doveva sfogarsi, lo fece perché cercava qualcuno che gli avrebbe detto che andava tutto bene, che non aveva sbagliato, che poteva andare avanti, che Nathan *sarebbe tornato*.

«Ero arrabbiato. Stavo per essere investito da una macchina e Nathan mi ha tirato via. Poi...» Si bloccò, non sapendo come e se continuare. Non ce ne fu bisogno.

«Ah, merda, ha ancora gli attacchi?»

Alzò lo sguardo verso di lui, sorpreso. Credeva che non lo sapesse nessuno eccetto Cody: perché era proprio Jake a capirlo?

L'uomo si strinse nelle spalle. «Quando ho iniziato, lavoravo con Cassian. Ho cambiato fotografo da poco, ma c'ero quando è successo.»

Non si chiese di cosa stesse parlando, non lo interruppe. Non credeva che avrebbe trovato delle risposte proprio in Jake ma, adesso che lo sapeva, non aveva alcuna intenzione di bloccarlo. Bramava quelle risposte, bramava di saperne di più, bramava un'intesa maggiore con Nathan.

Poteva farlo? Gli era ancora concesso?

«Ha iniziato a non respirare più,» mormorò, tremando. «Non reagiva. Gli chiedevo di farlo e lui non reagiva...»

«Stavi per essere investito, Nate. Cosa ti aspettavi?»

Gli rivolse uno sguardo confuso. Jake lo ricambiò, spalancando piano gli occhi.

«Tu non sai nulla?»

Perché tutti continuavano a dire così? Perché era sempre l'unico a non sapere nulla? Su Cassian Doyle, su suo fratello... Era quello all'oscuro di tutto, quello che doveva sempre chiedere. Si sentiva avvilito.

«Nate, senti, non mi perderò nei particolari né userò tatto, non sono bravo in queste cose,» disse Jake, stringendogli la mano sulla nuca, come avesse voluto dargli forza. «Suo fratello, Cassian, è venuto a mancare in un incidente d'auto. Stava venendo al lavoro, la sua macchina si è scontrata con quella di un altro ragazzo, è andata male a entrambi. Cass è praticamente morto tra le braccia di Nathan.»

Qualcosa si spezzò dentro di lui. Qualcosa di grosso e fragile, ridotto in mille pezzi appuntiti che lacerarono tutto ciò che aveva dentro, rendendolo succube del dolore. Avrebbe voluto gemere, ma non ne aveva la forza. La gola faceva male e non riusciva a emettere alcun suono.

Rimase immobile, a fissarlo finché, senza accorgersene, gli occhi gli si appannarono.

Sono un idiota.

Era colpa sua.

Sono un grandissimo idiota.

Era colpa *sua* se Nathan stava così. Cody aveva ragione.

Dio, Nathan... Nathan...

Si sentiva soffocare.

«Bello ascolta, odio fare la coscienza buona, ma adesso dovresti proprio correre da lui.»

Scosse il capo, incapace di parlare.

«Sì, invece,» replicò Jake, asciugandogli gli occhi con la manica della sua camicia. Credeva che i modelli tenessero più alla loro immagine: non era così per Jake? «Se non corri da lui lo farai preoccupare ancor di più, Nathan è fatto così.»

Si chiese come facesse a conoscerlo così bene. La testa girava.

«È colpa mia,» sussurrò.

«Vai a chiedergli scusa, allora, così potrete scopare per tutta la notte.»

Non lo facciamo.
Non lo disse, non aveva importanza.
Piuttosto, con il suo aiuto, si alzò. Tenendosi alle sue braccia, lo guardò negli occhi e, per la prima volta da quando lo conosceva, vi lesse tanta comprensione e *gentilezza*. Avrebbe voluto ringraziarlo, ma non ne ebbe il tempo.

Con uno spintone, Jake lo indirizzò verso l'interno del locale e gli fece un occhiolino.

«Mi devi proprio una scopata stavolta.»
No, ti devo un maledetto pregiudizio errato.
Corse all'interno.

* * *

La casa di Cody era piena di gente.
Era abituato a quel tipo di feste, ma non riusciva a sopportarlo. Qualcuno lo chiamava, altri gli chiedevano se stesse bene: ignorò tutti. Nella sua testa, come una cantilena, il suo nome.
Nate. Nate. Nate.
Nathan corse, cercandolo febbrilmente. Non aveva voglia di pensare a Cody o a chiunque altro: voleva soltanto stringerlo e non pensare più a nulla.

Fa che non si sia fatto troppe paranoie, ti prego. Fa che non stia male...
Quel maledetto posto era immenso. Si stava muovendo per le stanze come un cieco e ancora non riusciva a trovarlo. La testa gli girava maledettamente: voleva soltanto tornare a casa, mettersi a letto e dormire abbracciato a lui.

«Nathan!»
Dio, grazie. Grazie.
Quando si voltò, in direzione della voce che l'aveva chiamato incontrò occhi rossi e spaventati. Senza pensare, gli corse incontro mentre Nate rimaneva fermo dov'era, terrorizzato. Stava tremando?

Lo prese per un polso, stavolta più delicatamente di prima, e lo trascinò fuori da quel dannato caos, cercando un posto più appartato, più silenzioso, senza tutti quegli occhi maledetti che li guardavano.

Nate lo assecondò, rimanendo in silenzio finché, una volta fuori, entrambi non si fermarono, l'uno di fronte all'altro.

Quegli occhi rossi e supplichevoli lo stavano distruggendo.

«Nathan...» mormorò Nate. Aveva la voce strozzata, tremante, incontrollata.

«Perdonami,» lo interruppe, tirandolo a sé e stringendolo. «Perdonami, Nate.»

Si accorse che anche la sua voce tremava. Nate si aggrappò a lui quasi disperatamente, con uno scatto. Diede un respiro strozzato contro la sua nuca, scuotendo il capo in risposta. Nathan non fece altro che stringerlo di più a sé.

«No, è colpa mia, non avrei mai dovuto,» biascicò, la voce ovattata contro di lui, rotta, spezzata. «Non lo sapevo, non... Non ho...»

«Shh...» sibilò, prendendogli il volto tra le mani e dandogli un bacio leggero sulle labbra bagnate di lacrime. «Va tutto bene. Adesso va tutto bene.»

Si chinò ancora e ancora su di lui, reclamando baci dapprima lievi, dolci, e poi sempre più insistenti, pressanti, passionali. Finirono a baciarsi lì, sul retro, contro un muro, mentre Nathan lo spingeva, imprigionandolo.

Sentiva il corpo di Nate caldo contro di lui, le sue mani aggrapparsi alla maglia con disperazione, gemiti sommessi tra le labbra che non si staccavano, prese le une dalle altre, disperatamente bisognose di contatto.

Passò qualche minuto prima che decidessero di calmarsi: Nate aveva ancora gli occhi lucidi e le guance bagnate. Nathan gli sorrise, stancamente. «Torniamo a casa?»

«Sì.»

* * *

Nathan lo stringeva.

Si erano messi a letto da diversi minuti ma entrambi rimanevano silenziosi, l'uno abbracciato all'altro, soltanto a sentire i loro respiri risuonare all'unisono.

Non avevano più parlato di quello che era successo. Nate credeva che andasse bene così: sapeva che, probabilmente, Nathan non aveva alcuna voglia di parlarne e lui non voleva di certo riprendere il discorso.

Avrebbe finito per tornare a scusarsi: non era il caso.

Si mosse appena nel suo abbraccio, mettendosi di schiena e trovando una posizione più comoda tra le sue braccia. Nathan si chinò a baciargli il capo. «Stai bene?»

«Sì,» mentì. Gli faceva ancora male il petto e la testa stava scoppiando, ma non poteva farlo stare male. Non in quel momento, non proprio quando lui aveva bisogno di Nate.

Nathan sospirò e sentì la sua mano accarezzargli il ventre e salire a massaggiargli il petto. Erano così vicini che riusciva soltanto a sentire il suo confortante calore: era bello. Ringraziò mentalmente la signora Doyle per aver deciso di non tornare a casa quel weekend. Probabilmente non ce l'avrebbe fatta da solo nel suo appartamento.

«Sai che tutti i miei pensieri sono riservati a te, vero?» gli chiese Nathan.

Sorrise impercettibilmente, annuendo piano.

«Stavo soltanto ballando,» continuò l'uomo. «Non stavo flirtando con lei.»

«Lo so, non ha più importanza.»

«Cody è il mio miglior amico.» Disse l'ultima frase con una strana vibrazione nella voce, come di paura, come di insicurezza. Non voleva conoscerne il motivo.

«Lo so.»

«Non lo frequenterei mai in quel senso.»

«Nathan, non importa...»

«Sì che importa,» lo interruppe. Sembrava ferito. «Non sono attratto da lui, non potrebbe mai succedere.»

Si chiese perché lo stesse ribadendo così tante volte. Si voltò verso di lui e, in quegli occhi scuri e socchiusi, vi lesse tanto dolore e paura. Perché era spaventato? Non gli sembrava di aver fatto troppe storie per il suo rapporto con Cody... L'aveva fatto?

«Non può succedere,» ripeté Nathan.

Sembrava quasi che stesse cercando di convincersi. Ma non poteva essere, no?

«Okay, Nathan,» disse, titubante. Nathan distolse lo sguardo e, senza dire altro, lo strinse ancora a sé, rinchiudendolo tra le braccia e intrecciando le gambe con le sue. Rimasero ancora in silenzio, quel silenzio pieno di cose non dette, conti in sospeso, paura.

Nate chiuse gli occhi, tentando di non dare ascolto al suo cuore e alla sua testa che continuava a riempirsi di inutili paranoie.

«Tu e Jake?» mormorò, poi, Nathan.

«Non c'è nulla,» rispose subito. «Era solo per... uhm...» Era imbarazzante ammetterlo.

«Farmi ingelosire,» concluse Nathan. Riuscì a strappargli un sorriso, quel lieve e confortante suono contro i suoi capelli.

Avrebbe voluto negare, ma non avrebbe fatto altro che complicare le cose.

«Già,» si costrinse a dire, imbarazzato.

«Beh, ci siete riusciti,» ammise l'altro, ridacchiando.

«Scusami.» Cedette all'istinto di ripeterlo, ma Nathan non si lamentò. Lo strinse ancora, anzi, accarezzandogli i capelli con una mano.

«Non fa nulla, amore,» sussurrò, facendogli partire il cuore a mille. Quella sola parola, quell'unica parola che presupponeva di tutto, che lo portava verso speranze che non avrebbe dovuto mai avere.

Amore.

Era soltanto un vezzeggiativo, no? Non significava nulla, giusto?

Si addormentò pensando a quanto suonasse bene quella parola detta da Nathan.

CAPITOLO 18

Nathan arrivò al lavoro in anticipo quella mattina.
Avevano un set fotografico da preparare, però non c'era urgenza e potevano prendersela con calma. Quando Mabelle lo salutò, lui ricambiò a stento, sentendosi quasi in colpa. Non credeva che Nate sarebbe stato tanto geloso di una ragazza, ma adesso che ne era al corrente non intendeva darle più corda di quanto non avesse già fatto.
Era crudele, ma doveva mantenere le distanze.
Salutò velocemente anche il resto del cast, posando le sue cose e preparandosi. Quando i suoi occhi si posarono su Cody, il ragazzo gli fece un sorriso triste. Ricambiò con un cenno rapido del capo.
Non sapeva cosa pensare riguardo al suo miglior amico. L'aveva *baciato,* lo ricordava bene. Non aveva idea di cosa avrebbe dovuto fare, né del motivo per cui l'avesse fatto. Poteva essere soltanto per gelosia? Magari aveva scambiato i suoi sentimenti per amorosi, magari era soltanto un malinteso.
Sospirò, cercando di calmarsi mentre nella sua testa si creavano un'infinità di ipotesi diverse.
«Nathan?»
Cody l'aveva raggiunto. Lo vide abbassare gli occhi, a disagio, e grattarsi la nuca con difficoltà.
«Posso parlarti un attimo?» chiese. Nathan sospirò, annuendo.
Era una cosa che aveva messo in conto e che non poteva evitare. Gli voleva bene.
Lo seguì fuori dall'edificio, all'aria aperta, sul grosso terrazzo accanto al bar. Si appartarono lontano dai tavoli, lui con le mani in tasca, rigido, Cody appoggiato alla ringhiera. Per lungo tempo non parlò nessuno dei due.

«Come stai?» gli chiese, infine, Cody. Aveva uno sguardo sconfitto e triste.

«Bene,» rispose. «È passata quasi subito.»

«Hai trovato Nate?»

Era una domanda priva di emozioni, ma Nathan sapeva che ne trasportava infinite.

«Sì,» rispose soltanto, secco. Non poteva approfondire il discorso e Cody non ne sembrò neanche troppo turbato.

«Bene.»

Ancora una pausa, ancora quel dannato silenzio. Odiava che ci fosse proprio tra di loro.

«Sei gay?» gli chiese, non riuscendo a trattenersi. Cody spalancò gli occhi e per alcuni secondi tenne aperta anche la bocca, come se volesse rispondere. Non ci riusciva. Il suo miglior amico non riusciva a dirgli una cosa che lui, invece, gli aveva confessato quasi subito.

«No,» rispose, infine.

«Mi hai baciato,» gli fece notare Nathan. Cody chiuse gli occhi in un'espressione dolorante e irritata, mettendosi a camminare in cerchio.

«Sì, lo so!»

Attese che si fosse calmato, confuso, prima di sentirgli aggiungere: «Mi piacciono le donne!»

Non lo accetta, forse?

«Ma...?» lo spronò, calmo.

«Ma mi piaci anche tu.»

Cody arrossì: non credeva di averlo mai visto arrossire in tutto il tempo che lo conosceva. Il suo miglior amico se ne stava lì, imbarazzato e incapace di guardarlo, e pensò che era in qualche modo *tenero* in quel suo strano tentativo di chiarire le cose.

O di dirgli addio.

«Da quanto?» gli chiese.

«Da sempre,» rispose Cody, arrendendosi. Sospirò e gli rivolse uno sguardo triste, un sorriso lieve. «Credevo che fosse soltanto per amicizia. Non pensavo che... Avrei provato attrazione nei tuoi confronti.»

Schiuse le labbra per parlare ma non ne uscì nulla, quindi Cody continuò. «Mi stava bene, insomma. Tu andavi a puttane, io andavo a puttane... Mi stava bene, sapevo che saresti comunque tornato da me.»

Cody si strinse nelle spalle e di nuovo distolse lo sguardo, sospirando ancora. Sembrava davvero in difficoltà a continuare. «Poi è arrivato lui.»

Nate. A quanto pareva non era stato l'unico ad aver avuto la vita sconvolta da quell'uomo. Il pensiero lo fece sorridere, anche se si rendeva conto che era una cosa irrispettosa da fare. Cody sembrò non darci peso.

«Credevo che tu non fossi capace di star dietro a qualcuno per troppo tempo, e invece salta fuori che non scopi da quando lo conosci soltanto perché vi state *frequentando*.» Cody scosse il capo. «Tu che frequenti qualcuno... Andiamo.»

«Credevi che non fosse possibile?»

Cody ridacchiò amaramente. «Credevo che sarei stato io.»

Sentì una stretta al cuore a quelle parole. Non avrebbe saputo descrivere quel che provava: rabbia, tristezza, dolore... E una strana sensazione d'impotenza davanti alla frustrazione dell'amico.

«Cody...»

«No, sta' zitto,» lo interruppe lui, rivolgendogli un sorriso amaro. «Non voglio sentire nessuna scusa del cazzo. Non siamo qui per quello.»

«E cosa vorresti sentirti dire?»

Lo guardò perplesso a quella domanda, ma rispose: «Niente.»

Nathan, allora, non disse altro. Attese finché Cody non continuò.

«Era una speranza, più che una convinzione. Speravo che prima o poi ti saresti accorto che io ero l'unico con cui saresti stato davvero bene.»

«Non è la verità.» Sapeva che era crudele da dire, ma doveva fare in modo che Cody rinunciasse a lui. Non voleva vederlo soffrire: avrebbe dato qualsiasi cosa pur di non farlo soffrire. Era il suo *miglior amico*.

«Perché adesso c'è lui,» disse, acidamente, l'altro. Nathan sospirò, annuendo.

«Ma anche senza Nate... non saremmo finiti a letto insieme.»

«Oh, sì che saremmo finiti a letto insieme,» disse Cody, ridendo. «Se te l'avessi detto qualche mese fa, avremmo scopato come ricci.»

«E ti sarebbe andato bene?» chiese, irritato. «Una scopata e basta? Non ti avrei dato altro, Cody.»

«Lo so, Nath.» Cody si strinse nelle spalle e mormorò: «Mi chiedo soltanto perché io no e lui...»

Entrambi rimasero in silenzio. Nathan sapeva la risposta: amava Cody quasi quanto aveva amato Cassian, ma non era il tipo d'amore che provava per Nate. Non era il tipo d'amore che l'avrebbe portato a letto con lui, né quello che gli avrebbe fatto desiderare una vita al suo fianco.

Nate, invece... Nate era diverso.

«Perché sono innamorato di lui.»

L'aveva ammesso. L'aveva ammesso a Cody e l'aveva ammesso a se stesso. Non era una semplice cotta, non l'avrebbe scaricato subito dopo averci fatto sesso. Nate, al contrario di chiunque altro, era fatto per restare.

Se lui l'avesse desiderato, Nathan l'avrebbe tenuto al suo fianco per sempre.

Cody non rispose né lo guardò. Rimase immobile, lo sguardo fisso davanti a sé, sulla strada a qualche metro da loro su cui, ogni tanto, sfrecciavano delle auto. Respirava in silenzio, soffrendo. Non lo dava a vedere, ma Nathan sapeva che era così.

«Scusami.»

«Per che cosa?» chiese Cody, ridacchiando. «Hai la decenza di scaricarmi invece che tenermi come seconda ruota del carro. Il vecchio Nathan non l'avrebbe fatto.»

«Sì che l'avrei fatto...» mormorò, abbandonandosi a un sorriso. «Con te.»

Cody rise, scuotendo il capo. «No, il vecchio Nathan era più materiale e menefreghista.»

Convenne che era vero. Nate l'aveva cambiato così tanto che faticava a riconoscersi, ormai.

«Lo ami, quindi?» Una domanda bassa e vagamente triste.

«Sì, lo amo.»

«Lo sa?»

Avrebbe dovuto? Aveva importanza?

Certo che ha importanza.

Eppure lui era terrorizzato dall'idea di poterglielo dire. Sembrava troppo presto, sbagliato, *terrificante*. Non era ancora il momento.

«No.»

Cody non rispose. «Perché lui?»
Questa era una domanda difficile. Nathan non lo sapeva: non aveva la più pallida idea di come avesse fatto a innamorarsi proprio di Nate. Non aveva nulla di speciale, agli occhi degli altri: non era un modello, non era famoso, non era stravagante. Era un ragazzo normalissimo con un sogno, un lavoro e un piccolo appartamento in città.
Però sapeva respirare.
Sapeva respirare e riusciva a far sì che anche lui respirasse. Qualsiasi cosa avesse fatto, qualsiasi problema avesse avuto, Nathan sapeva che, con Nate, era al sicuro da tutto e tutti. Era un rifugio.
«Perché con lui riesco a respirare.»
Cody lo fissò a lungo. C'era tanto in quello sguardo: affetto, tristezza, gelosia e amore. Per la prima volta si rese conto di quanto era importante per lui: fece male non poter ricambiare i suoi sentimenti, fece male essere la persona che l'avrebbe fatto soffrire.
Alla fine, però, il suo miglior amico annuì e si sforzò di sorridere. «Scusa per quel bacio. È stato meschino da parte mia,» disse, sospirando. Nathan scosse il capo.
«Non importa.»
Il sorriso di Cody si fece più convinto e l'uomo si avvicinò a lui, prendendogli la nuca in una mano e tirandolo a sé. Nathan lo lasciò fare mentre gli posava le labbra sulla fronte, delicatamente, e poi abbassava gli occhi sui suoi per qualche secondo, in silenzio.
Non si scostò. Attese finché Cody non sospirò ancora e non disse: «Andiamo, dai.»
Poi lo seguì, pregando silenziosamente per la sua felicità.

* * *

«Ti va se ti porto in un posto oggi?» gli chiese Nathan quando uscirono dal bar.
Sembrava triste: aveva gli occhi stanchi e le sue labbra si piegavano in un sorriso distorto, come se avesse ricevuto una brutta notizia. Si ripromise di chiedergli cos'era che non andava mentre annuiva e lo seguiva verso la macchina.

Non parlarono molto.

Nathan guidò per tutto il tempo che, al contrario di quando lo aveva portato al Fantasy Bookstore, risultò essere breve.

Arrivarono su di una collina nei dintorni, parcheggiando la macchina in uno spiazzo deserto, tra gli alberi. Normalmente si sarebbe sentito agitato in un posto del genere, ma con Nathan era tutto diverso. Se c'era lui si fidava di qualsiasi posto.

Nathan spense la macchina e lo invitò a uscire. Il sole era già tramontato e il cielo era scuro. Le stelle brillavano, creando un'atmosfera dolce e caratteristica. Dallo spiazzo si poteva vedere la cittadina splendere di piccole luci. Era incantevole.

Nathan si appoggiò alla macchina e Nate lo seguì, accostandosi a lui. Quando lo fece, l'altro, senza dir nulla, chinò il capo fino a toccare il suo, sospirando.

«Adesso conosci tutti i posti dove vengo per calmarmi,» gli disse. Nate sorrise, felice di quella rivelazione.

«Avevi bisogno di calmarti?» chiese. Una mano scivolò lungo il suo fianco, a ricercare la sua: quando la trovò vi intrecciò le dita, stringendosi in quel confortevole calore.

«Più o meno,» ammise Nathan. Non voleva fargli pressione, così attese che fosse lui a continuare a parlare. «Cody mi ha baciato.»

Gelò. Non si sarebbe mai aspettato una confessione del genere e ne ebbe paura. Nathan sembrava confuso al riguardo e gliene stava parlando come avrebbe fatto con un amico: bastava a fargli credere di dover accogliere quelle parole, di non rifuggirle.

Aveva paura.

«Credo sia innamorato di me, soltanto che non me n'ero mai accorto.»

Oh cazzo.

L'ansia era tale da mozzargli il respiro: sentiva il petto stringersi, lo stomaco far male. Stava per scaricarlo? Dio, non credeva che sarebbe stato così *orribile*.

«Tu che ne pensi?» gli chiese, peccando di tremore in quella voce bassa e timorosa. Nathan si volse a guardarlo, ma non riuscì a ricambiarne lo sguardo. E se vi avesse letto un addio?

«È il mio miglior amico, Nate, te l'ho già spiegato,» rispose Nathan, vagamente irritato. «Non potrei mai ricambiarlo, neanche se tu non ci fossi.»

Sentì il petto un po' più leggero a quella sicurezza. Si accorse che stava rilasciando un sospiro, come se avesse trattenuto il respiro fino a quel momento. Nathan lo notò e ridacchiò, cingendogli le spalle con un braccio.

«Stupido,» sussurrò, dandogli un bacio tra i capelli.

«Non si sa mai,» mormorò, ammettendo la sua paura. Nathan ridacchiò, quel suono che amava, e continuò ad accarezzarlo, cullarlo tra le sue braccia mentre Nate si godeva quel contatto, rilasciando tutta l'ansia, lentamente.

«Nate...» lo richiamò Nathan. Quando alzò lo sguardo, i suoi occhi erano indecisi, spaventati, racchiudevano una domanda che lui non capiva. Nathan schiuse le labbra e prese aria, ma dalla sua bocca non uscì nulla.

«Sì?» lo spronò, allora, con una strana ansia nel ventre.

Nathan attese per qualche altro secondo prima di scuotere il capo e mormorare: «Nulla.»

Sentì l'uomo stringerlo e tirarlo a sé finché non gli fu di fronte: Nathan lo abbracciò, facendo poi scivolare le mani sulla sua schiena e fermandole all'altezza dei fianchi, per assicurarle lì. Deglutì, sentendo il suo cuore che partiva veloce, forte, impazzito.

Il compagno gli sfiorò una tempia con le labbra, scendendo in una carezza lieve sulla guancia, poi sulla mandibola, fino a soffermarsi sull'orecchio e morderlo delicatamente. Sospirò, stringendo appena le dita sulla giacca dell'altro. Faceva freddo, ma lui si sentiva accaldato.

Nathan accarezzò con la lingua il contorno del suo orecchio, si soffermò sul lobo e scese, poi, a succhiargli piano la pelle del collo, provocando un brivido lungo la sua schiena. Nate chiuse gli occhi, sospirando ancora, e reclinò il capo all'indietro prendendogli delicatamente i capelli tra le dita, accarezzandolo mentre lui lo baciava.

Le mani di Nathan scesero ancora e, quando si ritrovarono sul suo sedere, a stringere appena le natiche, lui gemette piano e il suo sesso rispose. Erano a stretto contatto, i corpi quasi completamente aderenti l'uno all'altro: Nathan doveva essersi accorto della sua erezione così come lui sentiva chiaramente il calore duro contro il proprio bacino.

Nathan, però, si fermò e allontanò le mani dal suo corpo rivolgendogli uno sguardo imbarazzato e vagamente triste.

«Credo che sia meglio avviarsi,» mormorò con voce, roca. Nate aveva il respiro affannato e lo fissava quasi perplesso, chiedendosi se avesse sbagliato qualcosa.

Non poteva essere, no? E Nathan sembrava preso da lui allo stesso modo, quindi poteva esser soltanto per...

Me. Sta cercando di darmi spazio.

Normalmente l'avrebbe apprezzato e avrebbe acconsentito a tornare a casa. Stavolta, però, non era lo stesso. Non ci riusciva, aveva come il sentore che, se l'avesse fatto, l'avrebbe perso. Forse era stato a causa di Cody, forse si era spaventato più di quanto non si fosse accorto precedentemente.

Forse era solo stanco di rimandare.

«Vieni,» balbettò, portandolo verso il cofano della macchina. Nathan gli rivolse uno sguardo interrogativo, non capendo. Lo trascinò su di lui fino a sbilanciarlo, le mani ai lati del suo corpo, riverso sul cofano. Sperava che non se la sarebbe presa.

Con una lieve pressione si issò su di esso e tirò a sé Nathan per riprendere a baciarlo dapprima sulla mandibola ricoperta di barba, poi sul collo.

«Che stai facendo?» chiese Nathan, un sussurro pieno d'eccitazione. Nate sorrise, godendosi la sensazione di essere lui il motivo di tale stato d'animo.

«Indovina,» rispose, imbarazzato, tirandolo più vicino a sé. Nathan si agitò appena, cedendo alla forza di gravità e schiacciandolo sotto di lui. Nate lo fece adagiare tra le sue gambe, piegate sul cofano, e si stese completamente, continuando a mordicchiargli il collo in una lenta tortura che produsse lievi gemiti, sospiri strozzati dalla gola di Nathan.

«Nate, non devi per forza...» cercò di mormorare, prima che lui catturasse le sue labbra in un bacio ricercato, passionale.

Un altro uomo ha fatto lo stesso, non posso rischiare di perderti perché non ti do tutto.

Non poteva dirlo o sarebbe sembrato patetico. L'ultima cosa che voleva era rovinare l'atmosfera erotica che aleggiava nell'aria.

«Voglio farlo,» sussurrò, facendo scorrere le mani sul petto tonico del compagno. «Se tu lo vuoi,» aggiunse, inutilmente. Gli occhi azzurri di Nathan brillavano d'eccitazione e desiderio e lo fissavano famelici, predatori.

«Se lo voglio?» ironizzò Nathan, permettendosi una lieve risata mentre si chinava a reclamare di nuovo le sue labbra. Le mani dell'uomo gli strinsero i fianchi con più forza, possessive, graffiandogli la pelle e facendogli soffocare un urletto contro quelle labbra bagnate e calde. Nathan sorrise.

«Non ti tirerai indietro all'ultimo momento, vero?» chiese, scivolando a sbottonargli la giacca e la camicia. Nate scosse il capo.

«Ti voglio,» sussurrò, correndo di nuovo sulle sue labbra.

Nathan non chiese più, lui non parlò. Entrambi pensarono soltanto a spogliarsi l'un l'altro, per la prima volta, bramando il contatto con la pelle. Tutti quegli strati di vestiti stavano diventando schiaccianti, ingombranti: tirò un sospiro di sollievo quando infilò le mani sotto la maglia di Nathan e ne sentì il petto nudo, i peli radi sotto i polpastrelli, i capezzoli già inturgiditi. L'altro gli stava sbottonando i pantaloni e lo stava privando di quella protezione, esponendo il sesso a contatto con il ventre.

Lui fece lo stesso, tremante, slacciandogli la cintura e gemendo in quel bacio che non avevano mai bloccato.

Le mani di Nathan si muovevano lente sul suo corpo, sul petto, sull'addome, scendevano e risalivano senza dargli tregua in un massaggio urgente, bramoso. Le dita dell'uomo sembravano desiderose di toccare ogni minimo centimetro di pelle, di massaggiarlo, di renderlo proprio. Quando incontrava i pettorali e i capezzoli, ci si soffermava stringendoli appena tra pollice e indice, giocandovi per poco prima di tornare a vagare, dolorosamente.

Nate stava alternando momenti in cui le sue mani si soffermavano sulla nuca, ad accompagnare il loro bacio, a momenti in cui esploravano la novità di trovarsi, finalmente, a contatto con la pelle di Nathan. Nonostante fosse lui il più vestito, non voleva perdersi nulla.

Con un gemito sommesso lasciò la sua lingua per scendere ancora sulla mandibola, poi sul collo che Nathan lasciò esposto chinandosi in avanti, fino all'incavo con la spalla e più giù. Il compagno guadagnò contatto con la pelle e finalmente sfiorò il suo bacino, il ventre, fino al sesso eretto che strusciava lento contro il suo.

Quando Nathan lo afferrò, lui trattenne un gemito, che gli fece tremare il torace e alzare il bacino, ricercando la presa dell'uomo. Sentì ancora una volta il suo erotico ridacchiare, caldo contro un orecchio.

«Dio, Nate...» mormorò, facendolo rabbrividire.

Nate alzò appena il corpo, strisciando sul cofano, e scivolò con il bacino verso di lui, iniziando a muoversi a ritmo con la mano di Nathan che strofinava sull'asta, soffermandosi sulla punta e riscendendo a sfiorare anche i testicoli.

Era una carezza abile, esperta, maledettamente piacevole. Non si soffermò a pensare a quante volte dovesse averlo fatto, sia a se stesso che ad altri.

Al contrario, cercò a fatica di liberarsi dei pantaloni, ancora incastrati alle caviglie, e delle scarpe, adagiandosi poi sotto di lui. Quando fu libero scese ad accarezzare l'addome dell'uomo, scivolando sul ventre e sul membro. Era poco più grande del suo, si permise di notare, ed era duro e pieno di venature esposte. Lo sfiorò, provocando un basso rantolo nella gola di Nathan. Invogliato a sentire più versi, poi, stuzzicò la pelle del prepuzio, tirandola a scoprire il glande, e prese a massaggiarlo con la stessa intensità con cui lui lo stava masturbando.

Ben presto anche Nathan gemette, chinando il capo e chiudendo gli occhi per abbandonarsi alla sua carezza. Lo spiazzo, deserto e silenzioso, si riempì di versi erotici e soddisfatti, un tripudio di emozioni che, finalmente, si stavano concedendo di provare. Era come arrivare a un traguardo tanto agognato e scoprire che il premio era maledettamente bello.

Nate ne voleva di più, sempre di più...

Tremante, con la mano libera corse a inumidirsi due dita e se le portò alla sua apertura, ad accarezzare e massaggiare l'anello di muscoli per permettergli di rilassarsi. Forse i suoi gemiti si fecero diversi, più insoddisfatti, più urgenti, perché Nathan riaprì gli occhi e lo fissò mentre cercava di prepararsi da solo.

«No, no, no, fermo lì,» gli sentì dire. Mugolò quando lasciò il suo sesso per bloccargli la mano che stava inserendo già due dita dentro di sé. «Questo è un piacere che non mi leverai, tesoro.»

Tremò mentre Nathan lo lasciava da solo per tornare in macchina e uscirne con una scatola di preservativi mezza piena. L'uomo tornò su di lui e sostituì la sua mano alla propria, prendendo a stuzzicare la sua apertura.

Farlo da solo era già di per sé eccitante, ma quando sentì l'indice di Nathan penetrarlo, non riuscì a trattenere il gemito di puro piacere che gli proruppe dalla gola. Non era acuto: era un verso grave, roco, virile ed eccitato. Un verso che Nathan parve apprezzare perché strinse ancor di più la mano sul suo sesso, facendolo inarcare verso di lui, a contatto con il suo petto.

«Stai bene?» gli chiese il compagno.

«Cazzo, sì,» rispose lui, dimenando disordinatamente il sedere. Non riusciva a scegliere tra muoversi verso la mano che lo masturbava o verso quella che lo stava penetrando. Nathan scoppiò ancora a ridere, affrettandosi a prendere di nuovo le labbra tra i denti, mordicchiarle e violarle con la sua lingua nell'ennesimo bacio.

Passò un'eternità: Nathan lo masturbava, facendolo avvicinare vicino all'orgasmo e poi rallentando, godendosi il lamento insoddisfatto che lui gli regalava successivamente. Ormai stava muovendo già tre dita dentro di sé e il lieve dolore provato inizialmente era scomparso. Piacere, piacere, piacere… Era da tanto che non si sentiva così.

Quando, per l'ennesima volta, Nathan non gli permise di venire, lui si staccò dalle sue labbra e mormorò, supplichevole: «Non ce la faccio più, Nathan…»

Lui annuì, aprendo la scatola di preservativi e porgendogliene uno. Ansimava, incapace di parlare, e si muoveva anche lui a ritmo mentre si masturbavano a vicenda. Nate lasciò andare il suo membro per aprire il preservativo, tremante.

Nathan stette a guardare mentre lui glielo metteva, gemendo appena al contatto del lattice con la pelle. Quando ebbe finito, diede una lieve strizzata anche ai testicoli facendolo dimenare sopra di lui.

Il tempo parve fermarsi mentre entrambi lasciavano andare i punti erogeni e si posizionavano. Nathan gli prese i fianchi tra le mani, facendolo scivolare verso di sé, poi sputò su di una mano e prese a massaggiarsi il sesso, lubrificandolo.

Seguì quella mano mentre accompagnava il membro contro la sua apertura finché la punta non spinse appena contro di essa.

Poi si guardarono.

Entrambi avevano il fiatone, il torace di Nathan si alzava e abbassava ritmicamente, veloce quanto il suo. Erano sudati e i capelli del compagno gli stavano appiccicati al volto. In un gesto tenero gli spostò una ciocca dietro le orecchie, liberandogli la visuale, e gli sorrise dolcemente.

Quando Nathan ricambiò quel sorriso, se ne accorse: non stavano facendo sesso.

Quello non era *sesso*, nonostante fossero su di una macchina, all'aperto, nonostante i gesti erotici che entrambi avevano accentuato, nonostante la malizia con cui Nathan aveva continuato a guardarlo.

Non era sesso. Era *amore*, spaventoso, terribile, meraviglioso amore.

Sentiva il cuore scoppiare davanti a quella consapevolezza.

Si allungò verso di lui, accarezzando il volto del proprio *amante* prima di cingergli le spalle con le braccia e il bacino con le gambe nude, e lentamente lo accolse, emettendo un verso roco mentre Nathan si spingeva dentro di lui tremando.

Quando fu completamente pieno di quel corpo estraneo, ma al tempo stesso familiare come nessun altro era mai stato, accarezzò quelle labbra con la lingua, permettendosi un bacio pieno d'affetto. Entrambi succhiarono e si accarezzarono, esplorando quelle cavità orali che ormai conoscevano a memoria, godendosi quei pochi secondi di desiderio, piacere, sentimento.

Poi Nathan iniziò a muoversi, lentamente, avanti e indietro contro il suo bacino, facendo sì che il suo membro toccasse tutti i punti più sensibili, permettendogli di godere del piacere che quel gesto comportava.

Nate si limitò ad assecondarlo, a fargli prendere il controllo mentre si baciavano, senza sosta, senza smettere. Gemiti ovattati, movimenti complici, ricercati.

Gli sembrava di toccare il Paradiso anche se, a detta di sua madre, era l'ultima cosa che avrebbe mai potuto sperare. Non importava: voleva soltanto Nathan, desiderava solamente rimanere con lui per tutta la vita. Se gli era concesso almeno quel piccolo miracolo, gli andava bene anche finire all'Inferno.

Il calore si propagava in tutto il suo corpo, guadagnava terreno nel ventre che fremeva, agitato, desideroso di liberare tutto il desiderio e l'eccitazione accumulati. Nathan doveva esser messo allo stesso modo perché lo sentiva muoversi sempre più velocemente, il corpo dimenarsi, i gemiti farsi più forti, più insoddisfatti.

Lo strinse a sé, prendendogli la nuca in una mano, e prese a gemere contro il suo orecchio, godendosi quegli ultimi attimi di goduria e trasmettendogli la sua impazienza.

Nathan capì, perché aumentò il ritmo e lo accompagnò masturbandolo con una mano. Nate allungò la sua libera verso il basso, a stringergli una natica.

Il piacere era insopportabile.

Venne contro il suo petto, sporcando sia se stesso che Nathan di liquido seminale. Non passò molto perché anche l'altro, scosso da tremori incontrollati, desse un ultimo affondo e raggiungesse l'orgasmo. L'uomo rimase così, immobile, a godersi la sensazione di essere completamente dentro di lui mentre raggiungeva l'orgasmo.

Le dita di Nathan erano strette sulla sua pelle e per qualche secondo non si mossero. Entrambi rimasero immobili ad aspettare che il respiro si facesse regolare, che il cuore rallentasse.

Poi, lentamente, Nathan si alzò e lo liberò, accasciandosi su di lui. Nate lo abbracciò, facendo schioccare le labbra contro una tempia.

«Grazie,» sentì mormorare dal suo amante.

Sorrise: doveva averlo desiderato davvero tanto. Non che per lui non fosse stato lo stesso.

Il mostriciattolo nel suo petto si agitava ancora, ripetendo quell'unica parola, "amore", incessantemente. Faceva male e faceva *paura* ma decise di ignorarla, almeno per il momento.

Non c'era bisogno che Nathan sapesse una cosa del genere.

Non ancora.

Nathan sospirò, sollevandosi e permettendogli di staccarsi dal suo abbraccio. Allungò una mano per accarezzare una guancia di Nate, sorridendogli dolcemente, e ancora una volta perse un battito, sentendo quel mostriciattolo che cercava di rompere le sue difese.

Distolse lo sguardo, a disagio.

Forse Nathan capì. «Adesso possiamo tornare?» chiese, ironico.

Annuì, ridacchiando contro le sue labbra.

CAPITOLO 19

Nate starnutì, soffiandosi ancora una volta il naso.

Era rimasto sveglio per gran parte della mattinata, più o meno dalle cinque e mezza. Aveva mal di testa e il naso otturato, ma si stava bene sotto alle coperte, accanto a Nathan.

Lui dormiva come se non avesse dormito per anni. Il suo volto era sereno e rilassato e ogni volta che si soffermava a guardarlo, il suo cuore accelerava.

Avevano passato tutta la notte a baciarsi e accarezzarsi. Non avevano portato avanti un altro rapporto completo, ma a lui stava bene così: era abbastanza per adesso.

Si era svegliato con la schiena a pezzi. La macchina, effettivamente, non era il posto migliore per far sesso. Si rigirò stancamente sul materasso, massaggiandosi il fondoschiena con un sospiro.

Quando tornò con lo sguardo al suo ragazzo, si accorse che aveva gli occhi socchiusi, puntati su di lui, e un sorriso soddisfatto sulle labbra perfette.

«Buongiorno,» mormorò Nathan, allungandosi per rinchiuderlo di nuovo tra le braccia. Lui sorrise, lasciandosi cullare in quella stretta e rispondendo al saluto.

«Hai dormito un sacco,» osservò, posando un bacio su quelle labbra che tanto amava. Nathan annuì.

«Sì,» rispose, ridacchiando. «Credo di aver fatto un meraviglioso sogno in cui tu e io facevamo cose da adulti.»

«Cose da adulti?» chiese, ironico. Nathan annuì, chinandosi a baciargli il collo e facendolo rabbrividire.

«Te lo racconterò quando sarai più grande.»

Nate mugolò, offrendogli maggiormente il collo. «Mmh... Potresti farmi qualche esempio, no? Credo di essere abbastanza *grande*.»

I baci divennero morsi mentre le mani calde di Nathan scendevano a massaggiargli i fianchi, le anche, fino al basso ventre e al proprio sesso già eretto. Nate emise un gemito, stringendosi a lui.

«Sì, direi che sei bello grande,» ironizzò Nathan, mordendogli una spalla. Mugolò, spingendo il bacino verso la mano del compagno in una muta richiesta di attenzioni.

Nathan non ci mise molto a farlo venire.

Era maledettamente abile in ogni cosa che faceva e ben presto Nate si ritrovò ad ansimare contro la sua spalla mentre sporcava le lenzuola di liquido seminale. Strisciò contro il suo corpo, ascoltando i gemiti di piacere dovuti alla sua masturbazione, e gli si accoccolò contro quando anche lui raggiunse l'orgasmo.

«Dimmi che adesso possiamo farlo ogni mattina,» mormorò Nathan, stancamente. Nate annuì, ridendo, e tossì piano contro il cuscino prima di tornare a stringerlo.

«Stai male?» gli chiese Nathan. Si strinse nelle spalle.

«Forse ho preso il raffreddore, sai... Il mio ragazzo ha avuto la brillante idea di scoparmi all'aria aperta a marzo inoltrato.»

Nathan rise, facendogli una carezza. «Tecnicamente è stata una *tua* idea.»

«Non importa,» replicò, starnutendo. Si districò dall'abbraccio per soffiarsi di nuovo il naso, sospirando.

«Vuoi rimanere a casa oggi?» gli chiese Nathan.

Lui scosse il capo. «Per un raffreddore? Ho subito di peggio, dai.»

«Se stai male, è meglio che tu stia a riposo,» replicò l'altro. «Possiamo dichiararci in malattia e rimanere a letto per tutto il giorno.»

Possiamo.

Quella parola scombussolò tutta la sicurezza che si era creata dentro di lui dopo anni di lotta. Possiamo... Aveva capito male o Nathan presupponeva di rimanere con lui? L'avrebbe davvero fatto?

Ovvio che no, stupido.

Era soltanto una frase di circostanza.

Si alzò, stiracchiandosi e recuperando una felpa per non sentire freddo. Nathan stette a guardarlo finché lui non disse: «Ho la schiena a pezzi.»

Allora rise di nuovo, rotolando sul letto per mettersi in piedi anche lui e controllare l'orario sul cellulare. «È colpa tua anche quella.»

«Potevi andarci piano.»

«L'avresti preferito?»

«No.»

Gli andava benissimo quel che avevano fatto: Nathan era perfetto anche sotto quel punto di vista. *Soprattutto* sotto quel punto di vista.

Si vestirono in fretta e mangiarono davanti a un cartone animato, commentando quanto fossero stupidi i personaggi che si muovevano sullo schermo. Si prepararono, poi Nathan lo portò a lavoro e lo salutò con un bacio veloce sulle labbra prima di dirigersi sul set.

Dopotutto, se fosse continuata così, la sua vita sarebbe andata più che bene.

Katia si fece vedere verso la fine del turno.

L'ultima volta gli aveva detto che sarebbe passata, quindi non si stupì di vederla comparire dietro la porta a vetri del locale con un sorriso raggiante e amorevole.

Le offrì un tè freddo, poi si fermò a parlare con lei di come procedesse la vita nella sua città natale. Katia gli disse che sua figlia, ormai, aveva cinque anni e che si stava preparando per "la scuola dei grandi". Gli disse che chiedeva spesso dello zio Nate e che non vedeva l'ora di rivederlo.

Lo invitò addirittura alla sua festa di compleanno, la solita festa a cui lui evitava di andare a causa delle persone che avrebbe preferito non incontrare.

«Dai, Nate, pensaci!» disse Katia, pregandolo con la sua faccia da cucciolo. «Puoi portarti chi ti pare! Sei fidanzato adesso?»

Lui era arrossito. «Non credo sia una buona idea.»

Katia, imbronciata, aveva gettato la spugna quasi subito. Nonostante tutto, gli piaceva parlare con sua sorella. Si era sempre trovato bene in sua compagnia, molto più che con gli altri. Lui e Ty avevano interessi completamente diversi mentre Peter, pur essendo sempre gentile e affettuoso, si era mantenuto lontano dalla famiglia per parecchio tempo.

La più piccola, Amanda, aveva solo dieci anni quando lui se n'era andato. Era una ragazza dolcissima ma, purtroppo, non aveva avuto modo di conoscerla.

Katia aveva più o meno la sua stessa età e bene o male era stata lei a stargli sempre vicina da piccola. A quel tempo, pur con gli attacchi di panico, l'aveva sorretto nei momenti in cui non sapeva che fare e l'aveva aiutato a sopravvivere durante i primi giorni di trasferimento.

Iniziava a credere che il disturbo da panico fosse una grande qualità piuttosto che una debolezza. Rendeva le persone più sensibili e attente.

Continuarono a parlare del più e del meno per diverso tempo prima che i suoi fantasmi tornassero a bussare alla porta. L'influenza lo rendeva troppo debole per affrontarli.

«Ciao, Nate.»

Non si era accorto del momento in cui Nicolas era entrato nel locale. Era sempre stato subdolo e silenzioso in tutto ciò che faceva. Si sedette accanto a Katia senza guardarla, non riconoscendola, e lui non poté far altro che biascicare un "ciao, Nick" quasi disperato, affranto, sorpreso.

Nathan.

Ma Nathan non era lì, anche se sapeva che, probabilmente, sarebbe arrivato a breve. Sperava di non dare l'ennesimo spettacolo.

Va tutto bene. Non può farmi nulla. Non più.

«Nicolas?»

Katia lo richiamò, incredula. Nate sapeva cosa stava pensando: "Perché è qui? Perché è con te?"

Avrebbe voluto urlarle che non era come pensava ma, invece, rimase in silenzio, abbassando il capo.

«Nate, stacca,» gli venne imposto da una voce che lui identificò come quella di Timothy. Non se lo fece ripetere due volte. Scappò mentre Nicolas e Katia si salutavano quasi fossero stati amici di vecchia data, e corse a prepararsi e a recuperare aria. Decise che avrebbe chiamato Nathan per non farlo venire: magari sarebbe riuscito a non farli incontrare.

Tutti i suoi piani, però, vennero mandati all'aria una volta che fu uscito e che non solo trovò Katia e Nicolas ancora a parlare fuori dal locale, ma addirittura Nathan che li osservava di sbieco, in un angolo, appoggiato al muro.

Peggio di così…

Si bloccò. Certo che poteva andare peggio! Gli girava la testa al solo pensiero.

Si avvicinò titubante, facendo un sorriso di scuse a Nathan che, prontamente, lo raggiunse.

«Eccolo,» esclamò Katia, sorridendogli imbarazzata.

Nicolas si rivolse a lui ignorando Nathan. «Nate, come si chiama la libreria in centro? Quella di fronte al parco?»

«Taylor,» rispose, meccanicamente. Nicolas sorrise, annuendo.

«Taylor, sì! Sapevo che l'avresti saputo! A me veniva "tallieur"!»

Represse il moto d'orgoglio nel sentire che Nicolas ricordava che gli piacevano i libri.

Non aveva più importanza, ormai.

«Ah, allora forse ho capito…» rispose Katia, perplessa.

«Devi passarci! Ormai ci vado ogni venerdì sera.» Poi, come se nulla fosse stato, Nicolas tirò fuori un bigliettino dalla tasca e lo porse a Nate, sorridendo velocemente anche a Nathan. «Passa, se ti va. È un bel locale.»

Gli si strinse lo stomaco e si sentì come in una morsa, strangolato. Faticava a respirare. Quando Nicolas vide che non si muoveva, si sbrigò a infilargli il biglietto nella tasca dei pantaloni.

Lo lasciò fare: l'avrebbe buttato successivamente. Nathan, al suo fianco, dovette lanciargli uno sguardo di fuoco perché Nicolas ridacchiò, allontanandosi. «Beh, ti saluto, Katia. Fa' buon viaggio.»

Se ne stava andando? Che cosa aveva detto a sua sorella? Che doveva aspettarsi? Katia lo salutò con un abbraccio un po' forzato.

«Ci vediamo… Immagino.» Poi, guardando Nate chiese, titubante: «Vi vedete ancora?»

«No.» Una risposta secca e veloce che non levò il sorriso sulla bocca di Nicolas ma, anzi, lo accentuò.

«Non come prima,» mormorò lui, quasi dispiaciuto.

«Non ci vediamo da anni.»

«Nove, vero?» continuò Nicolas. Tremò, sentendo Nathan rigido al suo fianco.

«Non lo so, non tengo il conto.»

«Ah no?» Un altro mormorio crudele, soddisfatto, consapevole. Nicolas sapeva benissimo quanto, in realtà, gli facesse male. «Ci vediamo, Nate.»

Non disse altro. Se ne andò alzando la mano in segno di saluto, lasciando dietro di sé solo rovine. Come aveva sempre fatto: era stanco di raccogliere i cocci di quello che lui aveva rotto, non era bravo ad aggiustare le cose.

Gli girava la testa.

«Faresti meglio a tornare a casa anche tu, Nate, sembri stanco,» gli disse Katia, premurosa. Nate annuì, guardando Nathan. Si sentì sollevato nel constatare che gli stava ancora sorridendo, dolcemente. Aveva capito che sarebbe crollato?

«Lui è il mio ragazzo,» disse, quasi senza pensare. Sia Katia che Nathan gelarono: lui rivolse un sorriso timido a sua sorella. «Nathan, lei è mia sorella Katia.»

Katia, forse, era la più colpita perché il primo a reagire, vincendo quella battaglia di stupore, fu Nathan, che allungò la mano per porgergliela.

«Nathan,» si presentò, sorridendole. Katia fece lo stesso, un po' imbarazzata.

«Katia,» mormorò, squadrandolo. Poi, senza pudore, aggiunse: «Caspita, sei un figo.»

Nathan si mise a ridere, Nate si grattò la nuca nervoso. «Grazie,» disse, educatamente.

«Fa il modello,» mormorò Nate, quasi con orgoglio. Lo sguardo che gli rivolse Nathan fu quasi esasperato, come se avesse preferito mantenere quell'informazione nascosta. Lui lo ignorò, incassando l'ennesimo sguardo stupito di Katia.

«Per la miseria, Nate, te lo sei scelto bene!» commentò, ridacchiando. «Accidenti, decisamente ti voglio alla festa di Mary Jane!»

«Katia, guarda...»

«No, ascolta,» lo interruppe sua sorella, scuotendo il capo. «Qual è il problema? Hai un ragazzo da sogno che sembra certamente più educato del precedente, starai a casa con me e Mary sarà felicissima di vederti! Anche Amanda chiede sempre di te! Forza!»

Abbassò lo sguardo, indietreggiando appena.

«Nathan, per favore, portatelo a forza!»

«Dove?» chiese, incuriosito, il suo compagno. Provò a bloccarla, ma Katia era già partita. Era difficile che riuscisse a smuoverla quando era così convinta.

«Mia figlia compie gli anni questo weekend, di solito invitiamo la famiglia a casa per festeggiare, ma Nate non viene mai. Quest'anno però ci sei anche tu, sono sicura che verrebbe!»

Sentì lo sguardo di Nathan su di lui, ma si costrinse a non alzare il suo. Non voleva leggere in quegli occhi una preghiera, o avrebbe ceduto subito. Non gli andava, non voleva, aveva...

«Magari Nate potrebbe chiamarti durante la settimana per darti conferma, che dici?»

Maledetto bastardo.

Voleva *subdolamente* convincerlo con qualche strano ricatto. Tipo "niente sesso per una settimana". Beh, poteva farcela, erano mesi che ce la faceva!

Come no.

«Va bene, mi affido a te. Mary Jane sarà felicissima!»

«Non farci troppe speranze!» la sgridò Nate mentre lei stringeva in un abbraccio il suo compagno. Quando si voltò verso di lui, gli fece un sorriso dolce.

«Mi raccomando,» disse, abbracciando anche Nate.

Lui annuì, sospirando. «Vai piano sulla strada del ritorno.»

Lei ridacchiò, baciandogli la fronte. Quando si staccò, poi, gli mise la mano su di essa, il volto perplesso. «Sei un po' caldo, Nate. Sicuro di star bene?»

Annuì, allontanandosi con fare imbarazzato. «Sì, è solo un po' di influenza.»

Nathan fece lo stesso, imitando il gesto di Katia.

«Credo che tu abbia la febbre, invece. Torniamo a casa.»

Sembrava... preoccupato? Il cuore gli si strinse.

Calmo.

«Convivete?» chiese Katia.

Guardò Nathan come a chiedere conferma, quasi non avesse saputo la risposta. Lui annuì, sorridendole. «Mi aiuta con gli attacchi di panico.»

Nate lo guardò stupito. Non credeva che gliel'avrebbe detto. Forse aveva intuito che era lei la sorella di cui parlava sempre, forse si era soltanto fidato di lei. Si sentì preoccupato e libero allo stesso tempo: se Nathan se la sentiva, allora andava bene.

«Ah,» mormorò Katia, sorridendo. «Sì, lui è bravo.»

«Lo so,» commentò Nathan, guardandolo con affetto. Si sentì in dovere di distogliere lo sguardo, imbarazzato. Dopo le ultime vicende, però, era quasi un sollievo sentirlo parlare in quei termini di lui.

«Beh, andate allora. Fammi sapere come stai!» gli disse Katia, facendogli una carezza. La videro raggiungere la macchina e la salutarono, poi ripartirono.

Durante il viaggio di ritorno lui si addormentò.

Nathan lo svegliò quando furono a casa. Si sentiva accaldato e frastornato e fu lieto di essere accompagnato fino al letto dal suo compagno. In camera di Nathan, ovviamente.

Nathan recuperò termometro e medicinali, poi si sedette di fianco al letto e attese pazientemente che si misurasse la febbre.

«Dopo chiamo Timothy e gli dico che domani rimani qui,» mormorò con dolcezza. Era maledettamente premuroso, tanto da farlo sentire male. Era una cosa a cui lui non era più abituato.

«Non importa, mi sarò ripreso,» replicò, ma Nathan scosse il capo.

«Preferisco che tu stia a riposo.»

Distolse lo sguardo per non dover sostenere quegli occhi preoccupati. Sentiva i suoi lucidi scottare, probabilmente per la febbre. Sicuramente era per quello.

Tremava, anche. Faceva freddo, ma probabilmente anche quella era una conseguenza della febbre. Di rimando Nathan si avvicinò e gli rimboccò le coperte.

«Rimarrai qui?» chiese Nate, titubante. Avrebbe preferito evitare, ma non ce la fece. Era troppo strano, troppo irreale, e lui era frastornato e intontito dall'influenza e non riusciva a ragionare.

«Sì, certo.» Ancora un sorriso, quella struggente dolcezza che gli faceva scoppiare il cuore.

«È strano,» si lasciò sfuggire. Stava iniziando a parlare senza pensare, doveva fermarsi prima che... «Nick non l'avrebbe fatto.»

Oh, merda. Zitto.

Nathan accanto a lui si irrigidì, ma non disse nulla. Continuò ad accarezzarlo piano, teneramente, il volto neutro e privo di emozioni. Non lo aiutava a rimanere in silenzio.

«Lui lasciava stare. Una volta...» Rise, anche se non c'era nulla da ridere. «Una volta mi sono alzato per prendere le medicine, ma avevo la febbre così alta che sono svenuto davanti all'armadietto. Quando mi sono svegliato, ero ancora a terra.»

Rise di nuovo, la vista appannata, il cuore pesante. Senza dire nulla, Nathan gli si stese accanto, stringendolo tra le braccia. Era un calore confortante.

«Mia madre, invece...» continuò. *Chiudi quella bocca, Nate!* «Mia madre era sempre lì. Non andavamo d'accordo già da allora, ma se mi ammalavo era sempre lì.»

Sua madre che, quando lo sentiva chiamare, correva da lui con dell'acqua o un'altra pastiglia. Sua madre che, da piccolo, passava a prenderlo e, se aveva avuto problemi con qualche ragazzo più forte di lui, lo portava a prendere un gelato e al parco giochi. Sua madre che gli aveva regalato il suo primo libro dicendo: "Questo qui, un giorno, sarà il tuo miglior amico." Ricordava così bene, anche se non gli era permesso...

Ricordava anche il momento in cui aveva detto ai suoi di essere gay.

Lo ricordava più di ogni altra cosa. Erano a tavola e aveva detto che Nicolas non era soltanto un suo amico che aveva finito da poco la scuola. Ricordava il modo in cui gli avevano detto che doveva andarsene, lo sguardo accusatorio e schifato di suo padre, il pianto di sua madre... Come se fosse stato un assassino, anche se Nate non aveva ucciso proprio nessuno.

Nicolas l'aveva accolto a casa sua quella stessa sera: una magra consolazione nell'abisso in cui stava precipitando.

«Lo amavo,» confessò, confusamente. Le lacrime gli rigavano il volto e ancora non voleva ammettere che non era soltanto colpa della febbre. «Lo amavo e non me ne importava nulla se loro dicevano che era sbagliato. Nick mi aveva accolto a casa sua e andava tutto così bene, inizialmente...»

Nathan rimaneva in silenzio. Sentiva le sue dita accarezzargli piano la guancia, asciugandone le lacrime. Sentiva la pelle così calda, anche se aveva incredibilmente freddo...

«Credevo che sarei rimasto con lui per tutta la vita. Credevo alle sue bugie, credevo a tutto... Ero soltanto un ragazzino...»

Si lasciò scappare un singhiozzo: a quello non poteva mentire. Non poteva falsificare il dolore, non poteva nasconderlo dietro lo scudo dell'influenza. «Poi è arrivato... Jason, credo si chiamasse. O James. Forse Jack... Non lo so.»

Scosse il capo e tirò su col naso, chiudendo gli occhi. Dio, la testa gli stava scoppiando. Sentì Nathan sibilare, nel tentativo di calmarlo o di bloccarlo, ma lui lo ignorò. Ormai c'era ed era così liberatorio sapere che, finalmente, lo stava ascoltando, che avrebbe sentito tutto, che...

«Mi chiesero una cosa a tre. Avevo una paura fottuta, ma non potevo dire di no oppure mi avrebbe mandato via anche lui.» Rise, anche se non c'era nulla di divertente in quella patetica storia. «Allora dissi che andava bene. Lasciai che quello... *sconosciuto*... mettesse le mani su di me, che facesse quello che Nick voleva.»

Dio, faceva male. Faceva malissimo: quando Nathan lo strinse, di riflesso si lasciò cullare dal suo abbraccio. L'uomo scavalcò il suo corpo e gli si mise addosso, posando lieve le labbra sulle sue.

«Poi sono arrivati gli altri,» mormorò. La sua voce era ridotta a un verso basso e acuto, strozzato, rotto, ferito. «E dai giochi a tre siamo passati a quelle...» Un singhiozzo, il corpo tremava incontrollato. «Quelle *robe* orribili piene di gente nella stanza e *sperma*... E pian piano esser chiamato "puttana" non era più eccitante...»

«Basta, Nate.»

Nathan lo bloccò, annullando le distanze con un bacio. Lui pianse in quel contatto, distrutto, fece scivolare tutto il dolore che aveva represso e si strinse a lui mentre il suo corpo si adagiava contro il suo, racchiudendolo in un rifugio caldo e confortante.

Dio, Nathan...
Il suo *tutto*.
Allora lo disse.
«*Ti amo...*»
Un verso strozzato come gli altri, disperato, che annullò ogni altro rumore. Continuava a piangere ma gli sembrava di non sentire neanche quello. Aveva gli occhi semiaperti, ma non riusciva a vedere nulla: si disse che era una fortuna perché non voleva sapere che espressione avesse Nathan. Non voleva leggere la delusione nei suoi occhi, non voleva tristezza, non voleva compassione.

«Avrei voluto dirlo diversamente,» singhiozzò, incurvandosi di più su se stesso.

Per diversi secondi Nathan mantenne il silenzio, distruggendolo più di quanto già non avesse fatto da solo. Poi, lentamente, sospirò e si chinò a dargli un altro bacio, dolce, tremante, quasi spaventato.

«Ti prendo la pastiglia e poi dormi, Nate, va bene?»

Avrebbe voluto rispondere di no. Avrebbe voluto urlare, avrebbe voluto una maledetta reazione a quella confessione gettata fuori per disperazione, ma sapeva di non poterselo permettere.

Allora annuì, lasciando che il freddo tornasse ad accarezzargli la pelle e che Nathan si allontanasse per prendere le medicine e dell'acqua.

L'unico rumore nella stanza era quello dei suoi singhiozzi trattenuti a stento.

CAPITOLO 20

Dire che era sconvolto, forse, era dire nulla.

Nate si era addormentato quasi subito: la febbre era alta, pochi decimi in meno del 39, e dopo avergli somministrato le medicine, l'aveva osservato cadere in un sonno profondo tra le tante coperte che gli aveva posto addosso.

Poi, apparentemente più tranquillo rispetto alle sue condizioni fisiche, Nathan si era allontanato dalla stanza perché aveva iniziato a respirare con difficoltà.

L'aveva mandato in panico, non poteva nasconderlo.

Il suo passato, i suoi racconti, la sua dichiarazione... Soprattutto la sua dichiarazione.

Sapeva di piacere a Nate, sapeva che si era affezionato a lui, ma... lo amava? Nate era davvero *innamorato* di lui? Se ci pensava, si sentiva svenire.

Era troppo intenso, troppo bello, troppo... *sbagliato*. Non era quella la verità: se ne stava convincendo, anche se con difficoltà a causa della lotta che stava portando avanti contro la speranza.

Forse era soltanto il bisogno di avere qualcuno al suo fianco che la febbre aveva accentuato. Poteva capirlo, era facilmente fraintendibile con l'amore... Anche se l'idea faceva davvero male.

«Pronto?»

Non aveva idea del perché avesse chiamato proprio lui. Cody era la persona meno indicata da contattare, soprattutto per quello che provava per Nathan, ma era il suo miglior amico: non avrebbe saputo a chi altri rivolgersi.

«Ehi.» La sua voce tremò mentre si lasciava cadere sul letto di Nate e si prendeva la testa con la mano libera. Gli girava, maledizione: era dannatamente stanco. Forse si stava ammalando anche lui.

«Ehi, che succede?» Cody era il solito: vagamente divertito, maledettamente premuroso. Sentì una stretta al cuore a doversi sfogare proprio con lui. Forse era soltanto un grandissimo egoista.

Il silenzio fu abbastanza eloquente. «Avanti, Nathan, parla.»

«Non è roba che vuoi sentire.»

«La sentirò lo stesso perché sono il tuo miglior amico masochista.»

Si lasciò sfuggire un sorriso prima di sospirare e stendersi. «Mi ha detto che mi ama.»

Cody rimase in silenzio, così tanto che temette di averlo offeso. Poi gli disse: «Ci sono, Nath, continua.»

Grazie. Grazie, Cody.

«Stava delirando per via della febbre, si è sfogato rispetto al suo passato e poi mi ha detto che mi ama.»

«E tu credi che non sia vero.»

«Non lo so,» ammise. «Dovrei?»

«Certo che no, Nathan,» sogghignò Cody. «Nate è uno stronzo egoista, dovresti licenziarlo e chiudere tutto con lui.»

Lo irritò sentirgli dire quelle parole. Forse era troppo sconvolto per poterle prendere come scherzose, perché partì a dire: «Non lo è! Non è così meschino!»

Almeno credo.

Cody lo interruppe con una risata. «Nathan, ti stavo prendendo in giro. Ti sei risposto da solo. Smettila con le paranoie e torna da lui.»

Si fermò a riflettere sulle sue parole prima di ribattere. Aveva ragione: nonostante si fosse sforzato di chiedersi se fosse vero, in cuor suo sapeva già la risposta.

Non era soltanto una speranza: glielo leggeva negli occhi quando si guardavano, lo vedeva nelle movenze, nei gesti, nei sorrisi. Lo capiva da tutto quel che faceva per Nathan, da come gli era accanto, da come si sforzava sempre per farsi in quattro per lui, qualsiasi cosa fosse successa, contro qualsiasi problema.

Lo vedeva ogni giorno, in ogni attimo, in ogni respiro in più che riusciva a strappargli.

Era soltanto spaventato da quello che significava per lui: rendersi conto di essere *innamorato* era una cosa; venir ricambiato, però…

«Sta dormendo… Aveva 39 di febbre,» mormorò appena.

«E non dovresti essere lì a fare l'infermierina premurosa?»
Si permise un attimo per analizzare il suo tono di voce. Era ironico o sarcastico? Cody stava soffrendo? Lo stava ferendo? Si sentiva una merda anche senza ricevere direttamente quelle risposte.
«Come diavolo mi sopporti?»
Cody rise. «Ormai ci ho fatto l'abitudine. Sono laureato in Nathanaelogia, è il mio lavoro.»
Rise anche lui. «Grazie, Cody.»
«Figurati, stronzo,» disse l'amico, sospirando lieve. «Tutto qui? Oppure c'è altro?»
«Non credo.»
«Panico? Ansia?»
«Passati.»
«Allora alza il culo e vai da Nate.»
Sospirò, sorridendo sinceramente mentre si rialzava. «Grazie.»
Cody era sempre lì quando aveva bisogno di lui. Forse, se fosse arrivato prima, gli avrebbe dato una possibilità. Forse sarebbero potuti essere dei bravi compagni in altre circostanze. Forse anche Cody sarebbe potuto essere felice.
Ma no, non con lui. Non più.
«Tranquillo, Nathan. Corri da Nate.»
«Ci sentiamo.»
«Sono qui.» Un mormorio carico di sentimenti che tentò di ignorare.
Lo so.

Nate si svegliò in mattinata.
Quando entrò in camera per cambiargli la pezza bagnata che gli aveva messo sul capo, lui stava uscendo dal bagno. Era pallido e aveva il volto stanco, ma sembrava star meglio: gli sorrise quando si accorse che era entrato.
«Buongiorno,» disse, timidamente. Nathan si lasciò scappare un sorriso intenerito.
«Buongiorno, Nate. Come ti senti?»
«Un po' a pezzi, ma credo che la febbre sia scesa.»

Si avvicinò a tastargli la fronte mentre cercava il termometro sul comodino. Era vero: era più fresco, anche se forse aveva ancora un paio di decimi. Accese l'oggetto e glielo porse, osservandolo mentre se lo metteva sotto l'ascella, obbediente.

Si accorse che non lo guardava negli occhi. Era a disagio anche lui: era evidente che entrambi stavano ancora pensando alla loro "chiacchierata" del giorno prima, ma nessuno dei due aveva il coraggio di dire qualcosa al riguardo.

«Ho chiamato Timothy. Ha detto che non ci sono problemi anche rispetto a domani.»

«Grazie,» mormorò Nate, rimanendo poi in silenzio. Attesero senza dir nulla finché il termometro non suonò, avvertendo che aveva terminato la misurazione.

Era un trentasette e mezzo.

«È scesa, bene,» gli disse, sforzandosi di sorridere. Gli riempì un bicchiere d'acqua, porgendoglielo. Nate ringraziò con un cenno, bevendone tutto il contenuto senza dire una parola.

«Forse ti conviene rimanere a letto. Stasera vediamo come va, okay?»

«Ti ho ferito?»

Alla fine l'ha tirato fuori lui.

Si permise qualche secondo prima di incontrare i suoi occhi. Erano seri e tristi. Nate sembrava nervoso quanto lui.

«No, Nate,» sospirò, scuotendo il capo. «Il passato è passato. Dev'esser stato già terribile ricordarlo.»

«Non mi riferivo a quello, Nathan!»

«*Lo so, dannazione.*»

Era una risposta abbastanza eloquente.

Sì, era confuso.

Sì, era spaventato.

Sì, era *maledettamente* ferito.

Non continuò a parlare e Nate rimase in silenzio allo stesso modo. Nessuno dei due osò alzare lo sguardo verso l'altro, nessuno riuscì a dire nulla per diverso tempo. Il silenzio tra loro era sempre stato così pesante e doloroso?

«Scusami,» sussurrò, poi, Nate. La sua frase era triste e piena di paura. Era come se stesse tentando di trattenersi per non ferirlo, per non dire qualcosa che avrebbe potuto fargli altro male.

Nate era sempre stato così.

«Non scusarti,» rispose Nathan.

Non era ferrato in quell'argomento e non poteva dire di essere particolarmente sensibile. Inoltre era ancora scottato e non sapeva se quel che avrebbe potuto dire sarebbe risultato sconveniente e avrebbe finito per ferire Nate.

«Non... Non l'ho detto soltanto a causa della febbre.»

Grazie a Dio, grazie a Dio, grazie a Dio.

Trattenne il sorriso che sentiva fremere sulle labbra. Provò ad alzare gli occhi: Nate non lo guardava ancora ma era diventato rosso, e stavolta non era colpa della febbre. Tentò di mantenere il proprio respiro leggero e silenzioso: se avesse sospirato, Nate avrebbe notato l'espressione stupidamente felice che gli si stava colorando sul volto.

«Possiamo riparlarne quando starai meglio?»

«È un problema?»

Se mi ama?

Nathan alzò lo sguardo su di lui e poté notare come i suoi occhi si fossero fatti lucidi, in risposta alla sua domanda. Neanche quello era un effetto della febbre.

Non riuscì a non sorridergli.

«Ovviamente no. Voglio soltanto parlarne quando saremo più tranquilli.»

E finalmente anche Nate sorrise. Annuì, stringendosi teneramente nelle spalle. Sentiva il bisogno di abbracciarlo ma passò sopra anche a quell'emozione. Doveva rimanere calmo o sarebbe sembrato troppo perso per lui, troppo preso, troppo coinvolto.

Che male ci sarebbe? È la verità.

Oh, il suo orgoglio lo considerava terribile invece!

«Magari a casa di tua sorella.»

Ridacchiò quando Nate sgranò gli occhi. «No, ascolta, Nathan...»

«Andiamo, ci sarò io,» lo interruppe.

«Non ci vado.»

«Sì che ci *andremo*.»

Nate gli rivolse uno sguardo supplichevole. «Nathan, ci sarà tutta la mia famiglia.»

«E noi l'affronteremo *insieme*.» Gli si sedette accanto, donandogli una carezza sul collo caldo di febbre. «Lo so che è difficile e che fa male, ma sono passati... Quanti anni, ormai?»

«Nove,» pronunciò roco, come se la voce gli si fosse bloccata in gola.

«Sono nove anni che non vedi i tuoi genitori?» Cercò di trattenere lo stupore.

Nate annuì soltanto. Nathan fece una smorfia prima di stringergli la nuca e tirarlo a sé in un abbraccio accennato, soltanto per fargli appoggiare il capo sulla propria spalla. L'altro lo lasciò fare.

«Tesoro, lo so che è difficile ma è importante,» mormorò dolcemente. «È un trauma che devi superare. Non sei solo, possiamo farlo insieme, ma devi almeno provarci.»

Il suo compagno ebbe un tremito. Poi, lentamente, sentì una mano stringergli la maglia e tirarlo a sé, piano, in muta richiesta di contatto.

Allora glielo diede.

Gli si avvicinò e gli cinse le spalle con entrambe le braccia, stringendogli il capo in una mano. Nate ricambiò quell'abbraccio, facendo passare gli arti lungo i suoi fianchi e aggrappandosi alla sua schiena. Un sospiro, poi il silenzio.

Finalmente era tornato leggero, rilassante, giusto.

Non era un silenzio pesante: era quello che non chiedeva né aspettava. Era quello che avrebbe potuto sopportare per tutta la vita, se soltanto lui gliene avesse dato l'opportunità.

Passarono secondi che parvero un'eternità.

Poi, flebilmente, Nate sussurrò: «Va bene.»

* * *

Era la prima volta che era lui a guidare e non Nathan.

La febbre, purtroppo, era passata in tempo per il weekend e Nate non aveva potuto trovare una scusa per non andare alla festa di Mary

Jane. Non che non volesse vedere sua nipote o le sue sorelle... Era con il resto della famiglia che aveva discreti problemi.

Katia e Michael vivevano a Fayetteville, una cittadina a due o tre ore dalla loro. L'ultima volta che era stato a trovarli era quando Mary Jane aveva due anni. Sembrava impossibile che fosse già arrivata a cinque senza che lui nemmeno se ne fosse accorto.

«Probabilmente non si ricorda di me,» aveva detto a Nathan mentre erano in viaggio. Lui si era messo a ridere e gli aveva preso il collo in una mano, massaggiandoglielo come a trasmettergli più sicurezza.

Era dannatamente grato che fosse con lui, anche se era il colpevole di quel viaggio.

Parlarono poco: Nate gli spiegò com'era composta la famiglia e Nathan apprese in fretta quasi tutti i nomi. Non se la sentiva di dire altro e il compagno assecondò quel desiderio, rimanendo in silenzio per tutto il viaggio.

Aveva paura.

Se pensava che avrebbe passato due giorni con la sua famiglia, dopo così tanto tempo, gli mancava il respiro. Era confuso e nervoso e, se avesse potuto, sarebbe scappato a gambe levate.

Non poteva: Katia l'aspettava ed era già da troppo tempo che, ormai, fuggiva. Non l'avrebbe mai ammesso, ma era stanco.

«Ripassiamo,» disse a Nathan quando ormai mancava soltanto una mezz'ora di viaggio. «Quali nomi ti ricordi?»

Non ne aveva davvero bisogno, ma doveva distrarsi. Nathan forse capì perché non obiettò, anzi, rise prima di rispondere: «Fammi fare mente locale.»

Attese mentre lui rifletteva e poi continuava: «Katia sta con Michael ma non sono sposati, giusto?»

«Esatto.»

«E hanno una figlia, Mary Jane.» Annuì impercettibilmente. «Peter è quello sposato?»

«Ty è sposato, Peter credo che sia single.» Non sentiva da anni anche lui: chissà che tipo di persona era diventato.

«Amanda è la minore.»

Annuì ancora. Quanti anni aveva, ormai? Diciotto? Diciannove? Era passato così tanto tempo…
Si ricorderà di me?
«Non ricordo il nome della compagna di Ty,» disse Nathan. Nate fece mente locale. Com'era il nome? Non riusciva a ricordarlo, aveva la testa completamente annebbiata.
«Nate?»
«Non lo ricordo,» ammise, accorgendosi che gli era difficile anche soltanto parlare. Provò a deglutire, così da calmarsi: non ci riuscì.
Merda.
E proprio come aveva fatto Nathan mesi prima sterzò, finendo con la macchina fuori strada. Era patetico pensare che, adesso, era a causa sua.
Mentre si fiondava fuori dalla vettura, come in fuga, sentì a stento la porta del passeggero sbattere dietro la sua. Lui si limitò ad accovacciarsi a terra mentre si stringeva la gola in una mano.
Oddio, e adesso?
Ma riuscì a mandar giù. Riuscì a mandar giù e a inspirare. Era stato soltanto un attimo, stava bene, poteva farcela.
Non sono io quello con gli attacchi di panico, andiamo!
Lui poteva farcela alla grande, anche se soltanto il pensiero faceva male.
«Nate, ascolta,» sentì pronunciare dalla voce di Nathan, inginocchiato accanto a lui. Era dolce, un sussurro calmo e gentile. Nonostante tutto non aveva nessuna voglia di ascoltarlo.
No, ti supplico, sta' zitto… Sono bravo ad autoconvincermi, sta' zitto!
«Ehi. Guardami.»
Lo fece: gli rivolse uno sguardo spaventato e supplichevole che sapeva avrebbe capito. Nathan rimaneva tranquillo, anche se quando lui si voltò ebbe un sussulto. Non se lo aspettava? Aveva paura di parlare?
Dai, sto bene…
«Ehi, cucciolo,» iniziò, sorridendo appena mentre allungava una mano ad accarezzargli la guancia. «Va tutto bene, okay?»
«Lo so,» provò a dire, interrompendolo, ma fu bloccato a sua volta.

«No, ascolta.» Nathan gli prese il volto tra le mani, dandogli un lieve bacio sulle labbra e accarezzandolo con le dita. «Va tutto bene. Se non te la senti, chiamiamo tua sorella e le diciamo che hai avuto una ricaduta. Non c'è nessun problema, possiamo tornarci un'altra volta.»

«No, posso farcela.»

«Non è una gara, Nate.» Un battito del cuore più forte, vuoto nello stomaco. «Possiamo tornarci un'altra volta, sono stato io troppo impulsivo a insistere. Scusami.»

Nate scosse il capo. *È ridicolo, andiamo.* «Ce la faccio, davvero.»

«Non devi dimostrare niente a nessuno.» Nathan si avvicinò ancora e posò il capo contro la sua fronte.

«No, invece,» ribatté. «È a me che devo dimostrare di potercela fare.»

«Non ho dubbi che tu possa farcela, Nate.» Nathan sorrise, cingendogli le spalle con un braccio e tirandolo a sé in un abbraccio. Era un calore confortante.

«Davvero, posso farcela.» *Chi sto tentando di convincere, esattamente?*

«Cosa ti spaventa?»

Si bloccò.

Tutto.

«Niente,» mentì. Nathan scosse il capo, stringendolo.

«Non è la risposta giusta. Sfogati: cosa provi?»

Tutto.

Come poteva soltanto provare a descrivere quello che sentiva dentro? Era tutto un miscuglio di emozioni che stava tentando di trattenere da troppi, troppi anni. Ricordi, ricordi, ricordi... Un tripudio di dolore e gioia, nostalgia.

Tanta nostalgia che non avrebbe mai dovuto provare.

«Non lo so,» mormorò. «Io...»

Voglio scappare.

«Mi sento un topo in gabbia che deve dimostrare di saper arrivare al formaggio,» spiegò. Una cavia da laboratorio: la stessa, orrenda sensazione.

«Sei in gabbia soltanto se pensi di esserlo,» ribatté Nathan, accarezzandogli la nuca. Era rilassante. «Hai già dimostrato tutto ciò che dovevi dimostrare, adesso basta. Stiamo andando lì per festeggiare tua nipote, niente di più. Non esistono gli altri: lasciali pensare quello che vogliono. Non devi più dar conto a nessuno.»

Nate annuì, anche se si sentiva come se fosse stato in dovere di farlo. Nathan si allungò a dargli un altro bacio a fior di labbra, poi attese. Si accorse che stava aspettando che fosse lui a decidere di ripartire: se non avesse detto nulla, Nathan gli avrebbe permesso anche di rimanere lì per tutta la giornata.

Era un pensiero allettante.

«Credi che...» mormorò, indeciso. «Credi che possano dire qualcosa?»

«Anche se fosse, lasciali parlare. Non hai fatto nulla di male.»

«Ma...» Ancora una pausa: aveva paura di dire quelle parole. «Sai, in realtà mi sento come se...» Si fermò ancora perché sentiva che stava per scoppiare di nuovo. La voce non funzionava a dovere. «*Sperassi* in una reazione. È stupido.»

«Che reazione vorresti?» Nathan gli diede un bacio tra i capelli, ancora abbracciato a lui.

«Non lo so,» mentì, stringendosi piano nelle spalle. «Forse mi basterebbe un sorriso.»

Suona così patetico.

Nathan, però, non rise. Rimase in silenzio a dargli il tempo di sospirare e stringerlo ancora.

«Potrebbe succedere come potrebbe non succedere,» disse, infine. «È normale che tu ti senta così: sono le persone con cui hai passato la maggior parte della vita. Non farti condizionare, però. Adesso sei adulto e vivi da solo da un po' di tempo. Può essere un'occasione per riappacificarvi come può non significare nulla, ma tu devi stare tranquillo, Nate.»

Rabbrividì mentre si faceva più piccolo tra le forti braccia del suo compagno. Era così bello stare lì, in quel calore rassicurante. Nathan non lo lasciava e lui si sentiva *al sicuro*. Da un lato era meraviglioso; dall'altro *terrificante*.

«Ce la farai comunque, qualsiasi cosa accada,» continuò Nathan. «Ti conosco.»

La vera meraviglia, però, era sentire con quanta sicurezza e sincerità fosse capace di dire parole del genere. Era dolce, gli dimostrava

CAPITOLO 21

sentimenti che non aveva mai avuto modo di conoscere e lo avvolgeva in un velo di tenerezza.
Riusciva quasi a farlo sentire *migliore* come nessuno era mai riuscito a fare. Riusciva a calmarlo e prenderlo per mano, lo accompagnava in sentieri che aveva paura di percorrere e faceva sì che fosse sicuro di dove metteva i piedi.
Nathan sapeva fare così tante cose che Nate non era mai riuscito a fare: se c'era lui, probabilmente, poteva affrontare qualsiasi cosa.
«Andiamo, allora.»
Se Nathan continuava a sorridergli in quel modo, lui poteva fare *tutto*.

Nathan parcheggiò nel cortile dell'abitazione. Dopo essersi rimessi in macchina, si era offerto di guidare, per non stressare troppo Nate. Avevano parlato per i restanti trenta minuti, poi Nate si era zittito, limitandosi a dirgli dove dovesse andare.
Era una piccola casetta in campagna d'architettura rustica: c'erano tre gatti stesi al sole sul pianerottolo e Katia stava parlando con un uomo fuori dall'abitazione. Oltre a loro non c'era nessuno anche se la porta di casa era aperta e diverse macchine erano già parcheggiate nel cortile.
Nathan spense l'auto, poi diede uno sguardo al compagno.
Era ancora nervosissimo: guardava le macchine davanti alla sua con aria affranta. Gli prese la mano nella propria, facendogli un sorriso. Avrebbe voluto dargli tutta la forza che aveva ma non gli era concesso. Poteva soltanto stargli vicino: quello l'avrebbe fatto *sempre*.
«Quella è la macchina di mio padre,» spiegò Nate, indicando una Opel Astra grigia parcheggiata appena accanto alla casa. Nathan gli strinse maggiormente la mano.
«Va tutto bene, ricordi?»

«Sì,» mormorò appena, annuendo.

Qualcuno, poi, bussò al vetro della macchina e il volto sorridente di Katia li salutò. Nathan le fece un sorriso prima di rivolgere un cenno a Nate. Lui si sforzò di ricambiare, aprendo la portiera e scendendo.

Quando fece lo stesso, Katia gli saltò al collo, salutandolo. La strinse in un abbraccio: gli piacevano le persone affettuose come lei e già l'aveva presa in simpatia. Forse era semplicemente perché si sentiva simile.

«Grazie, Nathan, davvero!» gli disse la ragazza. Fece il giro della macchina, poi, per abbracciare il fratello. Ebbe l'impressione che Nate l'avesse stretta come faceva con lui, aggrappandosi a una scialuppa di salvataggio.

«È bello avervi qui. Venite!»

Katia li accompagnò dall'uomo con cui stava parlando prima, che Nate salutò con un altro abbraccio. Quando si avvicinò, poi, glielo presentò. «Nathan, lui è Michael.»

Allungò la mano a stringergliela: l'uomo gli sorrise calorosamente. Aveva un paio di occhi grigio chiaro pieni di dolcezza. «È un piacere conoscerti, Nathan. Katia mi ha parlato di te!»

«Spero bene,» rispose, ridacchiando.

Katia finse d'arrabbiarsi, esclamando: «Certo! Si è anche ingelosito quando ho detto che fai il modello!»

«Non è vero, ero solo curioso di conoscerti,» ribatté Michael, facendogli l'occhiolino. Ammiccò di rimando, ridendo prima di prendere Nate per le spalle e tirarlo a sé. Fu un gesto abbastanza spontaneo: da un lato non voleva farlo sentire in imbarazzo, dall'altro aveva bisogno di averlo accanto e, magari, ribadire l'ovvio.

Katia sorrise prima di far cenno di aspettare e chiamare a gran voce la figlia.

Nel frattempo lui diede uno sguardo al suo ragazzo: Nate era rosso ma, chiaramente, aveva apprezzato il gesto.

«Non vedeva l'ora, Nate, sai?» gli disse Michael. «È sempre lì a dire: "Quando viene zio Nate? Quando arriva lo zio?"»

Nate ridacchiò, felice. «Credevo non si ricordasse neanche.»

«Oh, si ricorda eccome!» rispose Katia. «Stamattina si è svegliata, è venuta da me e mi ha detto: "Mamma, mi devi truccare come te per zio Nate, sennò penserà che sono brutta!"»

Risero entrambi: Nathan sentì Nate stringersi a lui, come in cerca di sicurezza. Ricambiò il gesto impercettibilmente.

Dalla porta di casa comparve una bambina magra e graziosa, con un bel vestitino bianco a fiori. Somigliava tanto alla madre quanto a Nate: aveva i capelli mossi che terminavano in boccoli castani, lunghi fino alle spalle, e un paio di occhi grigi come quelli del padre.

Le gote arrossate e un velo di lucidalabbra per bambini, probabilmente di quelli profumati. Quando vide Nate, si bloccò sull'uscio: lui si staccò dal proprio compagno e lo osservò mentre si avvicinava.

«Mary Jane!» la richiamò Nate, sorridendole. «Caspita, come sei cresciuta!»

Mary Jane abbassò lo sguardo, ondeggiando da un lato e dall'altro per qualche secondo. Nate le si fermò davanti e si inginocchiò. «Ehi, ti ricordi di me?»

La bambina annuì, arrossendo. «Zio Nate,» disse poi, con la sua vocina timida.

«Sì! Sei diventata bellissima, sai?»

Lei sorrise, poi gli saltò al collo e lo abbracciò.

E qualcosa si rivoltò nello stomaco di Nathan. Non aveva mai provato un sentimento simile: era nuovo, non aveva idea di come comportarsi. Cos'era? Gelosia? No, era più dolce, come... Felicità? Non era corretto nemmeno quello.

Nate strinse la bambina, prendendola in braccio e facendola girare mentre lei rideva. Un'altra capriola nello stomaco, il cuore era impazzito e lui non riusciva a staccare gli occhi da quella scena, rapito, incantato.

Riconobbe l'emozione quando lo vide: Nate con una bambina che gli somigliava tantissimo, splendida tra le sue braccia, felice. Nate che lo guardava e gli sorrideva, Nate che, con una forza che lui *non aveva*, si metteva a parlare a *sua figlia* e la faceva ridere.

Era desiderio: non sessuale, no. Era il desiderio di una famiglia.

Ed era la cosa più *terrificante* che avesse mai provato.

«... e poi c'è una torta gigantesca e la devi vedere!»

«Va bene!»

Nathan lottò contro uno strano groppo in gola mentre Nate si avvicinava a lui. Lo vide aggrottare le sopracciglia, probabilmente perché aveva letto nel suo sguardo quel qualcosa che *mai* avrebbe saputo descrivere ad altri. Scosse appena il capo, sorridendogli.

Poi, Mary Jane si volse a guardarlo.

«Mary, lui è Nathan,» spiegò Nate, rivolgendo uno sguardo a Katia, come in una silenziosa domanda.

Lei gli si avvicinò e disse alla figlia, dolcemente: «Te ne ho parlato, ti ricordi?»

«Il fidanzato dello zio.»

Oddio.

Non se l'aspettava. Katia era una donna di vedute aperte, ma non credeva che avesse parlato di lui in quei termini anche alla figlia. Ne era sorpreso, ma felice. Incontrò lo sguardo di Nate e poté leggere nei suoi occhi lo stesso stupore gioioso e riconoscente: doveva essere importante per lui essere accettato da qualcuno in famiglia.

«Sì, esatto,» annuì Nate, sorridendole.

Lei si voltò a guardare Nathan e, dopo averlo osservato per bene, disse: «Quindi tu sei zio Nathan?»

Dentro di lui qualcosa si ruppe. Fece male, fece un male cane, così male che non capì neanche perché sentì lo stomaco ribaltarsi, come colpito da una spada che lo trapassava da parte a parte. Nate forse se ne accorse, perché gli rivolse uno sguardo interrogativo mentre lui ricercava il suo, smarrito, confuso.

Cosa doveva fare? Cosa doveva rispondere?

«Beh, puoi chiamarlo così se a Nathan non dà fastidio,» disse Nate. Era rivolto a Mary Jane, ma sembrava che stesse chiedendo a lui piuttosto.

Lentamente annuì, sorridendole.

«Certo che puoi chiamarmi così,» sussurrò, flebile, quasi avesse avuto paura che, alzando un po' la voce, avrebbe spezzato quell'incantesimo.

«Evviva!» Poi volle scendere dalle braccia di Nate per fiondarsi nelle sue: la accolse con un terribile nodo in gola, come se fosse stato sul punto di crollare. Non sarebbe successo, ovviamente: lui era forte.

«Caspita, non ha mai fatto così con nessuno!» commentò Katia. «Devi proprio piacerle!»

Mary Jane affondò il capo contro il suo petto mentre lui le accarezzava i capelli, ridacchiando. Incontrò lo sguardo di Nate soltanto per rassicurarlo con un occhiolino: sembrava ancora preoccupato per lui.

Nathan, invece, stava combattendo con l'orrenda sensazione di essere sull'orlo di un attacco di panico. Non aveva senso: non era teso, fatta eccezione per il suo tentativo di trattenere sentimenti che neanche lui capiva.

Non credevo che sarei mai stato chiamato zio.

Non che l'avesse desiderato: era soltanto un pensiero che aveva avuto qualche mese prima, nella pateticità del suo dolore. Ormai l'aveva dimenticato e non pensava che l'avrebbe scombussolato così tanto sentire quella parola.

"Zio"... Lui non aveva idea nemmeno di come comportarsi in un contesto del genere.

Non credeva che sarebbe stato così *bello* sentirselo dire.

«Nate?»

Mentre lui rimetteva a terra la bambina, qualcun altro chiamò il compagno. Una voce maschile e stupita: alzò lo sguardo per cercarne la fonte e vide due ragazzi che si avvicinavano, seguiti da una donna incinta.

Nate, accanto a lui, si irrigidì.

«Pete!»

Il ragazzo che l'aveva chiamato gli assomigliava molto: era magro quanto lui e portava gli occhiali. I capelli erano corti e scuri, ricci, gli occhi uguali a quelli di Nate. Gli corse incontro e gli si buttò al collo, lasciando Nate inerme a ricambiare un abbraccio che l'aveva lasciato disorientato. Poteva capirlo anche soltanto guardandolo.

Attese mentre il suo ragazzo salutava suo fratello con un sorriso.

«Da quanto tempo non ti vedo!»

«Dalla nascita di Mary Jane, credo!» rispose Peter, sorridendogli. Nate annuì e poi fece correre lo sguardo dietro di lui, bloccandosi.

L'altro ragazzo sembrava il maggiore: aveva capelli corti e barba appena fatta, più robusto degli altri due, occhi verdi e glaciali, nonostante il sorriso imbarazzato che gli ornava le labbra.

«Ciao, Nate,» salutò, allungandosi a stringerlo in un abbraccio impacciato, superficiale.

Nate si staccò quasi subito. «Ciao, Ty.»

Era lui, quindi. Il fratello che l'aveva rinnegato. Un moto di protettiva ira gli attraversò il petto: tentò di ignorarlo, ma fu difficile trattenere anche lo sguardo gelido che gli rivolse quando i loro occhi si incontrarono.

Entrambi i fratelli lo fissarono stupiti, chiedendosi, forse, chi fosse.

Doveva presentarsi? Come avrebbe dovuto definirsi? Era meglio tacere?

«Lui è il mio compagno, Nathan.»

Nate ovviò a ogni problema parlando per lui e sconvolgendolo ancora. La sua famiglia era per metà contraria al suo orientamento sessuale eppure Nate non ebbe alcun tentennamento, era quasi fiero di presentarlo come tale. Lo rendeva felice, anche se era un argomento che lo mandava ancora in confusione. Nathan allungò una mano verso i due ragazzi e rivolse loro un caloroso sorriso. Dopo un attimo di stupore, il primo a stringerla fu Peter.

«Benvenuto, Nathan!» L'uomo si allungò a dargli un abbraccio, sorridendogli. «Il tuo nome si pronuncia proprio così? Nathan?»

Ridacchiò, annuendo e trovandosi a pensare che avesse un atteggiamento amichevole che gli piaceva. Probabilmente era più aperto del resto della famiglia, anche se non aveva ancora conosciuto tutti quanti.

Si rivolse a Ty, poi, porgendo la mano anche a lui. Ci mise più tempo a prenderla, mettendo su un sorriso falso e freddo. «Ciao, è un piacere.»

Ne dubito.

«Il piacere è mio,» rispose, quasi acidamente. «So che aspettate un bambino: tanti auguri.»

Se l'aveva detto apposta? Oh, certo che l'aveva detto apposta. Non aveva degnato la moglie neanche di uno sguardo – non che lei l'avesse fatto, eccetto che per il primo segnale di disgusto su quel viso pieno di imperfezioni coperte dal trucco – ma doveva mandare un messaggio al ragazzo.

Messaggio che Ty intese: sgranò gli occhi e corse con lo sguardo a Nate, che intanto aveva chinato il capo, imbarazzato.
Scusa, amore.
«Ah. Sì, noi... Grazie.»
Sua moglie sbuffò, prima di biascicare un veloce: «Io vado ad aiutare dentro,» e dileguarsi.
Bene, facci il favore di non tornare più.
Ty la osservò allontanarsi prima di rivolgersi a loro e mormorare: «Scusatela, è un po' stressata a causa della gravidanza.»
«Oh no, credimi, è stronza di suo,» ribatté Katia, alzando gli occhi al cielo. Ty la guardò male, ma non negò: un altro punto a sfavore. Nate sospirò, stringendosi nelle spalle.
«Ricordo vagamente,» disse.
Al contrario di quanto fatto con Katia, Ty non mostrò di essere offeso dalle parole del fratello. Gli rivolse uno sguardo costernato, triste, e mormorò: «Nate, io...»
Nate, però, lo interruppe. «Quanto manca?» chiese, eloquente. Non voleva parlarne, non voleva delle scuse false e non voleva esser costretto ad accettarle. Nathan riusciva a capire perfettamente cosa stesse pensando il suo ragazzo in quel momento.
«Un paio di mesi.»
«Capisco.» Non aveva mai sentito un tono di voce così basso e remissivo da Nate: gli dava fastidio. Provò ad avvicinarsi e prenderlo per mano: lui accettò quel contatto con piacere, stringendolo. Se gli altri se ne accorsero, non dissero nulla.
«Nathan, di dove sei?» chiese Peter, curioso. «Credo di averti visto da qualche parte... Possibile?»
«Fa il modello,» disse Katia, con nonchalance. Entrambi gli uomini spalancarono gli occhi.
«Sì, ecco! Hai fatto degli scatti per Morellato, vero?» chiese Peter.
Annuì, sorridendo appena. «È uscita da poco la pubblicità, eh?»
«C'è un cartellone giusto qui al bivio!»
«Non ci abbiamo fatto caso,» ribatté Nate. Era vero: erano così impegnati a parlare che proprio non avevano guardato i cartelloni pubblicitari.

«Beh, complimenti,» disse Ty, neutro. Si chiese se non fosse diventato più simpatico da quando la sposa se n'era andata: forse era per quello che era una spina nel culo?

Sii meno scurrile, Nathan. In fondo puoi risparmiartelo nel caso avessi bisogno di spaccargli la faccia più tardi.

«Peter! Ti avevo detto di...»

Era una voce femminile stavolta. Si volsero tutti a ricercarla, come serpenti rapiti al suono di un flauto. Nate fu l'ultimo a girarsi: nei suoi occhi era dipinto il puro terrore e a nulla valse il fatto che lui gli stesse tenendo la mano.

Nate gelò.

***

Sua madre incontrò il suo sguardo dopo nove anni che non l'aveva fatto e il mondo si fermò.

Sentiva la mano di Nathan stringersi attorno alla sua, richiamarlo, trasmettergli coraggio ma era come bloccato, completamente in balia di quello che era stato il centro della sua vita per anni e che adesso non era più nulla.

Sembrava che il tempo si fosse fermato; sua madre lo fissava come se non fosse esistito altro. I suoi fratelli se n'erano accorti? Sicuramente, ma lui non riusciva a distogliere lo sguardo dal suo.

Peter fu il primo a muoversi.

«Che ho fatto?» le chiese. Era sicuro che avesse intuito che nessun altro avrebbe rotto il ghiaccio, quindi si era sacrificato per loro. Forse gliene era grato, forse no.

«Hai... Hai lasciato la giacca sul tavolo. Mettila a posto,» rispose sua madre, confusamente.

Ty lo accompagnò dentro e Katia si accovacciò a dar da mangiare ai gatti, come ritirandosi, lasciando lui e Nathan da soli con la donna che aveva chiamato per tanto tempo...

«Ciao, mamma.»

La donna sobbalzò e fu sicuro di vedere i suoi occhi lucidi. «Ciao, Nate. Non credevo che saresti venuto.»

«Katia non te l'ha...?»

«Sì, ma di solito...»

Entrambi non riuscivano a finire le frasi, entrambi erano maledettamente a disagio ed entrambi sospirarono, come a ricercare la forza. Poi gli occhi di sua madre si posarono su Nathan, trapassandolo, spogliandolo, analizzandolo.

Sapeva cosa si stava chiedendo ma in qualche modo, contrariamente a quanto aveva fatto precedentemente, non riusciva a levarsi il dubbio. Non riusciva a parlare.

Coraggio...

«Lui... Lui è Nathan.»

"Il mio ragazzo." Avanti. Dillo. Puoi farlo.

«Ah.»

Nathan lasciò andare la sua mano per porgerla alla donna, sfoggiando ancora un sorriso in sua direzione, gentile, educato, nobile proprio come era sempre stato. Avrebbe voluto soltanto scappare assieme a lui e non tornare più.

Sua madre attese un'infinità di tempo.

Fissò quella mano come se non avesse saputo che farci, come se non si fosse mai presentata a qualcuno. Poi, finalmente, si decise a stringerla. «Hannah.»

Fu un contatto breve e distaccato. Quando lo lasciò andare, sua madre chiese: «Sei un suo... amico?»

Dai, Nate. Puoi farlo.

Nathan aprì le labbra per rispondere, ma lui fu più veloce.

«È il mio ragazzo.»

Il suo cuore sarebbe esploso a breve. Sua madre gelò e, *lentamente*, si girò a fissarlo. Qualcosa dentro di lui morì, agonizzando sotto il peso di quegli occhi terribili. Avrebbe voluto salvarla, ma era bloccato.

«Ah.»

"Non hai ancora smesso di fare quelle cose schifose? Sei ancora un essere tanto abominevole? Tanto vale che tu muoia, allora! Perché sei qui? Perché vuoi deviare tutti quanti con la tua depravazione? Soltanto la tua presenza mi disgusta!"

Le sentiva forti nella sua testa quelle maledette voci. Anche se sua madre rimaneva in silenzio, lui la sentiva, la sentiva, la sentiva... Faceva male. Faceva così male che aveva smesso addirittura di respirare.

Resisti. Resisti...

«Ho da fare.»

Per fortuna sua madre si diresse verso la casa, sciogliendo l'atmosfera pesante che si era creata. Se Nathan fece qualcosa, Nate non ci fece caso.

Era completamente in balia della confusione e del dolore. Avrebbe voluto soltanto andar via: non era possibile? Non aveva fatto abbastanza? Se fossero partiti, magari, sarebbero arrivati in nottata e si sarebbero potuti sdraiare insieme... Aveva voglia di fare *sesso* e non pensare più a nulla.

Anche se, nei confronti di Nathan, era completamente ingiusto.

«Ehi,» sussurrò Nathan, dolcemente. Non riuscì ad alzare lo sguardo su di lui.

«Ehi,» ripeté ancora, stringendolo a sé e premendogli il capo contro la sua spalla. Si accorse che era così piacevole da far male. Chiuse gli occhi, maledicendosi per la propria debolezza. «Cucciolo?»

«Solo un attimo,» riuscì a mormorare con la voce strozzata.

«Non mi muovo.»

Non lo fece neanche lui.

Sentì a stento Katia che diceva a Nathan: «Io entro, quando siete pronti vi mostro la stanza.»

Avrebbe voluto ringraziarla, ma non riusciva a muoversi: le braccia di Nathan erano troppo confortanti per poterle lasciare. Voleva rimanere rinchiuso in quel calore per sempre. Non desiderava altro: voleva soltanto stare con lui, solo con lui.

Posso farlo? Ti prego, Nathan, posso farlo?

Non ebbe il coraggio di chiederglielo.

CAPITOLO 22

Lui e Nathan presero il regalo per Mary Jane in macchina, poi seguirono Katia dentro casa. Peter stava discutendo con sua madre mentre Ty e sua moglie guardavano la televisione con suo *padre*.

Quando entrarono, l'uomo si volse a guardarlo. Nate non fece in tempo ad aprire la bocca, in cerca di qualcosa da dire, che questo si voltò di nuovo, come se lui non fosse mai esistito.

Simulò un sorriso amaro, abbassando lo sguardo e limitandosi a seguire Katia e Mary Jane al piano di sopra.

«Qui c'è la stanza degli ospiti, se avete bisogno di qualcosa basta chiamare! Aspettiamo il padre di Michael e poi mangiamo, va bene?»

Annuì, incapace di dire altro. Osservò la porta che si richiudeva e rimase a guardarla mentre Nathan, invece, si muoveva per la stanza, lasciando la valigia a terra, e lo raggiungeva per prenderlo per la nuca e baciarlo, dolcemente.

Gli fu immensamente grato di quel gesto: aveva un bisogno enorme del suo affetto, anche se non credeva di meritarlo. Anche se non sapeva più se era reale o no.

Con la lingua ricercò subito la sua e gemette quando sentì che Nathan la succhiava, rendendo il bacio più umido ed eccitante. In pochi secondi fu spinto all'indietro e ricadde sul letto, tra le mani di Nathan che iniziarono a spogliarlo, come se non avesse desiderato altro per tutto il tempo.

Erano a casa di sua sorella con i suoi genitori al piano di sotto, ma non gli importava nulla: quando ansimò al tocco esperto delle dita del compagno sul ventre, Nathan sorrise.

Una carezza leggera, volta a farsi desiderare, lenta. Nate mugolò, mettendosi a sedere e reclamando le sue labbra ancora e ancora. Non parlavano ma continuavano ad accarezzarsi e donarsi piacere rapiti, incapaci di pensare ad altro che non fosse loro e loro soltanto.

Nate aveva un disperato bisogno di non pensare più a nulla.

Gli si spinse contro, ribaltando la situazione: adesso era Nathan a essere quasi steso sul materasso mentre lui gli stava a cavalcioni, strusciando il bacino contro il suo e continuando a succhiarne le labbra.

Sia lui che il compagno ansimavano, riempiendo la stanza silenziosa di versi eccitati.

Nathan gli prese le natiche tra le mani e strinse, tirandolo verso di lui. Un gemito: quando allontanò il volto dal suo, si perse nei suoi occhi, azzurri e pieni di sentimento. Il suo compagno lo guardava fisso, respirando affannosamente.

I suoi occhi gli stavano accarezzando il volto, espressivi e seri, le labbra rosse e maltrattate erano schiuse e aspettavano soltanto di essere violentate ancora una volta.

Nate, invece, rimase immobile a guardarlo mentre faceva scorrere una mano lungo il rigonfiamento nei pantaloni e lo stringeva delicatamente, facendolo ansimare e godendosi il piacere dipinto sul suo viso.

Quelle mani che ancora erano sul suo sedere gli slacciarono la cintura, allentando i pantaloni e facendoli calare abbastanza da lasciare scoperta l'area delle mutande. Nathan, poi, inserì una mano sotto il tessuto di esse e fece scorrere le dita tra le natiche, massaggiando la sua apertura.

Gemette, il respiro divenne più affannato e lo sguardo si fece quasi supplichevole.

Quello di Nathan si accese: non sorrideva ma era fisso su di lui, come se non avesse voluto perdersi nulla di quel che gli stava facendo provare. Di rimando emise un altro gemito, più eccitato e frustrato.

Aveva bisogno di averlo dentro di sé e sapeva benissimo che Nathan non aveva i preservativi dietro. Non che non si fidasse, ma non voleva rovinare tutto con poca cautela.

Nathan lo penetrò dolcemente con dito, prendendo il movimento giusto per non fargli male e fargli provare soltanto piacere. Con qualche sforzo riuscì a scivolare completamente dentro di lui, accarezzando il suo interno con movimenti lenti e circolari che lo fecero impazzire.

Nate grattò appena all'altezza dei testicoli del compagno, poi risalì fino alla sagoma del sesso e riscese. Nathan diede un mugolio di soddisfazione, roco ed eccitato. Il dito che lo stava penetrando scivolò fuori e la mano lo imitò.

«Ah...» si lasciò scappare, chinandosi fino ad affiancare la testa a quella dell'altro che, finalmente, si lasciò scappare una risata sospirata contro il suo orecchio, baciandolo.

«Forse dovremmo fermarci,» lo sentì sussurrare.

Gli seccava ammetterlo, ma era vero: dovevano fermarsi prima di farsi beccare da qualcuno mezzi nudi.

Per sua madre sarebbe stato uno spettacolo esilarante.

Nonostante tutto continuò ad accarezzargli il sesso da sopra i pantaloni, lentamente, ignorando le sollecitazioni a fermare quel circolo di gemiti e piacere che avevano iniziato. Nathan gli mordicchiò l'orecchio, scendendo sul collo a succhiarne la pelle gentilmente.

Prima che potesse scendere ancora, qualcuno bussò alla porta.

«*Merda*,» sussurrò lui, staccandosi immediatamente dal compagno, per timore che qualcuno aprisse. Nessuno entrò, però: al contrario attese mentre lui si tirava su i pantaloni e Nathan si ricomponeva, allacciando la camicia che lui gli aveva slacciato.

«Chi è?» chiese a voce più alta, dando uno sguardo spaventato a Nathan.

Nessuna risposta.

Deglutendo e rimettendosi a posto quanto gli era possibile si fiondò alla porta, aprendola con titubanza.

Credeva che chiunque avesse bussato se ne fosse andato, magari spaventato dai loro versi. Invece no: c'era ancora una ragazza davanti a loro, probabilmente sulla ventina d'anni, che lo guardava sorpresa.

Riconobbe gli occhi castani che gli stavano restituendo lo sguardo.

«Amy?»

«N-Nate...» Un balbettio appena udibile: la ragazza gli buttò le braccia al collo e lui barcollò all'indietro, sorpreso. Diede uno sguardo a Nathan: lo stava fissando sorridente e intenerito, senza alcuna traccia di imbarazzo.

Amanda gli stava attaccata al collo e non lo guardava. Sembrava quasi rifugiarsi tra le sue braccia e Nate ebbe l'impressione che stesse tremando.

«Ehi... Sei cresciuta un sacco!»

Non la vedeva da quando lei aveva dieci anni: quella che aveva davanti era una donna, non più la bambina di un tempo.

La strinse, indietreggiando verso la stanza e rimettendola a terra. Amy lo guardò con occhi lucidi e tristi: non era felice di vederlo?

«Nate...» pronunciò la ragazza con voce bassa e rotta. «Mi sei mancato così tanto...»

Gli si spezzò il cuore. Si era tenuto a distanza da lei soprattutto perché era ancora minorenne e, quindi, dipendente dai loro genitori. Era fastidioso e doloroso non poterla vedere ma non aveva avuto scelta.

«Amy...» mormorò tremante mentre le accarezzava il viso. Lei gli sorrise, scuotendo il capo.

«Non è colpa tua!» disse, come se avesse già capito tutto.

Era diventata grande e sensibile: era sconcertante sapere quanto si fosse perso della donna che aveva davanti ma, allo stesso tempo, era grato di leggere ancora affetto nei suoi occhi.

La abbracciò di nuovo, ridendo appena.

Rivolse ancora lo sguardo a Nathan, come se avesse avuto bisogno di sostegno, di sincerarsi che fosse lì. Nathan stava ancora sorridendo, seduto sul letto disordinato, paziente mentre lo aspettava.

Qualche secondo e anche Amanda si volse a guardarlo, accorgendosi che non era solo. «Oh, scusami, vi ho disturbati?»

Nate arrossì, scuotendo violentemente il capo. «No, no, non preoccuparti!»

Nathan trattenne a stento una risata: lui lo fulminò con lo sguardo prima di guidare sua sorella verso di lui e pronunciare: «Lui è Nathan.»

«State insieme?» chiese Amanda con tranquillità. Annuì, imbarazzato.

Lei rivolse al suo compagno un caloroso sorriso e gli strinse la mano. «Sono Amanda!»

«Nate mi ha parlato molto di tutti voi,» ribatté Nathan, rispondendo a quel sorriso con uno dei suoi da mozzare il fiato.

«Chissà quante cose spaventose ti avrà detto, allora.»

«Solo cose buone!» si difese lui, scompigliando i capelli corti della sorella.
Più o meno.
«Katia mi ha chiesto di venire a dirvi che è quasi pronto giù in cucina.»
Fece una smorfia, annuendo. Era giunto il momento di affrontarli tutti insieme, proprio come aveva fatto quel pomeriggio di tanti anni fa, quando la sua vita era cambiata e lui aveva detto addio a quella maschera di falsità che l'aveva accompagnato per tutto quel tempo.
Tremò al pensiero di ciò che avrebbe dovuto fare.
Di rimando, Nathan gli fu subito accanto, facendogli un sorriso per rassicurarlo.
«Facciamolo allora,» mormorò, poco convinto.
«Non preoccuparti, adesso ci siamo noi!» gli disse sua sorella.
Nate sapeva che era vero.

* * *

Tenne per mano Nate mentre scendevano al piano di sotto. Lo fece principalmente perché lo sentiva davvero teso, nervoso, come se potesse scoppiare da un momento all'altro. Odiava l'idea di non poter fare nulla per calmarlo, odiava il fatto che i suoi genitori lo facessero sentire così fuori posto e odiava sapere che, qualsiasi cosa fosse successa, probabilmente la situazione non si sarebbe risolta.
Insomma sì, potevano chiarirsi, ma Nate era troppo ferito: anche se lo vedeva aperto al dialogo e nostalgico verso un passato che Nathan non conosceva, in realtà non sarebbe mai tornato indietro.
Cose di quel genere dovevano aprire baratri inimmaginabili dentro le persone, proprio come era successo a lui quando era morto Cassian. Non era la stessa cosa, ma erano comunque traumi che né lui né Nate potevano ignorare.
Nate lasciò andare la sua mano quando ebbero percorso tutta la rampa di scale e comparvero nel piccolo ingresso, affacciandosi sulla cucina. Gli fece un sorriso timido pieno di paura nascosta, poi apparve nella stanza, facendosi coraggio.

Suo padre era seduto a tavola assieme a Ty, sua moglie – non sapeva ancora il suo nome ma, francamente, non gli interessava – e un uomo che identificò come il padre di Michael. Peter, invece, stava parlando con la piccola festeggiata, Mary Jane, di un qualche videogioco che dovevano averle regalato.

Katia e sua madre erano nell'angolo cottura mentre Michael faceva avanti e indietro tra fornelli e tavola per preparare tutto. Era una situazione molto familiare, nonostante la tensione che aleggiava nell'aria a causa della presenza di Nate.

La madre di Nathan aveva pochi parenti, quindi non aveva spesso l'occasione di trovarsi in quel tipo di contesto.

«Salve, signor Jonson,» salutò Nate, educatamente. L'uomo gli fece un ampio sorriso e si alzò a dargli una pacca sulla spalla.

«Ti trovo bene, Nate!»

Nate annuì, gentilmente. «Lui è Nathan.»

«È un piacere, Nathan. Sono Tom Jonson, il padre di Michael.»

Diede uno sguardo veloce a Nate prima di presentarsi. Lui annuì impercettibilmente, come a dargli il permesso che cercava, e si sentì libero di dire: «Nathan Doyle, sono il ragazzo di Nate.»

Non una reazione. Anzi, il signor Jonson strinse la sua mano calorosamente, chiedendogli: «È un viaggio lungo da Jackson, eh?»

«Non troppo,» rispose, cordiale.

Nate, poi, lo guidò verso la tavolata e prese posto, invitandolo a sedere accanto a lui. Passando, Michael sorrise loro, facendogli un cenno verso il posto accanto al suo, tra suo padre e Nathan, che intese come: "Io mi siedo lì."

Amanda, invece, si sedette accanto a suo fratello, continuando a parlargli e spiegargli quanto i suoi insegnanti la stessero stressando per gli esami di fine anno. Rendeva l'atmosfera più piacevole: era una ragazza alla mano, esuberante e simpatica. Gli piaceva.

Peter si sedette a capotavola, di fronte a suo padre, mentre Katia, Mary Jane e sua madre di fronte a loro dopo aver messo in tavola la prima portata.

Lui attese un cenno prima di mangiare: Nate manteneva gli occhi bassi, imbarazzato.

La madre di Nate prese la parola, pronunciando la preghiera di ringraziamento. «Oh, Signore: benedici il cibo che stiamo per mangiare che Tu, con il Tuo santo amore, ci hai messo davanti agli occhi quest'oggi. Fa' che tutti noi possiamo passare una giornata nella Tua grazia, che la nostra piccola Mary Jane cresca lontana dal demonio e forte di sani principi e che noi possiamo redimerci dai peccati di cui ci macchiamo ogni giorno. Amen.»

Figlia di puttana.

Nate si irrigidì accanto a lui, ma rimase in silenzio. Gli altri, chi più chi meno, risposero "amen" in una rappresentazione grottesca di una riunione familiare piena di falsità e perbenismo. Finalmente ebbe chiaro chi aveva davanti e ringraziò Dio, *quello vero*, che Nate, invece, fosse ormai fuori da quel contesto.

Allungò una mano a prendere la sua, stretta a pugno e nascosta sotto il tavolo. Nate gli rivolse uno sguardo dapprima smarrito, poi più dolce.

Ci sono.

"Lo so," sembrò rispondergli prima di prendere a mangiare.

Per la prima metà del pranzo parlarono di cose futili, facendo tanti complimenti alla festeggiata e conversando rispetto al cibo e alle loro vite.

Quando erano ormai verso la fine del pranzo, il padre di Michael si rivolse a Nate.

«Allora, Nate, e tu cosa fai? Non ho tue notizie da un po'!»

Tutti gli occhi si puntarono su di lui e Nate ebbe un attimo di titubanza prima di riuscire a rispondere. «Lavoro in un bar in centro città.»

«Com'è? Va bene? Ricordo che volevi aprire una tua impresa un tempo...»

«Sì, una libreria,» annuì. «Sto risparmiando i soldi per potermi permettere un locale.»

Me ne ero dimenticato.

Ricordava che gli aveva detto una cosa del genere quando si erano conosciuti. Quanto aveva messo da parte? Era riuscito a racimolare abbastanza? Non ne sapeva nulla: si sentiva quasi in colpa.

«Che figata!» commentò Amanda, tutta contenta. Nate le fece un largo sorriso, amorevole.

«E tu, Nathan? Vivete insieme?»

Che devo rispondere?

Ancora una volta si ritrovò a cercare l'approvazione del suo compagno. Forse avrebbe fatto meglio a chiedere cosa intendeva far sapere ai suoi genitori e cosa avrebbe dovuto evitare di dire, prima di ritrovarsi in una situazione del genere. Ormai era tardi. «Nate mi dà una mano a casa, quindi spesso rimane da me.»

Si accorse di molte cose: dello sguardo sprezzante della moglie di Ty, di quello imbarazzato di quest'ultimo e di sua madre e del sorriso di scherno del padre di Nate. Sembravano sul punto di dire qualcosa di offensivo: gli seccava maledettamente.

«Non saprei cosa fare senza di lui: la villa è grande e a me non piacciono gli animali, quindi spesso si soffre di solitudine,» spiegò. Si ritrovò a fissare i genitori del ragazzo mentre parlava. «È una fortuna che abbia incontrato una persona meravigliosa come lui.»

Nate arrossì violentemente e abbassò lo sguardo, imbarazzato. Sembrava felice, piuttosto che arrabbiato da quel che aveva detto. Katia soppresse un sorriso soddisfatto, Peter gli fece l'occhiolino.

«Che lavoro fai?»

«Il modello.»

Il signor Jonson sgranò gli occhi, affascinato, mentre la madre e il padre di Nate rimasero in silenzio, basiti.

«Caspita! Sei famoso?» chiese Amanda, felice.

«Non tanto.»

«Direi di sì,» si lasciò scappare il suo compagno. «Lavora per molte marche famose.»

«Tipo? *Fiorellini* e *Frocissimi*?»

Fu il padre di Nate a parlare. Sua moglie gli rivolse uno sguardo di rimprovero mentre accanto a lei la sposa di Ty rise. Tutto il resto della tavolata rimase in silenzio. Nate tremò di rabbia al suo fianco.

«Sono molto versatile,» spiegò lui, acidamente. «Di solito sono marche più famose: Armani, Calvin Klein... Ma ho un contratto anche con la rivista: "Essere un genitore migliore di un omofobo". Se vuole posso mandarle una copia a casa della prossima uscita.»

Amanda e Michael trattennero a stento una risata. Nate lo fissava, invece, sconvolto. «Non ne ho bisogno, brutto frocio schifoso,» sibilò l'uomo.

«*Papà!*» lo sgridò Katia. Mary Jane si mise le mani sulla bocca, proprio come una bambina. «Nathan e Nate sono miei ospiti ed esigo che non vengano trattati così.»

«Le puttanelle del diavolo, ecco cosa sono.»

«Me lo saluti quando lo vede, dovete essere grandi amici,» ribatté Nathan, senza riuscire a frenarsi.

Il padre di Nate si alzò, scattando come se avesse voluto mettergli le mani addosso, e lui si preparò a fare a pugni prima che Michael, Peter e il signor Jonson si alzassero per fermarlo.

«*Papà, smettila!*» urlò Katia, autoritaria. «Non tollererò nemmeno una parola in più e sarò costretta a chiederti di andartene se continuerai.»

L'uomo fissò sua figlia sconvolto, convinto di essere nel giusto. Quando non ribatté, poi, Katia continuò dicendo: «Credo sia ora di aprire i regali di Mary Jane.»

Nathan le rivolse un'espressione di scuse prima di prendere per mano Nate e fargli un sorriso, preoccupato. Lui gli rivolse uno sguardo forte e fiero che lo fece arrossire: notò gli occhi lucidi, ma sapeva che non avrebbe dato loro la soddisfazione di piangere.

Nate non era debole, quindi non avrebbe dato l'impressione di esserlo proprio a chi non doveva pensarlo.

Suo padre stette a guardarli per altri secondi, prima di alzarsi e dirigersi in salone. Katia scosse il capo, poi esortò sua figlia chiedendole di andare a prendere i regali. La madre di Nate, invece, rimase con il capo chino, imbarazzata.

Gli dava fastidio: avrebbe dovuto proteggere suo figlio e invece se ne stava zitta, credendo a tutte le stronzate che raccontava la Chiesa. Nathan aveva sempre pensato che, se Dio avesse potuto parlare a tutti loro, avrebbe gettato nella lava tutto l'oro e tutte le falsità di cui si ricoprivano i sacerdoti più bigotti.

Questo genere di pensieri, ovviamente, erano considerati eretici ma non gli interessava.

Mary Jane aprì i regali e ringraziò tutti i presenti, mettendosi poi a giocare nella sua stanza tutta felice. Lui e Nate aiutarono Katia a sparecchiare, poi si fermarono a parlare con Michael e Peter fuori in giardino.

Notò che Nate era un tipo da animali, anche se non ne aveva visti in casa sua: mentre parlavano, tutti e tre i gatti di Katia gli furono addosso, facendo le fusa e strappandogli carezze e coccole. Era una scena molto tenera anche per lui che non aveva mai avuto a che fare con gli animali.

I gatti non gli davano fastidio, quindi fece loro qualche carezza prima di lasciar perdere e focalizzarsi completamente sulla conversazione.

Quando fu l'ora di andarsene, i genitori di Nate salutarono i presenti – fatta eccezione per loro – e si prepararono al viaggio.

Soltanto sua madre venne a scambiare un saluto con Nate.

«Ciao, Nate.» Entrambi sembravano molto agitati: fece finta di focalizzare l'attenzione su altro mentre si salutavano.

«Ciao, mamma,» rispose Nate, tristemente. «Fate buon viaggio.»

«Sì.» Era stato un flebile sussurro, quasi tremante. Un passo, poi la donna si fermò. «Stai… bene?»

«Cosa?» Nate era suonato incredulo.

«Stai bene lì?»

«Ah…» Ancora incredulo. «Sì, grazie. Va tutto bene.»

«Bene.»

Ancora un passo, poi fu Nate a parlare. «E tu?»

Cedette all'istinto di girarsi: la madre di Nate aveva gli occhi lucidi. Nate era di fronte a lei, a disagio, un uomo davanti al suo passato ormai chiuso. Sorrise vedendolo così fiero e deciso, come se nulla avesse potuto ferirlo.

«Stiamo bene,» rispose sua madre, annuendo.

Poi fece una cosa curiosa: gli rivolse lo sguardo e, quando si accorse che li stava osservando, sorrise e alzò la mano in saluto. Nathan chinò il capo e sorrise di rimando, gentilmente.

Non disse più nulla: tornò in macchina e la vettura venne messa in moto. La donna scambiò dal finestrino due parole con Amanda, che aveva deciso di tornare con Peter per rimanere più tempo con Nate, e poi l'auto sparì dalla loro vista.

Mentre rimanevano soli in giardino, in penombra a causa del sole che, ormai, era tramontato, lui si avvicinò a Nate: quest'ultimo probabilmente non si accorse di come gli si appoggiò quasi automaticamente quando lo sentì vicino a sé. Nathan lo strinse, baciandogli delicatamente il capo.

«È finita?» chiese Nate.

«Sì. Sei stato bravissimo.»

Nate gli rivolse lo sguardo lucido, sospirando. «Sono un tale disastro...»

«Sei stato bravo, Nate,» lo rassicurò, chinandosi a dargli un bacio sulle labbra. «Proprio come credevo.»

Lui rimase in silenzio per alcuni secondi prima di dire: «Grazie, Nathan. Non so cosa avrei fatto senza di te.»

«Te la saresti cavata benissimo.»

«Non sarei mai venuto qui,» mormorò, tristemente. Forse iniziava a non pentirsi di quella scelta?

«Sarebbe successo comunque, prima o poi,» ribatté Nathan. «Non si può scappare per sempre.»

«Lo so...»

Nathan gli sorrise, accarezzandogli una guancia e asciugando una lacrima che era sfuggita dal suo controllo. «Rientriamo?» chiese, poi.

Nate non rispose subito: non lo guardava, pensieroso su chissà quale questione irrisolta. Attese finché non ebbe il coraggio di alzare gli occhi su di lui. Erano decisi e seri, pieni di sentimenti che lo spaventarono. La paura tornò ad attanagliargli lo stomaco mentre il suo compagno allungava le mani a prendergli il volto e lo tirava gentilmente a sé, posando le labbra sulle sue.

Rispose a quel bacio con la stessa dolcezza, cingendogli la vita e portando i corpi a contatto. Le lingue si cercarono, si accarezzarono, coccolandosi come due amanti a letto. Non vedeva l'ora di fare lo stesso.

Nate si staccò quel tanto che bastava per poterlo guardare negli occhi, quelle sue due gemme così ordinarie eppure piene di strabiliante bellezza. Aveva delle ciglia lunghe e il rossore sulle sue gote era delizioso.

«Ti amo, Nathan,» sussurrò Nate.

Il suo cuore scoppiò. Come impazzito gli torturò il petto tempestandolo di battiti come una batteria incessante. Sentì le gambe sul punto di cedere, un'emozione tanto forte quanto dolce, nulla che avesse mai provato in vita sua. Era *vero*, era *reale*, stavolta non poteva nascondersi dietro alla febbre o all'alcol o a qualsiasi altra stupida scusa.

Si ritrovò a sorridere, quel groppo in gola che non gli permetteva di rispondere: "*Anche io, dannazione. Anche io!*"

«Ti amo come non ho mai amato nessun altro e mi spaventa in un modo che non credevo possibile,» continuò Nate, tremante. «Sono instabile, emotivo e ho una situazione familiare di merda, ma ti amo. Può bastare? Posso rimanere lo stesso con te?»

Il suo sorriso si allargò mentre annuiva e lo stringeva. Nate poteva sentire il suo cuore battere come se fosse stato sul punto di uscirgli dal petto? Sarebbe stato maledettamente imbarazzante.

«Sì, basta e avanza,» mormorò, ritrovandosi con la voce rotta e roca. Aveva gli occhi lucidi: era possibile? Forse era soltanto il vento gelido della sera. «Se a te va bene uno psicopatico possessivo con qualche meccanismo corporeo rotto.»

«Mi è sempre andato bene dal primo momento in cui ho posato gli occhi su di lui.»

Gemette mentre lo tirava ancora a sé e lo baciava, stavolta rudemente, possessivo, passionale.

Si ritrovarono contro il muro della casa, in disparte, dove nessuno avrebbe potuto vederli, mani sulla pelle, bocche sempre in cerca l'una dell'altra, mugolii e ansimi che andavano all'unisono in quel tripudio di emozioni che, stavolta, non avrebbe tentato di reprimere.

Aveva smesso di trattenersi: rischiava un attacco di panico? Che fosse venuto, maledizione. Non aveva paura di lui se poteva avere Nate al suo fianco.

Con Nate non aveva paura di nulla.

CAPITOLO 23

«Ci penso io.»
«No, Amy, tu no!»
«Oh, andiamo, ho diciannove anni Katia!»
«Non è il caso, davvero, quando vorranno alzarsi...»
«No, non lascio poltrire mio fratello quando dovrebbe passare il tempo con me!»
«Vengo anche io!»
«*No, Mary Jane.*»
«Perché?»
«Non chiedere perché e vai di sotto!»

Le voci dal corridoio esterno alla stanza erano sommesse, come se non avessero voluto farsi sentire. In realtà rimbombavano quasi nella piccola stanza degli ospiti.

Nathan sorrise tra le coperte, sospirando piano e rigirandosi verso di Nate. Lui era beatamente stravaccato contro di lui, un braccio pesantemente appoggiato sul suo petto e il volto nascosto contro il suo braccio destro, che era addormentato. Portò il sinistro sulla sua schiena, facendogli una carezza e scuotendogli dolcemente i capelli: Nate emise un mugolio ma non diede segno di volersi svegliare.

«Nate...» mormorò, allora, baciandogli piano l'orecchio. Uno, due, tre baci finché non sentì un lieve ridacchiare proveniente da quelle labbra che la notte prima si era divertito a mordere e succhiare.

«Mh?» mugolò di rimando il suo compagno, accoccolandosi meglio tra le sue braccia, al riparo dalla luce che filtrava dalle tapparelle abbassate. Lui lo tirò a sé, incrociando le gambe con le sue e rinchiudendosi tra il suo corpo e la parete a cui era accostato il letto.

«Credo stiano per entrare a "svegliarci",» lo avvertì, prendendo i suoi capelli e rigirandosi le ciocche tra le dita. Lui sospirò, dando mostra di apprezzare quella coccola, ma non sembrò volersi muovere. Quando lo richiamò una seconda volta, parve quasi sobbalzare tra le sue braccia.

«Oh, dai, pietà...» supplicò, stringendolo ancora come se avesse potuto trovare maggior nascondiglio tra le coperte e lui.

«Tesoro, se potessi rimarrei a letto per tutta la giornata, ma non siamo a casa nostra.»

Seppe che le sue parole avevano fatto effetto quando Nate rabbrividì visibilmente, alzando finalmente lo sguardo verso di lui, quegli occhi lucidi e appena aperti pieni di stupore ed emozione. Tentò di non far caso alla consapevolezza che quello sguardo, quasi commosso, fosse dovuto al fatto che aveva definito casa sua come *loro*.

Aveva una gran voglia di farlo, di avere la certezza che Nate sarebbe sempre tornato, che non era lì soltanto formalmente, che un giorno avrebbe trovato le sue cose a riempire quella villa troppo grande per una sola persona, ma non disse altro.

Rimase in silenzio ad ascoltare il suo cuore battere forte contro il petto del compagno.

«Uhm... Sì,» provò a dire Nate, in difficoltà. Lui, di rimando, fece scivolare le braccia che lo stringevano via dal suo corpo, agitando il destro addormentato. Anche Nate si ritrasse appena, sbadigliando.

«Come sai che...?»

«Sono fuori dalla porta,» sussurrò prima di farlo finire, rivolgendogli uno dei suoi sorrisi sghembi. «Credo che ne stiano parlando da almeno venti minuti, ma le ho sentite da poco.»

«Oddio...» Nate portò una mano a coprirsi gli occhi mentre sospirava, poi rotolò sul materasso e gli diede le spalle. Credeva che si sarebbe alzato ma Nate rimase così: su quella che sarebbe dovuta essere la sua parte di letto – che, ovviamente, non avevano utilizzato – in silenzio, immobile.

Quando sentì il respiro farsi più pesante, si costrinse a richiamarlo.

«Nate...»

«Oh, dai, lasciale parlare!» esclamò stizzito, agitando una mano come a chiedergli di star zitto. Fece un sorriso furbesco mentre scivolava anche lui sul letto e tornava a stringerlo, stavolta in una carezza più sensuale, un tocco ricercato e studiato.

Come pensava, Nate rabbrividì.

«Posso svegliarti in altri modi, sai?» mormorò Nathan, affiancando il volto al suo e baciandogli piano la mandibola. Con le mani esplorò il torace dell'altro che si alzava e abbassava velocemente, per nulla addormentato. Una di esse scese fino al ventre, a giocare con l'elastico del pigiama.

«Ah... Sì?» balbettò Nate, senza voltarsi. Era rosso in volto: una reazione che lo riempì di interesse e sadismo nascosto dietro la malizia. Si avvicinò ancora mentre annuiva e gli prendeva l'orecchio tra le labbra, mordicchiandolo piano.

Nate non disse nulla, ma sentì chiaramente il suo bacino che indietreggiava verso di lui, a spingersi istintivamente contro il proprio. Non fece altro che eccitarlo più di quanto già non fosse.

Le sue sorelle sono fuori dalla porta...

Cercava di pensarci, ma sentiva già la mente fin troppo annebbiata dalla splendida idea di poter mettere le mani su quel corpo mentre Nate pensava disperatamente a trattenersi. Ci sarebbe riuscito? Non vedeva l'ora di scoprirlo.

«Vediamo quanto sei bravo a mantenere la segretezza...»

«*Nathan,*» ringhiò Nate. Lui lo ignorò, strusciando blandamente il palmo della mano contro l'evidente rigonfiamento nei suoi pantaloni. Con l'altra mano gli accarezzò piano un fianco, scivolando dentro le mutande per stringergli piano le natiche e allargarle. Quando si fu fatto strada tra di esse prese a torturare la sua apertura, massaggiandola con delicatezza e cura.

La bocca scese a succhiargli una spalla, lentamente, e lui si beò dell'ansimo che Nate si lasciò scappare contro il cuscino. «Nathan...» lo sentì gemere in un disperato tentativo di supplica.

«Vado io, dai!»

«*Amy!*»

In un attimo Nate fu libero dalle sue mani e dalla sua bocca, perennemente piegata in un sorriso. Il suo compagno ebbe soltanto il tempo di voltarsi a fulminarlo con lo sguardo prima di sentire il lieve bussare alla porta di Amanda.

Non serviva un sensitivo per capire che nella sua testa lo stava maledicendo e stava pregando che le coperte coprissero le loro erezioni.

«Nate?» richiamò Amanda, titubante.

«Mh,» mugolò Nate, voltandosi verso la porta seminascosta dietro la libreria. Il viso di Amanda spuntò da essa prima indeciso, poi sorridente. Nathan sentì il suo compagno avvicinarsi a lui, come in cerca di protezione, rifugio.

«Buongiorno, dormiglioni!»

Nate si avvicinò ancora e Nathan, finalmente, capì perché: Amanda, infatti, si fiondò sul letto e occupò il posto libero dove poco prima era sdraiato suo fratello. Si chiese se in una situazione come quella poteva azzardarsi ad abbracciarlo o doveva rimanere al suo posto.

Anche Katia fece capolino dalla porta, salutandoli con un "Buongiorno!" un po' imbarazzato.

«Buongiorno,» rispose Nate, simulando stanchezza. Represse una risata, osservando la schiena del suo compagno vicina a lui. Era una tentazione troppo forte per poter essere ignorata.

«Insomma, volevate rimanere a letto tutta la giornata?» chiese Amanda, imbronciata.

«Certo che no!» rispose Nate, ironicamente. «Stavamo giusto per scendere!»

«Stavi ancora dormendo!»

Mi sa proprio di no, Amanda...

Nate rise quasi nervosamente. Lui mantenne gli occhi sulla ragazza mentre muoveva la mano sulla sua spina dorsale, con la stessa lentezza di prima. Quando lo sentì rabbrividire sotto quel tocco, si morse la lingua nel disperato tentativo di non scoppiare a ridere.

«C-cosa ti serviva?» balbettò Nate, indietreggiando verso di lui per impedire alla sua mano di fare altro. Sapeva perché l'avesse fatto ma, agli occhi di altri, quello del suo compagno poteva benissimo essere una ricerca di contatto: proprio per questo ne approfittò per avvolgere un braccio attorno a lui, stringendolo e posizionandosi in modo da poter rivolgere meglio lo sguardo alla ragazza.

Lei gli rivolse un sorriso per nulla imbarazzato, rispondendo al fratello: «Abbiamo preparato i pancake, volevo che scendessi a mangiare.»

«Sì, va bene!» rispose velocemente Nate. Quando Nathan provò di nuovo a far scivolare la mano sotto le coperte, su di lui, sentì la sua che lo stringeva quasi crudelmente, come avesse voluto fargli male. Non poté fare a meno di ridacchiare, prigioniero di quelle dita.

«Vi aspetto giù,» disse Katia, chiudendo poi la porta e lasciandoli soli con la sorella di Nate.

«Puoi andare anche tu, Amy, tanto tra poco scendiamo,» disse Nate.

«Il tempo di tirarlo giù dal letto,» convenne Nathan, facendo ridere la ragazza.

«Siete così carini insieme!»

Nate arrossì visibilmente e lui sorrise, ringraziando in un sussurro. Amanda poi fece loro uno sguardo complice, dolce, e mantenne il silenzio finché non mormorò: «Come ve ne siete accorti?»

«Eh?» chiese Nate. «Di cosa?»

«Di essere gay.»

«*Eh?*» Il successivo fu un verso stridulo che Nathan capiva benissimo. "Oddio, non me lo dire…" sembrava urlare la testa di Nate, su cui si appoggiava con il mento.

«Sì, insomma, l'avete sempre saputo? O vi siete innamorati e l'avete capito?»

Diede uno sguardo veloce a Nate: era completamente rosso e guardava la sorella con occhi spalancati. Lui, invece, era piuttosto tranquillo, così si abbandonò a una lieve risata.

«Diciamo che, almeno per quanto mi riguarda, l'ho sempre saputo,» disse semplicemente. «L'ho *accettato* verso i ventidue, ventitré anni.»

«E i tuoi lo sanno?»

Sentì chiaramente Nate che si irrigidiva tra le sue braccia. «Oh, no,» rispose, accarezzandolo piano con il pollice, come a volerlo rassicurare. «Sai, madre cattolica e bigotta…»

«Sì, posso capire,» ridacchiò Amanda. Nate rimase in silenzio, tanto che Nathan si chiese se non avesse detto qualcosa che gli avesse dato fastidio. Odiava quella possibilità: gli diede un bacio tra i capelli, stringendolo ancora.

Nate rise piano, abbandonandosi impercettibilmente con la schiena contro di lui.

«E tu, Nate?»

«Io?» mormorò, quasi incredulo. «Oh, io l'ho sempre saputo e basta.»

«L'hai sempre saputo? In che senso?» chiese Amanda, incredula. «Non ti è mai venuto il dubbio che ti piacessero le ragazze? Non hai mai neanche provato?»

«No, non direi,» disse, stringendosi nelle spalle. «Sai, se ti piacciono i pettorali invece che le tette lo capisci, solitamente.»

«Oh.»

Oh?

Nathan squadrò il volto della ragazza, pensieroso. Sembrava che avesse fatto la scoperta del secolo e rifletteva chissà su quale strana idea. Sembrava piena di risorse, come se avesse potuto dire…

«Quindi, se mi piace leccare la figa e basta, sono lesbica?»

… qualsiasi cosa.

«*Amy!*» esclamò Nate, stridulo. Lui trattenne a stento una risata mentre spalancava gli occhi.

«Oh, dai, non dirmi che non hai mai sentito quella parola,» disse sbrigativamente Amanda.

«Chi… Cosa… *Non dovresti esprimerti così!*»

«Cos'è? Hai paura della figa?»

«*AMANDA!*»

Sia lui che la ragazza risero mentre Nate si agitava tra le braccia di Nathan. «Stiamo parlando di una cosa seria, maledizione!»

«Nate, sei troppo divertente!» ridacchiò Amanda.

«*Tu non capisci!*» urlò Nate, gemendo. Nathan si accorse che il ragazzo era *davvero* in panico e che stava tremando. Si puntellò su un gomito, allontanandosi appena per osservare il suo volto. Aveva gli occhi lucidi d'imbarazzo, ma sapeva che non era soltanto quello.

«Ehi…» mormorò, mentre anche Amanda si allarmava.

«Che… Che significa?» chiese Nate, senza guardarli. «Ti piacciono le ragazze? Ne sei sicura?»

«Non so, direi di sì.» Adesso la ragazza sembrava irritata.

«Ma…»

«Nate, ti prego, non proprio tu,» lo interruppe lei. «Non voglio sentire nessun "cerca di cambiare idea" o cazzate del genere.»

«Non l'avrei mai detto,» sussurrò l'altro, ferito.

Fece una smorfia prima di mettersi a sedere, accarezzando i capelli del suo compagno. «Nate sa come ti senti, Amanda,» le disse, dolcemente. «Proprio per questo è preoccupato, anche se è un disastro a dirtelo.»

«Nathan!»

«Non è una cosa sbagliata,» continuò, ignorando i richiami di Nate. «Lo sappiamo tutti e tre. Devi soltanto cercare di gestire bene la cosa con...» *Quegli stronzi disumani.* «I tuoi genitori.»

«Meglio di quanto abbia fatto io,» sussurrò Nate.

«Lo so, non glielo dirò,» rispose Amanda. «Non ne avevo alcuna intenzione.» Era pensierosa e sembrava vagamente triste. «Solo... Volevo dirlo a qualcuno.»

A quel punto anche Nate si mise a sedere, sospirando. In un movimento deciso e possessivo la tirò a sé, abbracciandola, e lei gli si strinse contro, affondando il capo contro la sua spalla. «Ci sarò sempre in ogni caso, non preoccuparti.»

Nathan sorrise dolcemente davanti a quella scena: Nate si era distaccato da tutta la sua famiglia ma, nonostante tutto, lui lo trovava un fratello fantastico. Era tenero vederlo alle prese con una sorella che riscopriva soltanto adesso, con sua nipote e con i suoi fratelli.

«Lo so,» rispose Amanda, sciogliendosi dall'abbraccio e tirando su col naso. Passarono pochi secondi prima che tornasse a parlare, congedandosi imbarazzata e dicendo loro che li avrebbe aspettati al piano di sotto.

Poi si chiuse la porta alle spalle e i due rimasero nuovamente soli.

Attese che fosse Nate a parlare, come accadde.

«Non me l'aspettavo,» ammise.

«È fortunata ad avere te,» disse lui, tirandolo a sé in un abbraccio. Nate sospirò, abbandonandosi tra le sue braccia e spingendosi a sua volta contro di lui, per goderne. Nathan lo accarezzò dolcemente, posando lieve le labbra tra i suoi capelli più volte e cullandolo piano, rilassandosi.

Nel silenzio di quel contatto poteva sentirsi, finalmente, a *casa.*

* * *

Lui e Nathan lasciarono casa di Katia nel pomeriggio.

Il pranzo, al contrario di quanto passato il giorno prima, fu inaspettatamente piacevole. Si fermarono a casa di Katia con Pete, Amanda e Ty. Sua moglie, Susan, era da sua madre ma Ty, che viveva vicino, aveva preferito passare la giornata con Mary Jane e con loro.

Lontani da tutti i vincoli, lui e i suoi fratelli furono liberi di parlare e confrontarsi in tranquillità e Nate, suo malgrado, si ritrovò a riscoprire la gioia di stare assieme alla sua *famiglia*.

Era dolce, era bello, era accogliente ma sapeva, con assoluta certezza, che non era una situazione che avrebbe mai più vissuto. Ormai erano tutti e quattro cresciuti: Peter si era laureato e aveva una carriera brillante, Katia e Ty avevano il loro lavoro e Amanda si preparava alla vita da adulti.

Tutti avevano le loro storie e tutti erano ormai come galassie a sé, che si muovevano nel loro universo separatamente. Nate si godette la giornata insieme consapevole che sarebbe stata una delle poche che avrebbe mai vissuto, se non l'unica.

Prima di andar via, anche Ty lo raggiunse, proprio come aveva fatto sua madre. Nathan si allontanò, così che potessero parlare da soli.

«Ehi, ascolta...» gli disse Ty, senza guardarlo. Era imbarazzato e a disagio: era raro vederlo così. «Mi dispiace per non avertelo detto. Sono stato un coglione.»

Nate scosse il capo, senza guardarlo. «Non preoccuparti, non importa. Lo capisco.»

In realtà non lo capiva e non gli era indifferente, ma le parole del fratello sembravano sincere. Qualsiasi cosa fosse stata, ormai, era passata: non serviva neanche portare rancore e non era il tipo di persona da poterlo fare.

«No, so che è stato orribile da parte mia. Vorrei dire di non aver avuto tempo, ma... non lo so. Mamma e Susy mi hanno riempito di parole, e io e te non ci sentiamo mai né ci vediamo. Prima di potermene accorgere, lei era all'ottavo mese e tu eri qui.»

Suo fratello aveva alzato lo sguardo su di lui e, adesso, lo fissava costernato, dispiaciuto. Si sentì in colpa a provare uno sprazzo di felicità per quella reazione.

«Non fa nulla, Ty. Ormai è passato, va bene così.»

Ty lo guardò come se avesse voluto aggiungere qualcosa ma, alla fine, scosse il capo, lasciando perdere. Nate gli sorrise, dandogli una pacca sulla spalla. «Allora ci vediamo.»

Non aveva idea di quando, ma probabilmente sarebbe successo.

«Sì,» rispose Ty. Poi, senza preavviso, gli cinse le spalle con un braccio e lo strinse a sé, impacciato, come se fosse un gesto a cui non era abituato. Forse era davvero così.

Nate ricambiò l'abbraccio con lo stesso imbarazzo, suo malgrado contento per quella reazione. Si ritrovò a godere del calore delle braccia del fratello, una sensazione che non provava da anni, da quando era piccolo e viveva ancora con i suoi genitori. Dovette faticare per trattenere il disagio provocato dalla malinconia e sorridergli quando si staccarono.

«Abbi cura di te,» disse Ty.

«Anche tu,» rispose Nate, roco.

Poi si voltò e tornò in macchina dove Nathan lo aspettava paziente. Gli fece un cenno con gli occhi perché non riusciva a parlare. Come sempre lui capì e, in silenzio, Nate avviò la macchina verso il vialetto, salutando con un cenno della mano Michael, Mary Jane e i suoi fratelli.

«Stai bene?» chiese Nathan.

Lui annuì soltanto, deglutendo per togliersi quel fastidioso nodo alla gola che continuava a torturarlo da almeno venti minuti. Sentì lo sguardo di Nathan su di lui ma lo ignorò, girando e scomparendo dal sentiero che portava a casa di Katia.

Mentre guidava, non poté fare a meno di soffermarsi per qualche secondo a guardare la casa di sua sorella che si faceva sempre più piccola, scomparendo all'orizzonte. Sospirò, focalizzandosi sulla strada.

Nathan rispettò il suo silenzio per circa cinque minuti o poco meno finché, a un certo punto, disse: «Vuoi che guidi io?»

Nate sospirò ancora e non rispose, di nuovo per il nodo alla gola. Senza dire nulla accostò la macchina e scese in contemporanea con Nathan. La aggirò, passando davanti al cofano, e si stupì quando, invece di toccare il sedile del passeggero, toccò il petto saldo del suo ragazzo.

Fu sorprendente e rincuorante allo stesso tempo sentirsi racchiuso tra le sue braccia, forti, pronte, sentire che lo stringeva sussurrandogli che andava tutto bene e che l'avrebbe riportato a casa.

Casa sua, casa loro, casa dove poteva stare con lui e non preoccuparsi del suo passato, della sua famiglia, del suo dolore. Casa dove poteva abbandonarsi alle braccia di Nathan ed essere al sicuro lì, proprio dove sarebbe dovuto essere.

Chiuse gli occhi, sospirando piano in quell'abbraccio. Nathan non disse nulla, stringendolo e fermando il tempo, curandolo, proteggendolo.

Nate credeva che fosse l'unico che riuscisse a farlo mentre lui, invece, era un completo disastro in tutto. Sospirò ancora, rendendosi conto che il respiro di Nathan era rigido.

«Respira, Nathan,» gli disse, un mormorio serio e calmo.

Nathan si contrasse un attimo prima di ridere appena. «Come hai fatto?»

«Sei tu,» rispose soltanto, aggiungendo di nuovo quel comando. «Respira.»

Nathan obbedì, tirando dentro l'aria e rilasciandola in un lungo sospiro. Nate contò mentalmente: uno, due, tre, quattro e poi Nathan lo fece ancora due, tre, quattro volte finché non chinò il capo a guardarlo e gli sorrise per fargli capire che stava meglio.

Ricambiò a stento quel sorriso, lo sguardo assorto mentre fissava stancamente il volto del compagno. Si allungò a dargli un bacio sul collo, delicato, dolce. Nathan fece lo stesso facendo schioccare le labbra sulla sua guancia.

«Per favore, portami a casa,» mormorò Nate, chiudendo gli occhi. Nathan gli diede un altro bacio e annuì, sciogliendosi dal suo abbraccio e dirigendosi al posto di guida. Lui entrò in macchina e mise la cintura, accasciandosi sul suo sedile.

«Prova a dormire un po',» gli disse Nathan: non se lo fece ripetere due volte.

Quando si svegliò erano in città. Era sera e la macchina stava svoltando sulla strada principale per avviarsi verso la periferia e imboccare quella di casa di Nathan. Gli faceva male la schiena e si sentiva intontito e stanco.

Inspirò pesantemente, rimettendosi su e staccandosi dal finestrino, dove si era appoggiato.

«Scusami,» disse, roco. «Avrei dovuto darti il cambio.»

«Non preoccuparti,» rispose Nathan, facendo un sorriso tirato mentre guidava. «Sei riposato?»

«Ho la schiena a pezzi,» ammise, sbadigliando. Nathan ridacchiò.

«Siamo quasi arrivati.»

Provò a posizionarsi meglio in macchina, ma la schiena continuava a mandargli fitte ovunque. Si rassegnò, ascoltando distrattamente la musica proveniente dalla radio. Non la ricordava accesa: Nathan doveva averla avviata quando lui si era addormentato.

Gli rivolse lo sguardo, osservandolo.

Aveva il viso stanco e teso, gli occhi erano attenti e la postura abbandonata completamente contro il sedile. Si vedeva lontano un miglio che aveva voglia di riposare ma, nonostante quella piccolezza, era ancora bellissimo.

Si sentì fortunato ad averlo con sé.

Allungò una mano ad accarezzargli la guancia, delicatamente. Nathan gli rivolse uno sguardo veloce e le sue labbra si incresparono in su in un sorriso breve. Fece scorrere le dita sulla mandibola ricoperta di barba curata, sul collo e sulla spalla, massaggiandola piano. Il suo compagno sospirò, godendosi quella carezza in silenzio.

Assorto, amorevole, Nate lo coccolò finché non fece scivolare la mano in giù, a bussare timidamente alla sua gamba. Quando Nathan guardò verso di lui, aveva la mano aperta, il palmo rivolto verso l'alto, in attesa.

Il sorriso del suo compagno si allargò mentre faceva ricadere la propria mano sulla sua, a intrecciarvi le dita e stringerla.

«Grazie di avermi accompagnato,» gli disse Nate.

«Non devi ringraziarmi,» rispose Nathan, dolcemente. «Sono contento che sia andato tutto bene.»

«Scusa per mio padre,» si sentì in dovere di aggiungere. «Quando non è d'accordo con qualcosa, ci va pesante.»

«È stato così anche quando te ne sei andato?» chiese Nathan.

Nate si mise a ridere. «Oh, no,» rispose amaramente, scuotendo il capo. «È stato molto peggio.»

Nathan strinse impercettibilmente la sua mano, trascinandola con sé mentre cambiava marcia e guidava la macchina verso casa. «Credo di odiarlo,» mormorò.

Nate ridacchiò, accarezzando con il pollice la mano che stringeva la sua. «Forse anche io,» disse, sospirando. «Quando ero piccolo, era il mio eroe. Era così grande e forte e scherzava sempre con i miei fratelli. Pensavo che un giorno sarei diventato come lui, ma forse sono contento che non sia successo.»

«Decisamente,» asserì Nathan a denti stretti.

Si sentì lusingato da quella reazione. «Grazie per avermi difeso,» sussurrò, contento.

«Smettila di ringraziarmi per cose stupide,» ribatté Nathan, allungandosi a premere il pulsante del telecomando del cancello quando si fermarono davanti a esso.

Nate sentì uno strano calore nel petto a riconoscere le luci della villa del compagno davanti sé. Finalmente erano a casa.

Nathan parcheggiò la sua macchina nel vialetto, davanti al garage, e scese per scaricare i bagagli. Nate lo aiutò, trascinandosi la sua valigia fino al portico e poi nell'ingresso. Nathan disattivò l'allarme e si addentrò in cucina, chiamando a gran voce la cuoca.

Nate si soffermò a pensare che era improbabile che ci fosse, dato che non aveva visto altre macchine sul vialetto.

Erano soli.

Sollevò la valigia e si avviò su per le scale, seguito poco dopo da Nathan.

«Madeleine non c'è. Se hai fame, possiamo ordinare una pizza o del cibo orientale. Che preferisci?»

Era chiaro che Nathan non avesse idea di come si mettesse mano ai fornelli: si ritrovò a sorridere a quel pensiero mentre lasciava la valigia nella sua stanza e si levava giacca e felpa.

«Se mi è concesso addentrarmi in cucina, preparo qualcosa al volo io,» si offrì, senza guardarlo. Nathan rimase interdetto da quella risposta.

«Sai cucinare?» chiese, quasi non si fosse aspettato una risposta del genere. Quando Nate si voltò a guardarlo e fece caso all'espressione stupita che aveva, scoppiò a ridere.

«Certo che so cucinare, per chi mi hai preso?» disse, dirigendosi in bagno. «Cinque minuti e sono giù,» gli assicurò poi, scomparendo dietro la porta.

CAPITOLO 24

Nathan attese Nate in cucina, un po' titubante.
Era stanco morto per le ore di viaggio, ma aveva una gran fame. Si chiese più volte se non avrebbe fatto meglio a ordinare del cibo ed evitare a Nate di cucinare, ma la tentazione di avere il suo compagno che preparava qualcosa per lui era troppo grande.
Non ci era abituato.
Né lui né Cassian avevano mai imparato a cucinare: inizialmente si erano adattati alla madre e poi, quando avevano iniziato a guadagnare abbastanza da potersene andare di casa, avevano subito optato per una cuoca.
Era la scelta migliore e più semplice, dato che entrambi peccavano di pigrizia in quel frangente.
Nonostante tutto, però, Nathan si era sempre chiesto come sarebbe stato avere qualcuno che cucinava per lui, qualcuno che si *prendeva cura* di lui. Se quella persona era Nate, a lui andava bene.
Nate apparve in cucina dopo pochi minuti: si era sciacquato il viso e aveva cambiato maglia. Gli fece un largo sorriso prima di controllare il frigorifero e avventurarsi in quel mondo che lui aveva sempre evitato. Senza farsi scrupoli lo seguì, curioso di vederlo all'opera.
«Vanno bene salsicce in salsa gravy?» chiese Nate.
Nathan si mise a ridere, compiaciuto. «Credo proprio di sì,» rispose, appoggiandosi al piano cottura con aria divertita.
Nate gli rivolse un sorriso furbo e malizioso, avvicinandosi e rubandogli un bacio prima di tirarlo via da lì. «Scusa, mi serve,» si giustificò, ridacchiando quando gli rivolse uno sguardo deluso.
Nathan non rispose e si limitò a fissarlo mentre si muoveva. Prese salsicce, bacon e l'occorrente per preparare la salsa. Quando trovò le spezie, alzò in aria il pepe, mostrandoglielo in una silenziosa richiesta.

Lui scosse il capo quasi in segno di scuse e Nate, sorridendogli, lo rimise a posto.

«Dove hai imparato?» gli chiese, curioso.

«Mia madre ha istruito per bene tutti noi quando eravamo a liceo,» spiegò Nate, senza smettere di muoversi. «Quando me ne sono andato, non avevo altra scelta: o esercitarmi o morire di fame. Siccome non credevo di potermi permettere la pizza tutte le sere – e probabilmente sarei diventato una botte – ho optato per la prima soluzione.»

«Quindi sei bravo?» gli chiese. Nate arrossì appena, stringendosi nelle spalle.

«Un po'.»

Non chiese altro, deliziandosi di ciò che poteva vedere e, dopo un po', fu Nate a riprendere il discorso. «Tu non hai mai pensato di imparare?»

«Nah,» rispose, indifferente. «Non ne sentivo la necessità. Mi affidavo per lo più a mia madre, poi alla cuoca. Io e Cassian non abbiamo mai pensato di sbatterci e imparare.»

Nate non rispose subito. Lo vide continuare a mescolare burro e farina e soffriggere l'olio su fuoco basso, pensieroso.

«Ti... Ti manca?» chiese poi, titubante.

Dapprima non rispose. Non perché non fosse preparato a quella domanda, né perché non volesse farlo. Aveva paura: temeva che la sua voce sarebbe sembrata troppo bassa, troppo carica di sentimenti, troppo *fragile*.

Lui *era* fragile, e nessuno doveva saperlo.

«Domanda stupida,» concluse Nate, precedendolo. «Ti va di apparecchiare?»

Aveva cambiato discorso: stava cercando di proteggerlo, come faceva sempre. Non voleva metterlo a disagio e aveva inteso che non fosse il momento più adatto a parlarne, così aveva lasciato perdere.

«Ogni giorno,» rispose lui, invece.

Nate si irrigidì, ma rimase in silenzio ad ascoltare. Le salsicce e il bacon cuocevano sul fuoco, prendendo un colore diverso, e le mani del compagno si muovevano nella preparazione della salsa, abili.

«Non c'è mattina che non pensi a com'era uscire dalla porta della stanza e trovarlo lì che mi dava il buongiorno con quel sorriso da cretino e le occhiaie di una notte passata a rivedere le fotografie di giornata.»

Nate non disse nulla, com'era ovvio che fosse. Forse era a disagio, forse si stava incolpando stupidamente: sentiva il suo cervellino frullare e non poteva far altro che provare tenerezza davanti alla sensibilità del ragazzo.

Lui, stranamente, non era a disagio. Forse perché era passato del tempo, forse era una prerogativa di Nate: non lo sapeva ma era grato, finalmente, di poterne parlare con qualcuno.

Aveva evitato di farlo con Cody e anche con sua madre: le altre persone non erano abbastanza vicine da poter capire, così si era rinchiuso in un silenzio che, si rendeva conto, gli stava maledettamente stretto.

Era liberatorio parlare con qualcuno, sapere che lo ascoltava, che non l'avrebbe interrotto con qualche frase di circostanza del cazzo, con un "mi dispiace" o, come era successo nei primi giorni, con un inutile "condoglianze".

Lui le condoglianze le aveva sempre odiate.

«A volte penso a cosa direbbe se ti conoscesse,» rivelò, sorridendo con malinconia. «Credo che sareste andati d'accordo. Era una testa di cazzo, ma era un bravo ragazzo. Leggeva un sacco, anche: spesso diceva che voleva fare delle foto talmente belle da poter essere utilizzate sulla copertina di un libro. Sceglieva i libri in base a quello, ma ne leggeva un'infinità.»

«Mi sarebbe piaciuto conoscerlo,» disse Nate, timidamente. Quando furono pronte, mise le salsicce sui piatti e attese per pochi minuti che anche la salsa fosse cotta. Poi, quando fu abbastanza densa, la stese sulla carne mentre lui apparecchiava il piccolo tavolino nella cucina che utilizzava la cuoca per consumare i suoi pasti solitari. Per lui e Nate sarebbe stato sufficiente e anche più intimo.

«Anche a lui,» ridacchiò Nathan, in risposta. «Anche se credo che ti avrebbe fatto il terzo grado.»

«Era il tipo di fratello che difende il più piccolo?»

«Era una spina nel culo il bastardo,» disse, ridendo. «Ogni volta che tornavo tardi di sera, mi chiedeva con chi fossi stato, nonostante sapesse bene che non ne ricordavo nemmeno il nome. Diceva che avrei dovuto trovarmi qualcuno di fisso perché un passatempo come quello era nocivo e avrebbe rovinato la mia immagine perfetta.»

Nate, ancora una volta, non rispose e lui si rese conto che, forse, aveva toccato un argomento che gli dava fastidio. Scrutò con attenzione il suo volto, ricercando qualcosa che gli facesse capire cosa ne pensava: con suo rammarico ricordò che non era facile capire cosa stesse pensando quando lui voleva nasconderlo.

«Non avevo ancora trovato la persona giusta,» si giustificò, arrossendo appena. Riuscì a farlo voltare verso di lui e, quando i loro occhi si incontrarono, sulle labbra di Nate si disegnò un sorriso emozionato.

«Sono contento che tu l'abbia trovata,» rispose Nate, stringendosi nelle spalle per poi portare i piatti in tavola. Nathan lo bloccò prima che potesse sedersi.

«Anche io,» sussurrò a fior di labbra, portandolo contro il muro e baciandolo.

Nate gemette, aggrappandosi a lui e tirandolo a sé. Sentì le sue mani che affondavano nei suoi capelli, il bacino contro il suo, caldo, eccitato, in cerca di un contatto che fu felice di donargli. Al diavolo la cena, poteva aspettare.

Lo schiacciò sotto di lui, ricercando le sue mani e inchiodandole allo stesso modo contro il muro, all'altezza del capo.

Nate glielo lasciò fare, obbediente, e gli morse lieve un labbro, succhiandolo e torturandolo. Nathan, allo stesso modo, ricercò sempre più contatto rendendo il bacio bagnato ed eccitante. Spinse varie volte contro il suo bacino in un movimento ondulatorio, simulando l'amplesso. Pochi minuti e anche Nate lo stava facendo, strusciandosi su di lui ed emettendo una serie di versi eccitati e supplichevoli.

Poi qualcosa si ruppe, frantumandosi a terra.

Spaventati dal rumore, entrambi si voltarono, cercando di capire cosa avessero fatto cadere. Nathan controllò il tavolo, controllò il mobile, controllò la porta e, finalmente, se ne accorse.

Sua madre li guardava sconvolta, gli occhi spalancati, il labbro tremante e le mani, che una volta avevano dovuto tenere quel qualsiasi cosa si fosse rotto, ancora a mezz'aria.

Si scostò in fretta da Nate, mormorando un: «Cazzo.»

***

Nate si era accorto di cosa si fosse frantumato a terra. Era un piatto con diversi dolci pieni di zucchero al velo: il pavimento ne era invaso. Nathan si era messo davanti a lui quasi a proteggerlo, per oscurargli la visuale sul baratro che si riapriva, facendolo cadere.

Qualcosa dentro di lui, lo sapeva con assoluta certezza, si era rotto assieme al piatto.

Era una ferita vecchia: la riconosceva, ne riconosceva il dolore e, proprio per questo, era sicuro che non fosse nulla in confronto a quel che provava in quel momento.

Aveva sofferto tantissimo in passato ma adesso, ora che la madre di Nathan guardava suo figlio con disgusto e stupore, proprio come sua madre aveva guardato lui anni prima, Nate sentiva che non c'era altro che avrebbe potuto eguagliare il male che sentiva al petto.

«Ero venuta... solo a salutare,» tentennò la madre di Nathan. Aveva la voce rotta e ferita, anche se Nate non ne capiva la ragione. Perché sembravano tutti feriti, perché erano tristi? Cosa *diavolo* c'era di sbagliato?

Gli veniva da vomitare.

«Mamma, senti...» disse Nathan, sospirando. Sembrava esasperato ma calmo, come se avesse voluto trasmettere la stessa tranquillità anche ai presenti. Lo vide voltarsi verso di lui e fargli una silenziosa richiesta di attesa, come a voler essere lasciato solo o come a volersi congedare.

Lui riuscì a pensare soltanto: "*Non guardarmi adesso.*"

Non poteva proteggerlo, non poteva fingere. Nathan se ne accorse e i suoi occhi si colorarono di altro dolore. Il conato di vomito divenne ancor più forte, la testa gli girava.

Riuscì soltanto ad annuire e abbassare gli occhi.

«Scusa,» mormorò Nathan, dirigendosi verso sua madre e portandola con sé nell'ingresso, lontano da Nate, dove non avrebbe potuto sentire nulla.

Sfortuna volle che, invece, sentì tutto dentro di sé, era qualcosa che già conosceva.

Nathan trascinò sua madre all'ingresso e le si mise davanti.
«Scusami, avrei dovuto dirtelo prima.»
«Dirmi cosa?» chiese Rebecca. Aveva la voce rotta e ferita. «Cosa stavate facendo?»
Nathan sospirò, scuotendo il capo. «Mamma, sono gay.»
«No,» fu la risposta della madre, pronta, come se avesse sempre saputo quale fosse la cosa giusta da dire.
«Sì, invece. Io e Nate...»
«No,» venne interrotto ancora. «No, lui ti ha trascinato in questo suo sporco tranello. Lui ti sta portando dalla parte del diavolo, Nathan, devi...»
Nathan si era messo a urlare, così che Nate potesse sentire ancora meglio. Per lui era un bene perché credeva che presto avrebbe iniziato a singhiozzare e le orecchie non la smettevano di fischiare. «Che cazzo dici? Sono gay, è una mia scelta, non puoi decidere tu di chi è la colpa! Non puoi decidere tu se sia effettivamente una colpa o meno!»
«Non lo decido io, è la natura! Dio ti salvi, Nathan, Dio...»
«Dio non c'entra un cazzo!» aveva gridato Nathan e Nate sapeva che era la verità. «Dio non ha mai voluto tutto questo, tu e la tua Chiesa del cazzo e quegli stronzi che predicano parole false!»
«Non parlare così!» Anche la madre di Nathan singhiozzava ma, nonostante sapesse che il suo dolore era sincero, Nate non riusciva a provare dispiacere per lei. «Oddio, ti ha già preso...»
«Chi deve avermi preso, mamma? Ti rendi conto di quello che stai dicendo? Se soltanto ti soffermassi a pensare con la tua testa invece di ascoltare le parole di quattro idioti bigotti...»
«Nathan, quello che fate è un abominio!»
Nate crollò.
Un singhiozzo lo scosse e lui si frantumò a terra proprio come quel piatto, rannicchiandosi su se stesso in modo che nessuno, nessuno avrebbe più potuto sentirne il dolore o alimentarlo.
«È sporco, è sbagliato! Mi fa schifo il pensiero che mio figlio abbia toccato un altro uomo! Dio, che Dio possa perdonarti, che Dio possa salvarti!»
«Smettila!» aveva urlato Nathan e anche la sua voce si era spezzata, come se fosse stato sul punto di piangere.

No, *si disse Nate*. No, Nathan, non piangere. Tu non devi piangere...

E non poteva far altro che pensare che, in fondo, era colpa sua. Proprio come aveva immaginato: non era stato attento, era stato troppo egoista, aveva badato soltanto a sé e l'aveva trascinato nella sua merda.

«Nathan, non vedi che te ne accorgi anche tu? Ti fa male perché è la verità, perché è peccato, perché stai sporcando la tua anima! Puoi ancora salvarti, lascialo stare, troveremo qualcun altro che possa aiutarti con gli attacchi di panico, qualcuno che non sia così mostruoso, che non sia deviato...»

Nate non riuscì a sentire più nulla perché ormai era tutto un universo indistinto di singhiozzi e gemiti. Come un cane ferito si stava rannicchiando sempre più e, di nuovo, non riusciva a respirare. Forse era a causa del pianto, forse aveva dimenticato anche lui come si faceva, forse era perché si era frantumato a terra e non poteva più mettere a posto i cocci perché un piatto rotto era un piatto rotto.

L'unica cosa che sentì davvero, l'unica cosa che lo fece tornare cosciente, che lo fece reagire, fu l'urlo della madre di Nathan che richiamava il suo compagno più volte.

Non seppe con quale forza scattò in piedi, non capì come avesse fatto a non sbandare per la pressione bassa né come avesse fatto a raggiungere Nathan così in fretta.

Tutto ciò che vide fu il suo ragazzo rannicchiato su se stesso, scosso da tremori tanto forti che fu difficile persino farlo voltare verso di lui, in preda a un attacco di panico che non aveva mai visto arrivare così forte.

Nathan boccheggiava, tentando in ogni modo di respirare. Lui non si curò di nient'altro: lo prese tra le braccia e lo tirò a sé, stringendogli il capo con una mano e posando l'altra sulla sua pancia.

«Respira,» ordinò, autoritario. Nathan scosse il capo, dando un paio di colpi di tosse. «Respira Nathan, adesso devi pensare solo a quello.»

«Tu,» disse Nathan, tossendo ancora. La sua pancia si scuoteva a ogni colpo di tosse, ma non si riempiva come Nate sperava. Sentì la voce di sua madre in lontananza parlare con qualcun altro. Riconobbe nelle sue parole la via di casa di Nathan e capì che aveva chiamato l'ambulanza.

No, può farcela, lo so!

«Andiamo, Nathan, forza,» disse ancora, nonostante la sua voce tremasse. Era in panico anche lui ma doveva essere forte: se non lo fosse stato, Nathan sarebbe crollato. Non poteva, non gliel'avrebbe concesso.

«Tu,» ripeté Nathan, inspirando violentemente e rimettendosi a tossire. Tremava convulsamente, le sue mani erano aggrappate in maniera disperata alla sua maglia e non facevano altro che stringere e stringere, come avesse avuto paura di cadere.

«Io sono qui, non ti faccio cadere, respira!» disse ancora.

Nathan diede un respiro e lui contò: «Uno, due, tre, quattro, *fuori.*»

Il suo compagno sospirò e si accasciò contro di lui, privo di forze. Prima che perdesse i sensi, lo sentì mormorare: «Cass.»

Odiava i suoni dell'ospedale.

Il bip delle macchine, i lamenti dei pazienti, le rotelle delle barelle che si avvicinavano e allontanavano nei corridoi, la sirena dell'ambulanza.

Il silenzio.

Il pesante silenzio tra le parole dei visitatori.

Il silenzio dei medici quando venivano loro chieste novità, il silenzio dell'attesa, quel silenzio che nessuno, nessuno vorrebbe mai sentire in tutta la vita.

Di notte era ancora peggio.

Non gli avevano permesso di rimanere accanto a Nathan. Non che si fosse sforzato di insistere: la signora Doyle gli aveva lanciato occhiate terribili, un'intima richiesta di andarsene, sparire dalla sua vista, sparire dalla vita di suo figlio.

Era quello che l'aveva rovinato, no?

No, non è così.

Nate lo sapeva nonostante quella vocina, nella sua testa, continuasse a dirgli che, invece, la madre di Nathan e anche la sua avevano ragione, che era lui quello sbagliato, che era lui il mostro.

Era riuscito a fermare un dottore che aveva riconosciuto per chiedergli informazioni su Nathan. Era stato sbrigativo ma gli aveva detto che stava bene, che era stabile, che apparentemente non c'era nulla di sbagliato nel suo corpo e che, anzi, era in forma.

Lui sapeva che era così come lo sapeva anche Nathan, ma entrambi erano ben consci di combattere un mostro subdolo che non aveva fattezze visibili agli occhi delle analisi.

Non aveva sentito i medici parlare con la madre di Nathan, ma conosceva a memoria le loro parole. In quei casi, si consigliava sempre una terapia psicologica, psichiatrica o neurologica. Erano tre termini che a Nate non erano mai piaciuti: si era sempre opposto quando anche a Katia avevano diagnosticato il disturbo d'attacchi di panico e le avevano suggerito dei medicinali.

Non portavano a nulla se non al peggiorare dei sintomi, lui lo sapeva.

La madre di Nathan per fortuna era contraria ai medicinali ma non sapeva cosa pensasse sugli altri suggerimenti. Forse, per lei, suo figlio era semplicemente diventato pazzo perché aveva qualche patologia neurologica.

L'idea che potesse avere quel tipo di pensieri rispetto a Nathan gli dava fastidio. L'intero atteggiamento della signora Doyle lo irritava maledettamente. Doveva sostenerlo e non buttarlo giù e fargli credere che avesse qualcosa che non andava. Non era così, maledizione.

«Nate?»

Si trovava nella sala d'attesa quando venne chiamato. Non gli era permesso nemmeno avvicinarsi alla porta della stanza di Nathan, soprattutto da sua madre. Sentiva l'ostilità della donna nei suoi confronti e si sentiva sempre più in colpa, giudicato, demoralizzato.

Si era rifugiato lì, su di una sedia mezza rotta in un angolo, ad attendere di poter vedere il suo ragazzo. Nella sua testa c'era un inferno di pensieri e lui era sicuro che Nathan si sarebbe opposto a ognuno di essi. Peccato che non poteva avere parola in merito.

Quando Cody gli fu accanto, se ne accorse a stento. Gli rivolse uno sguardo smarrito, come se non avesse capito chi fosse o cosa fosse venuto a fare lì, come se si fosse chiesto cosa volesse da lui e perché gli fosse vicino. Come se non avesse capito perché gli stesse stringendo una spalla, quasi in maniera rassicurante.

«Cody,» mormorò debolmente. Aveva la voce roca e gli occhi in fiamme: probabilmente erano gonfi e rossi.

«Ehi, bello,» rispose Cody, dolcemente. «Come sta Nathan?»

Aprì la bocca per parlare, poi la richiuse. Non sapeva cosa rispondere, non sapeva se rispondere, non sapeva se ci sarebbe riuscito.
«Nate?» lo richiamò di nuovo Cody. Si strinse nelle spalle.
«Stabile,» mormorò.
«Stabile?» chiese ancora Cody.
Ti prego, Cody, lasciami stare...
«Code, lascia stare,» sembrò salvarlo qualcuno davanti a lui. Quando alzò lo sguardo, si accorse che si trattava di Jake. Perché era lì? Erano amici? Erano insieme? Come avevano fatto a sapere che Nathan stava male?
Cody fece per parlare ma, quando vide il suo sguardo, forse si sentì in dovere di tacere.
«Vado a vedere com'è la situazione,» disse. Ce l'aveva con lui? O con il suo accompagnatore?
Cody si alzò e al suo posto apparve Jake. Un braccio forte lo tirò a sé e si ritrovò completamente abbandonato sul suo petto, il volto costretto contro la sua spalla, protetto dalle mani forti dell'uomo.
Si accorse che aveva un buon odore.
«Va tutto bene, Nate,» gli disse Jake, sospirando. «Quando si sveglierà potrà dirtelo anche lui. Sta' tranquillo, capita.»
Si ritrovò a scuotere il capo. Avrebbe voluto dire un sacco di cose, ma le labbra non volevano collaborare. Era un manichino senza vita.
«Sì, sta' tranquillo.»
«Perché sei qui?» chiese, debolmente. «Con Cody...»
Jake si irrigidì appena, stringendosi poi nelle spalle. «Eravamo insieme quando sua madre ha chiamato, tutto qui.»
«È tardi...» disse, poco convinto. In realtà non sapeva che ore fossero ma immaginava che fosse tardi. Fuori era tutto buio e Nathan dormiva ancora... Forse avrebbe continuato per tutta la notte? E in quel caso poteva davvero stare ad aspettare? Che diritto ne aveva?
Sua madre mi vorrebbe lontano.
Nate lo sapeva bene, ma non riusciva a trovare il coraggio di andarsene.
«Ehi, sta' tranquillo adesso,» disse Jake, sospirando e accarezzandogli piano i capelli. Era piacevole, nonostante fosse una cosa che normalmente non gli avrebbe mai lasciato fare. Non gli importava

perché in quel modo, invece, poteva evitare di lasciarsi prendere dal panico. Il movimento delle dita di Jake era così rilassante che poteva smettere di pensare, poteva abbandonarsi a lui e sperare di riuscire a respirare.

«Vuoi dirmi cos'è successo?» chiese Jake, dolcemente. Si ritrovò a pensare che non l'aveva mai sentito tanto premuroso in vita sua. «Credo che ti farebbe bene parlarne.»

«Si è rotto il piatto,» fu tutto quello che riuscì a mormorare.

«Si è rotto il piatto?» ripeté Jake, interdetto. Lui annuì appena. Non voleva parlarne, non voleva spiegargli quel che era successo. Voleva soltanto scappare, scappare lontano e annullare tutto, mettere a tacere quella voce che continuava a ripetere, incessantemente, nella sua testa: "*Abominio.*"

«Devo andarmene...» mormorò, di nuovo con il fiato corto.

«Ehi, aspetta,» disse Jake, trattenendolo quando cercò di allontanarsi. «Hai bisogno di riposare, sono d'accordo, ma è meglio che ti riaccompagni io. Appena Nathan si sveglia, ti chiamiamo, promesso.»

«No,» mormorò di nuovo, ma stavolta aggiunse: «Non chiamatemi.»

«Cosa?» chiese Jake. Si allontanò appena da lui per poterlo guardare in volto, confuso. «Perché?»

«Non...» *Non voglio. Non deve più vedermi. Non posso.* «Non verrò qui.»

«Oh,» disse Jake. «Beh, allora diremo a Nathan di alzare il culo da quel letto e di venirti a prendere, va meglio?»

«No,» disse ancora. Piano si scostò da lui e si alzò, senza guardarlo.

«Nate, che diavolo stai dicendo?» chiese Jake. Era evidente che non capisse cosa gli passava per la testa. Nate si trovava concorde: non aveva idea di che inferno ci fosse là dentro. Parole, parole, troppe parole che non gli piacevano tutte insieme, mescolate, un grandissimo caos che faceva pulsare maledettamente le tempie.

Aveva ancora la nausea.

«Non posso,» disse confusamente. «Devo andare.»

«Okay, tu non puoi,» rispose Jake, alzandosi per avvicinarsi. Si ritrasse di getto. «Ma al tuo ragazzo cosa vuoi che diciamo? Perché chiederà di te, sai?»

«Non è il mio ragazzo.»

No, no, no, non è la verità, non è così. Lui è tutto ciò che ho, lui è il mio tutto.

«Scusa?» chiese Jake. Sembrava quasi arrabbiato: era divertente perché Nate non l'aveva mai visto così. Se ne fosse stato in grado, si sarebbe messo a ridere.

«Devo andare,» rispose invece. Poi simulò un sorriso e alzò gli occhi mentre aggiungeva: «Grazie, Jake. Ciao.»

Jake lo richiamò e rincorse anche, ma lui non si voltò mai e fu in strada ancor prima che l'altro potesse raggiungerlo.

Il cuore continuava a far male, un battito incessante e rapido. Nate si sentiva come se avesse voluto dire qualcosa – tante, troppe cose – ma non riusciva a farlo. Non riusciva a mettere insieme i pensieri, non riusciva a esprimersi.

Non riusciva neanche a pensare a Nathan.

Guidò la macchina meccanicamente, senza pensare a dove andare o cosa fare. Si ritrovò a girare per la città senza sapere dove fosse casa sua e come ci si arrivasse. Era così abituato ad andare da Nathan che adesso non conosceva più le altre strade. Era disorientante e snervante.

La cittadina era quasi del tutto deserta, fatta eccezione per pochi passanti accalcati di fronte ai locali. Si ritrovò a osservarli mentre guidava, quasi stesse cercando una distrazione, una valvola di sfogo, qualcosa che l'avrebbe aiutato a distrarsi dal dolore che stava provando.

Poi, come nella scena di un film, tutto rallentò e la sua attenzione si focalizzò su di un locale in particolare da cui sembrava provenire della musica. Era in centro e l'aveva visto già qualche volta, passando. C'era qualcosa, però, che lo attirava particolarmente.

Come di un ricordo, distorto e pericoloso.

Quando se ne accorse, aveva già parcheggiato, quasi preda di un incantesimo.

Che sto facendo? Devo andare a casa.

Lui non voleva entrare nel locale. Non voleva conoscere le persone che ci si accalcavano, non voleva stare in mezzo a quella folla ubriaca e, probabilmente, drogata. Non voleva, soprattutto, incontrare persone che già conosceva e non voleva fare così tardi perché il giorno dopo doveva lavorare e, se si fosse assentato, Timothy si sarebbe arrabbiato.

Non poteva approfittare così tanto della sua gentilezza ancora una volta.

«Nate?»

Oh, quella voce. Quanto odiava quella voce e quanto ne era attratto allo stesso tempo?

Aveva letto una volta in un libro di un ragazzo e della sua tossicodipendenza. Il protagonista descriveva perfettamente come fosse: l'odio che provava per quelle sostanze e l'attrazione quando aveva bisogno di esse. Ricordava che, più o meno a metà del libro, spiegava che la gente lo descriveva come un relitto, un drogato incapace di darsi un contegno, come se, dato che aveva iniziato, non avesse potuto soffrirne perché non riusciva a smettere.

Nate aveva pensato che lo scrittore era stato davvero bravo, perché si era ritrovato a simpatizzare per il protagonista. Era colpa sua per aver iniziato, ma di certo non aveva desiderato una situazione del genere. Di certo non era facile per lui smettere e di certo nessuno avrebbe potuto capire come si sentiva. Nate si era ritrovato quasi a giustificarlo quando aveva letto del modo in cui si autodistruggeva per cercare della verità nelle parole degli altri.

Abominio, sei un abominio...

Nate sapeva che non era vero ma nessuno l'avrebbe ascoltato.

«Guarda chi si vede. Sapevo che ci saremmo rincontrati.»

Nate sorrise come una bambola, come se qualcuno avesse premuto il pulsante per farglielo fare. Un automa senza forze.

«Ciao, Nick.»

CAPITOLO 25

«Nate.»

Fu una parola roca e strozzata, che venne ancor prima di riacquistare la facoltà di vedere quel che aveva attorno a sé.

Quando aprì gli occhi, Nathan si accorse subito di essere in ospedale. Ci era già stato le prime volte, quando Cassian era venuto a mancare e i suoi attacchi di panico erano iniziati. Forse c'erano anche i dottori che conosceva: dopotutto vivevano in una cittadina piccola ed era facile incontrarsi.

Un'infermiera gli venne incontro, dicendogli di stare tranquillo e che avrebbe chiamato il medico.

Nathan si guardò intorno ma non riconobbe né sua madre né Nate. Sentiva la voce di Cody, però: in lontananza, come in un miraggio.

Il braccio gli faceva male e, quando abbassò lo sguardo, si accorse che aveva un ago attaccato al polso sinistro che lo collegava con il monitor per il battito cardiaco e un altro al gomito destro. Sbuffò, distogliendo lo sguardo.

Non gli erano mai piaciuti gli aghi.

Aveva mal di testa e sentiva lo stomaco sottosopra: non aveva mangiato, ricordava bene le omelette ancora in attesa sul tavolino della cucina. Fece una smorfia, desiderando di poter vedere Nate.

Stava bene? Probabilmente si era preoccupato. Aveva sentito quello che aveva detto sua madre? Avevano avuto modo di parlare? Dio, se gli avesse detto qualcosa di doloroso non se lo sarebbe mai potuto perdonare. Non c'era stato per proteggerlo...

«Il nostro paziente si è svegliato, alla fine,» disse la voce scherzosa del dottor Mayer.

Se lo ricordava: era lo stesso che l'aveva visitato durante il primo attacco di panico. Gli fece un sorriso tirato, pronunciando le parole: «Dov'è Nate?»

«Nate?» chiese il dottore, controllando velocemente il monitor per accertarsi della sua salute.

«Sì, il mio ragazzo, dovrebbe essere in sala d'attesa... Voglio vederlo.»

«Freni,» comandò il dottore. Come pensava, non aveva fatto una piega a sentire che era gay: sembrava non averci fatto proprio caso. Era esattamente come lo ricordava. «Prima mi dica come si sente. Ha dei ricordi confusi?»

«Mi chiamo Nathan Doyle, sono nato l'11 Novembre 1985 e faccio il modello fotografico. Lei è il dottore che mi ha visitato la prima volta che sono finito qui per questa merda,» iniziò a elencare, stancamente. «Probabilmente sono stato portato qui da mia madre e dal mio ragazzo, stavamo avendo una discussione a casa quando mi sono sentito male. È abbastanza o devo dirle anche le mie posizioni sessuali preferite?»

«Non credo mi sarebbe utile, ma se vuole potrà dirle al suo ragazzo quando gli permetterò di entrare in questa stanza,» replicò il dottore, ridacchiando. «Sintomi?»

«Sento la testa spaccata a metà e ho la nausea.»

«Respiro?»

«Ci riesco.»

«Perfetto,» appuntò il dottore. Lui era irrequieto mentre lo osservava muoversi tra i macchinari e fare i test basilari per accertarsi che fosse tutto a posto.

Nathan sapeva che lo era: sapeva perfettamente che stava bene e che non c'era nulla di sbagliato in lui, se non contava la psiche, quindi sapeva anche che erano pressoché inutili.

«Andiamo, dottore, sto bene,» insistette, esasperato. «Voglio vedere Nate.»

«Andrò a chiamarlo, ma credo che sua madre vorrà entrare per prima.»

«Non voglio vederla, faccia entrare soltanto Nate.»

Il dottore ridacchiò e poi sparì fuori dalla stanza, facendogli un cenno con la mano. Si sentiva maledettamente stanco e irrequieto: era sicuro che vedere il suo compagno l'avrebbe fatto star meglio.

Era così felice di poterlo rivedere, di poterlo rassicurare...

Quando entrò Cody, però, sentì il panico assalirlo.

«Dov'è lui?» chiese sgarbatamente. Cody sospirò, scuotendo il capo.

«Come stai?»

«Dove cazzo è lui?»

«Se n'è andato, era esausto Nathan,» spiegò Cody. Significava che stava bene, vero? Che non era morto, che... «Sta' calmo, sta bene, va tutto bene, è tutto normale. Tu come stai?»

«Tutto normale?» chiese, confusamente. Si sentiva già irrequieto e il monitor si mise a suonare più velocemente.

«Calmati, Nathan,» disse Cody, allarmato.

«Lo sai che non c'è nulla che non vada, a parte la mancanza del mio ragazzo qui. Dio, levatemi questa roba,» disse, guardando con disgusto l'ago che aveva al polso. Cody si mosse per tornare in corridoio, ma lui lo richiamò.

«Non osare, Cody!» ringhiò. La testa gli girava ancora. «Devi dirmi cos'è successo! Perché Nate non è qui? Dov'è?»

«Non lo so! Ci ha parlato Jake!»

«Jake?» chiese.

Cody arrossì impercettibilmente, ignorando quella domanda sottintesa che lui gli aveva posto.

«Ha detto che sembrava abbastanza sconvolto e che era voluto tornare a casa. Ha detto qualcosa riguardo a te e al fatto che non voleva tornare quando ti saresti svegliato...»

Merda. Merda. Merda!

«Devo uscire da qui...» disse, agitato. «Credo si sia spaventato, devo rassicurarlo.»

Quel maledetto monitor che non la smetteva di suonare... Dio se lo odiava. Il dottore tornò nella stanza e disse a Cody di uscire, poi si avvicinò a lui e controllò il monitor.

«Le è stato detto qualcosa che l'ha fatta agitare?» chiese il dottore, pacatamente.

«Sì,» rispose Nathan. «Senta, dottore, sto bene, no? Non avete trovato nulla nelle analisi che mi sono state fatte.»

«Un livello un po' basso di magnesio ma per il resto no, tutto regolare. È più che sano.»

«Bene, mangerò più banane,» rispose. «Adesso posso uscire?»

«Quello è il potassio. Dovrebbe mangiare verdura e noci. Anche della cioccolata non sarebbe male.»

«Va bene, Dio santo!» Stava iniziando ad alzare la voce, nonostante il dottore fosse calmo e stesse ancora controllando i suoi dati. «Adesso posso andarmene?»

«Il tempo di stampare il referto e...»

«Potrete darlo a mia madre, sono sicuro che le farà piacere. Io ho da fare.»

«Preferirei che non facesse il cocciuto,» disse il dottor Mayer e, stavolta, incontrò i suoi occhi severi che lo fissavano. «È un mio paziente e come tale deve starmi a sentire.»

«Dio, dammi del tu,» si lamentò, infastidito. Era già difficile trovarsi in una situazione simile senza che tutti lo trattassero come un bambino o come un anziano.

«Bene, come preferisci,» disse il dottore. Sembrava irritato anche lui. «Allora se permetti, Nathan, onestamente non sono per nulla contento di trovarti di nuovo qui. Perché non hai seguito i miei consigli?»

«Non prendo SSRI e benzodiazepine,» rispose, secco.

«Puoi essere contrario ai farmaci, ma dovresti almeno considerare di andare in terapia. Anche una visita neurologica non sarebbe da escludere.»

«Non sono pazzo.»

Sì che lo sei. Sei rotto.

«Lo so, Nathan,» disse il dottore, dolcemente. «Non si tratta di essere pazzi ma di sapere quando c'è bisogno di farsi aiutare.»

«Non ho bisogno d'aiuto.»

Sì che ne ho bisogno. Ho bisogno che qualcuno mi aggiusti.

«So che non ti piace accettarlo ma sì, proprio perché ci incontriamo ancora credo che tu abbia bisogno di aiuto.»

«Ha finito, dottore?»

Gli girava la testa.

L'uomo fece una smorfia, osservandolo per lungo tempo prima di sospirare e rispondere: «La scelta è tua. Altri venti minuti e potrai andar via.»

* * *

Quando si svegliò, la testa gli faceva male.

Riconobbe la sua stanza a fatica mentre lottava contro l'orrenda sensazione di dover vomitare.

Era solo, steso sul letto ancora fatto, con i vestiti della sera prima e una misera coperta di lana in cui si stringeva per il freddo invernale. Probabilmente era mattina perché la stanza era ben illuminata.

Il suo cellulare vibrò un paio di volte prima di fermarsi.

Lo prese e controllò l'orario, emettendo un gemito quando lesse che erano già le due del pomeriggio. Timothy l'avrebbe licenziato, maledizione. L'avrebbe licenziato e avrebbe anche fatto bene.

Il telefono era pieno di messaggi e chiamate: ne aveva una di Timothy, un paio di Kate, quattro di un numero che non conosceva e *ventisette* di Nathan.

«Merda.»

I messaggi, invece, erano soltanto undici: uno di Kate, gli altri di Nathan.

Non voleva leggerli. Non voleva sapere nulla, non voleva tornare alla realtà e non voleva uscire dalla sua stanza, nonostante sapesse bene che doveva sbrigarsi a recarsi al lavoro e spiegare tutto a Timothy.

Tutto... Tutto cosa? Cosa avrebbe mai potuto dire per giustificarsi?

Non ho scuse.

Pensò alla sera prima con orrore e disgusto.

Non aveva idea di cosa avesse fatto: aveva un gran vuoto da quando era entrato nel locale a quando si era svegliato. Come aveva fatto a tornare a casa? Aveva guidato da ubriaco? Era vivo per miracolo?

Dio...

Ricordava di aver seguito Nicolas verso il retro del locale e di aver bevuto, nel tragitto, almeno due alcolici pesanti. Doveva aver continuato perché l'ultima cosa che ricordava era Nicolas che si avvicinava a lui e lo sbatteva al muro per baciarlo.

Il resto era un orrendo buco nero.

Che ho fatto?

Si sentì pervadere dal terrore. Non ne aveva idea: Nicolas poteva avergli fatto qualsiasi cosa, poteva averlo costretto a sottostare a giochetti sessuali con i suoi amici, poteva addirittura aver abusato di lui senza precauzioni.

Gemette al solo pensiero: sentiva tutto il corpo a pezzi e non riusciva ancora ad alzarsi per capire se effettivamente ci fosse qualche indizio di un rapporto completo o meno. Cercò di ricordarsi com'era lo stile sessuale di Nicolas, se fosse attento o se non avesse mai usato i preservativi, ma la testa gli scoppiava quando tentava di ricordare qualsiasi cosa che non includesse il suo risveglio e ciò che era successo dopo.

«Dio, ti prego...» si ritrovò a gemere, con gli occhi lucidi.

Aveva paura e si sentiva maledettamente *sporco*.

Trascorsero diversi minuti prima che si sentisse pronto a poter aprire i messaggi.

Quello di Kate diceva: *"Nate, è passato Nathan dal bar. Cos'è successo? Perché non sei venuto? Siamo tutti preoccupati. Per favore chiamaci al più presto."*

Poi, con un grosso sospiro, aprì anche quelli di Nathan, uno a uno.

"Che cazzo significa che ci siamo lasciati? Come mai non ne sapevo nulla? Rispondi."

Gemette. Era vero: aveva detto delle cose orribili e stupide a Jake che, ovviamente, doveva averle riferite a Cody o a Nathan stesso. Il suo *compagno* doveva essersi preoccupato infinitamente.

I tre successivi erano simili: *"Nate, rispondi"*, *"Dove cazzo sei?"*, *"Nate, ti prego."*

Erano tutti risalenti a prima delle quattro di notte. Il successivo era delle otto di mattina e sembrava relativamente più calmo. *"Amore, ascolta: so quello che stai pensando, so che sei scioccato ma ti prego, parliamone. Passo dal bar più tardi."*

I due successivi erano delle dieci: *"Sono sotto casa tua,"* e *"Apri questa maledetta porta."*

Non si era accorto di *nulla*.

Ce n'era uno delle undici – dove probabilmente Nathan era tornato sul set – ed era più autoritario. O, almeno, Nate credeva che volesse suonare tale, anche se sembrava più un disperato tentativo di spaventarlo.

"*Nate, hai un contratto che ti obbliga a essere a casa almeno per le nove di sera. Non mi pare di aver ricevuto delle dimissioni, né di averle accettate. Se non sarai qui alle otto e cinquantanove minuti, ti faccio causa.*"

Quello dopo, dell'una, diceva: "*Tutto ok? Amore, sono preoccupato…*"

L'ultimo era di qualche minuto prima ed era, probabilmente, quello che l'aveva svegliato.

C'era scritto: "*Ho un paio di scatti veloci, se non rispondo subito, chiama Cody.*" Assieme a esso il numero di Cody che scoprì essere quello che non aveva salvato in rubrica e che l'aveva chiamato diverse volte nel corso della nottata.

Nate sospirò, riponendo di nuovo il cellulare.

Sapeva che era nocivo non chiamarlo per dirgli che stava bene, soprattutto perché l'ansia non giovava a Nathan, ma non si sentiva ancora pronto a parlargli a voce. Se l'avesse fatto, Nathan avrebbe sentito quanto era ferito e spaventato e si sarebbe preoccupato ancora di più.

Inoltre non riusciva a pensare ad altro che a quello che aveva fatto.

Devo passare in ospedale e fare delle analisi…

Strinse gli occhi, affondando il capo nel cuscino. Prese un profondo respiro e poi, contro quella stessa stoffa, urlò. Un grido che si piegò in un singhiozzo, poi in due finché non fu una serie sconnessa di respiri strozzati e tentativi maldestri di respirare.

E Dio se la gola faceva male. Dio se la testa scoppiava. Dio se si sentiva *morire*.

Non seppe quanto tempo trascorse prima che riuscisse a tornare a respirare decentemente.

Si ritrovò soltanto a vomitare in bagno prima di decidersi a mangiare qualcosa e prendere un antidolorifico. Preparò a stento un caffè, bevve dell'acqua e mise sotto i denti qualcosa di secco che non gli desse fastidio. Poi, dopo aver ingoiato una pastiglia d'ibuprofene, con calma, scrisse sia a Nathan che a Cody.

"*Ciao, Nathan. Scusa se non ho risposto, sono stato poco bene. Passo stasera a parlare del contratto, spero che a te vada meglio. Spengo il telefono, ci vediamo dopo.*"

Sapeva che era estremamente formale e che l'avrebbe fatto preoccupare di più ma, se non altro, sapeva che era vivo.

A Cody scrisse semplicemente: "*Scusa se non ho risposto, ho scritto a Nathan, è tutto a posto.*"

Una splendida *bugia*.

Dopo aver bevuto il caffè e altra acqua spense il telefono, tornò a letto e cedette alla stanchezza.

Si svegliò dopo un incubo che non ricordava.

Aveva il battito del cuore accelerato e il respiro corto: ansimò contro il cuscino mentre tentava di calmarsi e respirare. Il cielo era arancione e, probabilmente, era quasi ora di prepararsi.

L'idea di dover raggiungere Nathan lo spaventava maledettamente, come quella di dover contattare Timothy. Perdere un lavoro era già abbastanza dura, ma… Perderne due insieme? Diamine, era davvero un fallito come aveva detto sua madre.

Sospirò, riaccendendo il cellulare con preoccupazione.

C'erano soltanto due chiamate di Nathan e una di Timothy: per il resto tutto taceva. Erano le sei, quindi immaginava che Nathan avesse finito di lavorare e che anche Kate avesse lasciato Timothy da solo al bar.

Provò a chiamare prima lui, che rispose dopo un paio di squilli.

«Nate?» chiese una voce preoccupata.

«Ehi, Tim…»

«Grazie al cielo!» rispose Timothy, sospirando. «Cos'è successo? Stai bene?»

Sorrise appena. «Sì, sto bene. Scusami, ho passato una nottata allucinante e mi sono svegliato poco fa.»

«Sì, Nathan ci ha accennato qualcosa…»

Nathan? Che gli ha detto?

«Sì,» disse, nonostante non fosse sicuro di cosa Timothy realmente sapesse. «Scusami se vi ho creato problemi, non avrei mai voluto…»

«Non preoccuparti, Nate, l'importante è che tu stia bene. Ci hai fatto stare in pensiero per tutto il tempo!»

Chiuse gli occhi, rimanendo in silenzio. *Forza, dimmi che sono licenziato e facciamola finita.*

«Nate?» lo richiamò Timothy, invece. «Pronto?»

«Sì, ti sento.»

«Sicuro di star bene?»

No. «Sì, stavo aspettando la tua decisione.»

«Riguardo a cosa?»

«Uhm… Riguardo al lavoro.»

Timothy rimase in silenzio per qualche secondo prima di sospirare. «Non ti sto licenziando, Nate. Non mi hai mai dato guai finora e lavori bene, sarei uno stupido se lo facessi soltanto perché hai avuto problemi. La prossima volta però preoccupati prima di tutto di avvertirmi, va bene?»

Si ritrovò a rilassarsi, rilasciando tutta la tensione accumulata. Non era licenziato, aveva ancora un lavoro. Ringraziò mentalmente qualunque divinità del mondo per aver ricevuto un datore di lavoro tanto comprensivo e gentile.

«Grazie,» mormorò con la voce rotta.

«Hai chiamato Nathan, vero?»

«Sì,» mentì.

«Bene, allora ci vediamo domani, Nate.»

«Sì, certo,» disse, ancora incredulo. «Grazie, Tim…»

«Figurati, a domani.»

Timothy mise giù e lui poté dedicarsi all'altro problema. Quello più spaventoso e doloroso.

Facendo un profondo respiro si diresse in bagno e iniziò a prepararsi.

* * *

La macchina di Nate percorse il vialetto e si fermò davanti al garage, parcheggiando. Il ragazzo ne uscì timidamente, tutto infagottato per il freddo, e lo vide stringersi nel suo cappotto mentre percorreva il sentiero che lo separava da lui.

Nathan se ne stava fermo sulla soglia di casa, appoggiato al muro; il cuore batteva veloce e stava tentando disperatamente di respirare.

Aveva avuto un'altra discussione con sua madre che, per il momento, era tornata a casa sua. Ovviamente voleva che lasciasse Nate e che rinsavisse: purtroppo per lei, però, Nathan non l'avrebbe mai fatto.

Facevano una bella coppia, si era ritrovato a pensare. Entrambi cacciati via dai propri genitori, insieme a tentare disperatamente di andare avanti e non cadere.

Nathan aveva accettato di prendere dei rimedi naturali per l'ansia e l'insonnia: era il giusto compromesso tra le richieste del dottore e le sue. Non voleva andare in terapia, non voleva cedere ma sapeva che, da solo, non ce l'avrebbe fatta.

Soprattutto non voleva dare altri problemi a Nate. Sapeva che, in fondo, se si era rifugiato a casa sua era soprattutto per colpa di lui. Non era stato abbastanza forte da proteggerlo e l'aveva lasciato solo mentre lui sprofondava.

«Ciao,» disse timidamente Nate. Lui lo osservò velocemente prima di farlo entrare.

Lucy se n'era andata da un pezzo, Madeleine aveva ricevuto il giorno libero. Erano solo lui e Nate e, stavolta, non avrebbe permesso a sua madre di disturbarli.

Nate entrò in casa, rigido, e lui richiuse la porta alle sue spalle.

«Levati il cappotto, Nate,» ordinò, vedendolo indeciso sul da farsi, come un ospite che entra per la prima volta in un'abitazione che non conosce. Era sconcertante sapere che per Nate non solo non era la prima volta, ma era anche per metà casa sua.

«Non serve, non rimango.»

Spalancò gli occhi, fissandolo con confusione. «Come non rimani?»

«No, sono venuto soltanto a darti questa,» disse Nate, fingendo calma. Quando gli porse una lettera, Nathan sapeva già di cosa si trattasse ancor prima di aprirla e leggerne il contenuto.

«Non accetto,» disse deciso.

«Non puoi non accettare,» rispose Nate.

«Perché?» chiese allora. Sentiva la rabbia crescergli in petto. «Perché stiamo insieme? Ti pagherò comunque, voglio che tu abbia quella maledetta libreria.»

«Non è per quello...» ribatté Nate, confusamente.

«Ho sbagliato qualcosa? È troppo pesante starmi dietro?»

La voce di Nathan era rotta mentre parlava. Aveva paura di quella risposta, aveva paura di sapere che era così, che Nate si era stancato di lui e lo stava lasciando. Fece un passo verso di lui ma Nate si allontanò. Non lo guardava. «Non è neanche quello.»

«Allora cosa?» Dio santo, suonava davvero così patetico come sembrava?

«Non voglio che tu soffra a causa mia.»

Sorrise appena. Era per sollievo, ma si ritrovò comunque in ansia per quello che Nate voleva fare. Dovevano soltanto chiarire l'equivoco, no? Poi si sarebbe tutto sistemato. «Amore, soffrirei se te ne andassi, non se rimanessi al mio fianco...»

Avanzò ancora, Nate indietreggiò fino a toccare la porta di casa. Ritrovandosi con le spalle al muro, fu costretto a guardarlo: era un'espressione confusa e spaventata. «No, Nathan, tu non capisci... Non possiamo continuare a stare insieme.»

«Sì che possiamo, non dire stronzate.»

Allungò le mani verso di lui e gli si avvicinò ancora. Mentre gli slacciava il cappotto, si avvicinò a baciargli una tempia, dolcemente. Nate non ebbe la reazione che si aspettava.

Lo vide irrigidirsi e poi scostarsi da lui, scacciare le sue mani e tentare di scappare. Non ebbe il tempo di bloccarlo perché reagì in modo completamente inaspettato.

«Non toccarmi!» supplicò Nate. Sembrava in panico, come se Nathan l'avesse spaventato in qualche modo. Non capiva: erano contatti normali, che avevano sempre avuto. Perché tutto un tratto sembrava terrorizzato dalla possibilità di venir toccato da lui?

«Che ti prende?» chiese Nathan. Nate gli porse ancora la lettera.

«Per favore, accettala e lascia che prenda la mia roba.»

«Col cavolo, Nate, dimmi cosa c'è che non va!» Alzò la voce, avvicinandosi ancora mentre lui indietreggiava con poca convinzione. Si ritrovò a immobilizzarlo di nuovo, a tentare di bloccarlo mentre lui scuoteva il capo e cercava di divincolarsi.

«Nate, maledizione, calmati! Sono io!» urlò, prendendogli il volto tra le mani. Nate stava sudando e aveva gli occhi lucidi. Tentò di trasmettergli un po' di serenità guardandolo con decisione e tranquillità.

«Sono io, sei al sicuro, calmati. Adesso levati di dosso questa roba e sediamoci, posso preparare una tisana per tutti e due se vuoi.»

«No, devo andare...»

«Dove?»

«A casa.»

«*Sei già* a casa!» esclamò. La sua voce si ruppe: la paura stava avendo il sopravvento. Nate dovette accorgersene perché smise di tremare e lo guardò, titubante. Nathan ne approfittò per sospirare e accarezzargli dolcemente i capelli, sbottonandogli il cappotto.

«Dai, cucciolo, adesso ci calmiamo e ne parliamo, va bene?» disse, dolcemente. Nate sembrò arrendersi alle sue parole, nonostante fosse più un manichino che si lasciava toccare da lui anziché qualcuno che capiva e decideva di assecondarlo.

Lo spaventava vederlo così inerme.

Tolto il cappotto, tentò di sfilargli la maglia ma si bloccò.

Nate, di riflesso, strinse gli occhi e inspirò pesantemente, come se si fosse aspettato l'arrivo di un pugno. Nathan non riusciva a muoversi.

Il collo del ragazzo era disseminato di segni rossi.

Inizialmente pensò a lividi, ma era più probabile che se li fosse procurati in un modo del tutto diverso. Tremante gli scostò la maglia, ritrovandosi ad alzarla mentre lui rabbrividiva e attendeva, pazientemente.

Anche il petto ne era pieno.

Lo lasciò andare, improvvisamente senza respiro.

«Chi ti ha fatto quelli?»

Non era stato lui: se ne sarebbe ricordato con orgoglio.

Nate non rispose. Rimase immobile lì, a rimettersi il cappotto e a evitare di guardarlo. Attese invano finché non si sentì in dovere di aggiungere un'altra domanda alla prima, posta con voce ancora più rotta e roca.

«Dove sei stato ieri notte?»

Ancora una mancata risposta. Sentì la rabbia montargli in petto. Strinse i pugni, tremando, e si avventò su di lui, afferrandogli il collo del cappotto e costringendolo a gemere e a guardarlo.

«*Con chi cazzo sei stato?*» urlò. Doveva calmarsi o l'avrebbe spaventato: non voleva spaventarlo. Non era il tipo da usare le maniere forti, non era un mostro, era soltanto... soltanto...

«Non me lo ricordo,» disse Nate, debolmente. Non riusciva a capire se stesse mentendo o meno, ma entrambe le risposte lo facevano irritare.

«Non ricordi con chi sei stato?» Nathan fece un sorriso crudele, stringendosi ancor di più a lui. «E come fai a non ricordartene? Hai accettato droghe? Se era così facile scoparti, mi sarei risparmiato tutto lo sbattimento, allora!»

Nate alzò gli occhi su di lui, ferito, ma a Nathan non importò.

Voleva ferirlo. *Voleva* vederlo a pezzi. *Voleva* anche che piangesse, così forse si sarebbe sentito meglio. Così forse avrebbe evitato di pensare a quanto gli faceva male il petto.

«Cos'è, con me fai il ragazzo perbene e con gli altri te la spassi?» continuò, aumentando quel sorriso. Nate provò a parlare ma non lo ascoltò. «Avresti potuto dirmelo, sarebbe stato più eccitante non credi?»

«Nathan...» ripeté Nate, terrorizzato.

«Te ne sei andato nei bagni di qualche locale? Con quanta gente l'hai fatto? Ti mancavano i vecchi tempi?»

Dio se fece male sentire lo schiaffo che lo fece sbandare all'indietro.

Dio se fece male lo sguardo che gli rivolse Nate, ferito, arrabbiato, quegli occhi lucidi e rossi, il volto rigato dalle lacrime.

Sapeva di aver fatto una stronzata. Sapeva di essere stato crudele. Sapeva che non avrebbe mai dovuto dire cose del genere, soprattutto perché per Nate era un trauma ancora irrisolto, con cui faticava a convivere.

Entrambi rimasero immobili mentre riprendevano fiato, in silenzio. Lui si portò una mano a tamponare il sangue che scendeva dal naso.

«Accetto le tue dimissioni,» disse in un sussurro.

Passarono pochi secondi prima che Nate si dirigesse verso di lui, sbattendogli la lettera al petto, e corresse verso il piano di sopra per recuperare i suoi vestiti. Nathan rimase immobile al centro dell'ingresso, a stringere quella lettera con la mano sporca di sangue e il cuore spezzato.

CAPITOLO 26

L'ultima cosa che Nate fece per Nathan fu chiamare Cody per avvertirlo che avrebbe passato la notte da solo.
Dopodiché né lui né l'altro provarono a sentirsi.
Passarono due mesi vuoti.
Nate si limitò a svolgere il suo lavoro come aveva sempre fatto. Kate e Timothy gli fecero molte domande, lui non rispose neanche a una di esse. Andava avanti per inerzia, come se fosse stata l'unica cosa che gli rimaneva da fare.
Riprese la routine di mesi prima, ritrovandosi con sempre più tempo libero.
A volte usciva, a volte se ne stava a casa a leggere. Negli ultimi mesi si era riempito la casa di libri, alcuni presi dalla biblioteca, altri comprati nella piccola libreria del centro.
Non aveva più sentito né visto Nicolas e, forse, era meglio così.
Non era cambiato nulla, tranne il fatto che sentiva più spesso i suoi fratelli. Tutti quanti.
Amanda lo chiamava quasi ogni sera, chiedendogli consiglio su cosa mettere a scuola, su come passare gli esami, su cosa dire alla ragazza che stava frequentando.
Ogni volta gli chiedeva di salutarle Nathan. Tutte le volte Nate non rispondeva.
Non si sentiva ancora pronto a dire a tutti che era finita. L'aveva confessato soltanto un mese dopo a Katia che aveva preferito non dirgli nulla e aveva cercato addirittura di comprenderlo.
Ty era diverso perché non gli chiedeva mai di Nathan. Si sentivano più o meno una volta ogni due settimane e non parlavano di argomenti rilevanti. Ty lo chiamava per dirgli che Susan stava guardando un film strappalacrime – e Nate sapeva quanto suo fratello odiasse i film

strappalacrime – o per dirgli che aveva paura di diventare padre. Ty lo chiamava quando litigava con sua madre e quando non aveva altro da fare che sedersi in giardino a fumare una sigaretta.

Nate aveva iniziato a pensare alle chiamate di suo fratello come boccate d'aria fresca. Non gli chiedeva mai come stesse, quindi poteva evitare di mentire.

Sentiva Peter di meno perché lui era sempre impegnato con il lavoro e i suoi viaggi. Stimava molto suo fratello, perché gli sembrava che si stesse costruendo il futuro che aveva sempre desiderato. Lui non ne era capace.

Si era recato in ospedale due settimane dopo aver lasciato Nathan.

Prima di allora ne aveva sempre avuto paura e, quindi, se n'era tenuto ben alla larga. Aveva paura di ricevere una risposta positiva al test, la conferma che gli avrebbe ricordato che era stato uno stupido e che il suo gesto era irrimediabile.

Non sapeva cosa avrebbe fatto in quel caso, perché non era abbastanza forte per farcela da solo.

Alla fine qualcuno, lassù, aveva deciso di dargli una seconda possibilità.

I test erano negativi: non aveva alcuna malattia sessualmente trasmissibile. Era sano come era sempre stato e intendeva rimanerci. Diede tutto se stesso al lavoro, ignorando ogni persona che si rivelasse più incline al flirt che a passare il tempo al bar.

Mise tutti i soldi guadagnati con Nathan da parte e pian piano si avvicinò sempre più alla cifra che gli serviva per potersi permettere un locale. C'erano voluti tanti anni, per lui che non voleva chiedere un mutuo che non avrebbe saputo come pagare, ma alla fine ci stava riuscendo.

Era l'unica scintilla di felicità che riusciva a cogliere.

Per il resto c'era soltanto il dolore.

Non era riuscito a perdonarsi per quello che aveva fatto. Non era riuscito a perdonare *Nathan* per quello che aveva detto. Non era riuscito a dimenticarlo.

Aspettava pazientemente il giorno in cui si sarebbe svegliato e avrebbe pensato che Nathan non era più nella sua vita e che lui ne era sereno. Se riusciva benissimo nella prima parte praticamente ogni mattina, la seconda era ancora fuori portata.

Due mesi dopo, quando la primavera era ormai inoltrata, Jake tornò a trovarlo.

«Ehi, Nate,» venne salutato. Non si era accorto che era entrato: Nate era ancora dietro al bancone e stava battendo alla cassa l'ordinazione di alcuni clienti. Quando lo vide, fu sorpreso: non lo vedeva da tempo. C'erano periodi in cui Jake non si faceva vedere al bar, certo, ma aveva creduto che, dopo quanto successo, lui fosse l'ennesimo legame che aveva perso miseramente.

Gli rivolse un sorriso tirato e gli fece un cenno, prima di accettare il pagamento e salutare cordialmente il gruppo di ragazzi davanti a lui.

Dopodiché si rivolse a Jake con la stessa, fredda, gentilezza del solito.

«Cosa prendi?» chiese. Non ce l'aveva con lui e i loro rapporti, dopo la festa di Cody, si erano fatti più tranquilli. Nonostante ciò, anche se l'aveva *temuto*, era comunque un legame che *non* aveva perso. Un legame che ancora lo legava a Nathan.

«Un caffè macchiato,» rispose Jake, guardingo.

Iniziò a prepararlo senza dire altro, senza guardare l'uomo, senza andare in panico. Poteva farcela dopotutto: era soltanto l'ennesimo cliente difficile. Non ci stava provando con lui ma gli sarebbe bastato trattarlo come al solito e tutto si sarebbe risolto.

«Non ci si vede da un po',» disse Jake, indifferente. Manteneva un sorriso accennato sulle labbra perfette. «Ho avuto impegni con il lavoro. Tu come stai?» Se ne stava appoggiato al bancone, comodamente seduto, e lo fissava con interesse e attenzione. Gli dava fastidio.

«Tutto bene,» rispose vagamente, preparando il piattino e porgendogli una bustina di zucchero. Senza accorgersene gli diede quello di canna: normalmente lasciava i clienti scegliere ma ricordava bene quali fossero le preferenze di quelli abituali e, per qualche strano motivo, aveva ben presente quelle di Jake. Forse perché era raro che non andasse giù di alcolici e, quindi, ricordava particolarmente bene i momenti in cui aveva cambiato ordinazione.

«Sicuro? Non sembra,» ribatté Jake. No, non sarebbe stata una conversazione piacevole.

Nate gli porse il caffè e prese due bottiglie d'acqua. «La preferisci naturale o gasata?»

«Non senti più Nathan, vero?»

Quell'affermazione lo prese alla sprovvista. Sentire il *suo* nome lo prese alla sprovvista. L'aveva sentito soltanto dalla sua voce nella propria testa e quindi era come se non fosse stato preparato a quelle parole. Tremò mentre stappava la bottiglia d'acqua naturale e riempiva un bicchiere, porgendoglielo.

Jake rimase per diversi secondi in silenzio mentre lui si occupava dei bicchieri e della lavastoviglie. Poi, senza preavviso, disse: «Non ti facevo tipo da locali notturni. Credevo che mi avessi sempre rifiutato perché non ti piaceva quel tipo di vita.»

Alzò lo sguardo su di lui e seppe di essere caduto nel suo tranello. Gli occhi di Jake erano seri e quasi preoccupati mentre aspettava una risposta. Nate si ritrovò ad abbassare lo sguardo, combattuto.

«Con quanti altri ha sparso la voce?» chiese, roco.

Jake si mise a ridere, scuotendo il capo. «No, no, Nathan non mi ha detto proprio nulla. È difficile che faccia qualcosa di diverso dal lavorare, a detta di Cody.»

Ebbe un sussulto a sentire ancora il suo nome. Forse Nathan era nella sua stessa condizione, forse non andava avanti, forse…

Aggrottò le sopracciglia, confuso. «Se non te l'ha detto lui, allora…?»

«Non ricordi proprio, eh?» Jake fece un sorriso divertito, prendendo un altro sorso del suo caffè. Lui attese, incapace di dire altro, come se avesse paura di sapere chi altri avesse sparso la voce.

Jake sospirò e, con calma, disse: «Cos'è, credi di esserci arrivato da solo a casa tua quella notte?»

Spalancò gli occhi. Ecco qual era il pezzo mancante del puzzle.

Aveva creduto di aver guidato in uno stato di completa incoscienza e invece, per fortuna, non era stato quello il caso. Qualcuno doveva aver preso la sua macchina e doveva averlo riportato a casa: qualcuno come Jake.

«Mi hai riportato a casa? Eri lì?»

«In effetti hai detto un paio di cose stupide che mi avevano fatto intendere che eri un po' troppo ubriaco.»

Jake rise. Lui non lo fece ma si sentì come se un nodo si fosse sciolto proprio lì, nel petto.

«Non ricordo quasi nulla...» mormorò, imbarazzato. Jake gli sorrise, furbescamente.

«Quanto mi dai perché ti dica cosa ho visto io?»

Nate lo fissò, speranzoso. Cosa poteva dare a una persona come lui che probabilmente guadagnava quanto Nathan? Qualcosa che non l'avesse costretto a fare cose che non voleva? Abbassò gli occhi, frustrato, ma prima che potesse rispondere, Jake si mise ancora a ridere.

«Tranquillo, Nate,» disse, giocando con il cucchiaino e la tazza. «Scherzavo.»

Scherzava su cosa? Sul fatto che gli avrebbe detto cosa aveva fatto? Sul fatto che lo sapesse?

Rimase in una snervante attesa prima che Jake aggiungesse: «Cody mi aveva chiesto di seguirti perché non gli sembravi in te. Ti ho trovato che cercavi di respingere un ragazzo. Eri a petto nudo contro il muro del bagno e avevi un aspetto terribile. Ti ho trascinato fuori mentre continuavi a dirmi che facevi schifo e che non meritavi di vivere, o qualcosa del genere.»

Trattenne un gemito: sì, era plausibile. Abbassò gli occhi, imbarazzato. Aveva smesso di pulire i bicchieri e non riusciva più a muoversi, sentiva addirittura le gambe tremare. Jake continuò, senza farci apparentemente caso.

«Ti sei addormentato dopo avermi detto l'indirizzo di casa, ci ho messo un po' a capire dove abitavi. Mi sono permesso di usare le tue chiavi e portarti a letto, poi me ne sono andato senza toccare nulla.» Fece un sorriso divertito perché, probabilmente, pensava che Nate si sarebbe arrabbiato per l'invasione dei suoi spazi vitali.

Lui riusciva soltanto a essergli grato.

«Ero ancora vestito?» chiese.

«Cosa?» Jake sembrò interdetto.

«Ero ancora vestito quando mi hai trovato?»

«Non eri nelle condizioni di poterti rivestire quindi sono quasi certo che tu non abbia fatto sesso con nessuno.»

Diede un sospiro di sollievo che non credeva avrebbe reso pubblico davanti a lui. Chiuse gli occhi, abbandonandosi al bancone dietro di lui, e combatté contro l'istinto di accasciarsi a terra mentre il cuore batteva così forte da coprire ogni altro rumore.

Non aveva fatto sesso con Nicolas. Dio, quanto era sollevato da quella scoperta.

«Grazie, Jake,» mormorò.

Grazie di avermi portato via, grazie di avermelo detto. Grazie di avermi liberato di questo peso.

Jake ridacchiò, scuotendo il capo. «Figurati, ogni tanto devo fare la figura del bravo ragazzo o sarei troppo prevedibile.»

Si abbandonò a un lieve sorriso. «Tu *sei* un bravo ragazzo. Anche se lo nascondi bene.»

L'uomo si mise a ridere di gusto, scuotendo il capo. «Vedi? È semplice ingannarti.»

Nate sorrise, ma non disse nulla.

Avrebbe voluto chiedere un sacco di cose.

Come stava Nathan? Aveva ancora attacchi di panico? Stava con Cody adesso? Era felice? Gli mancava? Chiedeva mai di lui? Poteva tornare da lui? Lo desiderava ancora?

Tutte domande stupide e patetiche. Non poteva tornare indietro, proprio adesso che aveva fatto dei passi avanti. Stava avanzando, no? Stava conducendo la sua vita verso un'altra svolta. Aveva quasi la possibilità di aprire la sua libreria, stava lavorando duro…

«Sai,» disse Jake quando lo vide in difficoltà, pensieroso. «Parlavo con Cody l'altro giorno. Mi raccontava che hanno spostato il viaggio di lavoro a Charleston, qualcosa del genere, per richiesta di Nathan. Sembra che dovesse andarci con lui ma nel fine settimana è a Nashville e quella successiva ha del lavoro urgente da sbrigare, quindi non può accompagnarlo. Il lavoro doveva essere concluso un mese fa, tu ne sai nulla?»

Sì, se lo ricordava. Ci aveva pensato spesso, in realtà. Si era chiesto se Nathan ce l'avesse fatta e se, appunto, si fosse portato dietro Cody per non crollare. A quanto pareva aveva proprio evitato di andare. Era riuscito a spostarlo?

«Forse,» ammise, stringendosi nelle spalle.

«Beh, io so che ci andrà da solo. Nathan è il tipo che si forza un po' troppo quando non dovrebbe e che poi finisce male.»

«E io cosa c'entro?» chiese, sulla difensiva. In realtà sapeva benissimo dove Jake volesse andare a parare. L'uomo gli sorrise, furbo, e si strinse nelle spalle.

«Chissà. Il numero è sempre lo stesso.»

Nate lo fissò a lungo prima di parlare. Era un tipo strano, Jake. A volte sembrava stronzo e menefreghista, altre volte, invece, sembrava un angelo sceso dal cielo. Non riusciva a inquadrarlo bene e si sentiva sempre più confuso.

«Sei passato soltanto per avvertirmi?» chiese, non sicuro di aver inteso bene.

«No, sono passato per il mio caffè,» rispose Jake, serio.

Nate trattenne una smorfia. Era una bugia, lo sapeva. Jake non era lì soltanto per il caffè: sapeva che non era nei suoi standard, ma era quasi sicuro che, invece, fosse lì soltanto per assicurarsi di mettergli la pulce nell'orecchio.

Nate sorrise, furbescamente. «Non so, sai. Pensavo soltanto che, magari, *tu e Cody* aveste parlato un po' troppo.»

Mise particolare enfasi in quelle parole, "tu e Cody", proprio per assicurarsi che Jake avesse inteso il messaggio. Infatti, quando incontrò il suo sguardo, Jake fece scemare il sorriso, alzando un sopracciglio mentre, sulla difensiva, diceva: «Io e cosa?»

«Nulla, pensavo soltanto che vi vedete spesso,» rispose, allargando il suo sorriso. Era strano che fosse lui a metterlo alle strette piuttosto che Jake.

L'uomo sembrò inizialmente cercare una scusa, qualcosa da rispondergli. Poi, scuotendo il capo e rivolgendogli un sorriso compiaciuto, rispose: «Fatti i cazzi tuoi, Nate, eh?»

Per la prima volta dopo tanto tempo, Nate rise.

Non solo aveva ancora il numero di Nathan, ma anche quello di Cody.

Quando chiese consiglio a Katia, lei gli disse di fare quello che credeva fosse giusto e di chiedere consiglio, se poteva, a qualcuno che conosceva Nathan. Non aveva il numero di Jake ma, anche se l'avesse chiamato, non credeva che avrebbe risolto molto.

Non sapeva come avesse trovato il coraggio di farlo, ma si ritrovò a contattare proprio Cody.

«Pronto?» chiese la voce dall'altra parte del telefono. Era un pomeriggio e lui aveva appena finito di lavorare. Aveva incrementato le ore di lavoro: inizialmente Timothy si era opposto ma lui l'aveva pregato, dicendo che voleva sdebitarsi per la sua gentilezza.

Tim alla fine aveva acconsentito e gli aveva contato le ore di straordinari nelle ferie. In poche parole, se fosse davvero partito, non avrebbe avuto problemi. Il tutto stava nel capire se per Nathan lui rappresentasse un problema.

C'era una sola persona che poteva saperlo.

«Ciao, Cody,» disse, titubante.

«Nate?» La voce di Cody era incredula.

«Sì, ti disturbo?» *Fa che non stiano lavorando, fa che non sia con Nathan...*

«No, ho appena finito. Dimmi.»

Sospirò, cercando le parole giuste per introdurre il discorso. «Oggi Jake è stato al bar...»

«E quindi?»

Sembrava sulla difensiva. Tremò mentre cercava le parole giuste.

«Mi... mi ha detto della settimana prossima. *Lui* me ne aveva parlato quando...» *Stavamo insieme.*

Non riuscì a terminare la frase. Cody capì e lo incoraggiò a continuare con un verso nasale.

«Mi ha detto che tu non ci sarai. Ha un sostituto?»

«Che lo aiuti con gli attacchi, intendi?»

«Sì.»

«No.» Non avrebbe dovuto esultare, maledizione. Non si sarebbe dovuto sentire così soddisfatto e speranzoso. «Perché?»

Deglutì, nervoso. «Perché se avesse bisogno... Ecco...» Dio se era difficile. «Gli avevo detto di sì prima della recessione del contratto, quindi posso andarci io.»

Cody rimase in silenzio e Nate si diede dello stupido. Cosa pensava di fare? Andiamo, lo sapeva benissimo che non poteva presentarsi da Nathan di punto in bianco e sperare che le cose fossero risolte, che potessero essere amici o qualcosa del genere. Avrebbe soltanto fatto casino.

«Vuoi che sia sincero, Nate?»

No. «Non troppo brutale, se ti è possibile.»

Sentì la voce dall'altra parte sbuffare piano, trattenendo una risata. «C'è una parte di me che vorrebbe chiuderti il telefono in faccia.»

Ahia.

Beh, non che non se l'aspettasse. Cody era innamorato di Nathan, sapeva che avrebbe reagito male a sentirlo tornare. Era sempre stato così protettivo con lui... Magari stavano insieme?

«Ma non sarebbe giusto,» continuò Cody. «Nathan mi ha raccontato a grandi linee cos'è successo. Non ti do ragione, ma non posso neanche incolparti. È uno stronzo quando cerca di tutelarsi.»

Ricordò con dolore la notte in cui si erano lasciati e le parole che Nathan gli aveva rivolto. Bruciavano ancora anche se, Nate lo sapeva, l'uomo non le avrebbe mai dette se non fosse stato arrabbiato. Non lo giustificava, ma poteva sentirsi più tranquillo nel tentativo di perdonarlo.

«Nathan è in terapia con una psicologa,» continuò Cody, sorprendendolo. «Sembra che stia meglio, anche se ha ancora diversi problemi. È cocciuto, si è rifiutato di vederla più di due volte al mese perché crede che siano abbastanza. Ha ancora gli attacchi e spesso rimango a dormire da lui, ma si sta riprendendo.»

Evitò di pensare a cosa significasse che Cody rimaneva da lui per la notte. Dormivano insieme? Facevano sesso? Lui, in ogni caso, non aveva il diritto di pensarci.

«In realtà è spaventato dal viaggio, il che non va a nostro favore. Dice di potercela fare ma ha la paura negli occhi ogni volta che glielo chiedo. So che sarebbe più tranquillo se avesse qualcuno a cui affidarsi e gli ho detto che può chiamarmi in ogni caso, ma non è la stessa cosa. Francamente, sarei molto più sereno se tu potessi andare con lui ma so che per entrambi non sarebbe facile.»

Nate annuì come se Cody avesse potuto vederlo. Non si sentiva meglio per quelle parole ma, se non altro, sapeva che non aveva fatto un errore a chiamarlo. Cody era estremamente tranquillo e aperto al dialogo. Non credeva che sarebbe andata così bene.

«Se vuoi provare a mandargli un messaggio, puoi farlo, ma non aspettarti che ti dica di sì. È troppo orgoglioso e ferito per quello. Un tentativo non fa mai male, ma non sperarci troppo, okay?»

«Sì, ho capito,» rispose roco. «Grazie.»

«Figurati,» disse Cody. «Tu come stai?»

«Me la cavo.»

«Suppongo che sia una risposta che dai a tutti,» rispose Cody. Poteva sentirlo sorridere teneramente. «E la versione non ufficiale qual è?»

Non riuscì a replicare subito né seppe come fece in seguito. Rispondere: «Di merda,» fu spontaneo come se dall'altra parte del telefono ci fosse stato un amico di vecchia data, qualcuno di cui potersi fidare.

Cody rimase in silenzio per alcuni secondi. Quando riprese a parlare, era dolce, come se avesse voluto rassicurarlo. «Nate, so che è difficile per te quanto lo è per lui. Sinceramente credo che entrambi abbiate fatto una cazzata, ma non mi sono messo in mezzo all'inizio e non lo farò adesso perché non sono fatti miei. Prova a ricontattarlo e, se sarà abbastanza intelligente da accettare, vedi come va. Se andasse male, però, fattene una ragione e vai avanti. È nocivo per entrambi rimanere in questa situazione, dovete riprendervi per voi stessi più che per gli altri.»

Sorrise appena, accorgendosi della lucidità dei propri occhi. Era doloroso e bello sentire quelle parole: si era tenuto dentro così tante cose che avere un attimo in cui poteva sfogarsi era maledettamente bello.

«Grazie,» mormorò, incapace di dire altro. Era sicuro che Cody stesse ancora sorridendo.

«Grazie a te per aver chiamato.»

Nate fece un timido sorriso prima di sospirare. «Ci sentiamo, allora.»

«Aspetta,» lo richiamò Cody. «Ascolta, so che è un po' tardi per questo, ma... Volevo chiederti scusa.» Nate aggrottò le sopracciglia ma non fece in tempo a chiedere altro perché lui continuò quasi subito. «Per la festa, sai... Sono stato un coglione. Ero innamorato di Nathan e non riuscivo a capire perché lui lo fosse di te e non di me. Sono stato geloso, impulsivo, e ingiusto con te. Scusami.»

Ci mise un po' per raccogliere le informazioni ricevute e cercare cosa dire.

«Non... non preoccuparti,» balbettò, incredulo. Non credeva che Cody si sarebbe mai scusato: in realtà era un episodio che aveva accantonato tempo prima. «Credo di averti perdonato tempo fa. Non è che non ti capisca...»

«Sì, il problema è che io non ho mai pensato a capire te,» rispose Cody, mettendosi a ridere. «Pensavo solo che non era giusto che non amasse me, comprendi?»

Nate capiva soltanto in parte. «Non era innamorato di me,» disse, tristemente. Dopotutto non gliel'aveva neanche mai detto: era ovvio che fosse finita. Cody, però, invece di scherzare, rimase in silenzio ancora una volta.

«Nate, se non te ne sei ancora accorto, sei davvero uno stupido, sai?»

«Cody...»

«No, ascolta,» lo interruppe lui, serio. «Io non ho mai visto Nathan così. Prima di conoscerti era un puttaniere, se ne fregava di chiunque entrasse nel suo letto. L'ho visto soffrire soltanto per la morte di Cassian e rinchiudersi nella sua corazza di freddezza, poi sei arrivato tu.» Cody fece una pausa in cui sospirò, dandogli il tempo di prendere un respiro mentre aspettava di sentirlo continuare.

«Io ero arrabbiato perché tu eri capace di mandarlo in panico e salvarlo allo stesso tempo, quando io riuscivo a stento a dargli un po' di pace. Non ti incolpavo perché lo facevi soffrire, ti incolpavo perché eri capace di renderlo tuo mentre io non ne ero in grado. Nathan è sempre stato innamorato di te, lo è ancora. È solo troppo cocciuto e ferito per ammetterlo, ha paura. Ha sempre avuto soltanto paura.»

Non rispose. Una parte di lui voleva disperatamente credere alle parole di Cody, tuffarcisi dentro, crogiolarsi nella speranza e nella felicità che gli donavano. L'altra parte aveva la stessa paura di Nathan, quella cieca che non permetteva a nessuno di avvicinarglisi.

«Bello, contatta Nathan, va bene?» disse Cody, capendo il suo disagio. «Se hai bisogno, io sono qui. Puoi chiamarmi quando ti pare.»

«Grazie,» sussurrò.

Poi fu solo silenzio.

***

"*Ciao, Nathan. Jake mi ha detto che ti hanno spostato gli scatti per il parco marino. Se non hai trovato un sostituto, io sono ancora disponibile, come ti avevo detto all'inizio. Fammi sapere. Nate.*"

Inizialmente aveva reagito male.

Dopo aver avuto un attacco di panico, ovviamente.

Aveva risposto: "*Ciao. Sì, è questo fine settimana ma il contratto è recesso, non sei obbligato a venire. Buona giornata.*"

Si era stupito di quanto fosse stato professionale e si era complimentato con se stesso. Poi, però, Nate aveva aggiunto: "*Non sarebbe un problema per me,*" e lui non aveva potuto far altro che ricorrere alla durezza.

"*Lo sarebbe per me.*"

Nate, dopo il suo: "*Ok, scusami. Buona giornata anche a te,*" non aveva più risposto e tanto gli era bastato.

Certo, finché non aveva vuotato il sacco con Cody.

Nathan aveva passato due mesi senza vivere. Due mesi in cui la sua esistenza era stata annullata.

Sua madre aveva provato a ricontattarlo e lui l'aveva scacciata. Era rimasto da solo a lottare contro i suoi demoni, avendo come unico sprazzo di pace il suo miglior amico. Si era detto che avrebbe potuto provarci con lui, così da cancellare il vuoto che provava dentro, ma aveva lasciato stare.

Non era giusto, non era sincero, era uno sporco modo di cancellare quello che Nate aveva fatto al suo posto. Quello che Nate aveva fatto a lui.

Nathan non sapeva cosa fosse successo la notte del suo attacco di panico. Non sapeva tra le braccia di chi si fosse rifugiato, non sapeva nemmeno come avrebbe dovuto prendere il fatto che anche Nate ne fosse ignaro.

Ricordava con esattezza, però, il modo in cui si era sentito morire quando aveva capito qual era la verità. Si era detto che doveva andare così, che si era illuso, che non avrebbe mai provato la felicità. Era soltanto un altro episodio nella sua vita che andava male.

Si era detto che si sarebbe rialzato.
Per due mesi, però, non l'aveva fatto.
Per due mesi si era annullato, aveva bruciato la sua esistenza e aveva pensato soltanto a sopravvivere, come ci si aspettava che facesse.
Aveva iniziato un percorso da una psicologa con riluttanza e non era andata bene. Gli aveva detto poco e nulla e lei aveva fatto fatica a tirargli fuori le parole. Gli aveva insegnato qualche stupido esercizio di respirazione ma null'altro. Non si trovava male, ma non riusciva ad aprirsi. Con nessuno.
Quando aveva ricevuto il messaggio di Nate, si era sentito come se la sua intera vita, fino a quel momento immobile, avesse ripreso a funzionare. Aveva rifiutato la sua proposta ma il solo fatto di leggere "Nate" sullo schermo del telefono era bastato a mandarlo in subbuglio e a far sì che si rendesse di nuovo conto di cosa aveva attorno.
Cody gli aveva detto che era stato uno stupido.
«Hai bisogno che ci sia qualcuno che possa aiutarti lì e sai che Nate saprebbe farlo. Sei soltanto uno stupido cocciuto.»
Nathan sapeva che Cody aveva ragione, ma non voleva ammetterlo. Non voleva ammettere di avere bisogno di Nate, non voleva ammettere di essere ancora così patetico. Non voleva ammettere che la cosa che più desiderava al mondo era di riaverlo accanto a sé, anche se soltanto per una settimana.
Ci pensò tutta la mattina. Non riuscì a concentrarsi sul lavoro, il che fu snervante e controproducente. Finirono più tardi del solito e non poté far altro che ritirarsi a casa, stanco, sconfitto.
Come di consueto, Cody lo seguì per passare la notte nella stanza degli ospiti. Non quella di Nate, no: una delle più piccole, dove dormiva quando, dopo l'incidente di Cassian, aveva iniziato ad accusare problemi.
Non parlarono molto perché Nathan non si sentiva pronto a toccare l'argomento "Nate".
Rimase per la maggior parte del tempo da solo nella sua stanza a fare i suoi dannatissimi esercizi. Ascoltava musica e respirava, in silenzio, lasciando il tempo passare lento e pacato. Non si accorse nemmeno di quando arrivò l'ora di andare a dormire.
Cody passò a dargli la buonanotte, ricordandogli che, come sempre, avrebbe potuto chiamarlo se avesse avuto bisogno di aiuto. A

volte gli sembrava assurdo il modo in cui tutti cercavano di farlo star bene, anche se non se lo meritava per niente.

«Nathan?» lo richiamò Cody prima di scomparire dalla porta.

Sapeva cosa stava per dirgli ma rimase comunque in silenzio, in attesa.

«Pensaci, su Nate. Sai di aver bisogno di aiuto e sai che potrebbe andare meglio di quanto entrambi pensiate.»

Sospirò, rigirandosi stancamente nel letto mentre Cody richiudeva la porta.

Sapeva che aveva ragione e sapeva che era la stessa cosa che pensava quella parte di sé che stava tentando disperatamente di sopprimere.

Aveva paura. Aveva una paura dannata sia di partire che di chiamare Nate e non sapeva quale fosse la cosa più giusta da fare. Se si fosse arreso a ciò che voleva, forse sarebbe andata male, ma sarebbe anche potuta andare bene.

Conosceva Nate, inoltre: sapeva che era stato difficile per lui scrivergli e sapeva anche che non aveva in mente altro che il suo bene. Era il problema di Nate: pensava sempre agli altri e mai a se stesso. Era snervante quanto meraviglioso.

Sospirò, rileggendo i messaggi che si erano scambiati.

Di solito lo faceva con quelli di due mesi prima, quando ancora erano insieme. Stavolta lo fece con quelli che gli aveva mandato quella mattina.

Nelle sue parole c'era soltanto un ragazzo che provava ancora qualcosa per lui, che era preoccupato e che voleva aiutarlo. Nathan lo sapeva. Lo sapeva così bene che faceva male anche soltanto negarlo.

"Scusami per stamattina. Se potessi venire davvero, sarebbe d'aiuto. Ti pagherò tutta la settimana."

Stette in ansia per i secondi successivi, nervoso, incapace di respirare decentemente come gli era stato insegnato. Nate, per fortuna, non lo fece aspettare troppo.

"Certo che posso venire. Non c'è bisogno di pagarmi."

Sorrise. Lo immaginava. Lo immaginava eccome. Nate aveva risposto esattamente come pensava che avrebbe fatto e ciò bastò a fargli partire il cuore a mille, facendolo sentire vivo come non accadeva da tempo.

"*Sì che ce n'è bisogno. Ti verserò metà della cifra domani e l'altra metà una volta tornati. Va bene? L'aereo è alle 12 di domenica. Se ti fai trovare qui per le 8, possiamo andare insieme. Al biglietto ci penso io.*"

"*Va bene per tutto. A domenica.*"

"*A domenica.*"

Una volta mandato il messaggio, si nascose sotto il cuscino, sospirando.

Era felice. Era felice di rivederlo, era felice che l'avesse contattato, era felice di non dover fare il viaggio da solo, di non dover lottare da solo. Come sempre Nate era arrivato in suo soccorso e lo stava salvando anche se, forse, neanche se ne accorgeva.

Nate. Tutto ciò che aveva sempre desiderato, tutto ciò che ancora desiderava, tutto ciò che realmente importava.

L'unico che riusciva a farlo respirare.

Era un sentimento strano: da un lato c'era solo paura.

Dall'altro, finalmente, c'erano speranza e serenità.

CAPITOLO 27

Fu a casa di Nathan alle 7.48 del mattino.
Era in anticipo.
Era nervoso.
Era in panico
Parcheggiò la macchina sul vialetto: anche la Aston era lì e il portabagagli era aperto e spaventosamente piccolo. Si soffermò a misurare mentalmente le dimensioni della sua valigia e a chiedersi se ci entrasse: non era troppo grande, non aveva neanche portato troppa roba quindi immaginava che andasse bene.

La valigia di Nathan mancava, però, e avrebbe dovuto fare una seconda stima più tardi. Si disse che era destino che fosse arrivato prima, così da poter prendere le dovute precauzioni.

Per la macchina, ovviamente.

Anche la porta di casa era socchiusa, così si premurò di lasciare la valigia all'ingresso ed entrare.

«Permesso,» disse, educatamente. Nathan non era nei paraggi, ma Lucy fu da lui in poco tempo e, quando lo vide, gli fece un gran sorriso e lo abbracciò.

«Che bello rivederti!»

Nate ricambiò l'abbraccio, cacciando via la fastidiosa sensazione di *casa*. Lucy lo lasciò andare e lo squadrò, aggrottando le sopracciglia.

«Sei dimagrito. Che hai fatto?»

Lo era? Non se n'era accorto. Mangiava di meno, certo, ma non così tanto da fargli intendere di aver cambiato qualcosa nella sua dieta. Forse era l'insonnia? Forse era lo stress? Non avrebbe saputo dirlo, così si strinse nelle spalle.

«Non lo so. Sono giù di molto?»

«Accidenti, Nate,» disse Lucy, annuendo.

Si sentì in imbarazzo mentre la ragazza lo fissava sconvolta, accertandosi che stesse bene. Quando cambiò discorso, sperò che capisse, così da non dover combattere contro le sue attenzioni.

«Nathan?»

«Il signor Nathan si sta preparando, se vuoi puoi accomodarti in sala o, se hai fame, in cucina.»

«Oh, no, lo aspetterò qui, grazie.»

Lucy annuì e, con un gesto del capo, si congedò. Lui sospirò, appoggiandosi al muro e aspettando. Si ritrovò a osservare l'ingresso della casa su cui, si accorse, non si era mai soffermato.

C'erano diverse fotografie sulle mensole al muro, tra i soprammobili di pietre preziose che, probabilmente, erano tutti regali da parte di qualcun altro.

C'era una foto di Nathan con sua madre, una di Nathan e Cody che ridevano al mare, un'altra con Nathan, sua madre e quello che credeva essere Cassian.

Ce n'era anche una di Nathan con lo stesso ragazzo, probabilmente una delle ultime che avevano scattato insieme perché Nathan dimostrava uno, massimo due anni in meno. Si soffermò su quest'ultima: l'uomo aveva un sorriso bellissimo mentre guardava il fratello che faceva una smorfia con la sua macchina fotografica.

Si ritrovò anche lui a sorridere, dolcemente, mentre il petto gli si scaldava di affetto.

Non poteva farci nulla: si erano lasciati, non si vedevano da due mesi e tra loro non c'era più niente, ma non per questo poteva ignorare i suoi sentimenti per lui.

Non l'aveva dimenticato. Non l'aveva dimenticato per niente.

«Nate?»

La voce di Nathan non era troppo lontana. Quando si voltò, si accorse che stava scendendo l'ultimo gradino della scala e che lo stava guardando.

Gli si mozzò il fiato.

Non lo vedeva da due mesi, poteva essere una reazione ovvia, ma a qualsiasi cosa si fosse preparato Nate aveva dimenticato di considerare la sua bellezza.

Nathan splendeva: i capelli erano raccolti ordinatamente in una coda, la barba curata e corta, gli occhi, seppur adornati da un filo di occhiaie, azzurri e brillanti mentre lo fissava. La corporatura era la stessa che ricordava, possente, muscolosa, il petto accogliente come era sempre stato. Portava un paio di jeans a fasciargli le gambe toniche e una camicia bianca appena sbottonata che gli dava un aspetto vagamente elegante.

Dimenticò come si faceva a parlare.

«Ehi,» lo salutò Nathan, gentilmente. Le sue labbra perfette erano incurvate in un sorriso dolce, gli occhi malinconici. Sussultò, cercando la forza di aprire la bocca e parlare.

«Ehi, ciao.»

Nathan lo squadrò per un attimo prima di aggrottare le sopracciglia e trattenere a stento una smorfia. Poteva immaginare cosa stesse pensando grazie al commento di Lucy, ma si ritrovò a desiderare di ricevere quelle attenzioni.

Non doveva, non ne aveva il diritto.

«Hai già fatto colazione?» chiese Nathan. Lui annuì, rigido.

«Sì, non preoccuparti.»

«Mi fai compagnia?»

Non riuscì a dire altro, così si limitò ad annuire e a seguirlo verso la cucina.

Madeleine stava portando un vassoio in tavola proprio quando entrarono, così si ritrovò a salutare anche lei allo stesso modo di Lucy. Ovviamente gli fu fatto lo stesso commento della ragazza.

«Accidenti, come sei dimagrito! Ma stai mangiando?»

«Sì, certo,» rispose, sorridendo. Insomma, non se ne stava a digiuno. Non mangiava neanche troppo, ma non rimaneva certo a digiuno: come avrebbe fatto a lavorare, poi?

«Non sembra, sai? Sei un cadavere!»

Si strinse nelle spalle, sperando di non ricevere altri commenti. Evitò anche di guardare Nathan nonostante sapesse benissimo che lui, invece, lo stava fissando intensamente. Sentiva il suo sguardo sul collo e non poté far altro che arrossire, in imbarazzo.

«Beh, ti converrebbe mangiare qualcosa prima di partire. Cosa hai mangiato stamattina?»

Nate, in realtà, aveva bevuto soltanto un caffè per impedirsi di crollare.

Invece di rispondere, quindi, simulò una risata dicendo: «Sto bene, sul serio! Torna a lavorare.»

Madeleine gli rivolse un'occhiataccia ma fece come gli era stato chiesto, così Nate si ritrovò da solo con il suo ex. Sedette di fronte a lui, senza guardarlo. Nathan si era già preso due fette di torta e stava masticando in silenzio. Non aveva ancora distolto lo sguardo da Nate.

«Che hai mangiato stamattina?» gli chiese Nathan.

Per Dio, datemi tregua...

«Ho già fatto colazione,» rispose, forse eccessivamente freddo.

«Con?»

«Caffè.»

«Caffè e basta?»

Non rispose. Avrebbe potuto mentire ma non era mai stato bravo a farlo e Nathan lo conosceva troppo bene per fargli passare una bugia detta soltanto per zittirlo.

«Mangia qualcosa,» ordinò Nathan, paziente. Lui non si mosse, così si vide passare davanti un piatto con uova e bacon. Quando alzò lo sguardo, Nathan lo stava fissando serio e autoritario: bastò uno sguardo per mandargli una scarica direttamente all'inguine.

Arrossì, accettando il piatto e abbassando gli occhi, a disagio.

Cavolo, iniziamo bene...

Calò un silenzio imbarazzante mentre mangiavano. Era strano essere di nuovo nella stessa stanza con Nathan e sentirsi fuori posto: la loro convivenza era sempre stata maledettamente naturale.

Si azzardò ad alzare lo sguardo su di lui: Nathan non lo guardava e stava masticando distrattamente un pezzo di pane. Aveva il labbro sporco di cioccolata. Sorrise intenerito e meccanicamente alzò una mano per pulirlo.

Si bloccò quando l'uomo gli rivolse lo sguardo, spalancando le palpebre e fermandosi, come spaventato. Sgranò gli occhi anche lui, rendendosi conto soltanto in quel momento di cosa stava facendo.

«Ah... Hai... Hai un po' di sporco qui, sul labbro,» balbettò, tornando al suo posto e abbassando lo sguardo, completamente rosso. Nathan ci mise un po' a distogliere il suo e pulirsi, senza dir nulla.

Dio, iniziamo malissimo, altroché!
Non riusciva a tenere a bada la parte che conosceva Nathan meglio di quanto non avesse mai conosciuto chiunque e quella che, invece, tentava disperatamente di stargli alla larga. Era così difficile comunicare con i propri ex? Era la prima volta che ne rivedeva uno, fatta eccezione per Nicolas che, effettivamente, era un caso a parte.

«Uhm, stavo osservando la Aston prima,» disse Nate, per spezzare la tensione.

«Sì, lo so,» si lasciò scappare Nathan. Quando alzò lo sguardo a rivolgergli un'espressione confusa lui, come se si fosse reso conto soltanto in quel momento di quanto detto, abbassò gli occhi e arrossì appena sulle guance mentre cercava di sembrare tranquillo.

Si ritrovò a sorridere, sollevato.

Almeno non sono l'unico.

«Mi chiedevo se ci entreranno entrambi i bagagli.»

«Sì, la mia la metto dietro il sedile,» disse Nathan.

«Ci va?» chiese, titubante. Non gli sembrava che nella macchina ci fosse poi così tanto spazio. Subito dietro ai posti anteriori c'era quello che credeva essere il motore... O qualcosa del genere. Non ci aveva mai capito poi molto di macchine e forse per questo non riusciva ad apprezzare del tutto quella di Nathan.

«Sì, tranquillo,» rispose l'uomo, facendo un sorriso tirato. Aveva gli occhi stanchi e l'espressione tirata. Le occhiaie, che gli erano sembrate quasi irrilevanti, ora che lo vedeva da vicino erano belle prepotenti.

Per Nashville ci voleva un'ora e mezza: Nathan avrebbe retto per tutto quel tempo alla guida?

«Vuoi che andiamo con la mia?» chiese, di getto. «Dubito che mi faresti guidare la Aston e tu sembri stanco.»

Nathan sorrise appena e scosse il capo. «Sto bene.»

Normalmente avrebbe insistito ma si disse che non era il caso. Dopotutto non erano più suoi problemi, no? Sospirò, prendendo l'ultimo boccone di uova. Non aveva mangiato che la metà di quello che era nel piatto: sapeva che era maleducato, ma proprio non ce la faceva.

«Non mangi più?» chiese Nathan.

«Scusa, non ce la faccio,» disse, imbarazzato. L'altro stette a guardarlo per alcuni secondi prima di sospirare.

«Se ti metto a disagio, posso andare a finire di prepararmi mentre tu continui,» aggiunse Nathan, senza alzare gli occhi su di lui. «Non voglio forzarti, ma sarebbe meglio che mangiassi qualcos'altro. È un viaggio lungo e non conviene stare a stomaco vuoto.»

Ovviamente aveva inteso quale fosse il problema. Nathan lo conosceva ancora come se non fossero passati due mesi, come se non si fossero mai lasciati. Sentì il groppo alla gola impedirgli di rispondere mentre l'uomo si azzardava ad alzare lo sguardo, in attesa di una sua parola.

Nate non sapeva cosa dire.

Non era a disagio per Nathan, ma non poteva nemmeno negare che fosse quello il motivo per cui non riusciva a mangiare.

Erano due mesi che era esattamente quello il motivo.

Non se la sentiva così lasciava perdere, in attesa di un momento in cui avrebbe avuto più fame. Era raro che quel momento arrivasse, così si era lasciato un po' andare e, in poco tempo, era dimagrito a vista d'occhio.

Non che soffrisse di disturbi alimentari o cosa, semplicemente era giù di corda. Probabilmente si sarebbe ripreso.

«Beh, io ho finito,» disse Nathan, intuendo la risposta non detta. Si alzò da tavola mentre beveva un sorso di succo e si stiracchiava. «Fai con comodo, ho ancora un paio di cose da mettere in valigia. Massimo un quarto d'ora e ci sono.»

Quando uscì dalla porta della sala da pranzo, la tensione si allentò impercettibilmente.

* * *

Era dura.

Aveva passato tutta una settimana a prepararsi a quel momento e adesso che era arrivato, adesso che aveva Nate davanti, era più dura di quanto avesse pensato.

Era bellissimo. Bellissimo come lo ricordava, anche se più magro.

Non se n'era accorto subito: era rimasto rapito dall'espressione dolce che aveva mentre guardava le foto sulla mensola all'ingresso e aveva faticato a dire qualcosa per alcuni secondi. L'aveva fissato incantato mentre parlavano e si era trovato in balia dei suoi sentimenti finché Madeleine non gli aveva fatto notare che, effettivamente, c'era qualcosa che non andava.

Nate era magro. Era sempre stato magro, ma lo era diventato di più.

Anche se aveva cercato di trovare un altro motivo a quel cambiamento, in realtà sapeva benissimo a cosa fosse dovuto. Se da una parte pensava che non fosse del tutto colpa sua, dall'altra non riusciva a perdonarselo.

Salì le scale velocemente, portandosi fuori dalla portata dell'uomo in cucina.

In realtà non doveva finire la valigia, ma si era sentito in dovere di inventare una scusa per poter far sì che almeno mangiasse qualcos'altro. Sapeva che non avrebbe dovuto essere così premuroso: non era più il suo ragazzo, non stavano più insieme eppure non riusciva a farne a meno.

Anche Nate era dello stesso avviso. Se n'era accorto da come aveva fatto attenzione ai particolari, da come aveva cercato un contatto, quasi istintivamente, dal modo in cui arrossiva ogni volta che lo guardava.

Più tentavano di stare separati e più Nathan si accorgeva che non ne erano capaci.

Diede a Nate ancora venti minuti, aspettando pazientemente in camera sua. Lo sentì andare in bagno – c'era un bagno anche al piano di sotto, ma probabilmente Nate si era sentito più tranquillo ad andare in quello che aveva sempre usato – e poi soffermarsi davanti alla porta della sua stanza.

Aveva passato diversi minuti in attesa, in silenzio, come se si fosse aspettato di vederlo entrare.

Nate, ovviamente, non lo fece.

Quando lo sentì allontanarsi, sospirò frustrato e si alzò per preparare i vestiti da viaggio e scendere le scale. Il ragazzo lo aspettava nell'ingresso, pazientemente. Lo sguardo era distratto e rivolto al salone aperto dove, probabilmente, si intravedeva il pianoforte. Ricordò con malinconia la prima volta che l'aveva suonato per lui.

«Andiamo?» chiese, attirando la sua attenzione. Nate annuì, permettendosi un accenno di sorriso.

«Andiamo.»

Salutarono Madeleine e Lucy, che avrebbe pulito la casa mentre loro non c'erano. Mentre *lui* non c'era.

Nathan caricò la valigia in macchina – aveva poca roba perché l'agenzia avrebbe pensato alla maggior parte delle cose, quindi non era eccessivamente grande – e Nate mise la sua nel bagagliaio. Poi prese posto accanto a lui e Nathan mise in moto.

Fece manovra verso il cancello e percorse il viale finché la villa non sparì dalla loro traiettoria.

Il viaggio fu addirittura più difficile.

Non parlarono per almeno venti minuti e la tensione calò su di loro, pesante. La vicinanza non aiutava: se avesse voluto, avrebbe potuto allungare la mano e stringere la sua, ma non poteva.

Nate era visibilmente nervoso, poi, e non aiutava affatto. Pensò a un sacco di cose che avrebbe potuto dire, ma nessuna sembrava quella giusta. Alla fine, esasperato, provò a far conversazione.

«Timothy e Kate?» chiese. Nate si riscosse, girandosi a guardarlo con fare confuso.

«Cosa?»

«Come stanno Timothy e Kate? Non li vedo da...» *Quando ci siamo lasciati.* «Un po'.»

«Ah,» mormorò Nate, quasi deluso. «Stanno bene.»

Nathan annuì e fu di nuovo silenzio.

Maledizione, Nate, collabora...

«E Cody e gli altri?» chiese Nate.

Nathan esultò mentalmente: significava che voleva provare a fare conversazione anche lui.

«I soliti,» rispose, sorridendo appena. «Edward è sempre una checca isterica, Mabelle, Katreen e Daniel sono i soliti stronzi, Chrissie è incinta – di nuovo – e ha anche lei i suoi momenti di irritabilità, ma per il resto tutto bene. Cody sta alla grande.»

Nate rimase in silenzio per diversi secondi, tanto che credette che non avrebbe più detto nulla. Poi, invece, mormorò: «Vi vedete spesso?»

Non capì subito a cosa si riferiva. «Ho i soliti orari di lavoro, praticamente ogni mattina,» rispose distrattamente.

«Oh, uhm...» mormorò Nate, in risposta. «Intendevo tu e Cody.»

Si azzardò a rivolgergli uno sguardo veloce: teneva il capo chino ed evitava accuratamente il contatto visivo. Sembrava imbarazzato. Era *geloso?*

«Rimane spesso da me,» disse secco.

Forse suonava male. Forse suonava sbagliato.

Sicuramente era fraintendibile.

«Ah.»

Solo quello. Trattenne un sorriso soddisfatto.

Era crudele, sì, ma maledettamente bello.

«Doveva venire lui in viaggio, in realtà,» continuò, mosso da un moto di sadismo incontrollato. «Ma aveva da lavorare.»

Nate non rispose, lui non continuò. Aveva una gran voglia di scoprire che espressione avesse, ma non cedette alla tentazione. Se l'avesse fatto, avrebbe rivelato che gli interessava più di quanto non avesse voluto ammettere.

«Non sapevo se fosse il caso contattarti,» disse Nate, a voce bassa.

«Non lo era,» asserì Nathan, forse eccessivamente freddo. Con la coda dell'occhio lo vide chiudersi maggiormente in se stesso, ma poi non disse altro.

Smettila di fare lo stronzo.

Fece una smorfia, cambiando marcia e procedendo velocemente su un rettilineo. Mancava almeno un'ora all'aeroporto: era davvero stanco, ma poteva guidare ancora per molto senza accusare il sonno mancato.

Non c'era nemmeno bisogno di scomodare Nate, ed era vero che non avrebbe mai fatto guidare la sua macchina a qualcun altro. Era già dura doverla lasciare a Cody in aeroporto.

Gli rivolse uno sguardo veloce: se ne stava lì, con gli occhi distratti e puntati sulla strada, triste. Era sinceramente a disagio per la situazione e si sentì in colpa per quello che aveva detto.

Sospirò, maledicendosi mentalmente.

«Sono felice di rivederti,» sussurrò, facendolo sussultare.

Nate gli rivolse lo sguardo, ma lui non lo ricambiò, per imbarazzo. Se ne stette lì, fermo a fissare la strada, in silenzio. Passarono diversi minuti prima che potesse calmarsi: il cuore gli batteva all'impazzata.

«Ti dispiace se riposo un po' gli occhi?» chiese Nate. La voce era ancora bassa e imbarazzata.

Abbozzò un sorriso.

«Fa' pure.»

* * *

Nathan lo svegliò una volta arrivati in aeroporto.

Si trascinò intontito fuori dalla macchina, seguendolo mentre scaricava e salutava qualcuno. Si rese conto più tardi che Cody lo stava attirando a sé in un abbraccio e che gli stava chiedendo qualcosa a cui Nathan rispose con: «Tutto bene.»

Cody era lo stesso di sempre. Si erano sentiti soltanto pochi giorni prima al telefono, ma gli sembrava che fosse esattamente come lo aveva lasciato. Gli rivolse un sorriso tirato mentre l'uomo lo osservava.

«Daniel chiedeva di te, dice che devi restituirgli un cosmetico dei suoi.»

«Ah, sì,» rispose Nathan, scocciato.

«Sbrigati,» ribatté Cody, facendo un cenno verso l'aeroporto. «Io ti rubo Nate per aiutarmi a sporcarti la macchina con la mia roba.»

«Falle qualcosa e ti ammazzo,» lo minacciò Nathan, porgendogli le chiavi. Cody si mise a ridere e ammiccò verso di lui. Poi Nathan fece correre lo sguardo da lui a Nate e viceversa, finché non capì il sottinteso e se ne andò.

«Come stai?» chiese Cody. «Sei uno straccio.»

Almeno non gli aveva detto che era magro: cominciava a pensare che fosse il saluto di prassi e che lui non fosse stato avvertito. «Sto bene, ho soltanto dormito poco.»

«Ce la farai?» chiese Cody.

«Certo, che vuoi che sia,» disse lui, stringendosi nelle spalle. Cody sapeva benissimo che sarebbe stata dura per lui. Gli rivolse un sorriso affettuoso prima di tirarlo di nuovo a sé con un braccio e posare le labbra tra i suoi capelli.

Non era mai stato così dolce con lui. Forse l'aveva davvero accettato per quello che aveva rappresentato per Nathan, forse lo commiserava: nei suoi gesti c'era una persona che guardava a lui più come a un fratellino minore che un rivale. Non che Nate lo fosse ancora, ovviamente.

«Non stressarti troppo e cerca di godertela,» gli disse Cody, stringendogli la spalla con una mano. Nate annuì.

«Grazie, Cody.»

«Figurati, non posso sempre essere una spina nel culo, no?» Cody si mise a ridere e gli fece cenno di andare. Lui lo salutò, trascinandosi la valigia dietro fino a entrare in aeroporto.

Venne salutato da Edward con particolare enfasi: non avevano mai avuto un rapporto troppo stretto, ma gli faceva piacere sapere che ancora si ricordava di lui. Anche Daniel gli rivolse un largo sorriso quando lo vide. Oltre a loro c'erano un paio di ragazze che non conosceva – ma che credeva essere modelle – e che stavano conversando con Nathan.

Quest'ultimo lo guidò al check-in e gli diede le informazioni necessarie per il biglietto, poi insieme si diressero in sala d'attesa e aspettarono l'aereo.

Non parlarono molto se non di cose futili.

Nathan cercava di fare conversazione. Che fosse per stupidaggini o per cose più importanti, cercava sempre un contatto, se non fisico, almeno verbale. Se n'era accorto e, anche se inizialmente tentava di assecondarlo, iniziava a esserne infastidito.

Non aveva dimenticato quello che era successo tra loro. Sì, istintivamente era portato a cercare a sua volta un contatto e sì, era ancora attratto da lui. Maledizione, ne era *innamorato*, ma non poteva permettersi di soffrirne ancora.

Quando venne annunciato il loro aereo, seguirono la folla e fecero il percorso verso il mezzo, prendendo poi posto. Ovviamente anche lì erano seduti vicini, stavolta senza il separatore della macchina a dargli un po' di tregua.

Odiava quella situazione.

«Quanto dura il viaggio?» chiese a Nathan mentre si allacciava la cintura e si guardava intorno.

«Tre ore,» rispose Nathan, rilassandosi contro lo schienale e osservando pacatamente il panorama fuori dal finestrino. «Passeranno in fretta.»
«A che ora dovremmo arrivare?» chiese. «Con il fuso orario?»
«Credo che saranno le quattro lì. Il tempo di scaricare i bagagli, mangiare qualcosa e saremo a letto.»
Nate annuì, sospirando.
Vide Nathan cambiare posizione diverse volte mentre aspettavano il decollo, come se non fosse stato in grado di starsene fermo. Aveva anche gli occhi vispi e attenti, all'erta, e si massaggiava spesso ora la spalla, ora il braccio, poi il costato.
Non gli fu difficile capire che era nervoso. Era a causa sua? Oppure era il viaggio?
Si guardò intorno: non c'era troppa gente e le hostess passavano spesso a rassicurare i passeggeri e chieder loro se avevano bisogno di qualcosa.
Tornò ancora una volta con lo sguardo sull'uomo accanto a lui.
«Nathan?» lo richiamò. Come si aspettava, questi si voltò di scatto verso di lui, agitato.
«Sì?»
«Non succederà nulla,» gli disse, calmo. «Arriveremo in fretta e scenderemo da qui. Pensa soltanto a respirare e rilassarti, ci sono io.»
Lo sguardo di Nathan vacillò.
«Non sono...» provò a dire, ma si interruppe prima di finire la frase. Abbassò lo sguardo, colpevole, e abbozzò un sorriso che a Nate parve malinconico.
«È incredibile,» sussurrò, scuotendo il capo. «Come tu riesca a capirmi anche se non ci vediamo da tanto.»
Nate arrossì, a disagio. «Ci sono solo abituato.»
«Non sottovalutarti,» rispose Nathan mentre l'aereo faceva manovra. «A me è mancata tanto una persona che "ci fosse abituata" come te.»
Nate si strinse nelle spalle, incapace di rispondere.
Non che tu abbia fatto molto per farmi restare.
Fu un pensiero di passaggio che gli lacerò lo stomaco. Quel maledetto ricordo gli ruotava in testa quasi più insistentemente delle frasi

di sua madre – e adesso della madre di Nathan – davanti al suo coming out.

Era doloroso.

L'aereo decollò e per un attimo credette che Nathan avrebbe dato di matto. Rimase composto, fermo, a godersi il vuoto d'aria e a sospirare, poi, quando furono in alto. Gli rivolse un sorriso d'incoraggiamento e lo vide ricambiare prima di prendere un libro e mettersi a leggere.

Lui si abbandonò allo schienale della poltrona, rilassandosi.

Era ancora stanchissimo, ma se si fosse addormentato avrebbe passato una notte d'inferno. Optò per ascoltare un po' di musica. Mise le cuffie e si abbandonò alle note, lasciando andare la mente.

Nathan, incredibilmente, riuscì a rimanere tranquillo per quasi tutto il viaggio, richiamandolo solo ogni tanto per fargli domande vaghe o chiedergli semplicemente se stesse bene.

Lui rispondeva soltanto: «Sono ancora qui.»

Nathan capiva, gli sorrideva e sussurrava: «Grazie.»

Fu davvero veloce come ci si aspettava che fosse.

Tre ore passarono in fretta e atterrarono quando il sole era ormai tramontato. Si era addormentato un paio di volte ma alla fine era riuscito a mantenersi sveglio abbastanza per tentare di dormire quando sarebbe stato il momento.

Nathan aveva finito il libro e nell'ultima ora si era messo a seguire il viaggio dell'aereo dal finestrino. Lui lo osservò di nascosto mentre seguiva con occhi distratti il panorama cambiare e capovolgersi.

Il posto era incantevole e faceva più caldo di quanto ne facesse nella loro città. Furono guidati al villaggio turistico dove alloggiavano e poi alla reception. Sia lui che Nathan fornirono i documenti e attesero che venissero loro date le indicazioni. Poi, assieme a Daniel ed Edward, vennero scortati ai bungalow.

Il resort era immenso. Mentre camminavano, Nate si guardò intorno più volte, meravigliato. La via principale era disseminata di negozietti di vario tipo che rimanevano aperti per tutta la notte, verso la spiaggia c'era l'edificio dell'hotel, dove avevano fatto il check-in, diverse strutture come piscina, ristorante, campetti e, in lontananza, un palco per gli spettacoli. C'era una piazzetta dove si riunivano i clienti del resort e gli animatori e aveva intravisto diversi artisti, ballerini e illusionisti.

La zona riservata ai bungalow era più interna, disseminata di alberi e vegetazione. C'era un'area picnic dove erano accesi diversi falò e si estendeva per un grande appezzamento di terreno. I villini erano in architettura rustica e trasudavano lusso. In lontananza, Nate vedeva un grande edificio che sovrastava su tutto e che credeva essere il parco acquatico a cui Nathan avrebbe dovuto fare pubblicità.

Era affascinato.

Erano stati sistemati in un'area residenziale assieme agli altri modelli. Edward e Daniel avevano un grosso bungalow, mentre lui e Nathan quello accanto.

Inizialmente aveva creduto che sarebbero stati in un hotel: non sapeva cosa avesse scelto Nathan, quindi aveva temuto di dover stare in stanza con lui. Sapeva che non sarebbe successo nulla tra di loro – continuava a ripeterselo da giorni – ma si sentiva comunque in ansia a dover condividere uno spazio così piccolo con il suo ex ragazzo.

Il bungalow, invece, aveva tutta l'aria di essere abbastanza grande da contenere due, forse addirittura tre stanze. Emise un sospiro di sollievo a vederlo.

Salutarono Edward e Daniel dandosi appuntamento per la mattina seguente, poi lui seguì Nathan all'interno dell'abitazione, nervoso.

Non era grande come sembrava. Sì, era lussuosa e aveva standard sicuramente più alti del suo appartamento, ma non era nemmeno grande. L'ingresso era piccolo e minimale, una porta dava accesso a quello che scoprirono essere il bagno mentre dall'altra parte il corridoietto si apriva sul salone e sull'angolo cottura. C'era un mini frigo che conteneva già il necessario per cucinare, un tavolino e un divano confortevole, un grosso televisore e persino una mensola con dei libri.

Una vetrata si apriva su di un grosso balcone dove erano presenti un tavolo con sedie e un barbecue. Gli brillarono gli occhi all'idea di poter grigliare qualcosa all'aperto.

Lui e Nathan esplorarono il secondo corridoio che, come pensava, si apriva su altre due stanze. Erano identiche in grandezza e arredamento: c'era un letto a una piazza e mezzo al centro di ogni camera, comodini e una grossa cabina armadio con cassettiera.

Si divisero le stanze, poi si ritirarono entrambi per disfare i bagagli.

In meno di dieci minuti Nate aveva finito ed era alla finestra a osservare il panorama.

Nathan lo raggiunse poco dopo.

«Hai fame?» gli chiese, facendogli un sorriso gentile. «Ti va di andare a prendere qualcosa al ristorante? Potremmo esplorare un po'.»

Non rispose subito. Una parte di lui aveva voglia di vedere cosa ci fosse nel resort: non era mai stato in posti simili, quindi era curiosissimo. D'altro canto, però, non credeva che fosse una buona idea passare ancora del tempo a stretto contatto con Nathan.

Non l'aveva perdonato, non era a suo agio, non riusciva a rilassarsi. Se si fosse aperto, poi, temeva che non sarebbe riuscito a resistergli e, per quanto l'idea l'allettasse dal punto di visto sessuale, sotto quello emotivo era dannatamente sbagliata.

«Tu va' pure, io non ho troppa fame.»

Nathan gli rivolse un'occhiataccia. «Nate...»

«Mangerò qualcosa qui, non preoccuparti,» aggiunse, infastidito. «Non sto cercando di suicidarmi, sto bene.»

«Possiamo prendere qualcosa di leggero al ristorante e fare una passeggiata. Ci sono un sacco di negozi e volevo vedere cosa c'era all'area spettacoli.»

«Sicuramente anche Daniel vorrà fare un giro, puoi chiedere a lui.»

Nathan abbassò lo sguardo, frustrato. «Volevo farlo con te,» sussurrò.

Fu come premere un pulsante dentro di lui, il pulsante sbagliato, quello che l'avrebbe portato a reagire male. Sapeva che non avrebbe dovuto perché era lì per adempiere a un compito delicato, ma non riuscì a farne a meno.

"Con quanta gente l'hai fatto? Ti mancavano i vecchi tempi?"

Com'era possibile che mantenesse un comportamento amichevole con lui? Erano passati due mesi, ma si erano lasciati in modo pietoso. Neanche un messaggio, una telefonata, delle maledettissime scuse.

Lui aveva fatto lo stesso, ma Nathan aveva colpito una parte di lui che sapeva benissimo che avrebbe fatto male. Com'era possibile che fosse tutto risolto soltanto perché l'aveva accompagnato in viaggio, che si sentisse addirittura autorizzato a provarci con lui?

«Nathan, sono qui soltanto per aiutarti, non per divertirmi, né per recuperare il rapporto.» Wow, incredibile che la sua voce fosse ferma. «E non sarebbe comunque una situazione rilassante. Quindi grazie, ma no.»

Riuscì addirittura a mantenere gli occhi su di lui mentre parlava, così poté osservare la sua espressione che, da quel primo accenno d'entusiasmo, mutava completamente.

Nathan si bloccò. Non se l'aspettava, *chiaramente* non se l'aspettava. Qualcosa dentro di lui si agitò a vedere il dolore che gli si dipingeva negli occhi mentre il suo sguardo si faceva confuso e correva verso il pavimento.

L'uomo deglutì, respirando silenziosamente, e piano annuì, abbozzando un sorriso falso e triste.

«Okay.» Fu un sussurro che lo distrusse dentro. Si sforzò di rimanere fermo, deciso, e lo osservò mentre scompariva dalla porta e si allontanava velocemente. Ascoltò i suoi passi nella stanza accanto, cassetti sbattere e fruscii, come di abiti. Poi Nathan si diresse in cucina, lasciò la chiave di riserva sul tavolino e uscì dal bungalow sbattendo la porta, senza dire nulla.

Nate rimase lì, immobile, ad ascoltare il suono del suo cuore che impazziva.

CAPITOLO 28

Non uscì perché voleva.
Uscì perché, se fosse rimasto, sarebbe impazzito.
Uscì perché aveva una maledettissima voglia di urlare.
Uscì perché in quelle dannatissime quattro mura non si respirava, nonostante fosse stato tutto pulito e arieggiato alla perfezione.
Uscì perché soltanto quella frase era bastata a spezzargli il cuore una seconda volta.
Non vuole recuperare il rapporto, certo. Non sono più nulla per lui.
Non era così, maledizione. Aveva visto come l'aveva guardato. Aveva visto come aveva sorriso osservando le foto a casa sua. Aveva visto come l'aveva rassicurato in aereo. Non era nulla neanche quello? Stavano soltanto giocando?
No, dannazione, non era così!
«*Cazzo*!» esclamò, irritato, spaventando un paio di famiglie che si stavano intrattenendo nell'area picnic. Si addentrò tra gli alberi fino al corso principale, poi nell'area della spiaggia fino a quando non fu vicino al mare.
Aveva ancora le scarpe da ginnastica, ma non aveva alcun problema a bagnarsi. Non stava lavorando, poteva fare quel che diavolo voleva. Sospirò, osservando il mare con aria malinconica mentre si sedeva sulla spiaggia e lasciava che il rumore dell'acqua lo cullasse.
In lontananza c'erano i suoni del resort, chiacchiericcio e musica, ma Nathan quasi non ci faceva caso.
Pensò soltanto a respirare come gli era stato insegnato in quelle inutili sedute psicologiche.
Dentro, fuori, pausa. Dentro, fuori, pausa. Lentamente, come se nulla avesse potuto scalfirlo, come se tutto fosse andato a meraviglia, come se Nate...

Dentro, fuori, pausa. Dentro, fuori pausa.

Quando fu in grado di respirare meglio, si lasciò ricadere sulla spiaggia, stendendo la schiena e sospirando. Si sentiva male. Si sentiva a pezzi. Si sentiva uno schifo.

Cosa mi aspettavo? Sono stato uno stronzo.

Nate non era stupido. Aveva approfittato per troppo tempo della sua gentilezza, così aveva creduto che non avrebbe avuto problemi a riconquistarlo, a riportarlo dalla sua parte, renderlo di nuovo suo.

Si sbagliava di grosso.

Non che avesse avuto difficoltà a trovarsi qualcun altro, ovviamente. Semplicemente non voleva qualcun altro.

La sua psicologa gli aveva detto diverse volte che era un processo lento ma che, alla fine, avrebbe capito che poteva andare avanti. Anche se ci sperava, considerava quelle parole *stronzate*.

Non sarebbe andato avanti perché era ancora innamorato dell'uomo a cui pensava quando doveva tentare di calmarsi di notte. Della sua voce tranquilla che gli ripeteva che andava tutto bene, del suo sorriso, delle sue mani che lo accarezzavano gentilmente, di quegli occhi che guardavano solo lui, soltanto lui...

Gemette, sospirando di frustrazione.

Come uno stupido aveva dimenticato il telefono nel bungalow, quindi non poteva neanche chiamare Cody per chiedergli consiglio. Sapeva benissimo cosa gli avrebbe detto, in realtà, ma era comunque meglio sentirselo dire piuttosto che pensarci soltanto.

Chiedigli scusa.

Era dannatamente difficile. Cosa avrebbe dovuto dire, poi?

"Scusa se sono stato uno stronzo, non importa se ti sei scopato uno o due tizi quella notte, torniamo insieme!"

No, proprio non era nei suoi standard.

Ma è Nate. Lo conosci.

Non per quello avrebbe dovuto perdonarlo per averlo tradito in quel modo.

Non sai com'è andata, potresti aver frainteso. Non gli hai lasciato il tempo di spiegare.

Sospirò ancora, incapace di rispondere alla voce della sua coscienza. Era vero, non gli aveva lasciato nemmeno il tempo di spiegarsi e aveva chiuso ogni rapporto con lui, considerandolo l'unico colpevole.

Nathan sapeva benissimo i problemi che aveva avuto Nate, la sua fragilità, il modo in cui i ricordi dovevano averlo preso prigioniero. Sapeva cosa doveva aver pensato davanti agli insulti di sua madre e sapeva quanto doveva averlo ferito colpendolo riguardo al suo passato con Nicolas.

L'unica cosa che avrebbe dovuto fare era passare sopra a quel suo stupido orgoglio e provare a riportare il rapporto com'era prima, ma non riusciva a capire come.

Alla fine passò circa un'ora sulla spiaggia, fermo a non far nulla, finché non giunse il momento di allontanarsi e tornare al bungalow.

Quando tornò, le luci erano spente. Fece un giro per controllare se Nate fosse in piedi e avesse mangiato: come volevasi dimostrare, il frigo era ancora come l'avevano lasciato e di piatti nel lavandino o segnali che fosse passato a prepararsi qualcosa neanche l'ombra.

Sospirò, dirigendosi verso la sua stanza. La porta era socchiusa e la luce della piccola abat-jour era accesa, il condizionatore azionato. Nate era steso sul letto, su di un fianco. Accanto a sé un libro aperto che ancora stringeva nella mano. Gli occhi erano chiusi e il respiro era pesante e rilassato.

Sorrise a vederlo così, teneramente.

Era bellissimo come sempre e lo stomaco gli si strinse a ricordare le sue parole.

Si azzardò a entrare nella stanza, silenziosamente, per posare il libro sul comodino e spegnere il condizionatore. L'ambiente si era raffreddato e, se avesse tenuto quel coso acceso per tutta la notte, sarebbe stato male il mattino dopo.

Provvide a coprirlo con un lenzuolo e a spegnere la luce. Nella penombra della camera, poi, osservò il suo viso illuminato dal chiarore della luna. Aveva delle ciglia folte e anche i capelli si erano fatti più lunghi. Cedette all'impulso di fargli una carezza leggera, per non svegliarlo.

«Buonanotte Nate,» sussurrò, proprio come faceva sempre quando vivevano insieme. Attese per qualche secondo, quasi si fosse aspettato una risposta. Poi, senza dire altro, si diresse nella sua stanza per prepararsi all'ennesima notte insonne.

* * *

Dormì.
Forse perché, con il fuso orario, i suoi standard di sonno si erano fatti quasi normali, ma dormì.
Si svegliò quando suonò la sveglia e si alzò quasi subito, riposato. Gli faceva male una spalla, forse per l'aria condizionata lasciata accesa, ma quando controllò il condizionatore si stupì a trovarlo spento.
Il libro era riposto sul comodino e un lenzuolo gli copriva parte del corpo.
Non ricordava di essersi messo a letto.
Un po' confuso si diresse in bagno, poi in cucina per fare colazione. Prese dei biscotti e si diresse verso il balconcino per rendersi conto che, in realtà, Nathan si era già alzato ed era steso sulla sdraio a leggere.
«Buongiorno,» lo salutò, prendendo posto al tavolino. Nathan alzò appena lo sguardo e fece un sorriso tirato, rispondendo al suo saluto con un cenno del capo.
Aveva su gli occhiali, ma non bastavano a coprire le occhiaie perenni sul suo volto. Forse non aveva dormito: si sentì in colpa per quel che aveva detto la sera prima ma si costrinse a non farci caso.
È solo lavoro.
Si era ripetuto quella bugia così tante volte nel corso della giornata che, ormai, quasi ci credeva.
«La nottata è andata bene?» chiese, gentilmente. Nathan si strinse nelle spalle senza guardarlo.
«Non ti ho chiamato, suppongo di sì.»
Era offeso? Beh, non erano suoi problemi. Consumò il suo pasto in silenzio, osservando la gente che si spostava per i dintorni e i bambini che correvano tutti pimpanti già di primo mattino. Sorrise nell'osservare due fratellini che decidevano cosa fare sulla spiaggia, tutti emozionati.

«Se preferisci rimanere qui stamattina, fa' pure,» disse Nathan, richiamando la sua attenzione. Notò che lo stava fissando. «Non sei obbligato a seguirmi al lavoro.»

«Va bene,» rispose Nate, un po' confuso. «Per il pranzo cosa faccio?»

«Credo che Edward preferisca andare al ristorante. Se vuoi, ci vediamo per mezzogiorno e andiamo con loro.»

Nate si strinse nelle spalle. «Non saprei,» provò a dire, ma Nathan lo interruppe.

«Oppure puoi tornare qui e mangiare da solo, *se preferisci*.»

Formulò le ultime parole con una strana intonazione, acidamente. Era chiaro che ce l'avesse ancora con lui per quanto aveva detto la sera prima, anche se Nate non riusciva a capire se fosse per quello o se fosse un tentativo per tenersi lontano da lui.

In entrambi in casi gli stava bene.

«Va bene, allora rimango qui.»

Nathan annuì, freddamente. «Se cambi idea, sai dove trovarci.»

Soltanto quello. Si chiese che cosa sarebbe cambiato se non si fossero lasciati, come avrebbero passato il tempo, cosa avrebbero fatto insieme. Furono soltanto pochi secondi prima di impedirsi di provare tristezza.

Non doveva pensarci.

Passarono altri minuti in silenzio prima che Nathan si decidesse a tornare dentro e prepararsi. Lui rimase fuori, ad aspettare di tornare solo e tranquillizzarsi. Era sempre a disagio quando Nathan era nei paraggi, sempre controllato, come se non avesse saputo come comportarsi.

Prima di andare, l'uomo passò a salutarlo.

«Le chiavi sono sul tavolo, non dimenticarle se esci,» gli disse. Nate annuì, ringraziandolo.

«Buon lavoro,» disse, cordialmente. Nathan mormorò un ringraziamento e fece per andarsene. Prima di scomparire, però, si bloccò sulla soglia.

«Nate...» lo richiamò, rivolgendogli uno sguardo più dolce, quasi preoccupato. «Per favore, mangia qualcosa a pranzo. Se non per te, almeno per lavoro. Se non lo farai, mi preoccuperò, la preoccupazione mi porterà ansia e avrò un attacco di panico che dovrai gestire tu. Meglio prevenire che curare, no?»

Nathan gli rivolse un sorriso furbo e, senza aspettare la sua risposta, uscì di casa, avviandosi verso il parco acquatico. Lui rimase a fissare la porta stupito, come se i pensieri si fossero bloccati tutti insieme in quell'istante.

Poi, senza accorgersene, sorrise.

La giornata passò lenta. Non raggiunse Nathan per pranzo ma fece il giro di tutto il resort, impiegando diverse ore della giornata e del pomeriggio a memorizzare i luoghi. Fece un giro per negozi e comprò un paio di souvenir per Kate e Timothy, cedendo all'impulso di prendere delle calamite anche per Jake e Cody.

Quando Nathan tornò, erano appena le cinque e lui era steso sul letto a fissare il soffitto, annoiato. Aveva mangiato, ovviamente, e si era addirittura premurato di lasciare i piatti nel lavandino, così da far vedere al compagno di viaggio che si era preso cura di se stesso.

Nathan si soffermò in cucina, poi comparve dalla porta della sua stanza.

«Ciao,» lo salutò Nate.

«Ciao,» rispose Nathan. «Tutto bene?»

«Sì, certo,» disse, tentando di sembrare tranquillo. Non che non lo fosse, ovviamente. «A te?»

«Tutto bene,» asserì Nathan, sorridendogli. «Domani se ti va passa, l'acquario è meraviglioso.»

Nate annuì soltanto e a Nathan bastò. Scomparve dal suo campo visivo per dirigersi in camera, poi lo sentì urlare: «Mi faccio una doccia!» e chiudersi in bagno. Ridacchiò appena, rilassandosi.

Lui e Nathan trascorsero il pomeriggio abbastanza distaccati. Nathan non aveva voglia di girare dopo una giornata di lavoro, lui era stato fuori fino alle quattro così entrambi passarono il tempo nelle loro stanze a non fare nulla.

Nate cercò Nathan soltanto quando fu il momento di mangiare.

«Io preparo qualcosa per cena, vuoi favorire?» chiese, gentilmente.

Nathan tentò di mascherarlo, ma vide perfettamente il guizzo nei suoi occhi quando sentì quella proposta.

«Se ti va, sì.»

Gli sorrise appena, dirigendosi in cucina per controllare cosa ci fosse. Preparò del purè e della carne di pollo. Evitò di friggerla perché, se aveva intuito bene, Nathan evitava cibi troppo speziati o nocivi alla salute. Era sempre dannatamente attento a ciò che mangiava e anche a casa aveva notato che Madeleine, pur cucinando un sacco di roba, preparava roba sana e scelta con cura.

Aveva fatto caso alle routine tipiche del disturbo di Nathan – le stesse che aveva sua sorella, anche se in maniera più tranquilla – e ormai sapeva con esattezza cosa preparare e cosa evitare.

In tutto ci mise una mezz'oretta. Nathan si fece vivo soltanto un paio di volte per controllare cosa stesse facendo, ma in generale gli lasciò il suo spazio. Apparecchiò sul tavolino in salotto e divise il preparato nei piatti, poi richiamò l'uomo per mangiare.

Nathan osservò tutto con meraviglia contenuta prima di sedersi.

«Buon appetito,» mormorò Nate, senza aspettarlo. Lui, un po' titubante, tagliò un pezzo di carne.

«Non è speziata, vero?»

Nate trattenne un sorriso. «È piena di peperoncino e olio da frittura. Non ti piace?»

Nathan gli rivolse uno sguardo terrorizzato davanti al quale non riuscì a trattenere una risata.

«Bastardo,» sussurrò l'uomo, affondando il pezzo di pollo nel purè e portandolo alle labbra. Lo osservò mentre assaggiava e fu felice di vedere le sue sopracciglia, fino a quel momento corrugate in preoccupazione, rilassarsi e accompagnare il movimento delle palpebre. L'espressione di Nathan si trasformò in goduria.

«Dio, Nate...» mormorò, mugolando. Fu costretto ad abbassare lo sguardo, imbarazzato.

«È buono?»

«Cazzo... Sto venendo,» rispose lui, sbrigandosi a tagliare un altro pezzo di carne. Nate deglutì, cercando di prendere quella frase per quello che era: soltanto un complimento. Non stava venendo sul serio. Non l'avrebbe fatto. Andava tutto bene.

Sta' giù, stupido uccello.

«Se l'avessi saputo, ti avrei chiuso in cucina molto prima,» disse Nathan. Quando si accorse che era un commento facilmente fraintendibile, spalancò gli occhi e lo guardò quasi terrorizzato. «Non in senso cattivo. Era solo un apprezzamento. Mi piace molto, davvero.»

Non riuscì a trattenersi e le sue labbra si incurvarono ancora in un sorriso. Aveva dimenticato quanto potesse essere tenero a volte uno come Nathan.

Tanto quanto può essere crudele, Nate.

«Grazie,» mormorò soltanto, senza azzardarsi ad alzare nuovamente lo sguardo. Rimase in silenzio mentre mangiava e Nathan lo assecondò, finendo tutto in poco tempo.

Prese anche un po' d'insalata e mangiò tutto ciò che gli mise davanti, come un animale affamato. Nate, se messo a confronto, mangiò una miseria: la verità era che non cenava con così tanta roba da mesi, ormai. Si trovò stranamente a suo agio a passare del tempo di nuovo con Nathan, in quella tranquillità che, maledizione, gli era mancata.

«Senti, ti va di fare un giro dopo?» chiese Nathan quando ormai avevano finito di mangiare e lui stava riponendo i piatti nel lavello per lavarli il mattino seguente. «Potremmo fare una passeggiata in spiaggia…»

Nathan aveva posto quella domanda titubante e incerto. Era raro vederlo così in difficoltà, soprattutto quando flirtava. Sentì uno strano piacere nel pensare che era lui il motivo di quell'atteggiamento.

«No, Nathan, scusami,» rispose, suo malgrado. Non voleva dargli speranze e non voleva in alcun modo cedere alle sue avances. Si ritirò in camera velocemente, senza guardarlo: come era ovvio che fosse, Nathan lo seguì.

«Nate, ascolta…» iniziò, fermandosi sulla soglia.

«Nathan ho da fare,» lo interruppe, senza guardarlo. Tentò a tutti i costi di impegnarsi, mettendo a posto quelle poche cose che aveva lasciato in giro.

«Soltanto per qualche minuto, devo parlarti.»

Sospirò: non poteva evitarlo. Gli rivolse uno sguardo infastidito e sedette, annuendo con poca convinzione. Forse se si fosse sbrigato sarebbe finita più in fretta.

Nathan si avvicinò e si inginocchiò davanti a lui in un gesto tenero e premuroso. Nate era sicuro che, se gliel'avesse lasciato fare, gli avrebbe preso le mani: Nathan, invece, rimase immobile a guardarlo negli occhi, serio.

«Volevo scusarmi per quello che ho detto quella notte.»
Ovviamente.
Era già qualcosa, si disse. Almeno aveva capito di essere stato uno stronzo. Distolse lo sguardo, in difficoltà.

«So che è tardi, ma so anche di averti ferito. Non avrei mai voluto farlo,» disse Nathan. La sua voce era bassa e dolce, lo cullava premurosamente, preoccupata e attenta. Era simile a quella di qualcuno della famiglia, qualcuno di prezioso, ma Nate si sforzò di vederla come quella di un bugiardo, una persona che voleva soltanto ingannarlo. Se l'avesse pensato, forse, sarebbe riuscito a non crollare. «Ero arrabbiato, avevo passato la giornata in ospedale e tu non rispondevi… Mi ero preoccupato. Quando ti ho visto in quelle condizioni, ho reagito d'istinto, pensando a preservare me piuttosto che a cercare di capirti. Sono stato uno stronzo.»

Nate si morse un labbro, in difficoltà. Maledizione sì, era stato uno stronzo e sì, era *ancora* ferito ma non riusciva a dirlo, a urlargli contro, a reagire. Nathan sembrava dispiaciuto e non riusciva a non credergli.

Non posso. Non posso tornare con lui.

«So che probabilmente ce l'hai ancora con me e non mi aspetto che tu possa perdonarmi, ma… Se tu potessi anche soltanto aprirti un po' di più con me, ne sarei davvero felice. Solo un'altra possibilità.»

A quel punto rimase in silenzio, in attesa, e Nate seppe che doveva parlare e rifiutarlo prima di crollare, di tornare preda dei sentimenti.

Non poteva.

Non doveva.

«Nathan…» iniziò, sospirando. La sua voce tremava appena nel dire il suo nome, ma quando riprese non lo tradì. «In una relazione non ci si aspetta di ricevere parole del genere. In una relazione bisogna essere comprensivi e attenti, non bisogna attaccare l'altro soltanto perché si è stressati.»

«In una relazione ci si aspetta anche fedeltà, Nate,» osservò Nathan, infastidito.

«Non che tu ti sia sbattuto molto per capire cosa fosse successo.»

«Non che tu abbia cercato di chiarirlo.»

«Mi hai dato addosso usando contro di me il mio passato, Nathan!»

Quando la sua voce si alzò, si maledisse mentalmente. Si era detto di rimanere calmo. Se avesse urlato, non avrebbero risolto nulla e avrebbero passato soltanto altri giorni d'inferno. Non era quello che voleva.

«Lo so, maledizione, mi dispiace!» rispose Nathan, a tono. «Non volevo ferirti, non pensavo davvero quello che ho detto!»

«*Ma l'hai detto!*» La sua voce si fece più acuta e Nate si ripeté ancora una volta di rimanere calmo. «L'hai detto, Cristo, come pensi che mi sia sentito *io?*»

Nathan tentennò, il suo sguardo corse ovunque eccetto che su di lui. «Lo so, Nate, io...»

«Non ho intenzione di tornare con te,» lo interruppe. «Se è quello il tuo obiettivo, scordatelo.»

«Non volevo dire quello...» mormorò Nathan, poco convinto. *Ovviamente* voleva quello. «Volevo soltanto chiederti scusa.»

«Scuse accettate. Potresti lasciarmi da solo adesso?»

«Nate...»

«Non ho intenzione di continuare il discorso, Nathan,» lo interruppe ancora. L'uomo gli rivolse uno sguardo frustrato, ma acconsentì. Lo vide alzarsi, sospirando, e avviarsi verso la porta. Si ritrovò a trattenere il respiro per tutto il tempo mentre scandiva i passi che li allontanavano l'uno dall'altro.

Poi Nathan si bloccò. «Hai fatto sesso con qualcun altro?»

Nate gli rivolse uno sguardo scettico e incredulo. «*Cosa?*»

«Quella notte hai fatto sesso con qualcun altro?» ripeté, fingendo calma. «Hai detto che non mi sono sbattuto per capire cosa fosse successo. Te lo sto chiedendo adesso.»

«Non sono più fatti tuoi,» replicò, acidamente.

«Lo erano.»

Nate fece una smorfia ma non ribatté. «No, sei ancora l'ultimo che mi ha toccato.»

Non si accorse subito di quello che aveva ammesso. Nathan spalancò piano gli occhi e la sua espressione si rilassò fino a farsi incredula e meravigliata. Poi le sue labbra si piegarono impercettibilmente in un sorriso.

«Nessun altro fino a oggi?» chiese. Quando Nate arrossì, quel sorriso si fece malizioso. «Ma guarda…»

«Non volevo incontrare altri figli di puttana,» si difese, pur sapendo che aveva già fatto danno. Nathan, infatti, sogghignava.

«E su quello siamo d'accordo: mia madre è davvero una puttana,» rispose, ridacchiando.

«Hai finito?» ringhiò quasi, facendogli cenno di andarsene. Nathan ridacchiò ancora: maledizione se era sexy. Trasudava erotismo in ogni cosa che diceva e non faceva altro che rendere le cose più difficili. Lo odiò: odiò quel maledetto sorriso, odiò quegli occhi attenti, odiò la soddisfazione con cui continuava a parlare.

Odiò il fatto che fosse ancora innamorato di lui.

Lo odiò con tutto se stesso. Lo odiò come se non avesse avuto altro scopo nella vita.

Lo odiò anche se voleva alzarsi e sbatterlo al muro mentre i loro corpi tornavano a contatto e le loro bocche si univano di nuovo.

«Ho finito,» asserì Nathan, alla fine. «Buonanotte, Nate.»

«Vaffanculo.»

Nathan rise mentre faceva per andarsene. Prima che si dirigesse in camera, però, Nate lo vide tornare verso la sua porta e affacciarsi di nuovo.

«Per la cronaca: anche tu sei l'ultimo con cui sono stato.»

Soltanto quello, una frase unica che ebbe il potere di distruggere tutta la convinzione che gli era cresciuta nel petto durante quegli ultimi mesi. Arrossì e Nathan chiuse la porta, lasciandolo solo nella stanza con la sua confusione.

CAPITOLO 29

La mattinata successiva fu più tranquilla.

Nathan si alzò presto per andare al lavoro e, come il giorno precedente, lui rimase da solo.

Tornò in spiaggia e si godette il sole mattutino, facendo lunghe passeggiate. Controllò gli orari degli autobus pensando che, magari, il giorno dopo avrebbe potuto visitare Charleston, poi passò il tempo a guardare le partite di beach volley ai campetti, ammirando i corpi atletici dei ragazzi che giocavano.

Quando fu ora di pranzo, tornò al bungalow per scoprire che Nathan aveva fatto lo stesso.

«Dove sei stato?» gli chiese quando entrò. Non era una frase minacciosa quanto, piuttosto, curiosa. Nate si strinse nelle spalle, dirigendosi in bagno per lavarsi le mani.

«Dovrò pur passare il tempo. Non posso mica rimanere chiuso qui.»

Nathan non rispose. Quando tornò in soggiorno, lo vide steso sul divano, a petto nudo, con l'aria condizionata che lo rinfrescava. Il sudore gli scivolava sul petto, che probabilmente era stato riempito di olio e cosmetici per farlo sembrare più attraente.

Non che ne avesse avuto bisogno ma, maledizione, aveva di certo l'effetto che avevano sperato. Nate si sforzò di non guardarlo mentre controllava cosa ci fosse in frigo e decideva cosa preparare.

«Non dovresti prendere così tanta aria condizionata se sei sudato,» gli disse, tentando di apparire disinvolto. Non gli riusciva poi granché bene: era visibilmente imbarazzato e forse era addirittura arrossito.

E diamine, i pantaloni stavano diventando stretti. Di nuovo.

«Dici?» ridacchiò Nathan, prendendolo in giro. «Potrei spegnerla e spogliarmi del tutto. Andrebbe meglio?»

Maledetto figlio di puttana.
«Fa' come ti pare,» mormorò, poco convinto. Quando sentì il bip del condizionatore che si spegneva, si volse di scatto, spaventato. «*Non spogliarti!*»
Nathan gli sorrise, soddisfatto e malizioso, e fece passare una mano sull'orlo dei pantaloni, sbottonando con lentezza uno dei bottoni, sensualmente. «No?» chiese, con voce quasi innocente.
Nate deglutì, incapace di distogliere lo sguardo. Invogliato da quel gesto, probabilmente, l'uomo sbottonò un altro bottone. Si intravedevano i boxer: erano un modello che conosceva, aveva avuto il piacere di sfilarglieli quando erano ancora insieme.
Deglutì di nuovo, il ventre in fiamme.
«Che c'è, Nate? Stai bene?» chiese Nathan, lentamente. La sua mano scivolò sull'orlo dei pantaloni e li abbassò appena. «Sembri accaldato, forse dovresti spogliarti anche tu.»
Cristo.
«Nathan, smettila,» disse debolmente. Nathan si avvicinò piano, le mani ancora ad abbassare i pantaloni. Dalla patta aperta si intravedeva la protuberanza del membro, eccitato.
Nate si ritrovò a indietreggiare e a bloccarsi contro la cucina mentre Nathan, invece, si faceva sempre più vicino.
No, no, no!
A salvarlo fu il telefono. In un attimo entrambi si bloccarono e lui ne approfittò per sgusciare via, verso la sua stanza. Sentì il sospiro insoddisfatto di Nathan mentre rispondeva senza neanche controllare chi fosse.
«Pronto?»
«Ehi, fratellino,» lo salutò Ty.
Fece un sospiro di sollievo, ringraziando mentalmente suo fratello per il tempismo.
«Ciao, Ty.»
«Secondo te devo prendere gli Ultranotte con ali, super assorbenti e profumati, o i tampax multiuso anti-irritazione?»
«Cosa?»
«Altrimenti ci sono anche i super lactiflect "come se non ce li avessi".»

«Mi stai chiedendo quali assorbenti prendere?» chiese, disgustato.

Ty sospirò. «Tua sorella mi ha chiesto di fare la spesa e ha aggiunto "assorbenti". Come se sapessi cosa diavolo prendere. Solo perché faccio la spesa con Susan non significa che io sappia che accidenti prenda quando ha le sue cose! Saranno mesi che non prende assorbenti!»

Nate scoppiò a ridere, abbandonandosi contro il muro all'entrata della sua stanza.

Per lo meno era riuscito a calmare la sua erezione: lo ringraziò mentalmente.

«Non ridere, è una situazione disperata e quella stronza non risponde al telefono!»

«Prendi quelli che costano di meno, no?»

«*Sei pazzo?*» esclamò Ty, rendendo la sua voce addirittura più acuta. Nate rise di nuovo. «Si vede che non hai mai a che fare con le donne, diamine! Se prendo roba che dà loro fastidio, mi ammazzano! Non sai come sono le donne col ciclo?»

«No, né a me né ai miei ex è mai successo,» scherzò. Inizialmente aveva evitato il discorso "omosessualità" con lui, ma Ty si era dimostrato più che aperto a parlarne e, anzi, spesso si scambiavano battute di quel genere con naturalezza.

«Sono fottuto, non può aiutarmi nemmeno il mio fratello finocchio!»

Rise ancora, scuotendo il capo. «Mi dispiace, Ty, dovrai cavartela da solo.»

«Maledetto, te ne lavi le mani perché tu vivi tra i cazzi... Quasi quasi ti raggiungo e mi converto alla setta!»

«Quando vuoi, ma chiediamo un sacrificio a ogni nuovo iscritto.»

«Tutto quello che vuoi,» rispose Ty, esasperato.

«Chiederò agli altri confratelli.»

«Aspetta, ho una chiamata entrante, forse è Katia!» si illuminò Ty, invece di rispondere. «Ci sentiamo! Ciao!»

Nate stava ancora ridendo mentre chiudeva la conversazione e tornava in cucina.

Nathan si era rivestito – incredibilmente – e lo stava osservando seduto al tavolino. Lui gli rivolse un sorriso veloce prima di tornare al frigorifero e tirar fuori l'occorrente per preparare qualche panino.

«Era tuo fratello?» chiese Nathan, tranquillo.

«Sì,» rispose senza guardarlo. Tagliò il pane e lo farcì con pomodori, formaggio e prosciutto. Ne fece in abbondanza: lui non avrebbe mangiato così tanto, ma Nathan aveva appetito. Mise il piatto in tavola e aggiunse condimenti vari, poi si sedette di fronte all'altro.

Aveva preparato per lui quasi meccanicamente, dando per scontato che avrebbero mangiato assieme. Insomma, se era tornato significava che voleva mangiare nel bungalow, giusto?

Nathan sorrise e mormorò: «Buon appetito,» prima di addentare il sandwich.

Stavolta non si azzardò ad alzare lo sguardo. Non voleva vedere altre espressioni goduriose sul suo volto, aveva rischiato abbastanza poco prima.

«Vi sentite spesso?» chiese Nathan, tranquillo.

«Ogni tanto,» rispose, sincero. «Gli piace chiedermi cose stupide. Oggi erano gli assorbenti.»

Nathan ridacchiò. «Quindi i rapporti si sono aggiustati?»

«Non proprio, ma va sicuramente meglio di prima.»

Quando alzò lo sguardo, Nathan stava sorridendo, sinceramente felice.

«Sono contento per te,» mormorò, facendogli saltare un battito del cuore.

Maledizione, come fa a essere sempre così perfetto in tutto ciò che dice?

Nathan lo guardava con affetto, come aveva sempre fatto. Nei suoi occhi rivedeva i sentimenti che vi aveva letto mesi prima: se da un lato era doloroso, dall'altro gli scaldava il petto con un'emozione che aveva represso crudelmente, tentando di tutelarsi.

Arrossì, incapace di ribattere.

«Oggi pomeriggio ti va di venire a vedere il set?» chiese Nathan, cambiando discorso. «Potresti fare un giro dell'acquario. Ci sono un sacco di animali meravigliosi e i delfini sono bellissimi.»

Nate pensò a qualche scusa da metter su, ma Nathan lo precedette. «Poi Edward e Daniel mi avevano chiesto di invitarti a mangiare una pizza stasera. Ti farebbe bene uscire un po', dicono che vorrebbero vedere qualcuno più simpatico di me.»

Nathan simulò una smorfia ma era chiaro che non gli dava affatto fastidio quell'ammissione. Anzi, la stava usando appositamente per costringerlo a dire di sì. Sospirò, indeciso.

Dopotutto non avrebbe fatto nulla di male se fosse uscito un po' con loro. Non sarebbe stato solo con Nathan e si sarebbe potuto divertire. Certo, non aveva chissà quali rapporti con Edward e Daniel, ma era pur sempre socializzare.

«Non saprei,» disse, rimanendo sul vago.

«Oh, andiamo, ti ignorerò per tutto il tempo. Ti starò alla larga, farò come se tu non ci fossi.»

Abbozzò un sorriso divertito a quell'insistenza. «Non so, potresti essermi tra i piedi...»

«Non aprirò bocca! Ti offrirò la cena, ti porterò le buste e tutte le cazzate che vuoi!»

«La cena è già offerta dall'agenzia.»

«Ti comprerò quel che vuoi!»

Il suo sorriso si allargò. «Potrei quasi accettare...»

«Oh, andiamo, cos'altro vuoi?» chiese Nathan, esasperato. Sembrava davvero preoccupato per la sua decisione.

«Non puoi spogliarti,» disse Nate, ridacchiando.

«Cosa?» chiese l'altro, come se non avesse sentito bene. Il suo sorriso si allargò.

«Non puoi spogliarti per tutto il giorno, sia quando siamo soli che in pubblico.»

«E se fa caldo?» chiese Nathan, preoccupato.

«Se fa così caldo, potrei decidere di chiudermi nella mia stanza con l'aria condizionata...»

Nathan fece una smorfia, ma esclamò: «Va bene, andata. Basta che tu esca con noi.»

* * *

Incredibilmente riuscì a trascinare Nate fuori dal bungalow.

Non ci aveva sperato e, quando l'aveva visto accettare, aveva faticato a contenere l'esultanza, ma alla fine era riuscito a portarlo sul set con lui.

Il parco acquatico era immenso: c'era uno spazio adibito ai giochi per le famiglie e più della metà costituiva, invece, l'edificio dell'acquario.

Durante la prima giornata avevano fatto degli scatti al parco acquatico, mentre nei giorni a venire si sarebbero focalizzati più sugli animali e sulle nuove vasche.

A Nathan era stato detto che avrebbe potuto fare anche delle immersioni assieme agli animali più docili, come le tartarughe, le foche e i delfini. Soprattutto rispetto agli ultimi, lui non vedeva l'ora.

Erano animali che l'avevano sempre affascinato particolarmente. Intelligenti e maestosi, da bambino li osservava spesso nei programmi televisivi o dal vivo, quando sua madre portava lui e Cassian in vacanza.

Li trovava meravigliosi e provava uno strano senso d'orgoglio ed eccitazione a poterli mostrare a Nate.

«Guarda, quello si chiama Sky e la femmina è Ariel,» gli disse, mostrandogli la vasca dei delfini e i due animali che nuotavano e giocavano tra di loro. Nate li guardava affascinato, lui era eccitatissimo. «Sono addestrati! Ieri ho accarezzato Sky, è davvero docile!»

Nate gli rivolse un sorriso intenerito, ascoltandolo.

«Dovrai fare degli scatti con loro?» gli chiese, curioso. Lui annuì, illuminandosi.

«Sì, forse mi faranno addirittura fare qualche immersione,» rispose. Se fosse stato un cane, si sarebbe messo a scodinzolare. Nate spalancò gli occhi e allargò il sorriso, felice.

«Wow!» esclamò mentre lui tornava a guardare i delfini che si fermavano davanti a loro e giocavano, come se avessero voluto mostrargli quel che sapevano fare. Erano tenerissimi.

Lasciò Nate a contemplare le vasche mentre lavorava: fecero alcuni scatti nella galleria e altri alla vasca per gli spettacoli.

Impiegarono poche ore a finire il lavoro. Lui attese finché Edward non disse loro che erano liberi di rivestirsi e prepararsi.

Nathan si lavò velocemente, poi raggiunse Nate, che stava osservando la vasca delle mante.

«Ti sei annoiato?» gli chiese. Nate scosse il capo ma non lo guardò.

«No, è molto interessante,» disse, seguendo il movimento di una manta che gli oscurava la visuale sul resto dell'acquario. «Secondo te riuscirebbero a volare se potessero respirare fuori dall'acqua?»

Fu stupito da quella domanda, ma ci pensò su seriamente. «Uhm... Non credo, hanno una costituzione distribuita male. Non sono vere e proprie ali, non riuscirebbero a muoverle per alzarsi in volo.»

Nate fece una smorfia e annuì distrattamente. «Sono belle, non le avevo mai viste dal vivo.»

«Credo che sia raro trovarle in un acquario, sono esemplari belli grossi,» commentò, osservando la manta che tornava ad affacciarsi alla vetrata. Sorrise a vederla fermarsi e poi continuare il tragitto, come se avesse voluto capire chi fossero e perché la stessero fissando.

«Dev'essere brutto starsene lì, continuamente osservate da qualcuno,» osservò, pensieroso.

Nate gli rivolse un sorriso divertito. «Detto da uno che è sempre davanti all'obiettivo fotografico è buffo.»

«È diverso, io non sono in gabbia, ho la mia privacy. Loro no.»

Nate fece una pausa prima di rispondere: «È così per tutti gli animali cresciuti in cattività. Credo che non sappiano nemmeno cosa sia la privacy.»

«Io non ce la farei,» ribatté, stringendosi nelle spalle.

«Probabilmente nemmeno io,» ammise Nate.

Continuarono a guardarle, in silenzio. La manta di prima si avvicinò ancora, ma stavolta si soffermò di più davanti alla vetrata, così che loro poterono osservarla per bene. Lui fissò le due estremità del corpo del pesce, sulla coda fino a risalire alle branchie, e il loro movimento, chiedendosi come funzionasse la respirazione di un pesce.

Ne sapeva poco e niente.

«Credi che sia più facile respirare per loro?» si ritrovò a chiedere ad alta voce.

Nate lo guardò: sentiva il suo sguardo trapassarlo e, improvvisamente, si sentì a disagio per la domanda che gli aveva posto. Era una curiosità semplicissima, ma sapeva che Nate avrebbe intuito quel che realmente voleva dire.

«Credo che sia lo stesso. Cambia il modo, non la difficoltà,» rispose l'uomo con dolcezza.

Lui annuì, ancora incapace di guardarlo. Nate distolse lo sguardo dopo alcuni secondi che parvero interminabili.

«Sono brave,» mormorò, mentre la manta si muoveva e si allontanava, come se non avesse voluto metterlo in soggezione. Chi osservava chi, adesso?

«Anche tu lo sei,» rispose Nate dopo un attimo di silenzio. Quando si voltò a guardarlo, l'uomo aveva un'espressione dolce e comprensiva, rassicurante. Si ritrovò ad aggrapparcisi, come faceva sempre.

«Non credo,» sussurrò, facendogli un sorriso triste. Nate ricambiò con la stessa tenerezza di prima, scuotendo piano il capo.

«Io dico di sì.»

A quel punto erano così vicini che, se avesse potuto, si sarebbe chinato a baciarlo. Valutò quella possibilità: se l'avesse fatto, forse gli avrebbe strappato un contatto, ma Nate si sarebbe arrabbiato e, probabilmente, sarebbe tornato al bungalow e si sarebbe chiuso nella sua stanza senza uscirne.

Valeva la pena rischiare soltanto per una carezza delle loro labbra?

Prima di riuscire a chiederselo, si stava già chinando e il suo respiro sbatteva contro quello dell'altro che, stupito, non riuscì a muoversi.

Fu un movimento lento e titubante ma fu lieto di vedere che Nate non indietreggiò. Arrivò a un passo dalle sue labbra, chinandosi poco più le avrebbe toccate e l'avrebbe baciato, finalmente, dopo tanto tempo.

«Nathan, andiamo?»

Entrambi si allontanarono l'uno dall'altro, come se fossero stati colti sul luogo del delitto. Nate arrossì e abbassò lo sguardo, lui assecondò il battito del suo cuore accelerando il respiro, affannato.

Dio, c'ero così vicino...

Rivolse a Edward uno sguardo frustrato mentre lui si avvicinava, ignaro di tutto.

«Siete pronti?» chiese il fotografo, tranquillo. Lui annuì, sospirando.

«Sì,» rispose, facendo un cenno a Nate per intimargli di camminare. Quest'ultimo sembrò tentennare: per un attimo temette che gli avrebbe detto che si ritirava. Quando, invece, lo sorpassò seguendo Edward, tirò un sospiro di sollievo, tranquillizzandosi.

Se avesse rovinato tutto, non se lo sarebbe mai potuto perdonare.

Seguì il resto degli uomini in silenzio, a disagio, chiedendosi se, effettivamente, aveva speranza come pensava.

Nathan non aveva mai creduto nel karma.

Insomma, erano sciocchezze. Un'entità superiore che decideva in base alle azioni del prossimo e puniva chi ne aveva bisogno? Nah, erano stronzate da bambini. Non era possibile che esistesse. Sì, non che fosse propriamente ateo o cosa, semplicemente non credeva nella punizione divina o stupidaggini del genere.

«E poi cos'è successo?»

«Oh, il cane si è messo ad abbaiare e il signor Jacob gli ha urlato contro tutto rosso come se avesse appena corso dieci miglia!»

Daniel scoppiò a ridere e così fece Nate. Edward sorrise appena, portandosi alle labbra un altro pezzo di pizza, mentre lui rimase in silenzio a fissare il piatto vuoto e a maledire chiunque avesse avuto la brillante idea di mettere il *suo* ex ragazzo e il collega nella stessa stanza.

«Nate, non credevo che fossi così simpatico, diamine!»

«Devo prenderla come una cosa positiva?» chiese Nate, quasi maliziosamente.

Stava flirtando il bastardo. Era tutta la sera che continuava mentre lui se ne stava zitto con lo stomaco sottosopra. Non sapeva nemmeno come avesse fatto a ingurgitare tutta la pizza. Fame nervosa, probabilmente.

«Assolutamente!» disse Daniel, facendo quel suo sorriso da imbecille che alle ragazze piaceva tanto. Peccato che Nate non fosse una ragazza. «Se l'avessi saputo, avrei passato più tempo con te piuttosto che con quegli stronzi dei miei colleghi!»

Daniel ammiccò verso Nathan, che gli rivolse un sorrisetto infastidito.

«Su questo siamo d'accordo, io sono molto meglio!»

Da quando sei così pieno di te, stronzo?

Sbuffò piano, distogliendo lo sguardo mentre i due continuavano a flirtare e a scambiarsi battute e frecciatine. Dio se li odiava. Odiava quella situazione, odiava Daniel e odiava Nate.

'Fanculo al lavoro.

'Fanculo a Nate.

Fanculo.

«Ehi, ehi, che ne dite, vi va di fare un giro nell'area spettacoli? Organizzano una bellissima recita medievale!» chiese Daniel, con quella sua vocetta acuta da checca in calore.

Edward scosse il capo, sbadigliando. «Scusa, Dan, ma credo che io mi ritirerò. Non ho più l'età per certe cose.»

Da solo con loro due? Stai scherzando, Eddie?

Colse al volo l'occasione. «Forse sarebbe meglio che tornassimo anche noi, in realtà,» disse a Nate, rivolgendogli un sorriso affabile. «Si sta facendo un po' tardi e non ho tutta questa voglia di sorbirmi uno spettacolo.»

Nate gli sorrise, *gentilmente*. «Oh, tu va' pure, a me interesserebbe fare un giro!»

Che cazzo dici?

Nathan rimase a bocca aperta, come un coglione, a fissare Nate che gli sorrideva con finta gentilezza e tanto sadismo. Cos'era, una specie di vendetta? Stava cercando di fargliela pagare il maledetto?

Daniel si illuminò, com'era ovvio che fosse. «Perfetto allora, voi vecchiacci andate pure a nanna!»

«Credevo che non ti piacessero gli spettacoli, hai sempre rifiutato in questi giorni,» disse a Nate, infastidito.

L'uomo non la smetteva di sorridergli, rendendo tutto più irritante. «No, invece mi piacciono molto. Sarà perché ho la compagnia giusta.»

Figlio di...

Inspirò, come a voler rispondere, ma si ritrovò a espirare lentamente, mentre sul volto era chiaro il disappunto. Tremava di rabbia ma non poteva far altro che assecondarlo, se non voleva rendere le cose difficili al lavoro.

«Perfetto allora! Non ti dispiace se te lo rubo, vero, Nathan?» chiese Daniel.

Sì che mi dispiace e adesso levati quel sorrisetto compiaciuto dalla faccia prima che io te la spacchi rendendo le prossime fotografie adatte per uno splatter.

Fulminò con lo sguardo il collega che, quasi fosse stato un emerito idiota incapace di cogliere i segnali, lo guardava speranzoso e ingenuo. Nate ridacchiò, a peggiorare la situazione.

«No che non gli dispiace, non è mica mio padre.» *No, ma tu sei mio, ricordi? MIO.* «Mi saranno concesse un paio d'ore di libertà, no?»

Quando si volse a guardarlo, nei suoi occhi era chiaro lo sguardo di sfida e dispetto. Si morse la lingua, incapace di trattenere l'istinto omicida. Nate continuò a sorridere con così tanta soddisfazione e sicurezza che gli fu difficile sibilare: «No, fai pure.»

Daniel esultò e Nate lo ringraziò affabilmente, proprio come la migliore delle puttane.

Tutti e quattro si alzarono dal tavolo: Edward mise a posto le cose con il conto e i due *piccioncini* continuarono a parlare entusiasti di come si sarebbero divertiti da soli a vedere quella maledettissima rappresentazione del cazzo.

Insieme uscirono dal locale e si salutarono: Nathan rimase a osservare la schiena di Nate che si allontanava accanto a Daniel.

Aveva vinto, il maledetto. Si era preso la sua vendetta del cazzo.

Edward fece la strada con lui mentre tornavano al bungalow.

«Nate è gay?» gli chiese, sorprendendolo.

Lui sgranò gli occhi e gli rivolse uno sguardo stupito. «Perché?»

«Beh, se la intendono. Mi chiedevo se non avremmo fatto meglio a cambiare stanza...»

Per l'amor del cielo, datemi tregua! Ho capito, stupido karma! Ho capito!

«Non direi proprio,» rispose secco, avviandosi verso il suo bungalow senza neanche aspettarlo.

Edward lo richiamò. «Ehi, Nathan, tutto bene?» chiese, preoccupato.

«Benissimo, buonanotte!»

Si sbatté la porta alle spalle, ringhiando mentre tirava un pugno al muro e si graffiava le nocche.

«Figlio di puttana!» esclamò al nulla, arrabbiato. «Che faccia la troietta con chi cazzo vuole! 'Fanculo!»

Al pugno seguì un calcio direttamente indirizzato alla sedia ancora fuori posto. Questa, per l'impatto, cadde a terra, rovesciandosi. Lui si diresse in bagno sbattendo le porte e si preparò per mettersi a letto, furioso. Quando fu pronto, si buttò sul materasso, urlando contro il cuscino per contenere la rabbia.

«Maledetto stronzo!» esclamò ancora, rigirandosi nel letto.

Si sentiva già più calmo: la rabbia repressa della serata era stata sfogata in quei gesti infantili e liberatori e, adesso, poteva finalmente pensare in tranquillità e lasciarsi andare alla stanchezza. Chiuse gli occhi, sospirando, e si rannicchiò contro il materasso finché il sonno non ebbe la meglio.

Si svegliò circa un'ora dopo. Era ancora vestito e la luce era accesa.

Non sapeva se Nate fosse tornato o meno, così si alzò per bere un bicchiere d'acqua e controllare. Gli faceva male lo stomaco, ma credeva fosse dovuto all'irritazione di poche ore prima.

«Nate?» richiamò, affacciandosi alla sua stanza. Era vuota.

Lo cercò in cucina e controllò il bagno, ma dell'altro nessuna traccia.

Era presto, si disse. Avevano parlato di un paio d'ore e non era passato che poco tempo. Era ancora presto perché tornasse a raccontargli di quanto era stato bene con Daniel e quanto non volesse lui tra i piedi nella sua nuova, splendida storia d'amore.

Fece una smorfia mentre sorseggiava l'acqua.

Il mal di pancia non accennava a diminuire. Gli faceva male un braccio, probabilmente perché ci aveva dormito sopra, e il cuore stava ancora battendo velocemente come quando si era alzato. La testa girava appena.

Non ci pensò subito. Era troppo focalizzato sulla sua rabbia per accorgersene, quindi non lo vide arrivare.

Accadde tutto in fretta, così com'era sempre successo.

Prima difficoltà a respirare, poi l'intorpidimento al braccio che si propagava ovunque. La vampata di calore, il giramento di testa più forte, il mal di stomaco un unico dolore che prendeva anche il petto, la trachea, fino a mozzargli il respiro.

Poi inspirare non era più istintivo e la paura prendeva il sopravvento.

Cieca, feroce, crudele.

Nathan ebbe appena il tempo di accorgersi che stava *morendo* prima che le sue gambe si muovessero da sole, alla ricerca del telefono.

Nate.

No, non poteva chiamare lui. Era con Daniel, perché avrebbe dovuto rispondere? Perché sarebbe dovuto correre da lui? Soltanto perché era lavoro, perché lo pagava, perché era il suo dovere? No, aveva la serata libera. Non era giusto. Non l'avrebbe fatto.

Nate ormai non aveva più nulla che lo legasse a lui.

Come non biasimarlo? Diamine, era stato lui ad allontanarlo. Era stato lui a insultarlo, a ferirlo, a privarsi della cosa più preziosa che aveva al mondo.

Dio...

Gemette, sforzandosi di inspirare.

"*Coraggio, sai farlo,*" sentì dire dalla sua psicologa. Poi quella voce si tramutò in quella di Cassian, di Cody, in quella di...

Cody. Dio, ti prego, Cody!

Compose il numero velocemente: il telefono lo conosceva a memoria ormai. Ce l'aveva memorizzato tra i contatti rapidi ma si ostinava ogni volta a scriverlo tutto. Era uno spreco di tempo, stava morendo, doveva fare in fretta.

Inspirò: non riuscì a prendere un respiro pieno ma, per lo meno, riuscì a far funzionare quel maledetto apparato rotto che si ritrovava. Cody rispose al secondo squillo.

«Pronto?»

«Cody...» Un gemito e Cody capì.

«Merda. Ehi,» rispose dolcemente. «Stenditi, okay? C'è Nate?»

«No!» esclamò disperato. No, non c'era, non era con lui, l'aveva abbandonato di nuovo e *se lo meritava*, dannazione, se lo meritava più di chiunque altro. Se fosse morto, se lo sarebbe meritato.

«Okay, stenditi bello, dai.»

Fece come gli era stato detto: a terra, tra le due stanze, sul parquet profumato del bungalow.

«Okay, ci sei?»

«Sì,» gemette, ansimando.

«Bravo, smettila di annaspare. Prendi un respiro profondo, sono con te.»

Cristo...

Cody non l'aveva specificato, ma mise la mano libera sulla pancia e spalancò la bocca, riempiendo i polmoni d'aria. Cody contò fino a quattro, come di consuetudine, e poi ordinò: «Ora fuori.»

Nate lasciò andare con un rantolo.

«Bravissimo amico,» esultò Cody. «Calmo, va tutto bene. Sei al sicuro, ci sono io.»

Annuì, anche se Cody non poteva vederlo, e prese un altro respiro. Cody contò ancora, poi gli disse di lasciare andare e lui lo fece di nuovo. Chiuse gli occhi, lasciando che una lacrima scendesse a bagnargli la guancia. Poteva farcela, era tutto calmo, c'era silenzio e Cody era dall'altra parte a fargli sentire che c'era.

Era un gesto ancora egoistico da parte sua, lo sapeva, ma non poteva farne a meno. Ormai non aveva nessun altro.

Gemette.

«Ehi, respira soltanto, lascia andare i pensieri. Focalizzati sul respiro.»

Nathan inspirò ancora, disperatamente, ed espirò quando gli venne detto.

Continuarono per diversi minuti: Cody gli diceva di respirare e lui respirava senza pensare ad altro.

Quando fu finalmente calmo, riuscì a mormorare: «Grazie.»

«Figurati,» rispose Cody. «Cos'è successo?»

«Ero arrabbiato,» rispose Nathan, sospirando.

«Con Nate?»

«Sì.»

«Perché?»

«Perché è fuori con qualcuno che non sono io.»

Cody attese qualche secondo prima di sospirare. «Ha continuato a respingerti per tutto il tempo, eh?»

«Sì,» rispose, frustrato. «Non capisco perché lo faccia. Gli ho chiesto scusa e l'ha accettato. Si vede che mi muore dietro, maledizione, siamo attratti come calamite!»

«Nathan, sai che a volte sembri davvero un arrogante bastardo?» disse Cody, ridacchiando.

«Oh dai, Cody, potevo capirlo quando ancora ci frequentavamo… È innamorato di me, perché dovrebbe continuare a fare il cocciuto?»

«Perché tu stai reagendo come uno stronzo.»

Aggrottò le sopracciglia, confuso. Cody sospirò ancora e sentì un fruscio, come se si fosse appena steso. Attese immobile mentre continuava a respirare come Cody gli aveva detto di fare.

«Ascolta, da un lato capisco che tu voglia tornare con lui,» disse, calmo. «Ma capisco anche che lui non voglia fidarsi di te. Me l'hai detto tu che sei stato un bastardo insensibile, giusto?»

«Sì,» asserì, colpevole.

«Ecco. Se continui a farti vedere come uno stronzo arrogante e arrapato non si aprirà mai.»

«Non sto facendo lo stronzo arrogante e arrapato.»

«Sì che lo stai facendo.»

«Non puoi saperlo!»

«Oh, sì che posso.»

Passò un attimo di tempo prima che realizzasse che, forse, non era l'unico che chiamava Cody quando ne aveva bisogno.

«Voi bastardi parlate alle mie spalle!»

«Beh, sai, come Nate non è tua esclusiva anche io non lo sono,» ridacchiò Cody, divertito.

«Cos'è, vi state coalizzando perché il karma si rigiri contro di me?»

«Il karma?» chiese Cody, chiaramente divertito. «Quanto ti sta facendo impazzire Nate?»

«Dio, vorrei ucciderlo!» esclamò, frustrato. Cody scoppiò ancora a ridere, irritandolo maggiormente.

«Oh, Dio, amo quel ragazzo!»

Fece una smorfia. A quanto pareva non era l'unico. «Sì, vuoi provarci anche tu? Tanto ci starebbe.»

«No, no, ma sono contento di averlo nel club.»

«Il club?» chiese, interdetto.

«Il club dei poveri martiri di Nathan Doyle.»

«'Fanculo, Cody.»

«Stiamo organizzando una ribellione, tanto perché tu lo sappia.»

«Certo, molto divertente.»

Cody rise ancora e lui sbuffò, pensando al desiderio di fare a pugni con lui che cresceva sempre più.

«Stai meglio adesso?» gli chiese Cody quando si accorse che non parlava.

Nathan valutò la risposta. L'agitazione era passata, anche se credeva che avrebbe faticato ad addormentarsi al calare del silenzio nel piccolo bungalow. Nonostante la paura ancora sopita nel suo stomaco, si costrinse a mormorare: «Sì, grazie.»

«Nathan, se hai bisogno posso rimanere, sai?»

Sorrise. «Non preoccuparti. Credo che mi metterò a letto.»

«Va bene. Resto a disposizione.»

«Non dovresti,» ridacchiò. «Andrai contro la politica del club.»

«Oh, non ci chiamiamo "martiri" per nulla!» Cody rise e anche lui lo assecondò, più tranquillo. «Buonanotte, Nath. Se hai bisogno, chiama.»

«Va bene. Buonanotte.»

***

"Torna a casa. Nathan mi ha chiamato in preda a un attacco di panico: qualsiasi cosa tu stessi cercando di ottenere, credo che sia abbastanza."

Aveva tenuto acceso il telefono in caso Nathan avesse avuto bisogno di lui ma, ovviamente, non era stato contattato. Forse per orgoglio, forse perché effettivamente anche lui aveva esagerato, non lo sapeva.

Quando aveva ricevuto il messaggio di Cody, però, il mondo era crollato.

«Scusa, Daniel, devo tornare,» aveva detto e senza dargli troppe spiegazioni era corso al bungalow, preoccupato.

Non che si stesse divertendo in realtà. Sì, era piacevole passare una serata diversa e Daniel davvero non era così male come aveva pensato, ma…

Non era Nathan.

Ovviamente non era Nathan.

«Nathan?» chiamò quando aprì la porta. Se la richiuse alle spalle facendo girare la chiave una volta, poi corse verso la sua stanza, inciampando nei suoi passi mentre si precipitava.

Era vuota.

Si guardò attorno cercando di capire se si fosse rannicchiato da qualche parte come faceva Katia. Aprì l'armadio, poi tornò in cucina, accorgendosi che, in realtà, non era inciampato su se stesso ma, bensì, su di una sedia caduta a terra. Il terrore lo pervase. Esplorò addirittura il bagno, chiamando di nuovo il nome del compagno a gran voce. Diede uno sguardo al balcone: non c'era.

Alla fine si diresse in camera sua, nervoso. Era uscito? Quando sarebbe tornato?

Stava già componendo il suo numero quando vide il fagotto rannicchiato sul suo letto.

Gli si spezzò il cuore: nel buio della stanza Nathan se ne stava chiuso su se stesso, abbracciandosi le gambe e affondando la testa tra il cuscino e le braccia come se avesse avuto bisogno di protezione. Si era coperto appena con un lenzuolo e respirava lentamente in lunghi sospiri.

Quando si avvicinò, si accorse che tremava.

«Nathan...» lo richiamò in un mormorio fragile. Lui sobbalzò ma non si mosse.

Dio, sono un coglione.

Aveva esagerato eccome. Nathan si era meritato l'irritazione al ristorante, la gelosia, la rabbia, ma Nate non avrebbe mai dovuto lasciarlo da solo in quel modo. Si era preso gioco di lui proprio come avrebbe fatto un insensibile.

Si tolse le scarpe e salì sul letto, mettendosi sopra il giovane a cavalcioni. Poi si chinò e lo rinchiuse tra le sue braccia, stringendolo in un abbraccio e accarezzandogli il capo con dolcezza. Gli posò le labbra sulla fronte in un bacio lieve, delicato.

«Ehi,» lo richiamò. «Va tutto bene. Ci sono io, ora.»

Il silenzio li cullò per qualche secondo, forse un paio di minuti.

«Daniel?» chiese Nathan, debolmente.

«Non importa,» rispose, senza smettere di accarezzarlo. «Tu come stai?»

«Ti piace?»

Nathan pronunciò quella domanda spaventato e il tremore aumentò. Lui lo strinse ancora.

«No,» si costrinse a rispondere. «Rilassati, respira.»

«Perché non sei venuto con me?»

«Lo sai perché,» rispose, vagamente frustrato. Non era arrabbiato: era ancora preoccupato e, più di ogni altra cosa, dispiaciuto per quanto aveva fatto. Non riusciva a perdonarselo.

«Sono uno stronzo arrogante e arrapato?» chiese Nathan.

Lui sorrise appena, trattenendo una risata. «Sì,» rispose, baciandogli ancora il capo.

L'altro si rilassò un poco e Nate sentì una delle sue mani stringersi sulla sua maglietta. «Ma va bene, nessuno è perfetto.»

«Di certo non io,» sussurrò Nathan, sistemandosi meglio tra le sue braccia. «Sono rotto.»

«No, Nathan,» lo corresse lui, allontanandosi quel tanto che bastava per prendergli il volto tra le mani. Nel buio della stanza gli occhi di Nathan brillarono incontrando i suoi. «Non dirlo, non lo sei. Capita a tutti di avere momenti di fragilità ma ciò non significa che tu sia rotto o cosa. Gli oggetti si rompono, tu sei una persona e non hai nulla che non vada.»

«Sì invece...» provò a ribattere il giovane, ma lui scosse il capo.

«No,» ribatté, accarezzandogli le guance con i pollici. Nathan sembrò apprezzare. «Molte persone reagiscono come fai tu, altre hanno uno sfogo diverso, c'è chi non ha attacchi di panico ma altri problemi. È comune, siamo umani. Va bene così come sei.»

Nathan fece una smorfia. Alla fine, lentamente, si rigirò sul materasso finché i loro corpi non aderirono perfettamente, e portò piano le braccia a cingergli la vita, senza guardarlo. Un gesto d'affetto, una richiesta d'aiuto piuttosto che qualcosa di sensuale o erotico. Lui si chinò una terza volta a baciargli la fronte.

«Vuoi dormire qui?» chiese, dolcemente. Nathan annuì quasi subito e lui provvide a correre in bagno, spogliarsi e, poi, infilarsi sotto il lenzuolo con lui, abbassando l'aria condizionata così che non desse loro problemi.

Una volta che fu a letto lo invitò di nuovo tra le sue braccia.

Sapeva che non avrebbe dovuto ma sapeva anche che Nathan ne aveva bisogno. L'uomo, infatti, si abbandonò tra le sue braccia e affondò il capo contro il suo collo, sospirando delicatamente. Fu piacevole stringerlo di nuovo.

Rimasero in silenzio per diverso tempo prima che uno dei due si decidesse a parlare.

«Volevo ucciderlo,» mormorò Nathan. «Ti guardava e rideva con quella voce da checca...»

Lui ridacchiò, divertito. «Smettila di fare il geloso, stavamo soltanto parlando.»

«L'hai fatto apposta.»

Continuò a sorridere, stringendosi nelle spalle. «Fa male, eh?»

Nathan non rispose subito. Si limitò a sospirare e affondare ancora di più nel suo abbraccio, come se avesse avuto bisogno di sentirsi al sicuro. Si ritrovò a pensare che era contento di essere il suo rifugio, anche se non doveva.

«Scusa per come ti ho trattato,» disse ancora Nathan. «Se potessi tornare indietro...»

«Non fa nulla,» lo interruppe, sospirando piano. «Ormai è passato.»

«Non cambia il fatto che non tornerai da me.»

Fece una smorfia, incapace di rispondere. Non era vero: se avessero continuato in quel modo sarebbe tornato eccome, ma non se la sentiva di ammetterlo. Se l'avesse fatto, sarebbe sprofondato di nuovo e lui aveva *paura*.

«Perché non eri con me in ospedale?» chiese Nathan, cambiando discorso. «Perché te ne sei andato?»

Nate rimase in silenzio. Tremò appena, spaventato dalla risposta che avrebbe dovuto dargli e da come avrebbe potuto prenderla Nathan. «Volevo lasciarti.»

«Perché?» chiese Nathan, frustrato. «Ero un peso?»

«No!» esclamò, sincero. «Ma non volevo vederti soffrire come avevo sofferto io. Ho pensato che, se me ne fossi andato, tua madre...» Non riuscì a terminare la frase, ma l'altro capì.

«Nate, che tu ci sia o meno non cambia il fatto che io sia gay,» ribatté Nathan, alzando il capo per guardarlo. Lui non ricambiò il suo sguardo. «Mia madre può pensare quello che vuole, è parte del mio passato. Sì, è la mia famiglia, ma non è con lei che voglio passare la mia vita.»

Il suo cuore perse un battito a quelle parole. Nathan non l'aveva detto esplicitamente, ma il sottinteso era più che chiaro. Si costrinse a pensare che stava fraintendendo, che non era quello che Nathan voleva dirgli, che era soltanto una frase come un'altra ma tremò nell'incertezza.

«Quel che è successo a te è diverso da quel che è successo a me. Eri giovane, nessuno dovrebbe mai essere lasciato da solo a quell'età… Io sono adulto, ho un lavoro e…»

Nathan si bloccò e Nate attese di sentirlo continuare una frase che rimase in sospeso. Si strinse nelle spalle, imbarazzato, e tornò a chinarsi verso di lui, crogiolandosi nel suo abbraccio.

«Nate…» mormorò ancora Nathan. La voce era impastata dal sonno, come se fosse stato sul punto di addormentarsi. «Mi darai un'altra possibilità?»

Si morse un labbro, titubante. Come faceva a mentire se glielo chiedeva in quel modo, dolce e vulnerabile come aveva avuto il piacere di vederlo poche volte?

Sei un disonesto.

«Forse,» sussurrò, affondando una mano tra i suoi capelli e prendendo a rigirarsi le ciocche scure tra le dita. «Adesso dormi, però.»

Nathan non disse niente ma lo sentì sorridere contro il suo collo e posare delicato un bacio a fior di pelle. Un contatto leggero, nulla di prepotente o erotico che, però, mandò una scossa di sensualità a tutto il suo corpo.

Cercò di non pensarci, muovendosi sul letto in modo da non soffrire troppo la vicinanza dell'altra fonte di calore.

«Riesci a respirare?» gli chiese, staccandosi appena per permettergli di posizionare il volto in modo che anche lui potesse star comodo.

Nathan gli sorrise dolcemente. «Con te ci riesco sempre.»

CAPITOLO 30

Quella mattina non accompagnò Nathan al lavoro.
In realtà si sentiva un po' in colpa per Daniel e, più di ogni altra cosa, a disagio per la nottata passata con il suo ex ragazzo. Non che avessero fatto qualcosa in particolare, ma era il contatto più intimo che avevano dopo mesi e si sentiva ancora frastornato.
Per evitare le inutili richieste degli animatori e la folla di turisti residenti al villaggio, decise di usare l'autobus per arrivare in città. Avrebbe visto qualcosa di nuovo e avrebbe potuto respirare un po' d'aria che non fosse zeppa di urla di bambini e musica.
Gli piaceva il villaggio, ma aveva bisogno di un po' di calma e di un contesto che non gli ricordasse Nathan.
Lasciò un biglietto per il compagno di viaggio, qualora fosse tornato a casa prima di lui, e prese il primo mezzo diretto al centro abitato.
Era una cittadina più grande della loro, pulita e tranquilla. Nonostante ci fossero molti turisti, nel quartiere dove si soffermò si respirava pace e ben presto anche lui riuscì a rilassarsi. Passò diverso tempo in un parco vicino alla fermata dell'autobus, poi si ritrovò a guardare le vetrine dei negozi con fare distratto.
Non sapeva dove andare, ma non voleva nemmeno tornare al resort così presto.
Si ritrovò a fissare la vetrina di un sexy shop con aria affranta, senza rendersi neanche conto di cosa stesse facendo e perché. Tutto ciò a cui riusciva a pensare era Nathan che crollava in pezzi, che lo guardava dolcemente, che gli chiedeva un'altra possibilità.
Gliel'avrebbe data? Ovviamente.
Nonostante non se la meritasse, nonostante non avesse ancora superato lo shock e le parole che gli aveva rivolto, nonostante avrebbe

preferito dimenticarsi di lui e smetterla di sentirsi sempre così nervoso e insoddisfatto.
"*Non cambierà il fatto che sono gay.*"
Su quello Nathan aveva ragione. Era stato impulsivo e aveva reagito pensando al suo trauma passato piuttosto che razionalmente. Era ovvio che fosse una situazione diversa. Entrambi erano grandi e la madre di Nathan, pur essendo la colonna portante della sua famiglia, non poteva rappresentare tutto ciò che aveva.
Non se non lo accettava.
«Ehi,» venne richiamato, com'era prevedibile che fosse. Quando si voltò, quello che credeva il padrone del sexy shop gli sorrise, comparendo dalla porta aperta del negozio. «Non startene lì impalato, entra!»
Nate arrossì.
«Ah... No, io ero solo di passaggio!» disse, imbarazzato, ma l'uomo scosse il capo, ridendo.
«Avanti! Entra pure, io non mordo e neanche il resto della roba!»
Quando lo vide ancora titubante, si guardò intorno e aggiunse: «Su, prima che qualcuno ti veda e pensi che sei un pervertito per quei tre secondi e ventiquattro centesimi in cui gliene fregherà qualcosa!»
L'uomo fece un sorriso gentile e divertito e a lui venne di assecondarlo, sia nell'espressione facciale che nella richiesta. Ridacchiò brevemente e lo seguì all'interno del negozio, chiudendosi la porta alle spalle.
Faceva fresco lì dentro: era bello non dover pensare al caldo della stagione primaverile.
«Fa' pure come se fossi a casa tua,» gli disse il padrone del locale, dirigendosi verso il bancone.
Il negozio era più sobrio di quanto avesse pensato. Si estendeva in lunghezza e tutti i giocattoli erotici erano posti in fondo al corridoio. L'entrata era accogliente e non c'era nulla di troppo spinto o volgare: da un lato erano riposti ordinatamente gli articoli di lingerie, su di uno scaffale c'erano dvd e libri di vario tipo divisi in settori.
C'erano un paio di tavolini con delle poltroncine davanti a essi, così che chi avesse voluto si sarebbe potuto fermare a leggere qualcosa lì. Una macchinetta del caffè e un'altra per il cibo erano poste da un lato,

anche se sembravano entrambe spente. In un angolo, invece, i prodotti igienici come lubrificante e vari olii.

Oltre a quello c'erano molte piante e diverse illustrazioni a colori appese alle pareti. Gli parve di notare addirittura una piccola croce colorata appesa da una parte, al muro. Un tripudio di calma.

«Ti va qualcosa da bere?» chiese l'uomo, cordialmente. Lui lo guardò confuso, non sapendo cosa rispondere.

Si era lasciato trascinare dentro più per curiosità che per reale interesse ma adesso sperava che non avesse frainteso le sue intenzioni.

«Ah... Io...» provò a dire, cercando le parole giuste per non essere scortese.

«Oh, andiamo, non entra molta gente qui,» lo precedette l'uomo. «Fammi compagnia almeno, sembravi in cerca di qualcosa da fare.»

Era vero: sorrise, distogliendo lo sguardo, imbarazzato.

«Okay,» rispose.

«Grandioso! C'è un'ampia scelta tra tisane, tisane, tisane e tisane. Cosa preferisci?»

Lui aggrottò le sopracciglia, indicando la macchina del caffè. L'uomo scosse il capo.

«È per bellezza, in realtà è rotta,» disse. Quando il suo sguardo si fece più scettico, l'altro continuò: «Dico davvero. Si è rotta qualche giorno fa, ancora non sono passati ad aggiustarla.»

«Oh, allora vada per la tisana!»

«Ottima scelta,» disse l'uomo, ammiccando e dirigendosi verso lo stanzino dietro il bancone. Ne uscì poco dopo con due tazze colorate e varie scatole di filtri per il tè.

Lui ne approfittò per osservarlo: era un bell'uomo, capelli rossicci e corti, pettinati e pieni di gel. Occhi verdi e gentili, viso giovanile anche gli sembrava avere la sua età o qualche anno in più. Il corpo era allenato e magro, la pelle disseminata di tatuaggi e un piercing ad anello gli adornava il labbro inferiore.

L'uomo si mosse indaffarato dietro al bancone, senza dire una parola. In poco tempo portò una teiera d'acqua calda su di esso e riempì le due tazze, scegliendo un filtro. Lo aprì, lo immerse nella sua e poi, come se fosse stata la cosa più naturale e spontanea del mondo, gli porse la mano, pronunciando: «Sam.»

Nate la strinse, sorridendogli. «Nate.»

Poi scelse una tisana e lo imitò, lasciando il filtro in infusione mentre si guardava ancora attorno.

«Credevo che i sexy shop fossero diversi,» ammise, interessato.

Sam ridacchiò. «Oh, di solito lo sono. Io, però, preferisco sentirmi a mio agio nel posto in cui lavoro.»

«Sì, ti capisco,» asserì, zuccherando la sua tisana.

«Mi piacerebbe mettere a loro agio anche i clienti, ma si lasciano spaventare dalla scritta "sexy shop" e se ne stanno alla larga. Dio non voglia che vengano scambiati per pervertiti…»

«Beh, si sentono in soggezione,» osservò, stringendosi nelle spalle.

«Per il posto o per me?» chiese Sam, facendogli un sorriso furbo che lui ricambiò.

«Entrambi, immagino,» ammise. L'uomo davanti a lui rise, facendogli cenno di spostarsi sui divanetti mentre lui si avviava, assieme alla sua tazza di tisana fumante.

«Non faccio così con tutti,» specificò, lasciandosi cadere sul divanetto. Nate prese posto davanti a lui. «Ma tu avevi tutta l'aria di uno che ha bisogno di parlare con qualcuno e passare il tempo. Sbaglio?»

No, non sbagliava. Nate sorrise, timidamente, e chiese: «È così palese?»

«No, sono soltanto molto bravo a leggere la gente,» lo rassicurò lui.

Sam era molto gentile ma non pensò che ci stesse provando: non sembrava il tipo, anche se era affabile e interessato più di molti dei suoi clienti al bar. Credeva che fosse dovuto soltanto al carattere.

«E per il posto, beh, è un'avversione che non ho mai capito,» continuò Sam. «Insomma, tutti fanno sesso. Perché dovrebbero girarne alla larga?»

Nate ridacchiò, trovandosi quasi d'accordo. «Perché la società la pensa così.»

«Al diavolo la società, mi tolgono un sacco di clienti interessanti!»

Gli sorrise, annuendo comprensivo. Seguì una pausa in cui entrambi sorseggiarono la loro tisana. C'era una musica lieve, forse irlandese, proveniente dal piccolo stereo sullo scaffale. Si respirava un'aria tranquilla e rilassante.

«È sempre così?» chiese, guardandosi intorno. Sam sorrise, probabilmente intuendo a cosa si riferisse.

«Il più delle volte, sì,» rispose, stringendosi nelle spalle. «Mi piace sentirmi a mio agio, te l'ho detto.»

«È un bel posto,» ammise.

«Grazie, è raro sentirlo dire di un sexy shop,» commentò Sam, mettendosi a ridere. «Se vuoi qualcosa per te e il tuo ragazzo fa' pure, eh.»

Nate arrossì, rivolgendogli uno sguardo quasi offeso. «Non ho detto di avere un ragazzo.»

«Non ce l'hai?»

Sam lo fissava divertito, come se quell'ovvietà non sarebbe potuta sfuggire a nessuno. Non capiva come facesse a intuire tutto in modo così accurato e da una parte era curioso di sapere fino a che punto arrivasse la sua capacità di lettura della gente.

Abbassò gli occhi, quasi colpevole. «Sono impegnato,» mormorò. Non stava più con Nathan, ma si rese conto che avrebbe risposto così a chiunque. Forse gli stava davvero dando una seconda possibilità, più in fretta di quanto avrebbe sperato.

«E il tuo impegno come si chiama?»

Sam era gentile nelle sue parole, sembrava sinceramente desideroso di instaurare un dialogo amichevole con lui. «Nathan,» rispose titubante come se, ammettendo che si trattava di lui, avesse firmato la sua condanna a morte.

«Nathan,» ripeté Sam, usando la pronuncia corretta del suo nome e annuendo. Passarono un paio di secondi prima che aggiungesse: «Aspetta... Nathan e Nate? Non fate confusione?»

Si mise a ridere, scuotendo il capo.

«Beh, buono! E come vi siete conosciuti?» chiese, alzandosi per prendere un pacco di biscotti che teneva sotto il bancone e porgendoglielo. Lui ne prese un paio, accettandoli di buon grado.

Una conversazione surreale in un negozio altrettanto surreale.

«Era il mio datore di lavoro,» spiegò, stringendosi nelle spalle.

Sam annuì. «Che lavoro fai?» chiese, curioso.

«Il barista.»

«Ah... Avete un locale?»

Nate ci mise un po' a capire a chi si riferisse. «Ah... No, con Nathan è un altro tipo di lavoro.»

Quando Sam gli fece cenno di continuare, si sentì in imbarazzo. Non perché non fosse fiero di quel che faceva né perché non fosse lecito. Semplicemente non voleva che Sam pensasse male di Nathan soltanto perché aveva scelto un modo diverso di farsi aiutare nel suo problema.

«Ho fatto una domanda scortese?» chiese Sam, notando il suo disagio. Lui scosse il capo.

«No, è solo che non è un lavoro tipico,» spiegò, abbozzando un sorriso. «Si tratta soltanto di passare la notte da lui. Ha problemi a dormire, così ha bisogno di qualcuno che gli ricordi che non è solo in casa.»

«Attacchi di panico?»

Si stupì quando Sam gli fece quella domanda. Tranquillamente, come se fosse stato ovvio, comune. Forse lo era davvero, anche se loro avevano tradotto la loro routine come irreale, innaturale.

Quando annuì, Sam fece cenno di aver capito. «Sei laureato in psicologia o qualcosa del genere?»

Scosse il capo. «No, non credo che cercasse uno psicologo.»

«Quindi tipo volontariato?»

Si strinse nelle spalle. «Una specie.»

Sam gli fece un sorriso dolce. «Sei una brava persona, eh?»

Arrossì a quelle parole. No, non lo era. L'aveva fatto per i soldi e poi aveva finito per innamorarsi di Nathan, soltanto quello. O, per lo meno, era ciò che continuava a ripetersi lui.

«Non sono una brava persona, l'avrebbe fatto chiunque.»

«Credimi, no,» ridacchiò l'altro, scuotendo il capo. «E immagino che sia difficile, vero?»

«Lo è più per lui,» mormorò, abbassando lo sguardo.

Sam rimase in silenzio per qualche secondo prima di rialzarsi e riporre la propria tazza sul bancone, mettendo a posto anche i biscotti. «Beh, una cosa è certa: non dura per sempre.»

Nate gli rivolse lo sguardo, confuso.

«Dici?»

«Lo so per certo,» rispose Sam, sorridendogli. Il suo sorriso era sempre traboccante di gentilezza ma dietro di esso c'era una nota di malinconia, come se tra le tante cose che diceva ce ne fossero altrettante che teneva nascoste. «Non passano, ma dopo un po' impari a gestirli. Sono come un mostriciattolo estremamente fastidioso con cui sei costretto a convivere. Se reagisci male ti morderà, ma se impari a coccolarlo allora ti mostrerà che non è sempre così ostile.»

Nate non rispose subito. Non l'aveva mai pensata in quei termini ed era interessante sentire il punto di vista di una persona esterna. Si chiese se fosse preparato, magari aveva studiato psicologia o cose del genere.

«Conosci qualcuno che ne soffre?» chiese, curioso. Sam rise di nuovo.

«Sì, lo saluto ogni mattina allo specchio.»

Oh.

Non fu capace di rispondere, così si limitò ad abbassare lo sguardo, dispiaciuto. Aveva visto le crisi di Nathan e aveva subito le proprie, anche se minime. Era qualcosa che non augurava a nessuno.

«Sai, lo chiamano "disturbo psichico" o una cosa del genere, ma io sono d'accordo solo in parte,» continuò Sam, tornando a sedersi di fronte a lui. «Sì, è un disturbo del pensiero, ma non è che sia un ingranaggio fallato della macchina chiamata *corpo*. Non è qualcosa che *passa*, è un modo di reagire agli eventi che hanno le persone un po' più sensibili. Sembra così brutto perché non si sa come comportarsi, ma non è qualcosa che dev'essere eliminata. Sarei un robot se la eliminassi.»

Sam si passò distrattamente le dita sul tatuaggio che gli percorreva il braccio, riempiendolo di decori neri e blu. Continuava a sorridere mentre parlava. «Nathan è anche in terapia o qualcosa del genere?»

«Ha iniziato con uno psicologo, ma si rifiuta di andarci troppo spesso.»

L'uomo davanti a lui ridacchiò. «Tipico, sì. È una cosa graduale, ma alla fine starà meglio.»

Nate rimase in silenzio mentre pensava a quanto detto. Probabilmente ci sarebbe voluto un sacco di tempo: se per lui non era un problema rimanere al fianco di Nathan, temeva che lui ne sarebbe stato distrutto. «Come faccio ad aiutarlo?»

«Non lo stai già facendo?» chiese Sam, gentilmente.

Lui distolse lo sguardo. «Io non faccio nulla...»

Lo sguardo dell'uomo era gentile mentre parlava. «Sai, ho sempre pensato che dietro a una cosa del genere ci fosse una mancanza ben più grande, che credo tu stia colmando come puoi.»

Quando lo guardò, confuso, Sam aggiunse: «L'amore, Nate. Il novanta per cento delle persone che soffre di attacchi di panico quasi certamente si svaluta o si riempie di paranoie secondo cui non è adatto o non è abbastanza per determinate questioni. Alla base di una cosa del genere c'è ben poco amor proprio.»

Sam dondolò appena sul divano, passando distrattamente le unghie sulle dita lunghe e affusolate, come se avesse avuto bisogno di una distrazione mentre parlava.

«Quando ero più giovane, pensavo sempre di essere sbagliato, che probabilmente nessuno avrebbe mai accettato chi ero e che il disturbo era soltanto un'altra conferma che non ero all'altezza del mondo.»

Salì a massaggiarsi un polso: Nate notò dei tatuaggi su entrambi. Sul sinistro c'era una gabbia aperta, mentre sull'altro una fenice che volava. La pelle di essi era irregolare: sarebbe stato impossibile non notarlo, ma preferì non dire nulla.

Sam gli fece un sorriso, forse in ringraziamento, prima di continuare.

«Poi mi sono iscritto a varie associazioni di volontariato: cecità, animali abbandonati, handicap... Cercavo qualcosa da fare che non mi facesse sentire una merda con me stesso e piano piano ho imparato ad apprezzare i sorrisi che mi rivolgeva la gente quando passavo il pomeriggio semplicemente ad ascoltare. Era gratificante.»

Nate sorrise appena, intenerito. Mentre parlava, Sam aveva un'aria sognante, felice. Era bello ascoltare la sua voce e si ritrovò a pensare che era tranquillo e a proprio agio, nonostante non si conoscessero che da poco tempo.

«Ho iniziato a guardarmi allo specchio e a sorridere a quella persona che sapevo essere fragile ma che tutti apprezzavano. Ho iniziato a credere alle loro parole, ho iniziato ad amarmi anche io... E piano piano, senza che me ne accorgessi, ho cambiato idea sull'ingranaggio fallato e ho iniziato a prendermi cura di me. Voglio dire: lo facevo con gli sconosciuti, perché non avrei dovuto farlo per me stesso?»

Sentì un groppo alla gola davanti a quelle parole.

Come diavolo fa a splendere così?

Sam brillava. Non per quello che diceva né perché si atteggiasse: brillava nella sua sincerità, nel sorriso dolce che gli rivolgeva mentre parlava di una persona che gli sembrava estranea, come se gli stesse raccontando di un bambino che aveva aiutato a crescere.

Era meraviglioso.

«Tu non puoi costringere Nathan ad amarsi, Nate,» continuò Sam, gentilmente. «Ma puoi fare una cosa meravigliosa per lui: puoi amarlo. Con tutto te stesso. Puoi amarlo così da fargli capire che non è tutto sprecato, che se tu lo ami significa che c'è qualcosa di bello in lui, che può farselo bastare e può imparare da te quello che lui non riesce a fare.»

Quando Sam tirò fuori dalla tasca un pacco di fazzoletti e glielo porse, si accorse che aveva gli occhi lucidi. Lo accettò con un cenno del capo, incapace di liberarsi del nodo alla gola, e gli sorrise.

Non si era accorto del momento in cui aveva iniziato a far male.

«Vedrai che ce la farete. Non credere a chi ti dice che l'amore non esiste: l'amore muove il mondo.»

Passò diverse ore in compagnia di Sam.

Gli raccontò della sua famiglia, di come lui e Nathan l'avessero affrontata. Gli raccontò delle sue paure, dei suoi dubbi su Nathan, delle sue difficoltà. Gli raccontò della loro rottura, dei due mesi passati a rincorrere la depressione.

Gli raccontò del suo passato, di Nicolas e di come si fosse messo in piedi da solo.

Sam ascoltò tutto con interesse e tatto, mai stanco, mai sgarbato, sempre attento. Fu liberatorio potersi confidare con qualcuno, finalmente, dopo tanto tempo. Alla fine Sam gli disse che anche Nate aveva una storia difficile e piena di battaglie, ma che era contento che fosse arrivato fin lì, nel suo negozio, per poterglielo raccontare.

Quando gli disse: «Anche tu sei un lottatore bello forte,» Nate si ritrovò a crederci.

Si intrattenne da lui finché non fu ora di pranzo: Sam gli disse che doveva chiudere il negozio e gli offrì un passaggio.

«Il mio ragazzo lavora al resort,» spiegò, con il solito sorriso gentile. Lui accettò con piacere e insieme si misero in macchina e continuarono a parlare finché Sam non si ritrovò a lasciare la vettura nel parcheggio del villaggio.

«Dovrebbe staccare dal lavoro a momenti, si occupa degli animali dell'acquario,» gli spiegò Sam, come un bambino emozionato. «Ci siete stati?»

Lui gli sorrise. «Sì, ma non ho conosciuto lo staff.»

«Dubito che ci avresti parlato comunque, è un asociale! Lo sgrido sempre!»

Ridacchiò: dovevano essere abbastanza complementari. Quando raggiunsero il parco acquatico, Nathan e Daniel stavano uscendo proprio in quel momento, seguiti da un gruppo di uomini dello staff.

Quando Nate si accorse che lui l'aveva notato e gli stava sorridendo, sentì il petto stringersi. Aveva una gran voglia di abbracciarlo.

«Non trattenerti, Nate,» sussurrò Sam, come se avesse capito. «Il passato è passato, il rancore è inutile. Tu l'hai già perdonato da un bel po'.»

Gli sorrise, ringraziandolo. Sam ricambiò quel sorriso soltanto per un attimo perché quando rivolse lo sguardo allo staff si illuminò. Letteralmente: il suo viso si aprì e i suoi occhi brillarono. Lo vide correre incontro al gruppo e lo seguì con lo sguardo, curioso.

Sam ignorò quasi tutti i membri dello staff: le sue attenzioni si focalizzarono su di un ragazzo dalla carnagione chiara e gli occhi sorridenti. Sembrava poco più grande di Nathan: aveva labbra carnose e naso dritto. I capelli erano ricci e lunghi, biondi, e ricadevano sciolti sulle spalle in sottili boccoli.

Accolse l'abbraccio di Sam mentre l'uomo lo baciava, senza curarsi di nessuno, davanti a tutti, felice come un cieco che vede il cielo per la prima volta. Gli si accomodò sopra, circondandogli le gambe con le sue e rendendo l'abbraccio più affettuoso, non volgare ma intimo, e Nate pensò che, per quanto entrambi splendessero, a chiunque sarebbe stato difficile notare la sedia a rotelle su cui il compagno di Sam sedeva.

Incapace di distogliere gli occhi dalla tenerezza di quella scena, si riscosse soltanto quando Nathan lo richiamò, salutandolo.

«Ehi,» mormorò. Nate gli rivolse uno sguardo smarrito, come se l'avesse visto per la prima volta dopo anni, come se si fosse accorto soltanto in quel momento che era di nuovo accanto a lui.

Nathan aggrottò le sopracciglia, preoccupato. «Tutto ok?»

Lui annuì. «Torniamo a casa?»

* * *

Nate salutò il suo nuovo amico, Sam, e glielo presentò. Era un bell'uomo e aveva un sorriso meraviglioso: per un attimo ne fu geloso, chiedendosi perché fossero insieme e cosa avessero fatto.

Sam diede una busta a Nate, ammiccando verso di lui. Presentò loro il suo compagno, Travis, con cui aveva avuto il piacere di lavorare mentre erano in pausa.

Una persona estremamente introversa ma, a suo modo, piacevole.

Poi Nate e Sam si abbracciarono stretti, facendogli provare un'altra stretta di gelosia, e si scambiarono i numeri, come amici di vecchia data che si rincontrano dopo tanto tempo. Cercò di ignorare l'irritazione che tornava a fargli visita.

Alla fine Sam e Travis si allontanarono insieme e Nate lo guidò verso il bungalow, in silenzio.

Fu ciò che lo spaventò di più: il silenzio. Il maledetto silenzio in cui Nate si rinchiuse, non parlando, non raccontandogli nulla, evitando persino di guardarlo.

Cosa ha fatto con quel tizio?

L'ansia lo stava facendo impazzire, ma lo assecondò finché non arrivarono al loro alloggio e poterono parlare in tranquillità.

«Allora...» mormorò, deglutendo. Aveva paura di chiedergli qualsiasi cosa, di ricevere risposte che non voleva. Proprio adesso che si stavano avvicinando, proprio adesso che poteva sperare di avere un'altra possibilità...

Sentiva il respiro corto.

Nate posò la busta sul tavolo, poi gli rivolse lo sguardo e nei suoi occhi lesse un tentennamento, nervosismo, agitazione. Qualsiasi cosa avesse voluto dire morì in quel momento e lui si sentì in gabbia, trattenuto dalla paura.

«Cosa vuoi per pranzo?» gli chiese Nate, abbozzando un sorriso ansioso.

Lui non aveva neanche fame. Si strinse nelle spalle, distogliendo lo sguardo. «Non lo so, è uguale.»

Nate si diresse verso il frigo per controllare cosa vi fosse. Lo osservò tirar fuori del cibo, ma non si focalizzò su che cosa.

«Oggi pomeriggio non lavoro,» disse, attirando la sua attenzione. «Se ti va, potremmo fare un giro insieme… Sei andato in città oggi?»

Nate annuì, sorridendo appena. «Sì, va bene.»

Oh, Dio, ha detto di sì!

Il suo volto si illuminò. «Grande!» esclamò, contento. «E… Uhm…»

«Com'è andata al lavoro?» chiese Nate. Lo osservò mentre preparava il cibo e si accorse che le sue mani tremavano appena. Era ancora agitato? Perché?

«Bene!» rispose, sorridendogli. «Ho lavorato con Travis e i delfini.»

Nate annuì e il suo sorriso si allargò. «Sam mi ha detto che è un tipo un po' introverso.»

Cercò di cacciare la gelosia. «Sì, è vero,» rispose. «Lui sembra piuttosto esuberante, invece.»

«Sì, è una persona speciale.»

Lo stomaco gli si ribaltò a quelle parole. Speciale? In che senso "speciale"? Quanto lo era?

Nate si girò di nuovo a guardarlo e, al vedere la sua espressione, gli sorrise con tale dolcezza da distruggerlo.

«Abbiamo soltanto chiacchierato un po',» lo rassicurò. «È una brava persona.»

«Non ne dubito,» sibilò, abbassando lo sguardo.

Quanto brava? Quanto era migliore di lui? Quanto ci avrebbe messo Nate a…

«Nathan, a volte sei così sciocco,» lo sentì mormorare. Quando rialzò gli occhi, Nate gli stava sorridendo ancor più dolcemente, divertito ma amorevole. Bastò a fargli schizzar via il cuore.

«Eh?» sussurrò.

«Se fossi innamorato di lui, non me ne starei qui a preparare il pranzo per te,» disse Nate, gentilmente, come se fosse stata la cosa più ovvia al mondo. «E se me ne sto qui a preparare il pranzo per te significa che vedo anche in te qualcosa di bello.»

Si ritrovò ad arrossire appena, stupido.

«Al di là dell'aspetto fisico, che credo sia un pensiero collettivo, ormai,» concluse Nate, ridacchiando.

Nathan sentiva il cuore battere forte, come se Nate gli avesse appena detto qualcosa di meraviglioso, come se gli avesse detto che lo amava. Non l'aveva fatto, ma quelle misere parole erano servite a farlo sentire soddisfatto di quel che era: una sensazione nuova e strana ma maledettamente dolce.

«Ti amo,» si ritrovò a sussurrare, a voce così bassa che credeva che l'altro non avesse sentito.

Parole difficili che uscirono in modo dannatamente facile dalle sue labbra.

Nate si bloccò, posando il coltello che stava usando per tagliare il pane, e gli rivolse uno sguardo sconvolto ed emozionato. Le guance erano rosse, gli occhi spalancati e brillanti, forse lucidi.

«Cosa?» chiese, tremante.

«Ti amo, Nate,» ripeté a voce più alta. «Ti amo e ti voglio al mio fianco per tanto altro tempo, anche se sono sicuro di non meritare la tua premura.»

Nate rimase immobile per alcuni secondi che parvero interminabili. Nathan aveva lo stomaco in subbuglio mentre lo guardava in attesa, chiedendosi se avrebbe accettato quel che gli aveva detto e se gli avrebbe dato un'altra opportunità, come aveva detto la sera prima.

Passò così tanto tempo che si sentì di richiamarlo, spezzare il silenzio che sentiva gravargli addosso, pesante.

«Nate?»

Prima che potesse dire qualsiasi altra cosa, però, Nate gli fu addosso e lo spinse contro il muro, quasi ferocemente, sorprendendolo. L'uomo gli prese i polsi e li inchiodò alla parete, ai lati del suo corpo, possessivamente.

La reazione del basso ventre fu istintiva.

«Ti amo anch'io,» disse Nate prima di portare la bocca sulla sua.

Nathan gemette, rispondendo al bacio con ferocia. Liberò le mani da quelle di Nate e le portò ai suoi fianchi, facendole scivolare sotto le ascelle fino a sollevarlo appena. Nate, come se le loro menti fossero state collegate, lo assecondò saltandogli in braccio e alzando le gambe a cingergli i fianchi.

Lui gli strinse i glutei e si mosse a fatica verso le camere da letto, una qualsiasi, non importava quale, le bocche sempre unite, i respiri collegati, un mondo fatto di gemiti e ansiti affrettati, urgenti, colmi di necessità.

Ricaddero sul letto e poi fu soltanto il fruscio dei vestiti, le mani che non si allontanavano le une dalla pelle dell'altro, le bocche che continuavano a ricercarsi nonostante non la smettessero di gemere e ripetere incessantemente i loro nomi.

«Ti amo,» ripeté Nate in un gemito, gli occhi lucidi e quasi sofferenti. «Ti amo, Nathan, ti amo...»

Si sentì mancare le forze davanti a quell'insistenza: non aveva idea di cosa fosse successo in città, ma non gli interessava. Se poteva riaverlo, se poteva sentirgli dire quelle meravigliose parole, non gli interessava.

Gli prese il volto tra le mani e gli sorrise, bloccandolo. Nate annaspava in cerca di ossigeno e anche lui aveva il respiro affannato, corto.

«Ti amo, Nate,» si ritrovò a ripetere a quegli occhi meravigliosi.

Nate si lasciò sfuggire un singhiozzo, le labbra piegate disperatamente in un sorriso. Lui ricambiò e si chinò a baciarlo di nuovo, ancora e ancora.

Le loro lingue si unirono come due amanti rimasti divisi per tanto tempo. Nathan riprese possesso della sua bocca e lasciò che Nate esplorasse la sua in una malinconica sensazione di ritorno a casa.

Era tornato: la sua casa era Nate e, finalmente, poteva crogiolarsi nel tepore del suo abbraccio.

Fece scorrere le mani ovunque su quel corpo ormai nudo sotto di lui, godendosi i gemiti per nulla contenuti che l'uomo fece contro il suo collo. Mugolò a sentirne i denti che pizzicavano la pelle, la bocca succhiare, lasciare una scia di baci delicati anche sulla spalla, sul petto.

Spinse contro di lui quando sentì la sua mano avvolgersi sulla sua erezione e si beò del suo urlo di piacere quando corse a fare lo stesso.

«Ti amo,» ripeté Nathan, guardandolo negli occhi mentre ancora si baciavano, di nuovo, sempre con più urgenza, possessività, trasporto.

Ben presto gli unici suoni si ridussero ai versi di piacere che entrambi filtravano tra le loro bocche e alle loro voci che, all'unisono, ripetevano "ti amo", come se avessero voluto recuperare tutte le parole non dette che, ormai, avevano urgenza di uscire.

Raggiunsero il culmine insieme, sporcando le costose lenzuola del letto di liquido seminale. Incapaci di trattenersi si ritrovarono a gemere l'uno contro l'altro, stretti in un abbraccio che non lasciava spazio ad altro se non alle emozioni che, finalmente, uscivano fuori senza alcun freno.

Era bello, liberatorio e, finalmente, gratificante.

Gratificante sapere che Nate era di nuovo con lui. Gratificante sapere che era riuscito ad aprirsi del tutto, che aveva ceduto e distrutto quel maledetto blocco che l'aveva avvolto per tutto quel tempo.

Gratificante il sorriso che vide dipingersi sulle labbra rosse e torturate dell'altro.

«Ti amo, Nate,» ripeté un'ultima volta, accarezzandogli il volto bagnato di sudore e lacrime.

Nate alzò una mano a fare lo stesso e lo tirò a sé in un bacio lieve e delicato.

«Anche io.»

CAPITOLO 31

C'erano un sacco di parole non dette tra di loro, ma sembrava che non importasse.
Nel silenzio di quella stanza – che Nathan scoprì essere quella di Nate – non c'era bisogno di altro: soltanto della sensazione dei loro corpi abbracciati, le dita di Nate che si muovevano delicate e dolci tra i suoi capelli, gli sguardi concatenati che non si spostavano.
Ti amo.
Ci aveva messo un'infinità e adesso gli sembrava addirittura strano pensare che fino a quel momento non era riuscito a dirglielo. Erano parole terribilmente naturali, giuste, perfette.
Lo capiva da ciò che provava nel dirlo e nel sentirlo e dall'espressione di Nate ogni volta che glielo diceva. Si sentì in colpa a non aver risposto prima alla sua dichiarazione, ad averlo lasciato solo nel silenzio dell'incertezza.
Non avrebbe più commesso lo stesso errore.
Passarono quasi tutto il pomeriggio a casa, a coccolarsi ed esplorare quei corpi che erano stati fin troppo tempo lontani.
Alla fine si decisero a lasciare il letto e Nathan, anziché portarlo in città, gli chiese se avesse voglia di andare all'acquario.
«Ti sei proprio innamorato di quei delfini, vero?» Nate era gentile mentre glielo chiedeva e il suo sorriso era più luminoso del solito. Era raggiante e bellissimo.
Nathan si strinse nelle spalle, ridacchiando. «Mi piacciono tanto, sì.»
Nate acconsentì ad accompagnarlo a rivederli e insieme si prepararono per uscire. Nathan guidò il *compagno* tra gli alberi, nel tentativo di evitare la folla e gli animatori, e quando si accorse che Nate

gli stava vicino, come se avesse avuto paura di perderlo, non esitò a prendergli la mano e a stringerla nella sua.

Lo vide arrossire, teneramente, ma il sorriso che gli rivolse fu più eloquente di mille altre parole.

«Con tua madre come va?» gli chiese poi Nate, titubante.

Probabilmente era una domanda che aveva continuato a farsi per tutto il tempo e che non aveva avuto il coraggio di porgli fino a quel momento.

«Non la sento da due mesi,» disse, sincero. Nate socchiuse gli occhi, ferito.

«Va bene così, Nate,» gli disse. «Se non mi accetta per quello che sono allora che vada al diavolo.»

In realtà faceva male, proprio come il compagno aveva pensato, ma specificarlo non sarebbe servito ad altro se non a far sentire in colpa Nate per un delitto che non aveva commesso.

Non avevano ucciso nessuno e, francamente, preferiva essere colpevolizzato per il crimine d'amare piuttosto che per aver fatto del male a qualcuno.

«Mi dispiace, Nathan...» mormorò Nate. Lui gli strinse la mano, chinandosi velocemente a baciargli la testa.

«Non devi,» disse. «Sto bene. Adesso lo sanno anche Edward e gli altri dello staff e mi sento più libero.»

Riuscì a farlo sorridere un po', anche se teneva ancora lo sguardo basso e vagamente dispiaciuto.

«Per Mabelle dev'essere stato un duro colpo,» commentò, ridacchiando.

«Oh, come sei dispiaciuto,» ribatté, mettendosi a ridere anche lui.

«Non la odio così tanto, dai,» disse Nate, alzando gli occhi al cielo. «Forse sarebbe più normale preoccuparsi per Daniel, effettivamente.»

«A Daniel non piacciono i tipi come me,» ribatté. «A Daniel piacciono i tipi come te. Io sono troppo grosso e muscoloso.»

«Lo dici come se fossi un body builder dopato.»

«Beh, tu sei più magro e delicato,» commentò, osservandolo.

«Dovrei offendermi?» gli chiese Nate. Lui rise mentre lo guidava all'interno dell'acquario.

C'era un po' di folla fuori, ma quando lo staff vide che si trattava di lui li lasciò entrare subito, senza registrare nulla. Furono liberi di osservare le vasche insieme e passare il tempo in serenità.

Portò Nate a vedere gli animali con cui aveva lavorato in mattinata, spiegandogli quello che gli aveva raccontato Travis rispetto a loro. Gli disse come venivano curati e addestrati, gli raccontò che aveva avuto il piacere di accarezzare una manta e che il giorno dopo avrebbe dovuto fare immersione con i delfini per gli ultimi scatti.

Trasudava entusiasmo da tutti i pori.

Alla fine si fermarono alla vasca dei delfini e lui si perse a osservare Sky che nuotava davanti alla vetrata, come se avesse voluto mostrargli quel che sapeva fare. Travis gli aveva detto che erano animali intelligentissimi e che era possibile che volessero davvero farsi vedere mentre nuotavano, vanitosi.

«Non vedo l'ora che sia domani,» disse a Nate, emozionato.

L'uomo accanto a lui lo osservava felice, stringendogli quella mano che non si era mai allontanata dalla sua. Non credeva che fosse tanto bello camminare mano nella mano con qualcuno.

«Devi immergerti lì?»

«Sì, Edward farà degli scatti da qui. Probabilmente ci impiegheremo tutta la giornata perché non possiamo certo costringere i delfini a fare quel che vuole Eddie, ma sarà fantastico.»

«Sicuramente,» annuì Nate, sorridendogli.

Mentre osservavano Sky e Ariel, lui venne richiamato da una voce femminile.

«Ehi, Nathan!» Quando si voltò, Elizabeth – l'istruttrice dei delfini – gli fu davanti con un largo sorriso. «Sei di nuovo qui, eh?»

«Già,» rispose, ridacchiando.

Elizabeth diede uno sguardo a Nate e gli sorrise, affabile.

«Lui è Nate,» spiegò Nathan. Non serviva specificare chi fosse perché vide chiaramente gli occhi di Elizabeth scivolare dal suo volto alle mani unite e poi farsi più dolce, quasi commosso.

Nate le rivolse un sorriso e le porse la mano libera, stringendo la sua.

«Ti va di fare una prova per domani, Nathan?» chiese Elizabeth, gentilmente. Lui spalancò gli occhi, stupito.

«Posso?» chiese, l'emozione chiara sul suo volto. Sentì Nate ridacchiare appena.

«Sì, direi che si può fare, io adesso sono libera.»

«Dio, sì!» esclamò, come un bambino eccitato per un regalo. Rivolse uno sguardo speranzoso a Nate e chiese ancora: «Posso? Non ti scoccia?»

Gli occhi di Nate brillarono. «Direi di no.»

«Come potrebbe negartelo?» commentò Elizabeth, ridacchiando divertita. «Andiamo, venite.»

Seguirono la donna su per le scale di servizio e poi in un corridoio che credeva essere riservato soltanto allo staff. Lei diede loro delle tute da immersione e attese mentre se le infilavano.

«Forse non è il caso che lo faccia anche io,» gli disse Nate mentre si cambiavano.

«Oh, dai, Nate! Quando ti ricapita?» lo esortò lui. «Ti voglio con me!»

Bastò quello a farlo arrossire e decidere per seguirlo.

Elizabeth diede loro l'attrezzatura per l'immersione e li accompagnò alla scaletta, avvertendo i suoi colleghi. Nel pomeriggio non permettevano ai turisti di avvicinarsi, quindi erano i soli a poter godere di quella meraviglia.

Inizialmente vennero presentati ai delfini, perché non si spaventassero a vederli entrare in acqua.

«Sky, Ariel, loro sono Nathan e Nate, oggi giocheranno un po' con noi. Vi va?»

I delfini le nuotarono attorno, spruzzando e dandole piccoli colpetti con il muso in saluto. Lei nuotò per alcuni minuti assieme a loro finché non furono rilassati, poi fece cenno a lui e Nathan di entrare in acqua.

«Con calma e senza agitarvi, se si avvicinano lasciate tutto a loro.»

Fecero come era stato loro detto e si ritrovarono a galleggiare vicino alla scaletta, in attesa che fossero i due animali a seguirli piuttosto che avvicinarli.

Elizabeth guidò Ariel verso di loro offrendole da mangiare e, quando fu abbastanza vicina, disse a Nathan di provare ad accarezzarla. Lui allungò una mano tremante, sfiorando il dorso scivoloso dell'animale. Questi mosse la coda e girò loro attorno, fino a fermarglisi davanti e alzare il capo, la bocca aperta in quello che sembrava un sorriso.

Nathan lo vide nuotare per tirarsi su dall'acqua finché le sue pinne non furono fuori, e poi avvicinarsi per mettergli davanti.

«Vuole stringerti la mano,» spiegò Elizabeth mentre dava da mangiare anche a Sky.

Lui allungò le dita verso una delle sue pinne e la prese delicatamente, ridacchiando. «Ciao, Ariel.»

Il delfino emise quel suo verso acuto, prima di tornare sott'acqua e nuotare nella vasca sotterranea, quella dell'acquario.

Fu il turno di Sky, poi, che si fece accarezzare sia da lui che da Nate. Nathan rivolse uno sguardo felice al suo compagno che ricambiò. «Guarda com'è bello,» gli disse.

Nate sorrise e annuì mentre passava delicato la mano sul capo del delfino.

«Prova a spruzzargli acqua addosso, Nathan!» consigliò Elizabeth. Fece come gli era stato detto e il delfino, capendo, prese a fare lo stesso con il capo, giocando con lui. Si ritrovò a ridere come un bambino mentre giocava con Sky, divertito.

«Ok, adesso mettete le mascherine,» disse Elizabeth. Loro si attrezzarono per l'immersione e la seguirono dove l'acqua era più alta, appena sopra la vasca dell'acquario. Elizabeth chiese loro se sapevano nuotare e, quando entrambi risposero di sì, scese sott'acqua, facendoli cenno di seguirla.

Nathan ci mise un po' ad abituarsi. Inizialmente sia Sky che Ariel nuotarono lontano da loro e lui non capì cosa avrebbe dovuto fare. Poi Elizabeth lo guidò verso i delfini finché non furono loro vicini e allungò una mano verso Sky, per farlo avvicinare.

Il delfino la sfiorò e lei si aggrappò alla pinna dorsale, facendosi trasportare. Nathan la osservò incantato, paziente, distogliendo lo sguardo soltanto per risalire a galla e riprendere fiato.

Dopo pochi attimi l'istruttrice guidò entrambi gli animali verso di loro e permise a entrambi di accarezzarli. Fece cenno a Nathan di fare come aveva fatto lei e, quando lui si tenne a Sky, fu meravigliato dalla naturalezza con cui l'animale lo portò in superficie, per fargli riprendere fiato.

Anche Ariel fece lo stesso con Nate, finché non si trovarono entrambi a galla. Gli rivolse un sorriso raggiante, felice, emozionato. Il compagno gli si avvicinò e gli accarezzò il volto con una mano.

Non si sentiva così in pace da molto, molto tempo. Lì, in acqua, dove nessuno poteva fargli del male e dove Nate era con lui, ogni emozione negativa era spazzata via. Dolore, paura, tutto eliminato per lasciar spazio a pace e felicità.

Desiderò di poter rimanere lì per sempre.

* * *

Rimasero all'acquario per diverse ore, finché non fece buio, poi decisero di tornare al bungalow e cenare, così da poter andare a letto presto per non esser troppo stanchi il mattino successivo.

Nathan sembrava felicissimo mentre camminavano sulla via del ritorno.

«Hai visto quando si è messo a giocare con me?» gli stava chiedendo, quasi saltellando mentre aprivano la porta del bungalow e rientravano. Lui annuì, ridacchiando.

«Sembri un bambino,» commentò, divertito.

Nathan lo ignorò, dirigendosi verso di lui e cingendogli i fianchi per tirarlo a sé e baciarlo, contento. Nate lo lasciò fare, ridendo in quel bacio e mordicchiandogli il labbro inferiore.

«Grazie di avermi accompagnato,» disse Nathan.

«Non me lo sarei perso per nulla al mondo.»

Era vero: aveva visto com'era felice Nathan mentre nuotava, l'aveva visto sereno e spensierato e gli si era stretto il cuore mentre si crogiolava in quella dolcezza. Era bellissimo ed era *suo*.

Non sapeva nemmeno come avesse fatto a resistere fino a quel momento.

«Facciamo una doccia?» gli chiese Nathan, roco e sensuale. Il sottinteso era ovvio e lui annuì, chinandosi a baciarlo ancora, con il bacino che si portava più vicino all'altro, a richiamarlo.

Nathan gemette mentre lo guidava verso il bagno e si richiudeva la porta alle spalle, senza smettere di stringerlo.

Si spogliarono a vicenda, continuando a baciarsi e accarezzarsi. Nathan aprì l'acqua della doccia e lo spinse dentro quando i vestiti furono tutti a terra, così lui non poté far altro che assecondarlo.

Una volta che anche Nathan fu entrato nella doccia si bloccarono.

Lui rimase contro il muro, a osservarlo, e Nathan fece lo stesso, facendo scorrere gli occhi sul suo corpo, lo sguardo tanto infuocato da farlo arrossire. Nathan sembrava un predatore, pronto a saltargli addosso e fare di lui quel che voleva.

Adorava quel suo lato tanto possessivo e virile, adorava il modo in cui lo prendeva e lo reclamava, mai violento, mai trascurante.

«Sei meraviglioso,» gli disse l'amante mentre si avvicinava e lo baciava, facendo scorrere le mani su tutto il torso, sulle spalle, sul petto, sul ventre.

Lui mugolò, prendendosi la stessa libertà e allacciando le dita sulla sua nuca, tirandolo a sé in quel bacio.

Nathan gli massaggiò lento le spalle, baciandogli con dolcezza la mandibola, l'orecchio, il collo. Si soffermò a succhiare la pelle appena sopra la clavicola, facendolo ansimare, e con le mani scese ai pettorali per continuare con un massaggio lento e preciso, accurato.

Fece passare distrattamente i pollici sui suoi capezzoli, stuzzicandoli appena quando si inturgidirono. Scese sugli addominali e sul basso ventre, poi sulle cosce fino ad aggirarle e stringere i suoi glutei, tirandolo a sé per far aderire le erezioni.

Quando sentì il suo bacino strusciarsi contro di lui, diede un altro gemito, inarcandosi e appoggiando il capo contro le piastrelle della doccia. «Dio, Nathan…» mormorò, confusamente.

Nathan non rispose, ma scese con la bocca sul suo petto e prese tra i denti i boccioli turgidi che aveva sfiorato appena con le mani, facendogli scappare un urletto di piacere. Lo sentì ridacchiare contro il suo petto.

Le mani separarono gentilmente le sue natiche e scivolarono verso la sua apertura. Con due dita la massaggiò lento, spingendo piano di tanto in tanto verso l'interno per stuzzicarlo. Lui gemette ogni volta e presto si ritrovò immobile a godere delle attenzioni che l'uomo gli dava, percorrendo tutto il suo corpo con mani e bocca.

Nathan scese ancora fino a inginocchiarsi: quando abbassò lo sguardo, lo vide baciargli le cosce e l'interno di esse, il volto accanto al proprio sesso eretto che Nathan sfiorò con una mano, delicato.

Il suo respiro era affannato e il cuore pompava veloce. Il ventre era una continua scarica di piacere e aspettativa mentre in volto doveva essere rosso d'eccitazione. L'uomo alzò lo sguardo verso di lui e gli sorrise, ferino, prima di baciare piano la punta del sesso e prenderne la base tra le dita.

Nate emise un altro urletto di piacere, spingendosi istintivamente verso di lui. Sentiva le gambe tremare e il piacere avvicinarsi sempre più al culmine: bastava così poco perché si sentisse privo di forze tra le braccia di Nathan.

«Nathan...» lo richiamò, allungando una mano ad accarezzarne il capo e intrecciarsi tra i suoi capelli. Nathan gli fece l'occhiolino prima di passare la lingua sull'asta e percorrerla in tutta la sua lunghezza. L'uomo alzò il suo membro e scese con la bocca ai testicoli, a succhiarne prima uno e poi l'altro fino a risalire con le labbra al glande.

Stimolò con la lingua la punta e poi, finalmente, la fece scivolare nella sua bocca bagnata, succhiando lieve mentre lo prendeva interamente.

Nate diede un gemito roco e intenso, chiudendo gli occhi e stringendo la mano tra i capelli di Nathan. Si mantenne saldo contro il muro mentre l'altro tornava indietro con la bocca, lento, e riscendeva con un gesto secco e veloce, facendolo sobbalzare.

Il ventre gli faceva male per quanto aveva bisogno di liberarsi, ma Nathan sembrava deciso a farla durare più di quanto avesse potuto sopportare. Sopportò altre due spinte lente e controllate, poi il tremore di tutto il corpo lo costrinse a supplicarlo.

«Nathan, ti prego, ne ho bisogno,» gli disse, ansimando. «Ti prego...»

Nathan ridacchiò, rivolgendogli uno sguardo divertito e sadico. «Non so, io mi sto divertendo. Sei così deliziosamente inerme mentre te lo faccio.»

Fece passare la lingua in circolo sulla punta del suo sesso e poi ridiscese, ancora troppo lento, ancora maledettamente tranquillo.
«Reagisci a ogni cosa che faccio, sei splendido.»
«*Ti prego, Nathan,*» supplicò ancora, spingendosi piano verso di lui. Con la mano libera Nathan gli spinse un fianco contro il muro, intimandogli di stare fermo.
«Goditela, Nate.»
Cristo...
Gemette mentre Nathan tornava ad avvolgergli il sesso con la bocca e spingeva di nuovo, aumentando di poco il ritmo. Lui si sforzò di rimanere immobile mentre l'amante pensava a farlo godere e piano si abbandonò a quei movimenti, limitandosi a stringere i suoi capelli tra le dita, assecondarlo, a spingerlo contro di sé e a gemere, urlare, supplicarlo.
«Dio sì, ti prego, sì...»
Una continua preghiera che Nathan, alla fine, accolse. In pochi minuti aumentò il ritmo fino a risucchiarlo sempre più dentro di sé e Nate si ritrovò a impazzire mentre, libero anche dalla prigionia della sua mano, spingeva il bacino verso di lui ad assecondarne i movimenti.
Poco prima di raggiungere l'orgasmo, Nathan si bloccò, rimettendosi in piedi e inchiodandolo contro il muro. Nate sobbalzò, frastornato, e fu incapace di muoversi quando lui gli prese le mani con possessività e le portò in alto, rendendogli impossibili i movimenti.
Il compagno lo guardò con un sorriso malizioso e avvicinò le labbra alle sue mentre prendeva a strusciare le due erezioni insieme. Ben presto si ritrovò ad assecondare i suoi movimenti finché entrambi non riuscirono più a contenersi, entrambi non si spinsero tanto selvaggiamente contro l'altro da raggiungere il piacere insieme, sporcandosi la pelle del torace che l'acqua pulì quasi subito.
Nathan si abbandonò con un verso forte e roco contro di lui e Nate lo accolse sul suo petto, gemendo un paio di volte prima di chiudere gli occhi e limitarsi soltanto a riprendere fiato.
Era stato così intenso che credeva che sarebbe potuto svenire se Nathan non l'avesse tenuto stretto contro il muro.
Per diversi secondi nessuno dei due parlò. Nathan gli teneva ancora le mani inchiodate al muro ma, mentre riprendevano fiato, il braccio si era piegato ed era sceso fino a fermarle appena sopra la testa.

Lui le fece scivolare in giù e gli cinse le spalle, in richiesta di un abbraccio.

Nathan lo strinse subito, affondando il capo contro la sua spalla e portando i loro corpi così vicini da non lasciar passare acqua tra di loro.

«È stato fantastico,» ammise mentre il respiro si regolarizzava.

«*Tu* sei fantastico,» rispose Nathan, baciandogli piano una spalla. «Sei eccitante in ogni cosa che fai. Sono maledettamente fortunato.»

Nate ridacchiò, voltando il capo per prendergli un orecchio tra i denti e succhiarne piano la cartilagine. «*Io* sono fortunato. Hai idea di quanti uomini vorrebbero essere al mio posto?»

«Sì, va bene, siamo entrambi fantastici e fortunatissimi,» asserì Nathan, ridacchiando. «Adesso dovremmo lavarci seriamente però, non credi?»

Nate annuì, ridendo allo stesso modo, e lo lasciò andare piano mentre Nathan si staccava appena per inchiodare gli occhi nei suoi. Si sorrisero ed entrambi si avvicinarono l'uno all'altro per darsi un altro bacio, dolce, affettuoso.

Successivamente pensarono soltanto a lavarsi. Nate insaponò il corpo di Nathan, godendo della sensazione delle sue mani sulla sua pelle, e Nathan fece lo stesso con lui, lavandolo amorevolmente.

Si sciacquarono e si asciugarono con gli accappatoi del resort, poi si rivestirono e lui si mise a preparare la cena mentre Nathan si stendeva e guardava distrattamente la televisione.

Era una routine a cui si sarebbe potuto abituare con estrema facilità.

«Nathan,» lo richiamò mentre aspettava che la carne in forno cuocesse. L'uomo si volse a guardarlo, facendogli un sorriso dolce. «Quando abbiamo il volo di ritorno?»

«Dopodomani alle quattro. Pranziamo e lasciamo il resort per le due.»

Lui annuì, abbassando lo sguardo. Forse Nathan notò che era pensieroso, perché spense la televisione e lo raggiunse per stringerlo in un intimo abbraccio.

«Cosa c'è?» chiese, baciandogli la fronte e rivolgendogli uno sguardo preoccupato.

Lui gli sorrise. «Niente, pensavo soltanto a cosa faremo una volta tornati.»

Nathan abbassò lo sguardo per un attimo prima di avvicinarsi ancora a baciargli prima la guancia, poi le labbra.

«Io sarei felice se tu potessi restare da me per la notte,» disse, sorridendogli. «E per quelle a venire. Se per te va bene.»

I suoi occhi brillarono mentre arrossiva. «Intendi tipo convivere?»

«Intendo tipo convivere, sì,» ridacchiò lui, baciandolo ancora. «Nate, io voglio passare tutta la vita al tuo fianco. Sono stati due mesi d'inferno.»

Annuì, trovandosi d'accordo.

Io e lui, insieme per sempre...

Suonava bene. Suonava benissimo. Sorrise, stringendosi nel suo abbraccio e affondando il capo contro la sua spalla, felice. «Credo che mi sentirei a disagio in una casa così grande, ma mi piacerebbe molto.»

Nathan ridacchiò. «Oh, andiamo, ci hai vissuto per mesi prima di adesso.»

«Sì, ma è comunque immensa.»

«Potrai fare tutte le modifiche che vuoi all'arredamento.»

Spalancò gli occhi, guardandolo. «Tutte?»

«Tutto ciò che vuole la mia regina.»

Lui sorrise, divertito, e si avvicinò fino a sfiorarne le labbra. «Attento, le regine sono parecchio esigenti.»

«È il rischio che bisogna correre se si vuole essere re,» rispose Nathan in un sussurro, portando le labbra sulle sue in un bacio più ricercato, quasi possessivo.

Quando si staccarono, il timer del forno suonò, facendo sì che, a malincuore, sciogliessero anche il loro abbraccio. Nate si chinò a prendere la teglia e preparò i piatti mentre Nathan apparecchiava.

«Sicuro che non te ne pentirai, Nath?» gli chiese, senza guardarlo. «Tua madre potrebbe avere da ridire se convivessimo...»

«Non la sento da due mesi, Nate. Che sia d'accordo o meno, non sono affari che ci riguardano.»

Annuì, sospirando e portando i piatti in tavola, sia lui che Nathan si sedettero e iniziarono a mangiare. Nathan non lo guardava: sul suo volto c'era un'espressione combattuta, appena nervosa. Forse non ne faceva parola con lui, ma sicuramente era triste per il mancato appoggio della madre.

Poteva capirlo.

«Mi piacerebbe parlarle,» si ritrovò a dire. Nathan alzò gli occhi su di lui, sconvolto.

«Che cosa?» chiese, scettico e sulla difensiva.

«Vorrei almeno dirle quanto sei importante per me. Non mi aspetto che capisca, ma devo provarci o non mi sentirò mai a posto con la coscienza.»

«Nate, non devi sentirti in dovere di fare nulla,» ribatté Nathan. «È mia madre, non c'entra nulla con te. Va tutto bene.»

«È la donna che ha dato alla luce e cresciuto l'uomo che amo, certo che c'entra con me,» ribatté, dolcemente. «Le devo moltissimo.»

Nathan non rispose subito, ma vide le sue labbra incurvarsi in un sorriso dolce.

«Se proprio vuoi provare, posso darti il suo numero,» disse, alla fine.

Lui annuì, sorridendogli felice. Forse non avrebbe risolto nulla, ma doveva tentare. Doveva farlo per Nathan, che l'aveva accompagnato nella tana dei leoni per affrontare la sua famiglia quando lui non avrebbe mai avuto il coraggio di farlo da solo.

«E… Nate?» lo richiamò Nathan. Non lo guardava e il suo viso era colmo di nervosismo e paura.

«Sì?»

«C'è anche un'altra cosa che vorrei chiederti.»

CAPITOLO 32

Il cimitero di Jackson era un luogo imponente e silenzioso.

Circondato da alberi enormi con chiome grosse e ampie, era poco frequentato ma curato alla perfezione. C'era un intenso profumo di fiori che aleggiava tutt'intorno e i sentieri di pietra e terriccio erano puliti e umidi per la manutenzione mattutina.

Le tombe erano poste ordinatamente in settori e variavano di grandezza e forma. Ogni tanto, passando, incontravano delle piccole cappelle decorate appartenenti a determinate famiglie. Il nome era ordinatamente scritto in cima e venivano anch'esse curate. Alcune erano aperte, altre chiuse con spesse catene, come se avessero avuto paura che i morti cercassero di scappare.

Lui e Nate camminavano lentamente, mano nella mano, in silenzio. Nate gli aveva preso la sua appena scesi dalla macchina e non gliel'aveva più lasciata, come se temesse di perderlo.

Lo seguiva ciecamente, rispettando il suo silenzio e le pause continue che si prendeva, ora per osservare una determinata tomba, ora per fermarsi a guardare un gatto, ora semplicemente per riprendere fiato.

Nathan si muoveva con assurda lentezza, quasi avesse voluto aspettare una sorta di segnale che gli avrebbe impedito di arrivare a destinazione. Forse, così, si sarebbe voltato e avrebbe detto: "Beh, non era poi così importante."

Era sicuro che Nate l'avrebbe assecondato anche in quel caso, seppur pensando che non fosse la cosa giusta da fare. Nate l'avrebbe assecondato in ogni cosa, proprio come gli aveva promesso quando gliel'aveva chiesto, al resort.

L'avrebbe accompagnato, l'avrebbe *protetto*.

Era l'unico motivo per cui era lì. L'unico modo che aveva per combattere i suoi demoni.

La tomba di Cassian era situata nel cuore del cimitero. Non ci era mai stato, ma sapeva alla perfezione dove si trovasse: era assieme agli altri membri della famiglia che ormai non c'erano più.

I parenti che Nathan non aveva mai conosciuto ma per cui, tempo fa, pregava, come sua madre gli aveva sempre ripetuto di fare. Se avesse pregato, sarebbero stati salvi.

Nathan non era dello stesso avviso.

Per lui non esistevano tante cose che per la Chiesa erano indispensabili. Tanti dogmi e verità che, in realtà, credeva che si fossero inventati gli uomini per darsi un motivo per pensare di poter arrivare alla salvezza.

Non che non credesse: Nathan credeva in Dio.

Era strano pensare che, forse, ci credeva più di quanto non facesse sua madre. Lei era abituata a pensare che, se non avesse fatto tutto ciò che la Chiesa richiedeva, non sarebbe stata salva e, per questo, gli aveva sempre insegnato cos'era giusto e cosa era sbagliato finché Nathan non si era distaccato da quel pensiero e non aveva iniziato a considerare tutte quelle parole come un mare di stronzate.

Non credeva che pregando avrebbe salvato le anime dei suoi parenti perché, in realtà, pensava che il loro giudizio si fosse già compiuto. Nella sua ingenuità religiosa, Nathan era fortemente convinto che, se esisteva un Dio, allora doveva essere per forza buono e misericordioso.

L'anima poteva sporcarsi, sì, ma lui era sicuro che accadesse soltanto nel momento in cui faceva del male anziché del bene. Non il male che predicavano tutti quegli inutili bigotti, quelli che disdegnavano l'omosessualità o la sessualità.

Male per lui era ciò che poteva far soffrire gli altri, quello che portava malessere e disordine.

Non esisteva un Dio che puniva l'amore, come non esisteva un Dio che spediva all'Inferno chiunque avesse "peccato" a proprio piacimento. No, per lui esisteva soltanto un Dio che, al momento della dipartita, accompagnava le anime ormai purificate in un posto dove avrebbero potuto trovare la pace.

Era quello in cui aveva sempre creduto ed era quello che gli dava forza quando pensava alla morte di suo fratello. Se esisteva un Dio del genere, allora Cassian stava bene.

Quando lui e Nate arrivarono al bivio appena prima del sentiero verso le tombe di famiglia, Nathan si bloccò.

Intorno a loro c'era la pace. Un paio di uccellini che cantavano, il fruscio del vento tra gli alberi, le cicale. Si sentiva quasi calmo se rimaneva in ascolto, anche se il cuore era in subbuglio e dentro di lui c'era un miscuglio di emozioni che non avrebbe saputo descrivere a nessuno.

Nate, di riflesso, gli strinse la mano.

Si voltò a guardarlo, quegli occhi che tanto amava fissi nei suoi, decisi, tranquilli.

Era lì, lo proteggeva, poteva stare tranquillo. Finché c'era Nate al suo fianco poteva affrontare qualsiasi cosa. Era al sicuro dal mondo, al sicuro dai demoni, al sicuro da tutto.

Gli fece un sorriso tirato prima di riprendere a camminare per dirigersi, deciso, verso la tomba di suo fratello.

Era una lastra di marmo bianco non troppo imponente in cui erano scolpiti diversi ricami che rimandavano a foglie e vegetazione. Di fianco a essa c'erano due vasi con dei fiori appena cambiati, sgargianti e profumati.

Recava l'iscrizione:

"Cassian James Doyle
01/06/1981 – 21/09/2014
Colui che prendeva l'essenziale e lo nascondeva in una fotografia."

Non sapeva chi l'avesse scelta. Ricordava che Cassian lo diceva spesso, anche se in maniera scherzosa. Forse era stata sua madre, forse i colleghi di lavoro, forse i suoi vecchi amici. Nathan credeva che calzasse a pennello, anche se era triste.

Al centro della lapide c'era una fotografia che gli aveva scattato Nathan con la sua macchina fotografica. Ritraeva un Cassian sorridente che guardava direttamente verso l'obiettivo, vitale, energico.

L'aveva colto di sorpresa un giorno mentre stavano lavorando. Cassian si era arrabbiato perché aveva toccato le sue cose ma poi, quando aveva visto la foto, aveva deciso di tenerla.

Se pensava che era diventata la sua immagine immortale, si sentiva triste.

Fece un profondo respiro, lasciando che l'aria lo trapassasse scendendo alla pancia, percorrendo ogni parte del suo corpo fino a tornare indietro e uscire dalla sua bocca, lieve, leggera.

Strinse impercettibilmente la mano di Nate, ancora nella sua, e inspirò.

«Ciao, Cass.»

Dio, tremava. Sapeva che sarebbe stato difficile, ma credeva che ce l'avrebbe fatta. Non si sentiva più così sicuro, adesso.

Nate gli accarezzò la mano con un pollice, preoccupato, e gli rivolse uno sguardo interrogativo.

«Vuoi che ti lasci un attimo solo?» chiese.

Nathan scosse il capo con insistenza, spaventato. Nate gli sorrise, come a rassicurarlo, e si avvicinò di più a lui, facendo venire a contatto i loro corpi. Strinse la sua mano come aggrappandosi a un'ancora mentre tornava a guardare la foto silenziosa di suo fratello.

Passarono diversi secondi prima che riuscisse ad aprire di nuovo bocca.

«Scusa, sono un disastro,» disse, rivolto a Cassian. «Scommetto che sei arrabbiato con me.»

Cassian continuò a sorridergli dalla fotografia, come se avesse voluto prenderlo in giro, come se fosse profondamente divertito dal suo disagio. Era il tipo di persona che prendeva tutto alla leggera, spensierato, che faceva sembrare una piccolezza anche il più grande dei problemi.

«Ho avuto un po' di casini e non sono riuscito a passare prima.»

Nathan sospirò, cercando le parole adatte da dire. Era sempre stato terribilmente semplice parlare con lui anche quando gli era impossibile farlo a causa della loquacità dell'altro. Adesso che rimaneva in silenzio, invece, era la cosa più difficile che avesse mai tentato di fare.

«Scusami, Cass,» mormorò. «Ho reagito alla tua morte in modo terribile. So che non avresti mai voluto vedermi in quello stato e mi dispiace di non essere stato abbastanza forte da rialzarmi da solo.»

Il vento soffiò leggero, scompigliandogli i capelli che teneva sciolti. Nathan sospirò, godendosi la sua carezza come se cercasse forza da essa. Strinse ancora la mano di Nate e sorrise delicatamente.

«Ero arrabbiato con te per non aver messo quella maledetta cintura. Ero arrabbiato perché non facevi mai quello che ti dicevo, perché eri sempre cocciuto e te ne fregavi del resto. Ero arrabbiato perché mi avevi lasciato solo.»

La sua voce tremò appena a pronunciare quell'ultima frase e trascorsero altri secondi prima che fosse in grado di continuare. La gola bruciava e anche gli occhi stavano iniziando a tradirlo.

«So che non è stata colpa tua, che non avresti mai voluto, ma non riuscivo a riprendermi.»

Rivolse uno sguardo a Nate, cercando in lui la forza che gli serviva per continuare a parlare. Il suo compagno era ancora lì, immobile, e gli sorrideva dolcemente. Lo vide annuire e sentì le dita incrociate alle sue saldamente, rassicuranti. Gli sorrise di rimando.

«Poi è arrivato Nate,» continuò, tornando a guardare Cassian. «Come una brezza d'aria fresca in quell'inferno asfissiante. A te piacevano tanto le similitudini di questo tipo, vero?»

Nate trattenne a stento un lieve ridacchiare e il proprio sorriso si fece più dolce. «Sareste andati d'accordo, Cass. Riesco a immaginarvi benissimo nel salotto di casa nostra a discutere di qualche libro o scambiarvi pareri sulle tue fotografie. Sareste stati la mia fine: una coalizione contro il povero modello disgraziato.»

Nate non frenò la successiva risata e anche lui ridacchiò, lasciando scendere una lacrima sul suo volto che diede il via alle altre.

«Ti avremmo chiuso da qualche parte per evitare di averti tra i piedi,» scherzò Nate.

«Probabilmente sì,» commentò, ridacchiando. «Sarebbe stato deprimente vederti andare più d'accordo con mio fratello che con me.»

«Sarebbe stato vero amore,» rispose Nate. «Quello tra me e Cassian.»

Nathan rise ancora, scuotendo il capo esasperato.

Passarono diversi secondi in silenzio in cui lui osservò la fotografia della lapide come se, distogliendo lo sguardo, l'avrebbe persa. Poi, sospirando, continuò.

«Ci tenevo a venire qui con lui per presentartelo,» disse a Cassian. «Credo che fosse l'unico modo per decidermi a passare. Sono diventato più debole negli ultimi mesi.»

Nate gli strinse la mano ma non disse nulla. Sapeva cosa stava pensando: "Non dirlo, non è vero, sei uno stupido." Gli fu grato che non avesse provato a interromperlo, perché credeva che sarebbe stato ancora più difficile in quel caso.

«È grazie a lui se sono qui, Cass,» disse. «Ho passato l'inferno. Non dormivo, ero terrorizzato da qualsiasi cosa e poi è arrivato lui. Mi ha sorriso, con quel suo sorriso meraviglioso, e mi ha detto che ero bravo. Io non riuscivo a respirare ed ero un disastro eppure lui mi ha guardato negli occhi e mi ha detto che non mi avrebbe giudicato e che lo accettava. Mi ha tirato fuori dal baratro senza neanche accorgersene.»

Nate tremò accanto a lui e, quando si voltò a guardarlo, il suo viso era rigato di lacrime. Gli sorrise, avvolgendo il braccio attorno alle sue spalle e tirandolo a sé. Diamine, anche i suoi occhi erano un casino.

«Mi è sempre stato accanto e non si è mai arreso, soffrendo assieme a me e innamorandosi di me, addirittura. Quest'idiota incosciente ha avuto il coraggio di innamorarsi di me.»

Nate tremò, affondando il capo contro la sua spalla e bagnandola di lacrime. Lui gli posò le labbra tra i capelli e le fece schioccare, dolcemente.

«Lo amo, Cass. Lo amo più di quanto abbia mai amato chiunque nella mia misera vita. Se sorrido quando mi sveglio è perché lui è accanto a me.» Nathan sorrise impercettibilmente, assaggiando una lacrima che gli era scesa sulle labbra. «Quindi sta' tranquillo. Sto bene, sto andando avanti. A fatica, ma ci sto riuscendo.»

Cassian continuò a sorridere dalla foto sulla lapide e Nathan fu sicuro che, ovunque egli fosse, gli stava sorridendo allo stesso modo, contento. Sospirò, appoggiando il capo contro quello di Nate, e fece un'altra, lunga pausa in cui entrambi rimasero in silenzio, a piangere e confortarsi a vicenda.

Poi, lentamente, si staccò da lui e gli fece cenno di andare.

«Sicuro? Va tutto bene?» chiese Nate, asciugandosi le lacrime. Nathan gli sorrise, annuendo.

«Adesso va tutto bene.»

Nate annuì e si sporse a baciarlo, dolcemente, accarezzandogli il volto con le mani. Lui lo strinse a sé in un abbraccio e rimasero immobili per alcuni secondi, finché non si sentì in dovere di muoversi e allontanarsi da lì.

«Andiamo, prima che esca da là sotto per dirci di smetterla di essere così mielosi.»

Nate ridacchiò e si avviò sul sentiero che avevano percorso all'andata, tornando a stringergli la mano. Nathan sospirò, prendendo una grande manciata d'aria nei polmoni e beandosi della sensazione di pienezza e leggerezza che ne conseguì.

«*Grazie,*» disse una voce alle loro spalle.

Entrambi si voltarono, per capire chi avesse parlato, ma dietro di loro non c'era altro che il placido sentiero di pietre e terriccio, silenzioso e calmo come l'avevano lasciato.

* * *

Nate chiamò la madre di Nathan qualche giorno dopo, nel weekend, mentre il suo compagno era al lavoro.

Il telefono squillò varie volte, tanto che credette che non avrebbe risposto finché, alla fine, una voce femminile e calma disse: «Pronto?» al suo orecchio.

«Buongiorno, signora Doyle, sono Nate Abraham.»

La donna rimase in silenzio e lui poté avvertirne il disagio. Si costrinse a pensare che poteva farcela, che *doveva* farcela, se non altro per mettere a posto le cose per Nathan. Almeno doveva provare.

«Mi dispiace disturbarla, signora, ma volevo parlarle. Ha un attimo?»

La donna attese qualche secondo prima di rispondere: «Sì.»

Nate la considerò come una prima, misera vittoria. Prese aria e sospirò, cercando le parole adatte per introdurre il discorso.

«Ascolti... Volevo scusarmi con lei per quello che è successo due mesi fa,» iniziò, calmo. «Immagino che sia stato un colpo vederci in quello stato. Avrei voluto che le cose fossero andate diversamente.»

La donna non disse nulla e lui si sentì autorizzato a continuare a parlare. Era difficile, ma almeno non sarebbe stato interrotto e avrebbe mantenuto il filo logico finché lei gliene avesse dato la possibilità.

«In questi due mesi io e Nathan non ci siamo visti. Credevo di poter salvare il vostro rapporto levandomi di mezzo... Vede, i miei genitori mi hanno cacciato di casa quando avevo diciannove anni perché avevo detto loro che ero omosessuale e non volevo che Nathan soffrisse come avevo sofferto io. Soltanto adesso mi accorgo che è stata una decisione stupida e così facendo l'ho lasciato solo, peggiorando la situazione.»

La donna rimaneva in silenzio, ma Nate sentiva il suo respiro leggero accompagnare la loro conversazione. Bastava a fargli intendere che stesse ancora ascoltando e che, quindi, poteva continuare a parlare.

«Signora Doyle, nella mia vita non è mai andato nulla per il verso giusto. Volevo una libreria e non sono riuscito ad aprirla. Volevo amore e il mio primo ragazzo ha abusato di me, rendendomi un burattino senza famiglia e senza identità. La vicinanza con Nathan non ha aiutato soltanto lui: mi ha salvato. Credevo di stare bene, credevo che stessi conducendo una vita tranquilla, tutto sommato. Non la migliore ma tranquilla. Non avevo i miei genitori al mio fianco e non avevo nessuno di importante che mi stesse vicino, ma non avevo altri problemi.»

Nate sospirò, cercando di fermare il tremore che sentiva e la paura che lo attanagliava. Si accorse che era difficile aprirsi così tanto, ammettere a se stesso, piuttosto che a qualcun altro, che fino a quel momento non aveva realizzato nulla.

«Poi è arrivato Nathan: soffriva d'ansia e attacchi di panico, qualcosa che credo si possa chiamare disturbo da stress post-traumatico, in questo caso. Ho trovato in lui una ragione per rendermi utile e l'ho aiutato perché mi faceva piacere vederlo star bene. Poi, all'improvviso, ho capito che provavo ben più del semplice affetto e che mi stavo innamorando dei suoi occhi e della sua forza.»

Prese un profondo respiro e continuò, deciso.

«Signora Doyle, io ho vissuto praticamente una vita intera senza il supporto dei miei genitori. Ero giovane quando me ne sono andato di casa e credo che nessuno debba mai provare quello che ho provato io.»

La donna non rispose: Nate si chiese se fosse ancora in linea ma non osò domandarglielo. Semplicemente continuò a parlare a raffica, come se non avesse avuto altra scelta, come se fosse stato il suo unico scopo.

«Io sono innamorato di suo figlio. Lo amo con tutto il cuore e non vorrei mai che soffrisse. So che è difficile per lei accettarlo e che andrebbe contro i suoi principi, anche se è un discorso in cui preferisco non intromettermi perché non mi trovo d'accordo. Credo soltanto che Nathan abbia bisogno del suo sostegno come del mio. Lei è importante per suo figlio e il suo orientamento sessuale non cambia chi è. Se l'ha cresciuto e ha passato tutti questi anni accanto a lui, significa che lo ama proprio come lo amo io, forse di più, non posso saperlo. Però la prego, non lo lasci solo.»

Quando terminò, stava ancora tremando e aveva lo stomaco in subbuglio. Pregò silenziosamente perché la madre di Nathan non lo ignorasse, che non lo spingesse via, ma non ottenne risposta.

«Signora Doyle?»

«Rebecca,» disse la donna, correggendolo. «Ti ho sentito, Nate.»

Lui rimase immobile con il fiato sospeso, incapace di dire altro. Attese pazientemente per diversi secondi finché la donna, finalmente, non tornò a parlare.

«Se mi avessi chiamato qualche giorno fa, Nate, ti avrei chiuso il telefono in faccia,» disse Rebecca, sospirando. La sua voce era ancora calma e non sembrava arrabbiata: forse era un passo avanti. «Oggi, però, avevo voglia di ascoltarti e sono contenta di averlo fatto.»

Sul serio?

«Perché?» chiese, ingenuamente. Sentì una risata trattenuta dall'altra parte.

«Qualche giorno fa tu e mio figlio siete andati al cimitero. Vi ho visti camminare mano nella mano e fermarvi davanti alla tomba di Cassian: Nathan non ci era mai andato, nemmeno il giorno del funerale. Ho ascoltato le sue parole e ho visto il modo in cui vi siete sorretti a vicenda. Ero arrabbiata e disgustata, non riuscivo ad accettare che mio figlio avesse preso una strada che consideravo dannata.»

Nate strinse i pugni ma si sforzò di rimanere in silenzio. Non sembrava ostile, così attese di sentirla continuare con uno strano groppo in gola e un peso nel petto che andava via via sciogliendosi.

«Poi, però, vi ho visti. Ho visto due ragazzi che si amavano, proprio come hai detto tu, e ho visto tutto ciò che avevi fatto per Nathan. Il mio Nathan che soltanto pochi mesi prima, a trent'anni, veniva a chiamarmi in camera in preda al panico. Tu hai compiuto un miracolo, Nate.»

Arrossì, imbarazzato.

«Non ho fatto nulla…» mormorò, grattandosi il capo con la mano libera e rannicchiandosi sulla sedia mentre il cuore batteva così forte da risultare l'unico rumore presente nella stanza.

«Hai fatto molto e ti ringrazio,» rispose la signora Doyle. «Credo di dover essere io a scusarmi con te per il modo in cui ti ho trattato. Sono stata irrispettosa.»

Nate sorrise, sentendo quel peso che si scioglieva del tutto lasciando il posto soltanto alla pace.

«Non si preoccupi,» rispose.

«Mi piacerebbe vedere te e Nathan durante la settimana,» disse la donna, più titubante. «Vorrei scusarmi anche con mio figlio e provare a riallacciare i rapporti con lui.»

Nate sorrise, commosso. Ce l'aveva fatta. Non poteva crederci ma ce l'aveva fatta. Nathan avrebbe continuato ad avere sua madre accanto e lui avrebbe potuto continuare a stare con lui senza il bisogno dell'approvazione di nessuno.

Proprio mentre ci pensava, qualcuno bussò alla porta e, quando si voltò, Nathan gli sorrise, salutandolo. Lui agitò una mano, facendogli cenno di rimanere in silenzio mentre l'uomo si avvicinava a lui.

«Credi che sia possibile, Nate? O Nathan non ha intenzione di vedermi?» chiese la donna al telefono, impaurita. Lui sorrise al compagno e ammiccò verso di lui.

«Saremmo felicissimi di averla a pranzo o a cena il prossimo weekend, signora.»

Nathan aggrottò le sopracciglia, confuso mentre sua madre sospirava.
«Grazie, Nate. Grazie di avermi chiamata. Grazie davvero.»
«Grazie a lei,» rispose.
Agganciarono mettendosi d'accordo per cenare insieme il prossimo sabato, poi Nate posò il telefono sul comodino della stanza e abbracciò Nathan, felice.
«Cos'è successo?» chiese l'uomo.
«Tua madre vuole chiederti scusa,» gli disse, emozionato. «Verrà a cena da noi sabato. Va bene?»
Nathan spalancò gli occhi, sorpreso. «Stavi parlando con lei?»
Annuì. «Mi ha chiesto scusa per quello che ha detto. Ci ha visti al cimitero, ha detto che ci accetta e che si è accorta che ci amiamo.»
«Davvero?» chiese Nathan, mentre le sue labbra si incurvavano in un sorriso felice.
Quando annuì lui lo strinse a sé, buttandosi a letto e ridendo. Nate fece lo stesso, baciandolo piano mentre si cullavano in quell'abbraccio di vittoria.
«Sei incredibile,» disse Nathan, posando veloci baci sulle sue labbra. Lui rise, accarezzandogli il volto e avvicinandolo per inchiodare la bocca alla sua e approfondire il contatto. Nathan fu lieto di lasciarglielo fare.
«Abbiamo vinto, quindi?» chiese, sorridente. Nathan annuì.
«Abbiamo vinto su tutto.»
Poi si chinò di nuovo su di lui e le sue labbra si schiusero, per permettere alle loro lingue di incontrarsi ancora. Danzarono, accarezzandosi lievi e bisognose l'una dell'altra mentre le loro mani facevano lo stesso con i loro corpi.
Nathan infilò le sue sotto la maglietta di Nate e lui gli accarezzò la schiena larga e allenata, tirandolo a sé per far avvicinare il suo corpo al proprio.
«Dobbiamo festeggiare, che dici?» disse Nathan al ragazzo, sorridendogli maliziosamente.
Nate ricambiò con la stessa espressione accesa e interessata. «Sì, si può fare.»

Vivevano insieme da pochi giorni in realtà, ma avevano già corretto le abitudini precedenti di Nathan. Diedero più tempo libero a Lucy e a Madeleine, così da poter avere maggiore intimità. Capitava spesso che tornavano a casa e si fiondavano in camera da letto – o in altri posti della casa – così era stato necessario.

Nate sapeva che sarebbero rimasti soli per tutta la giornata e che, quindi, potevano fare quel che volevano senza essere disturbati.

Lui e Nathan si baciarono, a lungo, con urgenza. Le mani continuavano a spogliare l'uno il corpo dell'altro finché, in poco tempo, non si ritrovarono entrambi nudi sul loro letto. Nathan, come sempre, lo guardò rapito prima di chinarsi a baciarlo ovunque riuscisse ad arrivare la sua bocca.

Prima che potesse ricambiare, però, si bloccò.

Si allontanò da lui, sorridendogli con furbizia, e si allungò verso il comodino, aprendo i cassetti per tirarne fuori il contenuto. Nate non dovette faticare troppo per capire cosa volesse fare.

La roba che gli aveva dato Sam era ancora chiusa nella bustina che avevano portato a casa. Gli aveva chiesto cosa credeva fosse meglio per lui e Nathan e Nate, imbarazzato, aveva detto che non lo sapeva.

Non avevano mai usato giocattoli sessuali quindi non aveva idea di quali fossero le loro preferenze, così Sam gliene aveva dati un paio per sperimentare.

Non sapeva se Nathan avrebbe apprezzato, ma quando gliel'aveva detto i suoi occhi si erano fatti scuri e perversi, dandogli prova che il suo ragazzo non era contrario.

Nella busta c'erano corde, manette e bende di seta, lubrificante, olio per massaggi e preservativi e Sam aveva incluso anche degli anelli vibranti che, secondo la sua esperienza di negoziante, erano fantastici.

«Vuoi usarli davvero?» chiese. Quando Nathan gli rivolse un sorriso divertito, lui arrossì, imbarazzato.

«Potremmo provare,» disse, avvicinandosi a lui per baciarlo. «Soltanto quello che va a te.»

Lui si strinse nelle spalle, distogliendo lo sguardo imbarazzato.

«Non lo so, a me basta che sia tu,» mormorò. Nathan gli sorrise e si chinò a baciarlo ancora, tornando a esplorare il suo corpo con le mani.

Lo lasciò fare, facendo poco caso al rumore della bottiglia che si stappava e del liquido che gli colava sul petto.

Quando abbassò lo sguardo, Nathan gli stava massaggiando il torso con l'olio, rendendo la sua pelle umida e scivolosa. Le sue mani si muovevano abilmente, soffermandosi sulle zone erogene e insistendo quando lui si lasciava scappare qualche gemito.

Il compagno lo fece sedere e gli porse la bottiglia, fissandolo con occhi scuri ed eccitati. Nate prese un po' di liquido in una mano e imitò i suoi movimenti, trovandosi ben presto più che felice di poter percorrere interamente il corpo perfetto e tonico di Nathan.

Entrambi avevano il respiro affannato e i sessi eretti, nonostante non avessero ancora fatto nulla. Si limitarono a oleare entrambi i corpi nella loro totalità mentre si baciavano, fino a che non ci fu più neanche una parte di pelle asciutta.

«Nate...» sussurrò Nathan, quasi con urgenza. «Ti va se ti bendo?»

Lui spalancò gli occhi, sorpreso. «Eh?»

«Solo se ti va,» disse Nathan. Sembrava titubante ma i suoi occhi splendevano di luce perversa e lussuriosa. Era chiaro quanto fosse eccitato dall'idea e Nate non si sentiva in alcun modo di negarglielo.

Annuì, prendendo la benda e porgendogliela per permettergli di bendarlo. Prese tra le mani anche le manette, indeciso. «Vuoi anche queste?»

«Soltanto se lo vuoi tu,» disse il compagno, a disagio. «Non voglio forzarti.»

Gli sorrise, allungandosi a baciarlo. «Mi fido di te. Se vuoi farlo, va bene.»

«Mi piacerebbe prendermi cura di te,» gli disse Nathan mentre lo bendava. Lui chiuse gli occhi e il mondo divenne scuro. Quando Nathan gli prese le mani, delicatamente, lui lo assecondò fino ad alzarle verso la testata del letto. Il compagno lo legò alla struttura di esso e, a quel punto, fu soltanto in balia delle sue mani e della sua voce.

«Mi eccita l'idea che tu sia completamente dipendente dal mio tocco,» spiegò Nathan, mettendosi su di lui e tornando a massaggiargli il petto. Le sue mani si muovevano abili sulla sua pelle oleata e ogni sensazione era amplificata adesso che non poteva vedere. «Sei così sensibile...»

Il suo respiro si fece più veloce e rumoroso. Ansimò quando sentì il corpo dell'altro avvicinarsi e le sue labbra toccargli delicatamente il collo. Nathan sparse una scia di baci lungo tutto il suo corpo, soffermandosi sui capezzoli, sull'ombelico, fino a sfiorare il sesso.

Oh Dio, sì, ti prego!

Nathan, però, non rimase a lungo sulla sua intimità. Continuò il tragitto sulle cosce e sulle gambe, fino a baciargli anche i piedi. Era un tocco delicato e intimo, romantico. Nathan lo stava trattando come un principe, curandolo in ogni piccolo dettaglio. Quando gli fece alzare le gambe e si chinò ancora su di lui, per leccargli lentamente l'asta e i testicoli, fino all'orifizio anale, Nate diede un gemito di piacere.

Nathan gli strinse appena i glutei, allargandoglieli, e diede un paio di colpi di lingua sulla sua apertura prima leggeri, poi sempre più insistenti finché non lo penetrò piano, massaggiandogli l'anello di muscoli con attenzione.

Nate gemette, dimenandosi appena. Voleva abbassare le mani ma erano bloccate: era frustrante tanto quanto eccitante. Non poteva muoversi e doveva soltanto accettare il piacere che Nathan gli stava donando.

«Nathan, oddio...» mormorò, richiamandolo. Nathan, come in risposta, succhiò piano e lo penetrò ancora e ancora. «*Cristo...*»

Senza accorgersene si spinse verso di lui, ricercando più contatto. Aveva un disperato bisogno di venire e il basso ventre implorava attenzioni che lui non poteva darsi.

«Nathan, ti prego,» disse, supplichevole. Sentì il suo ragazzo ridacchiare contro le sue natiche, mandandogli una scarica di adrenalina lungo tutto il corpo.

«Devo essere davvero un Dio se arrivi sempre a pregarmi...» commentò, sensuale. Alla sua bocca si sostituì un dito che Nate scoprì essere ricoperto di lubrificante. Scivolò dentro di lui con tale facilità da mandargli una scossa di piacere lungo tutto il corpo che per un attimo gli annebbiò la mente.

Urlò di piacere, senza curarsi di poter essere sentito da qualcun altro. Non riusciva più a ricordare nemmeno se erano soli oppure no.

«Oddio, Nathan, sì, così,» lo incoraggiò, dimenandosi piano verso di lui, assecondando il suo ritmo. Nathan ridacchiò e si chinò a baciarlo con possessività e veemenza. Lui ricambiò il bacio gemendo, succhiando le sue labbra con urgenza e lamentandosi quando al primo dito si aggiunse un secondo, ancora troppo lento.

«Nathan, voglio *te*,» supplicò contro le sue labbra.

Nathan non rispose: lo sentì muoversi ma non capì cosa stesse facendo finché non sentì qualcosa stringersi sul suo sesso. Non erano le sue mani, era un contatto che non aveva mai provato e che non capì subito.

«Cos'è?» chiese, ansimando, ma le sue parole si bloccarono quando sentì l'aggeggio mettersi a vibrare. Gemendo Nate inarcò la schiena, stringendo le mani l'una contro l'altra nel tentativo disperato di aggrapparsi a qualcosa.

«*Nathan…*» urlò, in preda al piacere. Nathan aggiunse alle due dita un terzo e aumentò il ritmo, facendolo impazzire. Si sentiva così vicino all'orgasmo che tutto era ovattato, le sensazioni le uniche a essere maledettamente intense, pressanti, erotiche.

«Nate, non ce la faccio più,» sussurrò Nathan, roco. Annuì con urgenza, pregando di sentirlo dentro di sé al più presto. Il compagno estrasse le dita e lo sentì trafficare con il comodino, probabilmente in cerca dei preservativi.

«Nathan, io sono sano,» lo informò, supplichevole. «Ho fatto le analisi due mesi fa, non sono stato con altri.»

Sentì il compagno bloccarsi e si maledisse per aver allungato il processo. Si sentiva impaziente e continuava a dimenarsi e inarcarsi, seguendo il ritmo di quel maledetto aggeggio che continuava a vibrare alla base del suo pene.

Nathan fu su di lui e, quando lo sentì prendergli le gambe, esultò silenziosamente. «Anche io ho fatto gli esami un mese fa,» gli disse all'orecchio, mordendoglielo piano. «Posso?»

«Ti prego,» supplicò, facendolo ridacchiare. Sentì una mano accarezzargli il viso fino a sfilargli la benda. Sbatté un paio di volte gli occhi per mettere a fuoco quello che aveva davanti: Nathan lo stava guardando, sudato e rosso. Gli occhi erano scuri di desiderio e le labbra gonfie e socchiuse.

Gemette, dimenandosi ancora nel tentativo di toccarlo. Voleva toccarlo, maledizione, lo voleva più di ogni altra cosa.

Nathan si chinò a baciarlo mentre portava le sue gambe in alto e allineava il bacino al suo. Sentì il suo sesso eretto strusciarsi piano contro le sue natiche per poi fare pressione contro l'apertura.

Quando lo penetrò, con un'unica, decisa spinta, lui urlò.

«*Cazzo sì!*» esclamò, inarcandosi fino a strusciarsi contro il petto dell'altro.

«Dio, amore…» disse Nathan, la voce roca ed erotica. «Sei così caldo. È meraviglioso.»

Nate strattonò disperatamente le mani, facendosi male ai polsi che tiravano contro le manette, e Nathan si sbrigò ad aprirle con la chiusura di sicurezza, liberandolo. Lui corse a cingergli le spalle e a stringerlo a sé mentre l'uomo allontanava il bacino e affondava di nuovo, facendolo gemere ancora e ancora a ogni spinta.

«Nathan,» lo richiamò mentre lui tornava a baciarlo, ferocemente. Gemettero insieme muovendosi l'uno contro l'altro, senza freni. Il ritmo si fece subito più serrato e veloce e in poco tempo fu troppo da sopportare.

Nathan gli strinse il sesso, ancora munito di anello vibratore, e prese a massaggiarlo rendendo il tutto più piacevole e intenso.

Il piacere era tanto che in poco tempo si ritrovò a urlare mentre raggiungeva il culmine, cavalcando l'orgasmo assieme al compagno. Nello stesso momento in cui lui venne tra i loro corpi, sentì il seme di Nathan riempirlo.

Fu una sensazione meravigliosa: fare l'amore con il preservativo era una cosa, ma a contatto con la pelle nuda del sesso del compagno era tutt'altra storia. Lo sentiva ancora caldo e pulsante mentre gli dava le ultime spinte, affondando i denti nella sua spalla e liberando un urlo roco di piacere.

Lui lo assecondò finché entrambi non furono completi, svuotati. Nathan si fermò a riprendere aria e rotolò al suo fianco, ansimando. Lui chiuse gli occhi, facendo lo stesso, e solo dopo pochi secondi si sentì in grado di sfilarsi l'anello vibratore e rotolare tra le braccia dell'amato, sfinito.

«Nate,» mormorò Nathan, esausto. «Ci sono andato troppo forte?»

«*Cazzo,*» sussurrò, ancora con il respiro corto. «È stato fantastico. Non era mai stato così… Dio.»

«Sì, è assodato che puoi chiamarmi anche così,» scherzò Nathan, accarezzandogli il volto sudato e scostandogli i capelli appiccicati su di esso.

«Sono contento di essere innamorato di te,» commentò, ridacchiando. Nathan fece lo stesso, stringendolo e posandogli le labbra sui capelli in un bacio dolce. Lui sospirò, godendosi il suo abbraccio e la sensazione meravigliosa di essere, finalmente, lì dove doveva stare.

«Nathan,» lo richiamò quando furono più calmi. La sua voce suonava assonnata e flebile.

«Sì, amore?» chiese Nathan, accarezzandogli i capelli.

«Grazie di avermi assunto,» mormorò a fior di pelle. Nathan sorrise, chinandosi di nuovo a baciargli la testa.

«Grazie di aver chiamato.»

«Sono contento di averlo fatto,» commentò, felice. «Dio solo sa cosa mi sarei perso.»

«Del gran bel sesso,» ridacchiò Nathan. Lui fece lo stesso, ma scosse il capo.

«La persona migliore che io conosca.»

Nathan rimase in silenzio, senza dir nulla, ma sentì la sua stretta farsi più forte e più intima. Lo sentì sospirare mentre si accoccolava meglio contro di lui, rinchiudendolo nel rifugio delle sue braccia.

«Nate,» disse Nathan.

«Sì?» chiese lui, mentre sentiva il sonno avvolgerlo.

«Rimani con me,» mormorò il compagno. «Per sempre. Non lasciarmi solo.»

Nate sorrise.

«Mai. Mai, amore, mai.»

EPILOGO

«*Nathan!*»
Aveva acconsentito a un suicidio: adesso Nathan lo sapeva.
"Dai, sarà divertente! Ti prego, non aveva altri che me!" aveva detto Nate.
Certo, come no, razza di stronzo psicopatico!
Raggiunse il giardino un po' titubante, guardandosi attorno con aria spaventata. Di Nate nessuna traccia. Scese i gradini, poi percorse il sentiero davanti a sé in cerca del compagno, all'erta, come se si fosse aspettato un'imboscata da un momento all'altro. Magari un attentato. Sì, era certamente più vicino a un terrorista che a un bandito.

Un maledetto terrorista.

«Nate?» chiamò, titubante. Mosse altri passi decisi sul sentiero finché, davanti a sé, eccolo.

Non Nate, non la meravigliosa e sadica creatura che aveva come compagno, no: quel maledetto mostriciattolo a quattro zampe. Si bloccò, sentendo il sudore freddo percorrergli la schiena che soltanto poche ore prima era stata percorsa dalla lingua di Nate.

Cazzo, quanto avrebbe voluto poter tornare istantaneamente indietro nel tempo e rinchiuderlo in stanza, così che non fosse stato costretto a raggiungerlo in giardino.

«Buono, eh,» disse in direzione del mostro. «Tu stai lì, io sto qui e siamo tutti contenti.»

Il cane mosse un passo nella sua direzione e lui scattò, indietreggiando. Entrambi si bloccarono, fissandosi come in attesa della mossa dell'altro. Poi la bestia si chinò sulle zampe anteriori e prese a scodinzolare.

Il segnale della morte.

«*NATE!*» urlò, disperato, mentre il cane iniziava a corrergli incontro abbaiando e lui scappava verso casa, cercando di mettersi in salvo. Maledisse con trenta insulti diversi il suo compagno mentre raggiungeva le scale.

Il cane, come era prevedibile che fosse, lo raggiunse e prese a saltargli addosso, nel tentativo di giocare. Era un maledetto meticcio pieno di peli grigi e piccolo quanto uno zaino, eppure era più feroce di uno squalo. Diede un urlo quando le sue zampette gli toccarono le gambe e fece appena in tempo a correre in casa che Nate spuntò dal vialetto, ridendo.

«Qui, Theo!» lo richiamò. Il cane, obbediente, si ritirò correndo verso Nate e facendogli le feste quando lui si chinò ad accarezzarlo.

«*Porta quel coso lontano da me*!» esclamò lui, terrorizzato. In risposta Nate si mise a ridere di nuovo.

«Andiamo, è innocuo!»

«Portalo *via*!» continuò, sorreggendosi allo stipite della porta. «È malefico! Più sono piccoli e più sono malefici! Bastardi sadici che si divertono ad azzannarti il culo!»

«Scusami, ma credo che sia più che lecito desiderare di morderti il culo,» ridacchiò Nate, tirando una palla gommosa che Theo corse a riprendere. Nate salì le scale e lo fece rientrare, richiudendo la porta prima che la bestia li raggiungesse.

«Sei incorreggibile, è tenerissimo!» gli disse come continuava a fare da due giorni a quella parte.

«Soltanto con te,» rispose. «I cani sono sadici con me. Mi odiano. Vogliono uccidermi.»

«Non esagerare,» gli disse Nate, dandogli una pacca sul sedere prima di avviarsi verso la cucina. «Voleva soltanto giocare.»

«E a cosa? Ammazza l'umano?»

«Rilassati, amore, stai andando in iperventilazione e tra poco arrivano Jake e Cody.»

Si sedette mentre Nate si lavava le mani e si metteva a preparare il pranzo.

Era stato contrario fin dall'inizio a quella cosa. "La mia collega non può portarsi il cane in viaggio e mi ha chiesto di badarci, possiamo tenerlo in giardino?"

No, diavolo, no che non potevano portare uno di quei mostri orribili a casa loro. Nate però aveva insistito, dicendo che non poteva proprio lasciarlo ad altri e che non aveva scelta, che non potevano tenerlo in libreria perché sarebbe stato solo di notte e si sarebbe annoiato in uno spazio così piccolo per tutte quelle ore... Insomma, con sporchi stratagemmi, l'aveva convinto.

E diamine se se ne pentiva.

«La prossima volta che mi chiedi una cosa del genere, preparati a un no,» gli disse.

«Finché non sarai così gentile e meraviglioso da dirmi di sì perché mi ami,» lo canzonò Nate, ridendo.

«Col cazzo!»

Oh, sì che era vero invece. Gli avrebbe permesso tutto a quel maledetto.

«Amore, continuo a credere che un bel labrador starebbe d'incanto nel giardino, sai?»

«E io continuo a credere che stiano d'incanto nei giardini degli altri.»

Nate sbuffò, stringendosi nelle spalle. «Andiamo, con Theo non va così male ed è un cane di taglia piccola! Quelli grossi ti darebbero meno problemi, no?»

«Se sono impagliati forse.»

«*Nathan!*» lo rimproverò Nate, offeso. «Non è per niente carino da dire!»

«No, hai ragione, mi inquieterebbe,» ammise, sorridendo divertito mentre Nate gli rivolgeva uno sguardo arrabbiato e si rigirava verso la cucina. Era tenerissimo quando si imbronciava così tanto per quel tipo di questioni.

Non poté fare a meno di alzarsi e dirigersi verso di lui, per abbracciarne la figura di schiena e appoggiare il mento sulla sua spalla, dolcemente.

«Sei così carino quando ti arrabbi,» mormorò, baciandogli il collo.

«Fila via,» ribatté Nate, ma stava già sorridendo.

«Santo cielo!»

Il piatto sbatté a terra e lui fece appena in tempo a voltarsi per vedere sua madre coprirsi gli occhi, rossa in volto e imbarazzata a morte.

«Dio, mamma, potresti almeno suonare al citofono quando entri?» disse esasperato mentre Nate arrossiva e lui si dirigeva verso il piatto caduto – che, stavolta, era di plastica – e lo raccoglieva. Sua madre lo sgridò, a disagio.

«Voi potreste essere un po' più discreti quando avete ospiti in casa!»

«Stavamo aspettando Cody, figurati se si sarebbe fatto problemi,» ribatté, posando il piatto avvolto in carta d'alluminio sul bancone. Nate ringraziò la donna educatamente e si rimise al lavoro.

«Perché sei in anticipo?» chiese Nathan.

«Passavo di qui così mi son detta "vado a lasciargli un attimo la roba e torno dopo". Non credevo di trovarvi *così!*»

«Non passare quando non aspettiamo ospiti, allora.»

«*Nathan!*» lo sgridarono all'unisono sua madre e il suo compagno. Lui ridacchiò, scartando il piatto di biscotti e rubandone uno. Sua madre gli rivolse un'occhiata torva ma non disse nulla, segretamente contenta.

«Nate, ti serve una mano?»

«No, grazie, Rebecca,» rispose Nate, sorridendole. «Va' pure, così ti libererai in fretta.»

Sua madre gli sorrise. «Che tesoro, non capisco come tu faccia a sopportare uno come Nathan.»

«Grazie, mamma.»

Nate rise, assecondandola. «Neanche io. Poi mi ricordo che è quello con i soldi.»

«Ehi!»

Fu salvato dal suono del citofono che preannunciava l'arrivo di Jake e Cody. Nathan corse ad aprire, lasciando sua madre e Nate liberi di complottare contro di lui.

I loro migliori amici si erano offerti di aiutarli a preparare la cena prima che arrivassero gli altri ospiti. Avevano invitato per il pranzo del Ringraziamento la sua famiglia e quella di Nate, ma quando avevano saputo che Cody e Jake sarebbero stati da soli avevano deciso di includerli nel pacchetto.

Le cose si stavano muovendo nell'ultimo anno. Katia e Michael avevano deciso di sposarsi e aspettavano un secondo bambino mentre Amanda si era fidanzata e stava frequentando l'università con la sua nuova ragazza. Peter era un genio dell'informatica, sempre in giro per il mondo a causa di convegni e fiere dell'elettronica. Ty e Susan, invece, continuavano con la loro vita. La loro prima bambina era nata e lui e Nate erano stati al battesimo.

Con i genitori di Nate era ancora campo minato, ma Nathan sperava che, con il tempo, avrebbero imparato ad accettarli. Avevano deciso di passare il giorno del Ringraziamento da soli dai parenti del signor Abraham piuttosto che accettare il loro invito, ma la madre di Nate lo chiamava almeno una volta a settimana e iniziava a mandare i saluti anche a Nathan. Non credeva che l'avesse accettato ma, se non altro, aveva riallacciato una sorta di rapporto con suo figlio e a lui tanto bastava. Nate sembrava felice.

La loro vita trascorreva serenamente tra lavoro e casa.

Nate aveva lasciato il lavoro al bar per aprire, finalmente, la sua libreria. Inizialmente le cose non erano andate come speravano ma con il tempo si era fatto un nome e una reputazione piuttosto ampia, tanto che spesso le persone venivano dalle città limitrofe per passare il tempo in negozio e acquistare i libri.

Sentivano spesso anche Sam e Travis, che stavano alla grande come sempre e che dovevano passare a salutarli per le vacanze di Natale.

La loro vita, insomma, proseguiva bene.

Accolse Jake e Cody all'entrata, evitando di arrischiarsi a uscire di nuovo nella tana del mostro, e li fece accomodare in cucina. Jake diede un grosso abbraccio a Nate e salutò Rebecca mentre Cody si rimboccava le maniche e si sbrigò ad affiancare il suo compagno ai fornelli.

Poi sua madre si congedò per finire gli altri giri di saluti ai vicini. Loro quattro rimasero soli a preparare il pranzo.

«Nathan non è ancora impazzito?» chiese Cody, sogghignando.

«Shh, è appena tornato da una battaglia in cui è stato gravemente ferito,» rispose Nate, ridacchiando.

«Sì, certo, continua pure, amore. Non vedo l'ora di sentirti supplicare quando tu avrai voglia di scopare e io invece no.»

«Tanto vince lui. Con Nate non c'è storia, Nath,» commentò Jake.

Cody concordò e il suo compagno rise, vittorioso. Lui tentò di fingersi arrabbiato ma davanti a quel sorriso non poté fare a meno di addolcirsi. Era vero: non poteva vincere contro Nate, qualsiasi fosse stata la posta in gioco.

«Ah, Nate,» disse Cody, facendogli cenno verso una busta che avevano appoggiato sul tavolo. Nate si illuminò e arrossì, sorridendogli tutto felice. Provò il solito moto di gelosia a vedere quell'espressione sul suo volto.

«Grazie, Cody!»

«Cos'è?» chiese, allungandosi verso la busta. Jake gliela tirò via dalle mani, sorridendo.

«Aspetta e sarai accontentato,» gli disse, ridacchiando. Nate si fece ancora più rosso mentre gli altri due ridevano, consapevoli di qualcosa che a lui sfuggiva. Gli diede fastidio ma acconsentì ad aspettare, eccitato dall'improvvisa segretezza.

Cody era appena tornato da un viaggio, forse Nate gli aveva chiesto di prendere qualcosa per loro. Aveva una voglia matta di scoprirlo, ma la sua curiosità venne accontentata soltanto più tardi, quando gli ospiti furono arrivati e metà famiglia fu radunata in salotto, a chiacchierare e guardare la tv.

Nate lo richiamò prima di iniziare la cena e lo portò nella loro stanza, chiudendosi la porta alle spalle.

«Che c'è?» gli chiese, curioso.

Lui gli rivolse uno sguardo emozionato, arrossendo, e gli disse: «Siediti.»

Fece come gli era stato detto, prendendo posto sul letto. Nate gli si mise davanti e gli sorrise, facendo un profondo sospiro. Pazientò per diversi secondi prima che l'uomo davanti a sé riuscisse a parlare.

Teneva le mani dietro di sé e se ne stava ritto come un soldatino.

«Volevo parlarti prima di iniziare il pranzo.»

«Dimmi,» lo esortò, agitato.

Nate si inumidì le labbra e si inginocchiò davanti a lui, facendosi più vicino. Portò una mano a toccargli una coscia mentre gli sorrideva dolcemente. Le sue dita si mossero delicate sui suoi pantaloni, provocandogli una scossa di piacere nel ventre.

«Amore,» iniziò, «è da un po' che penso a una cosa. È quasi un anno che ci conosciamo e ti sono grato per essere al mio fianco ogni giorno e per amarmi sempre, incondizionatamente.»

Gli sorrise, prendendo la sua mano nella propria.

«Anche io, Nate,» rispose, felice.

Nate sorrise, abbassando per un attimo lo sguardo. Vide le sue orecchie farsi ancora più rosse.

«Nathan... Io voglio passare il resto della mia vita accanto a te. Voglio diventare vecchio e sapere che sei ancora al mio fianco e che mi ami proprio come hai sempre fatto. È...» Fece una pausa, mordendosi il labbro. «È possibile?»

Il suo sorriso si allargò. «Certo che lo è,» mormorò, facendo per chinarsi verso di lui. Nate, però, lo bloccò, intimandogli di rimanere seduto.

«Allora, uhm...» disse, tremante. Alzò la mano libera e prese una scatolina scura che aprì con l'altra. Dentro c'erano due anelli d'argento, sottili e splendenti.

«Ti... Ti andrebbe di sposarmi?» chiese Nate, titubante.

Il respiro gli si bloccò.

In un attimo la stanza prese a vorticare e il cuore a battere velocemente. Le mani gli tremavano mentre prendeva la scatolina dalle mani di Nate e osservava i due anelli, come se non ci credesse. Gli occhi si appannarono, umidi.

«Nathan?» lo richiamò Nate, preoccupato.

Lui gli sorrise e provò a parlare, ma la voce non uscì.

Sì, cazzo, sì! Voglio sposarti, ti voglio per sempre!

Nate gli salì a cavalcioni delle gambe e gli prese il volto tra le mani, appoggiando la fronte contro la sua.

«Respira, amore,» mormorò. «Dentro, forza.»

Lui lo fece, prendendo un grosso respiro e riempiendo i polmoni d'aria. Contò mentalmente, come gli era stato insegnato, ed espirò, calmandosi appena.

Aveva ancora il cuore che batteva all'impazzata ma sapeva che era per l'emozione.

«Ci sei?» chiese Nate, preoccupato. Lui prese un altro respiro e annuì, asciugandosi una lacrima scivolata sulla sua guancia. Nate gli sorrise e gli accarezzò il viso, baciandogli piano le labbra.

«Stai respirando?»

«Con te respiro sempre,» rispose roco.

«E la risposta?»

«Sì,» ridacchiò, tirandolo a sé per unire le labbra con le sue. «Sì, ti voglio per sempre.»

RINGRAZIAMENTI

A Sabrina, perché come li ami tu non li ama nessuno, e a Teo.

Ai miei angeli.
A Rossella, che li segue da una vita ed è sempre pronta a darmi un consiglio o anche solo supporto morale.
A Noemi, che mi ha insegnato con pazienza e infinito affetto cosa significa rassicurare una persona in preda al panico. Ti voglio bene.

Come sempre, allo splendido staff di Triskell Edizioni. Grazie di cuore per rendere tutto ciò possibile. Grazie per accettarmi e credere in me e nei miei personaggi. E grazie alle mie colleghe, a questa piccola famiglia a distanza che non avrei mai sperato di meritare.

Grazie ai miei genitori e alla mia famiglia, che mi hanno mostrato la differenza tra amore e noncuranza con tanta di quella pazienza da meritare una statua.

Soprattutto, grazie a te che stai leggendo. Hai tra le mani il mio cuore, e ti ringrazio di averlo accompagnato durante la lettura. Per me significa tantissimo!

E sì, come sempre, ai miei ragazzi: Nuts, Nate, Jake, Code, Cassian e Sam.
Perché mi avete salvato la vita.

Grazia Di Salvo è nata un paio di decenni fa in terre che si narra non esistano, e sta lavorando alla realizzazione del suo sogno di vivere tra la Scozia e il Texas con un branco di cani, gatti e furetti.

Ha iniziato a scrivere da piccolina, quando riempiva quaderni e quaderni delle originalissime avventure della bimbetta animalista in fuga dai suoi orribili zii per frequentare una prestigiosa scuola di maghi e streghe in Inghilterra. Incredibilmente non ha avuto troppo successo.

Ha studiato tecnica manga e si è specializzata in narrazione, che racchiude un po' entrambe le sue grandi passioni: scrivere e disegnare. Ama la calma, il tè verde giapponese e il fuoco. È Ariete, Volpe, Gallo e Corniolo di nascita, e ha un'insana fissazione per i segni zodiacali che non ha mai voluto ammettere.

È affascinata dalla psicologia e adora ascoltare la voce dei poveri martiri nella sua testa che le parlano delle loro emozioni. Ogni tanto, quando si affeziona a loro, decide che non può lasciarli lì, allora mette tutto su carta e spera che un giorno qualcuno possa amarli almeno quanto lei.

Potete contattarla su:
Facebook: http://www.facebook.com/graceakkauthor
Twitter: https://twitter.com/GraziaDiSalvo4
Blog: https://sawakugrace.wordpress.com/
Email: gracedsauthor@gmail.com